浙江文獻集成

浙江文叢

黄淮集

〔上册〕

〔明〕黄　淮　著

湯志波　王子怡　點校

浙江古籍出版社

圖書在版編目(CIP)數據

黄淮集 /（明）黄淮著;湯志波,王子怡點校. —
杭州:浙江古籍出版社, 2023.9
（浙江文叢）
ISBN 978-7-5540-2672-4

Ⅰ. ①黄… Ⅱ. ①黄… ②湯… ③王… Ⅲ. ①黄淮(
1367—1449)—全集 Ⅳ. ①Z424.8

中國國家版本館 CIP 數據核字(2023)第 155318 號

浙江文叢

黄淮集

（全两册）

〔明〕黄　淮　著　湯志波　王子怡　點校

出版發行　浙江古籍出版社
（杭州市體育場路 347 號　郵編:310006）
網　　址　https://zjgj.zjcbcm.com
責任編輯　沈宗宇
封面設計　吴思璐
責任校對　吴穎胤
責任印務　樓浩凱
照　　排　浙江大千時代文化傳媒有限公司
印　　刷　浙江新華數碼印務有限公司
開　　本　710mm×1000mm　1/16
印　　張　46.25　　**彩插**　6
字　　數　474 千
版　　次　2023 年 9 月第 1 版
印　　次　2023 年 9 月第 1 次印刷
書　　號　ISBN 978-7-5540-2672-4
定　　價　320.00 圓(精裝)

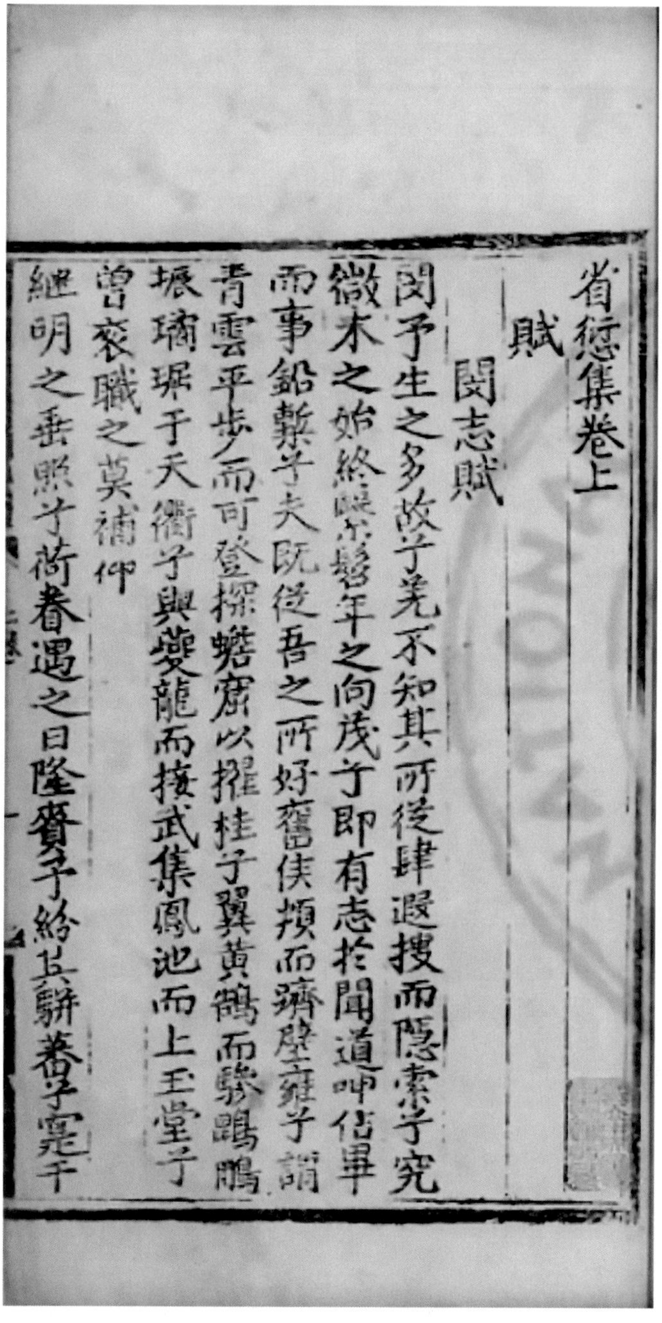

省愆集卷上

賦

閔志賦

閔予生之多故兮羌不知其所從肆遐搜而隱索兮究微木之始終嗟爾髫年之向茂兮即有志於聞道呻佔畢而事鉛槧兮夫既從吾之所好奮侯頖而躋璧雍兮謁青雲平步而可登探蟾窟以擢桂兮翼黄鵠而驂鵾鵬振璃珮于天衢兮與夔龍而接武集鳳池而上玉堂兮曾袞職之莫補仰繼明之垂照兮荷春遇之日隆賚予給其駢蕃兮寔于

《省愆集》卷首 明宣德刻本 臺灣“國家圖書館”藏

溥

省愆集二卷　明正統刊本　馬半查舊藏

明黃淮撰。淮字宗豫，永嘉人。洪武三十年進士，除中書舍人。成祖即位，命直內閣，遷編修。長陵北狩，以春坊大學士輔東宮監國。因漢王高煦所譖，繫詔獄者十年。洪熙初復官，入內閣，兼武英殿大學士，晉加少保、户部尚書。宣德二年致仕，後再朝京，賜遊西苑，命主會試。正統丙寅年八十三，諡文簡。明史有傳。著有退直、入覲、歸田諸稿。省愆集乃繫獄時所作，中有寶綸[illegible]十年拘囚圖圄，[illegible]敢看柳色，可謂不失風人之旨矣。有自序以忘憂困之大略。宣德七年建安楊榮、臨江金幼孜為序，廬陵楊士奇為跋。正統六年東吳王[illegible]以按察副使行部至郡，始以梓行，并跋於後。有「馬氏半查珍藏書籍印」「翰林院印」。蓋馬氏書散至江西，始進之四庫而發還者也。

《省愆集》卷首丁丙跋　明正統刻本　南京圖書館藏

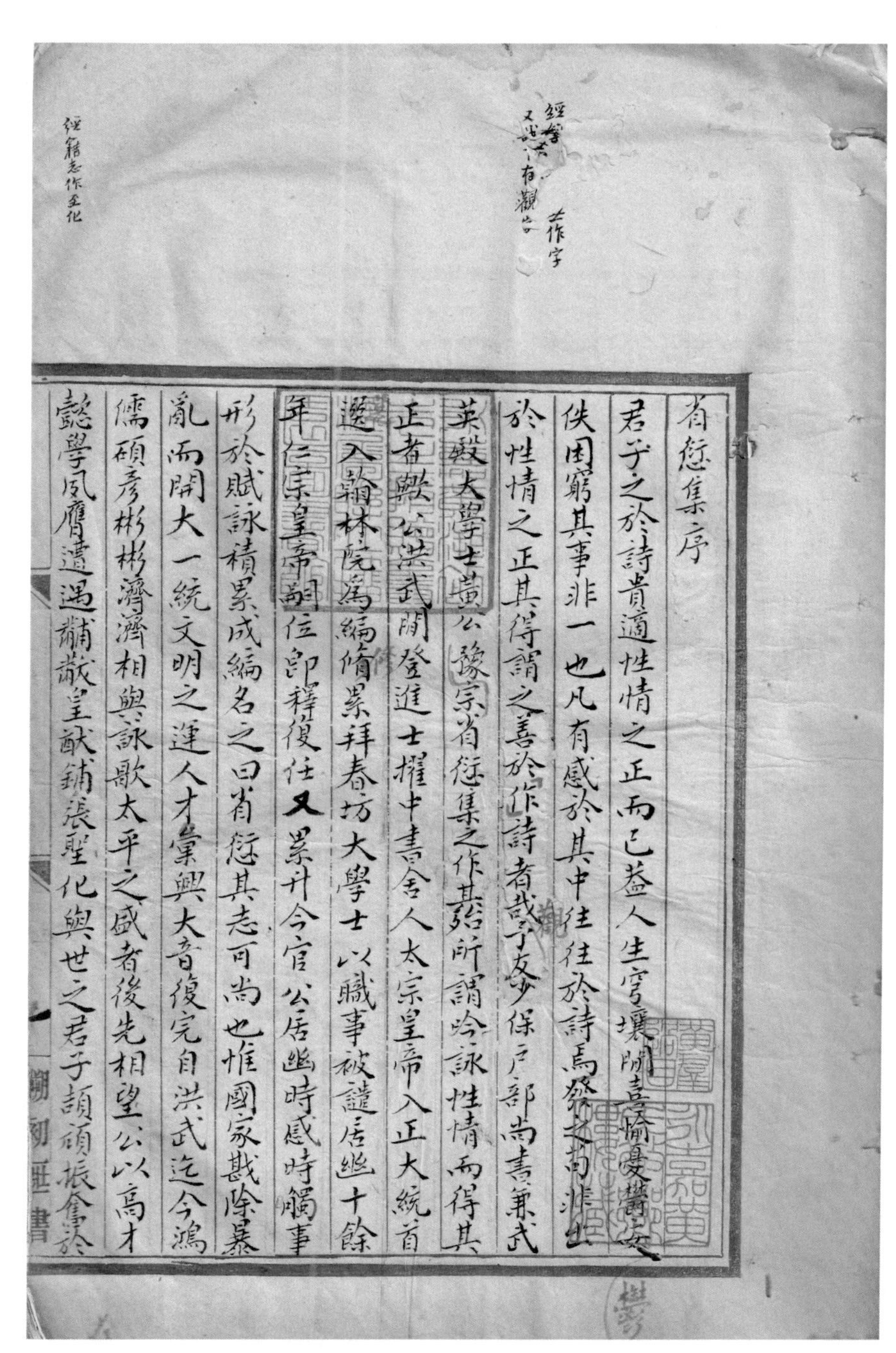

《省愆集》卷首序　清黄群鈔本（《敬鄉樓叢書》底本）　温州市圖書館藏

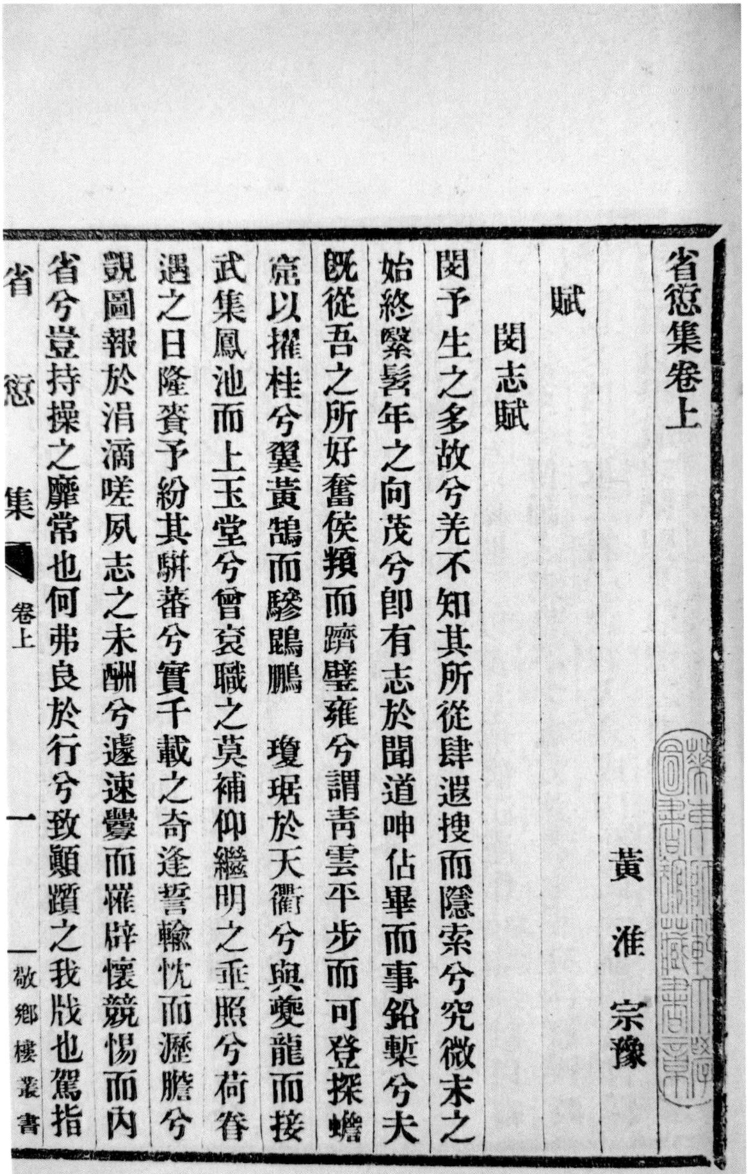

省愆集卷上

黃淮　宗豫

賦

閔志賦

閔予生之多故兮羌不知其所從肆遐搜而隱索兮究微末之始終緊髫年之向茂兮即有志於聞道呻佔畢而事鉛槧兮夫既從吾之所好奮儕類而躋攀兮謂青雲平步而可登探蟾窟以擢桂兮翼黃鵠而驂鵾鵬　瓊琚於天衢兮與夔龍而接武集鳳池而上玉堂兮曾袞職之莫補仰繼明之垂照兮荷眷遇之日隆賚予紛其駢蕃兮實千載之奇逢誓輸忱而瀝膽兮覬圖報於涓滴嗟夙志之未酬兮遽速釁而罹辟懷兢惕而內省兮豈持操之靡常也何弗良於行兮致顛躓之我戕也駕指

《省愆集》卷首 民國《敬鄉樓叢書》本 華東師範大學圖書館藏

黄文簡公介菴集卷之二　　退直藁

四言

聖孝瑞應詩有序

皇帝嗣承　天序統臨萬方政舉化孚時和氣順若遠若近悉主悉臣乃兢兢業業夙夜靡寧深惟皇考太祖聖神文武欽明啓運俊德成功統天大孝高皇帝締造家邦皇妣孝慈昭憲至仁文德承天順聖高皇后同勤開創二儀合德内外協和燕翼詒謀垂裕萬世肆予後人罔報涓埃故凡可以致孝者竭力為之猶恐弗及乃永樂四年十一月庚申集天下道流即朝天宫為壇建　金籙大齋式展孝思更資霈澤利濟群品先期戒約臣民嚴絜齋祓建壇之明日辛酉有青鸞白

《黄文簡公介菴集》卷首　明刻本　臺灣“國家圖書館”藏

前吏部主事蕭德容墓表
建安訓導徐公墓誌銘
竹庵處士吳公墓誌銘
怡壽處士逍老徵之兄弟合志
北山樵隱處積士墓誌銘
翰林院編修林廷瑚墓誌銘
歸田稾

卷之十二

東山山人陳君墓誌銘
恩庵處士陳公墓誌銘
贈太常博士張公墓碣銘
存齋處士蔡君墓誌銘
耕雨處士葉本源墓誌銘
葛天正墓誌銘
思耕處士應尚惠墓誌銘
翰林庶吉士張士銓墓誌銘
裕軒書處士墓誌銘
善庵處士徐墓誌銘
東山處士郭公墓誌銘
澄庵章處士墓誌銘
陳母汪安人墓誌銘
雲庵處士墓誌銘
義民施永龢甫墓誌銘

黃文簡公介菴集目錄終

黃文簡公介菴集卷之一

退直稾

四言

聖孝瑞應詩有序

皇帝嗣承　天序統臨萬方政舉化孚時和氣順若遠若近主悉
臣乃統續業夙夜靡寧深惟
皇考太祖聖神文武欽明啟運俊德成功統天大孝
高皇帝締造家邦
皇妣孝慈昭憲至仁文德承天順聖高皇后同勤開創二儀合
德內外協和燕翼詒謀垂裕萬世肆予後人罔報涓埃故凡可
以致孝者竭力為之猶恐弗及乃永樂四年十一月庚申集天
下道流即朝天宮為壇建　金籙大齋式展孝思吏資冥利
濟群品先期戒約臣民嚴潔齋祓建壇之日辛酉有青鸞白

《黃文簡公介菴集》卷首 清鈔本 瑞安市博物館藏

黃文簡公介菴集卷之一

四言　　　　　　黃淮

聖孝瑞應詩有序

皇帝嗣承　天序統臨萬方政舉化孚時和氣順若遠若近悉

主悉臣乃兢兢業業夙夜靡寧深惟

皇考太祖聖神文武欽明啟運俊德成功統天大孝

高皇帝締造家邦

皇妣孝慈昭憲至仁文德承天順聖高皇后同勤開創二儀合

德內外協和燕翼詒謀垂裕後世肆予後人曷報涓埃故凡可

以致孝者竭力為之猶恐弗及乃永樂四年十一月庚申集天

下道流即朝天宮為壇建　金籙大齋式展孝思更資霈澤利

濟羣品先期戒約臣民嚴潔齋祓建壇之明日辛酉有青鸞白

按明史成祖紀永樂四年十一月己巳甘露降孝陵松柏醴泉出神樂觀薦之太廟賜百官即此事

《黃文簡公介菴集》卷首 清黃群鈔本

（《敬鄉樓叢書》底本） 温州市圖書館藏

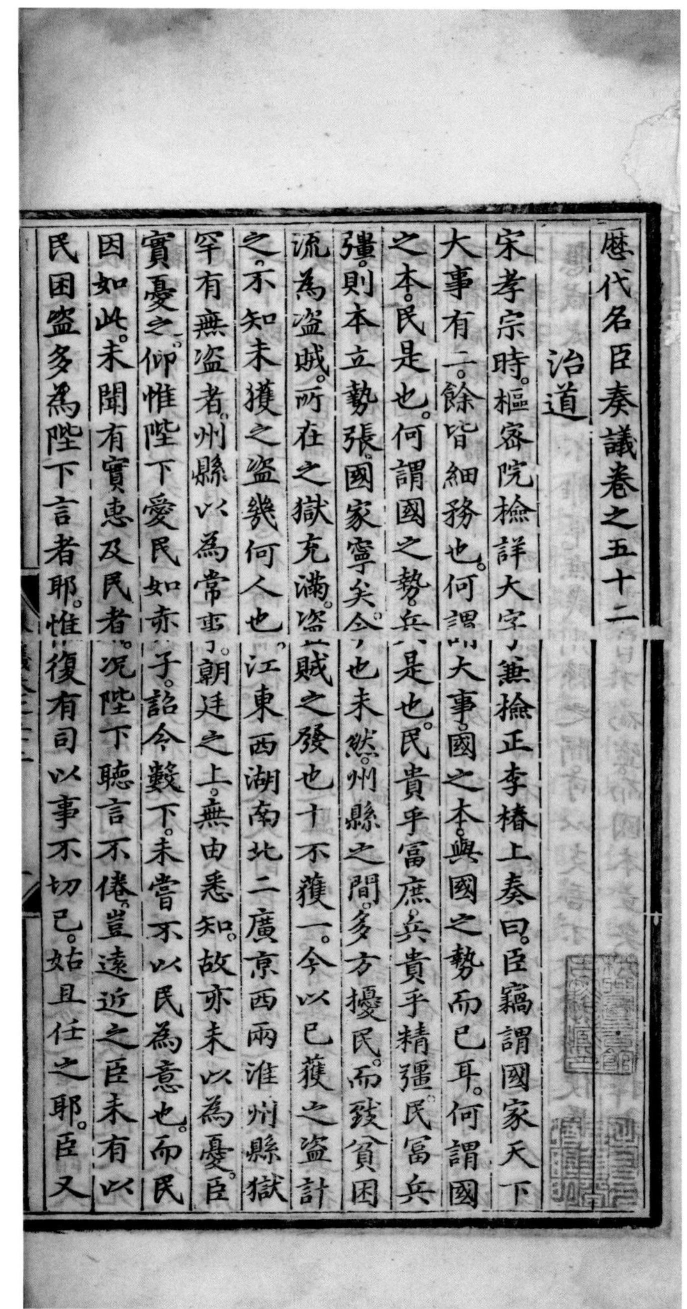

歷代名臣奏議卷之五十二

治道

宋孝宗時樞密院檢詳文字兼檢正李椿上奏曰臣竊謂國家天下大事有二餘皆細務也何謂大事國之本與國之勢而已耳何謂國之本民是也何謂國之勢兵是也民貴乎富庶兵貴乎精彊民富兵彊則本立勢張國家寧矣今也未然州縣之間多方擾民而致貧困流為盜賊所在之獄充滿盜賊之發也十不獲一今以已獲之盜計之不知未獲之盜幾何人也江東西湖南北二廣京西兩淮州縣獄罕有無盜者州縣以為常事朝廷之上無由悉知故亦未以為憂臣實憂之仰惟陛下愛民如赤子詔令數下未嘗不以民為意也而民困如此未聞有實惠及民者況陛下聽言不倦豈遠近之臣未有以民困盜多為陛下言者耶惟復有司以事不切已姑且任之耶臣又

黄淮、楊士奇等輯 《歷代名臣奏議》 明永樂内府刻本 杭州圖書館藏

應尚忠甫墓誌銘、應謂子志和　義民施永鉉甫墓志銘施應鏗搴之父

卷十四　入覲稿　錦川蔡氏祠堂記、蔡梲　黃巖縣重建廟學記

友蘭軒記、李貴倫

卷十五　入覲稿　仙居潘氏族譜後序、潘叔正　定武蘭亭附

跋金修撰家藏悅生堂禊帖

右共廿三首　案介菴集原十五卷首為退直稾次為歸田稿次為入覲稿闕四五六七八凡五卷同治辛未瑞安孫詒讓鈔藏光緒戊辰十一月命兒子日愷鈔存台州所係之文廿四日王棻記

陳仁玉撰清獻集序附末

友蘭軒記

天台李貴倫甫居委羽之陽丹山之麓軒前藝蘭成畹與常之俱一旦矍然省悟抵掌而言曰古稱取友取之一鄉取之天下取之尚古走也闇劣取友於古嘗然論其詩讀其書而未嘗挹道德之光何以為友乎取友於天下蝸居蟄處足跡未經涉遠安得而友之乎取友於鄉盍簪促席亦復有時豈能旦暮而相親者乎然則相親於旦暮昵而不褻悅而不厭惟吾

《介菴集節抄》　清光緒王日愷鈔本 杭州圖書館藏

右杜少陵秋興四首詩者謂是趙松雪少年所書正猶渥洼出水之駒逸態未形而骨格已具須假九方皋之目觀之庶乎有得也篇中有一二字與刻本不同亥豕之辨姑置勿論重題數字蒼然之氣老而愈勁精妙入神風采自著斯爲可寶想當落筆時寧不爲之一嘅耶

永嘉黃淮書

黃淮跋趙孟頫《行書秋興詩》 上海博物館藏

本書爲
國家社科基金項目『明人别集序跋輯録與研究』（項目批准號21BZW018）
貴州省哲社國學單列課題『明别集編刻、傳播與整理研究』（課題編號22GZGX07）
階段性成果

浙江省文化研究工程指導委員會

浙江文化研究工程成果文庫總序

習近平

有人將文化比作一條來自老祖宗而又流向未來的河，這是説文化的傳統，通過縱向傳承和橫向傳遞，生生不息地影響和引領着人們的生存與發展；有人説文化是人類的思想、智慧、信仰、情感和生活的載體、方式和方法，這是將文化作爲人們代代相傳的生活方式的整體。我們説，文化爲群體生活提供規範、方式與環境，文化通過傳承爲社會進步發揮基礎作用，文化會促進或制約經濟乃至整個社會的發展。文化的力量，已經深深熔鑄在民族的生命力、創造力和凝聚力之中。

在人類文化演化的進程中，各種文化都在其內部生成衆多的元素、層次與類型，由此決定了文化的多樣性與複雜性。

中國文化的博大精深，來源於其內部生成的多姿多彩；中國文化的歷久彌新，取決於其變遷過程中各種元素、層次、類型在內容和結構上通過碰撞、解構、融合而產生的革故鼎新的强大動力。

中國土地廣袤、疆域遼闊，不同區域間因自然環境、經濟環境、社會環境等諸多方面的差異，建構了不同的區域文化。區域文化如同百川歸海，共同匯聚成中國文化的大傳統，這種大傳統如同春風化雨，滲透於各種區域文化之中。在這個過程中，區域文化如同清溪山泉潺潺不息，在中國文化的共同價值取向下，以自己的獨特個性支撑著、引領着本地經濟社會的發展。

從區域文化入手，對一地文化的歷史與現狀展開全面、系統、扎實、有序的研究，一方面可以藉此梳理和弘揚當地的歷史傳統和文化資源，繁榮和豐富當代的先進文化建設活動，規劃和指導未來的文化發展藍圖，增强文化軟實力，爲全面建設小康社會、加快推進社會主義現代化提供思想保證、精神動力、智力支持和輿論力量；另一方面，這也是深入瞭解中國文化、研究中國文化、發展中國文化、創新中國文化的重要途徑之一。如今，區域文化研究日益受到各地重視，成爲我國文化研究走向深入的一個重要標誌。我們今天實施浙江文化研究工程，其目的和意義也在於此。

千百年來，浙江人民積澱和傳承了一個底蘊深厚的文化傳統。這種文化傳統的獨特性，正在於它令人驚歎的富於創造力的智慧和力量。

浙江文化中富於創造力的基因，早早地出現在其歷史的源頭。在浙江新石器時代最爲著名的跨湖橋、河姆渡、馬家浜和良渚的考古文化中，浙江先民們都以不同凡響的作爲，在中華民族的文明之源留下了創造和進步的印記。

浙江人民在與時俱進的歷史軌跡上一路走來，秉承富於創造力的文化傳統，這深深地融匯在一代代浙江人民的血液中，體現在浙江人民的行爲上，也在浙江歷史上衆多傑出人物身上得到充分展示。從大禹的因勢利導、敬業治水，到勾踐的卧薪嘗膽、勵精圖治；從錢氏的保境安民、納土歸宋，到胡則的爲官一任、造福一方；從岳飛、于謙的精忠報國、清白一生，到方孝孺、張蒼水的剛正不阿、以身殉國；從沈括的博學多識、精研深究，到竺可楨的科學救國、求是一生；無論是陳亮、葉適的經世致用，還是黄宗羲的工商皆本；無論是王充、王陽明的批判、自覺，還是龔自珍、蔡元培的開明、開放，等等，都展示了浙江深厚的文化底蘊，凝聚了浙江人民求真務實的創造精神。

代代相傳的文化創造的作爲和精神，從觀念、態度、行爲方式和價值取向上，孕育、形成和發展了淵源有自的浙江地域文化傳統和與時俱進的浙江文化精神，她滋育着浙江的生命力、催生着浙江的凝聚力、激發着浙江的創造力、培植着浙江的競争力，激勵着浙江人民永不自滿、永不停息，在各個不同的歷史時期不斷地超越自我、創業奮進。

悠久深厚、意韻豐富的浙江文化傳統，是歷史賜予我們的寶貴財富，也是我們開拓未來的豐富資源和不竭動力。黨的十六大以來推進浙江新發展的實踐，使我們越來越深刻地認識到，與國家實施改革開放大政方針相伴隨的浙江經濟社會持續快速健康發展的深層原因，就在於浙江深厚的文化底蘊和文化傳統與當今時代精神的有機結合，就在於發展先進生産力與發展先進文化的有機結合。今後一個時期浙江能否在全面建設小康社會、加快社會主義現代化建設進程中繼續走在前列，很大程度上取決於我們對文化力量的深刻認識、對發展先進文化的高度自覺和對加快建設文化大省的工作力度。我們應該看到，文化的力量最終可以轉化爲物質的力量，文化的軟實力最終可以轉化爲經濟的硬實力。文化要素是綜合競争力的核心要素，文化資源是經濟社會發展的重要資源，文化素質是領導者和勞動者的首要素質。因此，研究浙江文化的歷史與現狀，增强文化軟實力，爲浙江的現代化建設服務，是浙江人民的共同事業，也是浙江各級黨委、政府的重要使命和責任。

二〇〇五年七月召開的中共浙江省委十一届八次全會，作出《關於加快建設文化大省的決定》，提出要從增强先進文化凝聚力、解放和發展生産力、增强社會公共服務能力入手，大力實施文明素質工程、文化精品工程、文化研究工程、文化保護工程、文化産業促進工程、文化陣地工程、文化傳播工程、文化人才工程等『八項工程』，實施科教興國和人才强國戰略，加快建設教育、科技、衛生、體育等『四個强省』。作爲文化建設『八項工程』之一的文化研究工程，其任務就是系統研究浙江文化的歷史成就和當代發展，深入挖掘浙江文化底藴、研究浙江現象、總結浙江經驗、指導浙江未來的發展。

浙江文化研究工程將重點研究『今、古、人、文』四個方面，即圍繞浙江當代發展問題研究、浙江歷史文化專題研究、浙江名人研究、浙江歷史文獻整理四大板塊，開展系統研究，出版系列叢書。在研究内容上，深入挖掘浙江文化底藴，系統梳理和分析浙江歷史文化的内部結構、變化規律和地域特色，堅持和發展浙江精神；研究浙江文化與其他地域文化的異同，釐清浙江文化在中國文化中的地位和相互影響的關係；圍繞浙江生動的當代實踐，深入解讀浙江現象，總結浙江經驗，指導浙江發展。在研究力量上，通過課題組織、出版資助、重點研究基地建設、加强省内外大院名校合作、整合各地各部門力量等途徑，形成上下聯動、學界互動的整體合力。在成果運用上，注重研究成果的學術價值和應用價值，充分發揮其認識世界、傳承文明、創新理論、諮政育人、服務社會的重要作用。

我們希望通過實施浙江文化研究工程，努力用浙江歷史教育浙江人民、用浙江文化薰陶浙江人民、用浙江精神鼓舞浙江人民、用浙江經驗引領浙江人民，進一步激發浙江人民的無窮智慧和偉大創造能力，推動浙江實現又快又好發展。

今天，我們踏着來自歷史的河流，受着一方百姓的期許，理應負起使命，至誠奉獻，讓我們的文化綿延不絕，讓我們的創造生生不息。

二〇〇六年五月三十日於杭州

點校説明

黄淮（一三六七——一四四九），字宗豫，號介庵，明代温州府永嘉（今浙江温州鹿城區）人。幼時即有大志，熟通經史，賦詩奇絶，洪武十五年（一三八二）充邑庠弟子員。洪武三十年（一三九七）進士，除中書舍人。明太宗即位，黄淮首蒙召見，訪以大政，深得聖意。常立御榻之左，以備顧問，凡機密要務，悉得預聞。既而與解縉、胡廣、金幼孜、胡儼、楊士奇、楊榮同入直文淵閣，改翰林院編修，陞右春坊大學士，仍兼翰林院侍讀。明太宗北巡，命爲監國。

永樂十二年（一四一四），明太宗征瓦剌而歸，太子遣使迎駕緩，漢王朱高煦借機譖害，黄淮遂繫獄十年。仁宗嗣位後出獄復官，遷通政使兼武英殿大學士，仍典機要。洪熙元年（一四二五），加少保、户部尚書仍兼大學士，職階榮禄大夫。宣德元年（一四二六），漢王朱高煦反，宣宗親征，黄淮佐鄭、襄二王監國，憂勞成疾，請歸。時父黄性壽登耄耋，侍奉尤謹。父歿，御賜葬祭，黄淮謁闕拜恩。寵留累月，賜遊西苑，乘肩輿登萬歲山，又宴餞於太液池，宣宗親灑宸翰以贈行，賚賞優厚。卒於正統十四年（一四四九）六月初三，壽八十有三，贈太保，謚文簡。

黄淮一生編撰甚多，曾與修《太祖實録》《太宗實録》《仁宗實録》《永樂大典》，與解縉等奉敕撰《古今列女傳》，與楊士奇編《歷代名臣奏議》，又主修《温州府志》。繫獄十年間，自娱遣興而作《省愆集》兩卷，收詩三百餘首，或追念平昔，以鋪張朝廷盛美；或懷恩戀闕，以致願報之私；或顧望咨嗟，以興庭闈之念；或逢時遇景，以抒觸物之情。另有《黄文簡公介菴集》十五卷，卷一至三爲《退直稿》，乃黄淮先後于南京、北京爲官時所作；卷四至七闕失；卷八至十三名《歸田稿》，爲宣德間居家所作；卷十四至十五曰《入覲稿》，宣德間入覲所作也。共收詩詞四百餘首、文兩百餘篇。黄淮詩文春容安雅，與「三楊」門徑同，是典型臺閣之體。

《省愆集》今存明宣德八年（一四三三）刻本、明正統八年（一四四三）王豫刻本、清乾隆間鈔《四庫全書》本、民國間浙江永嘉黄氏排印《敬鄉樓叢書》本等，後兩種所據底本均爲明正統刻本，但《敬鄉樓叢書》本校刻不精，較《四庫全書》本缺訛甚多。《黄文簡公介菴集》存明刻本十五卷（闕卷四至卷七）、玉海樓藏清鈔本十二卷（闕卷七）及民國間排印《敬鄉樓叢書》本十一卷三種。玉海樓藏本底本爲明刻本，《敬鄉樓叢書》又據玉海樓藏本排印，經孫縝萬、黄群校勘並略加注釋，其卷數在原本基礎上重新編排，去掉佚失之第四至七卷，依次將第八至十五卷編爲第四至十一卷，個别篇章順序也略有調整。

黄淮三十七世孫黄永陵先生曾整理《黄淮文集》，由中國社會科學出版社二〇〇六年出版。其中《省愆集》底本爲文淵閣本，校以民國間鈔本與敬鄉樓本；《黄文簡公介菴集》以玉海樓藏清鈔本爲底本，校以敬鄉樓本。由於黄永陵先生未能目驗明刻本，且《黄淮文集》流傳不廣，至今學界研究黄淮仍多據《四庫全書》本或《敬鄉樓叢書》本。今重新整理，《省愆集》以臺灣『國家圖書館』藏明宣德刻本爲底本，校以南京圖書館藏正統刻本、文淵閣本與敬鄉樓本；《黄文簡公介菴集》以臺灣『國家圖書館』藏明刻本爲底本，校以敬鄉樓本。《黄文簡公介菴集》曾被書賈改易卷次，今已恢復原貌。集外佚作，黄永陵先生從譜牒中輯得黄淮所作譜序、墓誌銘廿餘篇，自地方史志中輯得詩作二十首附於後。今删除其中僞作數篇，真僞難辨者暫存，讀者可自行審辨。筆者又輯得詩二首、文六篇，另附傳記五篇、序跋十篇，以便讀者參考。

本書校勘中異體字徑改，不出校記。不同版本間的異文，若意義相近或爲虚詞、代詞等無關肯綮者，如『世』和『年』、『云』和『曰』、『諸』和『之』、『何如』和『如何』、『吾』和『我』等，兩通之異文一仍底本，不再出校。諸如姓字、年齡、日期等史實性出入者，兹藉方志、史料等加以校正。敬鄉樓本多有按語，今以校記形式展示，按語有誤者徑删。不當之處，敬請方家批評指正。

點校者謹識

二〇二一年六月

目録

七言古詩……（一五）

長短句……（一八）

五言律詩……（二一）

省愆集卷下

黄文簡公介菴集卷之一　退直稿

黄文簡公介菴集卷之二　退直稿

黄文簡公介菴集卷之三　退直稿

黃文簡公介菴集卷之四至卷之七原闕

黃文簡公介菴集卷之八　歸田稿

黄文簡公介菴集卷之九　歸田稿

黄文簡公介菴集卷之十　歸田稿

黃文簡公介菴集卷之十一　歸田稿

黃文簡公介菴集卷之十二　歸田稿

黄文簡公介菴集卷之十三　歸田稿

黄文簡公介菴集卷之十四　入覲稿

黃文簡公介菴集卷之第十五　入覲稿

附録一　傳記

附録二　序跋

省愆集卷上

賦

閔志賦

閔予生之多故兮，羌不知其所從。肆遐搜而隱索兮，究微末之始終。繄髫年之向茂兮，即有志於聞道。呻佔畢而事鉛槧兮，夫既從吾之所好。奮侯類而躋辟〔一〕雍兮，謂青雲平步而可登。探蟾窟以擢桂兮，翼黄鵠而驂鵾鵬。振璚琚于天衢兮，與夔龍而接武。集鳳池而上玉堂兮，曾衮職之莫補。仰繼明之垂照兮，荷眷遇之日隆。賚予紛其駢蕃兮，寔千載之奇逢。誓輸忱而瀝膽兮，覬圖報於涓滴。

嗟夙志之未酬兮，遽速釁而罹辟。懷兢惕而内省兮，豈持操之靡常也？何弗良于行兮，致顛躓之我戕也。駕指南而之河朔兮，遐不虞其所届。結蘭茝以泛溟渤兮，亦罔知其攸濟。聞德音之焕頒兮，咸鼓腹而興歌。嘅涸鮒之枯竭兮，猶未沐乎恩波。意休復之有方兮，契我龜而燋之。招巫咸使考卜兮，或開予而道之。謂陽舒陰慘兮，皆至仁之流形。彼困心衡慮兮，庸玉汝於有成。亮食兆之告吉兮，亦昭昭其孔彰也。味賢哲之遺訓兮，將何脩而允臧也？

重曰：孰始而張，繄帝力兮。孰後而遏，自貽戚兮。處困而亨，致命以爲則兮。噫嘻小子，庶其無斁兮。

四愁賦有序

昔張衡著《四愁詩》，舉四方以寓其所懷；江淹作[三]賦，以寫沉鬱之情，至今傳誦之。走也不才，寘叢棘者十年矣，涉歷四時，無非窮苦，因兼取二君子命題大意，成《四愁賦》一篇，聊以自釋云耳。第以學膚才陋，懼有效顰之誚，然而感物興懷，託辭見志，其義一也。辭曰：

冲虛子索居屏迹，息慮省躬。因洞觀夫玄化，爰有感於深衷。年與時馳，羌景物之不異；情隨事變，何忻戚之靡同？若乃陽和煦育，品彙昭融。穠李芳桃，耀繁華於朝日；金鞍繡轂，醉羅綺於春風。轉歌喉之窈窕，藹香霧之空濛。蹋鞠鬥雞，斯遊未已；爭妍索笑，其樂何窮。我則低摧喪氣，憂悶填胸，虛負歲華之遷易，那知花信之始終。聽簷外鳴禽，空教夢斷；見墻頭飛絮，始覺春濃。嘅窮途之寂寂，奈幽思之忡忡。

至若蘭雨傳香，鷗波漲緑，開池館以來南薰，折荷筩以泛醽醁。和《白紵》之新詞，歌《采蓮》之麗曲。或鳴琴以俯清流，或岸幘而倚脩竹。扇影風泛兮齊紈，簟紋涼透兮湘玉。我則梟穢流腥，炎蒸蘊毒。飛蝱旋繞，遣拂何暇於言談；流汙沾濡，起居不離乎裀褥〔三〕。紛然塵垢之侵肌，蕞爾竈烟之迷目。焉敢恣其趨蹌，豈能頻於盥沐？

及夫序屬三秋，金風扇冷，時維殘臈，素雪揚威。盼鄉信之沈迷，目窮雁字；苦凝寒之慘慄，體怯鶉衣。漏沉沉兮長夜，魂渺渺兮親闈。警鐸傳聲兮，駭膽而慄魄；殘燈照影兮，灑淚而長吁。于斯時也，爾乃鬥勝誇奇，携朋拉友，浥九霄之沆瀣，待月南樓；翫六出之奇葩，張筵北牖。列侍女，擁歌姬，薦嘉肴，稱壽酒。婉兮媚物之情，哆兮懸河之口。第恐爲樂未央，而盛時年貌之不留，又豈知窮愁迫蹙，而羈人歲月之易久也？

嗟夫！予嘗究夫庶物之理、萬化之原，是非互見，得失相沿。競侈靡，縱遊觀，則流之於放；閔阨窮，極愁苦，復溺之於偏。况消長盈虛，實玄機之旋斡；而窮通壽夭，豈人事之能遷？是故陋巷簞瓢，回也不改其樂；易簀待盡，參乎獨得其傳。又若陸續顛危，而不忘乎孝行；史遷殘毀，而猶校夫陳編。韓退之貶潮陽，而侃然正大之氣上干霄漢；杜子美走川峽，而懇乎忠愛之情屢見詩篇。此皆騰輝於汗簡，非徒誇大於浮言。復有至人，道備德全，不與時化，不爲物牽，朐悲喜於一致，安性命之自然。匪棘匪徐，留心澹泊之域；爰清爰静，游神冲漠之天。斯其盛矣，我願學焉。

四言詩

《鹿鳴在藪》，閔己也。沉思引咎，感物興懷，不能自遂焉。

鹿鳴在藪，魚則川游。我居孔棘，伊誰之尤。
魚集于沼，鶯求其友。我居孔棘，伊誰云偶。
我陟我岵，有足伊阻。我陟我屺，有艮其趾。憂心孔痡，涕零如雨。
孰云父母，而不我私。豈無良朋，能不我遺。静言思之，愴矣其悲。
擷莛爲舟，寘彼川流。川流滔滔，載沉載浮。歲月于邁，曷云其休。
湛湛露斯，如膏如飴。何草不茂，何栟不滋。瞻仰昊天，悠悠我思。

《鹿鳴在藪》六章，二章章四句，四章章六句。

《燁燁者蘭》，勵志也。達不離道，窮不失義，君子優爲之。

燁燁者蘭，于彼空谷。悠悠我思，曷云其穀。
燁燁者蘭，維芳維馨。我有好爵，君子攸寧。
蘭其榮矣，繁霜瘁之。静言孔念，中心悵而。
蘭之瘁矣，益厚其根。我之懷矣，匪善奚敦。

蘭之瘁矣，芳華載揚。淑慎其身，終焉允臧。

《燁燁者蘭》五章，章四句。

五言古詩

勵　志

習苦方知樂，居安鮮慮危。燭理既茫昧，窮歎將奚爲。釋耕待毚兔，亡羊惑多歧。失得焉可必，徒貽達士嗤。所存在耿介，隨寓安厥宜。操持苟不貳，庶以全吾私。

釋　悶

木枯或載榮，水濁良可澄。災祥互倚伏，聖訓明有徵。伊予秉微尚，與物多所攖。職業未遑著，悔吝坐相仍。皇仁既深廣，天鑒亦孔明。保此固窮節，勿爲兒女情。

寫誠短古三章

我心如還丹，百煉光逾赤。願入紫霞漿，金尊薦瑤席。酌以奉君王，壽與天無極。

我淚如迸泉，不與泉俱竭。願作返哺烏，翻飛向吴越。傾情爲我啼，聲盡繼以血。

我氣如長虹，凝爲百煉剛。化爲雙寶劍，飛精耀寒芒。遏彼南箕舌，萬象增輝光。

白紵詞

皎皎白紵衣，瑩若霜與雪。被服穩稱身，拂拭光華發。物理潔易汙，點瑕即爲疵。嗟哉墨氏子，潸焉泣素絲。

采蓮曲

采蓮休采菱，菱刺多傷手。留取玉纖嬌，爲郎紉珮玖。食蓮去蓮心，心苦難適口。誰知苦心中，能使根莖秀。去年蓮始衰，今年花滿池。妾顏宜不宜，妾心長自持。

擬古十二首

造化毓深仁，消息互來往。陰凝職斂藏，陽煦滋長養。終始相爲根，于焉昭萬象。神聖契天心，德刑遂宣朗。虞廷致欽恤，百世民所仰。

寶劍埋豐城，斕斑土花碧。飛精上燭天，紅光千萬尺。森然叢棘中，一朝遇卓識。出匣解飛騰，神變良叵測。借問此何如，物理有恒則。

荆璞藴良質，瑕瑜不相掩。珠沉萬仞淵，光華亦煇閃。淑人重名節，跬步恒自檢。内顧苟不虧，悔厲復何慊？區區墨氏子，徒悲素絲染。

寅賓啓東作，品彙咸昭蘇。寒谷有冰條，萌蘖何當敷？所處地自偏，造化功豈殊？回也陋巷士，傅説版築徒。窮達安所遇，名與天壤俱。

丱角粗有知，自謂名可期。出門道未遠，車轄已載脂。力行亮多艱，聖訓不我欺。浮雲起天末，舒卷任所之。可望不可攀，佇立空嗟咨。

鑽木乃出火，火然木已焦。掘井須及泉，泉深力轉勞。夙志固有違，敢云昧所操？睠彼園中葵，凉風何飄飖。終始傾太陽，匪伊蓬與蒿。

群烏朝出林，薄暮復來歸。遊子在遠方，徬徨竟何依。豈無家室念，况懷返哺私。俛首不敢視，淚下沾裳衣。人生駒過隙，擾擾將何爲？

凉飈振林薄，淅淅吹我裳。素顔日凋謝，緇鬢颯以霜。褰衣步前除，沉憂迫中腸。飢鷹翻辟韝，老馬悲道傍。逖矣支遁叟，懷哉田子方。

冶銅鑄明鏡，棄置生埃塵。驅車陟遠道，顛覆摧雙輪。鏡塵尚可拭，輪摧尚可易。逝水日東流，頽陽向西夕。懷哉起遐心，彈我床頭琴。

榮辱本樞機，聖謨仰尼父。貽玷甚白圭，抑詩歌衛武。諤諤良我徒，諞諞豈予伍？調劑靡成飴，運規難就矩。塞兑戒不虞，于焉絶外侮。

耀靈有常度，既中必就昃。潢潦一勺多，易涸亦易溢。滿損聖所戒，謙撝斯受益。人事紛多岐，失足易淪溺。回視七尺軀，凛焉抱兢惕。

張良從赤松，英名照千古。汾陽誓許國，金章列茅土。身負間世才，進退皆得所。斥鷃擬鵾鵬，雷門持布鼓。且復安其生，無爲重勞苦。

丙申秋繫回南京經歌風臺

姬籙既云訖，嬴秦瀆天經。漢高按劍起，赫然振王靈。斬蛇泣神嫗，踣項潰楚兵。櫜弓事綿蕝，六合清以寧。揚鑾過鄉邑，宴會羅簪纓。酒酣歌大風，氣與山嶽并。治安不忘危，卓哉萬古程。嗟哉季葉衰，蕭墻禍先嬰。雜伯有遺憾，王道何由明？高臺臨野水，日夕悲風生。斷礎翳榛莽，荒碑半摧傾。舟行不可即，悵望心怦怦。

戊戌正旦

二儀運神化，四序遞遷易。歲事復更端，王正啓璿曆。春陽日以充，品彙各有適。而我抱沉痾，支離窘故跡。履運亦自慶，省躬抱深惕。矯首望白雲，親庭萬里隔。鶴髮映衰顏，莫景桑榆迫。矧伊憂患干，云何慰晨夕。冥觀天壤内，物理有常則。衰榮更代謝，盈虚互消息。傾否亮有期，守道慎無斁。

雜詩九首

乾坤妙無迹，化機自旋斡。秋霜殞勁條，春陽啓苞蘖。消息互來往，進退相排軋。卓哉古君子，析理甚明達。處困猶處亨，志定不可奪。

房宿孕神駒，飛騰出西極。紫電寒掣雲，汗溝赫流赤。歷塊蹔一蹶，窮年困輿櫪。莝秣〔四〕不充飢，逸氣那能抑。瑶池春水波，清渭烟草碧。顧影奮長鳴，浩蕩惟所適。

潛魚樂深沼，棲鳥戀舊枝。物類各有託，羈人獨何依。微軀非槁木，跬步不可移。天道信無忒，禍福恒相持。塞翁豈不偉，百世知者希。

燦燦桃李花，離離松與柏。肖形居兩間，所志將安適。豈不樂華妍，民彝有常則。疏越絙朱絃，樿杓不采飾。遐哉聖賢心，歛衽三歎息。

蒿蓬相因依，飄飄逐風起。風力有時息，零落在泥滓。蘭蕙幽且清，揚輝被芳沚。白露凝爲霜，華葉亦披靡。蒿蓬何足歎，嘅此蕙與蘭。蘭衰有餘馥，猶足奉君歡。

惠風起潛穎，秋霜瘁蕃柯。懸車屢改轍，倏如流電過。紛擾昧平生，壯志常蹉跎。凄凄朝露歎，呴呴勞者歌。我生非無足，局促將焉何？棄置勿哀鬱，哀鬱傷天和。

事夫移所天，結髮願終老。朝花未改容，零落同秋草。涕泗沾衣巾，沈思惄如擣。妾有明月珠，朝夕置懷抱。慮恐生埃塵，拂拭常自保。安得懸君軒，照君即遠道。

朋友以義合，在古理則然。信義苟不虧，宜同膠漆堅。良人與我違，斗杓屢西旋。辭色曠不接，中心常悁悁。如何反掌間，棄我如蹄筌。醇酒味不薄，春花色易妍。誰云一絲淚，能令金骨穿。

四海同文軌，大道無回曲。瑣兮遠游子，岐路自相逐。岐路多荆榛，翳翳迷人目。彳亍尚多艱，傷哉千里足。謂爾爾不信，覆謂予言瀆。俛仰多所懷，誰能事休復？歌我《鹿鳴》詩，聊以慰幽獨。

己亥中秋

凉飈屏氛翳，瑶空迥無迹。望舒駕冰輪，憑虚碾晴碧。桂樹耀寒芒，銀蟾凝素魄。映水亂摇金，當軒净懸璧。盈虧信有恒，光華羡兹夕。北里醉歌鐘，南樓縱豪適。撫景良足歡，羈人重凄惻。凄惻將奈何，馳情戀宸極。雲漢日昭回，胡爲久遐逖。稽首願明月，流輝照丹臆。

客從遠方來六首

客從遠方來，遺我齊紈素。拂拭生光輝，潔白誰不慕。蘭茝散餘香，猶繞來時路。什襲謹閉藏，不使緇塵污。塵污尚可澣，但恐色非故。

客從遠方來，遺我五色線。文采擬雲章，光華自相炫。愧非補衮才，對此徒增羡。搔首一長吁，中心更躊躇。置之篋篋間，復恐應時須。

客從遠方來，遺我伯牙琴。伯牙絶其絃，歎息無知音。秦箏既啁哳，齊瑟傷哇淫。賴此嶧陽桐，可以宣我心。我心苟不欺，豈無鍾子期。

客從遠方來，遺我歐冶劍。光芒照膽寒，妖魅肅以斂。憶昔初鑄時，比之雄與雌。如何中路間，雌雄各分飛。矯首望天末，雲樹何離離。

客從遠方來，遺我雙明珠。明以喻妾心，圓以敦佳期。韜以文錦段，出入與之俱。含情一披閲，泣淚沾羅襦。珠光恒不滅，佳期復何如。

客從遠方來，遺我雙明璫。明璫何足貴，惟德在無忘。德音日已遐，妾心悲且傷。不惜歲華晚，所傷鷙在梁。我願君所贈，化爲鴛與鴦。朝夕不相離，飛飛遶回塘。

冬夜夢會草心愚莊二老友

嚴風砭肌骨，慨然起遐思。所思誰爲情，良朋各天涯。更深席未暖，彷佛見容儀。冰壺貯寒露，玉樹臨瑶池。文采相照耀，翩然駐驂騑。衣我雲錦裳，贈我璚琚辭。交歡準疇昔，不悟年歲馳。綢繆未及已，笳鼓延朝曦。四顧闃以寂，中心重凄其。人生非金石，緇鬢忽已絲。忻戚紛糾纏，良晤能幾時。漢水既深廣，閩山復逶迤。素乏長房術，何由豁襟期？但願俱壽康，德業慎無違。側耳聆徽音，慰我渴與飢。

謫仙謡

渺渺鬱羅天，峨峨列仙職。參校洞玄章，把握文昌籍。雲霧爲襟裾，華池嗽璚液。步虚發清嘯，流音播無極。夫何嬰垢氛，翩然就淪謫。清宵霽景澄，神光敞虚碧。夢逐紫鸞飛，拱侍金輿側。玉虚撫其頂，告語何奕奕。覺來視天宇，鳴鶴在寥闃。

初度日承蘭室以詩見慰次韻謝之

初度念庭闈，不寐仍達旦。曉起辱新詩，爛若珠璣燦。慰釋固多情，豈能忘浩歎？寄形天地間，歲華良有限。忻戚自相循，得失詎能問。顧慚蒲柳姿，徒懷三冬榦。行已信多艱〔五〕，操持冀予贊。

雜詠二首

汎汎湖中水，盈盈水上蘋。霖雨激頹波，驚風蕩其根。華葉半摧靡，猶能播清芬。惜哉無輕舟，采掇及芳辰。可以供祀事，可以薦嘉賓。堇荼美如飴，蠲潔非所珍。

孤竹颭回風，偃仆困泥潦。屈節交枝柯，虚心長自好。美人隔河洲，河水漫浩浩。褰裳不能涉，顧望傷懷抱。卉物雖甚微，生意非草草。煦嫗待春陽，翹然起枯槁。

贈婦

與子結髮時，百世長相期。孰知轉首間，十載守空閨。寢食失常度，念我寒無衣。無衣亦良苦，綻裂猶可補。庭闈萬里遥，白髮桑榆莫。棐也幾弱冠，應知應門户。采槃尚嬌癡，未諳循矩度。舊業半荒凉，甘旨將焉措？子能善事親，瑣瑣何足陳。哽咽不成章，泣涕沾衣巾。

代婦答

陽岡有嘉樹，直幹凌雲霓。榮華足餘蔭，憔悴獨傷悲。感今復思昔，長歎淚交頤。遠承眷顧言，慰我渴與飢。賤妾雖微弱，豈敢忘恩私？高堂垂白髮，晨夕難遽離。君心與妾意，彼此同所懷。皎皎天邊月，圓缺固有時。誰言處困者，沈憂滯還期。

懷知己

蒲葦滿方澤，林霏凝夕陰。中有孤飛鴻，嗷嗷吐哀音。隨風入人耳，悽愴傷我心。矻矻窮旦莫，離思誰能任。自非乏儔侶，勢異升與沉。清論久不接，何由豁塵襟？寄言暇豫者，勿疑朋盍簪。

感知己

桃李競春風，葩葉交相媚。紛紛綺羅子，日向花間醉。病柏倚顛崖，顔色苦憔悴。幽人致深情，滋培不忍棄。繁華悦人目，宜爲世同嗜。幽人獨何心，棄舊德所忌。三北不爲怯，知心良足貴。易播義所重，遑恤害與利。悠悠百世間，高風豈云墜。停雲起遐思，良晤何當遂？安得附冥鴻，致我區區意。

誦曹子建箜篌引有感

圓象運不息，經緯交相持。晝夜如循環，妙化無停機。始見春華榮，倏覩秋葉衰。自非賢哲徒，疇能究端倪。牛山一何戚，箜篌復興悲。人生會有常，去去夫奚疑。

夢遊仙吟

驅車我馬同，鼓枻秋濤静。南溟北窮髪，超越在俄頃。升降隨長烟，飄飄泛靈景。金碧擁蛟螭，縹緲大羅境。東挽榑桑枝，直造蓬萊頂。陽烏刷其羽，朝光常炯炯。西遊宴瑶池，宿酲猶未醒。更欲邀嫦娥，蟾宫桂香冷。折花度弱水，弱流不容梗。白鶴遠相迎，長鳴延素頸。仙賞未云既，埃氛俱已屏。振步入紫微，迢迢天路永。奎壁聚瑶編，煇映祥雲熲。昂身捩斗樞，揮手執其柄。勺彼紫霞津，濡我玉兔穎。草就洞玄文，字字驪珠並。倏爍雷雨交，夕陰忽已暝。泱漭澹虚無，惚怳超溟涬。失脚墮顛崖，凛若赴深井。舉聲一悲嘯，健步何由騁。星宮有仙真，霜髯髮垂領〔六〕。鞭霆駕蒼麟，羽衛肅以整。顧盼生光輝，憫我欲見拯。指麾雙玉童，百尺下脩綆。奮臂欲攀援，豁焉發深省。晨雞未振翼，鳴柝尚宵警。摩挲揩病目，寒燈照孤影。

七言古詩

戊戌元夕

昔年忝作詞垣客，幾度天門看元夕。六鰲駕山海上來，立向龍樓千萬尺。一派韶音起半空，鸞凰扶輦驂飛龍。宫扇初分仙仗列，天顔咫尺回重瞳。流光數點金繩走，欻忽燈毬燦星斗。一輪明月正當天，寶鑑流煇絶纖垢。火樹銀花取次開，華采焜耀金銀臺。羅幃匝地暖雲合，沉檀爇鼎香風回。光禄當筵進璚液，簪紱峨峨環列辟。戎夷酋長雜蕃王，揔沐恩光侍瑶席。樂出梨園部隊分，伶官稽首先敷陳。清歌妙舞逞奇絶，繁絃脆管相繽紛。黎〔七〕庶嬉遊隘城闕，快覩争先恣懽悦。歎息生來未前聞，何幸昇平身所閱。吾皇聖德天與同，萬國盡在鈞陶中。禮樂脩明百度舉，垂衣端拱躋時雍。五風十雨和氣協，年登賦足民安業。川后坤靈迭獻祥，赫赫光華昭簡牒。樂民之樂古所希，皇仁遍覆無偏私。開宴張燈當此夕，千秋萬歲長爲期。愚生寡昧自貽戚，回首雲泥成迴隔。清宵飛夢遶蓬瀛，落月寒窻正愁寂。側聞優詔覃恩波，棄瑕擿垢咸搜羅。排雲獻賦會有待，作詩先繼康衢歌。

圜扉燕

烏衣翩然刷毛羽，年年愛逐東風起。結巢偏向王謝家，錦雲作隊烟花裏。翠幙凝春睡正酣，梁間交語何喃喃。曉起多應鼪喧聒，當軒不肯收朱簾。往來無計入華屋，誤向圜扉尋止宿。圜扉塵冷〔八〕風日凄，相呼相顧驚且疑。經營何處銜香泥？不入愁門傳世俗，愁人便欲從爾卜。無端浪蝶與狂蜂，也向簷前弄晚風。

念昔遊

春風漸近清明節，鹿城西去尤奇絶。紫芝群峰圖畫列，疊嶂層巒千萬折。勢若蛟螭初奮蟄，下瞰西湖照清澈。西湖萬頃晴波闊，波光蕩漾玻瓈滑。湖頭柳色青可掇，湖上繁花錦機纈。杏梢竹外横斜陽，翡翠香凝杜鵑血。鸂鶒斕斑鷗鷺潔，蜂喧蝶駐鶯調舌。青樓簾幙迎風揭，蘭麝飄香玳筵設。翠蓋雕鞍競膠轕，蘭橈畫舫相排軋。鵾絃脆從鸞簫咽，歌聲直上行雲遏。紅裙女兒纔二八，鈿蟬〔九〕斜墜堆雲髮。玉纖笑把花枝擷，背人偷綰同心結。回嚬索笑争懽悦，狂客驚看醉眼熱。嗟予好在情偏切，追尋往迹成蕪滅。西射堂摧芳草歇，思遠樓空怨啼鳩。幾處荒墳橫斷碣，霧鎖苔痕字殘缺。此情難向傍人説，撫掌高吟振林樾。雲開遥見金銀刹，縱步窮探未應輟。鯨鐘聲自林間發，衲子摳趨遠迎謁。香繞博山沉水爇，延客蒲團茗甌啜。俄復呼童具梨栗，還向園中采薇蕨。携壺直造烟霞窟，坐看飛流灑寒雪。興盡辭歸日已没，不覺參回斗西捩。年來自笑成疏拙，久向圜扉歎離别。雲樹離離渺天末，過眼流光如電掣。夜雨孤燈更蕭屑，愁擁寒衾夢飛越。灑淚牛山何慘烈，塞翁得失難預决。萬斛窮愁如可撤，買車便逐南歸轍。金尊還醉花間月。

長短句

短歌行

男兒墮地人揔喜，弄之以璋射狐〔一〇〕矢。功名富貴須及時，誰肯齷齪陷泥滓。争知造物有常理，得失榮枯互終始。光陰百歲如轉丸，紛紛擾擾徒爲爾。豈不見，陌上花，隨風飄泊渾塵沙。又不見，澗底松，霜枝雪幹排晴空。不如探囊且買尊中緑，它日招取巫咸爲君卜。

憶舊遊吟

東風吹香拂瑶草，弱柳拖金覆長道。錦苞散盡桃李花，新緑含烟摇翠葆。雨痕留潤浥輕塵，鶯聲唤起柳門曉。金鞍壓轡玉驄嬌，寶鈿簇車香霧繞。繡韉冰縷纖，翠翹金鳳小。飛彈擲雲雲轉低，把酒勸花花爲悄。檀槽象板雜歌謳，買笑調春不知老。我非有意慕少年，自愛瀛洲太平好。瀛洲群仙皆我徒，休沐亦許同歡娱。按轡徐行過鍾阜，飛龍舞鳳相縈紆。黄金撲面松花老，碧玉流潤芝田腴。山迴路亦轉，左折復右趨。振衣投策入僧舍，碧梧繞砌青扶疏。銅瓶汲澗瀹山茗，紺芽和露烹園蔬。殷勤進盃斝，紛錯羅盤盂。主情重兮客忘疲，酒半酣兮日已晡。撫掌歌一曲，豪氣淩八區。翩然就歸路，猿鶴還相呼。世間行樂難同調，心閒意愜俱良圖。一從回首仙凡別，幾載圜扉鎖寒月。紅稀緑暗又清和，舊事還從夢中説。感彼雍門言，歎息腸内熱。長繩難繫西飛輪，公道誰饒頭上雪。可憐有足不得騁，此心直與雲飛越。顧瞻黄金臺，巍峨勢更雄。居庸却立千萬仞，丹崖翠壑巀嶫摩蒼穹。群山昂伏作龍虎，天津一道銀河通。紫宸肅天居，佳氣常鬱葱。何當跨黄鵠，翼飛鴻，左浮丘兮右空同。登其臺，覽其勝，排雲獻賦揮我巨筆如長虹，安能終日攢眉扼腕不得開心胸。

墻外柳

墻外誰家春滿林，緑楊萬縷摇晴陰。風花散亂自來去，作意攪動愁人心。豈不見，灞陵橋東二三月，好枝早被行人折。又不見，吴堤草荒秋露凉，枯條空抱蟬聲咽。愁人愁劇心不移，年年長與東風期。

簾前鳥

簾前鳥，鳴何悲。昔日曾同鸞鶴侶，靈景光中刷羽儀。飢食紫雲英，渴飲瑶池水。有時發雅音，仙韶合宫徵。身被五采章，噓吸成文理。飛飛長繞蘂珠宫，胡爲誤落樊籠裏。樊籠一已閉，歲月何悠悠。飢渴不復顧，愁思無時休。豈不聞，雍陶開籠放白鷴，凉月滿天歸思促。何當釋此鳥，縱意投林麓。卑不願逐鷦鷯，高不願隨黄鵠。桑麻蔽野緑盈疇，處處春風啼布穀。

柳絲長

柳絲長，摇春愁，春愁萬縷多如織，容華銷爍應難留。江南春正好，東風弄和柔。紛紛綺羅子，往來陌上頭。柳絲綰作同心結，迴嚬索笑争嬌羞。誰知同心亦易解，盤旋百結空綢繆。離亭二三月，行人送離别。《驪駒》曲未終，柔條已先折。行人一去歸不歸，執手相看那忍訣。縱使柳絲千萬丈，折來難繫愁腸絶。我與韶華情更慳，十年頓足闤闠間。時向墻頭看柳色，有手欲折何由攀。一心願作雙飛燕，還向春風舊庭院。飛飛不離柳絲旁，却笑離人空斷腸。

妾薄命

薄命妾，薄命妾，昔日顔如花，竭〔一一〕來頭半雪。翻思初嫁時，朝夕承恩私。蕙蘭播清馥，羅綺生光輝。夜夜庭前拜新月，衷情訴與天公知。願同比目魚，游泳長相隨。願同連理枝，百歲相因依。豈料衰榮無定在，遂令終始成參差。參差良可歎，命薄分所宜。報德未及已，妾心徒自悲。願夫慎保金石軀，好音慰妾長相思。

五言律詩

自訟二首甲午秋初入獄賦

地位天光近，君恩海水深。竟無經濟略，空負聖明心。中歲時同棄，南冠雪漸侵。沉思時引咎，深愧玷儒林。

寡識蠡窺海，疲才蹇曳輪。臨深惟恐懼，撫己益酸辛。聖治乾坤大，仁恩雨露春。自新如有路，指日聽絲綸。

病　暑

負愆將一載，嬰疾又經旬。自笑相如渴，誰憐原憲貧。炎蒸侵瘦骨，雨濕透重裀。解愠思餘澤，馳心向北宸。

立　秋

久困炎蒸苦，忻聞報早秋。斗杓方右指，大火已西流。班扇行當棄，南冠尚未投。有懷如宋玉，搔首不勝愁。

承友人和立秋詩韻復成一律以謝之

新秋金氣應，凉雨晝糢糊。愁破詩懷好，神清肺氣蘇。衹慚孤聖眷，寧肯哭窮途。更喜承佳製，聯篇錦繡鋪。

秋熱

入秋旬日後，餘熱尚憑陵。病體何時減，愁懷此日增。渴思金碗蔗，清愛玉壺冰。便欲凌風去，羈留愧未能。

憶昨乙未九月一日作

憶昨離家日，今朝又一年。愁多頭漸白，道在志愈堅。別淚秋風裡，鄉心夕照邊。何當解羅網，霄漢載騰騫。

秋日遣懷

自歎罹嚴譴，深慚負盛時。愁牽翻似夢，力困始知衰。逗冷霜初試，迎風葉易摧。亨屯元有定，安分復何疑。

詠　雪

雕刻非因巧，飛揚若有憑。交輝偏得月，溶液易爲冰。狂絮那能擬，輕塵莫見陵。何須誇六出，一白已堪徵。

送　別

愧我罹憂患，那堪子謫居。相期情未已，爲別意何如。寒雁秋風外，山城暮雨餘。聖恩天廣大，指日望還車。

陶　情

慮淡心無競，神怡物自忘。鳶魚關俯仰，宇宙信行藏。草色年年緑，川流脉脉長。陶然有餘樂，擊壤頌羲黄。

丙申初度日承諸知己設酒肴相慰詩以謝之

忽忽逢初度，南冠慘別魂。親庭勞遠望，客計向誰論。力疾裁詩句，攢眉對酒樽。何時恩詔下，春意滿乾坤。

對鏡

常時不對鏡，對鏡即傷情。自覺衰容惡，誰知白髮生。松筠存晚節，蒲柳謝春榮。喜有丹心在，常懷報聖明。

聞鵲聲偶成

乾鵲朝群集，喧呼亦動情。每於愁裏聽，偏向客邊鳴。報喜應難準，填河豈有成。何如丹穴鳳，儀舞際文明。

七月中旬霖雨大作夜分卧處墻頹連榻者先覺不以聞恍惚中傷鼻出血感何楊諸友慰安情甚厚詩以謝之

嗟余遭罪釁，歷涉故多屯。不戒巖墻險，寧爲知命人。倉皇魚在轍，狼狽越依秦。賴有知心友，相看意甚真。

丙申七月離家滿二期

離家踰二載，白髮尚南冠。吉兆常多夢，窮愁豈有端。炎蒸三伏盡，風雨五更殘。點點思親淚，何時枕上乾。

六月久無雨獄中病者甚多忽霖雨大作詩以志喜

久晴思得雨，一雨愜群情。病逐炎蒸退，凉隨喜氣生。九重紓聖慮，四野望秋成。趨賀慚無地，裁詩繼頌聲。

九日偶沽得一壺坐間諸友索余賦此

九日今朝是，流光逐轉蓬。蕭條鄉邑夢，憔悴菊花叢。老覺詩狂減，顔憑酒力紅。登高思向日，落帽任西風。

初冬

流光隨水逝，衰病與愁兼。炯炯丹心在，蕭蕭白髮添。圜扉陰氣肅，裋[一二]褐朔風尖。願假陽和力，無令久滯淹。

除夕二首

羲馭無停策，流光日夜催。臈隨寒漏盡，春逐曉鐘來。爆竹傳餘響，屠蘇憶舊醅。相看不成寐，寂寞擁寒灰。

歲事今宵畢，羈愁此日深。沉痾猶未釋，老態轉相侵。迢遞思親夢，勤勞戀闕心。來春新氣象，翹首聽佳音。

夢同僚諸閣老

倏忽三年别，今宵夢裏逢。相看情繾綣，慰問語從容。豈謂雲泥隔，猶憐道義同。覺來揮淚眼，燈燼落殘紅。

回南京經古城

祠廟臨江渚，人家雜棗林。霜輕冬尚暖，水闊晝多陰。客路驚衰鬢，歸舟愜素心。從今各努力，莫使别愁侵。

嘗蟹

紫蟹經秋後，輸芒向遠沙。霜臍〔一三〕猶未飽，風味已堪誇。香透橙初熟，樽空酒旋賒。持螯供一醉，歸興遶天涯。

暮春

淑氣屆清和，春遊興已過。草晴香霧合，花盡緑陰多。事業孤衷在，年華兩鬢皤。還期解羈紲，紫陌笑聯珂。

戊戌人日

多謝東風力，熙然滿眼春。秪憐身是客，又見日爲人。水活冰初動，烟輕柳尚顰。草堂嗟寂寞，誰復贈詩頻？

春雪

誰把冰綃剪，安排上苑春。封桃霞臉薄，禁柳翠眉顰。脉脉侵歌榭，輕輕逐舞塵。尋芳停棹處，錯認剡溪人。

秋　曉

客情多寂寞，歸夢半糢糊。愁劇知宵永，凉生覺病蘇。曉風凄斷角，殘月亂啼烏。擁膝思前事，深慚負壯圖。

冬　至

葭琯陽初動，梅梢雪未消。年華雙鬢改，羈旅一身遥。未許甘衰朽，何須歎寂寥。丹心逐雲物，呈瑞絢晴霄。

冬　夜

抱病何當差，興懷總可憐。多愁醒似醉，不寐夜如年。灰冷消餘燼，衾寒怯故綿。固窮吾道在，肯爲别情牽。

庚子正旦二首

客思何時釋，年華幾度新。葵心終向日，蓬鬢怯逢春。求貸緹縈切，離群子夏貧。一盃元日酒，誰爲慰雙親？

寒盡愁難盡，春歸客未歸。鳥聲喧曙色，柳眼弄晴暉。叢棘棲身久，繁華入夢稀。遥思諸閣老，環珮集彤闈。

憶子二首

癡兒年漸長，老我尚孤征。久曠趨庭訓，徒深舐犢情。書來心稍慰，念及淚還傾。舊業南湖曲，何時共力耕。

弱女吾鍾愛，興懷百感并。有家雖素願，力疾困微生。貞淑無違訓，紉縫自夙成。客中聞此語，陡覺病身輕。

春　愁

莫年爲客久，愁思入春深。宵柝三更夢，歸鴻萬里心。看花能復醉，感物易成吟。何事東風劣，催教雪滿簪。

辛丑春日書懷十首

晨風驅宿霧，淑氣飏晴曛。春過未逾半，花開到幾分。無聊常自語，有信苦難聞。賴有朋知在，相看意頗勤。

志窮名愈晦，道在命何悲。得失慚求劍，凄凉陋泣岐。日酣花弄色，烟重柳顰眉。遥想春光好，令人喜復疑。

半生蒙帝力，十載侍楓宸。視草分蓮炬，宣麻染鳳綸。鶯聲雙闕曉，柳色上林春。慚愧雲泥隔，葵心向日頻。

故山甌浦上，先隴白雲邊。湖水涵春碧，松花落莫烟。盤飡寒食雨，簫鼓太平年。兩地相追憶，傷心一惘然。

親壽過耆耋，庭闈隔歲年。班衣塵滿篋，衰鬢雪盈顛。愛日孤哀切，驚心百感煎。癡兒俱幼弱，誰爲奉周旋。

深閨春寂寂，孤影思遲遲。烏鵲兼憂喜，鶯花歎別離。洛城張籍句，鄜月杜陵詩。久乏鱗鴻便，何由寄所思。

遥思諸閣老，濟濟集彤闈。恩寵超常秩，奎躔耿夜煇。黄封分内醖，春服换羅衣。料得多垂念，其如信息稀。

露凝蛛網濕，花落燕泥香。蝶影斜穿竹，人聲笑隔墻。途窮心自得，迹遣境俱忘。矯首看飛翮，悠然興趣長。

涸鮒思甘澤，歸鴻翼順風。物情資化育，生意藹昭融。樹色烟霞外，湖光罨畫中。故園天共遠，時得夢魂通。

春聲簷雀噪，曉色曙烟收。載酒懷同輩，尋芳念昔遊。湖山雙短鬢，身世一歸舟。夙願行當遂，閑雲任去留。

壬寅生日感懷

節近端陽日，予當初度時。劬勞恩罔極[一四]，憂患事多岐。踪迹隨蓬梗，年華入鬢絲。白雲天共遠，舉目已先悲。

聞柯啓暉談黄蒙進學

客底聞公論，悠然慰我思。阿蒙方勉學，宣遠早能詩。載筆趨鈴閣，承恩集鳳池。從容多得意，不負舊襟期。

迹　困

迹困心無怍，囊慳道未貧。周窮常減食，補綻勝懸鶉。髮白非關病，愁多秪爲親。清吟聊自遣，誰謂轉傷神。

九日

九日多陰雨，晴明亦可嘉。羈人空白髮，籬菊自黄花。寂寞題糕字，飄零泛海槎。來期猶未卜，搔首一長嗟。

承樗菴蘭室見和再用韻酬之

雅淡推陶令，風流屬孟嘉。酒酣風落帽，詩就筆生花。山色丹陽路，潮聲浙水槎。同歸應有日，話舊倍堪嗟。

食粥

汗濡因食粥，坐久怯臨風。弱體須防疾，微生且固窮。酒酣金帳煖，茶沸竹爐紅。遥想諸朋舊，高懷迥不同。

贈黄蒙乃兄

半面未相識，情深即故知。金蘭敦古道，松柏挺奇姿。屢辱分佳惠，何由致我私。盍簪須有日，談笑豁襟期。

次韻酬友人

詩思池塘草，才猷鼎鼐梅。淹留清譽在，追憶舊懷開。雨後遊山屐，花前問月盃。此情兼此境，幾度夢中來。

年老

年老身猶絆，心煩趣自偏。醉餘常凜若，喜後但茫然。脩竹三冬勁，精金百煉堅。敢云忘自勉，且復順吾天。

老態

窮途多坎壈，老態漸龍鍾。酒量休過醉，交情只怕濃。太羹無褒味，寒色澹蒼松。誰識希夷子，齁然偃華峰。

憶閑居

憶昔閑居日，陶情頗自怡。割批風與月，驅使酒兼詩。求益千林竹，争雄一局棋。飄零吾老矣，猶有舊襟期。

癸卯端午承槨庵蘭室觴之以酒坐中有詩次韻謝之

幾番端午節，猶未脱塵襟。雲樹鄉山夢，壺觴故舊心。興懷多感舊，吊古謾成吟。雲路青霄上，薰風入舜琴。

偶　成

人生七十希，十載守圜扉。莫景還能幾，芳心半已違。秋霜風葉老，朝日露華晞。俛仰默無語，悠然愧昨非。

雨後聞蛙聲擬賦詩壇一律

形勢依山澤，詩壇屢效奇。池蛙喧鼓吹，園茗展槍旗。花底蜂衙集，槐陰蟻陣移。有時酣白戰，不許寸兵持。

除夕與諸友坐談罷感懷

客裏逢除夕，流光又十年。屠蘇空老大，桎梏尚拘攣。强笑翻多愧，窮愁秖自憐。老親頭似雪，揮淚向燈前。

甲辰春和蘭室病中詩韻二首

人事愁中少，年華静裏消。青樽誰復醉，白髮肯相饒。抱病憐吾子，追懽慨昨朝。白雲長在望，鄉信一何寥。

雨聲寒尚滴，霧氣濕難消。眼底春猶淺，愁邊夢更饒。湖山乘月夜，杖策看花朝。白髮應多感，憑誰慰寂寥。

用蘭室韻簡樗庵二首

塵榻三年共，清談百慮消。棋邊機更捷，醉後興偏饒。短策看雲處，虛窻聽雨朝。詩禪曾勘破，何必問參寥。

自愛春風好，何緣鬢雪消。顧瞻天闕迥，空負寵恩饒。狼狽愁兼病，凄凉夜復朝。朝端多貴客，音問竟寥寥。

棐子弱冠成人伊始寄一律以勉之

成人良有望，弱冠志方安。操履期無忝，辭章貴可觀。少陵憐驥子，陶令責雍端。況我乖離久，興思百念攢。

偶成

迢遞鄉關遠，淹流歲月長。雁杳書難覓，春來草自香。食減緣周急，愁多苦健忘。半生湖海客，贏得鬢邊霜。

病起

病起力難任，愁來思不禁。雙眸雲霧影，兩耳海潮音。鄉國連宵夢，忠貞百歲心。誰能似鷗鳥，隨意自浮沉。

五言排律

戊申對雪述懷八十韻

屏翳驅雲合，玄冥剪水成。先容方集霰，次第漸飛霙。正及初陽啓，仍看六出呈。平鋪疑傅粉，密灑訝飄瑀。撲檻花無艷，行沙蟹有聲。悠揚相上下，來去解縱横。透隙尤奇絶，隨風任使令。素虬鱗甲動，縞鶴羽毛輕。竹壓翻嫌重，松埋更覺清。樓臺銀作砌，城闕玉爲京。簷溜瑶簪墜，池冰寶鑑明。餘輝摇翠箔，皓彩炫金莖。遠覩迷珂珮，微消鏤水晶。岡巒忘險易，稼穡兆豐盈。穴潤蟲還蟄，巢平鳥自争。嚴凝須應候，忻戚每殊情。剡曲扁舟泛，孤山短策行。淺斟圍繡縠，偃卧掩柴荆。柳絮詩纔就，龍團茗旋烹。映光勤夜誦，破敵遂宵征。歷歷前人迹，遥遥後世名。追攀增慨歎，優劣復誰評？顧我猶匏繫，徂年倏電傾。省躬諸感集，懷舊亂愁嬰。鄉曲閑居日，江山暮雪晴。登樓舒遠目，卷幔傍前楹。萬瓦魚鱗矗，群峰玉柱擎。梅梢難辨色，鷗鳥謾尋盟。漸掃通苔徑，餘飄拂采甍。開筵氈作帳，禦冷酒爲城。味美新燒筍，香浮旋剖橙。蠣房兼炙蠏，菰米勝炊秔。煨芋烟凝突，調虀浪躍鐺。歌喉無党妓，坐客摠陰鏗。難買千金笑，寧辭百罰觥。追歡多繾綣，扶醉强支撑。險韻頻搜句，長吟當解酲。當軒揮兔穎，呵凍染陶泓。振步登詞苑，聯班摠國楨。辭章期黼黻，華采耀簪纓。古道存風雅，周官重列卿。討論紬石室，奏對邇延英。共羡時逢泰，私惟業未精。珠呈慚瓦礫，缶擊愧韶韺。黽勉遵驅策，操持慎準衡。寵恩恒眷遇，賚予日交并。視草仍多暇，颺言許載賡。重裀供坐穩，文錦賜衣榮。獸炭爐添燄，羊羔蜜和餳。雕盤金鯽鱠，犀筯紫駝羹。蓮炬光生席，黄封酒在罌。仙音飄律吕，清馥播蘭蘅。和協鑾諧御，從容禄代耕。入朝先曉漏，退直爛長庚。歡浹陽春暖，身躋壽域亨。豈知寒凛冽，轉覺氣峥嶸。未效涓埃報，良深犬馬誠。負愆憐陸績，求貸憶緹縈。延首雲霄遠，離群鄙吝萌。秋違南浦雁，春隔上林鶯。衰鬢看頻改，窮冬已屢更。鴟蹲聊假息，蝟縮澹無營。書籍從拋棄，賓朋絶送迎。静便依管榻，思苦對韓檠。衣弊緇塵積，衾單旅夢驚。侵膚俄起粟，砭骨利摧兵。尤厭多驕黠，攻求集蚋蝱。自傷緣失墜，誰復較奇贏。空詑懷如海，何由飲似鯨。蕭條悲暮景，落魄誤浮生。跡擬風中葉，心同仗外旌。遅迴安定分，坎壈昧前程。黄耳難傳信，班衣尚在簏。思親嗟靡及，戀闕未遑寧。恭喜瞻三白，行當冀一鳴。敢辭筋力倦，幸際泰階平。德教覃遐俗，仁風洽庶氓。昊穹隆祐命，坤后薦嘉禎。授簡還能賦，輸忱願可貞。曉晴遥北望，佳氣繞蓬瀛。

壬寅冬至二十四韻是日早雪晚晴

乾坤開橐籥，曆象斡璿璣。陰極初陽復，寒凝暖氣微。葭莩灰已應，梅柳雪還飛。蠕動回生意，根荄孕化機。繡紋添弱線，霞采弄晴輝。吾道時當長，亨途迹尚違。厭聞嚴警鐸，愁對鎖圜扉。霜瓦飢烏集，風簷落木稀。目窮瞻雁字，體瘦怯鶉衣。自怪離情惡，兼傷獄吏威。行囊看漸澁，濁酒負頻揮。涕淚酬佳節，倉皇送落暉。丈夫當許國，先達貴知機。迂拙迷前算，艱危愧昨非。夢魂長繞繞，桑梓故依依。臈盡春如海，花明錦作圍。浮嵐澄夕霽，空翠濕朝霏。密竹籠茶臼，晴楊拂釣磯。敲棊聲剥琢，采藥翠芬菲。水涉多衝鷺，山行亦采薇。香浮村釀熟，紅泛鱖魚肥。樂事難中輟，餘生或可希。鯉庭尋舊業，萊服戀親闈。佇聽頒恩詔，龍河一棹歸。

咏雪三十韻

造化鍾靈祕，陰陽迭變遷。玄冥司號令，滕〔一五〕六振威權。瑶圃花從剪，崐山玉就鐫。同雲如羃布，急霰訝珠圓。脉脉憑危集，輕輕透隙穿。潤凝酥沁液，光泛汞流鉛。食葉蚕聲細，翻空鶴羽鮮。冰奩緣沼合，縞帶逐車旋。壓竹枝嫌重，封梅色鬥妍。飛璠資雅淡，樊素愛嬋娟。恍若虛空界，還疑混沌先。濕妨蟲户〔一六〕蟄，清覺瘴塵蠲。序屬三冬候，祥占大有年。豪家誇翫賞，洞府會神仙。窣地施金帳，排軒列綺筵。羊羔兼異味，歌管促繁絃。火暖爐蹲獸，盃行酒似泉。醉忘寒氣重，坐待燭花偏。疏拙時同棄，膏肓疾尚纏。倉惶魚在轍，汩没劍沉淵。粟起衰容惡，絲添白髮懸。窮愁還自遣，僵卧復誰憐？裋〔一七〕褐猶鶉結，鄉書絶雁傳。青綾餘賜被，白氎憶重氈。孤負尋逋屐，飄零訪戴船。党姬寧足羨，陶茗且須煎。葵藿孤衷切，松筠晚節堅。凄凉元不厭，潔白舊相便。未墜冲霄志，閑吟咏雪篇。願因風力便，吹上九重天。

癸卯正旦簡同列諸公二十八韻

鳳曆頒王正，青陽肇歲功。化機潛斡運，品彙總昭融。瑞氣浮金殿，彤雲繞碧空。曉鐘開萬户，黼座〔一八〕儼重瞳。聲度天邊樂，香飄仗外風。車書歸一統，玉帛總來同。劍珮超群辟，貂蟬引上公。嵩呼伸頌祝，國祚永尊崇。昔綴班行久，均霑寵眷隆。退朝雙闕下，侍宴百花中。内醖和璚液，春旛絡綵絨。鑾〔一九〕刀新膾〔二〇〕鯉，禁臠重胹熊。香橘存餘緑，仙桃擘醉紅。蔗漿金碗凍，湯品絳紗籠。湛露歌初合，清平曲未終。中天懸日月，鳴鳳集梧桐。自顧才多慊，俄驚疾在躬。迢迢天路遠，寂寂暮途窮。偃蹇猶顛木，飄零逐走蓬。徒懷青眼客，漸作白頭翁。力薄筋俱困，心煩耳半聾。逢時增慨歎，逐物易昏蒙。涸鮒須霖雨，羈禽戀舊叢。仁恩均覆載，民物盡帡幪。欽恤嚴三覆，詢謀達四聰。刮劘興廢滯，施舍起疲癃。吾道時方泰，亨途迹可通。相期敦素履，努力罄丹衷。

校勘記

〔一〕『辟』，底本作『壁』，據文淵閣本改。

〔二〕『作』，敬鄉樓本下小字注：『按，脱「四時」二字。』

〔三〕『褥』，底本作『辱』，據文淵閣本、敬鄉樓本改。

〔四〕『秣』，底本作『抹』，據文淵閣本、敬鄉樓本改。

〔五〕『行已信多艱』，敬鄉樓本作『已信多艱難』。

〔六〕『霜髯髮垂領』，敬鄉樓本作『霜髯垂頷領』。

〔七〕『黎』，底本作『棃』，據文淵閣本、敬鄉樓本改。

〔八〕『冷』，底本、敬鄉樓本作『吟』，據正統本、文淵閣本改。

〔九〕「蟬」，底本作「殫」，據正統本、文淵閣本、敬鄉樓本改。
〔一〇〕「狐」，文淵閣本、敬鄉樓本作「弧」。
〔一一〕「朅」，底本作「揭」，據文淵閣本、敬鄉樓本改。
〔一二〕「裋」，底本作「脰」，敬鄉樓本作「短」，據文淵閣本改。
〔一三〕「臍」，底本作「蠐」，據文淵閣本、敬鄉樓本改。
〔一四〕「極」，底本作「亟」，據正統本、文淵閣本、敬鄉樓本改。
〔一五〕「滕」，底本、敬鄉樓本作「騰」，據文淵閣本改。
〔一六〕「户」，底本、敬鄉樓本作「虫」，據文淵閣本改。
〔一七〕「裋」，底本作「脰」，敬鄉樓本作「短」，據文淵閣本改。
〔一八〕「座」，底本、敬鄉樓本作「坐」，據文淵閣本改。
〔一九〕「鑾」，正統本、文淵閣本、敬鄉樓本作「鸞」。
〔二〇〕「膾」，底本、敬鄉樓本作「繪」，據正統本、文淵閣本改。

省愆集卷下

七言律詩

乙未暮秋述懷呈諸同志

忽忽流光九月初，南冠又是一年餘。冥鴻何事罹魚網，羸馬猶堪駕鼓車。砧杵凄凉寒信早，風霜摇落柳條疎。不緣知己能相慰，對景能無歎索居。

夜夢二親

雙親鬢髮久成絲，千里關河入夢思。愛日瞻雲情罔極，下機投杼事堪悲。風回過雁鄉書斷，月滿圜扉夜漏遲。臣子立身忠與孝，不才深愧負明時。

憶院中竹〔一〕

一别詞垣數月餘，娟娟脩竹近何如？夢魂還憶林間醉，詩句誰從節下書。翠色凝煙春院寂，清陰籠月夜窗虛。邇來渴想平安報，鴻雁無情音信疏〔二〕。

和韻

聲價當年孰與過，連城白璧豈終磨。客邊況味渾如昨，閑處詩篇復幾何。兩鬢雪霜年未艾，九重雨露寵還多。緣知燈火寒窗夜，清夢時時到鶴坡。

屈指年華五十過，生平壯志未應磨。青雲事業寧無愧，白首功名更若何。迢遞鄉關音信杳，蕭騷風雨夜寒多。不知舊日西湖路，誰復尋梅過雪坡。

和友人中秋月詩韻

曾照當年苜蓿盤，却於今夕動愁端。濁醪何自供杯斝，灝氣多應徹肺肝。夜漏無聲天闕迥，露華如水井梧寒。更祈早晚承恩詔，翰苑明年仔細看。

因夢二老親夜寐不成

雲連甌越路途賒，翹首高堂暮景斜。致孝未成烏反哺，負愆忽訝兔投罝。夢魂來往渾無定，消息沉浮更可嗟。大節未酬誠可愧，皇恩猶待聽宣麻。

追和耻庵詩韻

寸心長擬與天游，豈料無才齒縶囚。千里親庭勞夢寐，故山先隴長松楸。喜逢阮籍能青眼，自笑馮唐尚黑頭。何日共沾新雨露，佩環依舊步瀛洲。

丙申正旦年已五十

青陽肇序際亨期，民物熙然仰德輝。豈謂淳于猶縶獄，應憐伯玉已知非。九重天闕瞻思切，萬里親庭定省違。忠孝兩情何日遂，鏡中殊覺二毛稀。

重　九

愁中節序苦相催，可奈重陽今又來。叢菊多情頻入夢，濁醪無分且停盃。獨醒翻笑陶潛醉，高咏空憐杜甫才。未卜明年當此日，更於何地好懷開。

和樗庵詩韻

何事愁眉鎖兩尖，侵尋老態近來添。自憐况味如灰冷，誰謂人情似蜜甜。獵獵朔風吹短褐，蕭蕭落葉響疏簾。且須隨分開懷抱，時復長歌一舉髯。

言志

六籍窮搜不憚勞，喜承恩寵聖明朝。一心自擬全臣節，萬死誰知觸憲條。垂老雙親俱白髮，應門弱子未垂髫。中情無限憑誰訴，安得因風達九霄。

詠雪

馮〔三〕夷剪水作冰花，幻出人間富貴家。簷溜凝寒珠錯落，庭柯壓翠玉交加。梁園賦就懽何劇，剡曲舟回興可誇。安得登樓窮望眼，乾坤一色瑩無瑕。

自訟還南京賦

歸來猶未脱南冠，羞見蕭蕭鬢影斑。今是昨非須改轍，跋前疐後敢辭艱。鄉書難向愁邊寫，親舍時從夢裏還。仰荷聖明同日月，愚衷應在照臨間。

早過直沽

孤城近海曉光遲，遥認歸程望不迷。潮水分流船上下，人家相對岸東西。市聲喧雜商人集，野色荒凉雁影低。猶記前年留飲處，菊花插帽賦新題。

夜行

白髮南冠愧楚囚，官程日夜促行舟。櫓聲摇月鳴鵝鸛，帆影凌空向斗牛。客况凄凉時自遣，夢魂繚亂苦多愁。遥憐扈從諸仙客，賦就《長楊》寵賚優。

和友人韻

廿載論交道義同，豈期憂患復相逢。笑談殊覺情偏洽，賡和何慚句未工。已共丹心明皎日，從教白髮老秋風。陽春定擬蒙恩澤，簪紱相從拜九重。

和韻曾同往南京復回

憶昔曾同侍從班，豈知今日共艱難。舟車遠道風霜早，燈火虚窗夜雨寒。夢寐惟應懷魏闕，文章未必悞儒冠。于今公論明如日，心地無憂體自安。

丁酉元正思親

元正三度客邊逢，千里親庭夢寐通。暮景應添愁鬢白，春盃誰奉醉顔紅。喜看雨露生成際，都在乾坤覆燾中。載舞斑斕應有日，休將涕淚灑東風。

和樗菴中秋詩韻

寸心自擬石同堅，漂泊東西類轉圜。喜逢蟾兔光初滿，坐見山河影倒懸。對酒興懷同此日，聯珂步影屬當年。九重共擬承恩露，還作蓬瀛桂籍仙。

不寐

客邊最怕寒宵永，數盡更籌睡未濃。觸目閑情詩易遣，滿懷愁緒酒難攻。濛濛殘月穿虚牖，獵獵西風送早鐘。百歲幾番朝與暮，亨衢何日展微蹤。

晚步

抛書徐步出簷楹，景物撩人百感并。雁帶夕陽延晚色，樹含凉吹作秋聲。艱辛未負題橋志，旦暮常懷獻曝誠。自笑鹽車猶伏軛，太行誰復顧長鳴。

秋暮書懷

極目關山幾夕陽，况逢秋暮轉凄凉。愁思竹葉浮鸚鵡，寒覓蘆花當鷫鸘。報主志存龜左顧，思親心逐雁南翔。折筳擬卜餘生事，只恐靈氛也斷腸。

暮秋雨中簡同儕

三年同作圜扉客，料得閑邊況味同。酒到醒時情轉惡，詩因愁處句還工。潤侵衣袂催寒雨，聲透窗紗落葉風。得失固應關定分，相看何必感秋蓬。

自勖

往事悠悠是與非，此心仰荷聖明知。交游況復俱青眼，曠達何須泣素絲。近歲鱗鴻多間闊，故園松菊半離披。臨風凝竚徒傷感，歷涉艱難貴不欺。

承友人和余二詩用韻答之

高節稜稜萬仞松，交情如酒味偏濃。清談敏捷詞鋒出，白戰縱横筆陣攻。三載閑情同逆旅，幾番歸夢共晨鐘。要知處患應非易，先輩遺芳願繼蹤。

金蘭久已敦交好，堅白何須論異同。愧我學如蠡海窄，羡君文似錦機工。鬢絲縱〔四〕使三千丈，鵬翮終摶九萬風。此去承恩多暇日，相期樽酒話飄蓬。

用同字韻奉方外交洽南洲

每羨瞿曇舊法宗，孤高不與世人同。降魔神力歸禪定，破鈍鈐槌屬鉅工。杖錫影摇滄海月，袈裟香度少林風。幾年暫爾酬緣業，却笑浮生類轉蓬。

和友人九日感舊詩

謫仙胸次清無邊，尋常賦詩如湧泉。葛巾自漉槽下酒，綸竿時釣槎頭鯿。江楓染霜錦爲幄，塞雁書空雲作箋。客中對景良自慰，何用感昔悲暮年。

承友人再和詩復用韻謝之

慷慨論交心見許，艱難相聚意尤濃。高才迥出誰能屈，過行應多莫吝攻。歸興曾同千里棹，客愁還共五更鐘。新詩賡和饒奇句，酬謝猶能踐末蹤。

承濂泉和章就用韻答之

里閈間關千里隔，客邊邂逅片言同。子應掃兔才華棲〔五〕，我亦雕蟲末技工。襟抱共開滄海量，交情期振古人風。且須守道相磨礪，豈學區區歎轉蓬。

送春

久困沉痾力漸衰，艱難藥裏厭頻開。丹心未許如灰冷，白日驚看似箭催。塵篋尚淹題柱筆，落花空負送春盃。聞知天上多恩露，不信餘生委草萊。

秋陰

年華纔過重陽節，天氣渾同釀雪時。始信北來寒更早，還知老至體旋衰。樽罍正好浮醽醁，裘帽猶思飾豹麋。恭喜乘輿遊獵處，馬肥弓勁便驅馳。

雪

滕〔六〕六携將六出花，先驅屏翳駕雲車。爛鋪鉛汞三千界，幻出璚瑶百萬家。海宇豐年先有兆，乾坤清氣浩無涯。堪憐舊日梁園客，賦就能令世共誇。

紀夢

幾載睽違侍從班，夢中時得覲龍顔。光華恍若瞻依近，寵眷猶存指顧間。六兆有占應叶吉，半生無補故多艱。覺來敬祝齊天壽，佇聽綸音出九關。

夢　友

太丘孫子玉爲姿，夢裏分明似舊時。南郭看花春載酒，西窗剪燭夜論詩。幾年傾慕心如渴，近日多應鬢已絲。安得鱗鴻致消息，先期爲我緝茅茨。

承表弟敬德相顧詩以志感

多君愛我過同胞，患難相周義更高。旅館三年孤夢遠，征途萬里寸心勞。私情自許松依竹，雅操元非藿與蒿。慚愧未能酬令德，且將心事付吟毫。

屢承諸友惠物又聞酒米之貺詩以志之

心期契合擬金蘭，憂患相賙古所難。屢遣麯生扶病骨，兼遺玉粒助晨飡。通情未敢傳書札，銘德應須刻肺肝。安得西窗風雨夜，挑燈話舊到更闌。

丁酉除夕

愁思殢人如中酒，流光過眼競飛梭。歲事又從今日盡，衰顔不似向時多。寒爐榾柮春生席，故里梅花雪滿坡。白髮雙親幸强健，不知消息近如何？

雪

玉龍驅水下瑶池，散作冰花點素蕤。帶雨亂飄疏復密，隨風輕颺整還欹。竹爐火煖茶翻鼎，金帳歌傳酒滿卮。誰似袁安甘寂寞，閉門僵卧已多時。

己亥人日

纔入新春晝漏長，熙然萬象媚春陽。俗傳七日爲人日，身在他鄉憶故鄉。風色漸催花信至，柳條輕浥雨痕香。憑誰挽却甌江水，散作流波洗别腸。

傷春

春風無處不芳菲，狴犴深嚴晝掩扉。藥裹旋添身轉弱，行囊久澁願多違。夢隨飛蝶迷芳草，淚逐殘紅送落暉。誰爲丁寧兒女輩，休教塵汙老萊衣。

聞胡學士物故詩以悼之

廿載簪纓侍禁垣，哀榮終始荷君恩。生無慚德塵編簡，死有雄文遺子孫。愁鎖玉堂雲黯淡，魂飛楚水月黄昏。側聞優詔頒封謚，行見穹碑照墓門。

託官何幸屬斯文，交誼如君迥不群。持論肯嫌相可否，傾心殊覺更殷勤。薄劣自慚霄漢隔，别離誰謂死生分。阻陪執紼情無已，涕淚汍瀾灑夕曛。

佳人

静閲光陰惜歲華，低頭無語倚窗紗。新愁舊悶風前葉，倦態羞容雨後花。吟就白頭空自惜，織成錦字向誰誇？蚤知薄命難終愛，何必生來願有家。

冬至和濂泉詩韻

曉來翹首矚晴霄，紫氣多從日下飄。破臈葭莩飛玉琯，迎春梅柳媚霜條。共誇此日歡方洽，未信明年暖尚遥。環珮趨朝天闕曉，五雲重覩鳳儀韶。

庚子元夕次韻二首

暖翠香風藹玉京，鰲峰高與五雲平。九重鑾馭從天下，萬朵金蓮徹夜明。龍德當陽開泰運，恩波如海洽群生。祥光一道星垣裹，照見黄河徹底清。

幾度觀燈侍帝京，鳳樓南面御街平。珠幢寳蓋開閶闔，八彩重瞳仰聖明。聲度天風仙樂動，香沾春酒臉霞生。客邊賡和尤增感，翹首祥雲繞玉清。

又賦元夕

翠擁三山壓巨鰲，天門燈夕宴通宵。陽隨春長乾坤泰，樂與民同霈澤饒。香爇沉檀飄瑞靄，光摇星斗燦晴霄。瀛洲曾預仙班後，猶記清平入鳳韶。

聞車駕幸海子閲海東青

清曉鑾輿出近郊，彩雲迎日翠烟消。龍媒立仗黄金飾，鷙鳥摶空白雪毛。政協車攻修典禮，賦成羽獵擅時髦。羈臣聞説昇平樂，獨倚東風望赤霄。

辛丑九日

幾年重九愁中過，不似今年思轉愁。南浦雲迷鴻雁字，故園霜冷菊花秋。綸音已喜覃恩澤，涸鮒誰憐久滯留。破帽不禁風色緊，却嫌蓬鬢日颼颼。

贈僧雪庭其僧日本人

少小曾參不二門，談空説法更精勤。一盃遥度滄溟曉，半榻晴分雁蕩雲。巫峽猿聲愁夜月，峨嵋秋色澹晴曛。禪心本自無拘礙，何事虚名與世聞？

壬寅初春

十年蹤迹困沉痾，老去其如歲月何。風軟應知花有信，雨晴遥覺水增波。空憐杜老狂猶在，却笑南榮慮尚多。它日得歸尋舊業，半江春色一漁蓑。

言　志

氣壓元龍百尺樓，壯懷長擬繼前脩。半生堪笑隨蓬轉，百鍊羞爲繞指柔。霜重蒹葭秋易老，雨餘風日晚生愁。夢中猶自陪鴛侣，五色雲中拜冕旒。

感　舊

留侍青宫居守時，不才何幸被恩私。報章稠疊朝偏早，顧問從容出每遲。味重醍醐分内醞，光聯奎壁〔七〕賜新詩。于今追憶多傷感，欲報涓埃未有期。

中秋次韻二首

無情歲月自消磨，客裏逢秋感更多。白髮蒼顔俱老矣，清風明月奈愁何。坡仙起舞留新句，李白停杯發浩歌。它日倘能追往迹，桂花香裡挹金波。

皎皎丰姿玉就磨，娟娟秋水好懷多。客邊清事應如昨，囊裡新詩復幾何？習静謾成蝴蝶夢，等閑猶憶戾嵺歌。床頭賸有樽中緑，醉飲鯨翻滄海波。

中秋次蘖庵韻二首

坐待冰輪出海遲，光華此夕更相宜。誰知景物撩人處，正是窮途灑淚時。玉宇瓊樓坡老句，清輝香霧少陵詩。古來才俊多豪邁，也向樽前歎别離。

讀書何幸際昌期，廊廟良材子所宜。職典銓曹纔數日，身淹叢棘已多時。傷心空負題橋志，對景愁吟《陟屺》詩。試看徂徠松與柏，霜枝雪幹晚離離。

屏　迹

屏迹圜扉八載餘，安危不必問何如。江淹思苦還能賦，司馬愁深尚著書。風度秋聲聞絡緯，雨催凉思入郊墟。興來偶向簷前坐，滿目閑雲自捲舒。

友人依首尾對格賦一律余亦效颦次韻

十年冀北淹塵迹，萬里甌東憶故鄉。春樹籠雲音信遠，圜扉扃月夢魂長。舊時親友多應少，負郭湖田半已荒。自愧駑駘猶伏櫪，不如鴻雁得隨陽。

次　韻

歲月無情空自惜，生平多故復何堪。雕蟲翻笑成疏拙，集蓼何心較苦甘。炯炯丹心惟愛國，蕭蕭白髮不勝簪。太行北向持吾駕，善御其如楚在南。

次韻二首

朝士相知子最深，每從公暇即過臨。風姿清潤藍田玉，文采光輝麗水金。到處清談多讓席，有時白戰獨披襟。客邊相聚尤相洽，肯負當年故舊心。

堪笑年來疾轉深，每慚易象戒甘臨。窮途力困鹽車軛，行橐貧無月俸金。戀闕子牟言在耳，思親陸續淚沾襟。中天日月懸光景，安得餘輝照我心。

次省齋韻二首

遊宦江湖轍已周，窮途寥落幾經秋。悠悠身世功名舊，納納乾坤日月浮。道在淳于終貸罪，數奇李廣不封侯。由來得失關前定，且復高歌莫浪憂。

年來甲子已云周，白髮蕭蕭不耐秋。思逐孤雲天外遠，身如一葦浪中浮。服田曾竭三時力，種橘能同萬户侯。農圃關心何日遂，清樽濁酒可忘憂。

悼伯兄

蚤歲驚風拆雁行，季方那忍哭元方。音容日遠嗟何及，手足情深念不忘。同穴無慚憐伉儷，承家有託在諸郎。孤蹤自愧多淹滯，極目烟雲倍感傷。

贈澹齋

管鮑論心百世豪，陳雷氣概漆投膠。嗟余久困艱危日，念子能敦道義交。周廟樽彝存古制，陰崖松柏挺寒梢。由來苦調知音少，慎勿逢人作解嘲。

日本僧雪庭一旦端坐而逝恥庵賦詩挽之余亦次其韻此僧曾住東林，又住峨嵋，年八十五，坐累死於獄

法音曾演海門潮，萬里東歸劍閣遥。出水蓮花元不染，凌霜松柏豈云凋。機緣久向生前盡，杖錫還從劫外飄。回首廬山舊蘭若，千峰明月虎溪橋。

癸卯新春

纔入新春倍感傷，幾回徙倚對斜陽。病魔剛遣無時去，詩債頻催率意償。簷鵲無情休浪

喜，野花何處但聞香。東郊多少閑遊子，衣馬輕肥樂未央。

承舊同僚諸閣老屢遺惠詩以志之

人情疏闊易乖離，高義相憐久不衰。免使題門如翟尉，多緣知己過鍾期。青霄雲翮垂餘蔭，陰壑霜松挺故枝。瞻企無由懷似海，臨風搔首一嗟咨。

中秋次韻

大地山河片影懸，冰輪飛上九重天。鸞笙度曲來雲表，仙桂飄香到酒邊。愧我老懷空自負，羨君詩法藹孤騫。明年定在南樓上，坐看驪珠出海圓。

中秋追和亡友蘗庵去歲所賦詩韻

憶得年來曾待月，賡酬相屬總稱宜。今宵看月猶前夜，此際懷人異昔時。忍聽《招魂》歌楚些，空聞《伐木》有遺詩。寸心摧折如灰冷，生死那堪重別離。

重九次韻二首

紅葉迎霜萬樹酣，黄花壓帽髮鬖鬖。四時鄉思秋偏切，九日壺觴老尚堪。伏櫪霜蹄應暫蹶，摶霄風翮早圖南。高懷况復清如許，寒月流輝照碧潭。

墨突由來不暇黔，悠然懷古悶懨懨。詩篇謾興休嫌拙，棋局無心亦懶拈。風色迎寒梁燕去，霜華拂水沼魚潛。細推物理沉吟久，不覺斜陽轉後簷。

謹和家父寄來自述冬夜二詩韻

承恩簪筆向螭頭，薄德終貽父母憂。烏鳥私情空繾綣，駑駘倦足尚遲留。迢迢雲路如天遠，冉冉年華逐水流。忽拜新詩揮淚讀，不知離思幾時休。

被擁塵氈藉地鋪，凝寒慘若在冰壺。艱危敢歎身飄泊，疏闊深慚學淺膚。萬里朔風吹斷雁，滿林霜月泣慈烏。漫漫長夜難成寐，愁對殘燈照影孤。

用韻叙舊二首

深沉祕閣殿東頭，進退從容豈解憂。自愛伯陽爲柱史，誰誇阮瑀在陳留。熙熙化日如春盎，湛湛恩波似海流。幾度金鑾曾侍宴，中官傳勅醉方休。

雲葉銀箋雪色鋪，龍香墨汁漬金壺。凝霜兔穎犀爲管，滴水蟾蜍玉作膚。揮灑謾誇騰紫鳳，退朝不覺墜金烏。還家更約諸仙侶，刻燭聯詩興不孤。

用韻遣懷二首

黑髮辭家已白頭，江湖涉歷喜兼憂。子牟眷魏心何切，賈誼浮湘迹尚留。韞玉底須求價售，操舟寧肯逐波流。高吟且復開懷抱，壯志凌雲老未休。

中流失楫櫂淪鋪，始信千金購一壺。已厭風霜摧羽翮，何由芒刺脱肌膚。此心自許明如日，輿論誰言黑匪烏？但使操持終不易，聖情垂眷未應孤。

用韻答樗庵老兄蘭室鄉友二首

樗庵舊隱墨池頭，心地都無分外憂。西墅每因招鶴去，南湖長爲看花留。詩篇俊麗陰何輩，譽望清高李郭流。莫道老來淹駿足，稜稜逸氣豈能休。

蘭室生春萬緑鋪，乘閑相過每携壺。拔茅已喜曾連茹，失足殊憐久噬膚。愛子美如青玉案，嗟予老似白頭烏。升沉此去應難定，莫使平生志願孤。

再和酣黔韻二首

江湖況味苦沉酣，赢得蕭蕭雪鬢鬖。伯起四知雖自許，夷吾三北亦何堪？莫邪謾説銛爲鈍〔八〕，岐路空嗟北與南。誰識當年漁父意，滄浪一曲起江潭。

得意休誇白勝黔，幾回猛省思慨慨。謀身多爲儒冠誤，對客休將舊事拈〔九〕。萍梗未知何日定，山林應待老夫潛。興來坐看雲舒卷，風木蕭蕭落短簷。

自悼

生來志氣薄雲浮，七尺微軀不自謀。抱戚噬臍應已晚，沉酣濡首亦堪羞。花間朝露晞春日，霜後陵苕怯素秋。老眼怕垂楊子淚，且須含笑看吴鈎。

用蘭室韻爲樗庵壽

往歲賓朋〔一〇〕擁壽筵，文星輝映綵雲邊。老身强健尤堪喜，近况蕭條未足憐。松挺寒梢存晚節，柳含春色待新年。九天雨露覃恩澤，還擬稱觴舞袖前。

用樗庵韻奉簡草心愚莊二友

青年射策向南宫，回首俱成鶴髮翁。楚水閩山千里隔，暮雲春樹寸心同。窮途愧我飄零久，晝省多君德望隆。慶澤流芳端有自，高門何獨羨于公。

生平事業半蹉跎，憂患其如老去何。幸託斯文清議在，喜聞别駕盛名多。鵬程奮迅雲霄翮，帝澤汪洋瀚海波。朝罷從容買歸棹，到家時節近清和。

謝徐恕庵數有贈

贈遺稠疊意愈堅，誰似徐卿道義全。晚節松筠存雅操，青霄鸞鷟藹孤騫。伯牙喜與鍾期遇，管子深承鮑叔憐。搔首臨風無限思，何時連榻話燈前。

七言排律

與節庵論唐人詩法因賦長律三十五韻附注愚意于下者，便於求正也

逸氣稜稜隘九州充之以氣，神交思苦入冥搜濟之以才。洗教凡骨塵俱浄去陳腐，挽起詞源水倒流脱流俗〔一一〕。隨物賦形均造化，陶情遺興賤包羞遺興咏物，各極其趣〔一二〕。蓮開華岳仙人掌潔而不汙，霧鎖元龍百尺樓高而不露。近日雲霞成五色文采，澄空月露映三秋清新。陰精翕翕奔魑魅險怪，武庫森森插劍矛森嚴。萬頃晴濤翻蜃海波瀾，千尋飛瀑下龍湫奔放。孤撐怪石擎天柱超卓，秀挺奇松駕壑虬蒼老。霜冷鐵衣屯紫塞整肅，雲隨仙袂下丹丘飄遠〔一三〕。連城白璧非徒琢温潤，照乘明珠豈暗投光華。器重樽彝兼大鼎古雅，樂陳琴瑟間鳴球節奏。半機蜀錦天葩燦富麗，一縷春絲繭緒抽連續。鐵鎖下蟠江水黑沉着，鯨魚奮擊崑崙浮佚蕩。馮驩作客愁彈〔一四〕鋏凄凉，考叔争車怒挾輈雄壯。紅藥當階迎步障可喜可玩，滄波噴峽上孤舟可驚可愕。水晶沉井形難擬

實處還虚，海市馮虚影却留無中生有。阿閣呈祥看鸑鷟飛騰，康衢縱步騁驊騮馳驟。正奇合度應須察，體制〔一五〕殊倫總見收體雖不同，各有攸當。共説五車誇業盛，誰云七步擅才優貴學不貴捷。天然標格元無飾合自然，自是聲音不外求中律吕。粤自盛唐推渾厚，迄于季世謾雕鎪。楊王聯軌方前邁，盧駱長驅亦並遊。李白詞鋒曾陷敵，少陵家法〔一六〕善貽謀。岑參高適相追逐，賈至王維迭唱酬。格老趣高儲與孟，律嚴義正耿兼劉。郊寒島瘦難殊論，柳淡韋醇豈易儔。練句義山工麗密，摛辭用晦尚清脩。子昂近古居然别，餘輩争先未暇周。一代文章垂汗簡，三千禮樂著嘉猷。驪黄能識同還異，軒輊從知是與否此言初唐、盛唐以及晚唐。何事頽風趨萎茶，漸看姿媚逞嬌羞。蜂腰鶴膝徒争誚，鬥靡誇多總贅疣此言晚唐以後。要使春容歸大雅，須教敦厚更温柔。陽春一曲雖難和，也落詩家第二籌詩本性情，終歸於正。

五言絶句

追和東里詩韻三絶

與子别來久，相思日幾回。有時成邂逅，多是夢中來。
去歲當秋别，今年秋未回。逢秋能幾度，白髮鬢邊來。
日晏出西掖，鳴珂每獨回。感懷如有作，應寄塞鴻來。

問菊問竹各二首

試問故園菊，今年竟若何？想經秋雨後，零落舊枝柯。
試問故園菊，霜根今尚存。春風一披拂，生意滿乾坤。
試問窗前竹，相違已二秋。風聲和月影，還似舊時否。
試問窗前竹，棲鸞會有期。丁寧休剪伐，留取拂雲枝。

花　朝

狴犴嚴扃鑰，花朝不見花。若無牆外柳，何以識年華。

四時詞

纔聞花信通，已覺風力軟。寸心元自丹，不逐韶光轉。
隆暑啓初伏，薰風入虞琴。安得播餘響，滌我煩熱襟。
見雁憶鄉關，聞蛩思織婦。笑語是誰家，聲逐微風度。
急霰透疏櫺，寒聲雜鳴柝。被冷不成眠，夜永愁偏覺。

憂悶無聊偶誦東方虬昭君怨三絶後二首妙無以加前一首頗傷於怒予因效顰賦三章非敢角勝也聊以見志云耳

欲語嬌還怯，含顰恥復驚。和親能固虜，妾不愛微生。
馬上琵琶語，淒涼不忍聽。自知緣薄命，誰復恨丹青。
胡風號永夕，寒月照穹廬。夢裡聞天語，褰衣下玉除。

六言絶句

渡　淮

客裏情懷易感，途中況味偏諳。纔過淮流數里，人家漸似江南。

雜咏八首

春去秋來候雁，暮還晨往寒鴉。愁至不堪着目，幾回搔首長嗟。
時往時來警鐸，半明半滅殘燈。枕上蹔成歸夢，覺來愁思偏增。
久拚行囊羞澁，只從詩債籌量。怪殺牆頭楊柳，時時擺動愁腸。

夜眠枕冷衾冷，曉起風多雨多。牆外槐陰泛緑，方知節近清和。

抛却青州從事，支開老禿中書。空詫狂如杜老，轉添渴似相如。

天外音書斷絶，床頭藥裹頻添。咄咄書空作勢，時時覓句掀髯。

鶴髮雙親老矣，蓬頭稚子癡然。想起心迷似醉，悲來淚下如泉。

有限青春易過，無情白髮偏多。此日尚淹塵迹，何時重整漁簑？

感舊四時詞

竹外桃花夜雨，風前楊柳溪橋。某水某丘依舊，此情此意蕭條。

最憶炎天佳致，時來竹塢乘凉。錦鯉旋絲銀鱠，碧筩醉吸瓊漿。

橘柚千林霜日，芙蓉一棹秋波。終日心中想像，幾回夢裏經過。

罷釣寒江向晚，尋梅雪嶺初晴。同輩年來有幾，嗟予老去無成。

七言絶句

聞　雁

今朝纔得見征鴻，羈客凄凉意萬重。數行若到江南去，好寫平安向遠空。

閨中聞雁代婦作

朝來出閣上簾鈎，目斷飛鴻淚暗流。自是別離情思劇，不緣秋色解牽愁。

聞　簫

一枕凄凉夢未休，忽聞簫管雜歌謳。誰知曲裏聲聲思，都是羈人宛轉愁。

嘗　蟹

故園霜落莫秋時，酒緑橙黄蟹正宜。今日持螯仍大嚼，不堪回首起遐思。

又聞簫

霜壓危簷冷透氊，孤燈耿耿照無眠。簫聲若解愁人意，應不隨風到枕邊。

憶友二首

一日相違鄙吝萌，况經三載曠交情。可憐回首雲泥隔，夢裏猶能説舊盟。

中年坎壈鬢成絲，惟有忠君志未衰。知己相憐今鮑叔，何因執手話襟期。

暑雨

暑雨連朝未放晴，不堪病體困炎蒸。何當置我崑崙頂，兩腋清風萬壑冰。

伏中苦熱聞立秋將至成絶句催之

聞説新秋次第來，先期特地遣詩催。要憑嚴令驅殘暑，散作清凉遍九垓。

七夕

烏鵲成橋擁翠軒，牛郎今夕會天孫。休嗟隔歲佳期少，良會人間有幾番。

中秋三首

金水平分夜氣寒，月輪飛上碧雲端。可憐今夜圜扉裏，不比尋常一樣看。

萬里長空桂影寒，夢魂飛越苦無端。可憐今夜高堂上，對景凄凉不忍看。

拂拂天風撲面寒，滿懷愁緒萬千端。可憐今夜深閨裏，月到紗窗和淚看。

端午書懷

頻年翰苑逢端午，蒲酒生香迭獻酬。今日南冠籠短鬢，不知醖釀幾多愁。

得寄來白苧衣

鏡裏飛鸞影蹔分，綠窗燈火幾黄昏。寄來白苧如霜雪，點點分明有淚痕。

元夕

光摇星斗下晴霄，雲擁三山駕六鰲。憶得頻年天上看，佩珂歸去月輪高。

春晴

流澌解盡雪初晴，淑氣融和萬象明。次第春風到花柳，早須歸聽上林鶯。

悶坐

終朝悶坐太無聊，病體何堪肉漸消。惟有丹心常耿耿，夢中猶憶紫宸朝。

秋夜初睡窗檽中見月

解衣欹枕未成眠，月色穿窗絶可憐。憶昔退朝歸去晚，幾回立馬看嬋娟。

秋熱

庭梧久矣報新秋，餘熱憑陵尚未收。安得金風起天末，大驅凉雨滌煩憂。

中秋

何處人登庾亮樓，癡雲特地妬中秋。不堪羈客多愁思，誰道嫦娥也解愁。

歸鴉

寒鴉朝出暮還歸，飲啄相依不暫離。堪歎人生多遠別，不知何日是歸期。

重九前一日同儕者舉唐人况復明朝是歲除之句要余仿此賦之

夢回孤枕夜更長，月轉西樓雁唳霜。冷落不禁情思苦，明朝况復是重陽。

九日代婦賦

深閨寂寞怕逢秋，九日相思分外愁。羞對黃花彈淚眼，重重簾幙空銀鈎。

秋夜

掣鈴擊柝聲相亂，擁被披衣夢未成。月色相親如有意，夜深猶向隙中明。

冬夜思親

廿年宦達爲親榮，親老那知禍患嬰。萬種私情難盡説，淚珠都向枕邊傾。

乙未夏五月初三日夜夢侍朝因追想平日所見成絶詩三十八首

廿載承恩侍九重，太平氣象喜遭逢。于今夢裏如疇昔，一一分明在眼中。

堂堂國體振綱常，禮樂昭明冠百王。聖子神孫千萬世，繼承鴻業與天長。

聖皇勤政日臨朝，獨運乾綱正百僚。豈但英名邁湯武，尊崇道德繼軒堯。

泰壇嚴肅燎烟升，環佩聲隨合樂鳴。穆穆聖容親祼薦，紫微高拱帝星明。

慶成禮畢宴群臣，樂奏鈞天萬舞陳。中使傳宣催滿飲，盎然和氣藹陽春。

廟社崇嚴祀典尊，四時親薦禮彌敦。聖誠感格神如在，國祚綿綿福慶蕃。

鍾阜龍蟠第一山，孝陵遥在五雲間。四時有典嚴朝謁，簪紱常陪侍從班。

星流華渚御筵開，五色祥光燭九垓。天樂和鳴仙仗合，侍臣齊進萬年杯。

朝廷典禮尊王正，玉帛充庭萬國朝。殿上侍班天咫尺，五雲深處聽簫韶。

黄鍾應律啓初陽，中外臣僚賀履長。恭聽鴻臚傳制旨，大推嘉慶及多方。

内難初平論武功，策勳班爵自宸衷。充庭金帛如山積，大賚咸知仰至公。

車駕清晨幸辟雍，親行釋菜振文風。儒臣講罷天顔喜，坐賜龍團侍從同。

斯文仰荷聖明心，詔遣皇華詣孔林。園廟焕然新氣象，奎光遥映五雲深。

讀卷親曾近御筵，導迎黄榜聽臚傳。禮官致語群臣拜，共賀皇家屢得賢。

永樂元正春二月，南郊駐蹕〔一七〕勸農耕。籍田首舉三推禮，稚耋謳歌頌太平。

聖德巍巍被萬方，遐陬異俗總來王。寵錫駢蕃仍宴勞，遠人何幸拜恩光。

由來朝政重民時，進曆年年有定期。分賜百官頒宇内，陰陽不忒歲功熙。

仁恩義澤洽民心，欽恤時時降玉音。朝野歡呼稱萬歲，唐虞盛治屬當今。

國家貢賦有常程，郡邑均輸不取盈。蠲貸屢煩優詔下，要令民庶總安生。

先驅傳警到前茅，萬乘屯雲獵近郊。報道合圍論賞格，又沾恩宴出行庖。

金闕鐘聲曙色開，香飄瑞氣藹蓬萊。前呵傳報人争避，黑面番奴馭象來。

退朝長日御西清，内閣詞臣奉詔頻。幾度從容承顧問，深慚無術贊經綸。

親擁貔貅百萬兵，霆驅電掃鬼神驚。孽胡瞬息如冰解，塞上風塵自此清。

笳鼓聲中奏凱歸，千群面縛隘通衢。午門前面聽宣奏，大將平南已獻俘。

文淵只在殿東頭，奎壁輝光日夜浮。插架圖書千萬軸，又令輶使出旁求。

編摩有詔集時髦，隱索旁搜不憚勞。大典告成呈進了，中官傳旨賜宫袍。

五采祥雲起太虚，流輝高蔭帝王居。堯時未必專歌頌，載筆曾叨太史書。

列宿森羅見景星，祥光直與月同明。太平有象于今見，垂拱無爲人自寧。

千載龍門徹底清，喜逢六合正昇平。泰山如礪河如帶，地久天長拱帝京。

曾聞麟趾咏周詩，郊藪由來罕見之。況復遠夷來貢獻，故知德澤遍坤維。

斲就穹碑著孝思，坤靈兆瑞獻神龜。非銅非石天然態，宛似呈書出洛時。

黎庶安居遍野桑，野蠶成繭動成筐。錦被織成供寢廟，緘縢猶自有天香。

時清玉燭自調和，川岳呈祥瑞應多。纔見騶虞儀殿陛，又看列郡獻嘉禾。

德馨發聞格皇天，二氣沖和出醴泉。滿貯金壺叨賜飲，涓流入口可延年。

星垂天乳夜光寒，甘露凝珠濕未乾。清曉寢園供薦罷，内臣擎出賜千官。

天閑十二皆龍種，風骨稜稜畫不成。内苑曾經調習後，牽來時向御前呈。

象笏羅袍間繡衣，斕斑五采絢朝暉。退朝擎出人皆羡，知是金門拜賜歸。

頻年飽食大官羊，珍品黄封取次嘗。覆育恩同天地廣，銘心刻骨誓難忘。

丙申南還舟發通州

官舸乘風五兩輕，寒流拍岸浪花生。張家灣上頻回首，記取南還第一程。

臨清道中

野水縈紆野岸迴，半川晴雪荻花開。舟人指點疏林外，茅屋人家有舊醅。

舟次濟寧柳色未改澹齋有詩因次其韻

濟寧南下接通津，楊柳冬來色尚新。自是聖恩深雨露，坐令枯朽總回春。

吕梁洪

嶄嶄亂石矗戈矛，狹束狂瀾撼地浮。疏鑿尚存神禹跡，萬年不共水東流。

晚步二首

閑向庭階步緑苔，蕭蕭風葉撲人來。客情正是無聊賴，惟見寒鴉日往迴。

閑向庭階步緑苔，側身南望獨徘徊。遥知風雨重陽節，三徑荒凉菊自開。

勉子

男兒立志要軒昂，莫與閭閻較短長。未必儒冠能見悮，燈窗努力繼書芳。

春曉

聞説山花爛熳開，春光欺我暗相催。誰知寂寞傷情處，斜月穿窗夢覺來。

暮春

孤館淒凉客思淹，忽聞春暮半開簾。東風緑遍堦前草，何事偏教鬢雪添。

中秋不見月

幾處笙歌倚畫樓，月華最好是中秋。嫦娥只恐傷離思，雲幙重重不上鈎。

嘗柑

分得黄柑入口嘗，指尖猶帶洞庭霜。却思昔日陪春宴，擎出金盤滿殿香。

雪

幾度衝寒候早朝，錦衣光彩照璚瑶。于今客裏愁如積，不共冰花向日消。

和省齋冬至詩韻

葭飛玉琯藹陽和，况是清時雨露多。收拾琴書買歸棹，半江春水緑生波。
故里交游高誼在，亨途宦業盛名多。滿懷清思誰能似，月浸寒潭水不波。
莫年白髮歎蹉跎，蚤歲承恩得意多。蓮炬夜然鈴閣雨，綵毫晴蘸鳳池波。

用韻簡濂泉

詩法年來孰與過，清新好似少陵多。雲開華岳飛秋隼，露洗芙蕖映緑波。

又用韻簡友人

曾聽鄰雞並曉珂，好懷還向客邊多。詩才傾寫千尋瀑，雅量涵容滄海波。
朝回驄馬玉爲珂，燕寢凝香得趣多。酒量鯨吞翻海月，簟紋龜綌浥湘波。

寄來綿衣寬博甚揣情因賦

金剪拈來下手難，幾回揮淚拭朱顏。遥知腰帶圍頻減，未忍裁教尺度慳。

寒　夜

朔風吹冷透衾裀，鈴柝交鳴聒耳頻。展轉無眠愁思劇，却疑羲馭夜停輪。

辛丑遇赦後未釋

雨露覃恩煥鳳綸，豈知屈蠖未全伸。愁來羞看牆東柳，一度春風一度新。

見飛絮

莫怪年來鬢易霜，秖緣愁裏度春光。楊花何事渾無賴，也逐東風過短牆。

謹和家父寄來詩韻

養親深愧閔曾賢，憂患頻煩遠見憐。一札書來腸寸斷，哭聲痛徹九重天。
跋涉艱危一病軀，幸蒙慶祐未淪殂。愁來懶向簷前立，羞見林間反哺烏。

讀書寧不志希賢，薄劣無成空自憐。何日重蒙優詔許，斑斕戲舞樂堯天。
每憑魚雁問鄉閭，親舊于今半已殂。屈指別來經數載，流光迅速逐飛烏。

次韻初春

休問前三與後三，短穤破帽一征衫。今朝鏡裏看衰貌，慚愧蕭條雪滿簪。
數九時光已再三，東風送暖入青衫。恩光擬逐陽和至，南郭看花笑盍簪。

見花

乞得花枝灑淚看，滿懷愁緒萬千端。故園亦有繁桃李，門掩東風暮雨寒。

立春次韻

薄霧籠雲凍漸消，柳芽凝碧透冰條。緣知天近陽和早，便覺風光勝昨朝。

憶故鄉

栝嶺東頭是故鄉，碧天雲樹思茫茫。甌江直與滄溟接，不及羈人別恨長。

牆外槐樹

緑泛晴陰過短牆，金英争壓桂花黄。一從愁裏看秋色，幾度鄉闈舉子忙。

鄰家伐去牆外柳戲成一絶

無復柔絲拂短牆，空餘烟靄送斜陽。鄰家料得多深意，不使春嬌惱客腸。

詞

南鄉子七夕嘲女牛調

一葉井梧飄，玉宇凉生暑漸消。乞巧佳人傳報道，今宵，牛女雙星會鵲橋。　銀漢夜迢迢，風露無聲濕翠翹。只恐明朝容易别，何勞，瓜果庭中遠見招。

臨江仙中秋調

雲净碧天秋似水，須臾飛上冰輪。山河倒影絶纖塵。嬋娟千里共，景物一番新。　老我此身猶是客，蟾宫桂子曾分。今宵見月倍傷神。嫦娥如解事，休照别離人。

蝶戀花九日調

迅速光陰烏兔走。寂寞圜扉，兩度逢重九。夢裡登高還似舊，覺來不管愁眉縐。聖德仁恩覃九有。白髮青衫，準擬蒙寬宥。歸去高堂重獻壽，金樽滿泛黄花酒。

清平樂元正調

柳顰梅笑，别院東風早。鳳吹隔雲聲縹緲，應是蓬萊仙島。吾儕久已沉淪，持盃試祝東君。好趁陽和時節，螭頭共聽絲綸。

臨江仙元夕調

憶昔帝城三五夜，簪纓曾侍宸遊。山移鰲背對龍樓。一天星斗下，萬丈瑞光浮。簫鼓聲中催賜飲，歸來月在簾鈎。而今白髮歎淹留。寒窗燈影裏，飛夢遶瀛洲。

西江月冬至調

逗暖梅梢〔一八〕破玉，迎長葭琯飛灰。群陰消盡一陽回，雲物今朝獻瑞。自歎人生易老，那堪節序頻催。東風次第送春來，又是一番光采。

鵲橋仙 除夕調

梅英送臈，椒盤迎瑞，争羨屠蘇先酌。紅爐畫閣沸笙歌，誰解道、羈人蕭索。　光陰撚指，韶華過眼，萬斛清愁如昨。明朝試説向東風，好爲我、一齊吹却。

浣溪紗 正旦代家人調

何事東風太薄情，愁邊忽忽换新正，柳眉梅靨爲誰榮。　寶勝羞看腸欲斷，同心暗結淚先零，何時重整鳳鸞盟。

風入松 擬去婦詞調

落紅萬點委蒼苔，春事半塵埃。滿懷愁緒知多少，思量遍、無計安排。好似風中飛絮，時時拂去還來。　當年魚水正和諧，兩意絶嫌猜。誰知命薄多乖阻，簫聲遠、零落天涯。破鏡終期再合，夢魂長遶陽臺。

浪淘〔一九〕沙 七夕遇雨調

牛女未成歡，別意相關。幾回偷把淚珠彈。散作一天凉雨過，秋滿人間。　瓜果謾堆盤，夜漏將闌。佳人惆悵蹙春山。孤負穿針良會也，空倚闌干。

北樂府

偶記北樂府《咏漁父鸚鵡曲》，又名《黑漆弩[二〇]》，晁無咎賡和甚多，惜其未及樵、耕、牧，因次韻足成四首。

元倡咏漁父

儂家鸚鵡洲邊住，是箇不識字漁父。浪花中一葉扁舟，睡煞江南烟雨。覺來時滿眼青山，抖擻緑蓑歸去。筭從來錯怨天工，甚也有安排我處。

次韻咏樵耕牧

儂家少室山中住，是箇半觴突樵父。躡蒼苔穿遍疏林，擔上横挑風雨。倦來時藉草觀棋，柯爛不知回去。有幽人要覓行蹤，試聽我歌聲起處。

儂家五柳庄前住，是箇没牽掛耕父。趁春忙短笠輕簑，耕破一犁春雨。到閑時濁酒頻篘，一任鄰翁來去。醉磨跎携箇青藜，剛走到雲山好處。

儂家笠澤磯頭住，是箇快活煞村父。幾回將牧笛横吹，聲斷楚天秋雨。晚來時牛背如舟，穩載斜陽歸去。掩柴扉醉飲三盃，這的是浮生美處。

喜春來二首 七夕

涼飈輕約銀河浪，靈鵲新成織女橋。兩旗開處瑞香飄。歡未了，休遣漏聲高。

誰言七夕佳期遠，争似人間别意多。秋風衰鬢漸雙皤。何日可，歸卧白雲窩。

醉太平 秋思

西風暮鐘，夜雨疏桐。一聲聲、透入夢魂中。正鴛衾半空，心猿恨鎖愁誰共。神龜兆協占頻中。賓鴻聲杳信難通。何時再逢？

水仙子 擬中秋賞月

月奩初揭鏡光寒，雲幙高褰桂影團，風簾微動金波亂。遍乾坤清氣滿，倚南樓心眼俱寬。酒量傾湖海，簫聲叶鳳鸞，且盡清歡。

普天樂 中秋自述

晚風清，浮雲淨。一輪初上，千里同明。坡仙俊麗詞，庾亮疏狂興。老我凄涼應難並，對嬋娟、且訴平生。三年倦客，幾番歸夢，萬斛離情。

疊字醉太平中秋遇雨

亂紛紛癡雲驟擁，淡濛濛薄霧輕籠，淅泠泠蟾宫深鎖雨聲中，悶懨懨嫦娥玉容。急煎煎登樓庾亮情難縱，意懸懸開樽李白詩難咏，路漫漫吹簫弄玉去難從，恨悠悠更長漏永。

水仙子過折桂令九日思親

翠絲風剪緑楊稀，纈〔二二〕錦霜凋紅葉飛，金錢露染黄花綴。正龍山佳會集，望庭闈無限傷悲。任淚雨緣腮落，將愁山着意推，盼佳期何日南歸。盼佳期何日南歸，水遠山遥，目斷神馳。嚙指情深，趨庭訓切，戲綵心違。寄信息難憑錦鯉，對茱萸慵泛金盃。莫景休催，壯志難摧。仰望皇恩，趨拜天墀。

朝天曲立冬

曉風，嘯空，報道冬初動。蕭蕭敗葉響寒叢，鴛瓦霜華凍。獸炭爐圍，羊羔酒共，醉笙歌錦帳中。病翁，固窮，冷落了梅花夢。

落梅風二闋冬至

玄冥令，廣漠風，將大地一陽催動。喜雲物書祥奏九重，慶豐年萬民歌頌。

愁千種，别幾年，想故園梅花開遍。欲待報平安，頻將錦字傳。空望斷碧天邊數行飛雁。

校勘記

〔一〕敬鄉樓本下小字注：「按，《翰林記》二十引作「憶院中竹寄楊士奇學士」。」

〔二〕敬鄉樓本下小字注：「按，《翰林記》作「料得同袍能愛護，平安莫遣倍音疏。」」

〔三〕「馮」，底本、敬鄉樓本作「憑」，據文淵閣本改。

〔四〕「縱」，底本、敬鄉樓本作「從」，據文淵閣本改。

〔五〕「棲」，正統本、敬鄉樓本作「捷」，文淵閣本作「健」。

〔六〕「滕」，底本、敬鄉樓本作「騰」，據文淵閣本改。

〔七〕「壁」，底本作「璧」，據文淵閣本、敬鄉樓本改。

〔八〕「鈍」，底本、敬鄉樓本作「鍊」，據正統本、文淵閣本改。

〔九〕「拈」，底本作「粘」，據文淵閣本、敬鄉樓本改。

〔一〇〕「朋」，底本作「明」，據正統本、文淵閣本、敬鄉樓本改。

〔一一〕「脱流俗」，文淵閣本作「滌渣滓」。

〔一二〕「遺興詠物，各極其趣」，文淵閣本作「遺興詠懷，各極其理」。
〔一三〕「遠」，文淵閣本、敬鄉樓本作「逸」。
〔一四〕「彈」，底本作「禪」，據正統本、文淵閣本、敬鄉樓本改。
〔一五〕「制」，底本、敬鄉樓本作「製」，據文淵閣本改。
〔一六〕「家法」，文淵閣本作「詩句」。
〔一七〕「蹕」，底本作「畢」，據正統本、文淵閣本改。
〔一八〕「梢」，底本作「稍」，據正統本、文淵閣本、敬鄉樓本改。
〔一九〕「淘」，底本作「陶」，據正統本、文淵閣本、敬鄉樓本改。
〔二〇〕「弩」，底本作「努」，據敬鄉樓本改。
〔二一〕「縝」，底本作「禛」，據文淵閣本、敬鄉樓本改。

黃文簡公介菴集卷之一　退直稿

四言

聖孝瑞應詩有序〔一〕

皇帝嗣承天序，統臨萬方，政舉化孚，時和氣順，若遠若近，悉主悉臣，乃兢兢業業，夙夜靡寧。深惟皇考太祖聖神文武欽明啓運俊德成功統天大孝高皇帝締造家邦，皇妣孝慈昭憲至仁文德承天順聖高皇后同勤開創，二儀合德，内外協和，燕翼詒謀，垂裕萬世。肆予後人，曷報涓埃，故凡可以致孝者，竭力爲之，猶恐弗及。

乃永樂四年十一月庚申，集天下道流，即朝天宫爲壇，建金籙大齋，式展孝思，更資霈澤，利濟群品。先期戒約臣民，嚴潔齋祓。建壇之明日辛酉，有青鸞、白鶴自神樂觀蹁然而來，若先驅者。壬戌，皇帝登壇，秉圭執鬯，以享以祀。有五色寶蓋，乘虚御風，羽節珠幢，流光赫奕，輝映闕庭。癸亥，神人降神樂觀，歡呼者三，頃失所向。甲子，慶雲見。乙丑，甘露降。丙寅峻事。皇帝再詣壇行送神禮，慶雲五色，如芝如蓋，覆蔭壇上，鸞鶴數百，參錯遨翔。又明日戊辰，實太祖高皇帝景命攸屬。是日，醴泉出，神樂觀提點臣周玄初率其衆取以進，皇帝躬薦于廟，頒賜群臣。復有甘露降于孝陵，賜亦如之。己巳夜，雙鶴迴旋于醴泉之上。旬日，聞諸福之物先後疊見，臣庶上表賀，皇帝情存謙抑，降詔固讓，謂古有道之君，聞祥思戒，益求助於臣，以答靈貺。嗚呼盛哉！

臣謹稽故實，至和之著於物象者，有大瑞，有上瑞，有中瑞，有下瑞，類十有四。慶雲、甘露、醴泉，皆瑞之大者。《鶡冠子》曰：『聖人之德，上及太清，下及太寧，中及萬靈，則甘露降，醴泉出。』《孝經援神契》曰：『王者德至山陵，則慶雲見。』又曰：『天子孝則慶雲見。』皇上一念孝誠，通達無間，感召和氣，徵爲瑞應，葳蕤雜遝，不可名言。往牒所陳，信不誣矣。猶且謙抑弗居，孜孜求治，千萬億年太平氣象，於期可驗。前代僅得一事之異，即紀官紀年，鑄鼎名郡，傳爲美談。臣淮幸際明時，睹兹盛典，豈可無述以垂後世，乃獻詩曰：

天鑒伊邇，眷命有德。孝誠感孚，靈貺斯格。赫赫我皇，膺符嗣統。化浹華夷，澤及蠢動。乃皇曰兹慶，太祖之休。高后同勤，内治孔修。眷予終慕，昊天罔極。凡可致孝，曷敢弗力？乃建壇墠，籲天紓誠。丕揚先烈，以答聖靈。將事之日，皇輿莅止。執事有容，百辟秉禮。黍稷惟馨，蘋藻薦潔。九成遞奏，萬舞在列。神靈昭鑒，錫以繁祉。雜遝繽紛，不可殫紀。有青者鸞，有白者鶴。群舞蹁躚，降自寥廓。寶蓋珠幢，翕赩後先。亦有慶雲，五采相鮮。夜氣既清，甘露斯零。集于松柏，玉潤珠明。大禮告成，神人交慶。坤珍效祥，益隆嘉應。皇祖景命，曰維戊辰。地出醴泉，式昭聖神。聖神在天，如水行地。渾淪周流，隨感而著。泉出伊何，郊壇之陽。其源浩浩，其流滂滂。挹而注之，承以瓊爵。薦于宗廟，儼其有恪。乃敕鴻臚，乃召公卿。光禄行觴，賜飲于庭。甘美如飴，凝結如蜜。匪椒匪蘭，芳香苾茀。復有甘露，降于孝陵。寵賜維均，二美合并。按圖考籍，斯爲大瑞。瑞不虚有，孝誠所致。公卿庶士，上表稱賀。頌載祝，天眷是荷。皇心謙撝，讓而弗居。曰此嘉禎，致豈在予？時維股肱，期予于治。媲美前人，以永終譽。德音焕發，天德匪遥。億萬斯年，申命用休。鋪揚盛美，寔維臣職。播之聲詩，永宣金石。

神龜詩有序〔二〕

臣淮誠忻誠抃，稽首頓首，謹言：伏以人君尊臨大寶，爲天地神人之主，惟其誠孝之德通于幽明，故能感召和氣，鍾爲休祥，誠非偶然也。洪惟皇帝陛下至誠達孝，嗣承太祖聖神文武欽明啓運俊德成功統天大孝高皇帝鴻業，恪遵憲度，寵綏萬邦，而聖心常懷兢惕，夙夜靡寧。深惟太祖皇帝膺天眷命，撥亂救民，創業垂統，神功聖德，與天地同其大，與日月並其明，必有紀述，以垂懿典。爰命史臣纂修實録，藏諸石室。復念陵寢近在鍾山，匪勒穹碑，表著成績，曷以昭示臣庶？乃詔工人輸石畿甸，冬官董其事。

永樂二年冬十月，碑石克具，而厥趺〔三〕未獲。工人旁求隱索，循至于龍潭山麓。發土三仞許，有石龜一，伏于其隙，長不踰尺，而廣半之，體質畢備，儼若趺〔四〕形。更斸土數尺，得巨石，適與碑稱。辛巳，工人乃迎石龜獻于朝，具述神靈顯休之意。皇上謙抑弗居，以爲兹乃太祖皇帝功德格天，用致嘉應。明日，詔臣庶縱觀，俾知所自。又明日，躬率百官奠于孝陵，以昭天眷。群臣上表稱賀，歡動朝野。

臣稽之載籍，有曰：王者内外之制，各得其宜，則山澤出龜寶石。恭覩皇上御宇以來，内篤親親，外勤政事，仁覆九有，化洽戎夷，由是陰陽協和，隨感而應。矧惟皇上德備孝誠，純一無間，惟欲顯揚先烈，念慮不忘，故天地祖宗，默鑒淵衷，式彰先兆，以相其成。是則神龜之出，既足以著誠孝之感孚，尤足以驗邦基之永固，又豈徒内外得宜之應哉？

臣謹獻詩一篇，敷揚盛美，庸告將來。詩曰：

聖君御宇，主典神天。誠孝感孚，有開必先。思昔元季，群雄沸騰。九法既斁，四維以傾。皇矣上帝，降鑒下土。簡畀有德，命我太祖。維我太祖，受命溥將。爰率其旅，以遏寇攘。黄鉞一麾，星馳電掃。豪傑景附，乾坤再造。滌彼腥膻，修我民彝。撤彼氊毳，服我裳衣。乃建郊社，乃享宗廟。製作禮樂，登庸俊茂。仁風敷暢，惠澤旁施。獻琛奉贄，奔走戎夷。歷年既多，受福孔厚。詒其嘉猷，啓佑厥後。聖皇嗣興，大統斯承。克孝克誠，不伐不矜。禮樂文章，舊典是式。民安厥居，吏守其職。聖治日新，聖心靡寧。爰發綸音，誕告在廷。曰維鴻基，太祖開闢。肆予後人，並受多福。太祖之德，與天同運。太祖之功，亘古莫競。維爾舊臣，聞見所及。著之彤管，藏之石室。巍巍孝陵，鍾山之陽。勒以穹碑，萬世彌彰。臣工受〔五〕命，執事有恪。爰得貞珉，既堅且碩。載詢載度，載求厥趺。庶民子來，弗亟弗徐。相彼龍潭，奠于江瀆。秀氣蟠結，維石巖巖。發土既深，祥光蕩射。厥有神龜，伏于其隙。幾兆潛通，是循是斸。厥趺斯得，適中矩矱。維茲神龜，渾然天成。瓊瑛孕質，虛危降靈。介玄而蒼，文素而理。匪琢匪琱，昂首曳尾。工人得之，載喜載驚。僉曰維祥，獻之大廷。百僚駿奔，庶士雲集。稽首縱觀，罔不悅懌。帝曰休哉，豈予之能？天鑒太祖，降此嘉禎。韜以寶櫝，藉以文錦。躬率群臣，奠于陵寢。小臣蒙恩，詞林具職。覩茲上瑞，載稽典籍。昔在天〔六〕禹，致孝鬼神。河洛呈書，煥厥人文。唐之晉陽，晉之張掖。比儗形容，曾莫與匹。我皇孝誠，通于天地。隨感而應，厥應尤著。莫堅匪石，邦基是固。莫壽匪龜，永昌胤祚。胤祚既昌，祖德益隆。時萬時億，宜君宜王。

題萬木圖爲楊少傅乃祖賦〔七〕

喬林，美君子也。閩有君子，樂賑施而不爲名，託植木予粟而不較功。木既可材，又祇以施民，民戴之而不忘焉。

瞻彼喬林，在閩山之陽。木斯榮矣，維德之徵。

瞻彼喬林，在閩山之隅。木斯茂矣，維德之符。其德伊何，惠子艱食。彼食以力，于心則獲。南山有梓，北山有杞。矢言勿私，惠于州里。維山有岑，維木有陰。君子之澤，既庶且深。君子之澤，百世其歆。

喬林五章，四章章四句，一章章六句。

五言古詩

送翰林諸公扈從北京分得月字韻〔八〕

聖皇承大統，海宇久寧謐。光華焕文章，德澤被民物。蠻夷及羌戎，蕃國若棋列。稽顙盡稱臣，争光覲金闕。遐邇既同仁，歡聲日洋溢。和氣塞兩間，佳祥應時出。皇心懷謙撝，恭己慎無逸。民瘼重咨詢，時巡憲前哲。先期戒有司，玉音布綸綍。簡閲扈從臣，左右皆俊傑。彼美瀛洲仙，才華更超越。宏辭錦繡張，雅操冰玉潔。眷遇極寵榮，論議多剴〔九〕切。豈惟瑚璉器，俱抱經濟術。幸兹際嘉會，承命諒無忽。奮迅天池鯤，九萬才一擊。春風玉堂署，開筵餞離别。燈燭燦金蓮，談笑霏玉屑。情真量轉寬，漏盡席方徹。仲春陽氣亨，時和日惟吉。振衣肅冠珮，行隨翠華發。涉江即修途，衛士嚴警蹕。東臨齊魯郊，牧伯候朝謁。問俗先閭閻，求賢起沉鬱。寒谷總生輝，枯條亦萌蘖。沾濡雨露深，浩蕩恩波闊。北京奮潛邸，人家如比櫛。父老望鑾輿，中心若飢渴。慰勞信有加，群情多感悦。雖云造化功，宣揚在承弼。燕水清且深，燕山高崒嵂。摩雲樹穹碑，勒銘頌休烈。遐哉億萬年，皇明昭日月。

題趙松雪畫李白觀瀑圖

李白人中仙，壯志淩九州。翩然脱塵鞅，直與造化游。放舟下潯陽，愛看廬山瀑。鏗鍧發長句，字字聯珠玉。瀑流無時歇，仙蹤竟何之？晴窗展圖畫，仿佛瞻容儀。容儀秀且清，冰姿玉爲質。烏紗宮錦袍，白馬黄金勒。是時天始肅，宇宙無纖埃。縱步踰石梁，豁焉心眼開。便欲驅天風，去覓乘槎客。逸駕不可攀，幽懷渺難極。聖有川上嘆，逝者其如斯。倘能悟兹理，胡爲萬憤詞？

克勤齋爲冀指揮賦〔一〇〕

掘井泉始達，覆簣山可成。爲學苟不力，曷以隆德聲？冀侯文且武，蚤歲承簪纓。持身尚謙益，秉志性堅貞。圖書列几席，觚翰羅軒楹。披閲既忘倦，研〔一一〕窮亦專精。陰陽無停機，寒暑倏變更。僶焉就規矩，恒恐驕氣盈。丹書仰姬訓，商盤鑑湯銘。至理諒不昧，聖域期可登。嗟哉運甓者，旦莫何營營。

題張運同東湖舊隱卷

川流逝不返，風木無停枝。親恩罔終極，懷報當何如。公昔少年日，侍宦南海陲。嗟哉早失怙，匪母將疇依。今而得厚禄，式際昌盛時。母兮〔一二〕獲致養，父兮痛何追？迢迢東湖水，舊隱湖之湄。琴書儼餘澤，桑梓含清輝。敬恭邈難逮，引領徒傷悲。作圖遡遐蹤，披覽神忘疲。豈曰資玩好，慰此百歲思。聖朝新孝理，四海昭民彝。願言永無斁，移忠端在兹。

送舒友祥〔一三〕

律琯啓初陽，光風轉畿甸。送客出都門，中心重懷戀。皎皎神龍駒，奔騰追迅電。歷塊蹔一蹶，霜蹄詎能殿。達人洞玄理，守道恒不變。進禮既有光，退義復何怨？歸途千里遥，水涉孤帆便。去矣保幽貞，終當酬素願。

題徐母墓誌後

蒼松不改榮，幽蘭有餘馥。矧惟柔懿姿，令德著貞淑。結髮事君子，婦道日以篤。納娣亡妬心，閨門更雍穆。中年失所天，重罹荼與毒。襄事善經紀，容顔廢膏沐。夜雨結愁雲，孤燈耿寒屋。秉節誓不渝，瑩若無瑕玉。諸郎仰慈訓，讀書踐芳躅。莫景樂桑榆，考終非命促。鬱鬱西山岑，玄堂協佳卜。昭哉太史銘，千載垂簡牘。

題蘇處士墓誌後

流光難再復，逝水無回波。思君隔泉壤，悵望將焉何？梅泉有崇崗，玄堂慎封植。不有金石銘，曷以發潛德。

題神樂道士曹定觀凌虚樓

達人探玄學，心與天地寬。冥坐忽有得，登高肆遐觀。八表皆我闥，千古同朝昏。逍遥挾仙侶，乘風跨飛鸞。振衣昆侖頂，弭節蓬萊山。蟠桃花已實，若木枝可攀。持歸獻天子，侑以青琅玕。嗟彼媚世者，局促樊籠間。烟霞渺滄海，空詑丹九還。

蔣用文静學齋〔一四〕

止水静不波，靈毫湛無塵。卓哉好修者，静以合其真。齋居敞虚寂，門徑紆蹄輪。翛然屏俗慮，長與圖籍親。冥探及幽遠，肆力窮朝昏。所得諒云恃，守約由吾身。以兹妙群動，充塞洞無垠。况復善醫術，恒存濟物仁。君恩日沾被，熙然杏林春。

爲金侍講賦謝蔣御醫〔一五〕

醫道貴有恒，聖訓垂簡牘。所以素心人，永言慎初服。識君橋門日，德容美如玉。常施濟物仁，不肯事表襮。一朝騰鶚薦，亨衢騁華轂。出入黄金門，恩波日沾沐。詞臣適遘疾，二竪久潛伏。承詔往視之，表裏皆洞燭。投藥如用兵，收效神且速。長揖不受報，貨利焉可瀆。倬哉太史文，光輝耀人目。持此以贈君，庶哉振流俗。昔聞賣藥翁，一壺常自足。君今篤素履，千載踐芳躅。杏林媚春華，橘泉薦清馥。願言駐遐齡，優游介多福。

送胡秀才還鄉省祖母詩并序〔一六〕

翰林學士兼左春坊大學士胡公篤於教子，去年春扈從將行，乃命冢嗣穜受學于諭德楊先生。淮不佞，亦辱見託屬。以承乏少暇，不能致毫末裨益，愧負殊甚。穜重念祖母春秋高，别且久，願歸省覲，乃白於其母，上書請于父，得命然後行。餞既具，義不可忘，爰舉其家學淵源之懿、務本抑末之要，叙次于篇，以致愛助之萬一云耳。嗚呼，知非難，行爲艱，旨哉斯言，尚其勉之。詩曰：

彼美連城璧，琢磨器乃成。君子務力學，庶足揚休聲。子家世業儒，奕葉承簪纓。陰德諒不泯，文獻良可徵。遠維忠簡公，忠義日月明。時當艱難際，屹然爲國楨。抗疏叫天閽，止棘悲青蠅。至今千載下，簡册遺芳馨。爾祖紹休烈，攬轡思澄清。亦剖竹使符，牧守榮專城。壯志未遑畢，翩然挾飛鯨。乃父蚤聞道，義利嚴鐍扃。雄才斡天機，逸思凌滄溟。奮迹藝苑中，咀華掇其英。縱横駕諸子，渾浩探群經。策獻董賈右，筆落神鬼驚。爛若雲錦張，五彩交晶熒。翕如廣樂陳，六律相和鳴。遂魁天下士，闊步登蓬瀛。皇猷藉黼黻，公議資權衡。從容禮樂間，言動皆有程。聖眷日以隆，小心惟兢兢。譽望聞四海，直與山岳并。予忝同官好，相親猶弟兄。蹇予孱弱輩，自媿〔一七〕力弗勝。去年春二月，扈從將北〔一八〕行。重以子見託，期子成令名。子生有淑質，况復方妙齡。家學宜黽勉，先業思繼承。勿交輕薄兒，輕薄非良朋。勿惟事游挾，游挾德乃傾。吁嗟五陵豪，盈滿禍所嬰。蕭條陋巷居，人到于今稱。子知慎取舍，澹然心無營。義方有嚴訓，貴在恒服膺。兹焉歸故鄉，祖母髮已星。見子年茂長，懽然愜中情。敬恭奉滫髓，晨夕候寢興。孝養靡愆違，福慶如川增。春風拂柳絲，花雨舒新晴。冠珮如雲集，送子臨都亭。後會固有期，贅語何丁寧。勗哉仰聖謨，無忝爾所生。

賦積慶堂

水止淵始大，簣覆山乃成。善慶由日積，德業庶可徵。彼美君子儒，醫術尤專精。履道既坦坦，立心端有恒。飲水羨長桑，焚券〔一九〕誇宋清。孰云千載下，斯人復見稱。橘井多清泉，杏林播芳馨。子孫沐餘澤，奕世揚休聲。

題思親堂

川流逝不返，風木無停枝。人子欲終養，親没緲難追。憶昔〔二〇〕親在時，升堂候起居。獻壽奉杯斝，載舞班斕衣。兹晨登我堂，繐〔二一〕帳風淒其。肅焉聞謦欬，恍爾瞻容儀。睇彼林間烏，反哺酬恩私。感此熱中臆，潸然淚交頤。涕淚或可竭，孝思安有期。揮涕長太息，三復《南陔》詩。

題松溪親舍圖

叢萱樹堂北，靈椿蔭前庭。而親壽且康，遊子適遠行。遠行將何爲，所志在功名。期得升斗禄，庶幾圖顯榮。鶚書起霄漢，鵬翮摶滄溟。蓮幕久從事，卓焉振芳聲。禄養未遑致，悵望心怦怦。新圖託毫素，恍若無丹青。括山斷復續，松溪深且瀓。層軒抗氛雜，喬林森杳冥。某丘與某壑，釣遊悉所經。敬共在桑梓，用致紓孝情。孝情豈徒爾，移忠訓有徵。黽勉茂嘉績，超擢偕時英。推恩自天錫，錦軸蛟龍騰。持此慰慈嚴，光華信可矜。所以義方教，不羨金滿籯。勗哉慎終始，願言覩厥成。

題倒枝梅

姑射挾飛瓊，乘鸞下寥廓。臨風振珮環，撒向雲間落。香影不可招，月滿西湖曲。

賦全節堂

松筠挺奇操，勁氣凌嚴冬。桃李逞芳妍，開落隨春風。婦道重閨閫，在德不在容。衿鞶示夙戒，事夫期令終。不幸夫早歿，誓死畢所從。揮涕復籌慮，翻焉啓深衷。胤嗣未有託，何以昌吾宗？螟蠃〔一二〕負螟蛉，異類猶感通。群從有良器，育之己所同。嫠〔一三〕居三十載，懿範日以崇。掩鏡却華飾，斷織規全功。子也業有成，慶澤天所鍾。贛水波可竭，楚山石可礱。全節表清議，奕世垂無窮。

賦湖山草堂

蘇臺表東吳，震澤控南服。陽岡抱迴瀾，坤靈孕清淑。攬勝築郊居，於焉樂貞獨。層軒挹朝暾，高門蔭喬木。山鳥送春聲，汀蘭散幽馥。土〔一四〕肥田可耕，水清魚可掬。玩物愜真想，陶情抗流俗。若翁壽且康，童顔瑩如玉。薄遊慕邴生，投簪撫松菊。和風泛庭柯，波光蕩晴緑。服我斑斕衣，升堂薦醽醁。生幸際文明，優遊享遐福。懷哉鹿門龐，厚德恒自勖。

秋胡詩

君子重名義，婦道貴貞一。伉儷諧始終，和樂儗琴瑟。遠仕還車時，慈親倚門日。揮金向桑間，制行何倉卒。樵林鳥驚飛，潢汙魚靡集。有生豈不懷，死安良可必。捐軀激川流，爲君洗遺失。

皋陵塋田詩爲楊洗馬賦〔二五〕

豪門擅芳麗，桃李相輝煌。良賈資貨殖，珠璧耀筐箱。繁華有時歇，驕侈安得常。何如墓下田，粢盛奉蒸嘗。有渰沛甘澤，初景開春陽。舉趾戒童僕，力勤事農耕。三時飽霜露，禾黍登我場。載春復載蒸，焫蕭合膻香。齋祓〔二六〕致明薦，祀事亦孔彰。九原盻有靈，降格斯洋洋。黄流注玉瓚，誠孝臻休祥。神保致告語，俾爾壽而臧。送尸復燕喜，載歌楚茨章。錫類良自古，百世其不忘。皋陵鬱峨峨，山水增輝光。過者車必式，具瞻君子鄉。

賦草心堂〔二七〕

春陽藹和煦，百卉咸昭融。睠惟慈母恩，造化功與同。玩物究玄理，怛焉契深衷。歎詠發微詞，清芬播無窮。彼美關西彦，學富才亦充。拜參莅閩藩，譽望日已隆。母氏壽且高，鶴髮垂秋風。徒懷寸草心，迎養莫我從。堂北有萱花，培植何丰容。退食倚虚幌，幽思追冥鴻。賢哲著明訓，志養昔所崇。曷以致吾私，願言慎始終。

黄金臺

招賢築層臺，英聲天下聞。黄金自輝赫，成功竟何人。姬文肇王迹，吕望釣渭濱。一言契遇間，奚啻金千鈞。道德爲靈囿，禮樂爲之闉。所産皆楩楠，所集皆鳳麟。義利既殊途，賢才有屈伸。寥寥百世間，此意誰能陳。凌歊厲絲竹，銅雀凝歌塵。回視黄金臺，峨峨高入雲。

望思臺〔二八〕

峨峨堯母門，煌煌博望苑。啓讒信有端，爲謀何不遠。嗟彼反側徒，蓄伺諒非淺。灼火可燎原，毒流若瓴建。傷哉父子間，有懷莫能展。大本既摧傾，感悟亦已晚。先王著明教，一物備三善。撤彼湖上臺，勒此二三簡。

挽鄒詹事〔二九〕

椅桐中琴瑟，楩楠成棟梁。碩德應時須，譽望何洋洋。結綬三十年，出入多贊襄。皓首侍青宫，醴席增輝光。百川東到海，源深流必長。方期溥厥施，疾在膏與肓。人生寄穹壤，奄忽若朝霜。哀榮慎終始，身没庸何傷。青山入吴越，喬木蔭崇岡。埋玉閟幽闥，奕世其不忘。

風木吟爲葉叔英大尹賦〔三〇〕

濡我玄兔穎，請爲風木吟。風木無停號，遊子淚沾襟。讀書懷寸禄，庶以慰親心。廩筲既云遂，夕陽忽西沉。有衣誰爲容，有酒誰復斟。蓼莪既已廢，憂思日已深。寒月照我床，烏〔三一〕啼風滿林。拭淚祝慈烏，飛向甌江潯。結巢宰樹間，爲我吐哀音。

題望雲思親卷

朝望白雲飛，莫望白雲飛。白雲不改色，親顔近何如。維昔告行日，縫我身上衣。縫時曾灑淚，淚痕今已緇。昨宵席未暖，飛夢還庭闈。振衣拜膝下，殷勤候起居。母亦喜我至，問我渴與飢。霜林集烏鳥，啞啞繞南枝。惕然忽驚覺，猶在天之涯。人生百歲間，流光倏如馳。有懷未及展，何以慰遐思。悦親良有道，孟氏誠吾師。親心苟無憂，親壽端可期。

志養堂爲郭文郁賦

烏鳥懷返哺，喬木庇其根。物類有恒理，矧惟罔極恩。參乎崇志養，損也無間言。清名著前史，光華日昭宣。彼美汾陽裔，親壽俱永年。怡怡饋甘旨，翼翼奉周還。庭椿發華滋，丹葩燦晴萱。服我斑斕衣，戲舞春風前。天倫有至樂，匪直管與絃。聖朝重孝理，登庸皆俊賢。從事亦已久，職業無頗偏。良驥騁逸足，秋鶚藹孤騫。顯親在令名，卓哉其勉旃。

思親堂爲劉思民賦

凄凄霜露降，悠悠白雲飛。白雲長在望，霜露懷深悲。靈椿瘁庭柯，頽陽日西馳。北堂樹叢萱，復在天之涯。展書存手澤，攬衣感春暉。睠惟罔極恩，曷以致吾私。豈無蘋與藻，昭假寧在兹。豈無旨與甘，疇能慰顔慈。喬木庇其根，烏鳥亦有知。我志未遑遂，我心安可夷。丈夫生世間，子職慎無違。大孝在顯揚，匪直重乖離。卓爾英俊才，際此明盛時。願言崇令德，遠大以爲期。

七言古詩

白象詩

永樂四年八月朔，承旨集翰林儒臣及脩書秀才千餘人，于奉天門丹墀内同賦。各給筆札，一時立就。擢右庶子胡廣爲第一，淮爲第二，有羅紗之賜。

聖皇繼統臨萬國，禮樂脩明洽文德。三辰順軌風雨時，民物熙熙躋壽域。薰蒸洋溢和氣充，休祥遝至昭神功。靈龜毓秀出圻甸，騶虞獻自周王封。惟兹白象應可匹，璨璨瑶光孕奇質。梯杭萬里來占城，載籍徒誇産林邑。拜起周章馴且良，銀絲拂毳生輝光。恍疑冰丘耀晴雪，又如皎練明秋霜。脩牙插地含紅玉，文隱蛟龍勢相蠼。寧論巨〔三二〕體兼十牛，豈必雙睛方豨目？由來厥類玄與青，燧尾别邪曾見稱。亦有騰蹋合舞節，未若白象爲時禎。胥人效職謹飼蓄，覆以氍毹金絡索。玉陛立仗不染塵，出入金門導華轂。猗歟聖德天地通，仁恩所被生物同。白象于今樂靈囿，行看彩鳳鳴梧桐。小臣叨備詞林職，愧乏長才紀成績。載歌天保效封人，永祝皇家萬年曆。

河清詩

臣聞河水之源遠矣，出于昆侖，復潛行地中，道積石，注龍門，觸底柱，東馳萬餘里，始入于海。演迤迅激，崩山潰崖，决嚙泥沙，故其水常濁。必有聖人在天子之位，然後濁流乃清，以爲希世大瑞。永樂二年十二月，蒲州禹門河水清，亘數百里，晉高平王暨秦王相繼表聞。兹乃天降嘉祥，以昭我皇明宗社萬億年之慶也。臣謹拜手稽首而獻詩曰：

黄河上與天津通，昆侖下泄飛流淙。潛行直出陽關東，濬導積石開靈蹤。龍門鑱削勢未降，屹立底柱當前衝。角力鼓怒相擊撞，驚濤噴薄飛寒瀧。翕忽長驅若遊龍，雷轟霆震虓且雄。汩泥揚滓浮空濛，千年一清時罕逢。聖人端拱開明堂，法祖致治宣重光。昭揭日月當天中，鼓舞萬姓歌時雍。德澤遠被夷與戎，羌胡輦賮鑾獻賨。乾清坤夷和氣融，休祥所致滋殷充。永樂二祀時維冬，黄河啓瑞秦晋封。膏渟鏡澈孰冶鎔，一碧千里涵太空。恍疑光流華渚虹，又如素練揺晴風。群山西來勢巃嵸，一一倒蘸金芙蓉。旭日激暎波冲瀜，髣髴下見馮夷宫。穹鼉伐鼓鯨吼鐘，洛神川后紛來從。奔走父老讙兒童，矜誇耳目開盲聾。賢王聞之喜溢衷，披圖按牒昭形容。熏沐函章達九重，謂此足以揚神功。蓬萊欲曙香霧濃，六龍捧駕羅幡幢。天子覽奏回重瞳，固讓弗有懷謙恭。玉階拜舞趨群工，嵩呼萬壽聲隆隆。曰維黄河四瀆宗，厥瑞豈直尋常同。吾皇聖德格昊穹，福及庶類尤敦龐。嘉禾被野歲屢豐，豈必威鳳鳴梧桐。蒲陽之山石可礲，昭示後裔垂無窮，巍巍大〔三三〕業百世宗。

送澂湛源住江心

我家住在鹿城裏，九斗名山落窗几。城北中川勢更雄，梵王臺殿波心起。有時興發即呼舟，盈缸載酒攜朋儔。雲江樓上豁醉目，浩蕩一洗胸中愁。自從束書上京國，翹首烟霞千里隔。舊遊歷歷夢魂通，寫作新圖懸素壁。澂師奉檄中川去，别我晨過玉堂署。看圖失喜兩忘言，似覺江山忽增媚。况聞澂師戒行堅，佛祖衣鉢承真傳。想當入院開講席，龍象拱護蛟騰淵。嗟我無才叨厚禄，紫陌朝珂競馳逐。何時優詔許歸寧，抱琴更借禪房宿。

和姚少師禁體雪詩〔三四〕

玄冥握權試行雪，約束群陰勢方烈。初憑急霰作先驅，旋見飄蕭眼驚瞥。隨風變態任輕狂，六出稜稜誰剪截。湅合應憐魚負冰，沾灑非關鸛鳴垤。長空炫晃浩無際，混沌胚腪元氣結。高山大壑失險夷，一望茫然正愁絶。農家預喜麰麥登，蠶婦翻嫌桑柘折。林埋歸鳥失故叢，竅通狡兔藏深穴。忽憐穿隙似多情，仍看委醫塵埃滅。剡曲乘舟興未厭，灞岸騎驢寒更冽。何事坡翁獨好奇，欲躬臼磨生暄熱。亦有粗豪似党家，淺斟頻勸調歌舌。銷金帳暖蘭麝薰，却笑充庭鋪木屑。方今聖德契天心，時雨時暘寒暑節。醴泉流液旨且多，膏露凝酥甘可咽。况兹臘前瑞已臻，洗滌便足蠲煩孽。凌晨稱賀集臣僚，田野傳呼總懽悦。明公遠繼歐陽子，禁體裁詩示同列。白戰何曾持寸兵，驚人硬語蟠屈鐵。不辭蹇劣和陽春，愧我真成吹劍吷。

胡祭酒用姚少師喜雪詩韻賦雪晴詩余因和之〔三五〕

曉日曈曨照殘雪，朔風撲面寒猶烈。千山蒼翠半糢糊，萬瓦消融才一瞥。窗前奔溜作雨聲，冰柱迸落如刀截。鳥逐殘飄屢下堦，蟻沾餘潤仍移垤。高低坑谷盡呈露，遠近林巒差可别。徑路翻嫌泥淖深，河流猶帶冰凘結。國子先生頗好事，呵凍題詩鬥清絶。想當推敲思轉深，幾回笑撚霜髭折。效顰欲繼郢人歌，赤手窮探混沌穴。吟肩坐擁對深更，照榻寒燈澹明滅。東鄰西舍競買歡，膾炙生香酒清洌。酒酣喧呼四座驚，黜舞狂歌雙耳熱。我曹視之如土苴，且須鼓弄談天舌。興來曳履步堦墀，一任傍人笑騷屑。明朝雪乾風日暄，迤邐東皇來弭節。梅花破萼柳舒金，處處迎春簫管咽。幸喜身逢全盛時，沴氣潛消無瘴孽。覆載生成帝澤深，民物熙熙皆感悦。此時正好作春遊，余亦不辭居後列。花驄騄駬絡青絲，蹴踏香塵蹄踣鐵。直過鍾山訪草堂，嘲笑任教聲呹呹。

送縉雲知縣朱伯埧考滿復職告歸省親〔三六〕

桐鄉賢宰稱朱邑，治行當時推第一。聞孫今日紹遺風，藉甚聲名動京國。昔年擢秀登璧雍，奇姿不與常人同。璚林玉樹光皎皎，丹穴彩鳳鳴噰噰。曾持使節金華道，激濁揚清潤枯槁。回朝敷奏更詳明，功業從兹致身早。縉雲山邑當要區，剸煩治劇多良規。三年政化洽遠邇，四境黎庶皆安居。公庭日長争訟息，齋馬行春事遊歷。鼎湖之水仙都雲，一一題詩豁胸臆。朅來考績覲楓宸，奏最喜動龍顏春。勉令復職慰民望，森然列宿羅蒼旻。迢迢親舍袁山側，幾年不見親顏色。陳情伏闕請歸寧，中天雨露垂恩澤。促裝便買西江船，解纜正及秋風前。高堂稱壽慈母悦，錦衣綵服相鮮妍。人生忠孝貴兩盡，慎勿留連戀鄉井。邑中老稚遥將迎，瞻望雙鳧久延頸。嗟予與君深相知，都門執别多躊躇。它日遲君立廊廟，丕揚盛烈歌雍熙。

菊　軒

嗟余愛菊久成癖，培植何曾倦朝夕。秋風開遍滿籬花，淺白深黄門顔色。去年一枝開獨奇，雙葩挺出瓊瑶姿。玉堂仙客共清賞，酒酣爛熳題新詩。君家遥遥在京口，新築高軒豁窗牖。軒前不作桃李蹊，牖種黄花近盈畝。今冬作客來京華，手持錦軸徵我歌。名君嗜好適相似，閣筆奈此黄花何。昔聞晋代陶靖節，不肯折腰事參謁。歸來三徑有餘芳，坐對南山更清絶。君曾紆轡游閩中，紅蓮帳幕生清風。十載江湖倦形役，翩然一棹隨歸鴻。人生出處貴有道，復喜還家事幽討。紛紛百慮已俱忘，託此秋香慰懷抱。明年九月天氣清，軒前菊花當再榮。我來呼酒掇其英，爲寫柴桑千古情。

楊人材雁山圖〔三七〕

天下名山不可數，獻異争奇著圖譜。何如雁蕩壓東南，聯絡赤城走天姥。扶輿磅礴灝氣鍾，削出萬仞金芙蓉。溪迴路轉杳〔三八〕莫測，重巒疊嶂争豪雄。有如赤幟立趙壁，百萬熊羆皆辟易。有如卓筆灑淋漓，寫破長空九秋色。靈峰古峒入窈冥，龍湫噴薄飛瓊英。詎羅石室蒼蘚合，至今遺像留巖扃。直西一柱當天起，萬仞千尋那可擬？平霞釖鋒分後先，摹寫疇能狀瑰詭。其中佛刹十有八，幾處猶存舊丹堊。衲子時從林下逢，鐘聲遠向雲中落。楊君家住山之東，尋常杖策披蒙茸。荒尋遠討未易極，飽攬秀色歸心胸。揭來應詔朝京國，慨想遐蹤已陳迹。都將景物付毫端，繪作新圖僅盈尺。客邊興至時捲舒，寸心便與雲俱飛。山靈呵護如有待，錦囊夜夜生光輝。昨朝陳情向金闕，九重日近天顔悦。喜承優詔許歸田，還向山中采薇蕨。山中猿鶴莫浪猜，子雲懷抱多奇才。從今與山結盟約，築地更作翻經臺。

自賦瑞菊詩

銀床墮翠金風劣，珠斗回杓向西揭。商聲徹夜撼東籬，逗冷催花鬥奇絶。誰將獺髓調猩血，香沁鮫綃千萬結。綰作鸞凰比翼飛，飛上枝頭弄明月。我欲裁雲學花巧，學花不就被花惱。何如置之白玉槃，沃以膏露和椒蘭。慇懃恃獻聖天子，慎保丹心固終始。

送楊德成還吴

都城三月春如海，萬疊鶯花弄晴靄。韶光滿眼殊可憐，客裏頻驚歲華改。歸興翩然不可遏，便買扁舟待明發。驛亭楊柳莫浪攀，此去何須嘆離别。故鄉只在東吴東，震澤蕩漾玻瓈宫。湖上群峰走天目，一一秀列青芙蓉。對此便可息塵慮，日涉園田自成趣。鄰翁問訊無雜言，但道年豐民物遂。君有賢郎清且文，早登翰苑揚清芬。得禄致養共子職，何如定省違朝昏。知君愛子情更切，夢魂兩地常飛越。秋風凉冷好重來，鳳凰臺上看明月。

長短句

應制賦果然歌

娑羅之國溟海東，梯航罕與中華通。傳聞聖人制六合，攄誠效職來朝宗。方物充庭盛筐篚，大貝南金誇侈靡。爰有獸兮擾且馴，狀類猿猱更奇詭。金天孕質毛色純，皎如霜雪無纖塵。目炯流星鼻截玉，尾摇素練長於身。按圖考載籍，是名爲果然。兹物於世不恒有，鍾繇詞賦徒虚傳。聖人德澤洽萬類，喙息跂行總生遂。白象騶虞迭獻祥，赤兕黄犀豈能媲。神獸之出當明時，藩〔三九〕邦亦足增光輝。吾君聖德豈寶物，但願遐邇皆雍熙。

送潘貳守之任漢陽〔四〇〕

余友潘君景昭，由春坊司直郎擢授漢陽府同知。餞别之次，率成短歌一章，以道離合之懷云耳。

昔我游縣庠，君亦在郡學。相見或相歡，交情尚疏略。我方抽毫集鳳池，君當薦鶚來京師。官舍相逢如夢寐，笑談犖犖開襟期。多君雅量豁滄海，羡君才思春雲靄。作詩綴文不苟成，咀嚼英華耀芒采。一朝射策登高科，矯如渥水騰良駒。霜蹄歷塊雖蹔蹶，俄復奮迅登雲衢。春宮峨峨天咫尺，日侍儲皇職司直。我適與君爲同官，勠力相期效忠赤。君今超擢佐漢陽，錦袍烏帽生輝光。匆匆分袂在朝夕，使我感嘆增憂傷。聖明天子念民瘼，郡縣官僚慎所託。撫字先須達下情，守法惟應循榘矱。車前屏星存舊像，匣裏龍泉劍鋩鍔。要令闔境盡謳歌，但使中心無愧怍。酌君酒，送君行，都亭楊柳舒春晴。郎官湖上春水發，鸚鵡洲邊青草生。狂歌忽憶李太白，吊古空懷禰正平。征途慎勿枉舟楫，郡中父老遥相迎。願言黽勉樹嘉績，佇看報政趨承明。他日行書循吏傳，竹帛萬古垂清名。

宋紀善梅花室

君不見林逋仙，種梅萬樹西湖邊。尋常香影得真趣，至今詩向人間傳。又不見宋廣平，立朝侃侃輸忠情。要與梅花比真潔，吐辭作賦金石聲。先生自是廣平裔，灑落襟懷抱光霽。不學逋仙事隱淪，勉力功名繼先世。昔年作室梅花間，閉户讀書清晝閒。有時開籠放白鶴，明月滿天霜露寒。驚見蒼虬墮簷下，的爍明珠光照夜。又如仙女會瑶池，玉珮瓊琚藹蘭麝。先生興至援孤琴，泠然三弄無知音。梨雲夢斷酒力軟，新詩賦就時長吟。適來宦轍走湖海，白髮蕭蕭心不改。一朝超擢傳賢王，脱略凡塵振風采。方今聖主仁如天，敦睦九族無私偏。藩翰百世固基本，茂衍瓜瓞常綿綿。先生肝腸如鐵石，醴席趨承敬無失。鼎鼐〔四一〕調和會有時，何須更問梅花室?

有竹歌爲宜陽戚士昭賦

生平愛竹頗成癖,盛種千竿謹培植。俗塵不入心地清,日日開軒對三益。朅〔四二〕來作客住京華,廿年倏忽三移家。此君於我竟無負,我亦於君情更加。春風啓蟄雷始鳴,飽看新筍林間生。龍孫嶄嶄露頭角,稚子娟娟脱錦繃。柔梢漸成丹鳳尾,生意油然拂雲起。葉密枝繁陰轉多,便覺秋聲滿雙耳。幾回休沐清晝閑,鈎簾坐看青琅玕。相親宛〔四三〕如賓與主,擬結交盟同歲寒。美人家住宜陽東,秀江環擁金芙蓉。舍南舍北竹萬箇,灑然三徑來清風。自從束書遊薊北,獵獵風沙苦岑寂。醉題有竹揭齋居,頓使襟懷似疇昔。今年邂逅黄金臺,劇談未已傾金罍。適聞嗜好與余合,停杯一笑心眼開。豈不見,風流晋嵇阮,放浪形骸成偃蹇。又不見,文章蘇長公,墨君寫向高堂中。得失千年總陳迹,欲追逸駕將焉從。何當與子共造篔簹谷,并刀試剪參差玉。邀取伶倫吹徹鸞鳳吟,聽我擊節高歌和《淇澳》。

題百鳥圖

我家住在巾湖〔四四〕曲,湖水春浮鴨頭緑〔四五〕。湖頭弱柳含朝烟,湖面飛花泛香玉。宿雨芳洲浴鷺鴛,落日平沙散凫鷖。林端乾鵲亂呼晴,葉底嬌鶯新出谷。紛錯翎翻練帶長,間關聲轉歌喉促。鷁掠芹泥故近人，蝶隨風絮時穿竹。乘閑扶杖臨清流，浩蕩乾坤生意足。都將好景付新詩，佳句尋常費雕琢。竭〔四六〕來廿載别鄉閭，魂夢清宵長往復。圖中歷歷最分明，一覽忻然豁心目。豈不聞，夏后謹脩德，鳥獸自咸若。又不聞，成湯祝網羅，四海覃恩波。方今聖明御寰宇，皥皥熙熙皆得所。鳳凰翔翔覽德輝，紛紛群雀何須數。

五言律詩

送符中書省覲還海南〔四七〕

鳳凰池上客，拜命忽南還。驛路秋風裏，親庭瘴海邊。宫衣深雨露，征旆拂雲烟。萬里從兹别，相期又隔年。

送邊教諭致仕

籍甚聲名重，淵源世澤深。幾年專教席，今日解朝簪。徑老陶潛菊，囊空季子金。慈親幸無恙，慰此百年心。

送山東盛布政告老還鄉

分鎮新承寵，投簪即賦歸。功名雙鬢改，事業寸心違。春水迴蘭棹，山雲護竹扉。静中應有趣，俯仰澹忘機。

送翟給事省親

近侍寧親日，京華歲莫時。江梅含凍玉，驛柳弄晴絲。閭里瞻丰采，朝廷望羽儀。春風二三月，歸路馬騑騑。

題葉思遠湖山圖

故宅南塘外，湖山處處幽。抱琴時獨往，載酒亦同遊。秋雨芙蓉渚〔四八〕，春風杜若洲。披圖重回首，何日理歸舟。

題望峽軒

君家好池館，地僻凈紛埃。兩峽芙蓉並，三湖寶鑑開。波光浮几席，爽氣逼樽罍。何日東歸便，登臨亦快哉。

送紀上人住蘇州玉峰報國寺

玉峰開紺宇，萬歲祝皇圖。講席延耆舊，叢林賴範模。慈雲周下界，法雨半東吳。杖錫無拘礙，時時過太湖。

題傅僉憲驄馬行春卷〔四九〕

憲節觀風日，春陽布澤時。山花明繡斧，驄馬絡青絲。民俗淳厖復，皇恩慶惠施。幸逢吾道泰，重覩漢威儀。

送靖江府典藥歸侍父疾

之子歸寧日，嚴君抱病時。寸心仍耿耿，千里莫遲遲。袖有軒岐術，囊多藥石資。膏肓驅二豎〔五〇〕，親壽介期頤。

挽彭叙古秀才

較藝鳳池頭，能書子更優。共看鵬展翮，誰信壑移舟。旅櫬迎秋雨，遊魂返故丘。而翁年已邁，痛哭淚難收。

送金教授〔五一〕

九重新寵渥，十載舊傳官。位稱心常足，交深别更難。絃歌春晝永，燈火夜窗寒。且喜毗陵近，逢人即問安。

題黄卓秀〔五二〕才壽母卷

盱江黄氏母，鶴髮届希年。仲子游京國，諸孫滿壽筵。閏餘秋七月，桃實歲三千。翰苑多新詠，清風里閈傳。

賦曲江送曾日章侍講使交趾〔五三〕

江逐韶陽轉，源從庾嶺來。波光摇日月，蜃氣擁樓臺。遺跡存鐘石，空祠見鐵胎。停舟一登覽，懷古興悠哉。

題静學齋

嚴子方知學，端居遠市喧。静中應有得，妙處貴無言。雲净山當户，風清竹滿園。冲然澹忘慮，此意復誰論。

送劉司訓〔五四〕

近别懷思切，相逢笑語温。玉堂纔試藝，金殿又承恩。捧檄親應喜，爲師道更尊。功名猶未艾，餘慶在高門。

送吴以穎之蘇州〔五五〕

京兆諸文學，君才獨老成。直辭裁衆論，善誘育諸生。雲路鵬程闊，天官藻鑑明。承恩持教鐸，又向闔閭城。

送康斷事致仕

聖德光前烈，多方辟舊臣。趨〔五六〕朝年已邁，致政寵尤新。官酒頒銀甕，天書焕鳳綸。歸期知幾日，梅發故園春。

送人還鄉

劉郎湖海士，一見若平生。談論春濤卷，丰姿玉樹清。故鄉千里遠，歸路片帆輕。舊業青衿〔五七〕在，何嫌器晚成。

送僧住院

領教南湖寺，高風邁道林。升堂龍象護，説法鬼神欽。自在飛空錫，莊嚴布地金。一龕隨所寓，莫問去來今。

送金諭德姪良伯還鄉〔五八〕

束髮遊京國，瞻雲却賦歸。江空帆力健，天闊雁行稀。綵服懽仍洽，青雲志莫違。待看成羽翮，還向九霄飛。

少師姚公惠永平紅消梨口占代謝

消梨來朔土，分贈荷高情。試剖霜花落，沾嘗蜜味清。題緘承翰墨，持報乏瑶璚。從此文園客，何憂煩渴生。

挽嚴處士

白髮秋風裏，扁舟爲子來。鯉庭方展慶，萬里遽興哀。灤水歸丹旐，佳城屹鳳臺。追思多感慨，春雨杏花開。

送周布政〔五九〕

昔曾聞姓字，今喜挹光儀。傾蓋方歡洽，承恩又别離。雨晴寒食後，花盡緑陰時。南服繁華地，操持屬有爲。

和胡〔六〇〕祭酒通州寄來詩

力疾陪清論，匆匆遽别離。客程殊未遠，友誼敢忘思。官舸緣冰阻，晨飡帶雪炊。賡酬詩揔好，一字復誰師。

清明陪謁長陵過田家有感

散步入農家，興懷重嘆嗟。晨飡兼草實，篰屋帶風沙。力疾心何切，營耕事尚賒。調元資宰輔，深愧負重華。

挽宋尚書〔六一〕

功名時柱石，德澤舊纓簪。使節勤勞久，宸衷眷注深。嶺猿山月黑，隴樹野雲沉。之死能無愧，流芳始自今。

挽陳民初先生〔六二〕

久侍蒼巖席，深知長者名。春秋推舊學，月旦重鄉評。廣海留鴻漸，湖湘滯賈生。雲烟千萬里，翹企不勝情〔六三〕。

憶昔橋門日，摳趨拜下風。劇談方亹亹，爲别苦匆匆。竟失藏蕉鹿，空嗟踏雪鴻。賢孫能繼志，歸骨葬江東。

和胡祭酒寄來詩韻就謝作家君壽藏記

論世須交舊，雄文藉巨材。投桃慚報李，刻石擬磨厓。瞻企心如渴，過從跡已苔。清風千萬古，廣受信奇哉。

和吴親家寄來詩韻〔六四〕

學業春卿富，才猷季子賢。操凌霜徑竹，清訝玉池蓮。杖履春風外，壺觴夜雨前。陶然有餘興，鼓腹樂堯天。

高誼誠宜重，微才豈足賢。碱砆差比玉，葭菼謾依蓮。鄰構巾湖曲，鄉心夕照前。何年重促席，唫對菊花天。

野趣軒

數椽臨水曲，一徑隔塵喧。釣艇多依竹，樵歌每過門。秋風楊柳岸，春雨杏花村。杖策歸來晚，挑燈課子孫。

竹　莊

脩竹通幽徑，清風隔市喧。窗涵蒼雪浄，簾捲緑陰繁。楚調新聲好，嵇琴古意存。誰能似坡老，拄杖日過門。

和竹詩韻

分得瀟湘玉，鋤雲手自栽。鈎簾香霧合，拄杖故人來。聲度蟬鳴葉，青分鶴印苔。有時參玉板，一笑醉顔開。

横山書屋四時詩四首爲芮洗馬賦〔六五〕

石磴穿叢竹，山居倚翠蘿。翻書閑剔蠹，換帖笑籠鵝。衣濕春雲重，窗寒夜雨多。曉看門外柳，飛絮落汀莎。

地僻忘參謁，林深少鬱蒸。移床依徑竹，脱帽掛溪藤。石鼎茶初沸，雕盤果旋冰。晚凉清坐久，閑却讀書燈。

抛書纔出閤，待月更憑闌。雲凈秋容淡，天高夜氣寒。蛩聲多近砌，漁火半依湍。幽興悠然豁，携琴對鶴彈。

土鼓迎寒日，江雲釀雪天。光浮孫敬户，清逼廣文氈。榾柮吹烟細，梅花透暖先。吟成香影句，未許俗人傳。

又

樹色千峰曉，人家數里村。買書方出郭，問字每過門。夜雨燈前榻，春風竹外尊。悠然契今古，此意復誰論。

鳳山書屋四時詩八首爲蔣檢討良夫賦〔六六〕

一室依城郭，千峰舞鳳凰。林巒迎瑞靄，窗户面朝陽。雨過琴書潤，風回草木香。春光隨處得，何必浣花莊。

林泉勝浣花，鉛槧寄生涯。字法鍾王敵，辭章漢魏誇。鵓鳩花外雨，鷗鷺柳邊沙。生意關幽興，凴高眺望賒。

心遠煩囂净，林深九夏寒。方床閑楚簟，團扇却齊紈。雪藕絲縈指，剖瓜霜落盤。清風三徑竹，長得報平安。

徑竹平安報，池亭取次成。波光晴後緑，荷氣晚來清。熠燿因風度，莎鷄近户鳴。碧筩留客坐，未許對韓檠。

玉宇清如洗，銀塘净不波。秋花催徑菊，露葉下庭柯。奉橘臨羲帖，紉蘭詠楚歌。興來閑逞步，到處晚凉多。

晚凉群動息，抛卷坐前榮。氣肅星逾動，雲移月倒行。千林團夜色，萬籟起秋聲。玩物有真樂，悠然百世情。

天意商量雪，梅梢次第花。竹爐留宿火，石鼎試團茶。賦就誇梁苑，吟成憶謝家。三冬期足用，信是惜年華。

年華誠可惜，事業更須期。學就青雲器，身登白玉墀。宫花春侍宴，官燭夜題詩。威鳳來阿閣，翩然振羽儀。

贈醫士

高情應拔俗，醫術解通仙。火伏丹爐汞〔六七〕，香流橘井泉。春山雙履遠，曉市一壺懸。積善餘芳在，多應與世傳。

美節婦爲蕭儀祖母賦〔六八〕

刃接寧忘死，身全不愧天。良人仍蚤殁，孤節久逾堅。機杼寒窗寂，桑榆暮景懸。陳詩垂世範，媲美《柏舟》篇。

瞻雲軒

慈顔嗟久别，衣綫尚如新。烏鳥關心切，江雲入望頻。潮聲南浦夕，草色故園春。迎養行當遂，潘輿載繡裀。

挽王子雲〔六九〕

好禮崇儒雅，陶情洽隱淪。光儀温可挹，交態久逾真。教子登科第，貽謀啓後人。秋風歸海鶴，閭里爲酸辛。别離應未久，生死遽相違。空詫移蕉鹿，多應掩少微。庭槐餘故緑，梁月澹斜輝。惆悵東山路，故人蹤跡稀。

挽蔣泰勳

陶情惟雅淡，遣興樂琴書。韞玉無雕琢，閒雲任卷舒。風清遼鶴化，月冷夜窗虚。朋舊嗟嘆〔七〇〕，何人復起予。

寧静齋爲鄭雍言賦〔七一〕

邈矣先天學，凝然湛性靈。一塵元不染，萬化本無形。境寂山逾好，庭春草自青。孔明心有易，千載契遺經。

愛子多風度，郗林桂一枝。藏脩仍有道，遠大以爲期。圭璧非徒琢，輪輿必中規。青雲方進步，况值聖明時。

送王大使

天闕除書下，津亭祖席開。邴丹安薄宦，王述負奇才。楚樹晴含雪，閩山早放梅。故人深有望，書寄便鴻來。

送李進士還鄉讀書

桂籍登名日，津亭送别時。瓊林官寺酒，錦軸故人詩。家道源流遠，君恩雨露滋。到家須努力，早集鳳凰池。

五言排律

送端木孝思赴建寧知縣〔七二〕

文獻家聲舊，儒林譽望彰。詩篇追李杜，書法逼鍾王。江漢沉淪久，丘園興趣長。幸逢吾道泰，式際聖圖昌。膺薦趨京闕，承恩出帝鄉。神駒騰渥水，鳴鳳下朝陽。須信青雲器，寧辭白首郎。牙檣連綵鷁，墨綬綰銅章。春雨榕陰合，薰風荔子香。扶藜迎父老，遁跡避豺狼。勤敏剸繁劇，寬明振紀綱。四民敦禮讓，百里樂耕桑。卓魯應無愧，龔黄頓有光。他年登上考，超秩佐明堂。

挽楊徵士美

彼美楊徵士，芳聲藹縉紳。詩書存古道，孝友篤天倫。挺特人中瑞，光華席上珍。俯躬懷遜讓，晦迹事沉淪。投轄常留客，捐〔七三〕金屢濟貧。高情敦薄俗，和氣溢陽春。豈但才無敵，應知德有鄰。慶源仍茂衍，福澤自駢臻。令子青雲器，明時翰苑臣。忠誠多懇悃，讜論日敷陳。官秩超遷數，皇恩寵眷頻。老懷良可慰，逸興詎能馴？忽拜中朝命，來充上國賓。秋風迴倦翮，滄海起沉鱗。野服隨仙仗，鵷班集紫宸。相如期獻賦，張翰忽思蓴。奉詔歸田里，甘心樂賤貧。交游惟故舊，門徑絶蹄輪。蕭散尋山屐，逍遥漉酒巾。青年彈指過，白髪滿頭新。已信身如寄，俄驚歲在辰。考終全令譽，冥逝返吾真。世事今方定，斯文失所親。有懷空感歎，行路亦酸辛。簡牘埋遺蠹，琴絲集暗塵。悲歌聞〔七四〕《露薤》，寒月照龍津。體魄依黄壤，銘文勒翠珉。慇懃戒樵牧，慎勿剪松筠。

爲許守謙謝袁院判三十韻

聖主龍飛日，臣僚豹變時。雍雍登俊彦，濟濟藹光儀。始識袁安裔，深蒙鮑叔知。自慚駑蹇〔七五〕質，喜近竹梧姿。適際乾坤泰，均霑雨露私。彤〔七六〕庭花覆錦，紫陌柳摇絲。鳴玉時聯步，揚鑣或並馳。過從多暇豫，談笑豁襟期。才識驅流俗，官資擅國醫。肘方追華扁，脈理究軒岐。署接蓬瀛近，壺懸日月遲。闢軒閑種竹，留客每烹葵。爐火存文武，金丹媾坎離。橘泉香馥郁，藥圃翠葳蕤。秀發千林杏，光生五采芝。從容多得意，出入總相宜。秦緩談玄理，長桑飲上池。處心同利濟，應變見操持。許子吾佳友，儒林衆所推。蚤年身宦達，中歲變參差。日者違調攝，于焉賴胗治。六淫俱洞鑒，二豎豈遑欺。神聖非專巧，刀圭薄效奇。當機施妙用，不日起尫羸〔七七〕。表裏臻亨〔七八〕泰，安危在轉移。華滋回朽甲，寒谷藹春曦。厚德寧論報，輿情豈敢違。開尊聊志喜，展卷復催詩。愧乏如椽筆，難成麗澤辭。願言膺厚禄，仁壽濟雍熙。

校勘記

〔一〕敬鄉樓本下小字注：『按《明史·成祖紀》，永樂四年十一月己巳，甘露降孝陵松柏，醴泉出神樂觀，薦之太廟，賜百官。』

〔二〕敬鄉樓本下小字注：『按，神龜應制，長洲王燧汝玉第一。見《静志居詩話》。』

〔三〕『趺』，底本作『跌』，據敬鄉樓本改。

〔四〕『趺』，底本作『跌』，據敬鄉樓本改。

〔五〕『受』，底本作『愛』，據敬鄉樓本改。

〔六〕『天』，敬鄉樓本作『大』。

〔七〕敬鄉樓本下小字注：『按，楊榮字勉仁，建安人。宣德五年晋少傅。』

〔八〕敬鄉樓本下小字注：『按《成祖紀》，永樂七年、十一年兩次北巡，皆在二月。文簡皆輔太子留守。此蓋七年仲春作。』

〔九〕『剴』，底本作『剀』，據敬鄉樓本改。

〔一〇〕敬鄉樓本下小字注：『按，冀指揮名銘，見後《朱母吴氏墓誌銘》。』

〔一一〕『研』，底本作『斫』，據敬鄉樓本改。

〔一二〕『兮』，底本作『巴』，據敬鄉樓本改。

〔一三〕敬鄉樓本下小字注：『按，後有《送永春知縣舒有常之任序》，字作有常。舒，靖安人。』

〔一四〕敬鄉樓本下小字注：『按，用文，句容人，以精醫官太醫院使。』

〔一五〕敬鄉樓本下小字注：『按，金幼孜名善，以字行，新淦人。成祖即位晋侍講。』
〔一六〕敬鄉樓本下小字注：『按，胡學士廣字光大，吉水人。永樂五年晋大學士，卒謚文穆，官其子穜翰林檢討。』
〔一七〕『媿』，底本作『魏』，據敬鄉樓本改。
〔一八〕『北』，底本作『比』，據敬鄉樓本改。
〔一九〕『券』，底本作『養』，據敬鄉樓本改。
〔二〇〕『昔』，底本作『者』，據敬鄉樓本改。
〔二一〕『緫』，底本作『葸』，據敬鄉樓本改。
〔二二〕『羸』，底本、敬鄉樓本作『羸』，據意改。
〔二三〕『嫠』，底本作『婺』，據敬鄉樓本改。
〔二四〕『土』，底本作『士』，據敬鄉樓本改。
〔二五〕敬鄉樓本下小字注：『按，楊溥字弘濟，石首人，永樂初爲太子洗馬。』
〔二六〕『袚』，底本作『拔』，據敬鄉樓本改。
〔二七〕敬鄉樓本下小字注：『按，爲閩人陳京士瞻賦，見後記。』
〔二八〕敬鄉樓本下小字注：『按，此詩爲仁宗作，蓋傷高煦等之讒也。』
〔二九〕敬鄉樓本下小字注：『按，鄒詹事名濟，字汝舟，餘杭人。』
〔三〇〕敬鄉樓本下小字注：『按，叔英，永嘉人，居會昌湖上，見下《水心書舍》詩。』
〔三一〕『烏』，底本作『鳥』，據敬鄉樓本改。

〔三二〕『巨』，底本作『臣』，據敬鄉樓本改。
〔三三〕『大』，底本作『太』，據敬鄉樓本改。
〔三四〕敬鄉樓本下小字注：『按，少師姚廣孝。』
〔三五〕敬鄉樓本下小字注：『按，胡祭酒名儼，字若思，南昌人。』
〔三六〕敬鄉樓本下小字注：『按《縉雲縣志》，洪武間知縣朱成遠，宜春人，有傳，當即此人。』
〔三七〕敬鄉樓本下小字注：『按，楊人材蓋樂清人，以人材薦者。《樂清志》無攷。』
〔三八〕『杳』，底本作『香』，據敬鄉樓本改。
〔三九〕『藩』，底本作『潘』，據敬鄉樓本改。
〔四〇〕敬鄉樓本下小字注：『按，潘名文奎，字景昭，永嘉人。進士，官至湖廣參議。』
〔四一〕『鼒』，底本作『鼎』，據敬鄉樓本改。
〔四二〕『揭』，底本作『竭』，據敬鄉樓本改。
〔四三〕『宛』，底本作『苑』，據敬鄉樓本改。
〔四四〕『湖』，底本作『胡』，據敬鄉樓本改。
〔四五〕『緑』，底本作『緣』，據敬鄉樓本改。
〔四六〕『揭』，底本作『蝎』，據敬鄉樓本改。
〔四七〕敬鄉樓本下小字注：『按，符銘，瓊山人，洪武中進士，官中書舍人。』
〔四八〕『渚』，底本作『諸』，據敬鄉樓本改。
〔四九〕敬鄉樓本下小字注：『按，目録「傅」作「陳」。』

〔五〇〕「豎」，底本作「堅」，據敬鄉樓本改。

〔五一〕敬鄉樓本下小字注：「按，金教授名祺，永嘉人。時爲常州教授，見後墓誌銘。」

〔五二〕「秀」，底本作「香」，據敬鄉樓本改。

〔五三〕敬鄉樓本下小字注：「按，曾烜字日章，吴江人。兩使交趾，卒於富良江。」

〔五四〕敬鄉樓本下小字注：「按，劉司訓名覲，字朝縉，永嘉人。見後《劉編修文集後序》及《温州府志·學職》。」

〔五五〕敬鄉樓本下小字注：「按，以潁名穀，平陽人，爲常熟訓導。」

〔五六〕「趨」，底本作「超」，據敬鄉樓本改。

〔五七〕「衿」，底本作「矜」，據敬鄉樓本改。

〔五八〕敬鄉樓本下小字注：「按，金幼孜永樂五年由侍講晋右諭德。」

〔五九〕敬鄉樓本下小字注：「按《河南通志·名宦》，周文褒，浙江永嘉人，永樂中爲左布政使。未知即其人否？」

〔六〇〕「胡」，底本作「湖」，據敬鄉樓本改。

〔六一〕敬鄉樓本下小字注：「按，尚書宋禮卒永樂二十年，公已在縶，安有詩在？《退直》所詠似與鎮甘肅宋晟情事最合，俟攷。」

〔六二〕敬鄉樓本下小字注：「二首。按，民初名燧，永嘉人。元末福建行省員外郎，明初授廣州訓導。」

〔六三〕敬鄉樓本下小字注：「按，蔣允汶，號蒼巖，青田人，住永嘉。」

〔六四〕敬鄉樓本下小字注：「按，吴名亨，字維嘉，永嘉人。見後墓誌銘。」

〔六五〕敬鄉樓本下小字注：『按，芮善字性，武進人。又見後詩序。』

〔六六〕敬鄉樓本下小字注：『按，蔣驥字良夫，錢塘人。翰林檢討陞侍講，終禮部侍郎。』

〔六七〕『汞』，底本作『永』，據敬鄉樓本改。

〔六八〕敬鄉樓本下小字注：『按，儀字德容，樂安人。見後墓表。』

〔六九〕敬鄉樓本下小字注：『二首。』

〔七〇〕『朋舊嗟嘆』，底本脱一字，敬鄉樓本作『朋舊□嗟嘆』。

〔七一〕敬鄉樓本下小字注：『二首。按，雍言，鄞人，中書舍人，終太常寺少卿。』

〔七二〕敬鄉樓本下小字注：『按，孝思，溧水人。端復初子，翰林侍書。』

〔七三〕『捐』，底本作『損』，據敬鄉樓本改。

〔七四〕『聞』，底本作『間』，據敬鄉樓本改。

〔七五〕『蹇』，底本作『寒』，據敬鄉樓本改。

〔七六〕『彤』，底本作『形』，據敬鄉樓本改。

〔七七〕『羸』，底本、敬鄉樓本作『嬴』，據意改。

〔七八〕『臻』，敬鄉樓本作『致』。

黄文簡公介菴集卷之二　退直稿

七言律

應制緬人入貢詩〔一〕

聖主龍飛四海清，緬人重譯遠來庭。表章函進黄金粲，卉服裁成白雪明。雨露無私均遠邇，蠻夷何幸被恩榮。小臣忝備詞林職，唯有賡歌頌太平。

應制元夕觀燈〔二〕

雲護蓬萊瑞雪晴，鰲峰擁翠壯神京。萬枝燈火銀花合，兩部仙韶彩鳳鳴。霈澤徧覃承宴樂，此生何幸際昇平。堯天舜日同瞻仰，歲歲年年播頌聲。

和吴中書朝回喜雪

朔風吹雪夜稜稜，凍合金溝御水冰。翡翠屏幃寒氣薄，瓊瑶宫闕曉光凝。天時已喜占先兆，歲事從知卜再登。不有相如能作賦，微才何以答昇平？

和劉朝縉訓導韻〔三〕

羡子才華屬妙年，丰姿如玉更堪憐。詩章汗漫三千首，文法森嚴幾百篇。別後相思情最切，客邊一見眼俱鮮。功名有分須珍重，莫使蹉跎歲月遷。

和劉訓導觀大駕臨南郊滌牲

巍巍聖德秉純誠，郊祀先期視滌牲。仗矗霓旌黄道肅，香騰寶蓋卿雲升。侍臣扈從聯千騎，衛士森嚴列五兵。碧殿嵯峨天咫尺，紫金佳氣鬱金陵。

用徐教諭韻并起句寄劉朝紳貢士〔四〕

故人消息近何如，每憶交情十載餘。別後遥憐雲樹遠，揭來應怪雁鴻疏。聲傳緑綺翻新譜，光散青藜讀舊書。明歲秋闈催薦鶚，京華從此共躊躇。

題蘇州劉同知攬翠軒卷

宦遊十載乘驄馬，歷覽山川興趣長。廬霍〔五〕南來分楚越，覃懷北去接衡漳。謫仙詩句多奇思，太史文章有耿光。我亦平生愛吟眺，披圖萬里意茫茫。

題讀書軒

幽軒瀟灑入窗虚，中有高人好讀書。拄腹未辭誇萬卷，潛心猶羨惜三餘。練囊夜永留螢火，芸案春融走蠹魚。何日相從分半席，研窮遠契結繩初。

送李中書省親歸餘杭

十年禁掖掌絲綸，獻納多才孰與倫。紫誥喜班仙闕曉，牙檣歸泛〔六〕浙江春。雲衢自昔誇騏驥，郊藪于今識鳳麟。天目山前拜家慶，玉梅花映錦衣新。

送唐中書省親

蟾宫折桂憶同年，更喜同官雨露邊。愧我才名非賈至，羨君文物邁蘇仙。九重恩寵新頒誥，千里歸寧快着鞭。想見高堂稱壽日，薰風晴颺綵衣鮮。

題陳寅夫雙槐堂

高人素得山林趣，故植雙槐向小堂。萬頃晴雲屯户牖，半簾空翠落壺觴。已無穴蟻迷清夢，疑有虚星耿夜光。瀟灑襟懷塵事絶，鳩藤鶴氅自徜徉。

送陳寅夫還赴永嘉教諭任〔七〕

青年挾策干明主，金殿承恩返故鄉。杯酒臨風辭建業，片帆張雨過錢唐。居官喜遂依桑梓，典教尤須正紀綱。若見嚴親煩慰問，爲言歸省近秋凉。

送祝訓導領職還麗水〔八〕

憶從令弟同朝日，曾説難兄學更優。姓字喜看書薦剡，琴書又復上歸舟。烟花拂曙都門曉，芹藻生香泮水秋。絃誦定應多暇日，新詩頻寄鳳池頭。

送薛希震除知縣得告道經鄉里〔九〕

手攀丹桂下層霄，文采翩翩意氣豪。擬向亨衢超驥足，寧辭小邑試牛刀。甌城弭節秋風早，鄂渚揚舲雪浪高。此去功名須努力，竚看恩詔慰賢勞。

題葉史官贈溧陽趙知縣序文後

喜聞清獻有雲孫，壯歲功名荷主恩。白下霜飛思攬轡，河陽花好又停軒。憂民禱雨精誠格，興學登賢俗尚敦。太史文章書美績，頓令聲價重璵璠。

和鄭雲窩二首

峨冠博帶盛儀容，壯志常懷報國忠。已有聲名追往跡，豈無詞賦頌東封。劇談且慰新知樂，惜别當期後會重。安得相從在霄漢，共宣君德佐時雍。

生逢盛世荷優容，自愧微才欲效忠。三載身隨金殿直，幾回墨染紫泥封。賜衣屢沐皇恩厚，錫宴時沾異味重。更憶南郊曾助祭，簫韶聲裏聽歌雍。

留别鄭雲窩

别離十載一相逢，下榻經旬意更濃。談笑每忘更漏永，勸酬不放酒樽空。元龍湖海人争羡，鄭老襟期孰與同。後會有時安可必，分携那忍又匆匆。

送程邦憲知縣

兵曹歷試舊知名，謁選還逢藻鑑明。已喜承恩官上邑，敢辭觸暑涉脩程。烟雲深處君山碧，鴻雁來時楚水清。舟過鄱陽須艤棹，鄉人争迓錦衣榮。

送舒給事孟名還鄉省墓

幾年簪筆侍彤闈，今日欣逢賜告歸。更喜官封多寵錫，頓令泉壤有光輝。雲生靈谷山容淡，秋入臨川雁影微。故里縱遊追舊跡，桂花香裏馬騑騑。

對竹

舍南隙地能幾許，森然秀立瓊瑶柯。每經積雨色逾净，纔入新秋聲更多。三徑風流亦復爾，七賢曠蕩將焉何？我欲截箇協律吕，排雲上奏鈞天歌。

題南昌萬寔寧竹泉清隱

屋外方塘半畝寬，屋頭種竹萬餘竿。影摇翡翠春風暖，光映玻瓈夜月寒。隱德已能忘滿溢，高情尤喜報平安。有時折簡來佳客，自汲新流試鳳團。

用朱僉憲詩韻簡朱季寧侍書〔一〇〕

老來猶夢筆生花，烏帽籠頭鬢未華。閣下屢曾分賜饌，榻前時復聽宣麻。從知先世多遺澤，更喜諸郎總克家。珍重功名須努力，莫思歸釣漢江槎。

和竹詩

仙館分回竹數栽，靈根深向雨中培。纔看鳳尾離丹穴，會見龍孫破緑苔。佳境忽疑塵世隔，清風長似故人來。自今日問平安信，拄杖敲門莫厭開。

賦得龍江驛送吴侍書還鄉省墓

驛亭雄向大江開，門外江聲吼怒雷。萬國帆檣連島嶼，四時烟霧接蓬萊。登臨興發詩千首，送别情深酒一杯。稍待春風官柳緑，更須立馬候君來。

題洞霄道士周用澄雲林隱居

學道山中遠世情，雲林深處着簷楹。白衣蒼狗時時變，瘦竹長松箇箇清。風引丹光凝翠葆，日迴鸞影下霓旌。悠然身在蓬萊境，何必淩空欲上征。

送端木孝思使朝鮮市馬〔一〕

帝念朝鮮禮意勤，九重頒命遣儒臣。光分使節雲霄迥，寵賜宫衣雨露新。自是天閑須騕褭，遂令邊鄙識麒麟。難兄舊日題詩處，想見揮毫屬和頻。

送裴巡檢省親就之任吴江

與子論交二十年，好懷多爲别情牽。朅來暫下南州榻，明發還登浙水舡。兩岸蒹[一二]葭風卷幔，數聲鴻雁月當天。高堂舞罷斑斕後，佇聽吴江美譽傳。

題程子華杏村書舍

程君舊隱杏花村，結屋藏書日討論。秀列千鬟山對檻，清連萬玉竹當門。客來每下南州榻，興至時開北海尊。早晚天風催薦鶚，林泉焉可負朝恩。

送潘行人使朝鮮

朝鮮職貢禮彌恭，聖主懷柔寵更隆。冕服九章雲錦爛，天書五色紫泥封。星槎影動榑桑曉，玉節光摇瀚海風。竹帛行將修盛典，芳名終古耀無窮。

元正早朝次韻

金爐香裊瑞烟輕，扇影低迴絳燭明。仗簇幡幢龍虎拱，樂吹簫管鳳凰鳴。三陽啓律乾坤泰，萬國來王政化成。職列詞林何以報，願將歌頌賀清平。

送宋侍書

携家曾上蜀江船，回首俄驚二十年。舊業幸全和氏璧，亨衢快着祖生鞭。盤盤丘隴春雲外，漠漠桑榆莫雨前。此日榮歸修孝祀，邦人争羡錦衣鮮。

送胡參議之任

安定文章世罕儔，聞孫今喜繼前修。紬書東觀功初就，佐政西江寵更優。雲近九霄看鸞鶩，風行千里奮驊騮。薇垣後夜看明月，應有新詩憶舊游。

送鄒尚友之蜀〔一三〕

同向天門振羽翰，别離三載喜身安。除書新拜君恩重，行李寧辭蜀道難。峽静猿聲欹枕聽，雪晴山色倚篷看。莫言小邑希公事，撫字心勞政在寬。

送吴叔迓赴平陰教諭

久聞吾舅談清德，客底相逢愜素心。正擬文章歸内翰，又携書劍向平陰。緑匀官柳東風軟，香透池芹夜雨深。聖代崇儒師道立，竚看聲價重南金。

送人材范仲彰歸寧波

十載江湖汗漫遊，老來驚見雪盈頭。秋風薦鶚心猶壯，莫景歸田寵更優。社燕蹴花翻祖席，江魚吹水趁行舟。誰言盛世無遺逸，終古人傳巢與由。

送王允脩復任故城知縣

昔聞薏苡遭讒日，正及先皇晏駕時。聖主中興新治化，漢官重復舊威儀。秋風楊柳飄殘葉，春日桃花發故枝。想見邑民瞻望久，征途莫遣馬行遲。

送瓊州王太守

璚臺迢遞海連天，治郡多傳太守賢。三載趨朝書上考，九重拜命復南還。涉江舟楫衝寒雨，夾道旌麾拂瘴烟。聞説生黎新向化，好將恩德廣敷宣。

賦曲江送曾侍講使交趾

江流萬折下南溟，雙闕嵯峨插漢青。縱目且須停使節，知名何用借圖經。重華韶樂聞遺響，丞相祠堂勒舊銘。千古有懷多賦詠，遐方先已候文星。

題劉孝力讀書樓

故家喬木與雲齊，新構書樓並桂溪。爽氣入簾朝拄笏，文光照席夜燃藜。琴彈古調翻新譜，詩協唐音擬舊題。只恐徵書天上下，便應珂珮聽晨鷄。

送葉仲汜紀善

聖皇繼統重宗盟，輔導臣寮擢老成。之子文章追屈賈，賢王德業邁間平。河流九曲秋濤壯，嵩嶽千峰積雨晴。藩國晏安多暇日，醴筵長得侍簪纓。

送鄒澧州赴任〔一四〕

憶昔承恩集鳳池，與君交誼最相知。十年人事成疏闊，幾度都門送别離。皂盖朱幡新寵渥，玉衡冰鑑舊襟期。好施惠政裨王化，留與州人頌去思。

賦得洞庭湖送蕭長史之静江〔一五〕

千里揚帆過洞庭，君山一點望中青。陽烏浴影波光動，蒼蜃垂涎曉氣腥。千載能文懷賈傅，當時鼓瑟訝湘靈。明朝便向衡陽去，誰説蒼梧尚杳冥。

耆山菴爲無爲張真人賦

傳聞海上有瀛洲，咫尺耆山亦易求。夜半扶桑先見日，年深瑶草不知秋。丹光焜耀騰龍虎，劍氣峥嶸直斗牛。若許它年參玉訣，也來相伴赤松遊。

送胡祭酒父直翁先生還鄉

都門相送上歸舟，白髪蒼顏照暮秋。旅雁叫霜寒氣早，江魚吹雨浪花浮。賢郎典教聲名重，聖代崇儒禮數優。他日推恩頒紫誥，佇看環珮拜宸旒。

送郭某赴山東

與君相見即相知，底事匆匆又别離。淮浦月明波浩浩，石城風暖柳差差。霜蹄暫蹶寧爲失，雲翮高騰更可期。此去齊東須努力，好音長慰故人思。

題劉允佩琴月軒

中夜開軒月在天，滿懷幽思託朱絃。清隨鶴夢梅花瘦，光動蟾宫桂影懸。太白流風千古在，伯牙高興至今傳。他年更聽南薰調，平步青雲到日邊。

送允佩赴懷慶太守

中原要郡屬覃懷，五馬分符亦壯哉。孝綽少時聞令譽，祖榮今日羡多才。沙頭别酒臨風勸，江上征帆帶雨開。暫爾專城施政化，終期台鼎和鹽梅。

送縣丞吴子宣

三載郎官不負丞，銓衡考績見才能。君恩優渥應無忝，家學淵源信有徵。震澤冬初纔過雁，浙河寒淺未流冰。回轅慙慰民瞻望，他日終期自此升。

送徐崇威赴陝西理問

三年載筆侍金鑾，又向關中作理官。聖主憂民常軫念，清時用法貴從寬。黄河水落湍聲急，太華秋高月影寒。料得公餘多雅集，幾回環珮想朝端。

送邊文進還鄉〔一六〕

雨露覃恩自九天，還家暫艤劍溪船。緑黐翡翠榕陰重，紅壓珊瑚荔子懸。兒女歡迎需舊賜，賓朋相慰秩初筵。畫師滿眼如公少，贏得聲名海内傳。

瞻雲軒爲宋紀善賦

白雲故故依親舍，親没瞻雲重嘆傷。百歲空遺霜露感，諸生久廢《蓼莪》章。音容已遠嘆何及，德澤相傳誓不忘。他日貤恩頒紫誥，頓令泉壤有輝光。

送曾光夫知州

憶從童稚即相親，交誼如君復幾人。别後看雲懷似海，客中傾盖喜生春。符懸銅虎官初滿，詔下金鑾寵更新。聞説巴東諸父老，江頭日日望回輪。

白雲菴爲鄭敏政題

山迴盖竹萬重深，新築祠菴近墓林。華表崔巍常在望，白雲來去自無心。前人德澤遺孫子，太史文章照古今。撫卷題詩懷故隴，夢中烟樹碧森森。

送陳庭介教授侍郡王回秦府

侍從賢王下帝鄉，錦袍烏帽倍輝光。秦淮水滿魚龍化，華嶽春明草木香。董賈文章多著述，間平德業賴揄揚。要知聖主親親意，帶礪河山日月長。

追和陳仲〔一七〕遊茅山詩韻

應詔頻沾雨露濃，又從福地挹仙風。養生多種千年木，博戲曾輸五色龍。静中煉藥丹光紫，醉後題詩柹葉紅。華表鶴歸人已化，淮南誰信老爲童。

菖浦書屋

山連菖浦護林墟，正是先生舊隱居。滿徑落花風定後，半窗新竹雨晴初。堆函錦軸諸家帖，插架牙籤萬卷書。湖海宦遊歸未得，故園消息近何如？

題使蜀圖送吴中書持節行册封禮

手持玉節下青霄，萬里官程豈憚遥。劍閣崢嶸天共遠，巴江浩蕩雪初消。分封自昔尊周室，惇族于今仰帝堯。更喜賢王崇令德，萬年藩屏聖明朝。

送徐主簿

别來三載忽相逢，清夜連床笑語同。交誼自憐非草草，分携那忍又匆匆。石城楊柳寒烟外，庾嶺梅花夕照中。莫訝鵷鸞棲枳棘，弦歌百里播仁風。

題賈婦程貞烈卷

之死尤能禮自防，忍含清淚拭殘妝。九原重見無遺恨，百世相傳有耿光。香冷繡帷銷翡翠，月明嘉樹宿鴛鴦。孤兒他日承餘慶，瓜瓞綿綿胤祚長。

送檢討王延齡頒印朝鮮

聖德光華普照臨，朝鮮尤荷寵恩深。龍文絢采衣裁錦，駝鈕生輝印鑄金。明詔共看頒魏闕，使臣應重出詞林。遠人何幸逢昌運，一飯毋忘報主心。

挽廖敬先檢討

花縣哦松播好音，老來承召入詞林。三年長得陪談笑，一疾俄驚變古今。丹旐迎風江浩浩，泉臺閉月夜沉沉。斯文哀念情何極，《薤露》歌殘淚滿襟。

題長占烟波卷

芙蓉湖水碧連天，日日湖中理釣船。犒餌謾誇東海客，月鈎長憶錦袍仙。滿懷詩思寒烟外，無限閑情白鳥邊。幾度樵夫邀共語，倚橈聊藉草爲氈。

挽吴原範先生〔一八〕

蚤從藝苑播清芬，書法仍傳晋右軍。故里昔曾陪杖屨，客窗今忍讀銘文。平原漠漠多新草，宰木蒼蒼帶夕曛。豈但賢郎能繼述，諸生應有頌河汾。

送杜貫道先生〔一九〕

先生本是山陰客，賓館遠依王右軍。綺席笙歌春對酒，緑窗燈火夜論文。鄉山入夢懷先隴，雨露覃恩荷聖君。有約侯門重見日，芰荷香裏坐南薰。

桂軒爲范紀善賦

軒前桂樹逾千尺，聞是先君手自栽〔二〇〕。遺澤不隨流水去，繁花長向後人開。香飄金粟秋風老，影動銀河夜月來。百歲羹牆應在念，時時相對誦《南陔》。

廷試和胡祭酒韻

兩袖天香近御筵，新題黄榜動魁躔。魚龍變化人皆羡，騏驥騰驤孰敢先。文運光華端有自，皇風煦育浩無邊。瓊林幸與恩榮宴，沾醉歸來興洒然。

題太行雲樹圖送王尹實州判還潞州〔二一〕

黄閣編摩已奏功，太行歸路正春風。宫袍舊染天香滿，内帑新沾帝澤隆。老去莫嫌猶展驥，公餘應不廢雕蟲。作圖相送憐知己，極目蒼茫雲樹中。

送鮑通判之任廣信兼簡張真人索瑞菊詩

寒窗燈火十年餘，今日承恩拜美除。龐統有才方展驥，陳蕃何事待題輿。分携正及中秋節，到郡應逢九月初。龍虎真人煩致問，菊花高詠竟何如。

挽蘇伯厚檢討〔二二〕

翰苑文章屬老成，笑談犖犖見高情。十年交好全終始，一旦音容隔死生。歸櫬曉隨春雨發，孤墳長與莫雲平。臨風執紼多傷感，愁聽山陽笛裏聲。

送徐仲成赴涇縣訓導

與君學省曾連榻，夜雨青燈客况諳。契闊十年仍款洽，别離此日轉難堪。雁聲歷歷衝寒去，梅蕊差差帶雪含。到得涇川開講席，爲言聖澤萬方覃。

送楊參政考滿復任〔三〕

領鎮閩南歲月深，每從來使問佳音。才猷已展春秋學，囊槖元無暮夜金。滿院薰風看荔子，半簾晴日坐榕陰。于今課最榮歸去，早報平安慰母心。

劉朝縉教諭寄詩和韻以答

自愧才非席上珍，謬承恩眷列詞臣。謾誇司馬曾題柱，豈向長沮復問津。日月光華昭聖德，鳶魚飛躍樂天真。多君久典師儒職，大播文風育後人。

和胡祭酒獨坐喜雪詩

樓雪初融映晚霞，小窗獨坐看梅花。詩成頻灑金壺墨，醉後時分石鼎茶。清狂未許誇東郭，麄俗何須笑党家。咫尺倘能頻見過，劇談相對興偏加。

寒雲散盡日烘霞，風拂簷霜墜玉花。梅屋晝閑看舞鶴，竹爐湯暖試團茶。新詩得興頻揮翰，清夢無時不到家。慚愧微才何以報，詞林數被寵恩加。

和胡祭酒雪竹韻

庭院沉沉夜漏遲，坐看雪竹亂參差。翠葉半垂冰欲墮，玉枝低亞鳳來儀。孤高未許塵輕染，吟咏何妨席屢移。稍待寒梅開凍玉，又須呵筆賦新詩。

朔風獵獵送嚴寒，雪壓疏篁凍不乾。翡翠叢中摇佩玉，水晶堆裹立琅玕。明朝直恐消融盡，向晚應須子細看。品題盛有陽春曲，賡和深慚句未安。

和胡學士從狩陽山韻[二四]

校獵晨過上苑東，錦衣侍衛萬人同。詞臣擬奏《長楊賦》，壯士時彎落月弓。珠林甘露和霜白，滄海晴波擁日紅。獻獲論功被優賚，共誇得雋總豪雄。

和胡學士遊牛首山韻

雙峰玉立護禪關，石磴穿雲手可攀。風鐸四簷僧定後，夕陽半壁鳥飛還。蓬壺謾説滄溟外，兜率由來咫尺間。何幸太平無事日，得陪清論此中閒。

渚浦飛雲爲葉允誠賦

廿年湖海事驅馳，遥睇飛雲起孝思。影轉松楸秋淡淡，氣通泉壤夜遲遲。光輝宛似承顔色，蘋藻何當薦酒卮。幾度月明清漏永，夢隨縹緲到天涯。

題友竹軒

軒外新培竹滿林，平安日日候佳音。親如賓友情偏洽，愛比琅玕意更深。凉氣入簾供晚酌，秋聲滿耳助清吟。相看更有冰霜操〔二五〕，不負悠悠百歲心。

賦具慶堂

至樂無如父母存，懽然和氣藹高門。春明華髮花當席，香趁斑衣酒滿樽。孝行要爲當世重，淳風應使薄夫敦。更須勉力攄忠藎，餘慶綿綿及後昆。

挽吴巡檢

海内交游知己重，蜀中宦達盛名多。身榮早遂歸田計，日昃俄聞鼓缶歌。竹塢晝長閑舞鶴，墨池春静罷籠鵝。焦坡原上題銘處，千古幽光耿不磨。

竹雪軒

軒檻閑凭若箇邊，慣看竹雪鬥清妍。琅玕影轉飛寒玉，雲母屏開露翠鈿。晴色初分光欲動，高枝微亞節逾堅。春風桃李難同調，却羡幽人得趣先。

竹莊用卷中韻

手栽脩竹護軒楹，心遠由來地自清。萬疊湘雲團野色，半簾山雨送秋聲。鳴琴酌酒渾[二六]忘俗，拄杖敲門亦有情。高節未應便散逸，他年汗簡要題名。

盟鷗軒

遶舍晴波漾碧空，往來只許白鷗通。百年心事蒼茫外，一片閑情欸乃中。簑笠每同眠夜雨，釣絲長共立秋風。尋盟亦是忘機好，試看當年海上翁。

翰林諸公爲賦瑞菊詩以謝之

雙菊元同一蒂分，枝頭相倚播清芬。錦囊輕護連環玉，鳳翅齊翻五綵雲。豈有才猷昭寵錫，謾勞題詠託斯文。河中連理胡[二七]爲者，傑筆能令百世聞。

贈李尚德[二八]

給事黄門正妙年，退朝時出御樓前。流鶯低拂東風柳，驄馬驕嘶曉樹烟。俊逸詩才推李白，縱横書法邁張顛。别來幾度成追憶，何意相逢在客邊。

雲松軒

憶向青陽事力耕，林泉好處着簷楹。白衣蒼狗尋常變，雪幹霜姿分外清。李白匡廬曾攬秀，陶潛彭澤每留情。題詩便欲追高興，萬壑清風筆下生。

送黄庸省父還昆陽

思親飛夢繞金臺，直掛雲帆天際來。滫髓旋供鄉味重，斑斕戲舞笑顔開。竹風薦爽侵衣袂，荷雨浮香落酒杯。應念倚門凝望久，歸程萬里莫徘徊。

和劉某送子謁選詩韻〔二九〕

滿懷心事付佳兒，盡在離亭酒一卮。十載詩書勤苦日，百年事業聖明時。丈夫不負平生志，男子要爲天下奇。只恐丁寧猶未了，扁舟欲發更遲遲。

怡壽堂爲范啓東賦〔三〇〕

堂北萱花雨露深，堂前慈竹覆春陰。嫠居勤苦三遷教，禄養從容百歲心。出水脩鱗新鱠玉，堆盤香橘總包金。斑斕屢獻尊中酒，歡樂都忘雪滿簪。

送吴太守復任姚安

昭代衣冠集鳳麟，延陵千載見斯人。滇南出守聲名舊，天上承恩雨露新。五馬曉衝雲〔三一〕夢雪，片帆晴拂麗江春。遥知郡邑歡迎日，父老争誇得寇恂。

送劉某歸省

彭蠡東頭是故鄉，門牆喬木藹蒼蒼。别來不覺星霜變，歸省何嫌道路長。雁帶夕陽隨去棹，柳拖殘雪送行裝。慈闈喜氣如春盎，盤出冰鱗酒滿觴。

送黄時中訪弟南還

令弟承恩集鳳池，難兄萬里慰相思。春風華萼聯輝處，夜雨鴒原話舊時。人説文强多孝友，世傳叔度好襟期。明朝又向津亭别，水滿龍河柳滿枝。

挽鄭教授

一經侯頖曾分席，幾載王門獨曳裾。文采錦機張曉日，丰姿玉樹照清渠。階前書帶秋風老，谷口春雲暮雨餘。遺子不嬴阿堵物，只留萬卷讀殘書。

水心書舍爲葉叔英賦

會昌湖上好林居，心地清閑樂宴如。家業遠承先世業〔三二〕，衡門長候故人車。緑筠墜粉晴陰合，紅藕生香莫雨餘。十載江湖紆宦轍，揭來誰爲理琴書？

送黄養正中書扈從出沙漠〔三三〕

儒臣扈蹕羨光榮，況子青年蚤有聲。帳殿每聞天語近，錦箋時見筆花生。威行朔漠傳三捷，令肅貔貅列萬營。獻賦枚皋多寵渥，翩翩歸路馬蹄輕。

寄贈劉孟功

光儀温雅鳳池郎，廿載江湖姓字香。杞梓千尋須見用，驊騮一蹶未爲傷。鷩沙捲雨雲横塞，淡月凝寒雁唳霜。休道邊城無樂事，青衿濟濟在門牆。

五言絶句

題李中書秦女吹簫圖

秦女乘鸞去，荒臺夕照餘。何如千載下，風雅詠《關雎》。

得家書

日日望家書，得書喜還悸。未敢即開封，先看平安字。

題蹇芸味菜軒

茹蔬甘淡泊，味道足芳腴。誰謂膏粱子，存心亦自殊。
存心亦自殊，發軔從兹起。試看斷虀人，事業照青史。

題雪樹斑鳩

殘雪不堪啄，枝頭倦相聚。漸看緑盈疇，啼徹桃花雨。

題梅花

南枝雪半消，江城角三弄。翠羽忽飛來，驚破羅浮夢。

題山水

岸柳摇金縷，風潭擁翠瀾。扁舟初罷釣，拂石坐看山。

題　畫

蕭蕭紅蓼岸，泛泛白鷗群。山雨過三日，溪流漲幾分。

田父嘆

春耕泥淖深，秋收租税足。孰云五陵豪，安居厭粱肉。

蠶婦嘆

農婦日持筐，桑柘紛如雪。蠶絲織屢成，鶉衣常百結。

題　竹

夜泛瀟湘浦，風清月滿林。停吹鸞鳳管，試聽鷓鴣吟。

題玉簪花

湘女舞霓裳，低回鬟雲彈。風前翠袖翻，月下瑶簪墮。

題紅梅

瘦骨冰霜老，仙姿玉雪同。却嫌涴脂粉，含笑倚東風。

題　畫

翡翠含朝雨，珊瑚拂曙霞。何時會仙客，亭下試丹砂。

題四景山水四首

隴樹含朝雨，溪流帶落花。舟人曾有約，去訪瀼西家。

盈盈雲錦翻，嫋嫋香風度。笑語棹船郎，撑入花深處。

老矣烟霞客，悠然太古情。清商才入調，萬籟起秋聲。
玉筍千峰矗，琪花萬樹低。客情秦嶺外，詩思霸橋西。

薦福山八咏脩撰金問先隴在此山白雲塢餘皆在其左右也〔三四〕

白雲塢

灑淚立斜陽，目極吳苑樹。但見白雲飛，烏啼向何處。

支遁庵

住相適何來，相滅復何去。來去本無蹤，天花散秋雨。

許詢祠

庭樹夜沉沉，山風秋淅淅。冥鴻不可招，何處留遺跡。

錢王隄

青山猶故國，玉盌復誰家。惆悵芳隄路，春風自落花。

踞湖亭

鷹去雲連翮，鷹來風滿林。當年亭下客，誰識愛鷹心。

五鴟溪

隄迴逐水斜，水曲隨山轉。深處伏蜿蜒，白雲澄素煉。

太平村

西風禾黍秋，斜日桑榆莫。白髮長兒孫，不知入城路。

中塘橋

歸鶴度寒雲，飛虹跨秋水。野色自平分，何處樵歌起。

又代賦八詠

玄堂閟寒月，白雲自來去。願逐鳥鳥飛，飛繞雲中樹。
錫飛雲影寒，風定天花墮。林下往來人，誰敢臨風唾。

花落野雲閑，庭空春草碧。人去挾飛鸞，香燈自晨夕。
金谷花枝歇，芳隄草色新。東風啼杜宇，又是一番春。
湖光一鏡寒，亭樹流年邁。追識愛鷹心，風聲皆梵唄。
釀酒吸澗泉，擷芳烹澗蘋。于以祈甘雨，穀我東吴民。
男耕早收黍，女織已盈筐。社酒桑麻雨，吴歌雲水鄉。
飛梁架迴溪，路轉山更僻。灑淚掃松人，元是題柱客。

題山水

秋山凝夕陰，庭樹凋寒翠。黄花一徑深，千古柴桑意。
灞岸吟肩瘦，梁園酒力深。扁舟載寒月，誰識釣翁心。

題馬圖

爽鏡懸秋月，連錢散錦紋。回身時顧〔三五〕影，逸氣獨超群。
神俊方調習，歸來汗未消。解鞍輕拂拭，香逐綵雲飄。

六言絶句

題山水

楊柳千林晴日，芙蓉萬疊鷗波。借問吟翁漁子，何人得趣偏多？

題雜畫二首

野水風翻翠縠，春山烟染青螺。釣艇歸來何處，薄暮時聞棹歌。

芳杜洲前釣艇，垂楊堤畔人家。歷盡世間甲子，不妨閑〔三六〕裏生涯。

題枯木竹石

清逼枝間翡翠，光浮石上珊瑚。三徑凉風蕭颯，半簾烟雨模糊。

題醫官畫扇

春雨溪頭洗藥，秋風林下看山。興來獨携藜杖，時與喬松往還。

題畫二首

渡口寒流拍岸，門前曲徑通橋。獨許高人來往，不妨終日逍遥。

霜葉紅鋪碎錦，晴〔三七〕巒翠擁千鬟。借問招提何處，鐘聲遥在雲間。

題畫扇

凉雨千章夏木，溪烟一抹遥岑。杖策不妨林下，釣竿長倚溪潯。

七言絶句

題魯司樂所藏張真人墨竹

肄樂堂西萬竹清，秋風時聽鳳凰鳴。憑誰截作伶倫管，來和鈞天奏九成。

題薛希震山水畫扇

岳陽樓上獨凭闌，無數雲林杳靄間。腸斷一聲何處笛，令人歸思滿關山。

題蒲萄

博望窮源事遠功，靈槎萬里泛秋風。歸來謾有安邊策，贏得蒲萄滿漢宫。

口號八首

昨夜分明夢到家，袖中猶自有黄麻。親朋見面無他語，且説相違幾歲華。

三年操翰玉皇家，幾度重瞳看草麻。明日孝陵修祀事，又須扈從出東華。

家舍清閑勝出家，養生何用服胡麻？精神凝定緣無欲，猶及青春鬢未華。

竹枝繚亂出東家，莫惜芟繁似蓺麻。但使歲寒高節在，肯隨桃李競春華。

宦遊隨處即爲家，堪笑蓬心賴倚麻。朝退淡然無所事，焚香時復誦《南華》。

翹首巾湖是故家，年年春雨長桑麻。迂疏只合親農圃，慚愧含英與咀華。

縹緲祥雲護帝家，詞林長得聽宣麻。分明身在青霄上，咫尺瞻依日月華。

綺羅圍繞富豪家，莫笑貧居衣敗麻。陋巷簞瓢元可樂，至今千載仰光華。

朱縉雲以詩話别信筆次韻留之

傳語朱君款款行，客邊須盡友朋情。鵾鵬一舉冲霄翼，頓隔扶遥九萬程。

簡姚侍書索菊花

君家秋菊滿離芳，雜遝猩紅間柘黄。解使一枝相慰藉，便須沽酒對重陽。

題李侍書墨菊

露蕊霜葩迥不群，獨於秋莫散清芬。莫憐景物渾蕭索，賴得相依有此君。

洗藥圖

洗藥仙翁逝莫追，匣圖想像見容儀。多情惟有雙溪水，依舊春風漾碧漪。

題仙娥春睡圖

流蘇碧帳卷輕紗，琪樹參差拂絳霞。勝概不從圖畫得，蓬萊誰信有仙家？
逢萊清宴會群仙，細酌瓊漿送管絃。欹枕半酣春似海，不知人世幾千年。

送金與賢還鄉二絶〔三八〕

白髪蕭蕭老畫師，尋常落筆世稱奇。承恩歸去多閒暇，却憶西清應詔時。
楊柳飛花已暮春，客鄉忍送故鄉人。到家若過巾湖曲，爲報平安慰老親。

題吴以穎司訓畫

泮水新培竹數竿，清風喜得報平安。枝頭更有團團月，長照先生苜蓿盤。
疏篁娟娟葉可數，翠影横窗月當午。一聲鐵篴振天風，夢魂飛度瀟湘浦。
東甌山水昆陽最，江上群峰舞鳳鸞。湖海宦游今幾載，石田茅屋畫中看。

題四皓奕棋圖

坐對棋枰趣自閑，高風未許强追攀。誰知羽翼當年事，只在遲遲一着間。

題長占烟波卷

家住東吴第幾洲，釣船長並五湖遊。此身自得閒中趣，流俗何須笑直鈎。
滄波萬頃緑生烟，沙鳥晴飛落日邊。長嘯一聲天地窄，更於何處覓神仙。

題竹石四絶

生平愛竹久成癖，日日開窗對晴碧。何當更致徂徠松，歲晚相期結三益。
怪石巑岏如伏虎，翠篠迎風鳳鸞舞。緑烟滅盡月當天，凉影蕭蕭滿庭户。

黄陵廟前風雨急，孤舟暝泊湘烟濕。誰吹鐵笛向君山，驚起蒼虬作人立。
息齋一去不可作，遺墨淋漓見金錯。露滴新梢濕鳳毛，雷撼春林迸龍角。

題竹贈友人

客底逢君别更難，酒酣持贈碧琅玕。緣知此去遥相憶，長使虚心耐歲寒。
矯如飛鳳下層霄，獨向朝陽刷羽毛。鮑叔交情深似海，客邊持此贈同袍。

和楊諭德聞平胡捷音志喜十絶〔三九〕

天子親征方有詔，旋聞捷報紫泥書。聖明神武真無敵，萬里長驅掃羯胡。
祥光五色照邊陲，雲擁雙龍翠羽旂。夾道歡呼迎御輦，六軍齊奏凱歌歸。
英明睿略古無前，幕北長驅出萬全。從此塞垣無斥候，不須三策奏屯田。
貔貅百萬仰雄韜，弓矢于今已載櫜〔四〇〕。天語丁寧優賞格，聖情深體將臣勞。
皇威赫赫肅風雷，萬里烟塵一掃開。俘虜倉惶肝膽落，神兵驚駭自天來。
地涌甘泉瑞應多，洗兵何用挽天河。小臣愧乏涓埃力，稽首稱揚奏雅歌。
百年遺孽盡冰消，大尉來蘇屬望勞。一統河山千萬國，朝宗江漢日滔滔。
誰云北虜號天驕，盟歃羞聞説便橋。黄鉞一揮清瀚海，降胡千億總來朝。

夢趨行在直金鑾，曉拜綸音萬倍歡。深荷儲君推帝澤，文華設醴宴朝官。

普天率土總爲家，奕奕輿圖豈有涯？方國星羅均治化，萬年千載仰中華。

題山中畫寄僧無方〔四一〕

聞説新樓倚翠微，烟霞風雪總相宜。何當借我西窗榻，細和山中十詠詩。

題垂釣圖

草笠羊裘鬢雪生，老來何事客星明？扁舟獨倚桐江曲，一縷清風萬古名。

題畫扇爲醫者賦

紆迴一徑入雲烟，絶勝懸壺向市廛。白馬錦韉何處客，料應來問衛生篇。

題菊花

浥露迎風解翠苞，獨於秋暮占孤高。莫嫌冷落無顔色，萬古清香配楚騷。

題山水扇

蕭蕭蘆葦滿汀洲，隔岸雲山翠欲浮。蓬底漁郎清睡足，不知凉雨報新秋。

題碧羅扇

碧雲擁上月團團，散作人間九夏寒。却憶洞庭涼雨後，金波萬頃鏡中看。

題五色扇

曾記更番儤直時，紫宸班裏侍朝儀。天樂一聲雲外起，祥光五色映朝曦。

和友竹題扇

一見梅花眼倍明，滿懷詩思豁然生。石根更有青青竹，歲晚相看分外清。

題扇畫黄鶴樓

祥雲縹緲護危欄，鸚鵡洲前擁翠鬟。獨立斜陽空悵望，不知黄鶴幾時還。
危樓百尺倚江濆，江上層巒紫翠分。黄鶴仙人今在否，滄波萬里渺烟雲。

題扇上滕王閣

南浦飛雲帶晚霞，半江清水漾晴沙。閣中歌舞今零落，空有垂楊集暮雅。

題蒲萄

靈槎清夜空中發，銀漢流光起天末。奪得驪珠萬顆圓，撒向秋山弄明月。

題　畫

秋雨山中昨夜多，飛流千尺瀉銀河。曉來試上茅亭看，空翠濛濛濕薜蘿。

題雜畫

罷釣歸來日未斜，閑撑小艇入蘆花。倚篷歌徹滄浪調，目送飛鴻落遠沙。

秋江萬頃渺烟波，雲外三山擁翠螺。放棹歸來天未晚，盧花深處聽漁歌。

杖藜日暮倦登臨，山入招提路更深。何似兩翁忘外慮，陶然觴詠坐松陰。

萬壑千岩紫翠重，樓臺多在白雲中。山翁抛卷臨流坐，應是推敲句未工。

溪上群山列翠屏，溪頭松竹四時青。讀書纔罷焚香坐，恐有幽人過草亭。

茅亭隱隱隔疏林，春水橋西一徑深。白髮老翁無外事，抱琴何處覓知音？

蕭蕭落木〔四二〕洞庭秋，隔岸群山爽氣浮。詩客不禁清興發，西風一舸泛中流。

山中昨夜雨初晴，澗底新流戛玉鳴。吟罷好懷猶未已，茅亭獨坐看雲生。

題畫扇

老夫久矣慮都忘，獨向溪頭坐夕陽。收拾〔四三〕雲林新景物，吟邊次第入詩囊。

題菊花贈友人

别來遥隔楚江秋，幾度臨風羨遠遊。要見東籬舊顔色，墨花飛出硯池頭。

題花鳥

九十韶光半已賒，膩紅嬌緑尚堪誇。幽禽似解傷春意，背立東風看落花。
堪笑遊蜂底事忙，蜜脾未飽更尋香。不知山鳥相窺久，又逐飛花過短牆。
拂拂東風送暖回，好花偏向雨晴開。幽禽休戀閑蜂蝶，花底寧無挾彈來。
海棠和睡倚琅玕，幽鳥相依意自安。只恐狂蜂妬顔色，時時枝上轉頭看。

題墨菊

花壓金錢玉作柯，珊瑚斜拂翠婆娑。絶〔四四〕憐老圃秋容好，信是曾沾雨露多。

題花鳥

春入園林宿雨晴，芳桃萬樹着花明。飛來山鳥頭如雪，獨立東風亦有情。
幾簇榴花竹外看，絳霞流影護琅玕。幽禽只恐繁華妬，又欲將雛過藥欄。

題四時花鳥

海棠過雨嬌無力，輕染臙脂酒暈紅。可愛山禽眉似畫，亂花深處媚春風。
薝蔔花開夏已深，芸窗日永罷鳴琴。半床清夢誰驚覺，隔竹黃鸝送好音。
何處飛來倦翼收，高枝獨立野塘幽。查梨結子菰蒲老，占盡西風一段秋。
竹間寒蕊得春先，的的瓊瑶間翠鈿。山鳥似憐頭上雪，飛來樹底鬥清妍。

簡竹莊美其善書

遶屋脩篁長鳳毛，美人幽致竹同高。怪來書法誇無敵，清影滿窗金錯刀。

題柏子庭菖蒲石〔四五〕

風芽露葉照人清，勁氣稜稜石與争。却憶故園脩竹裏，半窗燈火讀書聲。

題墨菊

作客曾過五柳莊，幽人邀我泛霞觴。淋漓醉灑東籬墨，染得秋花箇箇香。
凉飈昨夜過西湖，落盡紅衣老翠蒲。一段秋容猶可愛，萬金叢裏碧珊瑚。
年來別却東籬菊，幾度臨風爲寫真。莫笑枝頭顔色改，清香終不混緇塵。

題花鳥

翠嫋紅酣宿雨晴，畫闌斜倚曉風輕。山禽似識春光好，群聚枝頭亦有情。

閑居八詠爲宋琰賦〔四六〕

延旭扉

金烏刷羽出榑桑，當户流輝啓曙光。翹想五雲天咫尺，噰噰鳴鳳在朝陽。

待月軒

憑軒默坐夜寥寥，明月相過不待招。丹桂曾從高處折，清香留得向人飄。

暎草簾

簾前草色潤如酥，生意悠然入畫圖。風引流蘇摇翡翠，雨添新緑上蝦鬚。

積苔徑

竹邊曲徑轉迴塘，苔蘚年來積漸蒼。縞鶴舞風嫌宿潤，青鞋踏雨帶餘香。

彈琴几

光凝髹几净無塵，一曲瑶琴太古心。休道鍾期今已遠，交游未必少知音。

架書棚

牙籤緗帙爛生輝，芸葉凝香走蠹魚。誰羡鄴侯三萬軸，郝隆只曬腹中書。

煮茶鐺

湯翻蟹眼雪花生，十里松風漸有聲。涓滴便教清思足，何須豕腹漲彭亨。

焚香鼎

沈水香殘换夕熏，輕烟撩繞博山雲。幾回月落琴聲歇，一榻清風破宿醺。

題十八學士琴棋書畫四絶

長松落落散晴〔四七〕陰，石鼎香浮緑綺琴。一曲倚闌聽未了，悠然懷古意何深。

石枰數點曉星稀，思入幽玄落子遲。若使樵夫能解此，料應柯爛已多時。

弘文儤直儗登瀛，文采相輝總俊英。書法尤推虞學士，翩然落筆鬼神驚。

萬壑烟霞澹夕暉，蕭蕭白髪坐忘〔四八〕歸。畫中看畫應多趣，誰識乾坤變化機？

棋

休沐相過一笑同，閑憑棋局坐薰風。當機誰肯饒先手，失意還從得意中。

雙陸

得采歸來莫浪提，縱横來去更多蹊。傍觀總解論遲疾，當局誰知意轉迷？

題畫馬

灞水春風出浴時，霜蹄欲奮更遲遲。奚官應解憐神俊，輕綃〔四九〕絲韁不敢騎。
昂首迎人氣尚驕，曾從萬里出蒲梢。相憐若許終餘惠，春雨生香草滿郊。

題山水畫

千林霜葉戰秋風，萬點青山杳靄中。兀坐不知塵外事，悠然孤思逐飛鴻。

題四景山水

曉起軒窗面面開，亂紅如雨灑蒼苔。呼童浄掃林間路，有客湖南載酒來。
翠擁紅雲漾碧漪，香風拂席午陰移。折箭欲飲還停手，何事携琴客到遲？
南山秋色兩相高，坐到忘言趣更饒。如此風光須一醉，白衣應已過溪橋。
凍壓千山玉作圍，陰雲微破露斜暉。蹇驢踏遍橋西路，折得南枝擔上歸。

題二老對奕圖

頭顱如雪鬢毛稀，猶向棋邊較是非。一着拈來千萬慮，何人真解脱危機。

題鬼谷子觀書圖

不向山中樂采芝，劇談何事泄玄機。青溪遺跡荒秋草，流得陳編較是非。

觀　奕

當局休嫌下子遲，那堪敵手兩相持。若逢得意須收拾，貪得無厭勢轉危。

題四景山水

花日籠烟破早寒，興來携杖度巑岏。胸中浩蕩春江曲，知與何人作意彈？
江上群峰擁翠蓮，江頭喬木散晴烟。推篷坐看飛流下，詩思清如孟浩然。
滿眼山光夕照中，釣絲輕颺白蘋風。沙鷗何事驚飛去，不是當年海上翁。
凍壓千林玉作花，江天一色净無瑕。漁人簑笠休嫌重，有客尋梅未到家。

題四景畫

蹇驢信步踏芳洲，又擬明朝作意遊。垂老飄零湖海客，一分春色一分愁。
泥塗沾足汗交流，當午鋤禾倦未休。白紵一聲何處起，凉亭只在水西頭。

痛飲何慚頭上巾，東籬醉後往來頻。秋花自與春花別，誰似幽人得趣真。
舟泊蘆花淺水灣，釣絲輕颺碧波寒。老樵更在雲深處，凍壓冰崖下腳難。

題春遊圖

和風拂曉翠烟消，策蹇看花過野橋。昨日山翁曾有約，亨魚燒筍試春醪。

題池亭納涼圖

當午鋤禾日又斜，半生辛苦力田家。碧筩不醉凭闌客，閑却波心一片霞。

詞

中秋賦　菩薩蠻

冰輪碾破琉璃碧，素娥對鏡寒光溢。香透桂花秋，風清人倚樓。　從教銀漏轉，高把珠簾捲。底事惜嬋娟，相期又隔年。

擬春怨賦　捲珠簾

楊花飄蕩隨風起。撲檻穿簾，攪動傷春意。蹙損眉尖倦梳洗，光陰百歲還能幾？芳心欲付東流水。流水無情，謾自滔滔去。背立闌干默無語，雙雙燕子東風裏。

校勘記

〔一〕敬鄉樓本下小字注：「按，永樂元年，緬酋那羅塔遣使入貢，詔遣内臣張勤往賜冠帶印章。」

〔二〕敬鄉樓本下小字注：「按，《應制元夕觀燈》以永嘉陳宗亢宗爲第一，宗時爲兵部員外郎。」

〔三〕敬鄉樓本下小字注：「按，朝縉，永嘉人，曾典京闈文衡。見後《劉編修集序》。」

〔四〕敬鄉樓本下小字注：「按，朝紳名現，《永嘉縣志・介節》有傳。徐字叔鉉，見後《劉編修集序》。」

〔五〕『霍』，底本作『藿』，據敬鄉樓本改。

〔六〕『泛』，底本作『乏』，據敬鄉樓本改。

〔七〕敬鄉樓本下小字注：「按《永嘉縣志》，明洪武時教諭陳丙，瑞安人，當即此。」

〔八〕敬鄉樓本下小字注：「按，祝訓導名金，字廷心，麗水人。見後《萬竹軒詩序》及《麗水縣志・人物》。」

〔九〕敬鄉樓本下小字注：「按《永嘉縣志》，薛東，建文二年進士，蓋即此人。」

〔一〇〕敬鄉樓本下小字注：「按，季寧名吉，吴縣人，洪武初官中書舍人。」

〔一一〕敬鄉樓本下小字注：「按，孝思與兄孝文先後使朝鮮，並著清節，朝鮮爲立雙清館云。」

〔一二〕『兼』，底本作『兼』，據敬鄉樓本改。

〔一三〕敬鄉樓本下小字注：『按，鄒，廬陵人，授四川資縣知縣。見後送鄒序。』

〔一四〕敬鄉樓本下小字注：『按，鄒由資縣擢知澧州，見送序。』

〔一五〕敬鄉樓本下小字注：『按，蕭用道，泰和人，擢靖江王府長史，永樂時從王之藩桂林。』

〔一六〕敬鄉樓本下小字注：『按，文進字景昭，福建沙縣人。工畫花鳥，宣德間召授武英殿待詔。』

〔一七〕『陳仲』，敬鄉樓本作『陳仲明』。

〔一八〕敬鄉樓本下小字注：『按，原範名禮，平陽人，庶吉士，吴致文之父。』

〔一九〕敬鄉樓本下小字注：『按，貫道，山陰人，洪武中曾知休寧縣。』

〔二〇〕『栽』，底本作『截』，據敬鄉樓本改。

〔二一〕敬鄉樓本下小字注：『按，尹實，四明人，篆書擅名海内。』

〔二二〕敬鄉樓本下小字注：『按，伯厚名埣，以字行，建安人。』

〔二三〕敬鄉樓本下小字注：『按，楊名南，字景衡，瑞安人。見後墓誌。』

〔二四〕敬鄉樓本下小字注：『按，學士即胡廣。』

〔二五〕『操』，底本作『澡』，據敬鄉樓本改。

〔二六〕『渾』，底本作『運』，據敬鄉樓本改。

〔二七〕『胡』，底本作『湖』，據敬鄉樓本改。

〔二八〕敬鄉樓本下小字注：『按，李名驥，字尚德，郯城人。洪武末年授户科給事中，尋免。永樂初以薦擢刑部郎中，後爲河南知府。』

〔二九〕敬鄉樓本下小字注：『按《東甌詩集》，劉某作劉至和。』
〔三〇〕敬鄉樓本下小字注：『按，范名暹，字啓東，號葦齋，崑山人。永樂中取入畫院。』
〔三一〕『雲』，底本作『雪』，據敬鄉樓本改。
〔三二〕敬鄉樓本下小字注：『孫校，兩「業」字疑有一誤。』
〔三三〕敬鄉樓本下小字注：『按，養正名蒙，瑞安人。善書。後殉土木之難。』
〔三四〕敬鄉樓本下小字注：『按，金問字公素，號恥菴，吴縣人。與文簡同繫十年者。』
〔三五〕『顧』，底本作『願』，據敬鄉樓本改。
〔三六〕『閑』，底本作『開』，據敬鄉樓本改。
〔三七〕『晴』，底本作『情』，據敬鄉樓本改。
〔三八〕敬鄉樓本下小字注：『按，與賢，平陽人。善畫。蘇伯衡有贈序。』
〔三九〕敬鄉樓本下小字注：『按，楊士奇名寓，以字行，泰和人。永樂五年，由中允晋諭德。』
〔四〇〕『橐』，底本作『槖』，據敬鄉樓本改。
〔四一〕敬鄉樓本下小字注：『按，目録作「題山水畫」。』
〔四二〕『木』，底本作『水』，據敬鄉樓本改。
〔四三〕『拾』，底本作『捨』，據敬鄉樓本改。
〔四四〕『絶』，底本作『緈』，據敬鄉樓本改。
〔四五〕敬鄉樓本下小字注：『按，柏子庭，元時嘉定人。喜畫枯木、石菖蒲。』
〔四六〕敬鄉樓本下小字注：『按，宋琰字廷書，奉化人。預修《永樂大典》，官中書舍人。』

〔四七〕「晴」，敬鄉樓本作「清」。
〔四八〕「忘」，底本作「忌」，據敬鄉樓本改。
〔四九〕「綰」，底本作「館」，據敬鄉樓本改。

黃文簡公介菴集卷之三　退直稿

頌

騶虞頌有序〔一〕

洪惟太祖聖神文武欽明啓運俊德成功統天大孝高皇帝應期受命，肇建丕基，制禮作樂，綏厥兆民。爰法古昔，衆建宗藩，夾輔邦國，垂萬世無疆之休。皇上繼志述事，尊臨大統，首篤親親之恩，達於仁民愛物，德澤所被，無間邇遐。由是至和之氣，薰蒸洋溢，充塞兩間，徵爲瑞應，不可殫述。乃永樂二年秋八月，太史奏：考驗天象，有仁獸之祥。是月，騶虞見于鈞州神后山，寔周王封内。王得之，躬獻于朝，臣庶聚觀，罔不稱歎。

臣淮伏聞：成周之世，人倫正，朝廷治，天下純被文王之化，故《召南》詩詠騶虞以見王道之成。鈞乃中州之地，和氣所鍾，騶虞發祥於此，誠王道成之嘉應，非若成周徒形諸詠歌而已。臣忝職詞林，躬逢盛事，不可無紀述，傳示將來，謹拜手稽首而獻頌曰：

於皇太祖，膺符肇基。禮明樂備，運化淳熙。爰建宗藩，翊我帝室。詒厥嘉謀，子孫是式。

惟皇繼統，撫臨萬方。率由舊典，振其紀綱。仁政之推，始于親親。式隆恩義，篤叙天倫。德孚化浹，覆冒無極。蠻貊夷羌，爭先效職。至治馨香，昭假彼蒼。爰錫純嘏，襲于休祥。其祥伊何，厥類孔多。卿雲甘露，瑞麥嘉禾。維兹騶虞，猊首虎軀。旼旼穆穆，于周之墟。有白者質，有墨者文。內仁而信，協于祥麟。食不傷生，行慎所履。乾文垂耀，兆我蕃祉。周有賢王，令德孝恭。齋沐陳詞，貢于明堂。皇曰噫嘻，維王所致。盍歸于周，昭兹嘉瑞。王拜稽首，天子萬壽。匪曰奇珍，實天之佑。天佑斯徵，如日之恒。藩國承休，萬邦永寧。明明我皇，心懷謙抑。保兹成命，罔敢自逸。明明我皇，德與日新。功光前烈，福綏後人。猗歟盛美，咏歌不足。播之頌聲，神明是告。

平安南頌有序〔二〕

臣聞至治之世，禮樂征伐〔三〕自天子出，故能混六合爲一家，垂顯休於萬世。洪惟我
太祖高皇帝膺符肇迹，統一寰區，總攬權綱，以馭億兆，四裔戎夷，聞風款附。而安南陳日烇稱臣奉貢，尤先他國。安南在漢爲交阯郡，近代以來，陳氏世守其地。太祖高皇帝嘉日烇慕義，封以王爵，授以金印，俾其子孫傳序，世世不絶，恩至渥也。
太祖高皇帝棄群臣，安南陪臣黎季犛遂殺其嗣王曰焜，立己子蒼爲王，變易姓名，欺己罔衆。我皇上纘承鴻業，蒼乃遣人奉表，掩飾其罪。皇上好生之恩，如天如地，數遣使

誨諭，冀其感悟。季犛父子冥頑驁黠，稔惡弗悛，肆掠邊郡，侵逼占城，要殺朝使，譎狡之態，言莫能狀。甚者僭號紀年，罔有畏憚。

皇上弗忍無辜被其荼毒，乃允廷臣之請，遣將臣成國公朱能等率師討賊，求陳後而立之。師行之日，鑾輿幸龍江，禡牙，授能等成算，且戒以無暴其民，能等俯伏受命。初抵雞翎，賊徒閉關拒守，我軍鼓譟揚威。一卒奮出斬關，賊徒倉惶奔潰。師度富良江，賊操舟迎敵，我師順流扼之，賊焚溺死者無算，益其舟以濟師。賊並江列柵幾三百里，我師急攻破之，遂拔其國。既芟既滌，乃慰乃安。爰於國中徧求陳後，無所得。交之父老歡然相率詣軍門，咸言：『陳氏夷滅已盡，願復交阯爲郡縣，俾我子孫永爲中國民。』將臣以聞，皇上乃徇輿情，俯從所請。詔下之日，歡動朝野。

臣惟皇上踐祚以來，道禮和樂，煦育民物，惟恐弗遂其生，征伐豈得已哉？季犛叛逆弗臣，干我天刑，苟縱而不討，曷以振舉綱常，示法萬國？今旌麾所臨，動協成算，遂成無前之駿功，是宜播之歌詩，以垂耀千古〔四〕。謹拜手稽首而獻頌曰：

巍巍太祖，統有華夷。總攬權綱，物無拒違。惟皇纘緒，覆冒萬國。德享神天，恩均動植。日竁月窟，椎結卉裳。輿琛輦贄，奔走來王。睠彼南交，爰有凶豎。粤自曩歲，戕其國主。竊彼印綬，據有土疆。掊克逞虐，煽禍鄰邦。皇曰噫嘻，昏迷罔知。風行草偃，彼或庶幾。皇風丕暢，凶渠震驚。遣使陳辭，飾詐矯情。皇不逆詐，俾自懲刷。霈澤下施，綸音焕發。孰謂彼凶，益傲以狂。劫我信使，掠我邊方。皇曰咈哉，予爲民主。天討有典，敢縱奸宄？乃命將臣，簡器勵兵。授以廟略，聲罪南征。將臣伊何，元勳太傅。有侯有伯，以贊以輔。皇謂將臣，汝省汝師。勿窮其力，勿黷其威。不善降殃，民實何辜？順則撫之，毋使卒瘏。將臣受命，罔敢怠遑。

七月之吉，率師啓行。皇輿莅止，龍河之滸。禡牙有儀，式壯其武。六師既發，怒氣莫奪。賈勇長驅，如鷹思搏〔五〕。虜不量力，群聚雞翎。奮其螳臂，車轍是膺。我師覰之，薄示以威。一夫突入，群虜山摧。總戎有令，弗徐弗亟。礪爾戈矛，各恭爾職。武夫洸洸〔六〕，旟旐央央。如飛如翰，涉彼富良。虜猶假息，恃險列栅。跳踉叫讙，勢欲死咋。我陳既固，我馬既同。左右交驅，表裏夾攻。披角脱距，扼臂剪翼。霆震飈馳，虜無留迹。桓桓我師，不肆不驕。駉騎後先，馳告于朝。交人僉言，陳祀無胤。矧兹日南，漢之故郡。我皇仁聖，四海爲家。願俾下臣，咸仰光華。乃徇輿情，乃疆乃理。建官置牧，以經以紀。明詔既頒，朝野騰歡。銅柱隕折，山川改觀。思昔宋元，亦勞師旅。勿良于謀，厥功罔著。猗歟我皇，廟算孔明。將臣用命，聿駿有聲。猗歟我皇，恩威並濟。是畏是懷，動罔不利。南交既平，干戈載戢。萬國同風，永永無斁。

賦

聖孝瑞應賦有序

聖天子達孝純誠，追慕皇考太祖聖神文武欽明啓運俊德成功統天大孝高皇帝、皇妣孝慈昭憲至仁文德承天順聖高皇后大德深恩，欲報無所。莅祚之初，即遣使致書幣詣西域，迎請法尊大乘尚師哈哩麻巴。五越寒暑，始克至京。乃以永樂五年二月庚寅，率天下沙門就靈谷禪寺建壇，弘宣釋典，用伸薦揚，因博濟幽爽。

至竣事凡十有四日，法駕日莅壇壝，躬執祼獻者三。靈貺昭答，如響斯應。舉其大者言之，若祥光慧炬、天花寶蓮、卿雲甘露諸福之物，獻異呈奇，間見迭出。復有天樂流音于寶殿，舍利騰煇於浮圖，青鸞白鶴翔翔于碧落。神僧後先應供，不可數計，或隱或顯，罔測靈蹤。雲端每有旛幢獅象之狀，若將下臨者，臣庶具瞻，靡不稱嘆。兹皆聖天子孝誠純至，故穹祇交贊，庶物效靈，以振燿於當時，以垂休於萬世，夫豈偶然？百辟卿士上表賀，聖天子謙遜固讓，降敕歸美高廟，且戒且勉。群臣欽承聖訓，忻抃蹈舞。上下之間，和氣周流，猗歟盛哉！　謹拜手稽首而獻賦曰：

惟聖皇繼統以臨御兮，納萬國於陽春。昭禮樂與典章兮，舉成憲之是遵。乃兢業以靡寧兮，隆孝情之終慕。凡志力所可及兮，亶忱誠於晨暮。爰走書而致弊兮，迎至人於西域。即京刹之峨峨兮，建崇壇之奕奕。遵金仙之軌則兮，弘敷宣乎梵唄。旛幢繚繞以莊嚴兮，騰薌合之馣馤。皇執珪而秉鬯兮，謹蠲潔而明禋。仰聖靈之在天兮，倏對越之在庭。皇心弗懈而益虔兮，日每臨乎壇壝。信有感而必通兮，爰兆集夫多瑞。瞻天花之飄空兮，炫寶屑與瓊英。忽呈祥於齋幄兮，復迴旋而上升。靈光慧炬其迭見兮，燿衆目而駭視。匪名言之可狀兮，亦靡物之可儗。紛五采之相輝兮，爛蟠空之卿雲。耿流光以下燭兮，每彷彿乎太陽之舒霽。晃珠聯而玉綴兮，湛甘露以宵零。舍利燿芒於浮圖兮，燦金色之煇煌。紛總總其不可殫述兮，斯皆託物而效禎。彼肸蠁而翕集兮，尤顯赫之足徵。既神僧之戾止兮，復萬靈之來會。驅鸞鶴以駕車兮，策獅象而爲衛。振法音於寥廓兮，又申之以告語。倏聲容之俱泯兮，徒臨風而延佇。謇幽明之殊途兮，合厥應之孔明。申眷命而用休兮，于以昭我皇之孝誠。

稽炎漢之中興兮，白衣爲光武而啓道。及貞符協應於武德兮，神人告太宗以先兆。成王觀河洛以沉璧兮，榮光出而龜龍並呈。宣帝尊孝武而告祠兮，白鶴翔集于後庭。自古亦莫不然兮，鏤金石而靡泐。固恒理之可推兮，匪人力之可及。矧泰運之方亨兮，混六合之同軌。陰陽和而協氣順兮，亦時暘而時雨。兹先天而天弗違兮，何所求而弗遂也？宜佛日之齊彰兮，致百祥之咸萃也。皇遜讓而弗居兮，曰豈予之所能？荷考妣之同德兮，垂福慶之繩繩。爾百辟之忠愛兮，乃歸美於朕躬。朕弗敢恃此以自安兮，資股肱之協恭。政和平而弗懕兮，歲屢登而民遂。庶大瑞其在兹兮，俾有辭于永世。臣承詔而抃舞兮，效嵩祝而三呼。昭盛美於無窮兮，薦郊廟而登歌。

歌曰：『於昭聖皇，德配天兮。大孝尊親，禱必虔兮。至誠感孚，瑞應綿綿兮。啓佑子孫，億萬斯年兮。於昭聖皇，廣至仁兮。沛澤下施，洞幽明兮。顯道類彰，厥瑞斯徵兮。謙尊而光，奕世其承兮。』

表　箋

代撰命婦賀皇太后受册寶表文

伏以隆尊親之禮，治典所先；致敬養之誠，人倫攸重。惟崇名之既正，際率土以騰懽。恭惟皇太后陛下，含弘光大，端一誠莊。佐輔先朝，克諧於内政；敷宣慈訓，允合於大經。齊周室之太任，超漢家之明德。是以享天下之養，而膺福壽於萬年也。妾某氏等，猥以微末，叨沐恩榮。喜際會於明時，仰覩儀文之盛美；恭祝延於聖壽，願同天地之悠長。

代撰命婦賀皇后受册寶箋文

伏以至順承天，母儀正位。臣民均賀，寰宇騰懽。敬惟皇后殿下，齊壯誠一，慈厚寬仁。

於千春。

宸嚴以奉宗廟，而隆福祚於悠長也。妾某氏等，際遇明時，叨承恩眷。仰軒龍之著象，祝睿算

贊内政於東朝，德音夙著；正儀範於中壼，景命維新。功昭衡紞之勤，慶衍金支之盛。是宜配

贊

太祖皇帝御製嘉禾詩贊

洪惟太祖聖神文武欽明啓運俊德成功統天大孝高皇帝在位垂四十年，祇奉神祇，子育臣庶，屢獲嘉禾之應。躬灑宸翰，著爲聲詩，以昭天眷。兹者皇帝陛下追惟先烈，爰奉奎畫，摹刻于石，因以刻本裝潢成軸，分賜諸王及廷臣。臣淮忝陪禁掖，叨與寵賜，謹拜手稽首而述贊曰：

惟天降祥，祐我高皇。嘉禾薦秀，屢兆時康。惟皇受祉，承以謙抑。思答天休，用彰玄錫。

洒御宸翰，頌之聲詩。鏑律振吕，翔鳳騰螭。皇心孔仁，式形述作。冀兹豐穰，永均民樂。聖明贊緒，爰發祕藏。奎章炳燿，日星斯〔七〕煌。孝心永懷，敢閟遺澤？勒之貞珉，庶昭無極。

若稽《周書》，嘉禾紀名。延祺八百，至治是徵。巍巍皇明，貞符允協。聖製永存，實綿洪業。庶幾千世，兹刻是珍。諧之樂音，以亨聖神。

柴望義事贊有序

嗚呼，自《伐木》之詩廢，友道不明也久矣。非友道之不明也，人於交友之義薄而不厚也。交友之義薄，則友道幾乎熄矣。有能篤於義，振其薄，足以獎勵流俗者，君子得不喜談而樂道之乎？杭之士柴望，其人也。望敦厚朴實，與人交謹甚。其友金觀字用賓者，家居養母。母卒，未襄事，觀竟死哀毀，妻亦繼殁，子幼弱，弗克治喪。望乃籲諸所與游者，力舉三喪，葬于觀之先人墓側。嗚呼，望可謂篤於交友之義，而無間於死生者矣。嚴陵吴植摭其事著傳，聞者皆形諸述作以羡美之。贊曰：

交友有道，義以爲則。友而弗義，便辟讒慝。遡焉古訓，昭哉民彝。《伐木》之詩，疇克念之。吁嗟爾望，先民孔式。克慎取友，維義是力。其友伊何？金觀用賓。讀書養母，守志力貧。母兮棄背，哀毁困瘁。既殞厥躬，亦喪其配。幼子煢煢，其泣呱呱。望也往吊，擗地號呼。曰維斯人，曷即于戾。死於我殯，朋友之義。爰集同心，殫力經營。聿舉三喪，祔于先塋。吁嗟爾望，施德不報。純誠内孚，躬行允蹈。麥舟之事，簡册流芳。展也君子，蔚有耿光。佑善者天，綏以多祉。勿替〔八〕引之，子孫孫子。

至樂先生杜君畫像贊

内寬外嚴者，質之美；言謹行端者，學之力。既約己而裕人，亦斂華而就實。聊薄試乎泮林，尋退休于泉石。惟至樂之在斯，諒伊人之叵識。吁嗟先生兮，亦獨何心？庶幾委順兮，無愧厥德。

金問侍郎父像贊

凝乎其神，澹乎其真。少孤而克立，長裕而益伸。方膏車于雲路，旋屏迹于衡門。躡君平之素履，振先世之餘芬。充其實以培夫令德，斂其華以施夫後人。是宜躋壽考於耆耋，播聲譽於儒紳也歟！

舒知縣小像贊〔九〕

貌蒼神固，言温行脩。及壯而仕，既老而休。有林有泉，以遨以遊。邈焉高風，人莫與儔。

蔣司直小像贊

翹然湖山之英，皎乎玉雪之清。行誼孚于州里，譽望藹乎鄉評。錫命推恩，既榮膺於簪紱；童顔鶴髮，還寄跡於林坰。以遨以游，不伐不矜。斯其爲君子之徒而享福慶於遐齡也歟。

董長史子莊畫像贊〔一〇〕

質厚而貌恭，神完而氣充。温乎崑山之璞，蒼然徂徠之松。其行也確爾而不拔，其量也廓焉以有容。明天人之奥旨，振孝義之宗風。是宜横經辟雍，效職蕃封，承眷遇益久而益隆者也。

高節菴德暘畫像贊〔一一〕

貌不踰中人，而度量廓如也。言不誇詡，而文與理俱也。行不詭異，而駸駸乎前賢步趨也。動則行其志，静則涵泳乎聖謨也。嗚呼，先生斯其爲學問之功，資之深，德之符也。

青田蔣處士贊〔一二〕

貌古而神清，言温而行確。宜振美而揚芬，何遯世而離俗？甘樂志於琴書，獨徜徉乎丘壑。挹三徑之清風，擅谷口之芳躅。盖將積慶儲休，以遺其子孫，俾光大其門，而安享夫遐福也耶？

箴

養蒙齋箴

壽陽趙孟開名其藏脩之所曰『養蒙』，盖取諸《易》『蒙以養正』之義。左春坊左庶子兼翰林侍讀黄淮紬繹其説，箴以勗之。箴曰：

若人力學，罔不在初。臧否攸判，聖愚殊途。勿陷於險，勿傾以頗。養之斯存，貞吉永圖。

銘

思紹堂銘〔一三〕

温郡庠司訓建安杜君德基，元之隱君子清碧先生嗣孫也。揭『思紹』二字名其堂，用以自勗。左春坊左庶子兼翰林侍讀黄淮爲之銘曰：

達孝所稱，貴乎善繼。先業弗承，有忝厥世。猗歟清碧，名高德尊。學窮經世，道探一原。時惟其季，屢徵弗起。卓爾高風，播諸青史。善積慶延，奕世彌彰。宜爾嗣孫，孝思不忘。孝思維何，克紹是力。是纘是繩，庶幾成德。相彼水矣，源泉實深。弗引其流，曷異蹄涔。相彼木矣，根本既固。培植弗勤，枝葉以蠹。玩物省己，小心兢兢。揭名于堂，鑒視有徵。屈伸以時，出處殊勢。匪迹之求，惟心是契。心苟存之，如覿容儀。慎言敏行，其何敢違？《書》美象賢，《詩》云不匱。千載同符，爰錫爾類。我作銘詩，勒之坐隅。勗哉思紹，永矢弗渝。

正固齋銘爲紀善王可貞作〔一四〕

乾道四德，貞以終之。爰翕爰聚，肇彼化機。維人之生，肖形天地。歛華就實，匪貞曷致？其貞維何，曰正而固。不頗以偏，不馳以騖。端方平直，中矩應規。鞭辟近裏，堅確自持。譬彼築室，必慎其址。弗正則傾，弗固則圮。正勿至矯，矯則致戾。固勿致執，執則多蔽。正之固之，貴乎有恒。勉之敬之，惕厲兢兢。曾勤三省，顔躬四勿。賢哲是師，庶幾無失。有齋翼翼，藏修是宜。展也君子，視此銘詩。

説

張志文字説

四明張璞僑居皋蘭，所與游者字之曰『志文』，請説於余。余曰：善乎字子之義也！凡物有質而後有文，玉在石中爲璞，其質已具，必假琢磨以文之，然後可以爲蒼璧，爲黄琮，爲圭瓚，爲瑚璉，以至爲珮，爲環，爲珂，爲玦，爲杯，爲斝，是皆文之著而爲世之所重也者。子有美質，必篤志於學問以文之，使不啻如玉之見重於世，庶不負名與字矣。所謂學問者，自格致誠正、脩齊治平，以至於詩書六藝皆是也，豈徒記誦詞章之末而已？雖然，文質不可以相勝，故孔子嘗曰：『質勝文則野，文勝質則史。』先儒釋之，謂：『然則與其史也，寧野。』盖欲矯其偏而歸之於厚云爾。璞乎，吾懼子之過於文也。慎之哉！慎之哉！

序

會試録後序

歷代取士之途不一，獨進士一科久而逾盛。自漢試明經射策，進士程試之習已肇於此。唐宋以來，進士科目大行。爰及我朝，稽古右文，而進士爲尤重。或者謂取士校其文章，不若求之德行。然不知文章載道之器，文之所達，即德之所著。德藴諸中，微而難見；情見乎辭，顯而易知。即其文而驗其德，是即有虞『敷奏以言』之意，何莫非良法乎？且先後得人，具有明效。其在於唐時，則有若宋璟善守文以持天下之正，顔真卿毅然之氣折〔一五〕而不撓沮，陸贄忠誠論諫，韓愈反刓劀僞，李絳直道進退。其在於宋時，則有若李沆〔一六〕正大光明，世稱聖相；韓琦垂紳正笏，志〔一七〕安社稷。德量節概如歐陽脩，公忠直亮如文彦博，先憂後樂如范仲淹。

乃若司馬君實有旋乾轉坤之功，程朱倡明道統，以接夫千載不傳之緒，光輝焕發，照映簡編，靡能殫述，曾謂文章不可以得人乎？

矧惟太祖皇帝，德澤涵濡垂四十年，進士得人，盖將軼唐宋而過之。今上皇帝以大有爲之資，膺文明之運。乃永樂二年，時當大比，就試之士沐維新之化，率皆奮勵激昂，期以自效。有司拔其尤者四百七十二人，小録登載，具如故事。於戲多士，其榮矣乎！雖然，德之著於文章者，既足以榮其身；德之著於用〔一八〕者，當有以善其政。諸君子行將對策大廷，敭歷顯要，必推其德而措諸事業，卓然爲當代名臣。且以皋、夔、伊、傅自期，罔俾唐宋諸賢得專其美，庶見進士文章不爲虚器也。勉之哉！勉之哉！

送太僕寺丞吴性泉考滿復職序〔一九〕

余在鄉里時，嘗聞故老言，國初有吴公廣者，來僉衛指揮事。其人讀書好古，慷慨有大志，善撫士卒，部曲之制、紀律之施、關譏之禁皆有條序。其下或有侵陵于民，輒加懲艾不少貸，以故士皆恬熙，民得安於畎畝衣食，實公之惠也。洪武戊申，南溪民不靖，公率兵討之。至境，集部將謂曰：『人孰不貪生而惡死？若遽加兵，則玉石俱焚矣，不若以大義降之。』於是遣人諭以禍福，示以恩信。衆聞命，咸曰：『將軍生我父母也，豈敢悖德？』即相率斬其渠魁，詣軍門降，且以貨寶爲獻，公秋毫無所取，兵不血刃而南溪以平。還師之日，僚屬舉酒爲壽，公歉然不以爲功，其賢於人也遠矣！未幾，調戍汀州，至今人思之。余聞而歎曰：『可謂仁矣。仁者必有後，子孫其昌乎？』

近年，余來京師，四方譽望之士多獲接見。一日，會太僕寺丞吴勝泉氏于闕下，貌清而儀肅，言温而氣和。問其家世，乃曰：『鑑先子嘗仕温之武衛，鑑生于温，至於今猶解吴語。』余聞之愕然，曰：『勝泉乃仁者之後也？』因與道往事竟日。自後往來，情意日益洽。皇上即位，脩舊典，遷太僕寺於滁陽。勝泉别去甫二歲，今年秋，以秩滿朝京，考最，俾復職。朝之大夫士咸歌詩以餞，侍讀學士王公序其首簡，復徵余言。

余聞天道無親，常與善人，然報施之際，不于其躬，必于其子孫。于其躬者，固顯融於世矣；于其子孫，則陰德之流無窮焉。勝泉尊公於兵戎之間，不生事造釁，不嗜利，不要功，仁聲義聞，久而愈著。勝泉之食其報何可量哉？

昔虞詡平朝歌之黨，可謂有猷有爲矣。然數百之衆，一旦駢首就戮，其中豈無污脅之徒，後雖深自悔咎，亦何及哉？今跡勝泉尊公所爲，不謂之仁者，可乎？雖然，發祥流慶，固在於前人，而繼志述[二〇]事，尤後人之所當盡其心者，勝泉勉之，余日望之。若夫監牧攻駒之政，前序已詳，兹不復贅。

贈徐孟彬後序

聖賢立教，必嚴義利之辨。義與利不可兩立，而輕重之勢常若持衡。然重義而輕利者爲君子，反是則小人矣。若永嘉徐孟彬，其重義輕利之君子歟？孟彬儒家子，自少聰敏，勤於問學，汲古之餘，且通醫術。比年客京師，常居善藥，人有疾，無貴富賤貧，一以藥濟之，而未嘗責其報。翰林檢討同郡潘君民止，頃冒寒疾且劇，孟彬察其色脉，探其病源藥之，不旬日，病良已。潘君舉家德之，而孟彬不自以爲功。潘君素知孟彬非可以利瀆，乃謁諸僚友與朝之名公，賦詩頌美，而自序其所以德之之意於首簡。余於潘君忝葭莩之親，於孟彬叔父弘道有同門之好，得無一言以綴卷末？

夫醫之爲術，人之生死繫焉。貪鄙之徒，多挾此以要利，謬謂短長之命懸於其手。扣其術，盲乎無所見，聵乎無所聞，或剽竊前人緒説，喋喋以欺人，曾不究其指歸者，又多有之。求如孟彬業通而義重者，幾何人哉？昔柳子著《宋清傳》，言清居藥四十年，積券〔二二〕如山，歲終度不能報，輒焚之。清，市人也，市人不爲市道交，其見稱也若此。孟彬世以儒業相承，其於義利之判，講之有素，宜其操行之高，有非流輩所可及也。雖然，余嘗觀孟彬之志遠且大，醫之術豈足以盡其材哉？姑因此以發其兆耳，尚勗之〔二三〕。

送孔審理還永嘉迎母就養詩序

永樂三年秋八月既望，伊府審理正孔君光霽得告還永嘉，迎其母安人就養于京師，造余言別。余賀之曰：『世之人，孰不欲竭力以養其親，然弗克遂其志者，蓋多有之。貧賤而無外患，幸得以朝夕承顔，其於衣服、飲食或不能給，亦不足以爲養。貴而且富，有以爲養矣，其或膠於職業，如《四牡》念「王事靡盬」〔二三〕、《北山》嘆「從事獨賢」，心雖無窮，而力有所弗逮也。光霽以俊偉特達之材，膺薦爲冑監上舍生，尋蒙顯擢，曳裾王門，可謂貴富。尤幸聖天子在上，五緯順度，天下和平，宗王承休仰德，崇尚禮教以令其下，而審理之職，恬無所事。由是得請於朝，以伸其孝情，樂莫大焉。』

孔君聞余言，懽然喜動于色，既而復憮然而嘆曰：『公延受賜于上，固爲侈矣，奈何先人蚤世，禄弗逮養，風木之悲，曷其有極？』余又釋之曰：『父母俱存，人子至情，然脩短繫乎分定，非人力所能爲也。雖然，禄養以奉其口體，孝之小者也；立身行道以延其令譽，孝之大者也。光霽迎母而來，益思勵厥志，慎厥躬，俾業日以廣，位日以崇，移其孝以爲忠，將見推恩之命頒自九重，不惟榮慈親於桑榆之景，亦足以慰先人於九泉之中矣，尚何歉焉？』孔君拜余言而去。余與交游之士追餞于都門，離觴既舉，各賦詩以送之。謂余有同郡之舊，授以首簡，遂次第其説，僭序于群玉之右。

送趙子野還鄉序〔二四〕

余弱冠入縣學爲弟子員，時德謙趙先生分教學之西齋，樂易好善，喜奬誘後進，未嘗見疾聲遽色。余雖不在館下，竊嘗與聞論議。先生嗣子子野習義方之訓，襟懷灑落，不流於時，不滯於物，有儒者氣象。事父謹甚，嘗撰杖屨，侍從出入，以故余獲締〔二五〕交。洪武乙丑，先生没，余與子野往來如故。後十餘年，余忝充貢入朝，遂成契闊。今年，子野來遊京師，十月朔，謁余于官舍，握手念舊，恍若夢寐。無何，即告别言還，且求余文。余與子野，友也。友以輔仁爲事，豈得忘言哉？

夫士之所以貴於人者，以其所尚者志而已。能尚其志，則學日以茂，業日以廣，名日以彰，無所往而不遂矣。昔余始交子野，見其氣甚充，志甚鋭，意其駸駸向用，揚其茂實，振其英聲，胡乃溺於流俗，荏苒歲月以自韜晦哉？今焉不遠千里而來，覩光都邑，增益其見聞，厥志亦大矣，又何必戚戚然遽以懷土爲念哉？吾知子野之意，以爲富貴利達有命焉，不可幸而致，故甘於退處而不辭，庶幾守道安分者之所爲也。雖然，命由乎天，而志存乎己。由乎天者，固非人力之可求；存乎己者，豈非平日之當勉？故柳子曰：『周乎志者，窮躓不能變其操。』子野别余而歸，益須篤志敏學，以爲立身顯親之基，毋徒委之於命而懈於用力也。余言不佞，未知子野以爲然歟？否歟？

送王縣丞復任永嘉詩序

聖天子纘承大統，仰惟太祖皇帝立法垂訓，小大畢備，在我後嗣子孫當恪守勿替，故踐祚之初，首詔天下，式遵成憲，凡舊臣廢棄，皆得復故職。順慶王君某，昔在太祖皇帝時，自國子上舍生試事察院，以明法知名，擢丞永嘉。無何，太祖皇帝賓天，政事紛更，君不能屈節附勢，遂爲當路者擯斥，殿授雲南黑鹽〔二六〕井大使。永嘉之民願留而不可得，相與咨嗟，久而不忘。去年，君聞詔躍然而起，今年春達京師，即拜恩命復丞永嘉，余之鄉邑也。余與君素相善，君戒行有日，别余於寓館。余既喜君得以伸其志，復慶永嘉之民不孤所望。適鄉人徐孟彬出《送行詩》一卷，徵余序其端，故不辭而書之。

古之論治者必重郡縣，而郡縣之職實貴於久任。久任則政通而民和，事周而情得，遠近無欺蔽之患，上下有相安之樂。故凡設施措置，舉合理道，鮮有謬戾。君昔居永嘉，佐縣令，出政治，纚纚有條，邑民受惠者已非一日。今復舉向日所施之政，率向日所臨之民，如御指南之車以適百粤，坦然行之無疑矣。雖然，始勤終怠，人情之常，求其所以致此者，由於志不能帥氣焉耳。故孟子曰：『持其志，無暴其氣。』余固不敢以衆人之事望君，君於持志、養氣二者盍致其力，俾治效之著久而益隆，庶幾無負聖天子擢任舊臣之盛心。他日政成而來，登名上考，歇歷顯要，其進盖未可量也。若夫道離别之情，叙行役之勞，具載于詩。

送永春知縣舒有常之任序

聖天子嗣承太祖皇帝鴻業，施仁布惠，覆冒華夷，尤且兢兢業業，不遑自安，思得賢俊之士，布列中外，以熙庶績，乃詔公卿大夫士，各舉所知。南昌屬邑靖安舒有常，用國子學正張緝熙薦辟至京，天官審言考行，信緝熙不謬，舉奏于朝，除授鎮江丹徒知縣。到任未閱月，舊官復職，代還，遷泉之永春知縣。戒行有期，謁余求言。

曩余故友徐叔鉉典教靖安，與有常相友善，以故余稔知有常出處。昔在太祖皇帝時，有常嘗從事夏官，循循雅飭，慎言敏事，每爲當道者稱許。太祖皇帝賓天，即謝免歸田里，讀書自樂，若將終身。今幸逢聖治維新，法遵舊典，乃幡然而起，以副側席之望。一去一就，舉合時宜，可謂君子矣。推其所守以施于有政，綽有餘裕，又何待余言哉？雖然，縣令之職，於民爲最近，凡邑人之休戚、風俗之淳漓、歲時之豐歉、獄訟之興息，皆由其德政脩否。居是職者，不其難矣乎？有常能思其難以圖其易，不夸大以矜高，不矯激以要譽〔二七〕，平心和氣以撫其下，隨宜制事以適於用，俾邑之老稚〔二八〕皆囿於春風化日之中，如魯恭之於中牟、卓茂之於密、寇準之於巴東，因情爲治，而名譽自彰，庶幾上不負朝廷求賢之意，下不負緝熙薦舉之公，視疇昔益有光矣。余與有常爲友，故不以其已至已能而遂忘規戒之言。有常往矣，尚其勉之。

送翁與軒赴寧國府同知序〔二九〕

永樂三年春正月，余鄉人翁與軒氏以才俊擢同知寧國府。其友伊府審理正孔君光霽以與軒亟膺顯融，謁朝之縉紳，賦詩豔其行，屬余序弁其端。

古之言治者，必曰唐虞三代，考其官人之法，惟才惟德，初未嘗以資格拘。漢雖有序遷之制，而尤以稱職有治行爲重。至後魏崔亮始限資格，唐裴光庭復申其法，自是賢才局於等級，不得展布其能，積世相承，莫知其非。我太祖高皇帝登庸俊傑以共理天下，一洗弊習，使盡合於道，故凡命官，小大器使，咸適其宜。苟有才德，能任重致遠，雖自韋布超拜宰執，亦所不吝也。

皇上嗣大歷服，率循舊章，而於任官一事，尤加慎重，雖流外雜職，未嘗輕授。今與軒以一介儒生，即有大夫之命，豈與軒之才之德超邁等夷，非資格之所能拘乎哉？雖然，同知古别駕，佐郡守出治者也。寧國畿甸之地，土廣人庶，舟車所集，國用所資，爲江南甲郡，職於斯者，尤不易也。朝廷以與軒能勝其任，舉而授之，其待與軒不爲不重矣。與軒盍思所以自力，使郡守有所毗輔，耄倪有所恃賴，若晋王祥之佐徐州、唐張軌之佐齊州，庶幾上不負朝廷知人之明，下有以慰鄉邦之望矣。與軒嘗從事地官，屢將命往四方，民不勞而事集，推此以往，孰不可哉？

蓼莪閣詩文序〔三〇〕

《詩》三百篇，具載事物之理，其於事君、事親之道，特加詳焉。其言事親，若《陟屺》，若《北山》，若《鴇羽》，或勞於王事，或困於行役，不得躬致其養，形于聲嗟氣嘆，自有所不能已者。至於《四牡》，實上之人逆探其情而代之言。求其詞切情至，皆未若《蓼莪》一詩，盖此詩乃孝子不得終養而作。是故晋王裒每誦及此，未嘗不三復流涕，門人受業者並廢而不講。嗚呼，詩之感人若是其至歟？

六合史君某，蚤歲喪其父母，哀毀踰禮，殆欲無生者。既窆，即墓左築閣數椽，扁曰『蓼莪』，以寓罔極之思。後鄉貢入胄監，擢任大理評事，遷温之樂清縣丞。至官，退食公署，匕筯既舉，輒不能下咽，嘆曰：『向者吾親在堂，不能力致其養。今幸得禄，足以供滫髓，而吾親不及享矣。繼母康强未艾，迎養有期，而生我勞瘁者安在哉？』慟哭移時不能止。縉紳先生聞而閔之，因即『蓼莪閣』爲詩若文，以將其情。其同官鄱陽周君某，持其卷徵余叙。

嗟夫，史君誠可謂孝子也。夫五十而慕，大舜之孝；死事盡思，仲由之孝。故《禮》謂孝子之志，思慮不違乎親。史君念其親至形于一飯之頃，其庶幾死事盡思之謂，豈徒無愧於《蓼莪》詩人云乎哉？且孝者，百行之原。能孝其親，則必能忠於君；能忠其君，則必能愛乎民。吾知史君非惟不負丞，將無施而不可也。或謂史君生當盛時，身躋膴仕以顯榮其親，而以《蓼莪》

之情豈有異哉？』或者之言遂塞。因書之，爲《蓼莪闇詩文序》。

自託，無乃過歟？余曰：『不然。《傳》曰，讀《詩》者，不以辭害意。史君所處雖不同，而孝思

送沙子振赴禄州同知詩序

洪惟太祖皇帝寅奉天命，肇建皇極，以大公域四海，以仁恩子庶民。雖遐陬僻壤，在荒服之外者，亦皆設官以司牧之。治化之盛，蔑以加矣。皇上以聰明仁聖之德，嗣登大寶，涣發號令，一循舊章。内治既脩，乃推恩廣愛，撫育邊氓，俾咸得其所，以光我太祖皇帝之鴻烈。乃者思明守臣上言，其屬若禄州、西平、永平，界乎交、廣之間，而牧民久失其職。皇上聞之，惻然興嘆，以爲土地、人民受之先帝，毫髪弗敢廢棄，委而弗顧，可乎？亟召吏部，簡拔才俊往釐之。永嘉沙君子振適待命闕下，即擢授禄州同知。朝之士大夫知子振者，咸喜慶以爲得人，且賦詩餞其行。余與子振生同里閈，相知尤諗，故不辭而序其首簡。

余惟天下之大，地里有遠近，而斯民尊君親上之心，初無遠近之殊。以地言之，則禄州去畿甸萬餘里，蓋不近而遠也。然禄之民榮生而哀死，晝作而夜息，其俗與畿甸無異也；夏葛而冬裘，飢食而渴飲，其情又與畿甸之民無異也。其俗同，其情同，其尊君親上之心烏有不同者哉？子振受民牧之寄，要在因其俗而遂其宜，順其情而通其志。鎮〔三一〕之以重厚，孚之以至誠，懷之以惠利，使無一民自逸於德化之外，庶幾遠不負太祖皇帝設官之至意，近以慰皇上愛

育之盛心，斯爲不曠其職矣。若曰邊鄙之民不足與言仁義，或嚴刑峻法以驅迫之，或朝四暮三以聾瞽之，乃欲求得其心，是猶激水之在山，揠苗而助長，烏可哉？子振素以廉謹聞，必能勉於兹，否則非朝廷之所望也。是爲序。

送章教諭之官福寧序〔三二〕

余讀《孟子》，至士之所事曰『尚志』，恒惕然有驚于中。夫士與衆人群居天壤間，其耳目口鼻、四肢百骸未嘗不同；晝爲夜息，食稻粱，服裘葛，亦未嘗不同。惟士以『尚志』爲事，故脩諸身，無不獲；發於言，見於行，無不合於理道；著爲文章，達之政事，皆可以化今而傳後。視衆人汩没沉酣，愈趨愈下，始大相遠矣。然志之立存乎己，時之遇安乎命。志苟立矣，而時不遇焉，亦可以正家而垂慶；及達而見用，任以一事則一事舉，任以州郡則州郡治，登爲宰輔則可以致君而澤民。初不以時之窮達、位之崇卑而有間也。

平陽章君惟敏與余同郡，童丱時即相親厚，惟敏志已不群，爲同列敬愛。既冠，余與惟敏俱選爲邑弟子員。惟敏抵郡城，即館余家，劇談雄辯，晨夕忘倦，輔仁之益居多。洪武乙亥，余忝薦入胄監，惟敏亦繼至，又得洽其論議。每一舉口，輒以古人自期，恥爲陳言腐説，其志可謂大矣。會朝廷慎選有學行者出爲郡邑師，惟敏受命爲漳之長泰教諭。人或惜其局於一事而不得以展厥志，惟敏乃端然不動其心。既至學，首修治廟廷，以嚴祀事；飭教條，勤課講，以勸勵諸生；出私帑，倡率好義者，置義田，建義學，以惠教群子弟；又白于有司，毁淫祠百有餘所，以祛流俗之惑。遠近翕然歎服其賢。所謂任一事而一事舉，於是乎驗矣。

在職甫六載，丁母喪去位。今服闋謁選，循例用故職，調福之福寧縣學。福寧、長泰均爲閩屬邑，士風民俗不大相違。惟敏以嘗施于長泰者，舉而措之，綽有餘裕，何俟余言哉？雖然，方今聖天子求賢如渴，正士君子得志行道、致君澤民之日，所藴如惟敏者，盖不多得。天地浩蕩，會見鵬摶，豈尋常尺澤之可淹耶？餞餞有詩，姑爲之序。

送翰林庶吉士王道歸省詩序〔三三〕

永樂七年春二月朔，翰林庶吉士王道謁告歸省其父母，凡與游者咸賦詩以餞，屬余爲序。道自少穎悟，賢父母憐其有受教之資，遣入邑庠爲弟子員。道亦自知砥礪，窮日夜讀書，未嘗厭倦，以故學業茂長，蚤有令聞。歲癸未發解，爲多士冠，對策大廷，登名甲科。會皇上大興文教，思得全才，以恢弘治道，黼黻太平，乃選拔進士之穎脱者，得二十有八人，以象周天列宿，俾居館閣，盡閲秘藏之書，以充其德器。道獲在選列，其蒙恩朝廷，可謂厚矣。兹復得告還歸故里，升堂獻壽，舞斑斕之衣，展承顔之樂，鄉閭故舊走賀盈門，其榮幸又何如哉！諸君子餞别之作，辭多頌美，固其宜也。

或曰：『道際文明之運，遭非常之遇，月給廪禄，日食大官，而簿書期會之勞，不煩乎志慮，敲朴喧囂之事，不涉于耳目。是宜日就月將，增益其所未至，以副皇上遠大之期，何乃汲汲然以鄉井爲念乎？』余曰：『不然。士之所學，忠與孝而已。孝者，百行之原，忠之所由立也。昔何蕃爲太學生，歲率一歸，韓愈爲之著傳，亟稱其賢。道之二親年耄垂白，迎養不可得，苟不時歸覲省，以慰其懷，不惟於蕃有所愧，誠非聖天子以孝治天下之意也。』問者唯唯而退。遂書以爲《送行詩序》。

送永嘉黄知縣復任詩序〔三四〕

善政易治而善譽易聞者，莫縣令若也。政有不善焉，毁亦立至矣。盖縣令於民爲最近，民之情，好逸而惡勞，好善而惡惡，好富而厭貧，順之則感悦，逆之則召怨。悦者，譽之所由生；怨者，毁之所從起。即輿情之毁譽，稽履行之得失，而賢否著矣。

閩中黄君師石爲永嘉知縣，籍甚有聲。永嘉實余鄉邑，邑之父老來過余者，樂道其善，且曰：黄君爲人和易而寬平，純篤而警敏。不苛〔三五〕察以爲智，不矯激以爲廉。事上也恭而有禮，撫下也寬而有制。勤以集事而衆務舉，誠以感物而奸詐息。暇日則修庠序之事，延接儒雅，究論理道，虚己聽受，略無難色。先後稱者如出一口，余固知其賢於人矣。

今年冬，秩滿考績，郡上其事于藩府，藩府上于天官，天官綜核名實，奏之天子，皆以最聞，益知父老之告余者不誣也。朝廷爰按典制，俾復厥職，以終惠永嘉之民。戒行有日，詣余言別。余舉爵爲賀，因謂曰：『縣令得人，自古爲難。昔魯恭治中牟，化及鳥獸；卓茂治密，吏民親愛不忍欺；劉方治襄城，吏民同聲謂其不煩。之數君子者，世豈多見哉？迹其躬行之實，亦不過順民情以爲治而已。君之政著于民心，揚于朝野，綽有餘裕，殆亦卓、魯之徒歟？』

夫千尋之木，上干霄漢，以其有本也；河流滔滔，東注于海，以其有源也。黄君養于鄉校，賓興于太學，試藝爲名進士，培其本，浚其源，蓋非一日。發而爲事業，昭著盛大，豈有涯哉？《詩》曰：『庶幾夙夜，以永終譽。』黄君益知自勉矣。翰林諸君子重君賢且才，咸賦詩爲餞。余不佞，輒識所聞于首簡，以爲牧民者之勸。

送永嘉鄭典史復任詩序〔三六〕

國制，縣幕僚曰典史，上與令丞論政事、贊裁决，下攝群吏，防其奸而程其怠，職至要也。凡人氣盛者好剛，氣餒者多弱，剛則上忌下殘而謗議興，弱則上凌下侮而事不立，皆莫能勝厥任，惟謙慎明敏、剛柔適中者宜之。

永嘉典史鄭君彦蕃，在任凡七載，令丞遇之如嘉賓，事無巨細，必商榷〔三七〕而後行。胥吏輩敬畏信服，不敢逞其譎誕。邑民數萬家愛戴感悦，形于頌歌。且永嘉爲温劇縣，晨户初啓，督事者林立幕下，鄭君從容酬答，式中程度，退乃肅容巽辭，白〔三八〕于令丞。自非謙慎明敏、剛柔適中，能若是乎？今年冬，屬當再考，天官按治狀上其最于朝，循例復職。余喜慰夫邑人之望，爰集寮友賦詩以華其行，因綴一言于群玉之右。

夫天下之事，無難易大小，惟在乎熟之而已。《易》敘鴻漸，自『于干』『于磐』，以至於『于陵』『于逵』，習之有素也。庖丁解牛，批郤道窾，恢恢乎有餘地；郢人堊鼻，匠石斲之，堊去而鼻不傷。之二者皆末技也，苟爲不熟，何以窮其神而造其妙乎？鄭君居官既久，越歷多，智慮密，宜其治效之著，無愧古人。今拜恩還邑，復修舊業，如駕南轅而之百粵，策良驥而適康莊，安然順適，無復留礙。將見才日以充，譽日以隆，躋膴仕，陟華要，行當有日，又豈徒得上下之心于一邑而已？雖然，宦怠官成，古人明戒，孰謂鄭君有是哉？余忝辱相知，故於頌祝之餘，不敢忘愛助之意云爾。

送昇上人住建昌太平興國禪寺詩序

壽寧禪寺前住持聳師，余鄉人也。間過余，言曰：『天界默庵和尚入室弟子曰「昇上人」者，軌度端嚴，不事修習，機辯警敏，由乎夙成。凡大乘之妙賾、三觀之旨歸，心領意會，了無疑滯，誠法筵之猊象、鄧林之杞梓也。嘗任嚴之兜率，振廢舉墜，集衆安禪，具有條理，人皆歎服。上人不欲以成功自居，拂袖還依京刹，泊然自處，日以究竟己事爲業。江右建昌領僧教者，以郡之太平興國禪寺主席久虛，力致上人補其處。部檄既下，飛錫有日。相知者贈以詩偈，敢求先生一言序于首簡，庶有光也。』

余業儒，非知佛者，何以言爲？然嘗聞之，佛之爲教，以清浄爲宗，以寂滅爲樂，其徒必謝絶垢氛，遣拂縁影，使一法不立，萬象空虚，直超如來覺地，未嘗涉夫有爲也。然而歷世千百餘年，象教綿衍，徒衆日蕃。梵宇之崇嚴、檀施之雲集、參扣之往復、供瞻之煩勞，非有綱紀以維持之，則紛雜誕幻，漫無統攝，靡所不至矣。百丈海公深爲此懼，撮其機要，約爲教條，以垂範立訓，其檢制防慎之法，至周至密。嗚呼，百丈亦何心哉？不得已也。

太平興國在麻姑山下，實建昌望刹。上人主席于此，緇素之流悉皆瞻仰。如欲使其各修其業，以究夫明心見性之旨，可不知所先務乎？況末學滋僞，邪妄日增，如所謂假服裨販者，比比有之。上人宜以扶植宗風爲任，矯愆違，作怠忽，振百丈之清規，障狂瀾於横決，庶幾道其所謂道，而無愧於爾佛祖之付託矣。雖然，綱紀法度齊之於外，非直出世法也。若夫顯示密修，隨機感化，俾能所兩忘，是非雙泯，世間法與出世間法平等無二，此上人之當勉，非余所談也。因其請，姑書以爲《送行詩序》。

横山書屋詩序

往歲余忝賓興，上京國，舟過毗陵郡。郡之山環列，山之勢若奔馬，若飛鳳，若湧泉，若走蜿蜒，若立屏障，雄傑奇詭，千態萬狀。遥睇東北諸峰，高與群山等，而重岡疊阜，宛轉迴護，緑蕤翠黛，紛錯交敷，清淑之氣，鬱然勃然，騰霄而直上，殆非諸山可擬。余竊意兹山之下，必有盛德君子居焉。訊諸舟人，而得其名曰『横山』，因識之弗忘。

比入太學，適與芮君勝存同舍，問其鄉邑，芮君曰：『某世爲毗陵人，家于横山之麓，去郡城纔一舍許。』余矍然而悟，乃以向之所見者爲賀。芮君謝曰：『兹山川靈秀所鍾，某何與乎？』無何，芮君以《春秋》登上第，余亦綴名榜末，同爲中書舍人，交好之篤，如兄如弟。今復同爲東宫官，朝夕相親，益篤舊好。退朝之暇，芮君袖一卷過余，請曰：『此吾横山書屋之圖也，朝之大夫士皆有詩。子素知我，願畀一言，弁于篇端。』

余惟山川之靈秀，因人而益勝，理固然也。苟不託諸詞章，則何以擅名于後世哉？若杜少陵之東西二瀼、李謫仙之匡廬、韓昌黎之南山、柳柳州之鈷鉧潭，或發於詠歌，或著之紀述，宏辭大篇，輝耀簡册，直與山川之氣争雄而並麗，千萬世不能泯也。余陳腐庸談，不足以追蹤往躅，然諸縉紳之雅製次列于卷者，皆足以發芮君之志，則横山之勝概，彌久而彌彰，又豈特若余所見而已。雖然，芮君沉静而寡言，敏學而謹行，名之傳弗傳，固所弗論，而所處之地，復何計哉？其圖而詠之者，蓋不忘所自云爾。不忘所自，厚之道也，烏可以無述？

劉編脩文集後序

右詩文集凡若干卷，余友劉君朝紳所撰也。朝紳卒之又明年，其伯氏朝縉來典京闈文衡，既竣事，謁余官舍，因出斯集，徵余序。

余童丱時，與靖安教諭徐君叔鉉暨朝紳相繼入邑庠爲弟子員，年均而志同，氣合而情篤，朝夕聚處，未嘗違離。披經閲史，交相問難，必求至當。每一文之成，轉相傳誦，是是非非，具道其實，切磋琢磨之益，固不少矣。間於燈窗論及出處大節，朝紳昌言曰：『他日宦遊四方，苟得同官同事，誠爲至幸，蓋不敢必也。』未幾，叔鉉由鄉貢除教職，余亦竊禄于朝，遐想朝紳之言，慨然興歎。

洪武庚辰春，策試天下士子，余忝充彌封官。朝紳對策合格，除翰林編脩，余亦以是年轉翰林侍書，獲遂疇昔之願。然所恨者，叔鉉先已物故，不得與此樂耳。余不自揆，竊與朝紳相期以遠大事業，孰謂朝紳嬰疾而歸，遂成永訣。今所存者，徒託空言而已，良可悲夫！雖然，人生世間，窮通壽夭，各有定分。没而無聞，雖壽何益？没而不朽，雖夭亦壽。顔淵非不夭也，百世之下，五尺童子皆知亞聖；賈誼非不夭也，雄詞大篇，照映千古，讀者莫不敬慕。蓋顔以德行稱，賈以文章著，所存雖有不同，而其播遺芳、揚令譽於後世者，未始有異也。

朝紳天資純篤，操履端方，德之所藴固厚矣。乃父貢禹先生嘗爲郡學訓導，粹於理而長於文。朝紳〔三九〕循循雅飭，克紹文業，父子兄弟自相師友。朝紳積之久，資之深，發之於述作，若金之在鎔，隨範而成器；水之赴壑，沛然莫之能禦。嗚呼，朝紳之德行文章兼優而並美若此，何患泯滅無聞乎？昔歐陽公序其友蘇子美之文嘗曰：『斯文金玉也，其見遺於當時，必有收而寶之于後者。』若吾朝紳之文，豈徒金玉云乎哉？然其功業未著，賫志以没，是乃天之所命，非人所能爲，亦復何憾？九原有知，必以余言爲然。

送巴東知縣陸士見詩序〔四〇〕

國朝崇尚儒術，集天下英才于太學而教育之，又俾其練習庶政，以究觀其行事，然後隨其才而授之以職，故賢能之士皆足以自效，而不才者不得以幸進矣。永嘉陸峴士見爲太學生，綽有聲譽，爲同舍所推服。前年冬，選入内廷，試之以事。在列者凡三十一人，皆循循雅飭，弗肆弗矜。越歲餘，事有成績，東宫特加寵眷，爰命〔四一〕銓曹悉授以官，復命右春坊大學士兼翰林侍讀臣淮、左春坊左諭德兼翰林侍講臣士奇陪宴于承天門，賜賚優厚，人皆榮之。士見用是得巴東知縣，既入謝，即促裝上道，交游之士相率賦詩以豔其行，授余首簡。

余惟士之際遇明時，得一資半級以爲進身之階，斯爲幸矣。士見荷蒙寵恩若是之厚，可不思所以報稱哉？巴東户賦雖少，居荆門上流，實當川峽要衝，供億之浩繁、轉輸之委積，視他邑爲甚。士見處此，亦可謂難矣。雖然，君子爲政，盡其在己者而已，事之難易不足計也。在己者何？耿介廉潔，所以守身也；恭敬謙和，所以事上也；慈祥愷弟，所以撫下也；勤敏明慎，所以集事也；剛健斷制，所以剔奸也。信能行此五者，則民仰之如父母，敬之如神明，信之如蓍龜。無所命則已，苟有命焉，人將争先效力，惟恐弗及，尚何供億轉輸之足慮哉？

《傳》曰『樂以使民，民忘其勞』，此之謂也。况士見試事内廷，習聞仁厚之政，推此以長夫一邑，何難之有？ 苟徒區區從事於程督、期會之末，誠非聖明崇尚儒術之本意也。 余與士見相知最深，不敢佞諛，輒以所知者爲告。 若夫道離别之情，叙歷覽之富，具見于詩，余復何言？

送彭澤知縣黄子貞復任序

彭澤爲九江屬邑，地隘而民少，然密邇畿甸，實當要衝，轉輸之委積、徭役之徵歛，視他邑頗劇。故凡吏于兹者，不迫急以病民，必因循以廢事，能舉其職盖鮮矣。邑宰黄君子貞則不然。 子貞爲人仁厚敦謹，其處事也寬而有制，其使下也均而有節。 邑民無小大貧富，感其惠，忘其勞，奔走服役不敢後，故事集而政不撓。 嗚呼，子貞其可謂豈弟君子者歟？ 今年秩滿，郡書其績上于藩府，藩府上于吏部，皆以能官許之。 循例請于朝，俾復故職。 將行，徵文識别。

余惟朝廷任官，莫重於守令，守得其人，則惠及於一郡；令得其人，則惠及於一邑。 以縣令視郡守，則縣令於民爲最近，尤不可不慎也。 子貞初以弟子員試藝爲進士，即爲縣於郴之桂陽。 丁外艱，服闋，復有彭澤之命。 惠及于民，不止於一邑而已，奚事余言哉？ 雖然，余與子貞同門友也，烏可無一語以致勉焉？

夫爲政之道，不可憚其難，以爲不能爲；亦不可忽其易，以爲不足爲。 憚其難，則氣餒而志歉，志歉則事不立；忽其易，則氣盈而志驕，志驕則事無成，均爲不可也。 子貞宰彭澤之小邑，理紛錯之劇務，從容不迫，具有成效，固無畏憚難行之事矣。 今考績言還，慎勿以政之已著爲已足，當益求其所未達，益勉其所未至，無怠無忽，無慢無驕，庶幾得日以充〔四二〕，業日以〔四三〕廣，遠大之期，未易量也。《書》云：『罔曰弗克，惟既厥心；罔曰民寡，惟慎厥事。』子貞其尚勉之。

送鄒澧州赴任詩序〔四四〕

僕昔在太學，稔聞廬陵鄒君尚友盛德君子，亟欲求見，而未有爲先容者。及較藝鄉闈，貢名春官，對策大廷，皆辱與君俱。觀君爲人，質厚行確，氣量坦夷，與人交，傾心吐膽，不爲町畦。言若不出口，而辯論是非可否，如較黑白，然未嘗毁人過失。信哉，盛德君子也！僕願訂久要之盟而不敢必。無何，果拜恩命，同除中書舍人，賜居第，且相聯比。旦則偕出，莫則同歸。治事之暇，論文賦詩，啜茶命酒，盡歡而後已。情好之篤，不啻弟昆。至於閨閫之内，亦自相和協，通有無，候安否，曾無間言，雖妯娌娣姒之情，莫能尚也。吁，僕庸劣疏陋，宜見棄絶，而獲君〔四五〕愛重如此，君之爲人尤可見矣。當是時，不但君與僕私心慶慰，人亦羨之也。

越三載，僕承乏翰林，君丁内艱去職，服闋，復改授四川資縣知縣。數年間，求如昔之朝夕相親，不可復得，而戀慕之情，君與僕殆無異也。邇者幸遇聖天子下詔求賢，君用薦徵至京，間過寓舍，僕一見歡然，若醉醒夢覺，亹亹傾瀉，盡洗胸中離别之懷。君乃怡顔巽辭，謙恭退讓，猶如相識。然視僕之狂簡，大有逕庭。孔子謂晏平仲善與人交，君其庶幾乎？君今擢知澧州，戒行有日，鄉友在朝者喜君超秩而惜其去，咸賦詩以餞。脩撰王行儉謂僕知君爲深，宜爲序以冠篇端。

夫守一州與宰一邑，任雖有等差，要皆以公直廉明、慈祥豈弟爲本。君之善政已驗於資縣矣，舉而措之，何難之有？若道途之跋涉、山川之歷覽，具在篇什，僕尚何言哉？姑述朋友之誼，以致區區之私云耳。蓋朋友，五倫之一，君於友誼久而逾篤，則其事上撫下之道，概亦可見。君其往矣，他日《甘棠》有詠，尚當側耳以聽。

送邳州學正徐彦齊赴任詩序

永樂己丑春，會試天下貢士，國子生徐彦齊氏登名副榜，循例除授邳州學正。戒行有日，其友徐君弘道合交游之士，賦詩以豔其行，授余首簡。

余惟國家養士，莫先於學校，而學校尤在於得師。我朝混一海宇，稽古右文，以興至治，上自京都，下逮郡邑，莫不有學，養士固有其地矣。學之主師席者，必託諸經明行修之士，而國子生居多，誠以一道德，同風俗，必自首善之地推及于天下，擇師尤得其要矣。彦齊際文明之會，膺師儒之任，若之何而盡其職乎？或語彦齊以邳之士子不善學，彦齊深以爲憂。余因釋之曰：師之於弟子，孰不欲其克己遜志以受教也？孰不欲其黽勉强力以底于有成也？然人之質有高下，習有美惡，爲師者，苟不隨其才而造就之，因其習而利導之，迫之以威，懾之以法，强之以未達，而冀其速成，且將有扞〔四六〕格不勝之患，尚何得人之足望哉？嗚呼，兹豈盡學者之過？是亦教之者不得其道也。《禮》曰：『君子知至學之難易，而知其美惡，然後能博喻。能博喻，然後能爲師。』正此謂也。雖然，此特施教之法耳，論其本則固有在焉。彦齊以《書經》進身，余請即《書》之所載，概言其略。

舜命契爲司徒，曰：『敬敷五教，在寬。』盖言敷五教者，當主於敬而行之以寬也。穆王命君牙，曰：『弘敷五典，式和民則。爾身克正，罔敢弗正。民心罔中，惟爾之中。』盖言人之視效在乎敷教者躬行率之也。推而至於一郡，又推而至於一州一邑，莫不皆然。彦齊積學有年，講之精，習之熟，舉此以教其邳之士子，邳之士子皆將奮勵激昂，惟彦齊是法，表表偉偉，出爲世用，庶無負朝廷建學立師之盛心，而吾道益有光矣。彦齊與余有同門夙契，故於序送行之什，而致愛助之意，彦齊幸勿以余言爲瀆。

贈御醫段士誠詩序

古有恒言：『良醫用藥，猶良將用兵。』夫將之用兵，先貴乎料敵。敵有可戰，有不可戰；有必戰，有不必戰。《兵法》曰：『知可以戰不可與戰者，勝。』又曰：『百戰百勝，非善之善者也。不戰而屈人之兵，善之善者也。』余觀御醫段士誠氏，其深有得於此歟。

去年夏，余女病疹，告諸士誠。士誠急走視，藥之立愈。繼而初子棐亦病疹頗劇，闔室惶駭，速士誠用藥。士誠察其色，審其脉，從容謂余曰：『人受生，積毒鬱于五藏，發則爲疹。今暴發已甚，若復以藥攻之，何異抱薪救火、揚湯止沸？是不惟不可藥，亦不必藥也。』越三日，病勢差减，士誠曰：『病減則毒斂，不以藥固之，則餘毒客于内，將爲患。』連飲數劑，病良愈。

嗚呼，士誠可謂能也已！譬諸兵法，藥之而愈者，知其可戰而得善攻之道也；弗藥而愈，愈而後固之以藥者，知其不必戰而得善守之道也。向非見之明、審之熟、自信不惑〔四七〕，如將之料敵，其能然乎？余觀史稱名醫曰扁鵲、倉公。扁鵲遇長桑公，飲上池水以視病，盡見五藏癥結；倉公見元里公乘陽慶，傳脉書五色。故爲人定利害、决生死，神變莫測，要之皆有所授受。况小兒腠理未固，色脉未定，索之以情，不能得其實；求之以言，不能喻其旨。爲之醫者，恒病其難精。士誠胗治之術，無愧前人，其心傳口授，必有所自乎？余德士誠甚厚，且知其爲人不可以貨利瀆，爰集同朝士友賦詩以贈，因著余説于篇端。

楊處士挽詩集序

挽詩之作尚矣。漢有《薤露》《蒿里》，叙哀以代哭泣。至李延年分而爲二，《薤露》送王公貴人，《蒿里》送士夫庶人，因命執紼者歌以勸力，故又謂之紼謳者。陶潛自製挽詩，但言死生永隔，無復傷悲，以寓其曠達之意。唐杜甫作《八哀》，悼王思禮等輩，備述出處、履歷、行業、文章，長篇累牘，屢言不厭，是後作挽詩者多倣效焉。誠以盛德在人，既没而著其思，思之而發於言，言之不足，故永歌之，豈宜紼謳而已哉？

司經局洗馬〔四八〕楊君溥，其父處士公以疾卒于家。翰林學士胡公既爲志其玄堂，其鄉邦故舊及朝之士大夫嘗與洗馬君游者，聞處士喪，皆悲戚感歎，形于歌詠，積而成什。其德之感夫人者，可謂深且厚矣。嘗即胡公之志，以求處士立身行己之大節。處士幼即穎異不凡，書經目成誦，長游鄉校，從鄉先生習舉子業，其問學盖有源委矣。母早喪，竭力事父，不忍遠違膝下以干禄仕，其事親克孝矣。勗洗馬力學，必告以忠孝大義，其教子之道得矣。訓育族之孫子女，俾不失所。振窮恤匱，恒恐弗及。人有假貸者，不責其償。鬻米于人，未償其直，其人雖死，不負之。凡此非徒今人所難，求之於古，亦不多見。嗚呼，世有斯人，不幸弗顯于時，没也而又使之無聞，可乎？是宜諸君子歌詠慨歎之無已也。

雖然，積之於前，必發之於後。洗馬君以篤實聰敏之資，祗事春宫，小心日至，眷遇日隆，駸駸向用，未易量也。他日推恩之命下賁泉壤，則處士之顯著于後者，將不獨在此矣。洗馬君以挽詩序見屬，故推本作者之意，以弁于篇端，俾覽者知所自云。

萬竹軒詩序

櫸山在括蒼城中，縣學據山之椒，以當其勝。學之司訓祝君廷心，深爲縣令周侯所敬禮，令乃即其地構軒，爲君之别館。軒之前後左右皆植竹，不雜以他卉，名之曰『萬竹』，其仲氏廷玉嘗記之矣。去年春，秩滿入覲，天官上其勞績，蒙恩陞除江浦縣學教諭，即日促裝就任。顧〔四九〕瞻萬竹軒，遥隔二千里，未能忘于懷也。爰命善畫者繪爲圖，以時觀覽。朝之大夫士從而詠歌之，以紓其思，屬予序。

夫人之恒情，平居於林園舍宇之勝，朝夕遊焉，遂忘其所以爲樂者。及一旦舍之而他往，必慨然繫之於思，思而不能致，然後知其昔之可樂者爲不易得也，若祝君之於萬竹軒是矣。於焉有圖以狀其景物，有詩以發其志意，接於目，契於心，怳然處身于斯軒之上，翹企之思，庶幾少釋乎哉？雖然，《禮》有之：男子生，射弧矢。示有事于四方也。祝君倜儻有大志，必能隨寓而安，則彼此皆可樂，豈直屑屑於竹軒之是念哉？

余也生平寡嗜好，而頗亦好竹。寓京師僅廿載，凡兩移居，而竹未嘗見舍。休沐之暇，一觴一詠，必與竹對，則心神灑然，超乎埃壒之外。竹亦幸與余遇，暢茂條達，殊異凡植，森列于堂户間，若嘉賓益友，歷寒暑而不變。雖蔣詡之三逕、渭川之千畝，清風雅致，殆不足過也。江浦介乎江淮之間，地亦宜竹。祝君不忘舊好，復能開軒以延致之，余當速其族屬偕往焉，則今之歌詠者，寧不爲君重賦乎？

贈周藴輝序

地理之學，莫盛於江右。蓋自唐末國師楊筠松得祕書中禁，來居贛之寧都，教授弟子，其後曾、廖、劉、謝輩，流傳寖〔五〇〕廣，遠近多宗之。温之樂成有曰周璧字蘊輝者，學地理於葉叔亮。叔亮，江右人也，其所傳可謂得其源委矣。蘊輝先世自括徙〔五一〕温，世以儒業相承。乃父嘗爲永嘉縣教諭。蘊輝習聞過庭之訓，復肆志於地理，既承明師指授，又嘗遇異人開示蘊奥〔五二〕，由是心目洞然，無所疑礙，尋龍定穴，動合軌轍。

去年秋，家君以春秋高，預營壽藏，延蘊輝審度之。蘊輝杖策褰裳，陟巘四顧，遂得其穴於祖隴之南。發土之旦，佳兆呈露，衆皆稱羨，以爲得所。嗚呼，盈天壤間，莫非氣耳。其行于地中者爲岡阜，爲丘隴，高下起伏，迴旋拱顧，千態萬變。形之著于外者，顯然易見，而理之寓于形者，隱微難知，然其要則以乘生氣爲本。向非蘊輝師傳有自，探索精深，孰能得其要領哉？是誠可羨也。

余備員詞林，不能躬修子職，使壽藏之事貽慮家君，賴蘊輝竭力相之，聿底于成，其有德於我也大矣，烏可無片言以伸報謝之萬一？竊聞蘊輝之師嘗誨之曰：『子受是術，必遇純篤積善之人，然後發之，不則勿輕泄也。』斯言可謂善於慎重矣。盖福善禍淫，天之常道，欲行其術而不擇其人，可乎？昔草廬吳文正公與地理家言，必戒以輕作，愛助之意，莫切於此。余不敏，輒敢即此以爲蘊輝贈。

文溪鄒先生挽詩序

士君子之生斯世也，人則愛之慕之，而願與之游；及其没也，則歎其不可得而復見，至形諸辭章，以致其哀挽之私，其故何也？蓋以士君子之才之德，足以沾被於人，而人自不能忘也。譬若精金美玉，世以爲寶；麒麟鳳凰，朱草連理，世以爲瑞，豈偶然哉？廬〔五三〕陵文溪鄒先生諱德明字觀遠者，没六年，次子進裒其士友所著挽詩、哀辭，徵予叙。

按，古禮有紼謳以相力，歌《虞殯》以送葬。及田横門人又製爲《薤露》《蒿里》之什，以悼人命之靡常。今之哀挽，蓋本其意，而并著其死者之才行。公之孝義，具載銘志中，殆亦無愧夫士君子矣。是宜生則人致其愛慕，殁則人致其哀，哀則形於歎詠，而有所不容自已焉。况又有賢子若進，能顯其親者乎。予與進嘗同官外制，見其言温氣和，而敏於集事。後出守澧州，益有聲。意其家學淵源，必有自來，觀於斯什，信可見矣。嗚呼，公之殁已久矣，音容遼邈，挽而不可追矣。尚幸斯什之存，使公之孫曾見之而興孝，鄉黨子弟見之而興行，蓋不爲無補云。作詩凡幾人，詩凡若干篇，姓字官邑具列如左。

送譙禹舟序

去年秋，予肝木肆虐劇甚，嘗求治於太醫院使徐先生，而先生日直禁垣，不得數過予，乃命醫士譙禹舟來，胗脉候，病勢進退，復于先生。先生審其言，製方予藥，藥無不效。初，先生之命禹舟也，且謂予曰：『士之執醫術以役于官者衆，而禹舟敦篤勤敏，其言可信，故託之不疑也。』自是禹舟日一至或再至，恂恂然無矜遽色，按指言證，不差毫釐。凡三閲月，予疾良愈。愈後猶旬日一至，未嘗厭倦。予德之深，方愧圖報未能。禹舟適以才行擢授遼府良醫副，造予叙别。予雖不敏，烏可忘言？

世謂醫之用藥，如將之用兵，然爲將豈必自用哉？亦惟知人善任，故所向克捷。院使徐先生，醫家之老將也，其知人而善任者，於禹舟蓋可見矣。夫常人之情，稍假之辭色，即嘐嘐然以爲人莫己若。禹舟受知於長者非一日，方且謙虚遜避，常若不自足，是殆所謂有恒者歟？今受職而往也，持此有恒之德，以濟其變通之術，將不徒爲王國之所重，而荆襄漢沔之間，必皆蒙其惠利，是則先生知人之效益著矣。他日有客自南州來者，予將歷究其實，以驗斯言之不妄焉。

送梁本之赴納溪教諭詩序〔五四〕

永樂甲午夏，吉郡梁本之丁外艱，起復，調瀘之納溪。祖席既具，或以本之遠别爲戚者，余釋之曰：『古昔好遊之士，足迹半天下，而文章益大振，司馬子長是也。天下山川稱奇偉者，莫先於巴蜀。山自岷峨聯絡而東，重崗疊巘，怪石危峰，夾江左右，獻異呈奇者，千態萬變，不可名狀。川之源亦本於岷，合衆流折旋下巴渝，過瞿唐，經灩澦，澎湃洶湧，波撼湍激，勢益震怒，抵夷陵始平。故遊者必以巴蜀爲壯觀，而以不得一至爲憾。間以事至者，率多迫於期會，而不獲肆其觀覽，與未嘗至者無異也。本之爲教官，無困心衡慮之事，從容放舟，泝流上三峽，左顧右盼，可驚可愕，可喜可詠，觸於目，會於心，足以軒豁其志意〔五五〕，充廣其智識，豈徒文章而已？余方以此賀，何以戚爲？」

或曰：「子言固是也。然本之有母在堂，冀得便近以就禄養。今跋涉數千里，母且老，不能奉以行，奈何？」余又釋之曰：「子之事親，莫大於養志。親之志，豈口體之奉云乎哉？本之兄潛，爲春坊贊善兼翰林脩撰，輿論已稱爲能官。本之以教育爲職業，又能推其素藴，善誘諸生，俾有所造就，以備國家之用，庶幾能盡其職矣。能盡其職，則母雖家居，聞之必喜且慰，是即善事其親者也，豈口體之奉云乎哉？」本之聞余言，矍然謝曰：「謹受教。」於是，在席者咸賦詩以華其行，授余首簡，因書以貽之。

春暉堂詩序

維陽陸信與余會于金臺，間謂余曰：「信早失所怙，幸有母在堂，年耄垂白。信遠違膝下，服役武衛，弗克候晨昏者凡數載。道遠，欲迎養又不可得。每引領南望，未嘗不欷歔涕洟。辱交於余者，爲書『春〔五六〕暉堂』揭于寓館，俾余朝夕瞻仰，猶承順吾母顔色然。又或作爲歌詩，以廣其義。篇什既富，敢求一言以發其端。』

余惟《詩》三百篇，君臣之義、父子之親，靡不具載。然忠君必本於孝親，故於《皇華》《陟岵》《蓼莪》諸篇，尤致意焉。至唐孟郊遊宦于外，思其親而不可見，其情一見於詩，乃有『難將寸草心，報得三春暉』之語。夫春於四時爲首，於四德爲元，於五性爲仁。當是時也，陽和之氣充塞覆載，物之所感，勾者以伸，萌者以達，甲者以拆，由然勃然，長茂而不可遏，生育之功，於斯爲盛。故郊以『春暉』喻母鞠養之德，可謂善於取譬者矣。今諸君子復即『春暉』以紓子之孝情，亦可謂善於頌美者矣，余尚何言哉？

雖然，人子之孝，莫大於顯親。方今朝廷清明，立賢無方，信質美而才敏，戰兢自持而不違乎矩度，盡心竭力而服勤乎武事，由是而益致其力焉，將見駸駸向用，以遂顯揚，不惟有以慰悦母心，亦足以慰乃父於九泉矣。『春暉』之什，豈虚美乎？姑述其梗概，以發其兆云爾。

樹德堂詩序

客有問於余曰：『走也壯而好遊，嘗過祝融之區、磅礴之野，見有大木焉。其幹凌雲直上者，不知幾千仞；其枝葉紛錯盤鬱，亘四時而不改；其陰下覆，可以庇萬室；其聲震撼丘壑，聞者駭膽而慄魄。愚不知何爲若是其盛也？』余曰：『噫嘻，子不聞乎？本固末茂，植木之恒理也。木之大而美者，其本既深且固，而又沃之以膏壤，潤之以雨露，烜之以日月〔五七〕，而鼓之以風霆，所以長養而奮發之者，匪一朝一夕，宜其蕃茂暢達，非樗散之可比也。人之於德也亦然，本之以仁義忠信，沃之以詩書，潤之以道藝，培之以禮，而養之以樂，俾和順積於中，英華發於外，不愧怍於俯仰，而爲盛德之君子。否則，凡材而已爾，曷足見稱於人哉？』客曰：『然。愚一所疑，質諸長者，辱聞物理之常，而又聞君子之大道，一何幸也。』喜謝而去。

無何，建陽吴宗玉氏來謁，袖出《樹德堂詩》一卷，請曰：『宗玉先世宦遊于外，陰德及人者，歷歷有之。先子隱居樂善，里之窮匱者輒賙給之，貸不能償者焚其券，陰德所施，匹休先世。宗玉思欲不替厥美而未能也，爰取典謨所謂「邁種德」之意，大書「樹德」揭于堂，庶幾朝夕瞻仰，不忘于懷。辱見知者相率作詩以致勉焉，篇什既富，願求一言以弁其端。』

余一覽之頃，長篇短章，粲然在目。究其形容『樹德』之義，多以植物爲喻，與向者客之問答，何其相符也。理無二致，不其然乎？吁，莫爲之先，則無以開後人之緒；莫爲之後，則無以振前人之業。吴氏樹德於先者，綽綽在人耳目，滋培之力，豈不在於後人乎？余聞宗玉嘗爲邑之法曹掾，遇疑獄輒白令丞，詳讞明允而後已。今〔五八〕爲掾于錦衣，有詔獄，與掌其牘，而處心一以平恕爲本，上下交譽之。其於先世所樹之德，可謂善於滋培者矣。雖然，什中諸作，皆與人爲善之意。方今聖天子登用賢俊，宗玉尚當益致其力，俾業日以長，德日以茂，不惟有光于祖考，抑且無愧於斯什也已。若夫漢之于公高門、宋之王氏三槐，亦見種德於先，而食報於後，與樹德頗相類。其事載諸信史，茲不詳論。

校勘記

〔一〕敬鄉樓本下小字注：『《明史·成祖紀》，永樂二年九月，周王橚來朝，獻騶虞。』

〔二〕敬鄉樓本下小字注：『按《明史·成祖紀》，永樂五年六月，以安南平，詔天下。』

〔三〕『伐』，底本作『代』，據敬鄉樓本改。

〔四〕『古』，底本作『居』，據敬鄉樓本改。

〔五〕『摶』，底本作『博』，據敬鄉樓本改。

〔六〕『洸』，底本作『洸』，據敬鄉樓本改。

〔七〕『斯』，底本作『期』，據敬鄉樓本改。

〔八〕『替』，底本作『贊』，據敬鄉樓本改。

〔九〕敬鄉樓本下小字注：『按，舒字有常，見後送序。』

〔一〇〕敬鄉樓本下小字注：『按，董子莊名琰，以字行，江西樂安人。永樂時由國子司業出爲趙王府右長史。』

〔一一〕敬鄉樓本下小字注：『按，「德」應作「得」，得暘字孟升，錢塘人，著有《節庵集》。』

〔一二〕敬鄉樓本下小字注：『按《青田縣志·隱逸》，蔣琰字叔圭，居南田，即此人。蔣文質爲其後人，見陳子上《蒼雪軒記》。』

〔一三〕敬鄉樓本下小字注：『按《温州府志》，府學訓導杜圻，蓋即德基；清碧名本，字伯原，清江人。』

〔一四〕敬鄉樓本下小字注：『按，可貞，溧陽人，見後《泰寧知縣王公墓誌》。』

〔一五〕敬鄉樓本下小字注：『按，「折」上疑有缺字。』

〔一六〕『沉』，底本作『沅』，據敬鄉樓本改。

〔一七〕『志』，底本闕，據敬鄉樓本補。

〔一八〕敬鄉樓本下小字注：『按，「用」上疑有缺字。』

〔一九〕敬鄉樓本下小字注：『按，吴太僕父僉事廣，《温州府志》有傳。』點校者按，『吴性泉』，正文作『吴勝泉』。

〔二〇〕『述』，底本作『迷』，據敬鄉樓本改。

〔二一〕『劵』，底本作『養』，據敬鄉樓本改。

〔二二〕敬鄉樓本下小字注：『按，潘民止，名畿，永嘉人，後爲温州府學教授。』

〔二三〕『鹽』，底本作『監』，據敬鄉樓本改。

〔二四〕敬鄉樓本下小字注：『按，趙德謙，永嘉人，《永嘉縣志》據此補入學職訓導。』

〔二五〕『締』，底本作『諦』，據敬鄉樓本改。

〔二六〕『黑鹽』，底本作『墨監』，據意改。

〔二七〕『譽』，底本作『和』，據敬鄉樓本改。

〔二八〕『稚』，底本作『雅』，據敬鄉樓本改。

〔二九〕敬鄉樓本下小字注：『按，翁名昂，樂清人，見《樂清縣志》選舉諸科。』

〔三〇〕敬鄉樓本下小字注：『按，史君，《樂清縣志·職官》無考。』

〔三一〕『鎮』，底本作『填』，據敬鄉樓本改。

〔三二〕敬鄉樓本下小字注：『按，章教諭名參，平陽人，洪武丙子舉人。』

〔三三〕敬鄉樓本下小字注：『按，王道，永嘉人，永樂甲申進士，尋詔選曾棨等二十八人讀書文淵閣，王道與焉。』

〔三四〕敬鄉樓本下小字注：『按《永嘉縣志》，永樂時知縣黄應，疑即此人。』

〔三五〕『苛』，底本作『奇』，據敬鄉樓本改。

〔三六〕敬鄉樓本下小字注：『按《永嘉縣志》，鄭永樂時任。』

〔三七〕『榷』，底本作『確』，據敬鄉樓本改。

〔三八〕『白』，底本作『曰』，據敬鄉樓本改。

〔三九〕『紳』，底本作『縉』，據敬鄉樓本改。

〔四〇〕敬鄉樓本下小字注：『按，後有《祭巴東知縣陸親家文》，即此。』

〔四一〕『命』，底本作『全』，據敬鄉樓本改。

〔四二〕『得日以充』，敬鄉樓本作『德日益充』。

〔四三〕『以』，敬鄉樓本作『益』。

〔四四〕敬鄉樓本下小字注：『按，鄒名進，見後《鄒先生挽詩序》。』

〔四五〕『君』，底本作『居』，據敬鄉樓本改。

〔四六〕『扞』，底本作『汗』，據敬鄉樓本改。

〔四七〕『惑』，底本作『感』，據敬鄉樓本改。

〔四八〕『馬』，底本作『直』，據敬鄉樓本改。

〔四九〕『顧』，底本作『顔』，據敬鄉樓本改。
〔五〇〕『寝』，底本作『寢』，據敬鄉樓本改。
〔五一〕『徙』，底本作『徒』，據敬鄉樓本改。
〔五二〕『奥』，底本作『粤』，據敬鄉樓本改。
〔五三〕『廬』，底本作『蘆』，據敬鄉樓本改。
〔五四〕敬鄉樓本下小字注：『按，本之名混，泰和人，梁潛用之弟。』
〔五五〕『意』，底本作『竟』，據敬鄉樓本改。
〔五六〕『春』，底本作『奉』，據敬鄉樓本改。
〔五七〕『月』，底本脱，據敬鄉樓本補。
〔五八〕『今』，底本作『令』，據敬鄉樓本改。

黄文簡公介菴集卷之四至卷之七原闕

黄文簡公介菴集卷之八　歸田稿

記

重建永嘉縣治記

國朝經理天下，分建布政司爲十四道，而以浙江爲雄藩。浙江統郡十有一，而浙左以温爲上郡。温屬縣四，而永嘉麗府城，地大民衆，役殷賦侈，又爲三縣之冠。其縣治必宏敞完固，然後可以嚴等威，肅觀瞻，而圖永久也。按郡志，永嘉自建置以來，遷徙不常，迨入我朝，始安于今所，當四達之衢而據其會，亦可謂宏敞而得其地矣。

宣德始元夏五月乙卯，颶風起海上，拔木震石，聲撼陵谷，屋瓦飛舞若敗葉，暴雨如注，水泛溢，淹及半扉。自卯至午，厥勢旋息。計所損禾稼十之七八，壞廬舍數千區，而縣治傾圮特甚。郡上其事，部檄下，凡公署圮壞者，俾隨宜脩創。會縣事叢劇，未克就理，假旁屋以聽政。縣丞孔珪還自京師，顧而咨嗟，白于縣令曰：『宰百里之邑，敷德布令于側陋之室，民何所仰？然舊材朽蠹，欲撤而新之，資費浩繁，非衆力不能舉。珪也竊禄于兹，已閲三考，烏可以去此而不之顧乎？敢固以請。』縣令作而謝曰：『予之責也，盍相與圖之。』於是集主簿李輔、典史湯銘合議，以里胥嘗執役于永樂癸卯者，居休既久，召而役之，皆翕然趨事。拔其有才識者趙彦辰等十二人，分領其衆，仍司其財用之出納，而董之以邑掾之能者曰狄善志，典史則稽其勤怠，令丞提其綱而總督之。經始於宣德丁未某月，訖工於明年某月。廳堂、幕司、門廡、公廨、祀神之祠、居吏之舍，焕然一新。其規制宏敞，加隆於舊，既完且固，允爲永久之圖。落成之日，相率來請記。

余辭不獲，乃與之言曰：縣治實施政臨民之所，固不可後也。若夫政之所本，則存乎其人焉。諸君子垂紳正容，列坐斯堂之上，貞白一心，交相贊輔，本之以誠，而行之以恕。令則持其中而裁決之，俾綱陳而紀列，惠浹而奸消。邑民皆引領企足，竦然易慮而改聽。往來督事者，儼然有所憚，而罔敢肆其虐。上之人亦必優禮奬遇，不與他邑齒。所謂嚴等威、肅觀瞻者，不在彼而在此矣。惜乎孔丞超遷有日，不得終惠吾民。然而不以去職而忘其舊，倡一大義而衆心克合，非志於仁者能之乎？縣令不掩爲己功，善用其言以成此美績，幕僚又能致力而不懈，其嘉聲令譽，將與縣治相爲久遠，是皆可書也。嗣是而來者，不惟鑒其興作之勤，俾勿至於廢墜，而爲治之要，盍亦知所尚焉。縣令姓何氏，名壽，字叔雲，毗陵人。縣丞字重美，南康人，其世系盖出於曲阜云〔一〕。

竹雪山房記

寶慶太守王君起宗造余，求《竹雪山房記》。君爲御史時，與余交甚篤。闊别二十年，而襟抱如故。喜其養之有素也，乃與之言曰：『天下之物，有目者所共覩，惟其自處之分不同，而其所得亦有異。君子之於物也，心領神會，不凝滯於物，故物於我有。衆人之於物也，或觸境傷懷以動摇其中，或流連光景，沈酣玩賞以任情縱欲，故爲物之所役，而適足以汩其德也。子於竹雪也何若？』

王君曰：『愚也於物澹無所嗜。昔讀書山中時，嘗輟書燕坐，以仰觀俯視，凝寒慘慄，百卉具腓，惟竹與雪交映乎左右。静而察之，默而識之，凡竹之所以爲竹，雪之所以爲雪，渾然具於吾心。先正所謂萬物統體一太極者，融會流通，至微至妙，愚不得而言，然亦不可言也。姑取其迹之顯著，若潔而不污、直而不撓者，以浴吾之德，以勵吾之操。力之至與不至，非愚之敢必，烏可以不勉也？於是題諸書室以示不忘。』

余曰：『信如子之言，殆所謂心領神會而不凝滯者歟？宜其養之益充，而守之益固也。彼觸境傷懷，若白居易厭湓江之低濕，杜少陵抱長鑱而悲歌，雖皆君子不幸之所遇，然亦未免過於憤激。至於流連任情，若七賢之放曠，沈酣縱欲，若党家之麄鄙，又何足道哉？雖然，君子之道，明體適用。子於竹雪，體之所存者，既取以浴德而勵操矣，其用之所形，亦不可不究也。舉其大者言之，竹之用也，爲籩、爲篚、爲筐、爲筥以供祭祀，爲旌、爲幢以肅朝儀，爲管、爲籥以協律吕，爲筆、爲簡以習文事，爲弓、爲矢、爲戈、爲矛以充武備，爲符、爲節以致命于四方；雪之用也，兆豐年、消瘴沴以育民命，其有功於人也博矣。子遇明時，居風憲廿餘載，按行郡邑，出贊戎機，皆綽有聲譽。又遠膺民社之寄，而民知仰德，隨所遇而各致其效，其亦有得於此乎？否乎？古人稱竹多與雪相儷者，以其歲寒不相違也。子今老矣，尚當勉力弗懈，慎勿以衰邁爲辭，忘其所養，隳其所守，使有愧於物，庶乎成始成終，而爲明體適用之君子，以著吾儒德業之盛，豈不偉歟？昔衛武公嘗以緑竹興切磋之益，迨及九十，猶箴警于國，况未及於耄者乎？』王君作而謝曰：『先生期我以遠大，是亦切磋之義也，請書爲記。』

處素齋記

宣德戊申，余養疾于家，栝有包〔二〕肅純者，不遠數百里來謁。肅純，文獻故家。祖容德，仕元，歷著作郎、僉太醫院事。曾祖涇，追贈上黨郡侯，語在伯衡蘇公所撰《墓表》。肅純不以門地自耀，退處于麗水錦溪之上，顔其所居之齋〔三〕曰『處素』，求爲之記。

余問之曰：『子之所謂「處素」者何居？』肅純曰：『人之窮達不同，然各有素分存焉。達而在位，上則思所以輔其君，下則思所以惠其民，以諫諍可否爲己任，以綏懷勞來爲己憂，朝而興，莫而處，勞心而殫慮，疲精而敝神，惴惴焉惟恐有所不至，以負國家之所託，此其素分之當然者也。愚也窮居在下，所以處其素分者，出賦税，輸力役，以給其公上，退則從容乎田里。東作方興，荷鋤負耒，與壯者相從於畎畝之間，竭三時之力，以營一歲之儲。暇則集童穉數輩爲章句師，倦而休，觴酌數行，歌呼自得，漠然不知富貴之爲泰，貧賤之爲困也。若夫事干謁以怙寵，設機械以媒利，愚不忍爲，然亦不能爲也。』

余曰：善矣哉，肅純之志，殆亦知命者歟！《中庸》謂『素位而行，不願乎外』，不過如〔四〕此而已。昔韓文公《送李愿歸盤谷序》，愿之言大率與肅純相類。若肅純者，其亦愿之流亞乎？雖然，言行相符，君子之道。余與肅純雖嘗接談，而未究其所安。今去此而歸也，尚當益自淬礪，求所以踐其言，庶無愧於名齋之義矣。余困憊不能操翰，姑述其意，命子采書以勗之。

節孝堂記

余嘗辱交吏部郎中何澂，諗其族系，知爲江陰名家，世以忠厚相承，心竊慕之。既而澂之從弟永嘉知縣壽，以叔母包〔五〕《節孝堂卷》求余記，信知忠厚之徵有在也。

按，包字德貞，實宋孝肅公系孫。自幼爲父母鍾愛，以何之門閥相望，擇其良曰剛者，笄而歸之。未及期，剛以疾卒。將屬纊，與德貞訣别，屬以終養舅姑。德貞號慟哽咽，受命惟謹。居喪哀毁，隕絶方蘇，扶憊以襄事，奉舅姑益敬弗懈。舅姑安之，嘗語人曰：『新婦事我，委曲承順，殊不覺子之去我也。』或諷以他適，正色却之曰：『未亡人靦顔以覩天日者，舅姑在堂，宗祀未有託耳，子何言之悖也？』諷者慚而退。遂請於舅姑，立族人子某爲嗣，以示厥志。居亡何，嗣子夭死，舅姑亦相繼淪謝，葬祭悉中禮度。二十餘年煢然孑立，而志益堅定。勤女紅以佐衣食，而家日充裕。族姻慶吊，禮咸適其宜。里人啨啨嘆羡，稱之曰『包〔六〕節孝』，仍命善書者題于堂之楣，以爲風俗之勸。

嗚呼，德貞可謂賢矣乎！仁者必與吉會，古有是言也。德貞以一婦人，自笄而壯，自壯而老，節孝兩盡，始終不渝，非仁而何？然而數載之間，迭膺凶變，豈非天之未定者乎？爲今之計，莫若更立族子淳篤而敏達者，勉令就學，以須天道之定。吾知何氏忠厚之澤，綿遠盛大，端可待也。若夫旌表以華其門，蠲復以優其家，則有國朝之典故在，故書以爲記。

西爽軒記〔七〕

鎮守淮安平江伯陳公嗣子叔輔，初侍公南京時，名其讀書之軒曰『西爽』。今侍公在淮陰，仍以『西爽』題其書室，馳書求記。予方操觚握管，旁有陳玄者蹙頞而進曰：『子姑止，愚有説焉。夫實以定名，名以表實，無其實而有其名者，君子不取也。叔輔昔在南京也，都邑之西，石城虎踞，大江之外，群山龍蟠。晦明之蓄洩，烟霞之卷舒，變化倏忽，不可名狀。而書室適據其會，旦户初啓，清淑之氣絪緼暢達，與晨光相盪，其襲人也，毛骨洒然，如在清虚之府，謂之「西爽」，不亦宜乎？今在淮陰也，西望則沃野連壤，衍迤平曠，無層巒疊巘、長林穹谷以呈奇獻秀于几席之上，徒假尋丈之室，飾以虚美之名，何居？且所謂「西爽」云者，得非勦取晋人王徽之之語乎？徽之爲桓冲參軍，問以府事，不知也，問以吏事，不知也，但曰：「西山朝來，致有爽氣耳。」彼徽之者，以放曠爲高，弗率矩度，所答非所問，縻禄廢職，概可見也。叔輔爲勳臣冢嫡，讀書明理之暇，當汲汲於武事，精韜略，習騎射，爲他日折衝禦侮之資，舍此取彼，不亦左乎？』

余曰：『不然。善擬諸人者，不于其迹，于其心。于其迹，則西山朝爽，何預人事，而徽之取以爲辭，宜可笑也；求之於心，則其逸邁卓絶之懷，必有超乎問答之外者。區區騎曹，豈足以究其才？冲盖不識也。叔輔天資英偉，氣宇宏深，脱略乎凡近，超軼乎垢氣[八]，默與「西爽」相符，故不論其地之彼此，不計其山之有無，而胸次之灑然在我者，常脗合而無間。苟凝滯於物，是猶膠柱而調瑟，刻舟而求劍，其失愈遠矣。况淮陰旁近，固無山之可即，憑高騁目，湖光演漾，與天無際，而濠梁諸峰隱隱於烟雲之表，其爽氣之發越，未嘗不往來乎其間，援以名軒，亦何嫌於無實哉？昔周元公家道州，厥地有谿曰濂，後倅南康，即匡廬之水而命以「濂谿」之名。蘇文忠公，蜀人也，僑居陽羡，改獨山爲蜀山，以名其草堂，孰得而非之？盖盛德君子居不忘舊，厚之道也。叔輔在金陵，年齒尚未[九]壯，藏脩游息于西爽，匪一朝夕。今焉年益富，學益充，行誼日益篤，良由少年居業所積，詎忍忽忘其舊乎？若夫韜略之神[一〇]明、騎射之便習，此盖叔輔之能事，功業所就，未易以涯涘窺，又豈可以微末之見，爲其軒輊哉？』玄乃矍然而起，再拜謝不敏，挾石生爲儔，吐潤揚芬，驅雲卷霧，助余揮染，以爲之記。

思本堂記

僉温州衛指揮事朱公思直謁余，請曰：『敬也藐焉小子，忝職武衛者數年矣，實賴我祖宗儲休累行，以開厥先，暨我先君子奮身戎行，跋履艱險，以就功業，垂芳委祉，覃被後人，朝廷深恩大德，嘉念勞勩，俾我子孫世享禄位。追惟本始，敢忘所自？爰求善書者大書「思本」二字，揭于堂之楣，用圖自勉，且垂訓於將來。敢乞一言，以廣厥志。』

余曰：『公所謂「思本」者，即《禮》之「報情反始」也，其存心可謂厚矣。夫本之爲義，蓋指木之根柢而言，木非本不立，本立則柯葉蕃茂，華榮而實就。人非君親，則何以成其身而遂名哉？此「思本」所以爲不可忽也。雖然，本於君親者，思之故審矣；本之在己者，盍亦致其思乎？何也？孝者，事親之本也；忠者，事君之本也。非孝則無以繼志而述事，非忠則無以竭誠而盡力。唯孝唯忠，臣子之道備矣。又推而致於極，則忠孝皆本於吾心。心之所具者理，而理之所從出者天也。人能順乎天，肅然若神明、父師之監臨，非僻之念不萌，外誘之私屏息，本源澄澈，如鑒空衡平。以之事上也，遜而無諂；以之馭下也，寬而有制；以之聽斷，則是非不惑；以之即戎，則勇於赴義；以之交朋友、接賓客，則和而不流；以之酬酢萬變，則井然有條而不紊。祖考之功業，由是而可保；朝廷之恩德，由是而可常；子孫之綿遠盛大，將不期而自至。

此又「思本」之大者也，公其勉乎哉。《鹿鳴》之詩有曰「人之好我，示我周行」，古人以善道求助於人也如此。公之天資明敏，慎於禮而周於事，顧不鄙棄而徵言於余，是亦《鹿鳴》之意。余也敢不罄竭一得之愚，以塞嚴命？公其勉乎哉。』思直作而謝曰：『剴切之論，愚所樂聞，請書爲記。』

槐窗記

瑞安王漢初居于邑之西峴，窗前有古槐二，名之曰『槐窗』，徵言於余。余曰：『君子嘗以松栢爲況，豈徒然哉？將以自勗也。子以槐名窗，蓋必有見矣。夫槐之爲木也，感虚星之精，非凡植可並。其柯葉繁而不亂，童童若車蓋；其陰雲屯，可以蔽炎暑；其花散金，可以染正色；其實味苦而平，可以愈積熱、却煩懣。之數者，果何所取乎？取其柯葉繁而不亂也，則必正肅其威儀；取其陰之蔽炎暑也，則必屏絶其邪妄；取其花之可以染正色也，則悟夫黄中通理之旨，而暢四支、發事業者，於焉而可致；取其實之愈疾也，則□廣其惠利以濟人澤物。之數者，果何所取乎？人有恒言「槐花黄，舉子忙」，苟用是以示警策，則漢初願仕之心汲汲焉不遑暇，又不知所讀何書、所習何業，果藉此以資進取之階否乎？凡事名實貴乎相須，無所取而名之，君子不與也。』

漢初矍然而起，辭曰：『愚何所知？旦日燕坐山窗之下，但見清氣襲人，而胸次灑然，恍若凌埃壒而上征，舉一物不足以嬰于中者，意兹槐之有助於我也，遂以名吾窗。』余曰：『若然，則子於槐也，可謂不物其物而契於物者也。不物其物而契於物，則其所得也大矣，屑屑云乎哉！古之君子，若王猷之竹、和靖之梅、淵明之菊、濂谿之蓮，各專其一，而亦各有所契，至今以爲美談，蓋以人而不以物也。子其勉旃，毋從諉之，曰：「予小子也，何敢望？」』漢初載拜謝曰：『先生教我矣，請書爲記。』

神俊圖記〔一〕

中書舍人温郡胡君宗藴家藏馬圖一，屬同官程南雲隸書『神俊』二字，冠于圖之右。圖有八馬，最先一馬黑若玄雲，鼻足皆白，世謂之『黑五明』。一胡人被服若奚官，騎而前驅，左控勒，右執杖，聳身回顧，若眄睞後馬之至者。次紫騮，既涉而登陸，矯若龍騰。又次一馬色正黄，半涉而飲。一馬色青，文若貫錢，《相馬經》謂之『連錢驄』，前二足才及水而飲。後四馬一赤，一駁，一微白而黝，一黑白與前馬等，兩兩相馳逐，氣盛而怒，怒則争，或蹄或嚙，意態皆飛動。昔周穆王乘八駿，曰絶地、翻羽、奔宵、越影、踰輝、超光、騰霧、挾翼〔二〕，其數正與圖相儷，色物不備見，不知果同乎？否乎？然胡人冠服皆唐制，其陂陀決渠，又彷佛沙苑，審爲唐馬明矣。唐善畫馬者稱韋偃、曹霸、韓幹，偃意度簡古，曹尚骨法，韓師曹，筆力殊不及，故杜少陵詩有云『幹惟畫肉不畫骨，忍使驊騮氣凋喪』。

此圖八馬皆肥壯，而肉亦不甚豐，用筆清勁，而設色不凝滯，可定爲佳品，但前後俱無題識，余久困于疾，目昏眵，不能詳察，不知果爲何人所作，或後人臨摹亦未可必，然亦不害爲清翫也。馬圖而題曰『神俊』者，盖取晉僧支遁之語。遁愛畜鷹馬，人或譏之，遁曰：『吾愛其神俊耳。』遁遊方之外，乃以鷹馬神俊而愛重之。宗藴以瀟灑拔俗之資、宏偉卓逸之才，宜其以神俊而有契於此圖也。古君子寄情於圖畫者，非徒取爲玩好，盖欲資之以爲養德之具焉。宗藴退直之次，窗明几凈，時一展玩，則霧鬣風鬃，振迅超越，倏忽千萬里，宛若目睫間，奇懷壯志，悠然奮發，不爲無助矣。余又聞周末有九方皋者，索馬於驪黄牝牡之外。宗藴倘以皋之觀馬者觀此圖，其所得又不止於神俊云爾，尚或有以教我哉！

叢桂堂記〔一三〕

春坊諭德兼翰林侍讀周氏崇述堂曰『叢桂』，求爲記。客有難之曰：『名以表實，實以定名，君子之道也。周君所居之堂，視其前後左右植物中，求所謂桂者，無有也，而名之曰「叢桂」，何居？』余曰：『固哉，子之言乎！稽之於古，屈原著《楚辭》曰「申椒菌桂」，以衆芳喻賢才之輔三后；又曰「桂棟蘭橑」，假香潔以喻人之好脩，豈直有是物哉？况夫名堂之義，寄情所託，古亦有之。世之人以「蟾宫折桂」喻科第之清高顯達，不可階而升。崇述偕其從弟孟簡一對策大廷，即聯名甲科，入翰林爲美官，人以爲折桂之榮。是後兄弟多由科第進身，仲舉拜監察御史，崇厚爲中書舍人，綽有雅譽。晉郤詵對策第一，嘗自許以爲桂林一枝。崇述昆季彬彬輩出，顔其堂曰「叢桂」，名與實稱，孰曰不宜？若夫淮南小山所謂「叢桂」者，彼乃招隱之事，非崇述志也。』難者唯唯而退。

崇述作而謝曰：『某不敏，用是溷于下執事，向非盛德之言，疇能解其惑哉？』余曰：『子少安，請畢其説。桂之花色黄，得五色之正；其香遠而益清，爲人所愛慕；其葉窮冬不凋，可與松柏争茂。爲君子者，嘗於是而取則焉。取其花色之正也，悟夫黄中通理之旨，慎保厥美，俾暢於四支，發於事業；取其香之清遠而久也，兢兢業業，全其令名，俾遐邇具瞻，以垂休〔一四〕于後世；取其葉之不凋也，于以勵其節而持其操，俾堅而不撓，安而有恒，可以當大任、臨大事，而無所歉。此皆賢昆季之已知已能，烏用是瀆告爲哉？余也竊忝有斯文之義，爰助之私，容有既乎？』崇述再謝曰：『命之矣，請書以爲記。』

草心堂記〔一五〕

括之縉雲知縣事閩人陳京士瞻，以事來京師，間謁予官舍，拜而言曰：『先君子於洪武間釋褐胄監，任衡州府推官，用薦大理評事，卒于官。兄璉及京皆幼穉，從母扶櫬以歸。先君子守職廉慎，囊無遺貲。遵承母訓，力耕以營葬事，給衣食，暇則從師讀書。既冠，叨綴科第，聯班仕籍，長邑于浙左。痛念先人蚤見棄背，風木之感，怛焉于懷。母氏年踰七秩，怡愉壽康，得以迎侍，致斗禄之奉。爰即孟郊詩中語，掇取「草心」二字，名其燕處之堂，敢求先生一言以廣其義。』

予惟説詩者不以詞害意。夫陽生於子而盛於春，亨泰既臻，和氣斯浹，訢合煦嫗，充塞無間，庶類感之而生，勾者萌、甲者拆〔一六〕，惟夭惟喬，條達暢茂，春暉發育之功大矣。然而一氣默運，自形自色，春暉何心於求報哉？卉木之生，有形而不能運動，寸草亦何心於圖報哉？郊之意，但以春暉喻母恩之盛大，非報所能及，以寸草微末喻己心之區區不足以致報，即《蓼莪》『欲報之德，昊天罔極』之謂也。士瞻援『草心』名堂，豈亦有見於此乎？母氏之恩固大而難報，然其所以報之者，則有其要焉，孟軻氏所謂『養志』是也。賢母善教其子者，蓋欲揚名顯親云耳。予聞士瞻之治縉雲也，敦本澄源，斂華就實，吏憚其威，民懷其惠。剸繁劇如剖竹，迎刃而解。有所期會，如子之趨父，事罔有凝滯。以故職脩而政舉，化洽而人和，令譽昭彰，炫燿耳目，可謂善承母志，而有以慰悦其心，豈徒口體之養而已哉？

烏乎，士瞻不惟無愧於孟郊，蓋於孟軻氏之旨，深有契也。由是而益加夫敬畏，益展其卓越，與龔〔一七〕、黄、卓、魯争驅而並騖，人皆愛之如芝草連理，以爲太平之瑞，又將進而期之以楩楠杞梓，舒翹乎儒林，致力乎棟梁，揚休乎汗簡。慰尊嚴於九泉，榮慈闈於暮景，『草心』云乎哉？士瞻再拜謝曰：『先生以遠大下期承學，敢不夙夜祇服，以無忘大惠也。』遂書爲記。

壽萱堂記

樂成高季初與予子有姻婭之好，間來京師，館于予家。退食之次，季初拜而請曰：『先君子蚤棄背，母氏孀居數載，教育諸孤，克底成立。今春秋殆及七旬，康寧無恙，耳目聰明不衰。閫内之政，操持弗倦，嚴祭事，睦親鄰，撫衆馭下，井井有條。諸子致其區區，名燕休之堂曰「壽萱」，以伸其祝頌之萬一。欲求先生一言光賁之。』

予惟《洪範》五福，以壽爲首，蓋有壽而後能享諸福。況人子於親，愛日之誠，百年猶以爲未足，祝頌之詞宜莫先於壽焉。《伯兮》之詩有云：『焉得諼草？言樹之背。』諼與萱同，而背者，北堂也，故説者因所處之地，或以萱喻其母焉。萱又一名『宜男』，一名『忘憂』。宜男近於母道，苟可以忘憂，則於奉親者，廣植千百本而不厭。蓋憂忘則心悦，心悦則氣體和暢，氣體和暢則疾疢不作，而壽可延。堂曰『壽萱』，不亦宜乎？雖然，以萱爲忘憂而冀其延壽，求於外也。求之於外，曷若反求諸己？孟軻氏有云：『悦親有道，不誠乎身，不悦乎親；誠身有道，不明乎善，不誠乎身。』求諸己者也。

予聞季初之養其母也，滫髓以適其口，輕暖以和其體，寢處以安其居。先意承顔，不違其志；謹言勵行，不貽其憂。里稱孝行，人無間言。其於明善誠身，庶幾能致其力矣。親心其有不悦，親壽其有不延者乎？或曰：『孝行脩諸己，親壽繫乎天，若不相及也，奚取焉？』然人子盡其所當爲，而致其所可欲，豈敢以繫乎天爲不可必，而不以壽考望於親哉？况夫人事脩則天道應，聖賢亦云。

世綵堂記〔一八〕

予養疾家居，郡太守何公惠訪，且爲其友福建按察副使劉棻惟芳求《世綵堂記》。予曰：『昔老萊子行年七十，身著斒斕，作嬰兒戲以娱其親。是後得遂承顔之樂者，或稱之曰「戲綵」，或自擬爲「綵侍」。劉之堂曰「世綵」〔一九〕，何居？』太守曰：『劉爲浙左慈溪望族，在宋時曰某者，年踰八秩，四子俱躋膴仕，侍立左右，采衣炫耀，鄉閭歆羡，自宋至今，代有顯人，簪纓蟬聯，先後輝映，此堂之所以名也。』予曰：『然則劉氏之堂，不徒援引老萊之事，而與晝錦相類，謂之「世綵」，以見祖德隆厚，而文獻之足徵也。』

嗚呼，予嘗因世家貴冑而驗夫天人感通之妙，如影之隨形、響之應聲，不爽毫髮。稽諸信史，若韓琦、王祐、竇禹鈞之流，脩德行仁，惠利溥洽，子孫承休襲慶，致位卿相，歲時燕會，朱紫盈庭。今觀劉氏之『世綵』，獲報於天，久而益盛，可以匹休前烈，向非祖宗積累有自，其能若是乎？譬之木也，本固則末茂；譬之水也，源深則流長。理誠然矣。若夫浚之使益深，培之使益固，則尤賴於後人之繼述焉。

惟芳以儁偉之才，膺風紀之任，正己以肅憲度，明理以燭奸欺，激濁揚清，辯誣疏滯，咸適厥宜，而一本以忠厚。豸冠霜簡，服與德稱，光煇烜赫，著于八閩，超陟華要，進而未艾，豈特采服炫燿，爲鄉閭歆羨而已哉？《詩》曰：『子子孫孫，勿替引之。』爲之後者，又當以惟芳爲法。

益齋記

余家海隅，見造巨艦以涉海者，實以萬鈞鎮重而不摇，駕風濤，泛溟渤，如履平地。蓋其量寬而有容，虚以受盈，求益之道也。嘗竊羨慕以爲世有若而人，則願與之遊，以攄吾志焉。

近歲宦轍南歸，會陳公名謙字道亨者，訪予私第。與之接，凝然無所動；扣其藴，充然而有餘。訊諸友朋，咸曰：『陳公廉而仁厚者也。』善承先業，長武衛之千夫，衛有籌畫，賴以咨決，同列率多師事之。卒伍懷其惠，仰之如父母；民庶服其公，信之如蓍龜。公乃從容遜避，而名愈彰。予竊自慶，以爲陳公名與實相孚，而向所羨慕者，今獲見之矣。既而郡文學前翰林檢討潘君過謂余曰：『陳公頃以年老致厥事於其子，日與吾儒相往來，間請名其宴休之室，爰取典謨所謂「謙受益」者，題曰「益齋」，願假一言以記之。』余曰：『旨哉名齋之義，可謂善言德行，而與余所慕脗合無異矣。』

按許氏《説文》『益字從水從皿』，蓋盛水於器，虚則可受，合體相成，其義爲益。然器之至大者，莫若巨艦，既寬而虚，足以容物。其爲益也，豈小器易盈者所可比儗其萬一哉？故聖人贊《易》，於《謙》之初六則曰：『謙謙君子，用涉大川。』於《益》之《彖傳》則曰：『利涉大川，木道乃行。』蓋亦取喻於舟，而極言其功用之大也。陳公之才之德，充於中者爲甚盛，宜其見於用者無不獲，奈何老而謝事，弗克究其設施，使世之人不蒙其利涉之益，爲可惜也。《易·彖》又曰：『益動而巽，日進無疆。』陳公動而能巽矣，福祉之來，不惟被于厥躬，後人承休襲慶，豈有涯哉？潘君曰：『然。』遂書之。

持敬齋記

庚戌秋，予疾作，不出門庭逾半載。里人林心静來候，袖〔二〇〕出《持敬齋卷》，拜于榻下求記。困憊無聊，未有以復也。嘉平之旦，疾少間，泛舟往省先隴，經紀善金公宅，艤棹進謁。會履素趙先生在坐，談及楠溪山川險阻，曰：『少時以家事當往，季父憐其未嘗往也，擇族人曰某者，爲之鄉導。陸既窮，當涉大溪，私心惴慄，徐以杖測水淺深，按足然後移步，竟涉無虞。族人恃其習也，若履坦道，初不經意，半涉爲湍水所激，翩然殞仆，藉有力者扶掖起之，衣服皆沾濡。』予聞而喜之曰：『是可以復心静矣。』

蓋履素之竟涉無虞者，敬慎之至也；族人之半涉隕仆者，怠忽之所招也。敬與怠相反，吉凶亦以類應。《丹書》曰：『敬勝怠者，吉；怠勝敬者，滅。』《丹書》爲治天下之大經大法，其要旨亦不過『敬』『怠』二端，豈區區小事而已哉？喻之以小，取其易見也。心静自童丱喪明，不能事事，遂從瞽者張所清學，以人之生年月日支干生克，推測禍福壽夭，率多徵驗。後又得解魁陳光言廨舍鄰比，光言篝燈課誦，心静從旁竊聽，默識心解。間嘗聞説『敬』之奥義，躍然喜，惕然驚懼，曰：『是某之所當勉也。』自是刻意持循，不敢放失，仍求善書者大書『持敬』揭于齋居，以示不忘。

嗚呼，心静可謂知要矣。昌黎韓公所謂『盲於目不盲於心』，心静其殆庶幾者歟？予竊怪夫世之耳聰目明，悻然自以爲丈夫，率於持敬，漫不加省，趨逐便利，以濟己私，往往僨事危身，若半涉殞仆者，故著是記，俾知所戒，且以勗心静，無怠厥志云〔二一〕。

竹泉記〔二二〕

予鄉邑永嘉知縣江陰何叔雲氏來京師，間以外親朱善慶《竹泉卷》求記。展而閲之，若詩若文，華采相焜燿。凡竹之所以爲竹，泉之所以爲泉，形容比儗，至矣盡矣，予復何説哉？且予與善慶未嘗有半面之雅，又未嘗一造其地，摹寫爲尤難。辭不獲，乃與之言曰：

世之觀人者，每視其所慕向。慕之高下，由乎所習之崇卑。以資富自驕者，多習於侈靡，是故五陵年少競爲鬥雞走狗，擊毬蹋鞠，以自誇誕；否則青樓綺館，酣歌豔舞，以娱其耳目；肥甘雋美，纂組麗密，以適其口體。雖有竹泉，不暇顧也。殊不知之二物者，至清至潔，足以勵操而育德，往〔二三〕往慕之者，皆端直廉介之士，盖以其趣之有合，而習之不失其正也。善慶藉先世之業，富甲閭里，乃能脱略乎綺紈，斥遠乎驕縱，以端直廉介自期，厥志概可見矣。孟軻氏曰：『士何事？曰尚志。』善慶志之所存，既能離世而絶俗，則其立身行己，必能超拔乎等夷，予尚何疑焉？

雖然，竹之清、泉之潔，此其質之美而有資於君子者也。究其致用，更僕不能盡，試舉其大者言之。嶰谷之筩，列爲十二，吹之以象鳳鳴，律度量衡，悉權輿於此。涓滴始達，積爲江河，以及于海。飢食渴飲，日取給而不竭。運萬斛之舟，乘風破浪，瞬息千萬里，其功可謂博矣。善慶以英妙之年，際亨嘉之運，行其素志，正在今日。俾惠利及于人人，聲光流于後世，如竹之律吕，泉之濟飢渴、運舟楫，不其偉歟？予也承乏史職，仕有善譽者，法當得書，尚當濡毫汗簡，俟于蘭臺之上。

泰然窩記[二四]

毗陵胡克恭扁其藏脩之室曰『泰然』，盖取范浚《心箴》之語也。間嘗介予鄉友勤秉禮來求記。克恭，大宗伯源潔公之愛弟。宗伯與予交好甚篤，義不可辭。按字書，有侈肆之謂泰，有安舒之謂泰，《心箴》所云『安舒』之謂也。

夫人平居一室之内，不事掃除，塵埃坌集乎几格，則必蹙爾而不悦。出遊乎山徑，榛莽交蔽，則跬步不能前，而況於吾心者乎？盖心爲一身之主，四肢百骸莫不聽命，故謂之天君。苟失其養，則凝冰而焦火，淵淪而天飛，視有所不見，聽有所不聞，食而不知其味，荒瞀衒惑，莫知適從，戚戚焉，甘爲小人之歸，求其所謂泰然者，何有哉？養得其道，則如鑑之空，如衡之平，如止[二五]水之不波，以之酬酢萬變，安然順適，無往而不當乎理，無入而不自得，所謂泰然而百體從令者，其功效豈淺淺哉？然而如鑑，如衡，如止水，盖因其本體之自然善養之，使不爲物欲之所汩云耳，非謂矯揉作爲所致，亦非或作或輟所可暫制，如義襲之所云也。故孔子稱顔淵『心不違仁』，而先儒釋之曰：『只是無纖毫私欲。』孟軻氏亦曰：『養心莫善於寡欲。』《大學》論正心必本於誠意，《中庸》傳心法，必先之以戒慎恐懼。聖學之要，孰大於此？

走也辱交宗伯公三十餘年，見其恬静簡重，終始不渝，向非養之有素，其能然乎？於焉推其所謂『泰然』者，佐輔聖天子以成經綸燮理之功，寵眷日隆，敬畏益至，庶僚之所信服，四海之所具瞻，何莫非此心妙用所著？克恭年富力强，穎敏秀發，歸而求之有餘師，又何事予言哉？雖然，請不可虚也，姑書此以爲記。

慈訓堂後記[二六]

義興邑宰章惟澄，永嘉人，所居與余相去一舍許。先世積善行義，知之爲詳。惟澄不幸蚤喪父，偕其弟浩，賴母氏教育，克底成立。惟澄入邑庠爲弟子員，賓興胄監，歷事冬官，積勤授今職。旦夕仰惟母氏之訓不敢忽忘，求善書者大書『慈訓』二字，揭于堂之楣，仍求史官潘君景昭文以記之。余觀潘君叙述[二七]，大旨略備，其引孟、柳二母斷績和丸之事以勗其子，尤爲切實。然惟澄學而從政矣，母氏隨事而致戒者，蓋不止於此也。

漢雋不疑尹京兆，行縣歸，母問有所平反，即喜動詞色，飲食加進；晉陶侃爲漁吏，以坩鮓奉其母，母還其鮓，馳書切戒，著之信史，人稱其賢。蓋雋母欲其子之平恕，陶母欲其子之廉潔。惟澄仕爲邑宰，有民社之寄，政之所本，孰有大於此二者？況其母氏之賢，無愧古人，寧不以此而屬望其子乎？義興最號煩劇，惟澄致理於兹，歷歲已久，訟庭無愁嘆之聲，門户絶苞苴之具，邑人服其廉平，蓋能奉持慈訓，而致慎於力行者矣。吁，善始固難，保終爲尤難，余之期望於惟澄者，豈有涯哉？故因潘君之緒餘，因廣其意，以爲後記云。

金華城隍廟祈禱靈應記

天地之間，陰陽屈伸，明則爲人，幽則爲鬼神，本乎一氣之流行，交通而敷暢，理固然也。國朝祀典，府、州、縣設城隍之神，默贊陰功，與郡守、縣令相爲表裏。春秋二祭，歲時朔望，展敬祠下，所以毓靈兆應，有自來矣。

金華爲浙左上邑，治麗郡城，民稠事夥，艱於爲政。番禺郭瑛庭瓚，永樂癸卯以進士來知縣事，廉以律己，明以聽察，勤以幹濟，惠以撫衆，民皆翕然信服。宣德辛亥，庭瓚以事詣京師，盜發鄰邑，蔓延金華，縱火焚掠，比屋震駭，不能安居。秋八月，庭瓚回任，父老告以故，憂形于色，寢食靡寧。僉議禁捕之略，咸曰：『賊徒狡猾，倏去忽來，靡有定蹤，貪賄忘生，兇燄滋盛，若輕與角力，竊恐無益而有損也。』庭瓚謂父老曰：『吾郡城隍之神，威靈夙著，必能助吾爲功。』遂捐俸備牲幣齋祓，製文，率父老告于祠下，禮甚虔，詞甚激切，聽者莫不悚然。於是下告鄉村，各爲防守計，仍設伏以掩其不備。群盜入境，見火炬千餘衝其前，又聞虎狼哮吼、戈甲戛擊之聲追逐于後，而火光中隱若赤幟飛揚指導。賊心倉惶怖駭，星飛電逝，不暇審顧。旬月間如是者凡數次，自後削迹，不敢涉境矣。伏者目擊其事，具以實告。父老挾巨室之知禮者，趨賀縣庭，封牲釃酒，以答靈貺。復謀立石〔二八〕以紀載神功，奉事狀徵余文。

余惟記《禮》者有曰：『能禦大菑、捍大患，則祀之。』先王之制，非惟崇德報功，亦所以達幽明之故，而察鬼神之情狀，俾人知夫誠明形著之妙，本乎一心而不可忽也。况城隍爲國之常祀，功在祐民，朝廷清明，百神受職，故庭瓚敷露懇誠，禱而輒應，殄除妖孽，拯居民於瀕危，是蓋無負於廟祀之崇嚴者矣。是宜播之聲詩，垂示將來。詩曰：

典禮垂訓，祀有常經。主司城隍，神職是膺。維兹寶婺，上應列星。邑之賢宰，民賴以寧。鄰境弗靖，肆暴侵陵。妖氛熏灼，居民震驚〔二九〕。迺齋迺祓，釃酒刑牲。拜思陳辭，告于神明。神聽孔邇，如響應聲。奮烈揚威，赫赫厥靈。火炬行列，干戚耀芒。虎嘯狼嗥，聲振林扃。扼前抗後，左掖右承。兇儔怖衂，斂跡宵征。目眩神褫，孰辨陰兵。退而假息，曾莫是懲。蠅飛蚋集，逐腐尋腥。屏斥如初，迅若風霆。居民按堵，惟神是憑。勿謂陰功，恍惚杳冥。雨暘時若，黍稷豐登。總藉神庥，誕降嘉禎。勒詩樂石，于神之庭。邦人報祀，百世斯徵。

重脩東嶽行宫記

天下名山莫大於五岳，隨其方所以表識疆理，奠安民生。東岳德配乎仁，有生生之道焉，故爲天下通祀。温郡號稱東甌，壤地相屬，祀之尤宜。禮以義起，是亦古之制也。行宫在郡治東華盖山之麓，殿宇門廡，巍然傑出於蒼翠之間，肖像崇嚴，儼有生氣，于以揭虔妥靈，盖有年矣。

宣德庚戌，監察御史何公文淵特承簡拔，奉敕來爲郡太守，誕揚休命，以嘉惠黎庶。明年夏，旱魃肆虐，列郡皆然。公乃齋祓脩詞，禱于岳廟，甘霖如注，黍稷蕃熟，勝於他境。甲寅之秋，颶風挾雨，勢將偃禾發屋。公不張盖，趨赴壇下〔三〇〕，攄誠默禱，屏翳歛威，雨亦遽止。公既刲牲釃酒以答神庥，周視廟宇，棟撓梁攲，甃敗階圮，丹雘采繪頽剥漫漶，慨然咨嗟。退集父老，諭以葺理，擇其謹厚有才者董其役〔三一〕。凡材木、瓴甓以及百費之須，規畫經營，各有其方，不裒衆而具。分役會工，咸稱所使，民不知勞而事集。撓攲圮敗者更新之，頽剥漫漶者增飾之，不半載，厥功告完，巍傑焕燿，視昔有加焉。居民聚觀，懽忻交贊。父老合辭徵淮爲文，勒諸樂石，以示來裔。

淮竊惟古之爲政者，治民事神，相資而成化，盖必一本於誠，而形著之效，端可必也。温郡事號煩劇，何公處之綽有餘裕。公爲人剛毅廉平，立心忠厚。其臨政也，晝爲夜索，靡有厭倦，綱舉目張，細大不遺，擿奸佑善，悉中權度。闔郡居民懷其惠愛，如赤子之慕父母；仰其明斷，如占者之信蓍龜。節使按部，亦加敬禮，是皆一誠之所形也。

公之至誠，静與神俱，動與神合，是宜有禱輒應，如響應聲，而人獲康泰。感通之妙，不外乎一心之運用，有未易名言者焉。况夫東岳以生生之仁著靈斯土，昭然不可泯。今兹葺理之役，雖曰處之有道，盖亦從民之欲而振舉之，以故成功速而心悦，斯皆善於爲政之明效也。公建昌世族，由名進士入官兩制風憲，素知其操履。董其役者，鄭中、葉榮祖，善承公志，亦可嘉也。既爲之記，復繫以詩曰：

巍巍岱宗，作鎮于東。秩祀有嚴，四方攸同。温實東甌，方域連壤。以義起禮，神其顧享。華盖之麓，屹然宫庭。祈禱禬禳，民用攸寧。豈弟君子，玉節飛霜。祇奉〔三二〕帝敕，出守是邦。撫弱摧强，提綱振紀。嘉績令譽，覃被遐邇。災祥倚伏，亢陽愆期。守曰嗟哉，過實在予。潔齋脩詞，宣我衷臆。膚寸出雲，岳神是職。片言斯契，甘雨隨傾。枯槁復蘇，農業告登。龍集甲寅，颶風欻至。禱之如初，厥應尤著。守曰神功，予敢弗欽。維牲維醴，曷遂我心。睠兹神宇，歲久凋弊。弗稱崇嚴，予其葺理。庀材鳩工，籌度經營。民無勞費，居然落成。跂立翬飛，塗塈采飾。視昔增輝，觀者悦懌。守之事神，終始一誠。爲民致告，弗諂弗矜。惟守之賢，惟上所使。終惠我民，綏〔三三〕以多祉。拜稽明神，恭祝聖皇。睿算鴻圖，地久天長。

雪墅記〔三四〕

巡按浙江監察御史王君伯器，間與余會而致言曰：『璉家居時，讀書于静室之中，會冬雪初霽，輙書視之，四野一色，瑩潔無瑕，肅然有契于心，因題其室曰「雪墅」，用以志勉。是後歷涉宦途若干年，隨所寓之室，蒙以素楮，旁施於户牖四壁，仍大書「雪墅」二字榜于楣間。每遇冬雪盛集，則素光交映，表裏洞徹，其心益有所得焉。敢求先生記之。』

余喜而賀之曰：『宜哉，子居風紀之任也！常人之情，於春花秋月皆知愛而樂之，子獨愛雪於窮冬沍寒之際，其節概已素定於胸中，故今日得以推而行之也。夫風紀之任，莫先於清白一心，而達之於踐履，豈非瑩潔無瑕、表裏洞徹之謂乎？霏雪自天而下，疏密欹正，悠揚繽紛，而條理不亂，子之施於憲度，緩急輕重、操縱得宜者似之。雪之積也，無所不被，黝焉而黑、壒焉而汙者，皆轉而爲瓊瑶之圃、玗琪之田；向之潔白而無雜者，精采頓然而愈增。子之激濁揚清者，方之積雪，嚴凝之氣洞徹乎厚坤，充塞乎宇内，毒蟲沴氣，消息隕滅，子之摧奸擿蠹，豈不與之俱烈也？然而嚴凝之中而有至和者存焉，所以貞固其根荄，澤潤其土脉，以爲發生之本，故三白兆見，而豐年可期，皆惟雪是資。國家原情製法，用以輔治，刑期無刑，辟以止辟，決罰之中，而存生生之道。子也祇承德意，誕播仁風。平反理枉，頓使獄無愁歎之聲；拯困扶傾，克致人懷惠愛之感。義聲洋溢，輿論同歸。宜哉，子居風紀之任也！《詩》曰「惟其有之，是以似之」，此之謂也。』

伯器作而謝曰：『先生惠教，不敢不勉。』余曰：『未也，復有説焉。同雲既布，而急霰先集，有序也；六出孕質，而大小皆然，有恒也。行之以有序，持之以有恒，爲政之始終備矣。』伯器請書爲記，遂書之。

龍山親舍圖記〔三五〕

温屬邑平陽知縣章惠澤民，計事上郡府，間謁余言曰：『惠家居全椒之龍潭鄉，築堂先隴以奉二親。比年由國子生叨登仕版，而親没已久，禄養弗及，風木之感，怛焉于中。企想舊日奉親之所，欲躬〔三六〕修饋奠，以展區區之情，山川遼邈，不可遽即，每形諸夢寐，爰託善畫者繪爲《龍山親舍圖》，冀得朝夕接之于目，如見吾親之顔色然。敢乞片言以紓其志，不勝至幸。』

余曰：澤民可謂善於致孝者矣。《詩》曰：『維桑與梓，必恭敬止。』桑也，梓也，卉木之類者也。卉木之類，若之何而恭敬乎哉？蓋以吾父母之手植也。卉木爲父母手植，猶加敬焉，况奉親之所，爲父母食息所憑依，豈以存没而敢忘忽者乎？生則致其養，没則致其思，人子之常道。《詩》曰『永言孝思』，又曰『綏我思成』，宜無時無事不致其思焉。故於將祭而齋也，思其居處，思其志意，思其笑語，思其所樂，思其所嗜。合而言之，居處之是思，則其志意、笑語、所樂、所嗜，無不形著於心目之間矣。澤民痛二親之棄背，欲致養而無從，顧乃企想奉親之所於雲山遼邈之外，至形於夢寐，而又繪圖披閱，以髣髴見親之容儀，是即敬恭桑梓、思其居處之遺意。澤民可謂善於致孝者矣。雖然，此特思於外者耳。身也者，親之遺體，視居處孰輕孰重，較然可見。人惟弗思身之當重也，故怠忽暴棄，不知慎而保之。《記》曰：『將爲善，思貽父母令名，必果；將爲不善，思貽父母羞辱，必不果。』是則顯親〔三七〕之大孝，人子之所當務也。澤民受民社之寄，本之以廉明，行之以惠愛，民安物阜，百廢具興，政聲綽乎有聞，蓋能保慎其遺體，而善於思貽者矣。行將考最天官，榮膺寵眷，贈卹之典，賁及泉壤，龍山草木亦爲之增輝，顯親之孝於斯爲盛。澤民尚其勉之。

壽萱堂記

浙江藩闑僉都指揮事李公奉母之堂，題其扁曰『壽萱』。督事至溫，謁余敝舍，徵文爲記。余惟《洪範》五福，以壽爲首，蓋以有壽然後可以享諸福，故人子祝願其親，宜莫先於壽焉。祝願其親而曰『壽萱』者，衛之詩有曰：『焉得諼草，言樹之背。』諼與萱同，而背者，北堂也。北堂爲母之所居，故稱其母者，多以萱爲喻。萱之别名，一曰『宜男』，一曰『忘憂』。宜男近於母道，忘憂可以養志而頤神。神頤則氣和，氣和則體寧，而壽考可期。李公名堂之義，其不在於斯歟？

余聞公之太夫人，孀居有年，端莊静一，至老不倦，且又善教其子，今壽躋九秩，鶴髮明霜，而慈容睟然温潤，起居康裕，不藉几杖。厥子雖縻於官守，承顏接辭，昏定晨省，必敬必誠，靡有曠廢，公退即升堂饋膳，進退周旋，悉中禮度。太夫人懽然喜動于色，由是食甘味，息安寢，而不自知其年之高也。堂名『壽萱』，不亦宜乎？即此而觀公之致孝於其親者，可謂至矣。

夫人之大節，莫先於孝，而尤莫重於忠。公之尊府先將軍，以卓傑果毅之姿，際遇聖明，乘風雲之嘉會，建儁偉之殊功，身膺爵賞，澤垂後裔，斯皆宣忠效力之所致也。公也善繼善承，英名茂著，超秩崇階，進猶未已。移孝爲忠，正在今日，小心敬慎，有加無替，將見褒寵之命，光賁慈闈。太夫人雲裾珠翟，華采焕發，怡愉恬熙，眉壽未艾，而堂北萱花亦爲之增榮獻秀，孫曾森列，蘭玉相輝，其盛福豈有涯哉？兹因授簡〔三八〕，書此爲記，且以致勉云。

雲菴記〔三九〕

雲，山澤之氣也，觸石而起，膚寸而合，不崇朝而沛四野，雨八荒，澤物之利博矣哉！既而收斂而泯於無迹，雲不自以爲功也，是故仕者倦遊而歸，多以雲自號焉。又有高人逸士，亦或託號於閒雲、野〔四〇〕雲者，蓋與澤物之雲不同矣。吾友徐君文玉，自號雲菴，其取於澤物之雲乎？抑託興於閒雲、野〔四一〕雲以自晦乎？

君蚤歲以宏碩之學登名乙科，歷涉宦途三四十年，雖升沈不一，蓋嘗推其素藴，造就人才，參贊戎事，具有明效。又嘗直言獻策，開陳政要，利澤及人，可謂厚矣。今年踰七秩，復以教職得請于朝，致政而歸故鄉，豈非取於澤物之雲收斂退散而不有其功者歟？此可見其一進一退皆適於義，而無繫吝之私，與雲之舒卷無迹，未以異也。君今退休而家居也，優游暇豫，日與高人逸士往來談笑以自適，殆將與閑雲、野雲飄飄焉出於埃壒之外矣。君以雲菴自號固宜，而居室則近在闤闠中，目與雲接而身未嘗與雲俱也。

淮也養痾田里，屏處先隴之側，環菴四面皆山，目之所接、身之與俱，無非雲也。旦户初啓，褰帷四望，若鎔銀流汞，浮蕩於翠微之間。及乎旭日既升，霞光映蔚，爛若錦綺相輝，而華采呈露也。又或時雨初霽，群陰解剥，而清淑之氣布濩山谷，蒸蒸乎其猶饋餾也，皜皜乎其猶積雪之向曙也。少焉，上薄于天，彌漫充斥，又類張兜綿以覆冒者，使人胸次開豁，無復凝滯。俄而冷風起自天末，力與之搏，而白衣蒼狗，倏忽變滅，又可以驗世事遷改無恒，使人惕然而警悟也。是皆雲之偉觀，而淮〔四二〕之菴居頗得其勝。

君今老矣，能如向平之敕斷家事，卜地結茆，相與聯比，旦暮蔬殺杯酒，觀雲賦咏，以舒暮年之懷抱，未審以爲何如？雖然，君之身未嘗與雲俱，接於目則必契於心矣。心領神會，而天趣悠然，又何必泥於迹哉？猥承授簡〔四三〕，書以爲記。

推篷圖梅花記

世之愛梅者，觀梅於長村廣野，不若觀梅於篷窗之下。長村廣野，千株萬樹，盡在目中，而無意外之趣。篷窗之下，根株不露，而横斜高下，疏密來去，交輝迭映，即所見而推之，則其趣之在夫意外者，悠然無窮，悉皆可得。是故近世畫梅者多寫《推篷圖》，良以此也。

按畫譜，畫梅多祖花光，是後楊補之、湯叔雅相繼擅名。國初王元章天趣迥出流輩，畫梅不泥形似，引幹著花，皆用書法，而流動遒勁，各盡情態，一掃前人舊習。間作《推篷圖》，清氣逼人，尤爲奇絶，寶之者不啻隋珠和璧之爲貴也。吾鄉胡君宗蘊，號愛梅道人，於梅之精神骨格，融會充達於方寸之間，放筆運思，遠追元章家法。宗蘊精於篆籀，用是施於藝事，宜其造詣若是其至也。

永樂間，以才能擢任中書舍人，操觚翰苑，日侍清燕，退直之暇，惟作書畫梅以自適。中川住持旭公旦初，以副綱虚席，膺薦赴京，捧檄言還，謁宗蘊於官舍。宗蘊因作《推篷圖》一幅，用程邈隸書法，寫邵菴虞學士《梅墅詩》序於其前，奉以識别。披展一觀，宛若泛舟於湖山之間，珠玉相輝，燦然在目，可謂三絶者矣。旭公持〔四四〕之以歸，裝裱成軸，徵言識于左方。或謂旦初法會上首，了知色相俱空，無復罣礙，又何留意於斯圖者乎？殊不知清浄圓明，含攝萬象，皆成妙供，珍祕斯圖，云胡不可？况宗蘊識别之情，尤世諦之不可忽忘者也，遂書以爲記。

謹德堂記

温州衛同知指揮事劉聚，字曰志學，盖取《易・文言》『學以聚之』之義，而名其堂曰『謹德』，徵余記以啓其藴。夫德之在人，本善而無惡〔四五〕，然而受生之初，拘於氣禀、人品之不齊，判若霄壤之懸隔。迨夫既長而有知，撫世酬物，紛擾萬變，是非之相傾、利害之相乘、妍媸之相形、强弱之相陵，鮮不爲之摇奪者焉。是故君子之自治，必先於謹德也。謹之之道奈何？静而存之於念慮之未萌，動而察之於幾微之攸著，體用兼脩，内外交養，然後昧者以明，紛擾者不可奪，德之在我，烏有不全者乎？名堂之義，可謂知所本而不負〔四六〕於所志之學者矣。

或謂志學生長勳臣之華胄，職居武衛之崇階。《六韜》《三略》，武之法也；弓劍〔四七〕戈矛，武之具也；騎射擊刺，武之藝也；强壯蹻勇，武之才雄〔四八〕也。不此之習，顧乃拘拘於謹德，而爲儒者之事，不亦左乎？

余曰：不然。有文事必有武備，古有是言也。且德爲吾心之固有，若大若小，無貴無賤，不能致謹，則失其所以爲人之道。况兵戎者，民命之所繫，不本於德，則狠愎暴戾，其患不可勝言矣。是故古之治兵者，必以謹德爲務。三代名將不可尚矣，稽之近世，鄧禹之篤行淳備，祭遵之好禮悦樂，諸葛武侯之開誠心、布公道，而《戒子》一書，拳拳以澹泊明志、寧静致遠爲言；周瑜之著恩信，魯肅之善贊畫，彼此相資，無少間隙；羊祜貞懿無私，杜預恭而有禮，前後繼承，卒成晋業；唐之郭子儀，事上誠而御下恕；宋之曹彬謙恭不伐，而清介〔四九〕廉慎，其謹德之實，章章可見。他如馬援、卞壼、李晟、岳飛之流，見於史傳，不可以一二數。功盖當時，名垂後裔，雖其勇略絶人，亦皆由於謹德所致，孰謂文武復有二途者哉？

余也家居日久，於志學之操履，審之詳而知之深。其爲人小心敬畏，潔己務公。賢母太恭人慈訓懇至，而志學遵承無怠，以故行日以飭，名日以彰。連歲督漕運，往來數千里，事集而下無擾，率皆感悦嚮仰而樂爲之用，官長亦亟稱其敏而有守，向非謹德，其能然乎？古稱士希賢，賢希聖，聖固可希，名將事業復何讓哉？志學自兹以往〔五〇〕，黽勉不已，由是可以匹休前烈，可以爲忠臣，爲孝子，其進未易量也。因其請，姑書以爲記。

萬玉軒記

旃蒙單閼之歲，斗柄建戌之月，余偕二三士友遊于雁蕩名山，涉境，駐履能仁大刹，憩息東院樠菴粹公之禪房，焚香瀹茗，坐余華軒之上。軒外多植竹，參差布列，清氣逼人，翫而悦之。樠菴揖余請名，探囊得中書舍人胡公宗藴篆書『萬玉軒』三字畀之，揭諸楣間，復徵余記。

坐客有難之者曰：『竹，卉物也；玉，石之堅美者也。竹而謂之萬玉，無乃非其倫類者乎？』余曰：『子不聞玉有水蒼、蒼璧，以色而著名也。竹之蒼然而不雜者似之。《禮》謂君子比德於玉，盖以玉有温潤而澤、縝密以栗、廉不劌〔五一〕、垂如隊之諸德也。竹之中虚而通理、節勁而外直、繁枝交錯而不亂、密葉貫四時而不改，其德亦不一，豈不與玉比擬乎？玉也，叩之其聲清越以長。竹之觸於風而有聲，大若球琳之戛擊，細若璜琚之振撼。静而聽之，將不知竹之爲玉，玉之爲竹也。由是而觀，命竹爲玉，胡爲不可？簷楹之外土厚，而培植之功勤，發榮滋長，日增月益，不可以限量計，故又謂之「萬玉」焉。』

客[五二]曰：『先生之言誠辯矣，不復致詰。樠菴，學佛者也。佛道崇虛控寂，色空本無二相，至以四大俱幻。樠菴顧乃溺情於竹，流逸奔境，云何脩證？先生又假玉爲喻，展轉攀緣，迷真逐妄，其失愈遠，無乃不可乎？』余曰：『子之言，是以有學小乘窺吾樠菴也。樠菴爲叢林上首，根塵清净，勝妙現前，一切聲是佛聲，一切色是佛色[五三]，無非悟入之處，無非圓通之理。竹也，玉也，夫何罣礙之有？若夫如來以大圓鏡智，含[五四]攝十方世界，山河大地交光騰瑞，林木池沼皆爲净供，風聲鳥語皆演法音，妙用所形，又不可以淺近觀也。』客俯而作禮，合掌讚歎。余遂次第其説，俾識諸軒壁。

存省齋記

永嘉柟溪之麻坡，好脩之士曰潘復初，字明善，扁其燕處之室曰『存省』，謁余求記。夫人心虛靈，萬善具焉，善養之，則如鑑之空，如衡之平，如止水之不波，以之應事而靡有不當也；不善養，則出入無時，莫知其鄉，凝冰而焦火，淵淪而天飛，繆迷顛錯，而罔知攸制也。養之之道奈何？靜而操存於念慮之未萌，動而省察於幾微之攸著，内外交修，動靜不違，斯可以明善以復其初。厥初既復，全體大用相爲流通，無過不及，而中道立矣。推而極之，位育之功，豈有外於此乎？苟或食息之不存，則隄防之決，積小成大；毫髪之不省，則一星之火，馴至燎原。

善養與不善養，得失利害，相去霄壤之懸絶，可不懼哉！

人之於物，貴莫重於玉，以其德也貴之，故佩之。右徵、角，左宫、羽，無故不去身，静而存之，節以禮也。趨《采薺》，行《肆夏》，周中規，折中矩，進揖而退揚，動而省之，和以樂也。君子所以防邪僻而導中正者，資於外物，猶且慎重若此。况夫吾心之善，非由外鑠，在己之功，可不致力於存省者乎？明善故家子，曾伯祖愚谷先生好作道學詩，曾祖松岡公學行稱于鄉。明善習聞家庭之懿，故於燕處不假禽魚花卉以自適，獨取『存省』二字揭諸楣間，俾朝夕接於目而著於心，求所以稱夫名與字焉。明善豈非好修之士乎？數載間，余養疾田園，明善入城，輒來謁見。言談進止，温然有容，善養之效，概可見矣。明善又能即人之生年〔五五〕、月、日配以七政，推測善惡、吉凶、貴賤、脩短，率有徵驗。或謂其亦由存省所致，然乎？否歟？

懿訓堂記〔五六〕

郡太守劉侯政務之隙，過淮言曰：『謙自幼爲先祖母鍾愛，甫十歲，先祖母遘疾且革，呼先父，指謙而囑之曰：「吾觀若子，貌端而質美，殆非常兒可比。稍長，當遣入庠序，從名師力學，冀他日以光大吾門閭，慎勿縱其狎習閭閻，而爲小人之歸也。」言訖而逝。謙尚闇劣，不知其心之悲切，稱之過望之深，而先人遵教惟謹也。永樂甲申，謙年十七，先父遣就郡學充弟子員。追思先祖母遺命，仰承先父訓飭之嚴、師友切劘之篤，黽勉努力，不敢怠忽。幸獲綴名辛丑進士第，知醴泉縣，擢任行在山西道監察御史。未兩考，復用大臣論薦，超陞今職。自顧才德凉薄，曷足以當此隆遇？夙夜兢惕，圖懷報稱未能也。緬惟先祖母提獎之命，克應於今日，益增感激。於是求善書者，大書『懿訓』二字揭諸楣間，朝夕省覽，不忘乎先德，且以自勉，庶或克有所就，以無負於萬一，此區區之志也。先生向嘗秉筆蘭臺，言足取信，願求片語識諸堂壁，俾先德久而愈章，惠莫大焉。』

淮聞之，躍然喜，作而言曰：『侯之先祖母太夫人，賢於人遠矣。知人一事，自古爲難，太夫人識若孫於孩童，灼知預見若蓍占龜卜，策定於俄頃之間，而兆應於數十年之後，自非平日明智超豁，其能然乎？人於臨終，神遷氣散，鮮有凝定而不昏亂者矣。君子道明德立，猶以爲難，太夫人於屬纊之際，耳提面命，不遑他及，惓惓以若孫爲言，弗遽弗煩，有倫有要，自非養之有素，曷克臻兹？嗚呼，太夫人以閨閣之秀，負此二難，賢於人遠矣！人於父母臨終之言，謂之亂命，倉惶聽受，鮮能記憶。侯之先府君切切佩服，遵奉以行，篤信其親，而孝情不衰，亦人之所難也。侯也以詩書致身，薦陟華要，而九泉遼邈，禄養弗逮，乃作懿訓堂，以見歸恩之有自，且以勉所不及。侯之致孝，可謂曲盡其道矣。』

淮又聞侯之壽母夫人，年逾八秩，康寧在堂。向嘗内相其夫，孝親教子，今焉安受尊榮之養，夫豈偶然哉？劉氏一門備兹衆美，推原本始，良由祖宗毓慶垂休，遠有端緒，而又遭逢聖明，涵育於覆燾之中，宜其獲福於天，如川流之方至，浩浩乎其不可量也。侯惟貞白一心，竭忠以奉國，則貤恩顯命，榮及先世，翹企可待，懿訓之堂，益有光矣。是爲記。

杏林春霽圖記

永嘉名醫陳時用甫，以仁厚之心，承家學之懿，惠及於人，未嘗言利。其子藴璧，克紹箕裘，綽有父風。德之者無以致其願報之誠，託畫士繪《杏林春霽圖》爲贈。而藴璧亦嘗景慕董奉故事，有契于心，仍大書揭于居室之楣。杏林而謂之春霽者，盖以杏於群卉中，獨得陽氣之盛，其色豔麗，於春霽尤宜。陽明發舒，生意暢達，醫家體物，於斯可驗。藴璧濟人利物之餘，燕坐斯室，披閲是圖，恍如置身于杲日和煦之中，丹葩緑葉，紛錯交敷，輝映左右，胸次悠然自得，其樂豈有涯哉？

董奉醫術通仙，人與之種杏者日益月盛，收實可以當公田，而又有虎守之異。或謂：『吾鄉非杏所宜，縱有之，亦不多得。而藴璧以杏林自況，按圖求索，名同事殊，何居？』夫善慕古人者，不于其迹，于其心，求之以心，則藴璧之與董奉，夫何間然之有？杏之有無，不足較也。方今大明麗天，群才彙進，藴璧〔五七〕當英妙之年，抱精詣之術，盍亦幡然而起，纓冠佩玉，從國醫之後，觀光都邑，振步赤墀，挹上苑之祥風，攄胸中之清思，其所得不猶愈於杏林之春霽乎？人子之孝，顯親爲大，藴璧〔五八〕勉乎哉。

許峰龍井禱雨感應記

正統丁巳八月初吉，縣令章惠〔五九〕遣儒士黄潛致書言於余曰：『惠於宣德癸丑叨承恩命，宰邑于平陽。視事伊始，適在三伏，旱魃肆虐，農人告災。躬率僚吏、士民，徧謁合境神祠，禱而弗應，乃諗于衆，僉〔六〇〕謂安陽有山，相去百餘里，昔許真君斬蛟於山顛，因名之曰「許峰」，其峰有井，爲神龍所居，歲旱，遠近赴禱，其應如響。聞之喜而不寐，遂戒釋道，嚴齋沐，輟俸錢，買薌幣，七月壬子，徒步而往。歷涉重岡，徑躋絶頂，果見山峰高聳，爲衆峰之最。峰顛有石塔，前有石井，旁刻石爲真君像以鎮之。井深不盈尺，而常聞流水潺湲之聲，上有陰雲凝結，狀如軒盖，寒氣逼人，信爲神物潛蟄之所居。於是炳薌秉燭，俯伏控告，約三日爲期，以甦吾民之憂。癸丑下山，甲寅乃雨，乙卯又雨，民以爲未足，戊午，甘霖大作，田之疊者合，禾之稿者興，舟楫疏通，物意和鬯，歲屢告登，于兹四年矣，是皆神之賜也。去冬秩滿赴考，今年六月辛卯還署，首詢民瘼，聞邑中自夏不雨，河澗絶流，炎暉赫談，林木焦枯，民心惶駭。惠又禱之各廟，旱勢滋甚。於是徑趨龍井，虔告如前儀。壬寅回，未抵城，霖雨隨至，田水盈尺，繼而小雨連日。壬戌，甘澍〔六一〕如注，晚禾復茂。官民忻慶，感神之德，不敢忽忘，相與捐資協力，構亭立石于許峰，式昭靈貺，垂示永久。大人先生俯鑒輿情，畀之以文，幸莫大焉。』

余惟有虞氏雩禜以祭水旱，周人祭天禱雨於舞雩之壇，近代有司憂旱，不敢僭儗，多求龍之窟宅而致禱焉，是亦以義起禮者也。蓋龍之爲物，淵潛天飛，霆驅飈舉，興雲雨於俄頃，靈變不測，而又必有神以憑之者，禱之固宜。許峰龍井，世傳許旌陽控御之地，其明靈顯著，宜非他處可比，叩之即應，聲傳響答〔六二〕，理信然也。《書》曰：『鬼神無常享，享于克誠。』《易》曰：『信及豚魚。』惠之宰平陽也，本之以仁厚，濟之以剛明果斷，視民之災，若疾疢在躬，表裏一致，無所勉强。蓋其誠信所存，默與神物孚契，宜其屢禱屢應，而民賴之以安也。聖治以勤民爲重，余故不辭而爲之記。

錦川蔡氏祠〔六三〕堂記

台之黄巖錦川里，有篤厚君子曰蔡槐玄𠕋，嘗與余訂交游之契，間遣冢嗣軒〔六四〕致書言曰：『槐先世由閩徙居，自十一世祖啓同居之義，厥〔六五〕後罹兵燹，族屬散處。大父蓮峰府君有志規復，未遂而卒。先考暨從父昆季協謀，克成厥志，族屬散而復合。槐於序次忝承宗適，繼述之責，不敢不勉。舊立祭田，積羸〔六六〕節費，增至數頃，斥廣庭宇，以處群從。居室之東構祠堂，合祀祖宗神主，而祭儀則一遵文公《家禮》，敢求先生爲記以昜後人，俾世守勿失。』

按《禮經》，古者諸侯有國，大夫士有家，皆得守其世禄，以奉宗廟。庶士庶人無廟，祭於寢，享止於考妣而已。後世廟制，非有命不得立，是又不獨庶士庶人之無廟也。嗟夫，孝子慈孫之於祖宗，欲盡其報本追遠之情，而分則有限，然於其所得爲者，可不加之意乎？於是司馬文正公、河南程夫子先後相承，斟酌詳定，始有祭於影堂之儀。乃以五服上至高祖，享祀自高曾而下爲四代，厚而不失爲僭，以達夫子孫欲報之心。朱夫子又損益爲祠堂之制，著於《家禮》，朝廷頒行，以詔後人，是皆以義起禮者也。

今玄𠀋之爲祠堂也，以生既合族會食，死必同堂享祀，故所奉之主〔六七〕旁及於宗親，此又以情而審義者也。義之盡，情之至，而報本追遠之道備矣。夫祖宗之於子孫，一氣之流通，而享祀必本於誠敬。一有不誠，則氣暴志驕，心神飛越，與祖宗靈爽判然不相關，乃欲備儀文，行虚禮，感應於俄頃，難矣哉！

玄𠀋以篤厚之資，齋祓將事。致愛致慤，不忘乎著存；僾然肅然，常形於耳目。故能以我之氣感召祖宗之氣，神其有不享者乎？矧又能增祭田以致粢盛之豐潔，斥庭宇以周族人之庇覆，可謂善繼善述，而克致其誠孝者矣。《詩》曰：『孝子不匱，永錫爾類。』嗣厥後者宜如何？其勉之。

黄巖縣重建廟學記

洪惟天朝，武功耆定，海宇寧謐，誕興文教，丕隆治平。制詔内外，建學立師，以育賢才。學立孔子廟，以脩祀事，俾知所本。列聖相承，飭勵有嚴，于今六十年矣。廟學歷歲既久，物不能終壯，匪賴良有司時加緝理，不幾於廢墜矣乎？

淮嘗承乏禁垣，具知崇儒重學之事。頃因養疾家居，國監舊同門友徐君德新，遣從子濬之，生員李[六八]克昌、張文致書言曰：『黄巖縣學在縣南百步，廢興靡常。洪武以來，風憲縣令遵承明詔，屢加脩建。然而地濱大海，每爲颶風摧毁。宣德三年，教諭楊資率儒流草創，未遂完美。今判府署縣事江右周君旭鑑，始由通政司幕僚來宰兹邑，莅事逾年，政舉民安，乃以廟學隘陋弗稱，規度重建。而舊址兩旁，久爲民居侵敓，按《圖志》悉復其故。於是鳩工庀材，次第營構。教諭孫友恭，訓導晏寧、胡球暨生員池謙、葛希濟董其事。中建禮殿，翼以兩廡，妥神有位，配侑[六九]在列。後建論堂、膳堂，周以齋舍。闢重門以固扃鐍，崇垣牆以謹内外，端衢[七〇]道以正步趨。塈茨瓴甓，黝堊髹彤，舉稱其度。庖湢、庫廩、什用之器，靡不畢具[七一]。經始於宣德甲寅二月，迄工於正統丙辰十月。躬率師儒，舍菜告成，邑人聚觀，罔不悦懌，咸請勒石紀實，以垂示將來。德新舊爲邑諸生，倦仕而歸，覩兹盛美，豈容隱嘿？用即輿情，敢求文于下執事。』

淮竊聞之，聖人立教，德禮爲本，政刑爲末，施之有倫，斯爲善治。旭鑑居職未久，即以興學爲己任，向非知本，其能然乎？是即所謂良有司者也。雖然，旭鑑之侈於是役也，豈直爲觀美之具而已？蓋欲作興斯文，激昂士氣，俾知所勉，以盡夫宰邑之職云耳。諸生夙興，展謁廟廷，仰瞻聖容之崇嚴，周視群賢之肅穆，得不悚然起敬，思所以自立？進就班列於講肄之堂，退復居業於燕處之室，分陰寸晷，不遑少懈。遜志敏學以廣見聞，砥節礪行以就德器，期爲他日進用之資，上副朝廷育才之盛典，下答賢判府作興之嘉惠。而大要一以誠爲本，反身不誠，徒事虚文以欺世駭俗，抑末〔七二〕矣。《記》曰：『師嚴，然後道尊；道尊，然後民知敬學。』又曰：『師道立，則善人多。』盖師者，生徒範模，反而求之，可不知所務哉？淮密邇鄰壤，稔知黄巖爲文物淵藪，曩時八行、立齋、納齋、壽雲、玉峰、泉溪諸先正，才猷著于當時，光華垂於竹帛，祠而祀之，孰曰不宜？比觀《登科録》，是邑賢俊〔七三〕多在高等，進進不已，前脩可跂，信所聞不誣矣。致勉之言，諄復不已者，尚有望於後之人焉。旭鑑爲邑多美政，欽承璽書，嘉勞超擢，而館閣諸名公復有賛頌之什，毋庸贅辭。

永嘉縣重脩廟學記

温郡城内外有九山，晋郭璞以爲上應北斗。城東山曰華盖，星之次爲文曲。縣學在其麓，人咸謂據得其地，未知然否也。廟學建有年，興廢不一，近歲颶風大作，頽弊滋甚。前太守侍郎何公經理脩緝，功將就緒，而公有陞擢之命。未幾，廟學復爲風所撓，門廡加損，禮殿梁棟亦就攲仄。

正統丁巳春，今太守劉公謙、判府劉公寬暨幕僚黄坪〔七四〕等來視學，太守公顧而歎曰：『廟學緝理未久而圮廢若是，兹乃督役者不能致謹，有負侍郎公之美意。若復因循歲月，必致摧敗而不可舉矣。』衆皆合辭交贊，亟命鳩工庀材〔七五〕，擇日興作。知縣周紀、縣丞方真、主簿周輔、典〔七六〕史黃琛承命惟謹，委訓導沈恂、王遠暨生員劉罕、金道進董其事，慎選耆士徐生、葉宗輝副之。朽腐者易以堅良，圻陊者加以縝密。丹堊塗塈，群工並施。禮殿像設，繪飾莊嚴。兩廡配享，舊畫壁間漫漶莫辨，今乃埏土，肖像冕服，悉依其爵。改創文昌、先賢二祠于中門之右，興〔七七〕文祠于學門之左。閲三月訖工，以八月丙寅〔七八〕日舍菜告成。

淮亦忝預班列，徘徊顧瞻，金碧璀燦，照映林谷，華蓋若增而高，文曲之星流煇炳耀，視昔有加矣。訓導及諸生李宗田等相與〔七九〕言曰：『斯役也，不獨易廢爲興，抑且增其未備。于以妥安聖靈，休庇生徒，扶植斯文之功大矣。盍謀伐石登載，垂示將來？』因屬筆於淮，俾爲之記。

淮聞地因人勝，古有是言。吾邦巨儒，前代姑置勿論。宋儒志王先生景山唱道學於伊洛未作之先，而爲理學開山之祖。是後若周行己，劉安節、安上，皆承伊洛正傳。吴表臣之論諫、葉適之宏博、蔡幼學之不避權奸、薛士龍之明於料敵，若此者更僕不能盡述。宜乎學士虞文靖公目爲杞梓茂林、鳳麟靈囿，豈非地因人勝之謂乎？諸生仰荷聖朝培養之深恩，又承郡邑官僚作興之嘉惠，當思報稱，期於無忝，必以禮義廉恥爲立身之大端，切劘淬勵以就其德器，朝益暮〔八〇〕習以充其才識，奮然以前脩自期，杞梓鳳麟殆將復見於今日，豈特華盖文曲增煇而已哉？

淮自成童，鼓篋邑庠，忝備賓興，叨膺科第，由兩制從事孤卿之後。今焉困於末〔八一〕疾，謝事家居。自念無實德而擅虛名，上負列聖之知遇，抱愧戰兢，惕然于懷。諸生入學，雖有後先，淮視之皆同門友。故因記脩學之事，冒進箴規之言。生也誠能致力於真知實踐之學，崇秩厚禄，不求而自至。由是攄其素藴，灼灼見諸事業，以爲斯文之光，庶幾無媿也。生其勉乎哉！

重脩巽山道院記

温爲山水郡，城之背負江，崇山四面環拱，内有小山聯絡而南，堪輿〔八二〕家以爲上應北斗。城壓五山之脊，四居城之外，其在東南者，當巽巳之位，號曰巽吉，石壁削翠，凌虚而起，秀氣特異。宋瓊琯白玉蟾真人煉丹于兹山之麓，郡人葉辰州嘗守瓊，與真人夙契，致政家居〔八三〕，以巽吉乃仙真遺蹟，不可褻慢，於是捨地以廣其址。好善者相與協力，構道院以脩祀事。中建寥陽殿，殿之左偏有璿璣閣，後有駐鶴亭，周以兩廡，闢以重門，山頂建玉樞殿，是爲嘉定〔八四〕九年也。至正間，殿宇蕪廢，前住〔八五〕持侯惟一重建。洪武初，住持吴守中增創佑聖殿、玄壇祠，而規模寖備。歷年既久，風雨振凌，棟撓梁摧，磚甓拆陊。住山副都紀陳昉慨然興〔八六〕懷，白于前太守何公文淵，事未舉，而公超陞刑部侍郎。推〔八七〕府曹公瑋署府事，昉復以爲請。推府公曰：『此賢守之志也，不可以不遂。』於是以其所積脩建嶽廟餘資白金八十兩，發揚興工。推府公又規資庀材，大舉緝理之役，富室有欲入貨泉以相其成者聽。慎選耆民葉俊、胡耕，副昉領其事。推府公政務之隙，時加程督焉。朽蠹者易之以堅良，坼陊者加之以縝密，傾者正，仆者起，繪飾塗墍，金碧交輝。厥功告成，而推府公已擢監察御史去郡矣。郡人遊觀者莫不仰其遺惠，喜其榮陞，而惜其不得終愛于我民也。殿後亭久廢，僅存遺址。今太守劉公謙適來禱雨，徘徊顧瞻，謂判府劉公寬及其僚佐曰：『此真仙棲神之所，庸可棄乎？』即日召匠計工，規畫締構，悉復其舊。昉以爲易廢爲興，非大願力，曷能臻兹？謀伐貞石紀載，垂示後人，俾嗣守勿怠。以淮世居是郡，克知故實，因屬筆焉。

淮謹按：昔在有虞，肆類上帝，而徧于群神。成周禋祀昊天，以至于山林川澤，祈禳禬禜，載諸《周禮》，具有典常，無非所以爲民也。洪惟我朝，稽古爲治，咸秩群祀，上嚴事天之誠敬，下資歛福以錫民。自永樂以來，屢頒詔旨，脩緝祀〔八八〕典祠宇，仍命訪求古跡靈壇，有司遵承惟謹。巽山道院在洪武中爲永嘉道教叢林朔望會衆祝聖之所，而又經玉蟾真人脩煉成功，遺跡具在，其觀宇豈宜廢墜？宜乎郡府官僚惓惓以脩舉爲任也。况郡城〔八九〕實郭璞之所規度，而以九山爲地勢關鍵，故名之曰『斗城』。魁星斟酌元氣，巽吉應在杓，提挈所繫，此又不可以不重也。今焉煥乎一新，而諸山亦爲之增輝，發祥集慶，詎有〔九〇〕涯哉？書以爲記，而繫之以詩曰：

斗城東南當巽方，杓星毓秀氣所鍾。六丁鑱削勞斧斨〔九一〕，丹崖翠壁相輝煌。瓊琯真人紫霓裳，遠來駐鶴雲爲房。丹成九轉飛紅光，層霄鸞馭參翱翔。遺此吉壤不可忘，琳宮屹然鎮崇岡。歲久頽廢數有常，不治坐見成蕪荒。郡府官僚友贊襄，鳩材陶甓堅且良。群工執役敢怠遑，植以巨棟承脩梁。雕楹藻棁連飛甍，氣勢直欲摩穹蒼。龍駕帝服丹霞幢，鳳麟驂乘五采彰。仙真冠珮翼兩旁，岳祇川后紛來從。雨師灑道塵不揚，洞鑒精誠臨下方。下與黎民降嘉祥，疫癘屏斥時雨暘〔九二〕。原多黍稷隰有秔，地清天寧民樂康。民樂康兮感吾皇，百神受職帝道昌。晨鐘夕皷聲喤喤，道流蕆事飛緑章，恭祝聖壽齊天長。

温郡廟學脩造記

温爲浙左望郡，其衣冠文物之懿，號稱『小鄒魯』。廟學在郡東南，位置崇嚴，規模宏麗，適與郡望稱。然而地瀕大海，颶風震凌，易於摧毀。頃者，太守何公文淵力圖緝理，工將就緒，而何公起赴超擢之命。既而颶風欻至，仄〔九三〕壞滋甚。未幾，今太守劉公謙由名法從以才能受薦，來掌郡事。視篆伊始，謁廟視學，顧瞻咨嗟。退而沈思殫慮，鳩資庀材，次第經營。貳守徐公恕、判府劉公寬、推府宫公安暨幕僚黄坪〔九四〕等先後繼至，合志協相，民不知費，工不告勞，底于成功。向之欹仄者易以堅良，崩隊者加以縝密，嚴飾像設，焕然一新。至於庫廪、庖湢，靡不完整。以正統三年某月日〔九五〕告成，凡在班列，罔不悦懌。論堂後舊有養源堂，頽廢有年，遺址尚存。教授何滸白於太守，公喟然嘆曰：『堂名養源，是乃居業藏脩之地，俾知治心而無慕〔九六〕乎外，徇名求實，庸可廢乎？』於是更圖興復，拓其舊址，構屋〔九七〕若干楹，高廣視昔加三之一，翼以旁室爲齋宿之次，揭扁于堂之楣，俾諸生有所警策，誠可謂不言而教者也。教授合師生等以爲斯役之成，爲惠甚侈，不可無述垂示將來，乃相與造謁請記。溍卧病丘園，疲薾庸談，不足爲軒輊，固辭不獲，而又喜郡之賢守貳爲政知所先務，於是昌言於衆曰：

國家設學養士，期得真儒爲用，資其素藴，以弼成治化，潤澤生民，豈真從事於記誦辭章之末而已？歷年既久，四方郡邑學政馴致淪斁，上煩聖慮，申晝教條，首言導之以孝弟忠信、禮義廉恥等事，使見諸踐履以端本源，至於程式之文，盖欲驗其造詣之淺深、心術之邪正、設施之當否，則以虚浮夸誕、套括僥倖爲戒。慎選風憲官，專任督察，而假以黜罷之權，視前代提學，厥任尤重。惟時又躋胡〔九八〕安國、蔡沈、真德秀三先生，以明道統，勵後進。嗚呼，皇上之崇重斯文、期待士子者，至矣，盛矣！諸生何幸，身逢文明之運，上承朝廷新政教以勵士風，次蒙郡府新廟學以作士氣，又值教授新政，浴德澡行，躬率四齋分教，以爲範模。生也盍因維新之嘉會，進趨乎禮法之庭，敦篤乎爲己之學，崇茂實，慎名檢，以副所望。其有超拔乎等夷者，益加振蹈，必求至於資深居安之域，他日遠大事業，拭目可待也。矧吾邦素以小鄒魯見稱於人，先正大儒，著美當時，垂休汗簡，項背相望，其流風善俗，豈有今昔之異哉？在乎諸生勉之何如耳。孟軻氏曰：『士何事？曰尚志。』《書》曰：『功崇惟志，業廣惟勤。』苟能奮志强力，則無所爲而不遂矣。溍，邑庠老生也，與諸子居聯桑梓，愛之深，故言之切，幸無以狂僭見詆，庸書爲記，并使後之人守而勿替也。里士徐生、葉宗輝承命督役，克勤厥事，亦不可不書。

怡静齋記〔九九〕

僕養疾丘園，屏處自晦。巡按浙江監察御史俞君立初按部至温，辱不鄙棄，枉騎惠訪。見其言温而氣和，色愉而禮恭，意其必有所養者也。别未久，大理評事張允庚錦還，持立初《怡静齋卷》求記。不敢以衰憊辭，因探命名微意，請得推本而論之，可乎？

夫天地事物之理，陰與陽而已。陽動陰静，相爲終始，如環無端，未有動而不静，静而不動者也。立初名齋之義，盖言未與物接之時，方寸之間，湛寂虚明，如止水之不波，是則所謂静也。静而存之，工夫縝密，不使纖毫邪僻奸于其中，則天君泰然，百體從令，和順内融，怡然自適。充積之盛，至於睟面盎背，殆有不可遏者，此皆心得之妙，非由外鑠而致然也。苟存養之功少有間隙，則凝冰焦火，淵淪天飛，絲棼而坌集，雖欲自怡，其可得乎？

立初既能養之於静，推之於應事接物，無所爲而不當於理矣。浙爲大藩，政號煩劇，立初下車，年未及期，仁聲義聞，洋溢乎列郡，民懷愛戴，奸欺屏息，豈非怡静以之爲〔一〇〇〕本歟？若夫諸葛武侯静以成學，前二記論之已詳，復何説焉？書以復之，未審以爲何如。

福聚菴興造記

四明福聚菴，在郡城中坤申之間。元至元開山，始於別源禪師，創建則任於普月，而普月實天童良源明剃度，是爲別源之嗣孫也。菴與闤闠接，地迫河渠，甃石爲堤以障之。於是搆材結屋，爲供佛之宇、棲僧之堂，齋厨、湢室悉具，然而弘廣之規未就也。

國朝歸併叢林，菴屬崇教寺。普月入室弟子承命主教席，其徒景昫、景皞。皞從師入崇教，侍衣鉢；昫奉師祖，仍住舊菴。天童典藏鑰者曰道臻，亦嘗禮月爲師，謝事來依，遂與昫偕領菴事。臻詳敏謙和，緇白歸心焉。既而月示寂，昫、臻同心協力，奮志圖爲，以廣前人之業。改創大雄殿，延袤若干丈，植木埏土，塑三世佛、文殊、普賢、觀音大士、阿羅漢及護法諸天像。殿後有隙地，檀越施財購得之，開拓舊址，建閣三間，上庋大藏經典，下奉浄土聖賢，繪飾塗塈，金碧煇煌。三門兩廡、雲[一〇二]堂齋室、庖湢庫庾，次第完美，而弘廣之規，視昔有加矣。既落成，昫報緣告盡，而臻獨主之。正統三年秋，復於東偏搆殿，別奉觀世音，以便士庶祈禱，仍開徑通出入。諸檀信歡喜讚歎，以爲興廢起墜，厥功甚侈，不可無述，垂示將來。因摭其事實，遠來求記。

余惟佛道崇虚控寂，未嘗涉於有爲，然其化導群生，則以慈愍爲世諦接引之機，盖欲恒河沙衆皆入於善，以求福田利益。朝廷謂其有陰翊王度之功，特設僧録主持教事，其屬望之意深矣。是菴處闤闠中，雖不隨流混俗，而崇信之者如親涉衹〔一〇二〕林寶所，脩持善念，惟利益之是求，名曰『福聚』，不亦宜乎？晌、臻遠嗣普月之後，不惟克勤繼述，而又能充廓莊嚴，以扶植教本，而臻之致力，視晌爲尤盛，是皆可書也。四明，浙左望郡，兹菴晨鐘夕鼓，爲延禧祝聖之所，而又得中貴人歐公爲之外護，他日剡奏上聞，獲蒙賜額，當與諸名刹相爲流亞，益隆益盛，久而弗替也。是爲記。

脩齊堂記

隱居之士日致其力者，身與家而已。身不脩則百行廢，家不齊則大義乖。求欲安榮以自佚，其可得乎？括蒼唐從善甫揭『脩齊』二字于堂之楣，期以自勉，可謂知所當務者矣。

余家與括連壤，頻年入覲，艤舟好溪之上，稔〔一〇三〕聞從善之爲人。襟懷曠遠，而持之以謙撝；言行相孚，而本之以仁恕。德之著于身者，昭然其靡違。冢嗣深，字懷遠，雅與余厚。觀其進止有儀，言詞簡静，而又優於文學，義方之訓，厥有自來。諸子亦皆振振守禮，不踰矩度，閨門内外，雍穆嚴肅，人無間言。教之行乎家者，秩然其有倫，身脩家齊，具有明效，名堂之義，豈虚語哉？雖然，脩、齊二事，固有人己之分，合而論之，則齊家必本於脩身。是故聖人彖《易》於《家人卦》，既曰『父父子子，兄兄弟弟，夫夫婦婦，而家道正』，又必致重於父母之嚴君。爻之『上九』，則終之以『有孚威如』之吉。『有孚威如』，反身之謂，未有身不脩而家齊者也。

或謂《大學》八條目，本末始終不可偏廢，從善獨舉脩齊，而遺其六，何也？蓋言脩身，則格致誠正，已在其中。從善隱居求志，未及乎仕，故因其所當致力者，但言齊家而不言治平。況齊家爲新民之首，而治平之道皆自此而推之。緩急先後，素位而行，揆時度義，各有攸當，何嫌之有？著之爲記，識諸堂壁，以解或人之疑，且以勉夫後嗣子孫，承休襲慶，益久益隆，又進而至於顯榮，以華其宗，庶幾斯堂之名爲尤著也。

東溪佳趣記

景物之在人，接於目則成象，會於心則成趣。象者，迹之所形；趣者，象之所感。之二者雖有内外之殊，然其脗合乎契，其理一也。温郡屬邑樂成，號佳山水。縣治左偏，水漫流而南，曰『東溪』。魁峰九牛，東眺聯絡于溪之上，巖巒峻拔，林木森鬱，獻秀旁出，溪因之而尤勝。邑之隱君子林阜士成居溪之滸，抵林麓不遠伊邇，面水背山，樂得其所，因揭『東溪佳趣』四字于居室，徵余記。

余遊鴈蕩，嘗憩士成室中，時秋霖初霽[一〇四]，溪流漲溢，如卷素練，走蜿蜒，奔放蕩潏，觸石而成聲。下至平曠，演漾紆徐，淵淪而成文。岸芷汀蘭，葱蒨馥郁；鳧鷖鷗鷺，翔集後先。漁舟釣艇，往來出没于烟雲晻曖之間，鳴榔棹歌交響互答。此皆余之所見聞者。若夫春陽發舒，花明川媚，赤日流空，風來冰面，雪霰交集，而瓊林素浪，光彩盪射，朝暮晦明，盈縮變化，各有常態，概可想見。士成目接心會，趣得而神暢，揭扁以志喜，豈虛語哉？

雖然，東溪之上，屋廬輳集，居者不知趣之所適，而獨士成得之，何也？豪家富族，沉溺宴樂而不屑顧，耕夫賈豎服勤所事而不暇顧，間有羈窮困苦，觸目無聊，而以歡爲戚者，亦多有之。惟士成也，絶外慕之私，胸次坦夷，無所繫吝，其於景物之孚契，不求趣而趣自足。况其精於繪事，當其心目融會之時，解衣盤礴，潑墨揮毫，元氣淋漓，逸態横出，爛然於几格。客至，投筆命酒，相與賡酬題詠，不啻聆鈞天於洞庭。然則同士成之樂，又未始無其人也，抑余尤有望焉。子在川上，歎逝者之如斯，孟軻氏於源泉而稱其有本，士成苟能反諸身而求之，則其天趣悠然，直與浴沂、詠歸同歸一揆，自得之妙，殆難以言語形容。姑述所及，以爲之記。

禎槐堂記〔二〇五〕

余退伏田里，會監察御史房君子儀巡按至温，首辱過訪。語次，作而請曰：『威年未齔，忽有一槐生于庭前，先府君以爲佳兆，培養愛護甚勤。柯葉日就蕃茂，津華暢達，異於凡植。威既成童，承嚴命鼓篋邑庠，出從師友請益，入聞過庭之訓，黽勉佩服，粗有成立。不幸先府君蚤見棄背，失所依怙，旁惶無措，於是作堂與庭樹對，用寓瞻戀之誠。宣德丙午，忝預鄉薦，不自意濫充舉首，談者皆以爲庭槐禎祥之應。時教授嚴公聞而喜之，遂命以「禎槐」名其堂。既而進試禮闈，登名科第，過承恩命，承乏憲臺。自惟叨陪官序，得禄弗獲致養，風木之感，怛然内疚。敢求先生一言識諸堂壁，俾子孫咸知所本，惠莫大焉。』

余喜而言曰：善乎，子之於孝思也！耆欲將至，有開必先，感應之理，著在經傳，不可誣也。槐稟虚宿降精，虚爲玄武七宿之中星，位近三垣，處得其正，孕而爲木，清氣逼囂塵，疑陰蔽炎暑。其花可以染正色，其莢可以已疾，蓋爲有用之材，非凡植可比。漢起辟雍，列槐爲市，古語有云：『槐花黄，舉子忙。』其事又與斯文相關，而適與子儀俱生並秀於積善之家，宜乎尊府君目爲佳兆，而培養之有加也。及乎槐黄届候，科甲成名，荷聖主之隆恩，峨鷹〔一〇六〕冠於殿陛，正言儻論，激濁揚清，得以行其素志，禎祥兆應，若合符節，惜乎尊府君不及見矣！子儀之追思跂慕，宜何如哉？

《詩》曰：『維桑與梓，必恭敬止。』桑梓由種而成，見之必恭敬者，蓋重夫父母之手澤也。況斯槐也，手澤雖同，而薰蒸於和氣，發舒於造化，不尤愈於桑梓者乎？既作堂以面之，又揭扁以昭之，于以著先德，旌家慶，垂示永久。尊府君音容雖遠，其靈爽豈不往來於斯堂之上？此余所謂子儀之善於孝思也。若夫晋公王〔一〇七〕祐，自以陰德在人，手植三槐，期嗣續之顯融，厥後子孫連秉鈞軸，迹雖異而理則同。子儀誠能益加進脩，竭忠奮力，以建功立業，超秩華要，復何讓焉？余雖老，尚當洗耳拱聽徽音。

友蘭軒記

天台李貴倫甫居委羽之陽、丹山之麓，軒前藝蘭成畹，常與之俱。一日矍然省悟，抵掌而言曰：『古稱取友，取之一鄉，取之天下，取之尚古。走也闇劣，取友於古，懵然誦其詩，讀其書，而未嘗挹道德之光，何以爲友乎？取友於天下，蝸居蟄處，足跡未經涉遠，安得而友之乎？取友於鄉，盍簪促席，亦復有時，豈能旦暮而相親者乎？然則相親於旦暮，昵而不褻，悅而不厭，惟吾蘭乎？吾其友之，不惟不褻不厭，且有益而無患。』於是求諸名公，大書『友蘭』揭諸軒以訂盟焉。其子克昌爲邑庠生，篤於嗜學，嘗往來吾家，間奉一卷，致乃父之意請〔一〇八〕記。

余喜而言曰：善乎，若翁之託物見志也！邃古聖人，開物成務，近取諸身，又必遠取諸物。其在於《易》，『山下出泉』，則擬之以『果行育德』；『麗澤之兑』，則資之以『朋友講習』。果行育德，進脩之事也；朋友講習，輔仁之謂也。貴倫取蘭爲友，豈徒然哉？亦欲資之以育吾德，以輔吾仁。善乎，若翁之託物見志也！人之取友也，率因氣類之相合。吾於貴倫，雖未獲半面之識，意其必清脩雅淡之士，不求媚而人自愛，不要譽而名自彰，與蘭之幽芳雅韻適相孚契，因而友之，孰曰不宜？《繫辭》有云『同心之言，其臭如蘭』，是之謂也。克昌爲其佳子，正猶蘭生庭階，苟能益加講習，進脩德業，日滋而日茂，他日芬芳暢達，致身明廷之上，輸忠效職，如階蓂芝草之獻秀，又如朝陽之梧桐，停鸞棲鳳，以明太平之盛，光華發越，未易量也，又豈直託志於蘭而已哉？因其請，併書以勉之。

小瀛洲記〔一〇九〕

禮部侍郎兼翰林學士王君行儉以余嘗與考文，執禮逾謹，間別五六載，遠隔七千餘里，音問相屬不倦。今年夏，以書抵余曰：『近於居室之旁搆軒數楹，列圖籍于左右，以備燕處。古稱藏書之所，比道家藏室，爰取斯義，名曰「小瀛洲」，蘄得一言以爲之記。』契好誠篤，不可固辭，方將次第敍述。

坐有客難之曰：『瀛洲，三神山之一，在瀚海東北五萬里。侍郎公居聯闤闠，又無陂池島嶼之勝，謂之「瀛洲」，何居？』余曰：『不然。善擬諸物者，不于其迹，于其心。于其迹，則天下庶事，萬有不齊；于其心，則託興寓情，殊途同軌。行儉淵沉簡淡，方寸之間無一毫繫吝之私，故其身雖列職於公卿，而胸次蕭閒曠達，飄然自逸於埃壒之外。當其退食之次，珂珮收聲，簪裳暫釋，披鶴氅衣，戴華陽巾，燕坐茲軒之上，或綴文，或賦詩，隱几支頤，濡毫運思，雕瓊鏤玉於道山，擷芳采秀於學圃，吸九霄之沆瀣，吐萬丈之虹霓。斯時也，神怡意適，物我兩忘，不知茲軒之爲瀛洲，瀛洲之爲茲軒，又何必駕飆輪，涉鯨海，濡跡於無何有之鄉，而後爲極致之歸也哉？況夫輦轂之下，通稱之曰「蓬瀛」。行儉里第，密邇東華，依日月之清光，挹瑞靄之芳潤，是乃蓬瀛之一曲，命曰「小瀛洲」，不亦宜乎？觀夫赤〔二一〇〕架牙籤，皆聖謨明訓，豈不愈於瑶編雲笈之誇大？朋儕文會，真列仙之儒，又異乎飾冠履、冒虚名之庸鄙。彼此相較，孰優孰劣？區區形迹，何以議爲？』

客曰：『先生之言辯矣，不敢固詰，然則侍郎公豈直欲以方外自處者乎？』余曰：『子不聞近古大儒孰愈於徽國文公？其在閩中，卜居雲谷，名其臺曰「懷仙」。徽國所以自處者大，豈有他岐之惑？蓋亦不過託興寓情而已耳。膠柱鼓瑟，安知變通之宜？』客唯唯而退。因述其問答之語，書以復之，未審行儉以爲何如。

温郡新建戒石亭記

皇上嗣承大寶，深惟治道之要，莫先於安民。屢下詔求賢，其有治行顯著，朝議推薦，始膺民社之寄，任至重也。兹者復敕藩憲郡邑，遵依往制，建戒石亭于廳事之前，勒銘于石，以示警省。郡守臣謙等欽承惟謹，厥工告成，乃屬臣淮記于碑陰，用示不忘。臣淮稽諸簡册，戒石有銘，始自近古，語繁而寡要，宋太宗芟繁就簡，僅存四語，即今所刻者是也。皇上舉以爲百司之勸戒，是即取人爲善之意耶？取善爲訓，何間古今？此聖心所以拳拳，而人臣所當敬承而毋忽也。然則四語之要，以不欺爲本，不欺是即盡己之忠。在己者既盡，則察之精而守之固，邪僻不敢奸，貨賄不能黷，不惑於邪，不溺於貨，則廉而公。公則生明，明則是非曲直、强弱利病瞭然於方寸之間。以之而臨民，則民遂其生，而怨嗟之聲不作；以之而事君，則食禄無忝，而爵位日益崇；以之而事天，則天心悦鑒，而福慶延于後嗣。古之循吏，率用此道，是以建功業，流芳聲於萬世，良可法也。

淮謝病家居，習聞吾郡時政之常。太守劉公謙歷任風紀，廉慎有爲，膺薦受任，清白一心，以率先於上。貳守徐公恕、判府劉公寬、推官宫公安，又皆同寅協恭，贊襄於下，以祗服明訓。四邑民庶熙熙然於春風和氣化日之中，一何幸歟！嗣是而來者，當取前人之善政爲法，而本之以至公無私，擴之以躬行實踐，期在事妥而民無擾，斯可以副朝廷屬望之意矣。苟或挾私縱暴，飾詐偷安，視斯銘爲虚文，國家之明法具在，可不懼哉！可不戒哉！

輔仁軒記

楠溪山水之會曰『嶺頭』，著姓潘叔軒氏世居焉。吾友紀善梅窗金公嘗館于其家，叔軒間以延賓之所請〔一二〕名焉，梅窗命之曰『輔仁』，盖取《魯論》之語，勗其慎於交友也。

夫友道之不振也久矣。世之人多喜佞諛而惡箴規，隨波逐流，淪胥及溺者，恬然無悔。聖人深爲此懼，法語拳拳，直指以示人，又列三益三損之目，使人知所向背，而相率以爲人也。其在於《易》：『陽爲君子，陰爲小人。』《復》之『朋來無咎』，以其一陽始生，同類漸進也。比之匪人，以其既在陰位，而又與上六相應也。近君子，遠小人，則吉；遠君子，近小人，則凶。此盖聖人進陽退陰之微意。聖遠言湮，末〔一二二〕世滋僞，至或以交友爲植黨，脅肩諂笑，酣酗縱誕，喜則飾詐以相樂，怒則反目以相噬，非徒無益，而其爲害也孰甚焉？又豈止於隨波逐流而已乎？

叔軒端厚敬慎，承文獻之故習，廣耳目於見聞，而又得梅窗與之講論，其於取友信不苟合，切磋之益，宜其日新而月盛，又何待余言哉？雖然，交友誠得君子矣，又必堅如金石，不可乍合乍離，泛泛如塗人之相視。昔晏平仲以善交久敬見稱，照映編簡，叔軒其勉之。叔軒嗣子宗烈，實梅窗之高第，其於輔仁之義，盍亦知所謹歟？

壽萱堂記〔一二三〕

括蒼麗水有好脩君子曰葉鉅伯廣，系出石林處士。自其高祖恕齋築居邑之風門山麓，鄉俗人重族望，稱之曰風門葉氏。伯廣事親以孝聞，痛念嚴父棄背，每興風木之感，偕其弟鏘事母惟謹，顔其致養之堂曰『壽萱』，以寓祝願之情。跋涉十舍許，來求記。

余惟五福著于『箕疇』，而以壽爲首，蓋以人有壽而後能享諸福，人子祝願其親，宜莫先於壽焉。祝願其親，不曰壽母，而曰壽萱者，《衛詩》有曰：『焉得諼草？言樹之背。』諼與萱同。背，北堂也。北堂，母所宜居。萱又別名宜男，有母道焉。名堂之義，其在於斯乎？人之善於保養者，必心安體適，神完氣充，而後可以躋上壽。苟役於思慮，欲心之安也，難矣。萱能忘憂，著於嵇叔夜之《論》。朱子釋《詩》亦曰：『萱草合歡，食之能令人忘憂。』伯廣或知乎此，於是騰植叢萱于軒楹之外，冀而母接于目，悦于心，以延遐齡於未艾，而謂之壽萱者乎？若然，則所以悦其親者，在物不在人，孰謂伯廣有是哉？不過託物以見志云耳。託物，古道所尚，又何議也？

『箕疇』之於五福，既首之以壽，而又次之以富，又次之以康寧、攸好德。壽非富，則生不克遂。余聞伯廣資業充盛，其奉親也，足以致肥甘輕暖，以適其口體；凉亭燠室，重裀疊褥，足以供燕嬉，安寢處；而又能先意承顔，不違其志，飭躬守義，不貽其憂。而母怡愉順適，端居於泰和之境，蓋有由然者矣。余又聞賢母安人年雖逾〔一一四〕邁，鶴髮童顔，聰明强健，而又素習內則、女教諸書，閫内之政，動合禮度，康寧好德，媲美聯輝，閭里族姻莫不稱道之。《經》曰『作善降祥』，又曰『仁者必壽』，然則令子之所祝願、安人之所自勗，天必默加相佑，而遐齡厚祉，豈有涯哉？余與伯廣先世有姻親之好，聞此嘉兆，踴躍振蹈，助爲之喜，用賦古詩五章以畀之，歲時節序，升堂上壽，歌以侑觴。詞曰：

煒煒叢萱，于彼北堂。而母壽愷，熙然春陽。煒煒叢萱，于彼堂北。睟然慈容，其儀不忒。兄弟具翕，母心孔懌。和氣致祥，覃被家室。戲舞班斕，左右奉觴。萱草獻秀，盛福莫量。流盼庭階，森森蘭玉。裔序承休，以嗣以續。輿論無私，惟善是屬。

八馬圖記〔一一五〕

浙江藩府方伯石公家藏《八馬圖》，屬記於余。

繪事雖一藝，而造詣精微爲甚難，蓋以筆端運動，而生意情態〔一一六〕存焉。畫法十有三科，風雲爲首。風雲無常體可擬，而變化在於俄頃，故爲上品。馬雖具形迹，然其骨格隱露，風神超逸，騰驤變化，與龍儷美，故畫者得其形似雖易，欲究其情態，則與風雲無差等也。

圖之馬，一黑五明，按足徐行，奚官雍容前引；一紫騮，素臉，胯上白花若雲兆，欲行而奚官後顧，鞚遏不得縱；一青驄，勢欲奪轡前馳，鞚者力與之争，轉首怒目以相視；一色白而微黄，奚官鞚駐，盻睞青驄之怒勢，却而未前。後四馬，一赤五明，一淡黄而黑喙鐵足，一深黄而銀鬃，一純色紫騮，皆調良馴習，而淡黄者昂首長鳴，亦有欲奮之意。奚官或持杖，或執刷，或提纓，狀多胡人，後一胡奴延頸仰視，似聽前之進退，其情態各有所安。

昔周穆王乘八駿巡幸，曰絶地、翻羽、奔霄、越影、踰輝、超光、騰霧、挾翼〔一一七〕，數與圖合。八駿物色不可考，不知果同歟？否乎？然而圖中奚官冠裳皆唐制，審爲唐馬，明矣。唐養馬最盛，張景順領其事，多至四十餘萬匹，牧於沙苑者，蕃息尤宜，選入天閑，皆超群絶類。畫工目其超絶，心領神會，寫之爲圖，以供珍玩，其數適與八駿同，亦未可知也。唐以畫馬擅名者，稱韋偃、曹霸、韓幹。幹惟畫肉不畫骨。此圖無題識，馬皆豐於肉，意爲幹之經營。然縑素色新，非古物，或後人得幹之本而臨摹之者歟？ 觀其用筆圓〔一一八〕勁，設色温潤而不滞，定爲佳品，孰曰不然？ 方伯公廉方而倜儻，英偉而卓越，寶愛此圖，以資公餘披覽，一展卷之頃，想其雄姿猛氣，振鬣揚威，追風掣電，瞬息千里，不覺心馳神爽，而奇懷壯志，悠然奮發，不爲無助焉。

淮也衰朽困弊，仰承天恩，賜歸田里，正猶馬之脱輿皂、謝羈靮，散步於長林豐草，爲幸多矣，復何望乎？ 撫卷懷慚，書以歸之。

順親堂記〔一一九〕

余嘗遊雁宕，道經樂成之瑶川，會陳仲軒甫率諸子候于道左，迎余憩其家。 是夕，焚香炳燭，宴于順親堂上。 余固知其善事父母，而能推其孝敬，達之禮讓者也。 余同門友知縣林文定與仲軒爲婚媾，間詣余爲之請記，誼不容辭，因諗其家世行實，叙次如左。

仲軒世居邑之玉環東墺，其地並海。 洪武中防虞海道，徙民居内地。 父母樂瑶川之勝，仲軒不違其志，殫力經營，結屋嶼山之陽，據風氣所會。 岡隴盤旋拱伏，溪流紆迴環抱，而嶼山端然中處，泉甘土肥，草木暢茂。 仲軒又植松萬本，蒼翠森鬱，交映軒窗之外。 父母樂得其所，以安其寢處。 昔在東墺時，田疇連阡陌，蓄聚甚殷，徙居後，貲業散落，仲軒偕其婦勤儉積累，日復充盛。 日具滫髓、服飾之供，豐縟勝常，承顔接辭，罔敢怠忽，父母忻喜過望，如是者殆二十餘年，相繼以壽終。仲軒仍於嶼山穿穴營葬，悉遵禮典，鄉里咸稱孝子。於是遠求禮部郎中黄養正大書『順親』二字，揭諸堂楣，以旌〔一二〇〕其善，而仲軒之令名聞于搢紳間，盖彰彰矣。瑶川爲往來要衝，仲軒不獨孝其親，而又能接延賓友，儒流貴客過其門，必款留，非但厚於供具，而情意藹然可挹。余謂其能推孝敬而達之禮讓者，豈虚語哉？然亦匪余之私譽，實公論之所通稱者也。嗚呼，仲軒可謂孝子者矣。

夫孝，天之經、地之義，而爲百行之原。故子思子論至誠之道，莫先於順親。孟軻氏推明其意，謂之悦親，而又曰養志，盖以志爲養則能順，能順則親心悦，要皆以誠身爲本。仲軒能順其親，而爲人之所重，則於其身庶幾能致其誠，抑豈無實而得此美名者乎？余又聞仲軒母安人朱氏逮事舅姑，舅嘗癰，攻刺不可忍，醫莫能治，朱氏吮其癰而不以爲嫌。舅嘗祝願之，大率如長孫夫人之所云。今〔一二一〕仲軒復以孝聞，人以爲舅氏之祝有驗，而天之佑陳氏者，未易量也。《詩》曰：『孝子不匱，永錫爾類。』爲之後者宜如何？其勉之。

頤齋記

古汴有好脩之士王道寧氏，名其燕處之室曰『頤齋』，馳書與其鄉友温郡太守劉公自牧求余記。按《説文》：『頤，頷也。』《易》六十四卦，《頤》居其一。以卦爻言，二陽含四陰，外實中虚；以卦體言，貞雷而悔山，上止下動，故爲頤口之象。口，食物而資養者也。《彖》云：『貞吉，觀頤，自求口實。』蓋謂觀其所以養身之術，得正則吉。由是推之，則『頤』之爲義，不獨致養夫口體，而以養德爲重也。養德之道奈何？察[一二二]動静之機，審義利之判，戒慎恐懼而持之以誠，懲忿窒欲而主之以敬，不使邪僻奸于中，驕淫暴于外。至於服飾、起居、言語、飲食，罔不致其謹。内外交脩，顯微一致，朝斯夕斯，無少間斷，由是和順内融，英華發越，斯可謂成德君子矣。

余聞道寧敦篤簡静，恥爲側媚之態，而又從事於學業。頤齋之號，信不虚矣。又聞道寧通習陰陽家説，其於《頤》之卦象，講之習而體之精，又何事余言哉？『歸而求之有餘師』，鄒孟氏云。

孝友堂記

天倫之目有五，而骨肉之親惟父母兄弟，是故《書》稱『令德孝恭』，《詩》美『張仲孝友』，蓋舉骨肉所重而爲百行之原，以示法於後人也。浙藩參議武公仲道按部至温，謁余而言曰：『達兄弟二人。兄宗仲泰，自幼聰敏，髫齔時即有大志，如老成人，智識超卓，勇於有爲。稍長，佐吾父理家政，無遺命，事上接下，咸適厥宜。達入邑庠，充弟子員，兄勗之曰：「長子克家，我之責也。揚名顯親，子其勉之。」達聽受惟謹。既而叨職于朝，不幸父母相繼棄背，服用所[一二三]需，惟兄是賴，供辦之勞，久而弗替，故達得以持循守約，專心所事，無内顧之憂。吾兄友愛之情，至矣盡矣。世之人得一衣一食，皆思有以致報，吾兄之所以恩我者，豈一衣一食之比？果何以爲報乎哉？於是闢一室，爲吾兄佚老之所，求名公大書「孝友」二字，揭諸楣間，俾夫盛德令望昭于今而迪於後，庶幾少伸區區欲報之心也。先生矜而爲之記，以發其私，惠莫大焉。」

余惟孝於親、友于兄弟，天理民彝之常，不待勉强而能也。奈何風俗之變，日趨於薄，紾[一二四]臂鬩牆，勃谿[一二五]誶語，見於經傳，已不能免。去古既遠，民俗益媮，求無愧於孝友尤鮮矣。若仲泰者，揆諸《詩》《書》之所稱美，如出一軌，復何讓哉？余聞仲道事兄率如其父，今雖遠隔數千里，一札見貽，兢兢然如親聆誨語，今又揭扁于堂，以彰賢兄之善行，一皆出於至誠，是皆可書也。嗚呼，泰也，道也，其即元方、季方之難爲兄、難爲弟者乎？覲是記而不興起焉者，吾未之信也。

校勘記

〔一〕敬鄉樓本下小字注：「按，此事《永嘉縣志》失載。」

〔二〕「包」，底本作「色」，據敬鄉樓本改。

〔三〕「齋」，底本作「齊」，據敬鄉樓本改。

〔四〕「如」，底本作「知」，據敬鄉樓本改。

〔五〕「包」，底本作「色」，據意改。

〔六〕「包」，底本作「色」，據意改。

〔七〕「西爽軒記」，底本脱，據敬鄉樓本補。敬鄉樓本下小字注：「按，平江伯陳瑄，字彦純，合肥人。子佐，字叔輔，宣德十年襲封。見《明史·功臣表》。」

〔八〕「氣」，敬鄉樓本作「氛」。

〔九〕「未」，底本作「來」，據敬鄉樓本改。

〔一〇〕「神」，底本作「講」，據敬鄉樓本改。

〔一一〕敬鄉樓本下小字注：「按，胡宗蘊，永嘉人；程南雲，南城人。皆永樂間徵爲中書舍人。南雲累官太常。」

〔一二〕「翼」，底本作「驥」，據敬鄉樓本改。

〔一三〕敬鄉樓本下小字注：「按，周述字崇述，吉水人。永樂二年，與從弟孟簡並進士及第，並授翰林編修。尋詔選二十八人讀書文淵閣，述、孟簡皆與焉。見史傳。」

〔一四〕「休」，底本作「林」，據敬鄉樓本改。

〔一五〕敬鄉樓本下小字注：「按《縉雲縣志》，陳京，宣德間任。」

〔一六〕「拆」，底本作「折」，據敬鄉樓本改。

〔一七〕「龔」，底本作「襲」，據敬鄉樓本改。

〔一八〕敬鄉樓本下小字注：「按，郡守何文淵字巨川，廣昌人，宣德五年任。《府志名宦》有傳。」

〔一九〕「世綵」，底本作「□來」，敬鄉樓本下小字注：「按，二字原本奪誤，孫校補。」

〔二〇〕「袖」，底本作「福」，據敬鄉樓本改。

〔二一〕敬鄉樓本下小字注：「按，陳光言名聳，永嘉人，永樂十九年進士。」

〔二二〕敬鄉樓本下小字注：「按，永嘉知縣何壽字叔雲，毗陵人，宣德間任。朱善繼、善慶亦皆毗陵人。善繼名紹，俱見後。」

〔二三〕「往」，底本作「注」，據敬鄉樓本改。

〔二四〕敬鄉樓本下小字注：「按，胡源潔名濙，武進人，爲禮部尚書。克恭，其弟字。」

〔二五〕「止」，底本作「正」，據敬鄉樓本改。

〔二六〕敬鄉樓本下小字注：「按，惟澄，永樂甲子舉人。見《縣志》。」

〔二七〕「述」，底本作「迷」，據敬鄉樓本改。

〔二八〕「石」，底本作「右」，據敬鄉樓本改。

〔二九〕「驚」，底本闕，據敬鄉樓本補。

〔三〇〕「下」，底本闕，據敬鄉樓本補。

〔三一〕「役」，底本作「後」，據敬鄉樓本改。

〔三二〕「奉」，底本作「秦」，據敬鄉樓本改。

〔三三〕「綏」，底本作「緩」，據敬鄉樓本改。

〔三四〕敬鄉樓本下小字注：「按《浙江通志》巡按，浙江御史王璉，丹陽人。攷《翰林記》，編修王璉宗器，長山人，洪武中御史，是另一人。」

〔三五〕敬鄉樓本下小字注：「按，章惠字澤民，全椒人。《平陽縣志・名宦》有傳。」

〔三六〕「躬」，底本作「窮」，據敬鄉樓本改。

〔三七〕「親」，底本作「視」，據敬鄉樓本改。

〔三八〕「簡」，底本作「蘭」，據敬鄉樓本改。

〔三九〕敬鄉樓本下小字注：『按，徐文玉名懷玉，永嘉人。見後墓志銘。』
〔四〇〕『野』，底本作『墅』，據敬鄉樓本改。
〔四一〕『野』，底本作『墅』，據敬鄉樓本改。
〔四二〕『淮』，底本作『推』，據敬鄉樓本改。
〔四三〕『簡』，底本作『蘭』，據敬鄉樓本改。
〔四四〕『持』，底本作『時』，據敬鄉樓本改。
〔四五〕『惡』，底本作『悉』，據敬鄉樓本改。
〔四六〕『負』，底本作『員』，據敬鄉樓本改。
〔四七〕『劍』，底本作『釧』，據敬鄉樓本改。
〔四八〕『雄』，底本作『難』，據敬鄉樓本改。
〔四九〕『介』，底本作『分』，據敬鄉樓本改。
〔五〇〕『往』，底本作『注』，據敬鄉樓本改。
〔五一〕『劌』，底本作『歲』，據敬鄉樓本改。
〔五二〕『客』，底本作『容』，據敬鄉樓本改。
〔五三〕『色』，底本作『也』，據敬鄉樓本改。
〔五四〕『含』，底本作『舍』，據敬鄉樓本改。
〔五五〕『生年』，底本作『年生』，據敬鄉樓本乙正。
〔五六〕敬鄉樓本下小字注：『按，郡守劉謙字自牧，祥符人，官御史，何文淵薦代。《府志·名宦》有傳。』

〔五七〕『璧』，底本作『辟』，據意改。
〔五八〕『璧』，底本作『辟』，據意改。
〔五九〕『惠』，底本作『思』，據敬鄉樓本改。
〔六〇〕『僉』，底本作『念』，據敬鄉樓本改。
〔六一〕『澍』，底本作『樹』，據敬鄉樓本改。
〔六二〕『答』，底本作『登』，據敬鄉樓本改。
〔六三〕『祠』，底本作『詞』，據敬鄉樓本改。
〔六四〕『軯』，敬鄉樓本作『評』。
〔六五〕『厥』，底本脱，據敬鄉樓本補。
〔六六〕『羸』，底本作『嬴』，據敬鄉樓本改。
〔六七〕『主』，底本作『生』，據敬鄉樓本改。
〔六八〕『李』，敬鄉樓本作『季』。
〔六九〕『侑』，底本作『有』，據敬鄉樓本改。
〔七〇〕『衢』，底本作『術』，據敬鄉樓本改。
〔七一〕『畢具』，底本作『卑其』，據敬鄉樓本改。
〔七二〕『末』，底本作『未』，據敬鄉樓本改。
〔七三〕『俊』，底本作『後』，據敬鄉樓本改。
〔七四〕『坪』，光緒《永嘉縣志》作『玶』。

〔七五〕『材』，底本作『林』，據敬鄉樓本改。
〔七六〕『典』，底本作『興』，據敬鄉樓本改。
〔七七〕『興』，底本、敬鄉樓本闕，據光緒《永嘉縣志》補。
〔七八〕『丙寅』，底本、敬鄉樓本闕，據光緒《永嘉縣志》補。
〔七九〕『與』，底本作『興』，據敬鄉樓本改。
〔八〇〕『暮』，底本作『幕』，據意改。
〔八一〕『末』，底本作『未』，據敬鄉樓本改。
〔八二〕『輿』，底本作『興』，據敬鄉樓本改。
〔八三〕『居』，底本作『君』，據敬鄉樓本改。
〔八四〕『定』，底本作『室』，據敬鄉樓本改。
〔八五〕『住』，底本作『往』，據敬鄉樓本改。
〔八六〕『興』，底本作『與』，據敬鄉樓本改。
〔八七〕『推』，底本作『摧』，據敬鄉樓本改。
〔八八〕『祀』，底本作『祝』，據敬鄉樓本改。
〔八九〕『城』，底本作『成』，據敬鄉樓本改。
〔九〇〕『有』，底本作『可』，據敬鄉樓本改。
〔九一〕『澌』，底本作『戕』，據敬鄉樓本改。
〔九二〕『暘』，底本作『易』，據敬鄉樓本改。

〔九三〕『仄』，底本作『庀』，據敬鄉樓本改。
〔九四〕『坪』，光緒《永嘉縣志》作『玶』。
〔九五〕『某月日』，光緒《永嘉縣志》作『八月望日』。
〔九六〕『慕』，底本作『幕』，據敬鄉樓本改。
〔九七〕『屋』，底本作『居』，據敬鄉樓本改。
〔九八〕『胡』，底本作『相』，據敬鄉樓本改。
〔九九〕敬鄉樓本下小字注：『《浙江通志》，巡按御史俞本，華亭人。』
〔一〇〇〕『之爲』，底本作『爲之』，據敬鄉樓本乙正。
〔一〇一〕『雲』，底本作『雪』，據敬鄉樓本改。
〔一〇二〕『祗』，底本作『祇』，據敬鄉樓本改。
〔一〇三〕『稔』，底本作『念』，據敬鄉樓本改。
〔一〇四〕『霽』，底本作『齊』，據敬鄉樓本改。
〔一〇五〕敬鄉樓本下小字注：『按，子儀名威，洛陽人。見後房公墓碑銘。』
〔一〇六〕『鳫』，底本作『薦』，據敬鄉樓本改。
〔一〇七〕『公王』，底本作『王公』，據敬鄉樓本乙正。
〔一〇八〕『請』，底本作『謂』，據敬鄉樓本改。
〔一〇九〕敬鄉樓本下小字注：『按，王行儉名直，泰和人。』
〔一一〇〕『赤』，底本作『亦』，據敬鄉樓本改。

〔一一一〕「請」，底本作「謂」，據敬鄉樓本改。

〔一一二〕「末」，底本作「未」，據敬鄉樓本改。

〔一一三〕敬鄉樓本下小字注：「按，葉伯廣名鉅。《麗水縣志・人物》有傳。」

〔一一四〕「逾」，底本作「迥」，據敬鄉樓本改。

〔一一五〕敬鄉樓本下小字注：「按《浙江通志》，明督撫都御史石璞，臨漳人，疑即此。」

〔一一六〕「態」，底本作「熊」，據敬鄉樓本改。

〔一一七〕「翼」，底本作「驥」，據敬鄉樓本改。

〔一一八〕「圓」，底本作「圖」，據敬鄉樓本改。

〔一一九〕敬鄉樓本下小字注：「按，仲軒名昂，見後墓誌銘。」

〔一二〇〕「旌」，底本作「旗」，據敬鄉樓本改。

〔一二一〕「今」，底本作「令」，據敬鄉樓本改。

〔一二二〕「察」，底本作「蔡」，據敬鄉樓本改。

〔一二三〕「用所」，底本作「所用」，據敬鄉樓本乙正。

〔一二四〕「袗」，底本作「胗」，據敬鄉樓本改。

〔一二五〕「谿」，底本作「蹊」，據敬鄉樓本改。

浙江文獻集成

浙江文叢

黄淮集

〔下册〕

〔明〕黄淮 著
湯志波 王子怡 點校

浙江古籍出版社

黄文簡公介菴集卷之九　歸田稿

永嘉石柱王氏義倉記[一]

聖天子嗣承大統，兢業圖治，重念民食之艱，制詔天下，思患預防，俾無困於飢餒，有司遵承惟謹。於是閭右之家仰聆德音，心懷感奮，願出穀粟輸于官以備儲蓄。温郡永嘉著姓王思昌，出穀三千斛，闢屋三間爲義倉，儲穀于鄉，以便賑恤。郡太守劉公謙暨邑宰周紀等上其事，朝廷遣行人范鼎賜璽書旌其義，勞以羊酒，復其徭役三年。郡邑推廣德意，高大其門閭，表厥宅里。屬鄉之耆艾某某專司出納之政，歲役丁壯二人，固扃鐍，嚴守護。思昌感恩隆厚，趨詣闕廷，拜稽稱謝。歸抵郡城，求余文爲記，勒石義倉，昭示將來，用圖永久。

竊惟成周之制，縣都皆有委積，以待凶荒。漢置常平，隋、唐、宋又益之以社倉、義倉，雖其立名不同，然其利民之意則一也。我太祖高皇帝嘗倣古法，立倉於各鄉，命鄉老掌之。惟時民受其惠，獲免流離轉徙之患。歷歲滋久，吏惰不恭，因循廢弛，名雖存而實則亡矣。是故在昔晦菴朱夫子記社倉而興『有治人，無治法』之歎，盖義倉之出納也，贏縮失宜，官民互受其病。至於勾稽督責，緩則恐致湮没而無以爲繼，急則民困誅求，比之稱貸富室，費或過之。向非歲致大侵，孰肯詣官告急哉？甚者假籍細民姓名，大發倉穀以資貨殖，或又轉貸於人，厚息肥己，其弊不可枚舉。向之廢弛多緣於此，是以必有治人，而後治法可行也。

近者朝廷廉知乾没之蠹，敕廷臣巡行，申布賙恤之令，仍按舊籍追責逋負，勤勞可謂至矣。自今而後，司出納者悉宜清白一心，毋蹈覆轍，毋啓弊端，毋縱奸，毋誨盜，以時斂散，贏縮得宜，定爲常規，俾官額無損，而民受實惠，上不負聖天子恤民之盛心，下不違郡縣之約束，必使思昌之義舉不至於隕墜，將見他鄉咸來取法，成周遺人之政，其庶幾乎？

余又聞思昌讀書力學，至老不倦，薄於自奉，而見義勇爲。其府君希文處士，樂善好施，鄉稱長者。思昌嗣承先志，又於倉之旁近立義塾，以教鄉之子弟。搆屋通道，爲客旅止息。捐田若干畝，以贍宿頓諸費。上下三渡，各造舟以利涉。是皆濟人之急務，牽聯得書，不没其善也。《詩》云：『瑟彼玉瓚，黄流在中。』其祐善之報，捷於影響。思昌獲福於天，固可必矣，若子若孫，盍思善繼善述，茂衍慶澤於無窮焉？

温州府永嘉縣義倉記

國家惠養斯民，以固邦本，恒恐閭閻阨於飢餒，不得以遂其生，上煩聖慮，宵旰靡寧。重念太祖高皇帝舊設預備倉廩，歲久馴致廢弛，於是慎簡廷臣，授以璽書，條畫事宜，分詣各道以經理之，仍命藩憲重臣之廉敏者以爲之佐。刑[二]部署郎中事員外郎劉廣衡承命往浙江，偕右布政使方庭玉、按察副使王豫協脩預備之政。

按行至温，集郡守劉謙暨僚屬同知徐恕、知縣周紀等，宣揚德意，仍召區里之長及鄉之耆民群聚于庭，諄切訓飭，益加詳焉。邑中富羡之家，仰聆玉音，感激奮勵，願出穀輸于官。未浹旬，得穀若干石。於是敕使同藩憲喜其民之效義也，勞之以酒果，榮之以繒綵，即日具名以聞。既而鳩工庀材，搆倉若干楹，以備儲蓄。欽遵敕旨，選忠厚公正耆民及殷富淳良之家，嚴慎守護，兼知出納之數。府委某官、縣委某官總其政，申明戒約，委曲詳備，大要以絶私無擾爲本。里社細民皆懽欣感悦，仰戴聖恩生成之賜也。郡縣樂其事之有成，徵文爲記，勒石以垂示永久。

淮惟成周縣都皆有委積，以備凶荒。自漢以來，迭置常平、社倉、義倉，大率皆倣周制。世殊事異，更變不一。皇上遠稽古典，近追祖宗成法，遣使巡歷，俻復舊政而光大之，俾得便宜行事，務期民受實惠。綸綍焕頒，而效義之民雲集響應，倉廪充實，賑貸於是仰給焉。《傳》曰『未有上好仁而下不好義者』，此之謂也。敕使同心協議，克稱任使，皇華輝赫，遐邇具瞻。郡邑官僚，祇承惟謹，不煩而事集；防閑有方，侵漁之弊消。於法皆當得書其義民姓字，具列碑陰，庶使觀者視倣興起，後克有繼也。是爲記。

楷木杖記[三]

陳端執中，温郡昆陽望族，由名進士歷仕幾十餘年，今以太平府通判致仕而歸。會余卧病丘園，執中念斯文之舊，特[四]來造謁。語次，出斯卷見示。蓋其在京時，國子助教孔氏系孫鐸，贈以楷木杖一，翰林學士錢君爲之銘，能言之士繼而有作，而復求余記。

余謂：古之重器，若商鼎、周彝，歷代寶藏而不敢褻。吾夫子之履，傳之千數百年，至元尚存，見於學士秋澗王公之《記》。焚香拜觀，起敬起愛，不于其物，于其德也。楷木生於孔林，與手植之檜聯芳並秀，於是取以爲笏、爲杖，豈直備夫一器之用而已哉？蓋欲秉是笏，執是杖也，恍若聖人臨之在上，一言一行，一動一静，靡不致其謹焉。苟爲不然，又豈必貴夫楷木者乎？

執中家食時，績學力行，著稱搢紳間；出而致力於從政，温良豈弟，民懷愛戴而不忍舍。今者倦仕而歸，執楷木之杖，逍遥於山林，豈徒藉此以扶顛持危？蓋必資之爲進德之規。圖惟厥終，於焉是託，余復何言？雖然，是杖也，棄之同乎寸莛，存之可以垂訓，後嗣子孫尚其勉乎哉。

全〔五〕椒縣學重建明倫堂記〔六〕

温郡昆陽邑宰章惠澤民謁余言曰：『惠，滁陽全椒縣學舊諸生也。廟學年久頹圮，縣令僚佐暨學官先後相繼，脩飭完固，而明倫堂傾仄弗支，且卑隘不足以序班列。教諭陳君信、訓道歐陽君欒謀欲改作，役殷費廣，無所仰給。惠適考績復任，便道歸省，學官率諸生過敝舍，致賀畢，乃以夙謀未遂爲言。惠探囊得路費餘資白金廿兩，俾啓其端。於是教諭、訓道各捐己帑，又倡率好義之士裒資庀材，而匠傭之資、食飲供輸之費，一出於縣尹留君衢，綱維程督，咸藉其力焉。肇事於某年某月某日，以某月某日訖工〔七〕。材甓堅良，規橅閎敞，視昔倍增。落成之旦，儒紳交慶。信乃馳書見屬，乞請于下執事，筆以爲記，垂示將來。諾而不拒，幸莫大焉。』澤民爲邑，優於政，其言可徵，故不復辭。

蓋嘗聞之『師嚴道尊，而民知敬學』，記《禮》者有是言也。全椒之廟學也，既就葺理，論堂〔八〕爲考德問業之所，弊陋滋甚而弗之顧，何以示尊年，施教典？徒存明倫之名，而無造就之實，諸生馴至於惰慢，宜乎職教事者惓惓於念慮，而未遂厥志。幸會澤民首倡大義，輿情翕然協贊，聿底于成。信乎人心易感，而興廢自有其時也。鼓篋之衆，日登斯堂，仰瞻講席之尊崇，洽聞法語之訓飭，惕然有警于中，盍思肅容定志，致力於孝弟忠信、禮義廉恥，務期真知實踐，以達于事功，上副國家之任使，下答義舉之盛心，庶使明倫不爲具文，而鄉黨宗戚亦與有榮焉，豈不偉歟？多士勉旃。

慕親堂記

孝子之於親，生而養，没而思，人道之常，不待矯揉而後能也。末俗時流，日趨於薄，生能善養，没能致其思者，鮮矣。没致其思而終身不忘者，尤爲鮮。然而天理民彝，則未嘗泯也。能於其心之所存，而必致其謹，其惟君子乎？

浙江右參議武達，字仲道，世居雲中，幼以孝聞。奉父命，鼓篋邑庠，孜孜不敢怠，遂領鄉舉，選授禮科給事中。馳書歸報厥父，趨京邸，丁寧致戒〔九〕，大要以廉慎爲本。仲道拜稽聽受。凡一舉動，即思父訓在耳，不敢有毫髮違越。父母遠聞佳音，食甘味，寢安席，泰然自適，此其能以志爲養者也。既而父母相繼淪逝，仲道哀毁逾制，人皆以爲難。宣德戊申，仰承聖眷，賜敕褒贈，上及父母，復得告歸，焚黄壠上，光賁九泉，人又以爲榮。而仲道則因恩榮之所及，慨念禄養之弗逮，構堂墓左，以奉薦享，揭『慕親』二字楣間，俾陟降瞻仰，如見親之顔色然，此其没致其思，思而終身不忘者也。間徵余文以自勗。

余惟孝爲百行之原，而莫大於顯揚，故善於終慕者，必反身而求之。《傳》曰：『將爲善，思貽父母令名，必果；將爲不善，思貽父母羞辱，必不果。』仲道英明儁偉，參贊名藩，廉慎之行，表裏相孚，民被其澤，盖能追守先訓，達之於事業，思貽之孝，可謂至矣。昔趙簡子誦訓甚習於父存之日，至今稱頌不已。仲道恪遵遺矩，無問存殁，豈不尤愈於簡子者乎？然其所謂終慕者，又豈徒馳心於恍惚杳冥之域而已？方今朝廷聿彰孝治，嘉答之命益久益隆，慕親之堂有光疇昔，翹企可待。姑書以爲記。

書畫船記

陸乘車輿牛馬，水乘舟，古之制也。余自筮仕以來，承乏兩制四十餘年，旦入禁垣，侍帷幄，薄暮還署，間嘗一使齊魯，以故乘輿馬之日多，而乘舟之日盖少也。頃因謝病還故里，頻年入覲，泝江入淮，以達于會通，非舟不可行。居鄉屏處先隴，往來湖山間，必以舟從事，與在職時事多相左，亦其勢然也。吾鄉湖中之舟甚偪仄，編竹爲篷，且易損，竊嘗病之。今年棐、槃二子以余齒高力衰，舟輕劣不足以制顛，更造新舟，頗寬廣，板上覆以蔽風雨，牖兩傍以便觀覽，與客同泛，可布十餘席，中設小榻，獨往可以備燕息，後闢行厨，可以供茗飲，爲余慮甚周，亦人子之至情也。

昔米元章名其行舸曰『書畫船』，至今以爲美談。余與元章無能爲役，然儒者出入，必以書畫俱，假名自況，無乃不可乎？嘗讀歐陽文忠公《畫舫齋記》，始則追思謫宦遠涉，觸蛟鼉，冒波濤，寢驚而夢愕；終則羨夫逃世江湖之上者，順風恬波，傲然枕席，一日千里，自顧有所未暇。余也既免蛟鼉波濤之危，又無順風千里之遠，天宇澄姸，徜徉乎近境。岸草汀花，前迎後擁，足以悦吾目；漁唱棹歌，交響互答，足以充吾耳。耳目各有所適，氣舒神暢，其樂陶然，於是絃琴賦詩，以發其趣，或與賓朋布弈傳觴，賡酬笑謔，視彼傲然枕席，孰優孰劣？向非得請而歸，乘輿策馬，追逐公卿之後，榮則榮矣，然非病夫所宜，何有於樂哉？是皆上之賜也。上之恩猶天然，言語文字豈能盡述？姑記所及，用以自慶云爾。

松竹軒記

『士何事？曰尚志。』騶孟氏有是言也。故善觀人者，審其志之所向，志向一出乎正，則其爲端士也明矣。浙藩參議武公仲道，昔嘗給事内廷，退處之次，搆軒數楹，窗牖之外，植松與竹，不雜以他卉，揭扁于楣，曰『松竹軒』。今〔一〇〕在藩府，居第宏敞，松竹尤盛，而軒扁仍其舊題，徵余記。

世之事侈靡者，惟肆情於穠麗。方春陽和發舒，群葩並秀，猩紅紺紫，争妍逞媚。豪夫俗客，張筵翫賞，日費千金，而又繼之以夜遊。松竹獨立於嚴冬，顧之者幾何人哉？夫卉木之爲物，各有常質，亦有常理。嬌豔者必柔脆，雅淡者必貞堅，其於人也亦然。陶淵明之愛夫松也，至提壺以撫寒柯；王子猷之愛夫竹也，至稱爲此君，何也？重其節操也。仲道於松竹兼愛之，開軒與之對，而又揭扁以昭其節操之不群，仲道於斯可見，豈非端人正士，介〔一一〕特而不可撓者乎？《詩》曰：『維其有之，是以似之。』

余嘗銘仲道先君子之墓，知其爲人淳厚端謹，聞子得官，亟趨赴京，戒其居職廉慎。今〔一二〕閲篇什所述，又知見官舍松竹，意厥子志尚不凡，喜動辭色。嗚呼，以仲道之美質，而又承嚴父義方之訓，隨物致勉，烏得不爲賢大夫哉？音容雖遠，遺訓猶存，因併及之，用示不忘。

芳瑞亭記

盈天壤間均是氣也，氣和則形和，形和則發爲嘉瑞，各以類應，理之必然也。括之麗水葉氏伯廣，世居風門山麓，堂構巋然於水光山色之間。前有池若干畝，日行南陸，薰風時至，池蓮盛開，爛若錦雲散彩。正統己未，發舒尤盛。中有一幹二花者，邦人聚觀，皆識爲瑞，歌咏以歆豔之。池之上有亭翼然，於是揭『芳瑞』二字于楣間，昭嘉貺也。既而伯廣又仰體皇上恤民之心，出穀三千斛，輸入義倉，以備賙急。歲庚申，池蓮復有二花並蒂之瑞。九月某日，欽蒙遣使頒敕嘉勞，表厥宅里，以旌其義。鄉之縉紳賛咏之詞有加於昔。伯廣與余有葭莩之親，遠來求記。

夫蓮爲卉物，而質獨異。其生也，出淤泥而不染，其中通外直，亭亭浄植於清漣〔一三〕之中，其華采静娟而不麗，其香遠而益清。濂溪周子他無所好，獨於蓮是狎，第其品爲君子，夫豈過譽而虚美哉？伯廣生長名家，風裁秀偉。兄弟二人，怡怡相友愛，事賢母於慈闈，備盡孝道。閨門内外，雍穆無間言。又能推所積以惠及鄉邦，和氣充溢，與天和脗合暢達，故蓮疊見二花之瑞焉。然則草木之瑞，若同穎之禾、兩岐之麥、連理之枝，載諸汗簡，其類不一。伯廣家庭，群植叢茂，而其兆瑞獨於蓮是徵，其故何也？蓋伯廣操履篤君子之行，宜與蓮比德，而花之駢頭合蔕，式表兄弟同心合志之美，各以類應，昭昭乎不可昧也。諸搢紳喜談樂道，言之不足，而又形諸詠歌，宜矣。他日增脩郡志，則旌表門閭，與芳瑞亭皆當大書，以爲鄉邦之光，又豈止詠歌而已乎？

余昔居兩制時，官舍之菊有一蕚二花者。謝事歸田，先塋之下，池蓮亦嘗並秀。以爲有所感而然歟？薄德寡祐，曷足以當之。以爲無所感而適然歟？菊之兆未浹旬，輒拜兼春坊之命；蓮之兆既形，屢沐〔一四〕寵恩，光昭蓬蓽，得終老以守祖宗墓隧。嘉貺〔一五〕敷遺，不敢忘也。吁，瑞應本乎天，而德之脩否責諸己。余也願與伯廣交相致勉，求無愧而已爾。請以是爲記。

思勉齋記

吉水胡紘求飭，宋忠簡公澹菴十二世孫也。余昔承乏兩制，與贈少師文穆公光大同官，求飭於文穆爲從兄弟行，時年尚少，未之識也。去歲冬，客遊抵温，偕文穆從子導、甥解震來謁，觀其質厚而貌莊，心竊愛之，因以其藏脩之所曰『思勉齋』請余記。

余難之曰：『心之官則思，思固由心出也。然必境與心會，心與事合，而後思及之。是故人品之不齊，而所思亦有異。達而在上爲公卿，則進思盡忠，退思補過，進退無不思也；伏而在下爲四民，士之思敬業而博習，農之思易田疇，工之思利器用，商賈之思逐便利、較贏縮，故曰「思不出其位」。子今舍素履而營營於道塗，乃欲致思勉學以自立，譬猶登太行而持車南面，不亦左乎？』求飭矍然進曰：『紘也忝生長文獻之家，幼承詩禮之教，而竊有志焉。不幸父母蚤世，志隳教弛，恐辱先訓，弱冠强顔爲童子師，以資斅學之半。既而自媿孤陋寡聞，矻矻窮年，徒懷面牆之嘆，奮然而起，假商自名，濡跡湖海，覽山川之奇勝以豁胸臆，親名師友以廣智識，雖於齋居曠隔有日，而所謂思勉者常惓惓不忘。昔人有帶經而鋤、挾册而樵者矣，所業與所學未嘗相戾也，願先生終惠教之。』

余曰：『子誠可謂好學者歟？造次顛沛，不離乎仁，子其近之。向之云然，姑試子以觀其志耳。然則思所當勉，不假外求。忠簡爲宋名臣，其立身制行，明白正大，如青天白日，有目所共睹。至論和議，侃然不避權奸，大節炳焕，照映千古。文穆生當盛世，出其素藴，魁天下士，進職中祕，端莊静密，不伐不矜，哀榮始終，代不多見。忠簡聞而知之，文穆則見而知之。原夫窮通顯微，固有定分，迹其心術操履，人皆可勉而至。鄒孟氏曰「歸而求之有餘師」，此之謂也。若夫聖賢垂訓，欲人致謹於思，不一而足。《中庸》之「慎思」，則爲「誠之」之目。蓋誠者，聖學之所以成始而成終也。子其勉旃。』

湖山八景記

欒成東鄙，左枕滄海，右連雁蕩，秀氣蟠結，萃于湖山。元時會稽王先生并軒來贅于陳，即其地居焉。并軒盖風流雅士也，因取其傍近耳目所及，可以暢倦而怡情者，目爲四景，曰沙頭酒店、山頂樵居、春潮黿嶼、秋浦漁燈。諸搢紳相與遊者，咸歌咏以發其趣，而天台馬與權詩尤超絶。元季兵燹熏灼，并軒之居翳爲草莽。其孫誠興廢舉墜，既遂完合，復求鄉先生葉君亮〔一六〕序其顛末。厥後世澤薦衰，日復淪圮，詩卷亦流落湮没。里人高汰宗浣乃祖孟實翁購得其地，於是審方面勢，經營締構，堂室軒館巋然於水光山色之間。以并軒舊所命題，求五峰李先生增而爲八，仍賦詩以張之。汰之先君子復圭翁又物色求其舊所遺詩文，得若干篇，珍藏于家。汰幸手澤之存，裝褫成卷，介〔一七〕鄉友林洪範求余文紀其事。

余惟世代有先後，人事有沿革，而山川之景物呈奇獻秀，無時不然，亦必待〔一八〕人而後顯。故古之名流雅士，寓跡所履，率皆標揭嘉名以立奇取異，若柳子厚易『冉〔一九〕溪』爲『愚溪』，蘇東坡易『獨山』爲『蜀山』之類是也。晋謝安石别墅在鍾山之陽，搢紳重其德望，名其墩曰『謝公墩』。宋王荆公繼處其地，賦詩與之争墩，其結語云：『公去我來墩屬我，不應墩姓尚隨公。』吁，荆公以間世雄才，豈真有所争哉？不過假墨以爲戲。且柳與蘇殆亦皆然也。彼若庸夫俗子，鬻人一書一畫，即刮磨其題識，而盖以己之姓字，余深嫉之。汰之先世得并軒故址，以創建居室，存其舊景而增益之，而又表章其詩文，不以爲諱，其事固不敢與前賢並論，其志行過於庸俗遠矣。若夫湖山地勢之雄偉、景物之蕃盛，葉序已詳。繼五峰而有作者，當於此而求之。

蕭山魏氏祠堂記〔二〇〕

古者家廟之制，大夫三廟二壇，適士以下，各有差等，庶士、庶人無廟，祭於寢，享止考妣而已。後世廟制，非有命不得立，是不獨庶士、庶人之無廟也。夫禮緣乎人情，而起之以義，所以報本反始者也。喪服上至高祖，而享有所不及，豈孝子慈孫之意哉？於是司馬文正公、河南程夫子相繼詳定，始以高、曾、祖、禰祭於影堂。紫陽朱夫子又略加損益，爲祠堂之制，著於《家禮》，而後孝子慈孫始得有以致其情也。國朝列其書於《性理大全》，爲萬世不刊之典，其嘉惠斯人之意盛矣哉！

吏部侍郎魏驥仲房，其先光州固始人。五世祖文昌，宋江淮制置司制幹，扈蹕至臨安，遂家焉。高祖有聲，元常德路判官。曾祖應，臨平務副使。祖毅，廣東鹽課司提舉。父伯雅，洪武初仕至寶鈔提舉司都監，以子貴，累贈吏部考功員外郎。叔父希哲，上高知縣，再徙蕭山。驥實其子，嗣伯父都監公後，於序次爲宗嫡。爰即其所居，構祠堂若干楹，祀高、曾、祖、禰，位次儀度一依《家禮》。又别爲一室，設二龕，一奉自固始遷錢唐、遷蕭山之祖，倣祭先祖之義，立春及忌日，出其主祭於正寢，易世不遷，使子孫知世業所從來。馳書徵文爲記。

余惟家廟廢而祠堂作，經三大儒而制始定，緣情以審義，因義以起禮，厚而不失爲僭。驥於四代之外，增祀始遷之祖，此又情之至、義之盡，報本反始之道備矣。雖然，禮有本有文，規制儀等，禮之文也；誠敬，禮之本也。祖宗之於子孫，一氣之流通，誠有不存，則氣暴志驕，心神飛越，與祖宗精爽判然不相關。乃欲備儀文，行虚禮，感應於俄頃，難矣哉！驥嘗爲太常博士，陞亞卿，存誠事神，講之明，行之習，其於祀先也，宜無間然矣。《詩》曰：『孝子不匱，永錫爾類。』子子孫孫，盍思纘承於無窮焉？

慈節堂記

人之大倫，處常非難，處變而能盡其道者爲難。觀於蕭夫人之淑德懿行，賢於人遠矣。夫人，浙江都指揮僉事蕭華之母也。蕭錦世族，華之先將軍，伏遇太宗文皇帝興師靖難，仗劍詣軍門請自效，累建奇功，授長千夫，益篤奮勵，以圖報稱，奈何天不假年，隕于行陣。于時華甫七齡，太夫人年纔三十有一，痛念良人弗克成其素志，猶幸忠於所事，而不失令名。即日輟華飾，揮涕淚，指天誓曰，期無愧於九原。煢煢艱棘中，竭智殫力，保護遺孤，底于成立。戎旅既定，朝廷論功行賞，追録死績，擢華爲通州衛指揮，進陞今職。華慨想先將軍音容日遠，幸侍慈闈壽康，愛日之誠，喜懼交集。於是構堂以奉甘旨，揭扁于楣曰『慈節』，昭賢德也。以余有一日之雅，馳書求文記其事。

余惟善觀人者，不于其常，于其變。人於平居無虞之時，自非下愚，孰不欲勉而爲善？及其遇事變，臨利害，困心衡慮以動摇其中，乖錯繆迷以牽制于外，能於倫理而盡其道者幾希。是故『疾風知勁草』，『歲寒知松栢之後凋』，具在格言，厥有以也。太夫人以閨閤之秀，罹凶禍，危迫甚矣，而凝然内固，秉節育孤，以圖存宗祀於垂絶，迓續世澤於無窮。其與程嬰存趙，人雖不倫，事則相類，豈流俗所能跂及者乎？

國朝旌表之令，厥有恒典。太夫人誓志之日，與令典相左，良可惜也。雖然，蕭氏一門，爲臣效忠，爲婦節〔二二〕，爲母慈，爲子孝，上下同德，無愧於彝倫，何其盛哉！華也不惟英聲著於藩閫，抑且才猷優於饋運，玉潔冰清，威惠並至，庶幾追蹤唐之劉晏，頌聲洋溢，上徹宸旒，行見超秩崇階，大攄素藴，以答殊遇，鳳誥頒恩，均被存没。斯時也，太夫人珠翟雲裾，拜命于慈節堂上，薦膺福祉，安享禄養，公卿大夫之家聿來取法，又何必表厥宅里，然後爲榮也？余不佞，請以是爲記。

尚志齋記

温之武衛同知指揮事陳文彦章，好脩之君子也，扁其居業之齋曰『尚志』以示警策，乞言廣其義。嗚呼，彦章之於學，可謂得其要矣。夫志者，心之所之也。心之所之，有公有私，有邪有正，高下美惡所由分也。昔王子墊問『士何事』於鄒孟氏，而答以『尚志』，請其目，曰仁與義。

推致其極，又以居仁由義爲大人之事。稽諸《魯論》曰：『志於道，志〔二二〕於德，志〔二三〕於仁。』言仁則義在其中，言道德則仁義在其中，聖賢授受，同歸於大公至正。君子之學，如斯而已矣。彼若小人，滅天理而窮人欲，所志日趨於陰險，淪於污濁，悻悻焉自以爲有得。譬諸涉遠，周行大道，平平蕩蕩，舍而不由，而以狹邪僻隘爲便利，披棘榛，觸蛇虺，愈入而愈深，愈趨而愈危，甚至於顛躓摧傷而不悔。何也？私意之惑人也。是故孟子既曰『尚志』，又曰『持其志』，持而尚之，則審之精，執之固，行之力，聖賢之域可以跂及矣。

余又聞儒先之論人品也，有曰：『志於道德者，功名不足以累其心；志於功名者，富貴不足以累其心；志於富貴而已者，則亦無所不至。』此三言者，高下之等，截然不相入，士之所尚，將安歸乎？彦章德厚而貌莊，言温而行確，雖居武職，儼若一儒生。閲習之暇，退處齋居，披經閲史，日求聖賢之格言、名臣之事業，冀有所啓發。或臨池學書，以究心畫之妙；或焚香鼓琴，以資養心之功。遇有端人正士過其廬者，款留談笑，孜孜求益；邪僻佞諛之流，屏斥而弗狎。由此觀之，則彦章之尚志，以公不以私，他日所就，其可量乎？

余昔濫厠朝列，嘗識其先將軍都督公。彦章莅事于温，迨將十載，以余爲父執，敬禮之誠，久而不怠，得非謙而有恒者乎？謙能受益，故記其齋，而規切〔二四〕之言居多，彦章其勉之。

温郡樂清邑白沙新城記

洪惟我太祖高皇帝承天命，握乾符，以統馭六合，内治外攘，具有成法。海宇四裔，聞風慕義，悉心内附。睠彼東南滄溟巨浸，茫然與天接，蕞爾之地，猥處海隅，而以國名者曰『日本』，即古之倭奴也，亦嘗上表稱臣，禀奉正朔。聚落散處對馬、一岐諸島嶼，頗近我邊疆。其人恃習波濤之險，乘風信，駕輕舠，竊發寇邊，雖莫我虞，不可無攘斥之備。於是命信國公湯和徙邊民跨海以居者，俾入内地，並海險要，連築城堡，集鎮戍以預防之，于今六十年矣。守臣習於因循，怠心日滋，慢藏誨盜，上貽聖慮。於是臨軒授敕，委户部侍郎臣焦宏、監察御史臣高峻，巡歷海道，便宜經理。

浙左温郡樂清邑，遠在東南海角，縣治三面薄山，東西二水夾縣市而出，水暴溢湍悍〔二五〕，不可爲城郭，無以保障居民。設有警，則訛言相警，不遑寧處。侍郎焦公、御史高公偕巡按御史李公璽躬臨省視，籌議備禦之方。主事曾翬、參政張珂、憲副王豫、僉憲陶成，各竭乃心，贊輔謀畫，按圖經、采輿論而審决之。僉謂縣之南鄙稍折而東，鄉曰『白沙』，海口沙磧平衍，無沮洳陷溺之險，永樂中，寇嘗泊舟登岸。並海有山曰鳳凰，山之麓地且寬廣，宜置城守以遏其衝。覆視允契，於是審方定位，大集夫匠，斲石于山，陶甓于野，掄材於四邑，旁〔二六〕及括郡，委府同知徐恕總督程工，守海指揮王政兼提督其事，通判吴寅、推官宫安佐理供辦，屬邑則分官以聽約束。肇事於壬戌臈月初吉，明年三月訖工。城周以尺計四千八百，環之以濠。爲門四：東曰新鎮，西曰永安，北曰清平，南曰定樂。門之上建重屋，以謹斥候。屋于雉堞之間，凡二十有八，以嚴徼巡。城内分畫街衢，中建公廨，列營于左右，調發官軍居守。既落成，老稚胥慶，咸謂自今得安於袵席之上矣。恕等造淮敝舍，徵文勒石，垂示將來。

淮惟國之大政，制治保邦於承平之日，唐虞三代率用此道。《易》曰：『王公設險以保其國。』又曰：『重門擊柝，以待暴客，蓋取諸《豫》。』是則城郭之固，尤國政之先務也。然而損益建置貴適時宜，庶合變通之道，又必委任得人，則事集而民不困。是故文王平玁狁之難，城于朔方而以南仲；宣王振中興之業，城于東方而以仲山甫。弘功盛烈見諸經傳，輝映千古。今上皇帝陛下鴻謀睿斷，度越前王。侍郎公忠厚而高明，御史公弘毅而博達，同德協心，底于成績。上答皇上付託之重，遠符聖祖内治外攘之洪規，損益變通，並行而不相悖。二公之功烈，視南仲山甫益有光矣。

《春秋》城某地，必謹書之，重其事也。淮也昔嘗承乏史職，今雖卧疾丘園，目睹盛事，喜邦人之奠安，不敢以衰憊辭，筆以爲記，俾後之人知成功爲不易，歲加繕治，一邑保障，永遠是賴，庶乎斯記不爲具文，且使異日脩國典者有所考也。若夫二公於江淮〔二七〕數郡，惠政非一，宜別有述。官僚致力於城役者，具列于碑陰〔二八〕。

歸厚堂記〔二九〕

關中篤厚君子曰徐恕，由鄉貢起家，筮仕之初，歷任懷慶、保寧、廣西三府同知，考績書最，賜食四品禄，遷浙左温郡。陛辭，陳乞還家祀先，宣昭寵命而後之任。上許之。忻躍感戴，促裝上道。及歸，沐浴齋戒，筮日于祠堂，具牲醴，潔豆籩，即墓所將事。登降祼薦，率禮有儀，致敬致慤，一本乎誠。鄉人聚觀，咨嗟歎羨，興起孝敬之心，咸曰：『徐氏有子矣，吾儕小人，曷敢不勉？』秦府永興王殿下聞而喜之，取《魯論》中語，大書『歸厚堂』三字，俾揭諸居第之楣間，仍書于卷首，啓發能文之士贊咏以彰厥美。恕莅事之暇，奉以視淮，屬筆紀其事。

淮惟聖人謂孝爲天經地義，百行之原皆由於此。記《禮》者叙《祭義》，極言孝道放諸四海而準，效莫大焉。恕能致力於孝，不惟示法鄉邦，施於有政，如風之偃草、水之東注，民德歸厚，自有不期然而然矣。淮以衰朽之躬〔三〇〕，養痾田里，幸覩睿札之光華，仰惟賢王之盛德，下以成人之美，上以贊輔國家化民成俗之善政，即一念所形，推而廣之，仁厚之心可以充塞乎宇宙。其視漢之河間、東平，未知孰愈。恕以厚德榮被褒嘉之賜，敬當寶愛，以垂示子孫，永爲世範。淮也竊有志于與人爲善，展卷濡毫，庸書爲記。

桃渚千户所遷城記

皇上統馭寰宇，孜孜圖治，擴天地之量，涵育庶類，皆欲遂其生息，以安享昇平之福。戎羌酋長，懷恩載德，輸誠奉貢，罔有異志。蠢彼倭奴小醜，僻在瘴海東南，散處洲島，與魚鼈爲伍，不務力本，惟事寇攘，非恩可懷，非德可化，所謂冥頑不靈者也。惟昔太祖高皇帝經營防禦，徙旁海居民于内地，連築城障，或各守信地，或交相應援，隨機制敵，法至密也。歷歲滋久，守臣溺於燕安，貪迷怠事。狐鼠之輩，睨鼎垂涎，心萌覬覦，外侮乘隙作釁。桃渚、大嵩二所先後爲賊鋒所襲，堠燧告警，居民怖駭。馹奏上聞，當宁惻然憫念，慎簡廷臣，授以璽書，俾之巡歷海道，便宜經理。於是户部侍郎臣焦宏、監〔三二〕察御史臣高峻承命以行。

宏、峻悉心殫慮，靡憚劬勞，躬涉鯨波之險，首視壁壘，脩廢舉墜，焕然一新。其有衝要當城而未備者，增益之；處非其地者，或併或徙，各適其宜。桃渚屬海門衛，城在臨海邑海涯之巔，勢甚孤危，適足以餌寇。且潮汐衝激，弗克寧居，乃集藩憲及都司官僚□□□□□□□□□□□□□□□□□□□□□□僉議内徙十里許地曰『芙蓉』。規畫既定，召匠掄材，乃築乃構，聿底于成，是爲某年某月某日也。侍郎、御史二公，馳書屬淮文以記之，用示將來。

淮聞《易》之《彖》傳有曰：『王公設險以守其國。』是則城郭溝池，國家之大政。二公之經理海道也，宜其汲汲以整飭城障爲先務，率循舊制之弘規，達夫變通之要道，仰副聖天子圖治保民之心。二公之雄才遠略，誠可嘉尚也。雖然，城得〔三二〕其地，固可爲不測之備，據城以却敵，則存乎其人焉。職居守者，盍思國恩之當報、國典之當畏，勵志自克，習兵法，備器械，練士卒，謹斥候，畜鋭養威以待敵。寇至，則審幾定計，以戰以守，恪遵朝廷之威令，致力弗懈，則城可保而賊可破，功可就而名可成。爵賞之頒，延及世世，信不負矣。苟或肆情於居安之日，而欲應變於倉卒之際，雖有萬雉連雲，徒爲誨盜之資，覆車之轍，明監不遠，可不懼哉！可不勉哉！記爲遷城作也，略於力役而詳於守備者，盖欲矯當時之弊，并致曲突徙薪之戒，覽者勿以余言爲迂。

具慶堂記

壽居五福之首，人所同欲，而尤爲人子之至願。然其數本乎天，非人力之可必，幸而得之，則其喜慶爲何如哉？温郡安陽邑庠教諭廖普，尊翁士弘處士，賢母安人林氏，俱年七十有五，鶴髮童顔，聰明康健，怡愉而恬熙，里人歆羨之。普家居時，扁其孝養之堂曰『具慶』，以志喜也。兹來典教，徵文爲記，將寓歸以爲親榮。余謝事退處田里，辱普候問甚勤，文不可辭。

夫人壽之不齊，而人子之願欲不能遂也甚矣。余嘗觀夫一鄉，偏侍、永感常多，而具慶者常少。自一鄉推而至于郡邑，幾何人哉？普當壯盛之年，父母同庚而偕老，其得於天者何其厚歟？盖人之壽數雖不可必，而感之則在於德焉，故曰德必有壽，又曰仁者壽。處士忠信愿慤，樂善而好施，遇人迫於危困，傾貲濟之，俾脱於難。貸不能償，裂券已責；貧無以資嫁娶，死無以備歛葬，咸仰給焉。縣治東一舍許，溪名『桃源』，橋燬於回禄，行者病涉。處士捐貲爲倡，勸率好義者各出所有，次第緝理。處士程工督役，不憚勞勩，凡七載而橋始成，名曰『永濟』。德之者刻其姓字于碑，示不敢忘。生平義舉居多，大率類此。安人爲婦爲母，咸底于道，又能以儉勤佐輔君子，成其周卹之志。伉儷諧協，匹休並美。天道佑善，綏以多福，同庚偕老，豈偶然哉？由是而彌壽彌康，躋于耄期，固可必也。

古之君子養老之節，載諸傳記，班班可考。歲時旦暮〔三三〕，賓對列席，孫曾滿前，必能遵承矩度，不愆于儀。然其要則以樂其心、不違其志爲本，是即孟軻氏悦親〔三四〕之謂也。普出仕于外，父母年高道遠，不能迎就禄養，盍思益勵乃行，益脩乃職，思貽父母令名，以是而悦其親，孝道之大，孰愈於此？他日譽望日彰，超秩華要，榮膺推恩之典，覃被所生，普也捧鸞誥以歸寧，服綵衣以獻壽，具慶之堂益有光矣。因其請，書以爲記。

怡親堂記

宣德間，頻年入覲，會忠義前衛千户劉海仲淵與余宗姪禮部郎中養正暨愚子采交好甚洽，因得造謁其母太宜人於怡親堂上。宜人時年七十，慈顔和豫，盎若春熙，意其德量淵静，而動息有養也。正統癸亥冬，仲淵之弟温客遊至甌郡，謁余敝廬，出示《怡親卷》請記。

余惟人子之事親，莫大乎養志。《中庸》言順親，《孟子》言悦親。順親即養志之謂，悦親即怡親之謂。順乎親而以志爲養，則親心無違，而怡悦之情自然徵諸詞色，此盖慈孝之所感孚，非由外鑠而致然也。然而養老之節具載傳記，不一而足，其大要不外乎此。

仲淵寬厚尚義，三弟濱、温、洪，亦皆淳謹好禮。痛不及致養於其父，幸而賢母太宜人康寧無恙，身膺命秩之華，孀居二十餘載。仲淵率諸弟之日侍左右也，孝敬兼至，不以口體之奉爲已足，孜孜焉先意承顏，順適夫志之所安，務得其歡心。太宜人亦忻然自慰，燕處之暇〔三五〕，顧盻叢萱之暢茂，仰視庭烏之翔集，含飴弄孫，笑語嬉嬉，不知老之將至。歲時上壽，珠翟雲裾，端坐堂上。諸〔三六〕子婦服斑斕之衣，以次序進，奉觴饋食，率禮無愆。和氣充庭，英華焕發。吏人嘖嘖稱道，士大夫咸加歎賞。大書『怡親』揭諸堂楣，以志喜也。是則余之志見有驗矣。

吁，太宜人之德量既足以裕諸己，而諸子之志養又足以順乎内，由是神完氣充，自中壽而躋乎上壽，詎可量哉〔三七〕？雖然，善養固在乎諸〔三八〕子，積〔三九〕慶則由乎先世。余聞仲淵乃祖捐軀捍難，以保全鄉井。乃父代從父從戎，際風雲之嘉會，奮智力於行間，不肆貪，不縱暴，全〔四〇〕活者衆，累官至千户，以啓佑厥後。仲淵襲芳紹美，嗣承父職。復值隆平之世，四方無虞，士馬寧息，得以所受之禄爲慈闈之奉。夙興夜寐，詎敢忽忘其所自，尚當益篤忠貞，以報國恩，以光前烈，亦是太宜人之志也，仲淵勉乎哉。記已，復繫詩五章，俾歌以侑爵。詩曰：

有煒者萱，媚于春陽。母氏燕喜，既壽而康。

有燁者萱，楣于堂北。喜溢慈顔，光昭翬翟。斑斕之舞，肇自往古。子婦率從，以壽而母。慶源伊何，維我祖考。國恩覃被，子孫是保。若子若孫，維忠維孝。錫類有永，曰天之道。

衍慶堂記〔四一〕

世德之家，積累固由乎前人，繼述則在乎後嗣，先後相承，始終無替，儲休委祉，愈久愈盛，此范氏衍慶之堂所以名也。范之先自吴徙閩，推厥慶源，遠有端緒。至千一府君，復自閩徙温之樂成。世尚德義，約己而裕人，善譽聞〔四二〕于邑里。四傳至一齋處士，追惟世德之宏深，俯念繼述之不易，取《文言》『積善』『餘慶』之旨，扁其燕居之堂曰『衍慶』，用以自勖，且以訓迪其子孫，俾遵承惟謹。然而不曰『餘慶』，而曰『衍慶』，何也？蓋欲因其所已然而迓續於將來，是即繼述之謂也，夷考處士之行可見已。

處士名觀，字以光，監察御史霖之先君也。天資粹美，襟量坦夷，孝友著于家庭，信義達於鄉邦。周人之急，無間戚疏，然亦必揆諸義之當否以爲張弛。略舉其大者言之：葬族人之不能葬者，五喪。婚嫁失時者，助之賄而贊其成。颶風起海上，覆蕩之庭舍，有挾妻子來〔四三〕依者，悉納之。飢與食，寒與衣，病與藥，存活居多。中有負其妻走處士，而母溺死不顧，痛責而逐之。鄰有兄弟異居，弟苦兄之暴虐〔四四〕而不能忍者，暮夜挾匕首欲肆無道。遇處士，避於路左。察其色，逆料其情，邀至家，喻以禍福，責以大義。其人拜跪出涕，棄匕首而去。處士秘而不洩。生平踐履篤實，率多類此。堂以『衍慶』名，豈虛語哉？霖爲冢嗣，由名進士任行人有聲，超陞今職。處己廉而慎，決獄明而恕，正色立朝，侃然有謇諤之風，可謂善繼善述〔四五〕，而無忝於祖考者也。

嗚呼，范氏世德之懿，祖宗肇慶於前，譬猶水之洊至習坎，匯爲廣淵；處士衍慶於後，譬猶疏濬隄防，而所積日益深固。霖也承慶源之汪濊，引而導之，其用無窮，澤物之功，於斯爲盛。將見錫祐自天，儲休委祉，萃于厥躬，其進未易量也。若夫《詩》所謂『勿替引之』，則有望於後之人焉。霖寓書請記，某與處士有夙契，誼不可辭，爰即見聞，書以復之。

平陽脩建廟學記

國朝秩禮百神，而尤重孔子之祀，天下府、州、縣皆設廟學，所以崇報本，宣教化，淑人心，養士興賢，以備官使。斯實名教所繫，而王政攸先也。永樂、洪熙間，詔令屢下，申明舊章。今上皇帝臨御，復降敕諄諭，皆以脩葺廟學爲首務，仍命風憲糾察其不舉者。平陽爲温之望邑，實文獻之邦，廟學在縣治坡南三里許鳳凰山之下，宣德辛亥，颶風大作，簸蕩震撼，重門、兩廡、神厨諸房舍皆就傾圮，惟禮殿巋然獨存，然亦蠹弊攲仄，不蔽風日，久而不治。

壬子秋，監察御史劉公督銀課于是邑，齋三日，行舍菜禮，徘徊顧瞻，喟然興嘆，諭新邑宰章惠、典史鄭驥生及教諭張隆董工脩建。材木、磚甓、礎石之費，劉公捐資爲倡，官僚、師生、耆儒、富室相率出財以給所需。劉公於政隙親臨指畫，弊者易之，傾者改創之，隘者拓而廣之，漫漶者飾而新之。迄工於明年夏五月，規模宏敞，欻然改觀，丹雘塗塈，焕乎一新。於是諏日之良，具牲幣〔四六〕告成于禮殿，登降序列，各有位次。退即講堂布席，舉爵以落之。衆皆歡欣踊躍，咸曰：『是役也，仰賴我侍御公克宣上命，導率有方，閭左不損錙銖，而工已就緒。文之于石，庶可垂于永久。』時教諭隆没，永嘉邑庠訓導馮瑗署平陽學事，具顛末，率學徒詣余求記。

某謝疾家居六七載，每聞詔令脩葺廟學，私竊感激，以爲尊崇聖道，致隆儒術，形於聖慮，念念不忘，誠曠古之奇逢也。既而詢諸旁近職有司者，貿貿焉以簿書期會爲念，其於宣德承休，漫不省顧，風憲巡歷視學，因循就簡，不加督察，致使日益廢墜，良可慨也。劉公，中州之俊彦，奮自學校，爲名進士，任耳目之寄。來平陽，初下車，即以脩葺廟學爲己任，可謂知所本矣。其成功速而下無擾，有猷有爲之所致也。邑宰惠、典史驥生及師儒等勤於趨事，是皆可書也。游學於斯者，食有廪餼，居有覆庇，瞻仰聖賢儀容，不違咫尺，當思奮勵激昂於成己成物之道，朝而益焉，暮而習焉，尊所聞，行所知，俾德有所成，業有所就，以爲待用之具，上無負朝廷崇儒重道之盛心，下無負賢侍御作興之嘉惠，是則余之所望也。劉公名謙，字自牧，河南祥符人，善政在民者甚多，與脩學無涉，故不書。

台州府脩建廟學記

浙江名藩，統郡十有一，而天台在浙左爲望郡。廟學在治東南百步許，經始於宋景定初元，規制宏敞，與郡望稱。歲久屢弊屢脩，元至正末，回禄肆虐，鞠爲丘墟。國朝洪武初，知府范明敬即舊址重建，復爲風雨震凌，脩葺鮮克有終。正統八年秋八月，洪水自群山奔放驟下，而颶風挾海潮迎合擁逼，决城垣，壞廬舍，廟學傾圮滋甚。守郡者漫不加省。貴溪周君旭鑑時爲郡倅，出掌黄岩縣事，政非己出。前守尋以事去，周君適當滿考，郡民列狀保留，藩憲上其事，聖天子俯從民欲，擢任知府事。於正統九年八月到郡，越三日，謁廟視學，顧瞻弊陋，慨然興歎，輒以脩復爲己任。聚財募工，咸有其方。閭右好禮慕義者願獻巨木，接踵而至。於是揆日庀事，躬莅篤勸。其施工也，先禮殿、兩廡、戟門、先賢祠，次論堂、東西齋，因其所存而精加葺理。朽蠹者易以堅良，坼陊者加以磚甓。聖賢像設藻飾崇嚴，圬墁彩繪，金碧交輝。論堂左右會饍、景德二堂，泮橋内外門凡三重，及神厨諸房舍，或斥廣舊址，或撤去腐敗，更新創造。又新建齋廬若干楹，爲諸生退息居業之所。祭器、樂器及他所宜有，悉皆完整。肇工於是年十一月初九日，畢事於十二月廿五日。躬率其屬，行舍菜禮，罔不歡悦歎羨。諸縉紳合辭謁請温郡判府吴公寅爲紹介，屬淮記之。

洪惟天朝稽古右文，政之大者，莫先於廟學。有司承流宣化，有恭有慢，學政以之而廢興。

周公向之署事黄岩也，廟學爲之一新。兹焉陞職郡府三閲月，而命工僅五浹旬，廟學歘然改觀，何其成功之速哉？稽諸往古，漢文翁守蜀，唐常衮觀察八閩，皆由興學致理，士風丕振。我朝聖聖相承，文德誕敷，遠邁漢唐。天台山水明秀，素稱文物之邦，而又得賢守以敏達之才，汲汲於祇承德意，成此盛舉，作興斯文，方之前烈，同乎否歟？自今伊始，巍巍廟庭，可以脩祀事，展參謁；奕奕堂構，可以正師席，課講肄。食有位次，居有庇覆，什器所須，各適其用，厥功侈矣。爲師者盍思攄誠效職，以圖報稱；振肅威儀，以嚴楷模。《菁莪》樂育，觀感興起，矯拂乎燕辟之私，敦篤乎爲己之學。教鐸之音，溢于四境，弁髦之士咸願負笈來游，濟濟蹌蹌，各執其業。異日大比興〔四七〕賢，群才彙征，有光於昔。政教所及，孰有加於此哉？老夫屏處丘園，相去十舍許，弗克舉爵爲賢守賀，爰述所聞，勒諸貞珉，用告將來，俾有所繼云。

杏林春霽圖記

余弱冠聞鄉之耆儒論精於醫術者，咸稱景齋陶先生。其爲人也，莊肅諒直，不屑屈己以求媚，叩之者户屨恒滿。今郡府醫學正科與讓，先生之裔孫也，承家學之淵懿，益肆力於群書，而芳聲日振。

今年夏，余館賓劉禧元吉二女相繼感患，延與讓藥之，輒愈。既而元吉患傷寒加劇，與讓循經審證，戒家眷勿怖恐，投數劑，厥疾釋然去體。元吉闔室感戴，欲奉幣〔四八〕爲謝，與讓堅却，不可浼，乃於篋中探得《杏林春霽圖》，裝裱成軸，徵余言弁其首，用致區區之誠。

稽諸傳記，廬山董奉愈疾不責報，德之者種杏以識其惠，久而成林。然而謂之『杏林春霽』者，杏於群卉中得陽氣尤盛，花色豔麗，悦情而炫目，陽明發舒，景與物遇，於事爲宜。李商隱詠之以詩云『日日春紅鬥日老〔四九〕』，此之謂也。以時序所屬推之，春於四德爲元，於五常爲仁。元者善之長，仁者愛之理，皆有生生之道存焉。杏林〔五〇〕敷榮於春霽，蕃盛獨異於常品，是皆神醫心術之所形，畫師繪以爲圖，可謂善於體物者矣。元吉感佩與讓愈疾，不可瀆以賄，而以此圖爲贈，蓋與昔人爲董仙種杏之事同也。與讓由世醫授官于朝，守職于鄉邦，非惟貴客、官僚資其調護，而闔郡士庶仰其惠利，厥功侈矣。趨事之暇，坐對斯圖，常若置身於祥風杲日之中，滿懷生意，庶幾與化育之仁有默契焉者。陰德之施，日積月盛，福慶豈有涯哉？是爲記。

題跋

題翠屏先生自製挽詩後〔五一〕

僕在太學時，維揚仲濂石公爲博士，編緝其先師翠屏張先生詩，鏤板既成，分惠一帙。受而讀之，如見先生高風雅裁，肅然起敬。宣德庚戌，卧病家居，先生之嫡孫典教温之平陽，間來惠訪，出示其乃祖自製挽詩。蓋先生在洪武初以翰林侍讀學士使安南，竣事而歸，卒于道，此詩乃其絶筆也。詩僅五十六字，而忠孝慈愛，清廉敬畏，昭然具見。字雖草具，而圓勁飄逸，如鸞鶴翔舞。非其平昔養之有素，浩然正大之氣至死不餒，其能若是乎？

古之人亦多有自著挽詩，皆成於閒暇，寓意以騁其詞。惟陶靖節祭、挽二篇，並出於屬纊之際。先儒謂：自孔子曳杖之歌、曾子易簀之言，繼之者惟靖節一人。愚謂：靖節没千餘年，踵其後者，翠屏殆不多見也。烏乎，連城之璧、夜光之珠，世人皆知寶而愛之，然而貴者可以勢求，强者可以力致，富者可以財購。先生絶筆，求以勢，致以力，購以財，不可復得，豈非張氏之至寶乎？某當什襲珍藏以貽後世，賢子孫時一披閲，得不感發而興起乎哉？

題虞環菴臨瑞菊詩文卷後〔五二〕

予在南京時，官舍歲植菊數十本。癸未秋，適有一蔕二花者，朝之士友過相推許，以爲兼職之兆，形諸述作，積成卷什。會環菴虞先生應召留京師，客館無事，取此卷盡臨之，真草篆隸，宛然無異。古稱善書，若斯、冰、鍾、王、歐、虞、褚、薛，而兼備諸體者，世不多見，借使有之，而運筆結體，習尚意度，人各不同，而先生乃能曲盡其妙，可謂難矣乎！雖然，先生學問宏深，持循精密，積厚而用周，的然可見於事業，豈特心畫所形而已哉？《詩》曰：『左之左之，君子有之。右之右之，君子宜之。』先生之謂也。若其閟所積而弗施君子，必有知先生者，僕故不論。

書顧仲華傳後

余讀《史記·魯朱家傳》及歐陽脩撰《連處士墓表》，見古昔仁人君子立心制行，未嘗不掩卷爲之三嘆。朱雖流於俠，然其用心亦可謂厚矣，未可以瑕瑜而相掩也。今觀太子賓客國子祭酒胡公、翰林五經博士陳公爲吳人顧仲華立傳，其孝義之事歷歷可數。信乎天理民彝之在人心者，不以古今而有異也。

先儒有曰：有所爲而爲之者私，無所爲而爲之者公。仲華見義勇爲，無間人之死生，又未嘗責報與否，豈非無所爲而爲之者乎？連處士善教其二子，曰：『此吾貲。』仲華之冢嗣暘嘗往來余家，資禀丰度，温然如玉。以父命從贊善王君汝玉、侍講曾君日章，昕夕不懈。王、曾既捐館，復從祭酒公請益，又從明師學醫以世其業。天與仲華福善之資，其不在於此歟？然所謂貲者，豈直貨賄而已？暘其勉乎哉。

題朱士真傳後

永樂甲辰冬，道經雙谿，翰林典籍致仕王君文英偕其姻親朱士真訪余驛舍。士真儀度脩整，器宇宏深，言動皆中禮，余竊識之。越三載，余以疾賜歸，復與文英、士真會，情好益洽。翌日，文英以所撰《士真小傳》求余題。

究觀其行誼，大節有四：孝友行于家庭，信義周乎鄰里，服勤儉以訓飭子孫，立義塾、嚴課試法以勸勵鄉之才俊。至行昭假，嘉禎沓至，里人所共覩。夫人有一善，猶足以華其身，況於衆善之中，舉其大者彰彰若是，其可不謂之厚德長者乎？士君子以尚厚稱之，信非溢美也。方今朝廷屢下求賢之敕，使其獲沾一命之榮，惠利所及，盖不止此。惜余力不足以振之，爲可愧耳。縣令郭廷瓚賢而好士，於士真尤加禮遇，然亦未聞所以振之者，豈士真之志與應山連處士或有同然者歟？連二子皆貴顯以世其家，士真裕乎後者，其可必矣，吾將於此以觀天道之定焉。

跋可郕記[五三]

右《可郕記》一通，元臨安尹芝田見山葉先生爲其鄉之隱君子可材翁作也。翁與先生同姓，名某，字某，别號可郕。其文學行業，觀諸記可知。勝國將墟，兵燹相仍，故家典章亡軼殆盡。是記也，亦毁于煨燼。其五世孫圭，思先德之綿遠，求遺文於散亡，乃於鄉之耆儒季和留公家得所存副稿，謄録成卷，謁諸名公題咏以張之。

予觀斯記，筆力簡潔，音調鏗鏘，其叙事若《盤谷序》，其論議起伏而卒歸於正，如陳後山之《思亭》、蘇長公之《思堂》，兼兹衆美，誠可謂傑作者矣。烏乎，明月之珠、連城之璧，雖溷之以砂礫，翳之以榛莽，其光輝發越，自有不可掩者。況可邨翁德澤深厚，既有賢孫汲汲於繼述，而又有季和博識雅裁，能成人之美，是宜斯記既亡而復得。珠還[五四]於合浦，玉存於崑餤，豈偶然哉？雖然，文者載道之器，所以扶世教，淑人心，非徒爲誇美之具而已。自圭而後，益思奮勵以世其家，以篤其慶，庶斯文爲不朽也。《詩》曰『子子孫孫，勿替引之』，是之謂矣。

題六檜堂卷

忿之激於中者，必徵於辭色。徵諸色，其發疾以暴；徵諸辭，其旨婉以深。稽之往古，藺相如忿秦之欺趙，欲以頭與玉俱碎，樊噲忿鴻門之背盟，拔劍瞋目以脅楚王，徵諸色者也；《國風》嘆薈蔚之朝隮，《楚騷》悲菉葹之盈室，徵諸辭者也。色之所發，雖足以快意於一時；而辭之所寓，誠足以垂戒於萬世，其淺深固不可同日而語也。今觀胡褒之《六檜堂》，其亦忿之徵於辭者歟？

褒，温之永嘉人。當宋運中微，屏處華盖山中，讀書自娱。忿秦檜之誤國，痛入骨髓，然而未能伸其志也，遂於堂階之下，手植檜六本，揭其扁曰『六檜』，盖以『六』之音與『戮』同，于以識夫檜之罪當致顯戮，冀他日得以酬其素願云耳。烏乎，褒獨何心哉？不得已也。當時有若胡澹菴者，上高宗封事，請以檜之頭懸之藁街，詞雖切而不見信，況褒未獲進用於朝者乎？後雖一出，竟以奸權妒嫉，僅至滁陽通判而止，徒使空言與《國風》《楚騷》同傳于編簡，良可悲夫！然其氣象從容，辭意懇至，後之覽者足以寒心而駭膽，誠非僥倖快意於一時者之可比也。九世孫鏞裒集成卷，鏞之子奥復求士大夫詩文以彰厥美，其亦善於繼述者歟？

跋晦菴朱先生吟室二字刻本〔五五〕

古者仁人君子於先世手〔五六〕澤，珍重愛護而不忍忽棄者，豈徒然哉？盖欲因之以想見其休光懿範，而起夫景慕之心焉耳。毗陵朱紹善繼，實徽國文公晦菴先生遺裔，嘗求得先生刻本『吟室』二字，裝潢成卷，謁明公題識，什襲珍藏，以爲家實，是亦古仁人君子之用心乎哉！先生以間世英傑，遠接洙泗、濂洛道學之統緒，發微探賾，以開示來世。至於書學小道，亦必究其端倪。嘗以顔魯公忠貞亮直，力倣其筆法，至於融會變化，自成一家。元秋磵王公嘗評之曰：『道義精華之氣，渾渾灝灝，自理窟中流出。』又曰：『道義之氣，葱葱鬱鬱，散於文字間。』可謂善於形容者矣。所書『吟室』真蹟雖不可見，即刻本而詳翫之，又見其稜然方勁，氣象溢出於筆鋒之外，如龍翔鳳舞，挹之者莫不歛衽起敬。善繼爲之嗣胤，宜其愛重而不敢忽也。予又聞善繼襟度閒曠，雅好吟咏，嘗同其弟善慶彙緝《鼓吹續編》，則其於『吟室』也，信不虚矣。若夫詩法之正變與夫作詩之矩矱，國子祭酒胡公叙述已詳，故略。

書陳智仲墓志後〔五七〕

古者量能授官，度德定位，後之有國者，率以此爲法。天台陳智仲氏德優〔五八〕才贍，剛柔寬猛，各適其用而各著其效，誠之所形，至於感神明。奈何僅占一命而止，有乖量能度德之意，人多惜之。殊不知天之所以嗇之者，適所以豐之也。

智仲不幸，生當元季俶擾之時，借使得一顯職，居一要地，不免爲柄臣沮梶，將焉用哉？雖以一命而歸，優游耕稼以樂其志，即此較彼，孰得孰失？迨入國朝，年雖未艾，而志已衰邁，不復有仕進意。厥子宗淵以善書爲中書舍人，端厚勤慎，問望日隆〔五九〕。朝廷推恩，錫以敕命，贈智仲官如其子。天之報施，不其厚乎？宗淵宜倣瀧岡故事，立石墓上，以彰厥美，以慰而父於地下。爲子之孝，孰大於此？尚其勉之。

書斗山蔡先生墓銘後

斗山蔡先生，鄉之篤厚君子也。淮垂髫時，受學于謙之汪先生，負笈往來，必經斗山先生門牆，見即斂衽祗揖，而先生和氣滿容，答禮惟謹，未嘗以少年輕侮之。間見其手書大字，濡墨灑翰，若不經意，而法度嚴正，波磔飛動，心竊願學，而力則未能也。

洪武壬戌，淮入邑庠，充弟子員。又明年，而先生捐館矣。追想遺風，未嘗不爲之興慨也。

先生家世遠有端緒，實爲宋尚書文懿公之五世孫、侍郎文惠公之玄孫。二公立朝大節，光明俊偉，表著當時，垂休胤祚。先生仰藉先德積累之舊，加以進脩培植之勤，而又得貞道之篤實清慎，以爲之嗣。貞道往矣，厥子遂生爲邑之耆儒。郡府政有謀議，訟有曲直，多咨詢之。遂生二子翻、翿，亦皆淳雅積學，爲童子師。是則先生上有所承，下有所繼，故其家聲久而克振。先達有云：『本之固者其末茂，膏之沃者其光燁。』詎不信然。《詩》之所謂『勿替引之』，則又望於後人焉。

書贈言卷首勉張童子

書爲六藝之一，學之者不惟謹其所尚，而又必敦其所本，庶乎得心應手，而爲世之所重也。昔晦菴朱夫子少時嘗學曹操帖，後感劉共父之言，舍操而學顏魯公，其去取盖可見矣。元翰林學士王秋磵亦以書名世，其評晦菴書：『道義精〔六〇〕華之氣，渾渾灝灝，自理窟中流出。』又曰：『道義之氣，蔥蔥鬱鬱，散在文字間。』是知作書不但精於八法，要必以道義而爲之本焉。張童子，質淳美可愛，年十二能書大字，筆法追倣柳公權，其慕尚可謂得其正矣。然於道義之所存，必在於真知實踐，如山之覆簣，積小以成大，豈淩厲躐等而可異其高遠哉？《易》曰『蒙以養正』，童子其勉之。

題栢山八詠後

古稱登高能賦，不過即其耳目所接，形諸詠歌，未聞分別〔六一〕品題，而限之以數，彼若《七發》《七乘》之流，蓋因其屬辭各有所寓，又非即景之可比。近代以來，始有『瀟湘八景』之目，繼之者又有『金臺八詠』，是後倣效沿習，皆以八爲準。今觀黄巖隱君子王晋庭温《栢山八詠》之什，或者亦欲追倣以儷美前人歟？抑其所居之地，景物可稱者適符其數歟？余不能知也。然而山川鍾奇孕秀，何處無之。行商坐賈，較錙銖於毫末；樵夫耕叟，疲筋力於晨昏。不惟不暇顧，盖亦不屑顧也。士君子氣質清夷，志尚閒〔六二〕雅，身之所處、聞見之所及，境與心會，而天趣悠然，皆足以爲毓德之資。《語》曰『仁者樂山，智者樂水』，此之謂也。宋之大賢若朱晦菴、陸象山，格言懿行，爲世範模。其設塾授徒必據鵝湖、白鹿名勝之區，俾學子居業游息於其中，以宣其鬱滯，以充其浩然之氣，豈非外助之一端者乎？彼若豪俠驕侈輩，藉山川物色以逞其宴樂，偃蹇嘯傲，流連光景，甚非吾道之所取也。

余與庭温，雖未獲半面之識，而樠菴粹公亟稱其爲人温厚簡重，不務外，不矜高，惟適所安，以盡夫職分之當然。信如所言，則其於栢山之八詠也，盖欲求夫麗澤之益以廣其德業，視夫流連光景者，大不侔矣。篇什諸作，殆將與古之能賦者争驅並駕，以副庭温之所望。予〔六三〕老且病，不能徧閱也。

跋鍾知縣梅月雙清圖〔六四〕

安陽邑宰鍾君尚清報政還署，過余敝舍，出示兵部主事孫君從吉寫贈《梅月雙清圖》，徵言識于左方。古詩折梅寄遠及擷芳采秀以相贈遺，不過託諸空言，豈若兹圖摹寫，常存於目睫之間。

梅以喻夫節操之不渝，月以喻夫高明之洞鑒，孫君可謂善於頌美者矣。安陽爲温之劇縣，尚清設施剸治，若庖丁解牛，綽有餘裕。盖其持己廉慎而一本於仁恕，智識超邁而不傷於苛察，由是民愛之如父母，信之如神明。此皆余之所稔聞，而又嘗從邑之篤厚君子虞君叔圓質扣其實，然則孫君梅月之喻，豈溢美哉？

古者好脩之士，槃盂、几杖皆有銘。尚清於公署軒楹、屏障，亦嘗昭揭訓語以示警策，其所以圖惟厥終者，又若是其至。將見嘉績日聞于上，超擢之命賁然下臨，調和鼎鼐，輿望所企，而攀轅卧轍，殆不可留，徒存梅月清輝，照映於無窮也。

書趙松雪刻本度人經後

右趙松雪楷書《度人經》，刻石在京口道觀中。余過丹徒，學官多以墨本見遺。昆陽黄漢陽與余有夙好，見其清脩苦志，耽嗜道典，因以此本贈之。漢陽裝褫成帙，求識左方。

夫道家者流，本於老子，其所著《道德經》五千言，求其要，不過曰慈、曰儉、曰不敢爲天下先，而謂之『三寶』。今觀《度人》之旨，率多隱祕，而與《道德》不類，其要安在歟？吾儒謂天道無親，而親之在乎敬；鬼神無常享，而享之在乎誠。漢陽遊心道域，朝斯夕斯，惟誠惟敬，神清志定，必有所契，又奚事贅言哉？然余之所知，亦止此而已。松雪字法精妙，學士袁公評之已審，殊非漢陽所尚，故略。

恭題宣廟賜謝環詩後〔六五〕

宣宗皇帝御極十年，海宇奠安，戎〔六六〕夷賓服。内外臣僚，各脩厥職，機務有程。居多暇豫，時游心於篇翰，雲章奎畫，冠絶古今。廷〔六七〕臣受賜，光華烜赫〔六八〕，歡動班行。錦衣千户臣廷〔六九〕循，起自儒流，兼習繪事。入侍燕閒，忠慎誠篤，簡在聖心。宣德癸丑重陽日，御筵之次，親灑翰墨，賦詩頒賜，昭異數也。又明年，宫車上賓，廷循披閲綸章，血淚滂流，以臣淮備員先朝，且有同里之好，出以見示。

竊惟臣之事君，獲展犬馬之力，斯乃職分之當然。先皇心同天地，細大不遺。遇有片善，褒嘉奬諭，至于再三，重則甄拔振舉，俾遂顯揚。體念群情，亘古莫倫。廷〔七〇〕循身逢盛世，得拜殊恩，衣被雲漢之昭回，餘輝覃及于子孫，其榮幸可謂至矣。尚其益攄忠藎，致力圖報於今日，庶幾禄位之隆，永永無替也。嗚呼，鼎湖日遠，弓劍莫從。臣淮幸獲拜觀宸翰，恍若仰瞻〔七二〕龍馭陟降於三光之表，追思感激，泫然流涕。熏沐濡毫，識于末簡，不勝兢惕屏營之至。

恭書巡海御史高峻欽受敕書後

聖天子仁育萬國，皆欲躋于壽康之域，孜孜夙夜，惟保養之是圖。比年守海武臣習於因循，廢職怠事。倭寇乘間竊發，用撓我邊氓。重煩聖慮，慎選職風憲而重厚有才略者，授以璽書，俾之提督海道，整飭兵政。於是監察御史臣高峻受命以行。既而復慮海道遼邈，兵政浩繁，再命侍郎臣焦宏緣海整理一應兵務，便宜行事，仍敕臣峻同心協謀，共成厥功。峻謹録副本，裝褫成卷，屬臣淮識于末簡，以便省覽。

臣淮拜稽披誦，伏見皇上至仁大德，與天地同其高厚；睿智旁燭，與日月同其照臨。玉音所述，諄懇詳備，實皆兵政急務。復假以便宜之權，盖欲其不爲遥制所拘。聖慮至深至切，蔑以加矣。宏、峻慤遵成命，親涉鯨波之險。首視壁壘，精究利害，隨宜廢置。次則閲兵器，練士卒，選舟師，習水戰，凡邊計未備者，靡不脩舉。其戰守方略，則又審幾預料，俾將校各有定志。近者寇嘗泊舟登岸，官軍力戰，賊徒敗衂遁去。我師氣益振，邊民有所恃而不恐，以有備也。宏、峻可謂能盡其職，而不負皇上付託之重矣！

昔在有宋，西羌趙元昊叛逆僭號，朝命韓琦、范仲淹充安撫經略招討使。二公沈幾達識，號令嚴明。居三載，士勇邊實，恩信大洽，屢抗驍勁，軍中有『驚破膽』『心膽寒』之謡。由是元昊恐悚悔罪，上表臣順。二公先後赴召，超職二府，秉鈞持衡，天下後世並稱曰『韓范』。然而西羌雖號勍敵，有險阨可守，有陸地可戰，有間道可追襲；東南巨浸，茫無津涯，風濤之險，非人力可制，倭奴小醜出没如魚鼈，罔測定蹤，智力所施，厥惟艱哉！宏、峻當法韓范之操制，而益加敬慎，大振威聲，播聞海外，俾狂虜心摧膽喪，削跡不敢涉吾境。是則軍法所謂：『不戰而屈人兵，善之善者也。』他日奏功于朝，超爵進禄，視昔有光，豈不偉歟？《書》不云乎：『罔曰弗克，惟既厥事。』勉之毋忽。

跋王少卿貓相乳卷

天以氣育物，氣和則形和，形〔七二〕和則發爲禎祥，各以類應，要其本則在於德焉。太僕少卿王君榮家畜二貓，各産子四，銜置于棲同處而同乳之。八子仰乳，亦不擇彼此，稍壯則追逐以相樂。烏乎，王君何爲而得此耶？王君際遇泰和之世，持身温厚，而厚飭自身，以達于家，雍穆無異辭。厥子琮以善書任中書舍人，事親至孝，處兄弟友愛日篤，長長幼幼，各得其情。熙煦〔七三〕而恬愉，以和召和，宜其禎祥協應，而兆徵於物類也歟？

或謂貓之相乳，世率有之，命之瑞何居？余曰：『若不聞乎，昌黎韓子，道學之大儒，當時司徒北〔七四〕平王嘗有貓相乳者，韓子歷舉司徒之德，以明感應召致之所自。韓子豈謬爲諛言以求媚哉？物之生，固有非常者，觀其所感何如耳。感之有其實則爲祥，感之與理悖則爲異。

貓相乳即有之，觀其所感何如耳。』余故書于卷末，以解或人之疑。

跋宋王盧溪簡〔七五〕帖

淮卧疾丘園，浙江僉憲彭君貫按行至温，示及家藏宋盧溪王公庭〔七六〕珪手札十篇及名公跋語。閲之盡卷，慨然興歎。士君子學以致用，不幸適丁世運中微，奸權賣國，志沮而不行，猶冀從容感悟，而大義可伸，故言者率抗志蹈禍而不懼。

及夫忠簡胡公以封事切直，痛遭斥逐，至再至三，盧溪知事之不可爲，而忠憤之氣鬱于胸中，故於忠簡之改竄新州也，一吐所蘊，賦詩二章以壯其行，由是坐貶辰州。詩聯所謂『癡兒不了公家事，男子要爲天下奇』，至今膾炙人口。在辰若干年，安於定分，浩若平居。形于簡帖，皆倫理之至情，靡有毫髮怨懟無聊之態，猶拳拳致勉諸甥孫姪向學。信道誠篤，無間險夷，養氣之功，於斯可驗，真可謂豪傑大丈夫者乎！

彭氏數世寶藏此簡，子孫多賢，良足歆羡。貫際遇聖明之世，進士起家，由内職出任風紀，英聲茂著，誠無負於盧溪期望後人之意。超秩崇階，翹企可待也。

恭題勅御史趙全録本

臣淮伏覩勅監察御史臣趙全璽書三通，仰惟皇上孜孜圖治，宵旰靡寧，萬機浩繁，悉關聖慮。況乎兵備實制治保邦之大政，鹽課非惟國計所資，而邊餉仰給尤賴乎鹽商之委輸，二者皆當時急務。然而歷歲既久，弊蠹滋深，天光下燭，舉無遁跡。於是慎簡憲臣之重厚有才識者，授以璽書，遣詣各道，究其弊源而釐正之。

於是監察御史臣全前後所受敕三通，其一則清理兩淮鹽課之命，其二則清理兩浙兵備之命也。聖訓諄諄，至詳至切，其矜恤之心恒存乎法制之中。臣全承命而往，廉慎以自持，嚴明以莅下，悉心殫慮，罔敢怠遑，革弊袪奸，舉無隱情。軍伍清而枉者伸理，鹽法復而商賈流通。其有冒犯私鹽禁令，一遵恩旨，去其太甚而卹其可矜。由是頑獷撓法者咸伏其辜，飢寒迫急者悉從寬貸。淮浙之民歡忻感仰，以爲朝廷付託之得人也。竣事復命，喜溢天顔，朝著咸加歎羨，全其榮幸矣乎！

淮以衰□退歸甌城，郡太守劉公謙舊與全同門，間過淮，談其清德，且曰：『全應會試時，道遇積雪遍野，伸指於雪上畫「丁未進士」四字。比試，果中前列，同行者皆賀其畫雪之應。』淮以爲非徒應於得舉，蓋可見其素志常存冰雪之操，故見雪之潔白無瑕，忻然與志合，心畫所形，成於俄頃，而御史之應，兆於將來。宜其在憲臺以能官稱，膺使命而無負耳目之任。《傳》曰：『有志者，事竟成。』豈虚語哉？全奉璽書録本，屬淮識于末簡，因併及之。全其益加敬慎，以答隆眷，則禄位之崇可冀也。

書晦菴手札後

徽國文公晦菴先生取友四方，多鴻儒端士，其於汪端明應辰、張南軒敬夫、吕東萊祖謙志同道合，契誼尤篤，而端明相知爲尤先。公執經於延平李先生之門，端明主閩之帥閫，會于寓舍西林院，輒驚異歎服，是後書筒往來不絶。今以《大全集》考之，僅存十四札，而此卷之札不預，則其亡逸者盖多矣。集所存者，或講明六籍淵微，或商度國家政體，或闢外學亂真，或審出處可否，與夫考制度、明禮樂、辨是非、别邪正，侃侃然一出於至公。卓哉，聖賢之格言也！

此札末書月日而不書年，中言『免喪』『竊餘庇』，公之先君子韋齋捐館時，未與端明遇，當是丁母憂服闋，爲乾道七年冬，發書在明年正月也。此時公與端明睽違日久，又聞其小恙，故拳拳於叙契闊、候安否，未遑他及也。深望其早遂卜居上饒，問道趨詣，以盡所欲言。公之篤志問學，年雖向邁，而不忘麗澤之益，宜其近接濂洛，而卒傳聖道於既墜也歟！

宋儒簡帖多尚行書，觀公運筆濡墨遠宗晋唐，側勒波拂，飄逸出塵，自有一種風韻。元翰林王秋磵嘗評之曰：『道義之氣，蔥蔥鬱鬱，散在文字間。』可謂善於形容者矣。鶴陽謝君志賢，文獻故家，敦厚而好學，久得此帖，珍藏惟謹。間嘗過訪，出以見示，肅容拜觀，心目爲之豁然。慨念頽齡之向暮，徒羡前脩於既遠，姑考其顛末，書以歸之。志賢益加寳護，以垂訓子孫，俾有所興起，南金大貝云乎哉？

題蒲萄畫

蒲萄本産西域，漢使張騫通大宛，得其種植於離宫别館。是後播植於四方，惟西北諸郡尤盛。善畫者嘗摹其形似，以爲清玩。宋僧温仲言日觀，號稱獨步。日觀善用草書法，揮灑殊不經意，而生意悠然暢達，信傑作也。元有杜本，亦以蒲萄著名，未嘗經目，難以評論。此本臨川後學□廷用追倣日觀，而用筆遒勁清逸，行枝引蔓，有條不紊，顆實匀圓，暈墨尤精，亦自有一種風韻。

甌郡幕長艾君世彰與少宗伯王君時彦同爲臨川郡人，王君德厚而行莊，其於取友，克盡愛助之道，念其睽離日久，遠寄此畫爲貺，仍題一絶，以發其所懷拳拳之情，可謂厚矣。世彰於案牘校閲之暇，退處書室，焚香坐對，不覺清氣襲人，恍若心交晤語之爲快也。若夫詩之所寫，諷詠玩索，宜有得焉，余復何言？因其請，書以歸之。

校勘記

〔一〕敬鄉樓本下小字注：『按，王思昌，《永嘉縣志・義行》有傳。』

〔二〕『刑』，底本作『邢』，據敬鄉樓本改。

〔三〕敬鄉樓本下小字注：『按，陳端、孔鐸皆平陽人。端，永樂壬辰進士；鐸，字循庵，永樂癸卯舉人。』

〔四〕『特』，底本作『持』，據敬鄉樓本改。

〔五〕『仝』，底本作『金』，據敬鄉樓本改。

〔六〕敬鄉樓本下小字注：『按，此篇《全椒志》略有異同，見孫氏校本，兹以無甚關係，不録。』

〔七〕『肇事於某年某月某日，以某月某日訖工』，《（民國）全椒縣志》作『肇事於正統八年五月十日，以九月九日訖工』。

〔八〕『論堂』，敬鄉樓本作『明倫堂』。

〔九〕『戒』，底本作『或』，據敬鄉樓本改。

〔一〇〕『今』，底本作『令』，據敬鄉樓本改。

〔一一〕『介』，底本作『分』，據敬鄉樓本改。

〔一二〕『今』，底本作『令』，據敬鄉樓本改。

〔一三〕『漣』，底本作『璉』，據敬鄉樓本改。

〔一四〕『沐』，底本作『木』，據敬鄉樓本改。

〔一五〕『貺』，底本作『呪』，據敬鄉樓本改。

〔一六〕敬鄉樓本下小字注：『按，亮，字明大，樂清宕陰人。』

〔一七〕『介』，底本作『分』，據敬鄉樓本改。

〔一八〕『待』，底本作『侍』，據敬鄉樓本改。

〔一九〕『冉』，底本作『再』，據敬鄉樓本改。

〔二〇〕敬鄉樓本下小字注：『按，魏驥字仲房，蕭山人，謚文靖。』

〔二一〕『爲婦節』，敬鄉樓本作『爲婦□節』。

〔二二〕『志』，敬鄉樓本作『據』。

〔二三〕『志』，敬鄉樓本作『依』。

〔二四〕『切』，底本作『助』，據敬鄉樓本改。

〔二五〕『悍』，底本作『捍』，據敬鄉樓本改。

〔二六〕『旁』，底本作『房』，據敬鄉樓本改。

〔二七〕『淮』，底本闕，據敬鄉樓本補。

〔二八〕敬鄉樓本下小字注：『按，焦侍郎宏，字克明，葉縣人。高御史峻，餘干人。』

〔二九〕敬鄉樓本下小字注：『按，徐恕，西安人，正統二年温州同知。』

〔三〇〕『躬』，底本作『蹤』，據敬鄉樓本改。

〔三一〕『監』，底本作『鑒』，據敬鄉樓本改。

〔三二〕『得』，底本作『德』，據敬鄉樓本改。

〔三三〕『暮』，底本作『墓』，據敬鄉樓本改。

〔三四〕『親』，底本作『新』，據敬鄉樓本改。

〔三五〕『暇』，底本作『以』，據敬鄉樓本改。

〔三六〕『諸』，底本作『朱』，據敬鄉樓本改。

〔三七〕『哉』，底本作『我』，據敬鄉樓本改。

〔三八〕『諸』，底本作『朱』，據敬鄉樓本改。

〔三九〕『積』，底本作『稷』，據敬鄉樓本改。

〔四〇〕「全」，底本作「令」，據敬鄉樓本改。

〔四一〕敬鄉樓本下小字注：「按，范以光子霖，字時雨。永樂丁未進士。《樂清縣志》有傳。」

〔四二〕「聞」，底本作「間」，據敬鄉樓本改。

〔四三〕「來」，底本作「采」，據敬鄉樓本改。

〔四四〕「虐」，底本作「雲」，據敬鄉樓本改。

〔四五〕「述」，底本作「迷」，據敬鄉樓本改。

〔四六〕「幣」，底本作「弊」，據敬鄉樓本改。

〔四七〕「興」，底本作「與」，據敬鄉樓本改。

〔四八〕「幣」，底本作「弊」，據敬鄉樓本改。

〔四九〕「老」，敬鄉樓本作「光」。按，明嘉靖本《李義山詩集》作「日日春光鬥日光」。

〔五〇〕「杏林」，底本作「林杏」，據敬鄉樓本乙正。

〔五一〕敬鄉樓本下小字注：「按，張以甯，字志道，古田人。著有《翠屏》等稿。孫隆，字仲載，福安舉人。宣德間爲平陽教諭。」

〔五二〕敬鄉樓本下小字注：「按，虞環庵，名原璩，字叔圓。永樂中以楷書薦，與修《永樂大典》。《瑞安縣志·隱逸》有傳。」

〔五三〕敬鄉樓本下小字注：「按，葉見山，名現，青田人。《青田縣志》謂爲南安尹，此作臨安，未知孰是。」

〔五四〕「還」，底本作「遷」，據敬鄉樓本改。

〔五五〕敬鄉樓本下小字注：「按，朱紹，字善繼，江陰人。」

〔五六〕「手」，底本作「乎」，據敬鄉樓本改。

〔五七〕敬鄉樓本下小字注：「按，智仲子宗淵，本墨匠，善書。文簡爲脱匠籍。見《甌海軼聞》引《懸笥瑣談》。」

〔五八〕「優」，底本作「擾」，據敬鄉樓本改。

〔五九〕「隆」，底本作「降」，據敬鄉樓本改。

〔六〇〕「精」，底本作「粹」，據敬鄉樓本改。

〔六一〕「别」，底本作「列」，據敬鄉樓本改。

〔六二〕「閒」，底本作「聞」，據意改。

〔六三〕「予」，底本作「於」，據敬鄉樓本改。

〔六四〕敬鄉樓本下小字注：「按，鍾名沔，泰和人，《瑞安志·名宦》有傳。孫從吉名隆，瑞安人，尤善畫梅。」

〔六五〕敬鄉樓本下小字注：「按，謝環，字廷循，《永嘉縣志》作德環，以字行，號樂静。居枏溪。《人物·藝術》有傳。」

〔六六〕「戎」，底本作「或」，據敬鄉樓本改。

〔六七〕「廷」，底本作「建」，據敬鄉樓本改。

〔六八〕「赫」，底本作「赤」，據敬鄉樓本改。

〔六九〕「廷」，底本作「建」，據敬鄉樓本改。

〔七〇〕「廷」，底本作「庭」，據敬鄉樓本改。

〔七一〕「瞻」，底本作「膽」，據敬鄉樓本改。

〔七二〕「形」，底本作「刑」，據敬鄉樓本改。

〔七三〕「熙煦」，敬鄉樓本作「雍熙」。

〔七四〕「北」，底本作「壯」，據敬鄉樓本改。

〔七五〕「簡」，底本作「蘭」，據敬鄉樓本改。

〔七六〕「庭」，底本作「達」，據敬鄉樓本改。

黄文簡公介菴集卷之十　歸田稿

碑　誌

一齋范處士墓碣銘

宣德丁未春三月朔旦，廷試天下貢士，臣淮忝預讀卷。温郡奏名者二人，賜同進士出身，欒成范霖其一也。霖既拜命，復承恩例，歸榮鄉里，益培其所學。余亦以養疾還家，屏處先塋之山菴，與霖不相接三四載。今年庚戌夏五月，霖奉先君子事狀，從其執友惟嘉吴公來謁，泣拜請曰：『霖廷試時，家君先於正月二日棄諸孤，道遠未之聞也。逮歸，始獲執喪成禮，罪逆孰甚焉？痛念弗克侍湯藥，親歛殯，旦暮攀號，未忍即葬。今朝廷不以霖無似，遣使驛召，行且有日，兹與弟霽等忍死卜以六月十五日，奉医安厝于文峰之陰。大人先生幸矜而畀之銘，以慰先人於地下，雖歿不朽也。』余與處士初未嘗有一日之雅，永樂甲辰冬，歸奔先母喪，辱來惠吊，其儀度凝重，知爲厚德君子也。而吴公與余有婚媾之好，厥既有命，何敢辭？遂力疾按狀序而銘諸。

處士諱觀，字以光，姓范氏，一齋其別號也。父諱豹，字仲華，本陳氏子，宋樂清簿文林郎某之四世孫，以母族無嗣，故後之。范之先自吴徙閩，至千一府君諱仁，復自閩徙温。千一生處州提領諱淵。提領生諱玉字琇卿者，是爲仲華所後之父，處士祖也。母張氏，元浙東元帥文明之妹。繼母趙氏，宋永嘉郡侯、刑部尚書立夫六世孫女。

處士自少警敏，年十一失所恃，執喪如成人。事父無違禮，事繼母如所生，撫諸弟一以誠。季弟嘗坐累，逮赴法曹，處士鬻田宅，傾囊橐資其行，無難色。間出《鄭氏旌義編》示諸〔一〕子，曰：『鄭氏合族凡數世，心竊愛慕，故吾兄弟三人，未嘗有異志。不幸二弟蚤死，汝等復能承吾初志乎？』霖等謹識不忘。又善賙人之急，有戾於義，折之不少貸。

學博文暢，而尤工於詩，人多推奬，處士頗亦自信。胸次爽闓坦夷，不瑣瑣以自困。中年後，家之冗務一委於内。闢室貯琴書，蒔花植竹，弄月嘲風，悠然自得。富貴利達，泊乎無所芥于中。嘗慨然嘆曰：『向平〔二〕敕斷家事，遊名山五岳，吾邑自有佳山水，顧不可以肆吾情乎？』於是間出游歷雁蕩諸山，或留連閲月忘歸，因號雁蕩山樵。所與遊皆時之雅士高僧，有所契輒形于詩〔三〕。採訪使通政趙公得桂軒詩，嘆羨起敬，規具牘以文學舉。辭不就，從容謝曰：『僕非不願仕，顧孱弱不足以污執事。』趙公重其高義，竟不敢迫。

又自號文峰遺老。嘗夜歸過石塘，猛虎踞道上，相去尋丈許，趑趄莫能進退。少頃，虎盤辟若訓伏狀，處士急趨過之，卒莫敢犯。又嘗道海濱，從者後。昏黑中飛燐數百圍而合，從者驚，急呼處士，燐即星散。從者追及，語其故，處士回視，泯然無遺跡。人皆以爲德義所感。

教子甚嚴，遣霖充邑庠生，延致艮菴王先生授經。霖夜誦，則據席静聽，有疑誤，輒與辯正。霖亦自知砥礪，領鄉薦，上春官。處士諄諄告戒，詎意遂成永訣，不獲見其有成，爲可嘆也。處士生於元至正癸卯七月一日，壽六十有四。娶玉環夏氏，宋平章金紫光禄大夫量之十二世孫女，元萬户宗逸之第三女，賢而有禮，善綜理家政。側室謝氏亦善贊相。故處士得遂閒逸之志。子男六：霖、霽、雯、霅、雩、靂。雯、靂，謝出也。女三，長適金高，餘早世。孫男幾，女幾。其著述有《一齋集》四卷、《注杜詩三百篇》、《考定歷代紀年圖》，藏于家。銘曰：

有德弗耀才弗施，歛華就實昌厥辭。載歌載謡遨以嬉，氣和平兮心坦夷。所樂者天知者希，於蒐馴伏燐藏煇。雅量不驚亦不疑，明神顯相福履綏。一經教子有令規，積久斯著理則宜。丕揚大對聖所咨，門閥昌大此其時。胡然委順不少須，數則有定莫我移。文峰之陰邑東維，龍蟠虎伏氣所趨。有歸者墳閟容儀，邦人過者式爾車，蹈善不力視銘詩。

葉母安人鮑氏墓銘

葉母安人鮑氏，以洪熙元年冬十月十七日卒于正寢。逾九載，歲在癸丑十一月庚寅，始克葬于建牙鄉渚浦祖隴之側。其孤璣，余之姪女婿也，奉事狀哭泣請銘。

按狀，安人諱清，行廉，二世居永嘉廣化里。曾祖諱普，祖諱興，父諱順，皆有隱德。母陳氏，元翰林侍講學士元達，其外祖也。安人資禀聰慧，少習禮度，不煩姆訓，剪製紉縫，應手輒成。既笄，適邑之著姓葉均惠之長子鼎，字漢年。葉家業殷[四]富，與鮑甲乙相次。内政浩繁，相其姑經理，秩然有倫，姑稱爲賢婦。待内外族媚，下及婢妾，咸適厥宜。不幸僅四載而夫夭亡，璣生方六月，姑垂白在堂，養老慈幼，尤致力焉。既而姑亦卒，失所憑附。

時母氏孀居已久，遂攜幼子依其母，以遠嫌別疑，共成厥志。鄰惡少聞其儀容整飭，投賄致幣，給云市穀，因嗾黨與搆巧言逼奪。母氏拒之以禮，逼益急。安人懼無以自全，揮剪截其左耳，隕仆于地，血流被體。惡黨倉惶奔走。賴叔舅仲聞白于風憲，禽群惡寘諸法。安人由是安居教子，躬紡績以自給，守志三十餘年。遘疾且革，戒其子以脩身勵行，勿墜先業。言畢，溘然而逝。距生之年洪武庚戌十二月十六日，享壽五十有六。嗚呼，婦人之行，莫重於節義，安人不顧殘毁，克全大節，爲里俗之勸，是宜銘。銘曰：

從一而終，婦道攸先。生也不辰，遽奪所天。保育遺孤，志行益堅。彼狂者且，睨鼎垂涎。投賄見逼，曷以自全。截耳毁形，血流被肩。狂謀銷隕，我志聿宣。全德令終，無媿九泉。爰述銘詩，幽堂是鐫。昭兹懿美，清風凛然。桓女凝妻，百世同傳。

贈國子祭酒貝公墓碑銘

昔在洪武中，淮爲國子生，與金華貝泰[五]同門，退息之室且聯比。談論間，諗其具慶起居，潸焉泣下，謂溍曰：『泰不幸，幼失所怙，仰承先人餘緒，母氏鞠養教訓，叨陪逢掖之後，他日冀得斗禄以供滫髓，而先君子獲膺贈卹之典，庶少慰區區，然而未敢必也。』溍聞之，亦爲之愴然改容。是後幸得同官于朝，而泰克遂禄養。凡若干年，其母卒于官舍，扶柩歸葬。又若干年，兩遇聖明寵賚廷臣，推恩贈及父母。泰既克酬夙志，爰謁銘於溍，刻石墓道，以侈君之賜，且以叙述潛德，垂示永久。溍托在夙契，不敢辭，遂按狀叙而銘諸。

公諱璘，字文玉，姓貝氏。其先貝州清河人。奉直大夫、祕書少監守亮，字克明，以文學顯于宋。致政，居汴之祥符。扈從南渡，家于越之上虞。宗族日蕃，散處明之定海、秀之崇德、杭之錢唐。有諱維孝字伯參者，精岐黄術，任嫯之醫學提領，因家于城中桐齋坊西，是爲金華初祖，實公之曾祖也。祖諱邦用，字公輔，任慶元副使。父諱堅，字君實。

公天資穎敏，幼從南陽先生葉儀受《尚書》《春秋左傳》，得其旨要。南陽甚愛重，以婿傅公尚長女妻之。公事父母，克盡子道。父没，適丁元政日圮，民弗寧居，葬祭禮從簡略，每懷痛悼。皇朝治定，安於生殖，歲時享祀，得致豐潔。追念向者不能備禮，頫首慟哭，常如初喪，聞者莫不傷感。姑嫁葉氏，蚤寡而無子，迎歸奉養，終其天年。舊田宅悉讓於兄孟瑜，别自創置。賙窮卹匱，傾囊倒篋無吝色，里人懷其惠者居多。配傅氏，諱妙亨〔六〕，宋節度推官某之曾孫女，淑德懿行，克勤内助。生二子，長曰清，次即泰。公乃延聘原道劉先生於家塾以訓迪之。鄰里親戚子弟皆來受學，無束脩者代餽之。公蚤卒，二子俱幼，傅氏又能成其素志，以長以教，酒，傅氏贈恭人。

洪熙初元，公以子貴，贈承德郎、國子司業，傅氏贈安人。宣德二年，加贈公朝列大夫、國子祭益謹弗懈。遣泰入郡庠充弟子員，學行茂著。由科舉入仕，歷國子助教，陞司業，又陞祭酒。

公生於元至正壬午十月二十日，卒於洪武壬戌六月二十七日，享年四十有一，葬郡西孫家嶺北原。傅氏生元至正乙酉八月十九日，卒於永樂乙未六月十八日，壽七十有一。卒之明年，祔葬夫之兆。嗚呼，事有曠世而相符者，情之所同也。惟昔歐陽脩表其先君崇公之墓於既葬六十年之後，謂非敢緩而有待，又言：『爲善無不報，而遲速有時。』泰求銘於今日，距乃父之卒殆逾五紀，亦豈非有所待者乎？報雖遲，而顯榮之盛未艾也。爲之銘曰：

慶善之積猶廣澤，引而導之流不息。惟公韜光蓄厚德，施及鄉邦惠孔殖。不伐不矜行愈力，死生夜旦有常則。歛此盛美返玄宅，報不于躬匪云嗇。茂衍餘澤覃罔極，厥子胸蟠經濟策。掌教成均聲籍籍，帝嘉所生昭寵錫。龍章絢爛雲五色，褒以崇階賁泉穸。天之佑善信不忒，我作銘詩勒貞石，胤祚承休永無斁。

故浙江左布政使致仕王公神道碑銘〔七〕

浙江布政使致仕王公卒後三十餘年，其子瀹任户部侍郎，奉制書巡撫江浙。按部至温，適淮養疾家居，過而請曰：『先府君學行施於當時，亦既孚達而光大。今墓木已拱，而神道之石未立，敢乞先生畀之以銘，使功業不遂湮没，幸莫大焉。』淮辭曰：『當今館閣元老諸大臣贊鴻猷，操史筆，其言足以取信。舍是而弗圖，顧乃下託衰退之末學，不其過歟？』瀹再拜泣曰：『先府君施政浙藩之日，先生處庠序間，知其事爲詳，敢固以請。』辭弗獲，遂按狀序而銘諸。

公諱鈍，字士魯，姓王氏，河南太康縣人。祖仁卿，元贈太康縣尹。父彦才，仕元通州同知。母陳氏。公自少凝重有大志，入學未久，捉筆爲文，成章可觀，先達多器重之。既冠而父卒。當元季擾攘，繼以飢饉，竭力事母，甘旨無缺。撫諸弟妹，恩義尤篤。内外族婣，卒多兼濟。

至正丙午，以《易經》登進士第，授猗氏縣尹。既而元社已屋，退伏河津龍門，號野莊，設塾授徒，冀續文中之遺緒。洪武辛亥，詔徵赴京，以疾辭歸。越六年，復强起之，幡然就道。詣闕召對稱旨，除禮部主客主事。時四夷朝貢，絡繹於道，公熟於史傳，習知諸番典故，以故宴勞酬應，品節適得其宜。遷長沙府通判，政聲綽然有聞。未幾，以事罷歸。癸亥，用禮部尚書任昂薦，復起爲大名府通判，陞吏部總部郎中，署部事。品藻人物，甄别賢否，允協公論。

時弟鉉主遷安簿，坐郭桓罪，公曰：『嫂溺不援，是爲豺狼。吾弟誤罹國憲，苟不救，何以慰母心？』上言陳情，乞貸其命，太祖皇帝義而赦之。丙寅，陞福建左參議，尋陞右參政。

時麓川平緬宣慰使思倫發逞其譎詐，忘我國恩，納逋逃，侵境土，爲邊隅害。選重臣通經術、知大義者往諭之。公適自福建入朝，遂命爲使。奉詔至其境，先遣津吏馳書，開導順逆禍福，諄復懇至，累數百言。思倫發震驚怖駭，率國屬奔走遠迓，俯伏聽詔于其庭，稽顙悔罪，拜謝朝使，禮甚恭。遣使送歸叛人自咎等〔八〕，還所侵地，貢象馬方物。公歸，奉白金五百兩充贐儀。公自計曰：『爲使受外夷金，辱命。然蠻酋方圖改過，却之，致其疑懼。』乃受之。歸至雲南，悉入官庫。還朝復命，具白其事。太祖懽悦稱歎，賞賚宴勞，陞除浙江左布政使。

浙江名藩，地廣民稠，號稱難治。公寬厚廉明，雍容遜讓，有古循吏之風。視篆之初，即申教條，簡徭役，擿奸拯弊，佑善登賢，各適其宜。出令必信，期會有程，不煩苛而事集，期月政聲大振。既而以母夫人喪去職，詔徵詣闕，諭之曰：『浙江非卿不可治，奔喪後勉起就任，以副倚注之懷。』命禮部厚加賻贈。公懇請終喪，不許，乃奉命襄事復職。在官凡十年，强者斂跡，弱者懷惠，以故獄無滯囚，野無餓殍，四境之遠，旁及鄰郡，無間士庶，咸願一瞻儀采，以爲慶幸。當是時，太祖宵旰圖治，藩憲重臣勝任久於其職者不多見，惟公與雲南布政使張紞齊名，太祖嘗並稱於朝，以勸勵庶僚。入覲考績，每爲方岳最。淮之聞見大端如此，其節目可爲民牧之法者，惜乎不能記憶以盡書也。

庚辰，徵爲户部尚書。又明年，太宗文皇帝入正大統，選老成端謹大臣巡行天下。公承制往山東，使車所至，詢察民隱，靡不究心。發粟賑窮，全活甚衆。復奉命往北京安撫軍民。先是，塞外衛所盡從征討，邊徼無復居人。事既平，詔遣各還原衛。公執奏：『兵革甫定，歲時凶荒，若遽遣還，老弱轉死溝壑，壯者逃竄無以自達。姑待休息頗充，然後可議。』上嘉納其言，由是全濟者尤多。公勞心殫慮，精神日就困憊，上表乞骸骨。上憫其衰，驛召還朝，命仍舊制，以布政使致仕，復賜敕褒美，燕餞于禮部，人皆榮之。

居鄉里甫二載，以疾卒于正寢。是爲永樂丙戌八月廿三日也，享壽七十有一。十月十七日葬于縣北吴仁寺先塋之左。配張氏，襄城人，世儒家。子男三：長曰瀛；次曰濡，任邑之醫學訓科；季即瀹，登進士第，由左春坊左司直郎陞鄭王府長史，推恩錫誥贈其父母。公加授正奉大夫、正治卿，張氏贈夫人。瀹轉户部郎中，陞右侍郎。女二：長適彭城衛千户蕭銓，次適彭莱。嗚呼，公奮自科第，遭遇聖明，致身通顯，隨其所處，咸獲展其素志；及乎暮齒，克遂懸車之請，考終于家，無復遺憾，可謂不負所學者矣。銘曰：

士之積學，爲世所資。學優才達，用無不宜。公之才猷，厥施斯溥。聲光赫〔九〕奕，耳聞目覩。敭歷要途，垂四十年。小心敬慎，一德靡愆。達才之效，於斯爲盛。惠澤敷遺，子孫之慶。子兮善承，作帝股肱。贈卹有典，賁及泉扃。我述銘詩，勒石墓道。觀者興起，是則是傚。

梅窗先生金公墓誌銘〔一〇〕

公諱祺，字原〔一一〕祺，姓金氏，以字行。世本閩人，其先有劉贇者，事閩王延羲〔一二〕，爲御史中丞，以直言遇害，家族恐見及，遂去卯刀而存其金爲姓，避地温、台間。至十八府君，遷居永嘉。五傳至曾祖諱天瑞，祖諱永祥，父諱文榮，皆韜晦弗耀。母楊氏。

公明敏勤慎，篤於孝友。由邑庠生領癸酉鄉薦，會試奏名在乙科，除吉安永豐教諭，凡九載，而造就者居多。考績〔一四〕入覲，諸生詣闕乞留，覬以卒業。銓曹謂例當叙功超轉，弗許。陞襄陽府教授。丁内艱，起復，改常州，教法一如永豐。被召赴文淵閣點《永樂大典》，有寳鈔之賜。凡三受聘幣，典文衡。辛卯赴陝西，壬辰赴禮闈，甲午赴河南，士論歸之。教授考最，陞紀善之職。數以言論抗直，多所乖忤，不得遂其志。會丁外艱，解任而歸，困于末疾者七八載。迨夫起復，而衰老不能就職矣。於是得請于上，謝事云。家祖居在郡城雁湖之濱，悉付從子，而遷居南禪湖上，顔其室曰『還林書屋』。

雅好梅，環居植梅數本，别號梅窗，從游者皆以梅窗先生稱之。再遷南塘，復有湖山之勝，優游自樂，若將終身焉。邑之鶴陽有謝氏者，文獻故家，守禮好士，慕公有重名，率子弟踵門，堅請主其教席。公亦嘗慕柟溪山水奇秀，足以娱目悦心，遂館於其家。往來四五載，群弟子亦頗就規矩，心甚樂之。忽遘疾，僅三日，談論自若，溘然而逝，是爲宣德乙卯三月二十三日也。距生之年元至正乙巳正月七日，享壽七十有一。其子寧等匍匐奔馳，奉櫬歸于正寢。

嗚呼，淮與公爲同門友，淮養疾家居，而公得遂歸田。嘗竊慨念同門而同輩者，惟我二人在，方期旦暮相聚處，以罄交歡之情，公復舍我而去矣，尚忍言哉？公生平處己甚澹泊，勢利之事，一毫不以芥于懷，惟汲汲於所當務。永豐、常州二廟學傾仄弊陋，剡奏上聞，倡率富室捐資以佐費，至有感悟而輦其規造佛宫之成材以搆禮殿者。淮嘗爲之記，故知其事爲詳。尤好賙人之急，仕途遇人窘迫不能歸者，計其路費而資遣之。惠之及人者，大率類此。

配張氏，先三十三年卒，生三子：寧、杲、詠。一女，適同里林補，任翰林編修，卒于官。側室楊氏，生二子：泰、謙。一女，適安固朱生。孫男三：忞、憲、愬。女三。公常訓諸子曰：『人之立心，當以誠敬爲本。吉凶禍福，非所逆料而預防，一聽乎天而已。汝等能勤於問學，得不墜家聲，足矣，貧富不足言也。』諸子亦能謹守嚴訓，皆有淳篤之行，而寧文學則優之。公之著述，有詩文若干卷〔一五〕，《梅窗稿》藏于家。卒之明年十月十一日，葬于吹臺鄉愈奥先塋之側。銘曰：

儒業所尊，莫重於師。樂育得人，何政如之。職遷事異，中心有違。直道不屈，禍福相持。終與吉會，去險即夷。曰維聖明，照臨無私。晚節優游，恬静自怡。壽有常期，委順而歸。雲林蒼蒼，梅竹依依。吁嗟先生，後人之思。

静菴徐先生墓表

先生諱垕，字宗實，以字〔一六〕行，姓徐氏。其先東海郯人，宋南渡後，有諱千一者，爲黄岩令，其子榮祖遂占籍爲黄岩人，先生之曾祖也。祖諱巳元，以子貴，贈承事郎、行樞密院斷事官經歷。父諱存翁，仕元爲江浙等處行樞密院都事。母車氏，贈宜人。

先生兄弟三人，而先生居長。天資穎悟，勤敏好學。仲弟宗茂，學博才捷。昆弟自相師友，人稱爲二難。幾冠，聞永嘉彭公庭堅〔一七〕承徽國文公正傳講學鄉校，先生躡屩負笈從之游，深有所領悟，遂贅居永嘉，以便力學。年漸富而學益充，負才尚氣，有經綸天下之志。慕范文正公之爲人，恒誦『先天下之憂而憂，後天下之樂而樂』之語，拊几昌言曰：『必如是而後可以言仕矣。』居無何，元運告終，弗克以展其素藴，於是韜光養晦，設塾授徒，若將終身焉。

淮童丱時，受業于先生之門。先生剛毅嚴正，約教條爲學規，若官府號令，賞罰勤怠，悉當其情，諸生咸知振勵。洪武壬戌，先生應聘，共論治道。時淮年纔十六，亦叨選入邑庠充弟子員。有司以禮敦遣先生赴闕，數被顧問，敷奏剴切，灼中時宜。太祖高皇帝深喜得人，敕銓曹任司風紀，先生以草茅愚賤辭。除銅陵簿，復請歸迎母就養，重忤上旨，謫輸役淮陰驛。郡邑校官聞先生至，争出迎，除館延致爲賓師，多所造就。

會朝廷選駙馬都尉功臣子，胡觀在選中，慮其失教，爲擇師而難其人，爰命起公。比授〔一八〕館，教法嚴明，如在鄉塾時，觀受教惟謹。既冠，入府成禮畢。每當講授，中使援他府例，設駙馬位于堂中北牖下，南面，而置師席於西階上，東面。先生憮然曰：『師嚴道尊，道尊然後民知敬學，豈以我一布衣而詘師道哉？』輒手引駙馬位使下，然後爲説書。既而明日復然。先生乃爲書貽之，責以三事大義及富貴驕人之説。觀泣下媿謝，執弟子禮愈恭，略綺紈之習，尚儒雅之風。太祖深喜之，召見獎諭再三，由是德譽日益彰著。

洪武末，薦登仕版。初任蘇州府通判，用薦陞兵部右侍郎，兩持使節，罷而復起，轉尚寶司丞。其判蘇州也，奏發粟二十萬以活飢民。當春，暴水嚙隄爲患，巡行郊野，相視原隰，大興治水之役。採訪使以爲妨農且勞民，沮之。先生上言：『他役可以妨農，止水不退，則田不可耕，妨農莫甚焉。況今規令有田之家量多寡，募貧人出力，而飢者得所資，正所謂以佚道使民，曷爲勞民哉？』屬邑有節婦王氏，《郡乘》載其事，元末旌表，未及行，先生請旌之，禮部以前朝事不允。先生上言：『封比干墓，非前朝事乎？至今以爲盛典。』朝議謂其知大體，皆從之。其入爲侍郎也，首陳十事，指切時要。凡會廷臣決疑議，先生是是非非，有所見歷言之，不徇私，不黨同，一揆於義，以故多有矛盾者。其出而奉使也，在兩淮多所建明，政舉而民安之。

海州有節婦侍小花，年十六許嫁而夫亡。歸夫家，成喪持服，養姑送終，剪髮自擔，守節不二。採訪使上其事，所司以其年未五十，不合例。先生上言曰：『隨事處中，始爲合義；守文執一，豈曰得宜？厥婦既能哭夫於笄嫁之初，又能剪髮於葬姑之後，雖剜目截耳，亦無以加。自當與立志卓異同科，豈可與守節尋常比例？』廷論韙其言，下郡邑旌之。

比使兩浙，以嫉惡太過被劾，怡然去職。其爲尚賓也，年漸老而力漸衰，伏遇太宗文皇帝入繼大統，優待老臣，遂上疏乞骸骨，許之。歸家杜門謝客，課子孫，閱耕稼，逍遥林泉之下，冀盡餘齡，以遂考終而已。越三載，臬司鞫囚，獄詞牽連，逮至京，得疾卒于旅邸。垂絶，侃然之氣不少貶。是爲正月二十二日也，距生之年元至正甲申，享壽六十有二。冢子鏞扶櫬歸葬于岱石山之原。配潘氏，繼室林氏，俱永嘉士族。子男三：鏞、銑、鐶，皆側室出也。女一，適同里金旮，水南徵士道源之孫也。先生平昔交游皆四方知名士，或同事於試院，或邂逅於旅寓，或談笑歡洽於尊俎間，慷慨豁達，肝膽相照，酣歌激烈，分韻賦詩，竟日忘倦。訃音遠聞，傷之者至號慟頓足，歎息士林之寥落也。

嗚呼，剛直嚴正，人之美德也，先生以之立大節、陳大義，致位通顯，收令譽於當時，其亦不幸由之以貽嫉召釁，終至於垂老客死于外。其得其失，何相去之邃絶耶？蓋其得也由乎己，道之所有也；其失也係乎人，莫之致而致也。莫之致而致，又何尤焉？淮也侍鉛槧之日淺，違善誘之日深，弗克咨扣，以卒所業。然而師生之分，没齒而不忘。爰摭行業之顯著者表諸墓道，以慰遐思，且以昭示後人，俾有所觀感云。

漁隱葉處士墓志銘

處士諱玉，字景清，姓葉氏。其先閩中人有曰庚一者，遷居台之黄岩，是爲處士之七世祖也。曾祖諱某，祖諱某，父諱伯成，皆有德義聞于鄉。母某氏。處士天資爽朗，襟度軒豁。少年豪放而好遊，厭爲世務所攖。往來墟里中，閭閻群豎皆受約束，罔敢褻慢。既冠，不事生産作業，益習蒱博之具。父素鍾愛，不忍面斥，嘗曰：『父子不責善，古有是言。』是後或竊見其跡，輒避之。處士察其意，喟然嘆曰：『烏可溺於所好，以煩吾父之心哉？』悉屏去舊習，勵志力學，親賢遠不肖，日就規矩，罔敢肆。父卒，居喪哀毁，奉母極其孝敬。

屬元季俶擾之餘，家業稍墜。國朝更化，民安田里，處士佐其兄經營家政，閱耕稼，謹畜積，資産復振。奉母甘旨，日益豐盛。處家庭内外，尊卑戚疏，下逮婢僕，各適其宜。兄喜曰：『吾弟克自振拔，設施纚纚有條，吾有賴矣。』母亦用是自慰。稍暇，手不釋卷，酷嗜兩《漢書》，誦古詩，旁究堪輿家術及釋老外典。名卿碩儒聞其雅飭，多願與之交。道經里中者，恒舍於其家。炰羔擊鮮，治具精潔，觥籌遞舉，命家僮之少俊者彈絲品竹以佐歡，務盡歡洽，而笑語不愆于儀。見人厄於患難，委曲拯救。困乏不能自立者，傾帑賙之不吝。好古名畫彝器之屬，以資清適，然亦未嘗滯於物也。狀貌瑰傑，疏髯蕭蕭如戟，出聲宏達。初見儼然，莫敢遽狎，久而即之，若坐春風而曝冬日也。中年頗樂閒曠，搆小閣于溪流之上，持竿取魚以饋母。或俯檻嘯歌，狎鷗鷺於水光山色之間，因自號曰『漁隱』。迨及暮齒，保身尤謹。閒有無賴搆訟以鈞賄者，折節處之，人無怨言。

家以閭右長督田賦。子孫數百指，多有才幹，猶慮其未能習事，必身先之。蚤夜兢惕，惟恐弗堪，嘗戒之曰：『畏威如疾，民所當慎。先公後私，見美《豳風》，汝其識之。』以故生平免罹禁錮之辱。生於元至正甲辰五月十日，卒於宣德乙卯二月十八日，享壽七十有二。配同邑許氏，有懿行，内助居多，先處士四旬卒。丈夫子八：長秋中，邑庠生；次菊中，夭；次圓中、福中，嫡出；次節中，側室李氏出；次壽中、安中，妾林氏出，壽中亦夭；次存中，妾陳氏出。女一，適同邑栢山張用庚。孫男十有五人，女六人。曾孫男六人。以卒之明年正月，葬于小溪先塋之次，與其配合窆焉。嗚呼，處士德譽著于鄉閭，慶澤覃及祚胤。雖未躋于上壽，而其傳夫不朽者，固有在矣。仲子圓中不憚道里之遠，奉事狀求銘。余嘉其克謹送終之道，故不辭而書之。銘曰：

易象垂訓，貴不遠復。振轡回轅，遵我平陸。安行徐徐，義禮齊驅。坐謹垂堂，用戒不虞。善積慶延，天道弗忒。邦人懷惠，子孫承式。是亦爲政，奚翅簪纓。勒銘昭德，永閟泉扃。

故贈定海衛副千户劉公墓表

古昔聖人扶世立教，而有取於殺身成仁者，盖以其死有重於生也。世有豪傑之士，捐生以紓鄉民之難，其亦庶哉殺身成仁者矣，烏可使之泯没而無聞乎？元綱解紐，群雄鼎沸，于時蜂屯蟻聚，不可勝計。蘇州旁近有暴戾無賴者，號猱頭王，群聚萬衆，旁出肆掠。一日，猝至蘇州之黄崖口。其地有曰劉公某者，素號剛直，膂力過人，善爲排難解紛之事，鄉之曲直，皆咨决焉。是日方設席會客，報且至，坐客皆股慄失措，食不下咽，率相附耳語，而計無所出。公引滿自若，酒半酣，昌言號於衆曰：『若等少安，彼賊逆理亂常，神人共怒，黨類雖盛而無統紀，首惡一有蹉蹶，則群衆解〔一九〕散，吾當伺隙圖之。』遂奮然挾弓矢，率精鋭數輩，急趨隘口，伏榛莽中，張機以待。已而賊衆果至，譟聲震山谷，如入無人之境。公凝目瞪視，初發矢，中從賊；次發矢，正中猱頭王甲領，復連發數矢，賊衆驚惶大索，披榛莽見公，脅之使降。公不屈，遂攢戟刺殺之，且懼有伏，遂各散去，實元至正〔二〇〕甲辰也。既而鄉族之衆哀公之志，争爲斂葬。自是餘賊不復至其地，鄉人賴之以安，無少長皆感激稱歎曰：『向非劉公摧沮其鋒，吾屬其殆矣。』

嗚呼，公豈昧於衆寡不敵者乎？意公自計，鄉之儕輩率皆恇怯，不足以當賊，苟不奮迅以扼其衝，則賊勢愈張，闔境皆爲魚肉矣。於是挺身當之，而死生不顧也。謂之殺身成仁，不亦可乎？吁，公之處心，其亦可傷也夫！公配鐸氏，生男二：長杲，夭。次旭，公卒時，方十歲，克自樹立。又四十年，以軍功歷官至定海衛副千户，階武略將軍。推恩贈公官階如其子，鐸氏贈太宜人，先公七年卒，至是合葬於西華鄉之原。《傳》稱：活千人者，其後必封。公之全活者，豈止千人而已哉？旭既顯融當世，而贈卹上及於父母。旭子海承襲父職，而又以才能見稱。諸孫曾濟濟森列，餘慶未艾也。天道報善，信可徵矣。故論著于篇，刻石墓道，以慰鄉人之思，俾其祚胤不忘劉公之德云。

故定海衛副千户劉公墓碑銘

定海副千户劉公，以永樂己亥十二月十一日卒。厥既襄事，越若干年，其孤海趨謁泣拜請曰：『先府君之墓，準令典當立碑，敢乞銘勒之，以昭潛德，不勝至幸。』余辱與海有一日之雅，不復辭。

按狀，公諱旭，字伯亨，姓劉氏，蘇州黄崖口人。祖諱某，妣馮氏。父諱某，妣鐸氏。公生三年而母没。又七年，當元季兵戈擾攘，猝遇凶寇曰猱頭王者，率萬衆突入黄崖，居民皆驚駭。公之父奮身操弓矢，挾精鋭數輩，據隘口射賊，幾殞首悉，賊懼伏勢遂却。父因被害，民賴以安。時公方十歲，慟哭不輟聲，人皆哀之。比長，聞人道厥父遇害事，輒欷歔扼腕，以幼弱不能報仇爲恥。平居恒自謂曰：『吾不及事父母，幸有伯叔在，可不謹事之乎？』

洪武甲子，從父以垛籍編成大寧左衛，多病而子幼，苦於驅迫。公請曰：『兒年方壯，可任勞役，毋貽叔父憂。』遂詣有司請代之。既至大寧，長兵者見公英偉有膽氣，選補隊長。辛未，以較閲武藝優等委署管軍百户事，後改屬營州左護衛。己卯，伏遇太宗皇帝興師靖難，自大寧率部下士詣軍門請自效。從攻鄭村垻，戰獲奇功，陞勇士百户。庚辰，戰白溝河，陞副千户。辛巳，戰平村，亦獲奇功。壬午，論功行賞，陞定海衛，世襲副千户，階武略將軍。推恩贈其父，官階悉如之。母鐸氏，贈宜人。配魏氏，封宜人。公在職近二十年，以疾卒于官舍，距生之年吴元年甲午十月三十日，享壽六十有六。

公爲人勇智兼優，而處心仁恕，出入行陣間，不忍妄殺。每遇敵，見傷故者衆，輒流涕曰：『彼亦人子，豈樂赴死哉？不得已也。』同列有充邏騎，狠愎自逞者，掠人財賄而復殺之。公泣告曰：『子貪利殺人，何不仁之甚也？天道好還，殺人之父，人亦殺其父，縱不自卹，獨不念子孫乎？』聞者畫然傷心，而感化者頗多。公由是所報功次，視同列爲甚少。論功之日，其他官至指揮者衆，而公僅得副千户。或誚之曰：『此不殺之驗也。』公笑曰：『求盡吾心而已，得失何足較哉？』

與人交，不苟合。富貴爲不仁者，雖强就公，公不屑見也。貧賤而安於義者，雖不攀附，公必俯而親之。部卒貧不能存，則推所有以賑之。死無棺者，買棺以殯殮之。頗嗜酒，諸子每致佳釀，以備不時之需。遇佳客，對飲必盡酣。客去，帖然就枕，不少亂。勁直而尚氣，加之以非義，雖權貴不少屈；予之非所宜，雖千金不少顧。惟以忠孝節義訓飭其子。世尚紛華之事，毫末無所繫累。以故上下交譽之。

公之配，同里令族，貞順柔嘉，相夫教子，克儉克勤。子男六：溶、貴，皆早卒；海，襲除隆慶左衛副千户，綽有能聲；泉、能、通，俱克家。女一，適千户黄斌。孫男九：瓚、璣、玘、玹、瑀、琮、璨、珣、珏。女一，適富峪衛指揮張友之子廉。葬期某年月日，葬之地則某鄉某山之原也。嗚呼，公之厥考有活人之德，覃被子孫，而公又承之以忠厚，張之以才武，遭遇聖明，致身榮顯，光前而迪後，是皆可書也。爲之銘曰：

承藉先德兮，食報孔殷。際會風雲兮，厥志益振。智明勇决兮，其心則仁。匪直自持兮，施及同倫。論功不伐兮，慶延後昆。若稽往行兮，視此刻文。

山西行太僕寺少卿陳公墓碑銘〔二〕

昔承乏翰林，問與監察御史宜興許謙會，嘗談及其學之教諭、余鄉友陳公允政，教嚴而德厚，諸生事之如父，敬之如神明。及其去位，思慕之誠久而不替。余聞其言，喜其爲鄉邦之光，而未扣其實也。是後屢與公會京邸，見其褒衣博帶，淳篤古雅，不改常度，而器宇開廓，談論宏偉，則有加焉，意其後必大用。既而余養疾家居，而公之旅櫬歸自代北，奈何未竟所施而遽至於不禄，可悲也夫！冢嗣寶卜吉治葬事，而以碑銘見屬。余念契好之深，誼不可辭。

按狀，公諱敏，姓陳氏，允政其字也。其先居括之縉雲胡陳市，宋末有曰三評事者，棄官遨遊山水間。至温，愛柟溪景物殊勝，遂定居焉。傳五世曰進，登進士第，與丞相陳宜中聯榜，官至殿奏。又傳四世曰壽，篤行，見元政日弛，隱居自晦，是爲公之父也。母某氏。

公自幼穎悟卓異，童丱時，背誦四書五經，亹亹如貫珠。年十八，選入郡庠充弟子員，爲師友所器重。洪武丁卯，應鄉貢，居前列，會試奏名在乙榜，遂有宜興之命。學校廢弛日久，生徒遊惰，靡然成風。公申畫條約以振綱紀，闡明禮義以淑人心。月課出題，榜諸堂之楹，輒先援筆具稿，以爲矜式。諸生初受約束，扞格不自勝，及乎優柔漸漬，皆樂就規矩。公施教雖毅然不可犯，而待人接物從容談笑，藹若春風和氣，以故挹其光範，無不愛敬感慕，誠若謙之所云者。

廟學久不治，弊陋滋甚。公乃剡上政府，裒資募材，修治一新。近而郡邑長貳，上而行部巡歷重臣，皆稱其能，至舉以勵旁邑。將滿考，丁外艱。服闋，銓曹素聞其材，擢陞建陽縣令，便道省墓。鄉之鄙夫私竊聚議：『建陽富庶之地，官於兹可以厚蓄積。』公聞之怫然，乃具牲醴，告祖廟，會族里，出矢言以見志，談者慚服。莅政一以惠愛廉慎爲本，而濟之以明。決獄訟期會，研覈精詳，胥吏不敢舞文法以規奸利。向之督事者，率漁獵以病民，聞公政，縮手斂跡，相戒約，莫敢肆。第户之資産爲三等，徭役調發，各稱其力，貧乏無所與。歲大荒大札，窮智力賑卹，而後以狀聞。修建徽國文公考亭弊祠，以振文風。立賞罰程，飭學校，以勵生徒。四境之内，頌聲盈耳，善譽日聞〔一三〕于朝。徵拜監察御史，巡歷雲南，邊夷震悚。鎮守北京，强宗屏息，平反理枉，囹圄空虚。秩滿書最，擢任湖廣按察司僉事。常以官怠宦成爲戒，持憲度益謹，聽斷或未究其情，退食鬱鬱不樂，求至當而後已。疾貪殘如仇讎，内懷恐懼者，或搆飛語以動摇，公凝然不變，而貪殘者卒服其辜。又九年，當陞從四品，會風憲無缺，轉除山西行太僕寺少卿。行太僕例不設卿，少卿掌印署事，考牧閲習，躬理不怠，畜蕃息而下無擾。計事赴闕，以老疾辭，天官以其碩德重望，堅留不允。治薄雁門，邊鄙無明師，暇則引郡庠生英秀者聚私室，講論經史以娱晚節，而造就者居多。

宣德辛亥正月遘疾，二十二日終于官舍，壽七十有一。官給傳送柩還鄉，以某年月日安厝于所居里芰塘山之原。娩同邑劉氏，資禀聰明，讀書明理，懿行修飭。自公始仕，相從于外者若干年，家政皆資内助，故公得專心於政務。自湖廣承公命還故里以畢男女婚嫁，惟留側室瞿氏侍左右，而劉氏亦老矣。子男二：長即寶；次官，先卒於山西。女五：長適鶴洋謝道佐；次適石柱王懋，而早亡；又次適百户陸榮；餘幼未行。孫男三：經、綸、繪。女一。所著詩文有《雪溪集》。嗚呼，公之持心行己，無所媿怍，居官四十年，施於政事具有成績，可謂不負所學者矣。是宜銘，銘曰：

侃侃令德，孰與儔兮。歇歷中外，職孔脩兮。惠利所及，志克酬兮。善譽遐敷，徹凝旒兮。方其柄用，闡嘉猷兮。倏焉飈舉，記玉樓兮。遺思在人，邈攸攸兮。旅櫬萬里，返故丘兮。親舊悲迎，遮道周兮。魂乎歸來，毋滯留兮。

故前延平府推官趙君墓志銘〔二三〕

宣德乙卯春正月十有四日，郡文學潘先生捐館，余偕諸士友咸往吊焉。余與潘忝葭莩之親，而趙君永脩爲同門，哭之慟。又明日，永脩忽遘疾，十九日遽卒。余驚駭失措，孰謂轉盼之間，失二良友，奔趨赴吊，痛徹肺肝。嗚呼，人之脆促不可憑恃，有若是耶？况永脩不幸，子夭而孫幼，尤可悲也夫！既而卜葬有期，其適孫燁奉事狀來乞銘，遂不辭而執筆，以慰永脩於地下，且以紓余之私戚云。

永脩諱順祖，姓趙氏，永脩其字也。族出宋濮安懿王之冑，南渡有仕于朝者，扈蹕抵温，子孫遂家焉。高祖諱與元，宋太常司幹官。曾祖諱孟麟，將仕郎。祖諱由信，元宗晦書院山長。父諱守謙，母李氏。

永脩自幼凝重不凡，既成童，選充郡庠弟子員。賓興入胄監，爲上舍生。歷事有能聲，擢任南昌府推官。南昌實江右都會，訴牒紛錯交至，茍失其平，謗訕蜂起。永脩持己約，燭理明，而一以仁厚爲本，以故聽斷不惑，獄無冤滯，令譽日益著聞。郡府或缺守貳，永脩得專其政。尤能推惠利以及於民，簿書期會，不嚴苛而事集，修廢舉墜，各適其宜，而人安之。

余在京日久，士君子自南昌來者，皆推永脩爲能官。間遇細民，詢其實德，感佩之情無異詞。三考，以微過不得陞，調延平府。道聞母喪，還家守制。服闋，將轉官，以老疾固辭，蒙恩賜歸田里。杜門簡出，不涉公家事。雅與朋游，篤故舊之情，恂恂然無矜遽色，亦未嘗道及爲政時事。頗能飲，客至，具饌命酌，必引滿盡歡，醉後益謙謹。富豪者不與求合，貧窘者濟之，不計囊橐盈縮。卒之日，人多傷悼之，不但親戚士友爲然也。

永脩生於洪武乙卯二月二十九日，距卒之年，享壽六十有一。配潘氏，内助起家。生男一，學藝，先六年卒。女二：長適林賜，次適徐新。孫男二：長即燁，次煒。永脩卒之日，燁方十二歲，煒九歲，煢然在衰絰中。賴潘氏偕其婦陳氏撫孤治喪，維持家務，無廢禮，人咸稱其賢。今卜以正統二年冬十月十七日，奉柩窆于吹臺鄉雲霞奥祖塋之側。

嗚呼，永脩雖不躋乎上壽，而德政著于南昌，去思不忘，是猶不死也。奈使延平之民聞〔二四〕車音將至，而不獲沾其惠爲可惜耳。銘曰：

温厚和平，德之貞也。不伐不矜，行之成也。進退有恒，心以寧也。遺思在人，死猶生也。琢石霞岡，勒斯銘也。百世而下，信有徵也。

故静菴李處士墓誌銘

永嘉悌華里静菴處士，以正統元年丙辰閏六月二十六日卒于正寢。其子佑等卜以卒之明年丁巳十月十七日，奉柩葬于吹臺鄉盧灣，從先兆也。先期奉事狀乞銘，余與處士居聯里閈，子廣業儒，復有斯文之誼，不可辭。遂按狀序而銘諸，序曰：

處士諱福，字彦辰，姓李氏。曾祖榮，祖銘，父寧，皆韜光弗耀。母某氏。處士自少有成人之志，稍長，克任幹蠱。父悦之，謂人曰：『此子必能裕吾家。』年未艾，即以家事委之。黽勉卓立，期無負所望。天資温厚凝重，謙恕慎密。惟其厚重也，故理家一以勤儉爲本，品節日用，盈縮合宜，不以浮靡忘費，家業日益充羨。惟其謙恕而慎密也，故於睦宗姻，待朋友，和鄰里，趨人之急，樂人之善，一本於至誠，而佻巧佞諛之風，毫髮不介〔二五〕于胸臆。孝友之行，表于家庭，閫室雍穆，人無間言。所居之堂，扁曰『貽裕』，于以示勉也。

公家委以重役，身任之，無仰於人，亦無煩督責，用是常爲官長稱許。近歲以業殷賦廣，委以督賦，號曰糧長。處士戒諸子毋過取以病民，毋後期以取辱，諸子聽受惟謹。中年後，常自誦老聃知足知止之言，謂子孫曰：『吾藉前人遺庥，至有今日，不啻足矣，猶僕於人事，豈知止之謂乎？』遂委置家務，去城南廿餘里曰南湖，築室爲别墅，蒔花植竹以供娱樂，課童耕稼以適興遣情。風日妍麗，駕扁舟，載酒殽，拉相知數輩，徜徉放棹于湖山之間，如是者二十餘載。歲時節序，還家謁祠堂，奉祭祀，執禮愈謹，則不以衰老而有所怠。屬纊之次，猶拳拳以振祖亢宗，爲後嗣訓飭，是亦『貽裕』之遺意也。

處士生於元至正庚子七月初七日，享壽七十有七。配林氏，側室黄氏。丈夫子九人：佑、保、勝、廣、禋，嫡出也。廣垂髫時，處士見其有志於學，遣入郡庠充弟子員。廣亦謹於自治，由鄉貢中乙科，任汀州連城縣學教諭，有能聲。女子五人：方道演、孟秉哲、姚晏、楊惠、薛曜，其婿也。孫男十三：仙、昂、棐、欽、杓、昊、松、鐸、鎡、朴、昭、裕、禎。孫女十二，長適方崙。曾孫男寬，仙之子也。處士卒之日，吊者相繼於閭巷，咸以善人云亡爲戚，而又以作善獲福爲天道之可徵也。銘曰：

龜疇五福，人鮮克全。本之在德，如水有源。猗歟處士，質美行堅。善集厥躬，報錫自天。壽富康寧，優游暮年。委順考終，慶裕永延。賢嗣承庥，雲路騰騫。贈卹可企，光賁九泉。盧灣之山，佳氣鬱蟠。勒銘紀實，用兆開先。

陳處士宗逸甫墓誌銘

永嘉宋奧陳氏，世爲鄉之望族。其先由閩徙温。宋乾道中，有曰謙者，號水雲，由甲科仕至寶謨閣待制。入則職論思，力諫諍；出則典兵戎，領州郡。才猷茂著，威惠兼行，聲光赫〔二六〕奕。從子巽，以郊祀恩補彭澤簿，亦有能聲。巽生宬，宬生舉，是爲處士之高祖也。曾祖諱墉，祖諱慶祖，父諱珫，數世皆韜晦弗耀。母周氏。

處士諱進安，字宗逸。天資剛爽，丰神凝峻，脩髯洒然，而襟度寬裕和平，絶無鉤距之態。生當家業富饒，獨能脱略紈綺，以節儉清約自持。視驕縱侈靡者，若將浼己，擯不與交。孝友之行，表著家庭，敦睦宗族，恩義兼至。立祭田以供春秋享祀，饋獻之禮，必敬必誠。處鄰里，接朋友，先之以直信，彼或有過，面質之，冀〔二七〕其改悔，然亦未嘗暴揚於外，人多以是敬憚之。賙窮卹匱，折券已責，爲其義所當爲，不屑屑以衒俗要譽。課耕之暇，間嘗泛覽史傳，慕善懲惡，肅然興懷。制行日益加謹，尤篤於教子，嘗延致名儒南山葉先生夢臣、復菴王先生仲允，相繼主師席。課講之暇，處士呼茶命酒，劇談雅論，亹亹忘倦。是後嗣師席者，處士款遇之禮不異疇昔。

近歲，公家驗其田賦甲於區里中，任以徵斂之事，號曰糧長。處士持之以至公，無過取於民，勞費百出，而所操不變。嘗曰：『陰德無奇事，但願天理而已。』聞者韙其言。晚年釋負于諸子，戒之曰：『家政無難，遵吾儉約，可以長保。糧長之役，因循則怠事，掊克則歛怨，惟公惟勤，庶克允濟，若等其慎之。』諸子敬承無忽。

處士生於洪武甲寅九月十五日，宣德甲寅九月十一日以微疾卒于正寢，壽六十有一。娶祝氏，善内助。子男五：昇、曇、杲、昴、暈。杲，前邑庠生，從事湖廣帥府，駸駸向用，盖有日也。女二，婿王宜嘉、戴〔二八〕普，皆士族。宜嘉即復菴子也。孫男九，女三。以正統丁巳十二月十五日奉柩葬于所居里建牙鄉黄山先兆之次。以余有姻親之誼，奉狀乞銘。惟處士隱約田里，而能遠紹遺澤，無媿前人，可謂善矣。是宜銘，銘曰：

先世顯仕兮，德政在民。宦業中輟兮，仁厚尚存。吁嗟處士兮，志行益振。馳譽鄉邦兮，謙光日新。止乎中壽兮，慶及後昆。建牙之鄉兮，山川鬱蟠。祔葬先隴兮，既固且安。我作銘詩兮，刻石墓門。樵蘇屏跡兮，勿踐荆榛。

浙江僉都指揮事牛公墓碑銘

洪惟我朝稽古制治，丕隆報功之典，以勸勵武臣。時則有俊偉豪傑之士，父子相繼，茂建崇勳，榮膺顯秩，傳序無窮，誠千百載之奇遇，觀於浙江僉都指揮事牛公可見矣。公諱諒，字存信，鳳陽壽州人，世積厚德。父興，識真主於擾攘之際，仗劍詣軍門款附，即蒙知遇。居則翊衛戎幙，出則扈駕親征，復從大將攻城略地，所向無敵，疇其功能，累官至指揮僉事而卒。冢嗣恕，先任錦衣衛千户，没於行陣。

公爲仲子，自少有大志，膂力過人。騎射擊刺之法，靡不閑習，驍勇日聞。選從都督陳亨守鎮喜峰口，伏遇太宗文皇帝靖難興師，首見拔擢。從征廣昌、蔚州、大同，皆有功。襲父職指揮僉事，調大寧中衛。從師大戰白溝，追奔至濟南，攻城屢獲奇功，陞世襲指揮同知。進攻滄州、東昌，鏖戰夾河、藁城，擣西水寨，陞世襲指揮使。復從攻淝河、大店、小河、齊眉山、靈璧，轉戰而南，殊死格鬥，勍敵當公者，應手輒斃。乘勝踰淮渡江，致力尤多。公之臨陣〔二九〕也，勇氣奮發，或揚戈躍馬，挑戰於兩拒之間；或出奇應變，制勝於俄頃之際，衝冒矢石，毅然無所懼。總戎有籌謀咨于衆者，公多所裨益。雖號善戰，然未嘗妄殺以自逞，亦未嘗肆掠以漁利，以故英聲茂著，深爲上所器重。事平，論功居最，超陞中都留守司都指揮僉事，改調遼東都司，授以誥命，階昭勇將軍。推恩贈其祖父旺、父興，官階並如其子。祖母陳氏爲淑人，母孫氏封太淑人，妻程氏封淑人。

公於永樂庚寅扈駕肅清沙漠，戍而還。辛卯，從安遠侯寧夏備禦，復從中貴林春追緝反叛胡寇，到可可腦兒，殺其部長伯顔帖木爾，斬首六十八級，捕虜十四人，獲馬三十、駝十。復從安遠侯山後覘虜，公爲先驅，斬首五十七級，獲馬、駝六十有奇，所將卒獲輜重牛羊以千百計。還師之明年，上以公久從征伐，特命致政家居，息勞暢倦。仍召嫡嗣通練習武事于京師，以備參侍，且欲廣其才識，爲進用之資。居無何，會朝議復舉肅清之師，以攻具莫重於火器，念公涉歷老成，嫻於韜略，且忠慎可託，復起自休致，命統領神機營左翼，扈駕親征幕北，勦滅瓦剌遺孽。謹遵成算，威聲大振。是後屢歲扈從，深入塞垣，動輒奏捷。

宣宗皇帝嗣統之初，圖任舊臣，以浙江重鎮，必得才識兼優者，俾贊畫機務，特命公往莅之。到任未久，統率步騎戰艦，於海道諸衛所往來提督操備，偵伺倭寇。號令嚴明，部伍整飭，烽燧息警，邊民不驚。公忽遘疾，舁歸治所而卒，是爲宣德丁未二月初九日也。距生年洪武戊申某月某日，享壽六十歲。訃聞，上嗟悼久之，遣參政党應春諭祭，仍命有司致賻造墳。

元配淑人程氏，端静而有識。方當靖難之時，寓居某處，士女奔竄，不遑寧處。時公先在大寧，罔知所向。淑人於倉惶中，獨攜子通、女妙真，篋中取誥命，襲而負之以行，委貲賄弗顧。道遇官軍，意其所負爲寶貨，奪視，棄擲于道，淑人拾而謹護之。備嘗艱危，始得與公遇。知天命有在，因勸其盡忠所事，此相夫之大節也。公既貴，復娶側室滕氏，亦有賢行。子男二：長即通，襲公原職，任處州衛指揮使，謙而有禮，和而不群，軍政脩明，士民悦服，聲譽四達，人無間言；次璉，績學力行，一以兄爲法，兹膺薦辟，遠大可期，是皆公之餘慶也。女三：長即妙真，適保定衛指揮使陳瓚；次妙清，適都指揮高某之子斌；次在室。孫男鐸，女關壽。通以公卒之年十一月吉日，奉柩葬于杭之靈隱山蓮華峰，國子司業翰林侍講陳公銘其幽宅。公卒後四年，淑人程氏卒，壽六十有二，與公合窆。墓上之石未有刻文，通遣其弟璉致書請余屬筆焉。

嗚呼，公以智勇兼優之才，仰藉先公遺烈，復際風雲嘉會，建功立業，致位顯融，光前而裕後，豈非英偉豪傑而遇夫千載之奇逢者乎？余與通契好甚篤，文奚可辭？銘曰：

維公世胄，出自德門。曾玄處晦，仁厚彌敦。粤自厥考，克歸真主。乘時奮揚，式究厥武。論功錫爵，僉衛維揚。禄食未久，溘爾云亡。公在行間，英聲矯矯。參侍總戎，出鎮邊徼。時異事變，潛龍嗣興。公圖自效，惟命是承。自北徂南，大戰六七。雄師如林，鮮與公匹。前衝後殿，左攫右攘。如熊如羆，莫我敢當。踰淮渡江，若履平地。揚帆宣導，師克利濟。事定論列，功超等夷。不矜不伐，衆議悠歸。僉贊藩閫，實維要職。加念忠勤，晋侍禁掖。扈駕討逆，幕北長驅。斬馘捕虜，霆迅飆馳。憫其煩勞，俾致厥位〔三〇〕。優游家居，甫及期歲。肅清沙漠，載舉六師。尋復召公，俾掌神機。成算恪遵，羌胡滅跡。錫賚駢蕃，光華烜赫。江浙重鎮，贊畫是膺。統率騎艦，遏彼頑冥。堠不舉烽，鯨波帖息。民樂耕桑，戴公之德。云胡二豎，僭伏膏肓。歸第告終，靡不歎傷。訃聞于朝，當宁興慨。造墳賜祭，禮無不備。凡在僚屬，咸仰光榮。式克用勸，期底厥成。賢嗣承休，總戎于栝。令聞昭彰，要津可達。公没未久，元配淪殂。相從九原，□測有無。蓮華之峰，西湖之側。雙璧合藏，慶覃罔極。我作銘詩，勒石墓門。以引以翼，在其後昆。

校勘記

〔一〕『示諸』，底本作『諸諸』，據敬鄉樓本改。

〔二〕「平」，底本作「中」，據敬鄉樓本改。

〔三〕「詩」，底本作「時」，據敬鄉樓本改。

〔四〕「殷」，底本作「投」，據敬鄉樓本改。

〔五〕敬鄉樓本下小字注：「按，泰字宗魯。」

〔六〕「享」，敬鄉樓本作「亨」。

〔七〕敬鄉樓本下小字注：「按，王鈍與子瀹，《明史》皆有傳。」

〔八〕敬鄉樓本下小字注：「按，「自咎」二字恐有誤，《明史·麓川傳》作「獻叛首刀廝郎等」。」

〔九〕「赫」，底本作「赤」，據敬鄉樓本改。

〔一〇〕敬鄉樓本下小字注：「按，《永嘉縣志·文苑》有傳。」

〔一一〕「原」，底本作「厚」，據敬鄉樓本改。

〔一三〕「王延義」，底本作「主延義」，據敬鄉樓本改。

〔一四〕「績」，底本作「續」，據敬鄉樓本改。

〔一五〕敬鄉樓本下小字注：「孫校：「卷」下疑奪「曰」字。」

〔一六〕「字」，底本作「自」，據敬鄉樓本改。

〔一七〕敬鄉樓本下小字注：「按，《赤城新志》《黃巖志》皆作「永嘉史伯璿」，與《平陽志·史傳》合。」

〔一八〕「授」，底本作「擾」，據敬鄉樓本改。

〔一九〕「解」，底本作「蟹」，據敬鄉樓本改。

〔二〇〕「至正」，底本作「正元」，據敬鄉樓本改。

〔二一〕敬鄉樓本下小字注：「按，《永嘉縣志·宦績》有傳。」

〔二二〕「聞」，底本作「間」，據敬鄉樓本改。

〔二三〕敬鄉樓本下小字注：「按，《永嘉縣志·宦績》有傳。」

〔二四〕「聞」，底本作「間」，據敬鄉樓本改。

〔二五〕「介」，底本作「分」，據敬鄉樓本改。

〔二六〕「赫」，底本作「赤」，據敬鄉樓本改。

〔二七〕「冀」，底本作「異」，據敬鄉樓本改。

〔二八〕「戴」，底本作「載」，據敬鄉樓本改。

〔二九〕「陣」，底本作「陳」，據敬鄉樓本改。

〔三〇〕「位」，底本闕，據敬鄉樓本補。

黄文簡公介菴集卷之十一　歸田稿

錫濱處士黄公墓志銘

開封知府黄璿之祖父錫濱處士，卒葬迨及十載。璿業欲求余銘其墓，而未有爲之紹介〔一〕者。時郡人劉公自牧由御史出守温，仲弟來省，因奉事狀以致其所請。余嘉其志專而誠篤，故不敢以衰憊辭。

按狀，處士諱必高，字升遠，姓黄氏。先世由金華徙南昌，實太史山谷公之裔。後有諱某者，仕黄州别駕。孫曾復自黄徙蜀，居于金川進德里。父諱某，母某氏。處士天資超邁，自爲兒時，恥與群童狎，動輒操弄筆札以爲樂。父母見其趣尚不凡，遣從明師學舉子業。讀書二三過成誦，泛覽群籍，辨析必求至當。學既富，奮然思自效，遂以《書經》赴試。文尚簡古，而策對多剴切，以故不偶於所司。喟然嘆曰：『俛就繩尺，以釣致虚名，吾何忍爲？』拂袖南歸，設塾授徒，若將終身焉。

皇朝更化，訪求遺逸，或勸之仕。自分數奇，不利於行，絶意進取事。爲人儀觀英偉剛介，不事諂曲，見者聳然加敬。聞人一善，喜溢辭色。見有逆理妄作者，厲聲斥責弗少貸。彼以見斥於正人，亦多懲艾而不敢嫉怨。近境士子，聞處士樂於施教，簏糧負笈，願侍觚翰者甚衆。處士不憚勞勩，孜孜然與之講論理道，商確政體，隨材器而造就之。出其門者，率著聲於仕籍。

中年後，委〔二〕家政授其子，屏斥塵雜，别築小齋於錫溪之濱。内置琴書圖畫，傍植花卉竹木，日盤桓其中。延賓拉友，觴酌賦咏，醉則陶然浩歌以自娱。錫濱處士之號自此始。一日，曳杖出遊，群弟子從。道逢相者，謂曰：『叟無乃勞乎？蓋棺之期，殆不遠矣。』處士忻然與之爲禮，略不芥〔三〕意。會歲大侵，鄉民乏食，豪右逼索逋負，至有鬻子破産莫能措者。處士畫然興懷，亟取家之積券焚于庭，以安衆心。免庚錢穀緡斛計者凡數千，仍出所有以賑給之。豪右媿悟，逼索稍息。鄉民受惠，頓首致感，咸曰：『長者實生我之父母。』處士温語慰勞，不以爲德。明年，相者復見，矍然喜，執處士手賀曰：『别後豈非有裴晋公之事乎？何乃丰神迥異，而壽數未易量也？』處士謝曰：『惷愚無似，安敢過望？』

是後日益强健，食飲起居如方壯時。第以蚤歲觀書太勞，目力頗眊，而吟哦談論，豪放有加，優游若干年而卒，是爲宣德庚戌十月二十一日。其生之年，則元至正癸未六月二十三日，享壽八十有八，葬錫溪東原。娶某氏，有賢行。子男三：長曰成，早亡；次曰林〔四〕，以子貴，贈行在户部郎中；季曰坤。女存者四，劉舍〔五〕英、甘從道、胡中、閔朝選，其婿也。孫男九：長即瓚，由進士入官；次德茂、德廣、德新、德建、德合、德緣、德全、德能。女七。曾孫十四人。玄孫三人。

嗚呼，處士讀書樂道，安於義命，隱居教授，延晚節以遂考終，可謂賢矣。嗣孫瓚以才能薦爲民牧，綽有聲譽，行膺超秩崇階，而卹典上及於先世。處士積德之應，久而彌彰也，是宜銘。銘曰：

行成於身，教被鄉閭。朋來之樂，奚啻軒車。殆及暮齒，益弘施與。鑒貌可徵，天道孔邇。仁者必壽，瀕於耄期。俯仰無媿，委順而歸。偉矣嗣孫，中州賢守。贈卹推恩，光昭厥後。墓門有石，我其銘之。過者勿馳，營魄所依。

滋德處士張公墓誌銘

天台黃巖邑栢山之麓，有隱君子曰滋德處士，以宣德乙卯十月十一日卒，明年葬于里中夏烏山之原。又明年，嗣孫若文銜父命，奉里人程完所撰事狀，求銘其墓。余嘗遊雁蕩，若文時爲邑庠生，執弟子禮，詣能仁請謁，言詞簡雅，動合矩度，深竊愛之。今乃不憚跋涉之勞，遠來乞銘，其誠孝尤可嘉。序而銘之，奚庸辭也。序曰：

處士諱國政〔六〕，字子心，姓張氏，別號滋德。其先世居永嘉枏溪。宋紹興間，有諱直者，學行著聞，人稱之曰蘭窗先生。好遊覽山水，至黃岩里曰青陽，見龜蛇相糾蟠，喜爲玄武瑞應，遂挈家定居。再世生幽，宋淳祐仕至將仕郎。幽生洌，又自青陽徙居栢山。洌生仁弘，處士父也。母王氏，生二子，處士其冢嗣也。甫成童，卓然有亢宗之志。長益奮厲，儀觀英偉，持身端簡周慎，崇義讓，重然諾，深謀遠慮，出人意表，而料事多中。經營家業，品節綜理，各適其宜。遺産益致衍裕，積而能散，然亦未嘗妄費。

會歲大侵，鄉民隕于饑餓者相枕藉，處士憂形于色。諸子承父志，爲糜粥置道次以食之，全活甚衆。秋成，家人請索逋負，處士曰：『彼幸不死，所收能幾何？官租尚不能償，況私債乎？』亟取積券焚于庭，計免庚穀粟數千石，以絶家人覬覦之心，以釋負者窮戚之憂。歲收田租，準鄉例率減畝二仁，永爲常額。賙窮恤匱，濟急扶艱，一無吝色，不但凶歲爲然。里有不務本而事貪饕者，以其家豐於貲，搆飛語，規爲要賄計。處士與之接，言遜而義正，毅然無懼色。若輩縮首張目，不敢吐一喙，媿謝而去，旁伺者帖然屏息。嘗以閭右長督户口鹽米五百餘斛，憫民窘厄，不忍逼，悉以己資代輸。時長子謙受適遘疾，懷其惠者召緇黄禱祈，處士却之，乃私禱於他所，而疾遂愈。

處士於奉先必誠必敬，重建祠堂，增置祭田，以爲世守。晨謁之禮，未嘗以事廢。及期將事，必深衣幅巾，振肅容儀，以率群從。陳器具饌，身親莅之，登降盥薦，一依《家禮》，至老不倦。鄉之子弟力不能就學，爲之設義塾，立義田，延名師教之。鄰壤聞風而來者，户屨恒滿。衣食缺乏，給以義田之所入，俾其安心於學，至有業成而不忍舍去者。尤嚴於家教，諸子姓孫曾出受師資之益，入聞過庭之訓，皆淳良謹厚，不事浮靡。闔族化之，鮮有慚德。大參饒公廉知其家法脩整，擇其年少而秀拔者，若華，若文，補邑庠弟子員。華、文皆知砥礪，以求無負於拔擢之盛心。幼孫承昨，八九歲時，即能運如椽之筆，伸臂引墨作大字，頗得柳法。進退揖讓，皆有禮度，名動縉紳，是皆義方飭勵之所致也。家近通衢，儒流貴客經其門廷，置賓館，潔膳羞，盛供具，款陪不倦，頗有投轄之風，而未嘗自軼於禮法之外。客亦安其曠達，樂與談論，若飲醇啖炙，味投心醉，遂忘淹滯，至浹旬彌月者，亦多有之。

生平未嘗有疾，晚年尤强健，委家政付諸子，别構一室爲燕居之所。退處之次，焚香危坐，冥心静慮，怡然自適。風日暄美，扶杖曳履，徜徉泉石間。或閲稼，或訪友，興盡而返。疾作，諸子孫遑遑然速醫召巫，處士力止之，曰：『死生定數，醫禱奚爲？且吾年已近八旬，委順全歸，夫復何望？若等能脩身保家，光前裕後，瞑目無憾。』有頃而卒，距生之年元至正戊戌三月二日，享壽七十有八。遺命喪葬無違禮，遠近赴吊者填門塞道，下至農夫野老，亦皆隕涕。蓋處士德惠及人，一出至誠，故傷悼之者無間遠近戚疏，亦感應之必然也。處士配王氏，婦道姆儀爲族屬表式，先十六年卒。子男五：謙受、謙益、謙鼎、謙巽，少曰謙震，亦先卒。女一，適孫于正。孫男廿五人，女五人。曾孫男十人。葬之期，則正統元年正月七日，與其配同隴而異窆。余與處士居連壤，雖未獲半面之識，而英名雅譽習聞于耳。今即其狀之所述，附以聞于人者，序列如左，而繫之以銘曰：

栢山高高入雲霓，秀氣蟠結君子居。世崇義禮眈詩書，偉矣滋德襲慶餘。益弘善行爲菑畬，英姿傑特七尺軀。剛不吐兮柔不茹，翕張隨時心靡渝。貧夫睨鼎莫敢汙，賙窮煦若春陽敷。不沾一命志則舒，良玉韞櫝光燁如。流光旁燭衆所趨，晚節優游樂桑榆。森然孫子羅庭除，報施有常信不誣。瀕終猶能全令圖，據榻昌言却醫巫。此事可與易簀俱，夏烏之原土豐腴。辛木陰承雨露濡，餘澤未泯年歲徂。有石屹立俯丘墟，勒銘紀實非敢諛，欲尋往迹此可稽。

朴菴鄭處士墓誌銘〔七〕

正統丙辰八月二十五日，朴菴處士卒，距生之年洪武戊申八月六日，壽六十有九。卜以卒之明年冬十月某日，葬于所居里之前原。其子惠先期衰絰踵門，奉前鄢陵訓導王爵廷賢所述事狀，哭泣請銘。處士嘗與余有往來之好，誼不可辭，於是次第其事，序而銘之。

處士諱文彬，字孟質，行靖二，姓鄭氏。先世閩人，李唐始遷永嘉。八世祖諱勛，仕宋爲國子丞，自郡之子城西析居鵬飛里横塘。傳二世諱端，再徙横塘之右曰皎嶼，即今所居也。曾祖〔八〕諱延年，元司天監奏差。祖諱均卿，父諱元亨。世篤同居之義，厚德覃被里閈，代以長者著聲。母謝氏。

處士諒直淳謹，沉静有智，而不事機巧。讀書通大義，旁習陰陽地理，究其旨趣。勤於治生，專力稼圃，課童樹藝，具有成法，以故禾麥蔬果豐茂，異於鄰壤。家業日益滋殖，而制用處己，率尚質素，澹然出於天真，絶無毫髪驕盈之氣，因以『朴菴』自號。事親孝誠切至，苟可得爲者，竭力供辦，不使親有憂色。嫡母遽膺急證，求良醫，授以藥，率若飲水，醫皆縮手而退。處士計無所出，露香告天，業欲刲股，家僮走報，母息已絶，倉惶投刃于地，號慟隕仆，移刻方蘇。事兄撫弟，敬愛兼盡。

洪武丁卯，官集民兵禦邊，其家丁壯頗衆，伯兄承命執役〔九〕。未幾，處士奮然曰：『兄實宗適，當助吾父持家政、奉祭祀，豈可久縻行伍？』即挺身求代。既而歷涉遠道，間關險阻，屢易寒暑，阽於危急者數，人皆爲處士懼。而處士恬然順適，致力效勞，常言：『苟可以寧父兄，死又何傷？』天道佑善，幸得安全無虞。永樂甲申，歸老于家。重整舊規，鄉人嘆〔一〇〕羨，以爲能行人所難。名其所居之堂曰『孝義』，前崇仁司訓戴先生時雨爲之記。安居後，志益壯，開拓締搆，田園舍宇日益廣。痛念伯兄叔弟相繼淪謝，不獲同享，撫其諸孤與己子等，而諸姪孝敬如其父，上下情意孚契，爰及孫曾凡四世，聞鼓節而升堂會食者千餘指，事無大小，禀白咨決而後行。建祠堂以奉祭祀，脩家譜以綴族屬，著規範以示戒約，揭『友愛』二字于中堂，俾長幼目擊而心存。年向暮，徭役重務，分任能幹子弟，自是罕入城府，獨專家政。

生平待人一以誠確，未嘗事矯飾、尚鉤距以取便利，人亦以是歸心焉。尤好爲義舉，嘗搆書塾，延師以教鄉閭後進。重建忠烈侯廟及里之土穀神祠，橋梁、道路圮廢者，捐帑完之。橋之成者九，路之成者不可計。寺觀有興造者，率皆資之。歲大侵，則預戒家衆毋乘時貪利，捐穀米，易錢貨，務藏畜以濟人。減息平價，隨宜而施，爲糜粥以活道殣之人。死無以斂，給槥致賻，各遂所欲。宗族不能葬者三喪，爲營壙窆于祖隴之側，曰：『使其魄有所依歸。』逋負歲久不能償者，焚其券。里人懷惠居多。

宣德己酉春，具牲醴告祭祠堂，屏家政于長姪曰崇生。猶念屬告弗周，復摭〔一一〕其要領，録成一編，名曰『思繼』，自序其端，以致丁寧之意。前郡守何公聞其行義有實可徵，遣使致書，延赴郡庠鄉飲，特加禮遇。處士迫近稀年，而康强精爽，詎意嬰疾弗起，聞者莫不痛惜。先是疾將劇，召惠等謂曰：『吾自少時問關世故，不意生還，迨今四十年矣，恒恐弗克副先志。今幸遂首丘之願，亦云足矣。然吾平生無過人者，但自處與衆一致，食不重味，衣不重裘，無厚於此，無薄於彼，周身之外，别無尺帛一錢爲没後之累。下見先人，庶無媿也。』及終，果如所言。親友吊唁者皆歎息以爲難。娶陳氏，賢淑静莊，寬裕縝密，相夫起家，致力居多。子男三：長即惠，嫡出；次毅，次火，側室朱氏、林氏出。女一，適潘逸。孫男二：長鼎，次某。女二。葬之兆，處士預勞壽藏也。

嗚呼，處士德之及人者博，宜得永年，而僅止中壽，然天之報施不足於其躬者，恒蓄之以裕子孫，俾久而彌昌。《易》曰『積善之家，必有餘慶』，此之謂也。銘曰：

至朴之真古道敦，去華返朴行乃淳。處士以之賁厥身，肆力稼圃躬儉勤。利不取贏業自殷，不伐不矜心孔仁。德義所敷先親親，餘澤波及里與鄰。持家訓飭恒諄諄，閨門雍穆無間言。代兄遠戍歷險屯，生還再拂衣上塵。卿老走賀塞里門，孝義之名動儒紳。晚節優游撫松筠，夢兆俄驚歲在辰。仁者必壽聖所云，胡不耄期遽沉淪。皎嶼之山龍虎蹲，生氣凝結如春温，安此吉壤裕後昆。

水西陳處士墓誌銘

余昔承乏兩制，會天台楊公文遇爲脩撰，與余義分甚篤。公既捐館，其子犟挈家還故里，判别廿餘載。正統三年冬，重念父執，遠來造謁。語次，乃以先君子遺筆、舅氏水西處士事狀乞銘其墓。余與處士雖未嘗有一日之雅，而脩撰公所述信而有徵，於是次第其事，序而銘諸。

處士姓陳氏，諱榮，字仕茂，世家潁川。元至元初，有曰崇一者，仕台州路，卒於官。裔孫玄徙家于台之黄岩靈山鄉錢嶼，即今所居也。曾大父諱旻，大父諱龍孫，父諱啓，母某氏。處士生而穎敏，少長即有大〔一二〕志，請業于國子學録訥齋翁公，授以書，輒成誦，若素習然。既壯，狀貌瑰傑，度量寬宏，而遇事能斷，善自樹立，不爲邪辟所摇奪。事親盡禮，敬兄撫弟，怡怡愉愉，未嘗有愠色。待族婣朋友，一於誠信，以故人皆歸心焉。

洪武末年，先府君以非辜逮之京輸役，處士侍左右。旦出道，間得遺鈔及銀首飾一囊，持立以待。頃見母子倉惶求覓，審而還之，彼願折其半爲謝，辭曰：『臨財苟得，非吾志也。』母子懽然再拜而去，旁觀者莫不稱歎。永樂初元，府君既没，母抱戚孀居。處士率諸弟，色養唯謹。時外兄戚公存心任春官侍郎，欲以才行薦，處士力以母老辭。母素善教，年雖向暮，而訓飭不怠。雲松黃公斌聞而識之，爲作《慈訓記》。處士特搆一軒，因其地扁曰『水西』，寘訓於中，朝夕省覽，冀有所警。延師設塾，以教群從子弟。里閈貧而向學者，悉聽受業，費皆己出。泗州訓導戴公有南，學優行確，處士素所敬畏，會其謝事家居，以禮屈致，俾爲諸子範模，躬執弟子禮，侍聽講説，或至夜分，其好學不倦若此。以故德業日隆，而見義勇〔一三〕爲，不憚勞費。

縣東驛道距新安一舍許，久爲風水蕩激，橋崩路圮，輿馬行旅艱於跋涉。處士喟然嘆曰：『世有事浮圖徼福自利者，獨何心哉？』乃毅然捐貲庀工，葺治完整，視舊有加，行者莫不感悦。比歲多歉危困來告急，倒囊傾篋不少靳。里有争曲直者，咸來取正，得片言輒服。其他善行頗多，此其大略也。

永樂九年冬，以疾卒，享年六十有一，聞者莫不嗟悼。配徐氏，貞淑端静，克勤内助。子男三：慎、忱、惇。女三，同邑盧衮、鮑滂、賀栞，其婿也。孫男四：町、畘、疃、略。以卒又明年某月某日，奉柩窆于南山之原。爲之銘曰：

德厚行敦，惠浹乎人。壽雖不遐，名則永存。鬱彼南山，松栢蓁蓁。是固是安，以利其後昆。

副都綱日菴禪師塔銘

師諱曇旭，字旦初，日菴别號也，族安固林氏。自少穎異，讀書過目成誦。吾舅艮菴王先生設帳雙嶼潘君館，師於潘爲外親，負笈往從之。未踰月，駸駸有所得，操觚染翰，頗循軌度。年十四，游仙巖，超然有方外之想，遂依斑公仲温，深有所契，落髮受其戒，研窮教典，悉如故習。斑以法會再來人許之，且喻以無滯於章句。自是頓悟解行兼説，勤行而無所留礙。斑化去，復禮副都綱雲江倫公充侍者，益脩戒、定、慧三觀，又〔一四〕習觀音法門，由聞思脩入三摩地，心倍明利。耆師碩德，咸加歎仰。師又以僻處一隅，無所取裁，奮跡高蹈，往遊湖海。初見敬中和尚莊公於徑山，稱爲叢林獅子，留司藏鑰。受薦出世蘇州延慶，請檄僧司，京都大夫士咸賦詩送之。

越十年，歸故里，住樂成。壽昌、能仁、雁蕩甲刹，法席久曠，鐘魚寥寂。僧衆以爲激揚頹波，非師不可，具疏力請，勉副所望。卓錫六載，僧司以諸山薦舉，檄住江心禪寺。倫公歸寂，師代領其職，是爲宣德四年也。服勤行業，馴致勞瘁。正統二年，浴佛前一日，會諸耆舊兩序，謂曰：『世緣已盡，尋當西歸。』命侍者具楮筆，書偈曰：『六十七年春夢足，了知世事總虚華。任渠幻出諸形像，明月清風是我家。』擲筆而逝，僧臘五十有三。龕留七日，神色不變。郡邑官貴、兩學教官、交遊士友，次第設奠；遠近檀信齋香燭瞻拜者，渡舟相續。闍維之旦，烟騰五采，齒牙數珠多有存者，送客莫不讚歎。

師之身貌不踰中人，而器識淵邃，志尚超豁。昔侍雲江座下，鄉之耆儒甦菴梅舟林公、艮菴王公、巢雲吴公、淮先君子静菴公，皆與雲江游，論文賦詩無虚日。師從旁聽受，故於外學時復温繹舊習，詩偈不事藻繪，而意已獨至。四樹法幢，攝誘後進，慈悲感化，而詞鋒峭峻，多有所成就。至於支傾植仆，靡憚勞勤。其於能仁也，裝飾殿宇，脩緝廊廡，重造會源橋，成道門四十九盤二山亭。其在江心也，重建萬佛閣，諸佛天刻木肖像，前太守侍郎何公作記。復建經鍾二樓、觀音殿、水陸閣，加飾應真羅漢，脩東西二塔。盖師之長材，善於應世，清議足以服人，故其應迹彰，昭昭若是，不可泯也。剃度弟子文琛、文璐、文璨、文璁等凡十人，嗣法弟子思儼、德湛、崇謐、普超等廿餘人，收餘燼閟以石塔，踵門求銘。余與師交好甚篤，生前又嘗有夙約，安敢辭？爲之銘曰：

師初業儒，翻然改圖。往依教乘，若金在爐。煆煉精堅，光瑞焕發。觀慧平等，何有差別。循緣撫世，真俗交參。應感相符，不在言談。起廢扶傾，乘方便力。無爲有爲，了不可極。委順告寂，生滅俱空。何來何去，江月松風。贅語彌文，式昭化跡。學徒具瞻，永永無斁。

贈監察御史房公墓碑銘

聖天子寵惠廷臣，歷官一考，才與職稱，錫以誥敕，封贈其先世，視品級有差，于以昭答所自出，恩至渥也。監察御史臣房威秩正七品，制當受敕，追贈父友諒，官階如其子。二母皆王氏，没贈孺人，生封太孺人。正統四年，威承命巡按浙江，行部至温，謁余敝廬，請銘其先府君之墓，以侈上賜，發潛德，垂示來裔。余重威志在顯親，不復敢辭。

按狀，公字友諒，成其諱也。曾祖諱仲庸，居許州襄城。祖諱德政，父諱整。世服詩禮之教，皆以善行聞于鄉。母李氏。公生於元季丁亥歲，資稟純篤，厥父不達，遭逢厄運，殞於兵革。公煢然失所怙，年甫弱冠，奉母避亂，流離播遷，險阻備嘗，而色養無違。迤邐至洛陽，遂定居焉。内附後，民安田里，公刻志樹立，以裕其家。暇則披閱儒書，請業於賢師友，講求大義。痛念父没不得其時，斂葬禮弗克備，言及嗚咽涕洟，或至輟食。慈闈之養，竭力營辦，務得其歡心。母卒，哀毀殆欲無生。居倚廬三年，疏食水飲，未嘗有間。歲歸襄城，省視祖墓，祭奠如儀。平居言行相循，靡有惡聲遽色。處族里，接朋友，謙和信實。臨事敬畏，不敢畔繩墨。濟人之難，赒人之急，率視爲分所當爲，傾囊倒篋不靳。或有事來質，必告以正道，恥爲諂辭，規取容悦。間得遺物，廉其主還之，而不受報謝，以故鄉邦之人無不感仰。

永樂己亥十二月十七日遘疾，没于正寢，享壽七十有三。子男二：長銘，元配所出；次即威，繼室出也。二子自幼至長，公訓飭懇至，命銘習理家政，遣威入邑庠，充弟子員，皆能遵承嚴命。威尤敏於力學，由鄉魁登進士，首膺風紀之任，節分凛然，其進未易量，而顯親之榮，殆不止於此也。女二，婿王翔、衛直。孫男三：端、竑、竲。女四，長適劉讓，餘幼，在室。公之葬卒後十日，墓在邙山之原。卹典所被，則在葬後幾年也。銘曰：

緊惟盛德，險夷一致。再造厥家，克承先志。施及鄉邦，感蒙惠利。善行彌積，仁聲茂著。慶祐敷遺，篤生賢嗣。奮迹〔一五〕巍科，耳目攸寄。贈卹貤恩，秩均子貴。無德不酬，天道可恃。

北邙之山，堂封鱗比。孰若公榮，進猶未已。

陳安人王氏幽堂誌

安人諱某，行勝二，姓王氏，世爲永嘉人。父諱某，母金氏。安人生有淑質，既笄，歸陳氏伯穎。陳爲同邑安溪望族，後徙居郡城，家範嚴飭。安人爲之婦，敬慎端慤，事夫無違禮。凡所當爲，必先意承順，輔成厥志。治生産，裕家業，佐輔之力居多，而未嘗掩爲己功。其祭祀奉賓之具、烹飪盖藏之事，皆身親莅之。内治之隙，又致力於女工，率至夜分。鄰媪或譏其不能安享厚福，安人聞之曰：『此分内事，吾安爲之而不覺其勞，且以率子婦之荒寧耳。』或又議其自奉過於淡薄，安人曰：『衣取周身，食取充腹，吾之素志，豈可以家之豐嗇而有所移易乎？』識者皆以富而不驕稱之。尤篤於致孝，每以弗獲逮事舅姑爲戚。念母衰老，請於夫迎養之，終餘年。勗子以善道，待人一本於仁恕。接族姻，輯鄰里，恩義俱稱，重輕有則。馭家衆，未嘗有疾聲遽色，而群下自不敢欺。里有坐累，幾不能自全，安人惻然傷懷，捐白金以濟之，事釋不責償。其賙急好施多類此。

生於洪武甲子九月初四日，卒於正統丁巳八月二十一日，歷年五十有四。子男六：長玄琺、次瑛、次鎬、次鉉、次銘、次鏇。鎬、鉉、銘，安人出也。鉉肄業郡庠，篤志敏學，顯親之榮，指日可待。孫男七：濠、澠、浩、澾、津、淇、澍。女五。諸子卜以卒之又明年某月某日，奉柩葬于建牙鄉丁么之原。先期衰絰踵門，請文誌諸幽。既爲之序次如右，復繫之以銘曰：

令德柔嘉，壽胡不遐。報嗇於躬，慶延厥家。是亦受祉，其又何嗟。

存耕卓處士墓誌銘

天台黄岩邑逢掖之士卓稔，將葬其先府君存耕處士，前期介能仁寺東院樠菴粹公偕來請謁，奉其先師應君尚履舊述處士行實，縗絰泣拜，乞銘其墓。樠菴夙契尚履，慎於許與，言宜可據，序而銘之，其又何辭。

處士諱琺，字用珎，姓卓氏。世居福州，宋至道間曰昌者，爲台州軍判官，子孫遂定居于黄岩仁風鄉安寧里。幾傳至哲，元瑞安州學正。哲生静，審時達變，晦迹弗衒。静生成，志尚軒豁。丁元社將屋，兵戈相劘戛，瀕海尤甚。閩故多族姓，且殷盛足以相保，攜家往依附焉。既而奮入戎行，冀有所憑藉，一展其才智，天不假年，竟賫志而没，是爲處士之父也。父没時，處士纔四歲。母金氏，止有一息，保愛若掌珠。年六七，已見端緒，不狎群童，呴呴與母居。年益長，而孝敬日益至。伯父貴祥憐其質美，撫字篤厚。甫十齡，伯父資遣侍母歸鄉里，俾無失故業。兵燹之餘，墟田蕭索，舍宇淪爲草莽，宗族散落殆盡，惟存薄田數畆，在邑西斜川之上。奉母寓居，以就耕作，歲入僅足以致養，未嘗有戚容。

比壯，益篤志於學，從鄉先生彦器陳公講授，求知大義，驗諸躬行，積善樹德，一本於誠。

重然諾，慎交接，良朋雅士，親之如弟昆，不孑孑以釣取聲譽。常念弗克逮事父祖，極致謹於奠享之禮，具饌滌器，躬率婦子，爲之致愛致慤，悉中禮度。尤謹於治生，經營家業，銖積寸累，課童樹藝，不徐不亟，各適其宜，而資産日益豐裕，然亦未嘗事掊剋以求贏。斜川草創，不足以悦親，遂改築百嘉峰之下居焉。自奉甚薄，且不喜飲酒。客至，促家人治供具必豐潔，觴酌必盡醉，留連竟日忘倦。

歲飢，推其餘以給匱乏。鄰里曠遠，有惡少恃力肆貪，迫以計，覬强發其廩，處士毅然折以大義，强者慚服而退，既而亦復賙其急。以故人皆憚其嚴而懷其惠。厥後里俗滋僞，告訐成風，忌嫉處士剛果而饒於貲，恐與立異，誣以罪，逮繫赴京。處士處之裕如，事竟白而還。同事有貧病而無傔從，不能自活者，處士扶持賑給，俾之安全以歸。挾妻子踵門拜謝，稱爲再生父母。處士練達世故，習知人情是非，益務繩檢以自保。嘗誦古人『但存方寸地，留與子孫耕』之句，有契于中，掇取『存耕』二字，揭扁燕居之室，以示警策，且以爲後世法，搢紳多詠歌之。教子必延明師，戒其毋泥於文辭，務明理以迪蹈吾志。厥子稔丰神秀朗，敏於力學，而又能謙抑以自將，克振其家者也。

處士春秋薦更，筋力不少衰，又喜得賢嗣任幹蠱。時復曳杖消摇林泉隴畝間，怡然以自適。壽及七旬，溘爾告終，是爲正統己未五月二十六日也。娶鮑氏，早喪無子。繼娶劉氏，同邑望族，懿美柔嘉，克謹内助。時處士陷於非辜，子生始晬，劉獨持家政，内無强近之援，外有侵侮之虞，左支右吾，極勞盡瘁，家賴以完。先處士三年卒，壽六十有八。子男二：長即稔。次積，與一女皆夭。孫男一，女二。以卒之明年某月某日，奉柩窆于百嘉峰之原，去家僅幾里。嗚呼，處士幼歷屯邅，中躪艱棘，而操履堅定，卒厚其家，以佚厥躬，以全令名，以裕夫後昆，可謂有猷有爲者矣。是宜銘，其詞曰：

閎諸中而無間於險夷，德之貞也。暢乎外而克慎夫終始，行之成也。歛厥美以考終，而餘慶之敷遺，子孫其承也。太史勒銘，昭告山靈，訶禁不祥，俾玄宅之永寧也。

蓮峰處士蔡君墓表

蔡爲黄岩著姓，其先福之長溪人。唐末曰名者，避黄巢亂，始遷居黄岩來遠鄉。幾傳至聖樽，宋嘉祐中，登許將榜進士第，官至知越州事。七傳至鎮，博洽經傳，尤邃於《易》，是爲蓮峰處士之祖也。父諱如琰，篤於孝親，母末疾，保持惟謹，三年不入私室，湯藥必親調，爬搔櫛沐，一不委諸侍兒。至於浣濯衵衣厠牏，亦必親莅之，終養不少懈。處士自幼觀感，即有所策勵，既長就學，篤志於踐履，不瑣瑣爲科場之文，常曰：『吾寧外不足而内有餘。』有識者偉之。嘗從鄉宿儒陳天錫受《尚書》，求古帝王治道之[一六]，心術之要，深有所領悟，蘊而不衒，其德日益進。應務接物，一循矩度，未嘗有驕矜之色。至正間，經略使廉知其抱負，嘗以丘園晦跡薦，不就。審時察變，益務韜閉。伏遇我朝吊伐之師鼓行而南，處士衣寬博之衣，詣軍門獻書主帥，祈靖鄉邑之難，由是姓名日著。

洪武初，邑宰李震以明經舉。處士筮之，遇《履》之《無妄》，繇曰：『履道坦坦，幽人貞，吉。』私謂所親曰：『吾之出處，决於此矣。』遂力以疾辭，杜門却掃，謝絶人事。時或徜徉泉石間，嘲風弄月，陶情遣興，亦不以雕刻爲工。家故多貲，先世嘗虞回禄之災，業日耗廢。處士恬然不以規利爲心，衣粗食糲，裕如也。嘗旦坐堂上，召其子公初等謂曰：『吾家自八世祖學録府君篤友愛之義，兄弟同居共爨者延及五世。後罹兵燹，不能安居，始分析異處，心竊痛之，而力不足以復合。成吾志者，誠有望焉，汝等識之。』公初行義孚于鄉里，而善於治生，産業日益殷盛，規構堂宇以復舊觀。處士慨然曰：『吾固期汝躬行孝義，以振祖亢宗，他非所急也。』公初遵承無忽。

處士諱光祥，字君瑞。生於元泰定丁卯九月初七日，以洪武丁卯六月初二日卒，享年六十有一。其年九月庚申，葬于所居里東山之原。配張氏，繼王氏，俱先卒。又娶盧氏，婦儀母則，内助居多，後處士三十八年卒，壽九十一。子男二：公初、公養，盧氏出。女一，張氏出，婿周伯厚。孫男七：智槐、智静、智諫、智誕、智諳、智詗、智評。孫女二。曾孫男八：慶軒、慶陛、慶堅、慶埻、慶培、慶坦、慶坰、慶垕。

嗚呼，處士以厚德善行，趾美於前，而垂裕於後。公初能遵治命，再啓合族，以成厥志，亦既可嘉也已。今智槐以墓石未有刻辭，不足以發揚先德，請文於余。孝道莫重於顯親，余又不得而却之也，爰舉大節，揭表以示來裔，復繫之以詩曰：

惇德樂善，緊士之能。倬焉偉度，有而弗矜。兩薦不起，匪曰忘世。龜筮告祥，罔敢或貳。白駒空谷，實獲我心。率履靡愆，譽藹儒林。義聚中更，力未遑復。幹蠱有子，厥志允續。茫茫九泉，雖歿而寧。垂休委祉，孫曾滿庭。焯彼幽潛，勒石墓道。邦人具瞻，是則是效。

贈禮科給事中武公墓碑銘〔一七〕

浙江右參議武達，先任禮科給事中，朝廷以久侍禁近，屢效勞勩，推恩贈其父階徵仕郎，官如其子，母贈孺人。正統二年春，參議按部至温，踖余門，拜稽請曰：『先父母合葬十餘載，榮膺恤典，光賁九泉，而墓道之石未有刻文，無以侈上賜，昭潛德，怛焉内疚。先生矜而畀之銘，不勝至幸。』余與參議托交有素，不敢辭，遂摭其同門友中書舍人姚本所述事狀，序而繫之以銘。序曰：

公諱秉興，字某，姓武氏，雲内宦族。父諱義卿，元登進士第，宣寧縣丞。致政歸，屏處州之獻南莊。公自幼篤於孝敬，十歲喪母，居喪如成人。父有命，奉承無怠。甫成童，薦罹兵燹，歷涉艱虞，父亦遽殁，煢煢無所依。復居雲中，克自樹立，痛念弗獲終養，言及輒涕泣嗚咽，或至於輟食。勤於治生，而自奉甚薄，以故産業復振。課耕之暇，披閲儒書以自勗，襟度凝廓，制行端謹，不事奔競。朋舊在顯位者，率知其所安，故不以仕進推挽之。平居衎然自樂，治家以禮，教子有方。處鄰里和而不流，睦姻族惠而有恩。中年後，留心外典，不飲酒茹葷者三十年。賑恤貧窶，不計財之贏〔一八〕縮。人有向善者，傾心贊助，輕儇小夫亦服公厚德，彼或有失，置不與較。

達爲公仲子，尤愛其聰敏超邁，嘗曰：『他日大吾家以紹先業者，必此子也。』遣入邑庠，從學明師，果以《易經》中鄉舉。卒業成均，選在前列，遂有給事之任。公聞子得官，躍然喜慰，促裝趨京邸，戒之曰：『汝年少儒生，驟陟華要，宜廉慎自持。日費之資，吾能繼之，幸無慮也。』達聽受唯謹。既而丁母憂，將終制，公忽遘疾且革，命左右扶掖起，執達手謂曰：『吾浮沉齊民中，無分寸裨益於世，汝今叨備任使，當恪恭朝夕，以圖報稱，酬吾素志，瞑目無憾矣。』反席未安而卒。是爲永樂甲辰六月二十九日，距生之年元己丑十月二日，享壽七十有六。配張氏，同郡名家，婦道母儀，懿行兼備，先公四年卒。生於元庚子六月七日，其卒永樂辛丑八月十一日，壽六十有二。宣德丁未季春之吉，合葬郡城南馮公莊東合河之陽。子男二：長通，次即達。女一，適里人袁彬。孫男若干，孫女一。曾孫男若干。葬後七年，達承諸大臣交薦其才，宜當方面之寄，擢拜今官，誥封朝議大夫。居職將再考，政聲聞于朝著，進用未易涯。公之褒崇光大，殆不止於此而已。天道報施，其遲速豐嗇，蓋自有其時也。銘曰：

惟武之先，雲中繼遷，世簪纓兮。公斂厥美，隱約田里，樂幽真兮。施及州閭，善積慶餘，信有徵兮。賢嗣蒙休，拱侍宸旒，被寵榮兮。贈卹推恩，鳳誥龍文，賁泉扃兮。過者式車，孰不嗟吁，歆盛名兮。勒石墓門，昭示後昆，奕世其承兮。

盧處士貴復甫墓誌銘

天台黄巖邑之靖化鄉處士盧氏貴復，以永樂己亥七月廿二日卒。後四年癸卯，葬于邑之來遠鄉清江里黄奥山之原。墓石久缺刻辭，冢嗣原幾遣其弟原爵奉鄉友應君尚履所撰事狀，遠來乞銘。余與尚履交好頗久，其言可信，遂按狀序而銘諸。

處士諱宗恢，貴復其字也。唐時門閥甚盛，歷宋至元，以儒業入仕者代不乏人。十世祖申之，仕至知縣，與鶴山魏了翁爲同年。了翁嘗序其《歲時會拜録》，稱許甚重。高祖諱憲父，太學釋褐，授迪功郎，教授處州。咸淳庚午，台州厄於洪水，歲大侵。時在太學，率同舍生上言，得發粟賑救，邦人誦之。曾祖諱有濟，元温州路永嘉縣儒學教諭。祖諱可與，父諱伯詵，兩世不仕，務積陰德以貽後世。母林氏，宋進士草廬先生之裔也。

處士幼失怙，遭時多故，家業耗落。五六歲知事母，稍長即有大志，甘旨之奉，極力供辦，無難色。有二喪在殯，或勸之從俗火化，處士蹙頞〔一九〕不忍聞。積貲稍裕，卜地以葬。嘗從叔祖敬齋先生講求家學，德器日就宏深。時里之佻薄者，事告訐，相傾陷。處士兢兢自持，恐觸禍機，上貽親憂，杜門屏迹，益務韜晦，人皆敬而憚之。理家和而有禮，馭僕妾不加以疾言遽色，而奔走執役不敢慢。家之庶務，未嘗屑屑介意，而收功取效，莫不秩然有序，以故生理日滋，漸復舊規。人以田園來售，酬必優其直，未嘗乘人之急而要之也。由是産業歸于處士，日增月羡，而售者皆得濟其欲。

處士畏威如疾，見人忿争致訟，必攢眉嘆嗟，嘗訓諸子曰：『寧我容人，毋人容我，此言良足保身。若夫制行以繩祖武，讀書以繼家聲，顧若等立志何如耳。凡自外至者，一聽於天而已。』厥子皆聽受惟謹。處士於奉先，躬莅祭事，必敬必慎。待族姻，遇賓友，皆隆於恩意。凡事一於忠信，不爲鉤距矯飾。身爲里社倚重者垂四十年，鄉人稱之曰盧長者。姊適陳氏，從夫之官邵武之太寧。夫卒，遺息甫八〔二〇〕齡，而囊無留貲，母子煢煢，淹滯逆旅。處士聞之，痛割心腑，即治裝上道，迎之以歸，爲寘田宅居之。姊没，治喪殮葬，皆經紀〔二一〕其事。三從弟宗瑩，少失怙恃，處士教養之。比長，爲之婚娶，賙其匱乏，靡有厭倦。歲歉，貸粟者即與之庚也，或不能致息，竟亦不問，雖累數至千百，悉焚其券。公家徵需，必率先鄉人以應之。其仗義率多類此。

處士生於元至正壬寅，歷歲五十有八。元配孫氏，先廿一年卒；繼室蕭氏。子男六人：原幾，孫氏出；原繪、原震、原樞、原爵、原欽，蕭氏出。女二，長適同邑士族蔡玄𠆩；次適貢士臨海錢茂，廣西參政述之子也。孫男十三：廷岑、廷岐、廷嶷、廷崗、廷巒、廷誾、廷岷、廷珊、廷瑜、廷璟、廷玠、廷瓚、廷陶。孫女八。處士卒時，諸子未壯，少者尚在襁褓，而公私多故，賴蕭氏貞一勤儉，極力保持，以育以教，克底成立。蕭今年六十，孀居二十三載，母儀懿範，族里皆稱道之。

嗚呼，仁者必壽，聖有明訓。處士厚德善行，淪浹於人者深，允宜躋於耄期，以享遐福，奈何未及中壽，遽爾云亡，人莫不咨嗟悼惜，以爲天道之不可憑也。然而嗇於躬者，必盛於後。觀其諸子，彬彬雅飭，克振先業，諸孫森如蘭玉，繼之者未易量，天之錫報，其不在兹乎？爲之銘曰：

盧初受氏本齊姜，代有顯宦相輝煌。譜諜罔克紀其詳，遠祖仕宋綰銅章。了翁序述行彌彰，釋褐上言賑飢荒。鄉人贊頌莫敢忘，陰德積累世相望。源之深者流必長，處士胡爲父蚤亡。幼知孺慕情内傷，年與志長氣益昂。不惟肯搆亦肯堂，資業歛然弛復張。劬躬勵行器莫量，避惡凜若防蠆芒。親賢如就芝蘭芳，勇於就義心允臧。博施不吝傾筐箱，仁者必壽理有常。誰其厄之問彼蒼，報不于躬後必昌。子孫森然列成行，積善自應有餘慶。遺此陰魄閟崇崗，其不朽者聲遠揚。

南康縣知縣致仕徐公墓碑銘

洪武中，淮與黄岩徐公德新同爲國子生，辱以鄉曲之故，交好甚篤。丙子同中應天府鄉試，會試禮部，公偶不利，還入太學，淮遂承乏兩制。自是升沉互見，而離合靡常矣。宣德初年，淮以疾歸，卧丘園，會公亦得致政歸故里，音問往來不絶。嘗期一得聚首以道故舊，不意訃音盡〔一二〕然遠臨，隕淚如雨，痛不可續也。卒之明年，是爲正統己未春，公之冢孫簡奉其執友應公尚履所撰事狀，匍匐遠道來乞銘。淮與公故友也，銘其可辭乎？序曰：

公諱明善，德新其字也，姓徐氏，世爲黄岩望族。曾大父諱山，大父諱谷，韜晦弗耀。父諱祐，以才辟爲鄉從事，未及仕而終。母相氏。公少穎悟，稍長即有大志。方垂髫，爲父訴冤於三公府，辯析詳明，官僚皆稱異之。後爲舉人，還監時循例歸省，復業愆期，殿授山西萬泉典史。適遇藩府開鄉闈選士，公投狀就試，主司覽文超出儕輩，欲寘首選，或謂出非所部，次名第三。登進士第，授行人司行人。使命專對，克稱厥職。尋以才能奉旨往寧夏經理邊務，隨宜制變，用息危疑。暨還復命，允合朝議。未幾，會更改御史官制，慎選才德卓異者充其任。公用薦被選，或有沮之者，吏部宣言：『此奉使西夏行人也。』遂授之，朝士莫不爲公榮。

太宗皇帝入正大統，事復舊制，任福建道監察御史。公素嚴毅剛正，至是益加敬慎，讞獄詳明，未嘗妄致一民于辜。時方嚴海道之禁，有雷陽人訐其鄉之違禁泛海者甚衆，屬公鞫問，以犯在赦前釋之。惟范甲一人，訐者稱其洪武中嘗下海，黨與伏誅，范亡逸苟免，至是宜服法。范稱冤，公俾歷事監生楊善閲案驗之，楊紿以案歲久，閲不可得，范遂誣服。公察其辭色非真情，躬自於積牘中窮搜累日，乃得舊案。范果無與，亦得從赦例，訐者伏辜。又力辨漳州下海四十七人成獄，具有徵驗，赴都堂稟白。都御史陳公難之，公正色曰：『朝廷以濱海之民亂法，私搆番國爲邊患，故嚴加禁治。苟失其實，枉陷無辜，非朝廷意也。』陳首肯，速公具奏牘，詰旦人奏。聖明俞允，俱獲釋免。又承命料檢内帑，籍記物數錯誤，法司驗案，逮問承役供事者衆。公以一身當之，而不及其餘，遂坐輸役磚河驛。

永樂己丑，車駕巡狩北京，思用舊臣，俾公卿選擇，疏名以聞，公預焉。驛召至京，復御史職。丁嫡母憂，未三月，奉命奪情起復。乙未，巡按北京，坐累左遷，知交趾清潭縣事。交趾新附，賦役未均，恃權怙勢者率多翼蔽。公無所顧忌，一以法折之。邊氓雖甚德公，而媢疾者亦多。己亥，丁生母憂，邑民泣留不可得。服闋，調江右之南康。邑政號煩劇，民俗强悍，比年撫字失人，醞成悖戾之風。充糧里役者，足跡未嘗至縣門。公視篆之初，召鄉老諭以法理，傳相告語，翕然從化。勾稽期會，片紙數字，民視之曰：『我父母手書也。』疾趨應命。廉知民病莫重於弓賦田税，於是奏請得減弓賦之半，均田税于兼并之家，民用悦服。規爲公立生祠，峻拒而止。又毁淫祠曰『七娘廟』，掩捕妖人假葛洪廢井惑衆者，於是風俗丕變，而政教爲之一新。居邑僅三載，當仁宗皇帝即位初元，分遣重臣黜陟天下百司，江右所隸七十餘縣，藩臬暨府州縣官稱職者僅七人，公其一也。宣德己酉，三考書最，赴銓曹，例陞二階。公力以衰老辭，於是有致政之命，時年六十有五。

公狀貌瑰傑，聲音鴻亮，狷介特立，少許可，觸物或絃急霆震，旋即陽春和煦，藹然可挹，以故人畏憚而靡有致怨者。家居無事，惟焚香危坐，手書一編，吟哦諷詠，以自怡悦。玩好之具，未嘗屬意。正統戊午八月二十四日以疾卒，享壽七十有四。娶樂清陳氏，先公四十二年卒。

繼室童氏，同邑人，先公三十五年卒。子男一，潭，先公七年卒。女三人，庶出，婿解彧〔二三〕、王述、蔡堅，皆儒家子。孫男四：長即簡，克紹家業，領戊午鄉薦；篇、籍、筦。孫女三。曾孫男三。以今年四月某日奉柩窆于邑之靖化鄉古竹里豐山之原。

嗚呼，公以弘才正學，當明盛之世，任風紀，長民社，以行其素志，所得可謂厚矣。然雖中更困踣，而聲譽益彰，所謂節愈挫而愈厲，公其有之。優游晚景，委順告終，復何憾焉？立碑墓道，於制爲宜，爰掇大端而爲之銘曰：

偉矣徐宗，久閟其逢，發必顯融兮。公入仕途，薦陟巍科，使命光華兮。象簡飛霜，正氣方剛，厥心允臧兮。讞獄平反，罔敢辭艱，守法不愆兮。暫蹶霜蹄，旋復舊規，益慎操持兮。否泰相仍，民社是膺，卓魯齊名兮。仕止以時，景迫桑榆，獲遂懸車兮。消揺林泉，以終餘年，形隨化遷兮。鬱彼豐岑，土厚水深，宰木春陰兮。勒銘墓門，慶及後昆，永矢弗諼兮。

前吏部主事蕭德容墓表〔二四〕

永樂中，淮忝承乏兩制，侍春宫撫軍監國，以職事獲罪逮繫。辛丑夏，會德容亦以罪下獄，同處二三年。德容懲艾之次，恬然順適，與之談論理道，娓娓忘倦。心有所契，形之於詩，率皆敦厚和平，未嘗有愁嘆之聲。語及其親，輒嗚咽涕洟，余竊敬愛之。癸卯秋，忽遘疾，竟以七月十九日卒。與之處者，莫不嗟悼。既而淮蒙恩復故職，尋復謝病歸田里。德容家嗣超跋涉遠來造謁，以墓石未有刻文爲請。嗚呼，德容不復作矣，見其子如見顔色然，表墓其可辭乎？遂摭其所述，掇取要略，叙次如左。

德容諱儀，姓蕭氏，德容其字也。先世居吉水，始祖原章，仕宋鄂州太守，徙居撫之樂安，代以儒業相承。曾祖自新、祖體仁，韜晦弗耀。祖母張氏，有奇節，語在董長史所撰傳中。父巖，母董氏。德容生於洪武甲子，甫二期，父坐累，謫戍遼左。又四年，母没，賴祖母保全，以育以教。幼知奮勵，十四五舉筆屬文，斐然成章，鄉老長皆稱許之。習《詩經》，治舉子業，晝夜研究，不憚淹晷之勞。暑月避蚊蚋，懸燈帳中，煤集帳頂皆黑。名其齋曰『冰蘖』，以志勉。由是學問宏博，著述援筆立就，而尤長於詩。

喜誘掖後進，蒙沾溉者多至成名。事祖母極孝謹，每饋膳，親視饌，進匕筯，食畢方退。鋪設牀褥，必身試平軟，不敢遠出貽憂。屢受薦辟，力辭不赴。祖母衎然自適，不覺子之遠戍也。德容煢煢與祖母處，凡二十餘年，厥父乃得釋戍役歸養。祖母喜曰：『而父歸，老身有所托，吾孫盍思顯揚，以慰所望。』德容奉命起家，掇取高第，觀政秋官，綽有善譽。丁外艱，起復，試在優等，擢任吏部文選主事。甄别才否，一出至公。奏牘偶失檢詳，致有差訛，左遷交阯。行次太平，蒙宥免，召還。居職歲餘，復被譖，卒于獄，歷歲僅四十。從子某殮遺骸舁歸，以卒之明年某月某日葬于邑之某鄉。配董氏。子男二：長即超，次進。女一。所作詩文有《襪線稿》二十卷、《南行記詠》四卷。

嗚呼，德容之學，可謂勤而有得者矣。其德之所就、才之所施，亦可謂充其志矣。夫何啬於命而遽止於斯耶？人之恒情，處常固難，處變爲尤難。德容處常而動循軌轍者，人皆知之；至於處變而不改其操履，於《易》之『致命遂志』而深有所契者，獨余與今憲使柯君啓暉知其詳。柯君許狀其行，余則以其所知者表而彰之，俾超歸刻於石，示其鄉人，貽諸後裔，且以志余之惓惓也。

建寧府儒學訓導致仕徐公墓誌銘〔二五〕

公諱懷玉，字文玉，其先淮海人。宋有曰瑄〔二六〕者，仕至光禄大夫，出歷外任，宦轍至永嘉，子孫遂家焉。高祖諱定〔二七〕，仕至大理少卿。曾祖諱聳，以廕叙任杭州路鹽倉大使。祖諱應官，仕元福建行中書省直閣舍人。父諱佑，從事福建帥閫。母葉氏。

公天資穎敏，幼知勉學。童丱以俊秀選爲郡學生，從景芳木〔二八〕先生受《書經》。木〔二九〕陞國子助教，復從蒼岩蔣先生〔三〇〕終其業。洪武庚午，領浙江鄉貢，會試中乙榜，除贛州府興國縣儒學教諭。丁外艱，起復，調除沛縣儒學。考滿，以言事陞山東都司斷事，審刑鞫獄，咸得其情。尋改除湖廣都司經歷。初視篆，會屬衛有卒十人，以亡匿逮問，法當殊死。事上，遣官莅决。公閲其牘，詞有可疑，列囚于庭，窮竟之，其情皆可矜，其實先畏榜訊誣服，悉有左驗。朝使從其議，給馹奏聞，十人者俱得减死，一時藩憲皆許其堪重寄。掌兵者懵於政體，服公才敏廉慎，庶事一聽咨議而後決。群吏畏其明，奸欺屏息，職脩而政舉。後以詿誤致罪，謫戍玉田四十餘載。歷涉艱苦，而所守未嘗改節。洪熙改元，會求賢舉保，例除有司，公願就教職。翰林考中前列，授建寧府儒學訓導，在職凡五載。丁内艱，起復赴吏部，以年老辭，賜歸致仕。

公生平志高量廓，與人交久而能敬，劇談抗論，娓娓不倦。飲酒不多，交歡笑謔，醉亦不辭。幸遂歸田之願，益篤舊好，而老懷傾倒，無所繫吝。日與高朋雅士登臨觴詠，託雲菴自號，以寓出而知還之意，因以名其詩集。正統辛酉正月望日，鄉飲罷，親故以上元節招飲者衆，公次第皆往。俄而遘患，問疾者至榻前，猶束帶見之。疾薦革，以是月二十四日恬然而逝，享壽七十有六。娶劉氏，生男綸。女四，楊溥、朱欽、陳適、金泰，其婿也。孫男寅，女二，俱幼。綸卜以是年某月某日葬于某山，先期衰絰泣拜請銘。淮昔鼓篋邑庠時，與公交好甚洽，迨出仕，數相會聚，公之履歷，知之尤深，烏可以不敏辭？爲之銘曰：

其學也優，其才也達。歘歷仕途，亦既超豁。升沉靡常，始終一節。晚年謝事，獲返故廬。徜徉丘壑，其樂晏如。日之昃矣，委順而歸。業雖不豐，德則有餘。裕後在兹，永矢弗渝。

竹菴處士吴公墓誌銘〔三一〕

處士諱亨，字惟嘉，行寧二。世居永嘉荆川上吴里，里稱上吴，盖以著姓而得名也。高祖諱淵，宋樞密院都承旨。曾祖諱士機，總領司屬官。祖諱恕翁，元瓜州采石税課大使。父諱順，遷居郡城之嘉會里。母胡氏。

處士氣清而貌莊，自幼向學，恥與閭閻狎，孝友之行，屹然如成人。稍長，學《易》於鄉先生張公時彦〔三二〕，爻象大旨，得其要領，旁及群書，沈潛玩索。其於聖賢格言，必反求諸己，以故立身制行，罔敢自逸。每旦夙興，振衣歛容，祗謁祠堂，然後出見賓客，未嘗以急遽廢禮。兄惟某，早喪，奉嫂金氏唯謹。撫其女及笄，擇婿以嫁之，命第三子道儀爲之後。

交友嚴正而鯁直，過言過行，則致切磋之益，苟背於理，面折不少貸，恥事諂曲以取容悦。其有道義相孚，若瑮夫沈公、宗潛薛公、熙道崔公、安固耕雲陳公〔三三〕、樂成一齋范公、方外浄社式師、仙岩心師，敬愛尤篤。嘗曰：『泛愛親仁，聖有明訓，吾取以爲法焉。』宗潛家甚貧，嬰疾遽劇，處士延醫治療，朝夕弗離。藥不能救，躬治喪事，葬祭如禮。搢紳稱嘆曰：『竹菴友誼，不以死生而有間，絶無而僅有者也。』一齋兼有葭莩之親，往來最爲頻數。一聚首，歡洽逾月，不忍舍去。或徜徉林泉之間，或觴詠風月之夕，其樂陶然。既別去，而春樹暮雲之懷，往往形於篇什。時樂成典教黃公成章、非幻吉公用迪，皆爲詩文以紀其事。

宗戚鄰里，待之各致其誠。匱乏者賙之；喪不能殮者，或鬻棺或賻贈以資助之。遇患難竭力維持，且濟之以賄，弗償弗問也。最喜脩治橋道，捐財倡率，必底于成。其惠之及人者，大率類此。自處儉約，服飾不尚華靡，而務整肅，練衣布裳，襜如也。子弟遵承視傚，皆不敢以奢侈自衒。晚年家務悉委諸子，構一室，扁曰『西湖書隱』，植竹百餘挺，日吟詠婆娑於其間。謂人曰：『植竹而不雜以他卉者，以其虚心勁節，與區區之志若有合焉，因其號曰「竹菴」。』正擬優游暇豫，以樂餘齡，詎意夙恙盛作，遂至不起。前期一日，淮往候焉，延至榻前，具衣冠，設茗碗，據坐對語片時而後别。氣垂絶，呼諸子屬以後事，語歷歷不亂。向非素有所養，其能然乎？

處士生於元至正壬寅十二月十一日，卒於正統戊午正月初九日，享壽七十有七。元配趙氏，先卒。繼娶林氏，側室陳氏。子男五人：道儼〔三四〕、道仍，道儀，即出繼伯父者；道佴、道偁。女四人，婿樂邑高還生、教諭許峰曹德亮之子復、參政芝田葉某之子嗣生，其一則余之長子棐也。孫男四：應龍、應鸞、應鵠、應鶚。所作詩若干篇，名曰《竹菴集》，藏于家。諸孤卜以正統辛酉十月廿二日，奉柩窆于德政鄉南柳山，從先兆也。先期具事狀來請銘。嗚呼，處士居聯桑梓，童丱與淮交，繼訂婚媾之好，殆今甲子既周，未嘗見其矜伐倨傲，可謂有恒德者矣，宜其壽考令終，而人莫不嗟悼之也。爲之銘曰：

德藴諸中兮，行成于家。推以及物兮，不嗇不頗。約禮迪義兮，就實斂華。搢紳延譽兮，聲聞邇遐。佑善自天兮，厥應靡差。壽望八袠兮，受福孔多。日昃之離兮，鼓缶而歌。始終無媿兮，其又何嗟？

怡壽處士怡老徵士兄弟合葬志〔三五〕

永嘉泉川望族項氏，先世有諱懋者，由金華徙温，卜居大羅之南山。《郡志》載其地爲隱君子劉冲讀書處，俗稱爲秀才洋。懋勤儉樹德，以貽後人。五傳生慶老，慶老生養憐，再遷山北泉川里。養憐生三德，三德生公珫，善治生，竭力務本，産業日益殷盛，甲于一鄉。尤好施予，令譽彰聞，元集賢院錫號賢齋處士。賢齋生友麟，字子昭，配陳氏。子昭克振先業。怡壽處士，其家嗣也，諱士武，字汝毅。自少警敏有大志，比長，古貌而蒼顔，神温而氣冲，美鬚髯，洒然齊腹，孝友之行，天資夙成。方其幼也，大父、諸父嚴毅方正，庭訓整飭，處士率諸弟事之唯謹，罔敢愆于禮度。自幼至老，益務敦確，言行舉止，跬步弗違。出入城府，伯仲後先，衣冠文物，濟濟徐徐，觀者莫不嘆美。盖其家法之懿，有自來矣。所居之堂，扁曰『和集』，歲時宴會群季子姓。

永樂己亥，舊宅悉燬，規欲先構祠堂，未能即遂。首創春暉菴于先隴，以祀合族之親。其家業盛而役繁，處士童丱時，家隸鹾役長百夫，又長督里中糧税，多至萬石。處士奮然承之，以安老親之心。年益壯而事益習，諸弟亦漸成長，立存義簿，以均所需之出入。事上官一以誠，答應進退，不亟不徐，莅事者遇之以禮。謂鹾課莫艱於煎辦，必身親莅之。百夫之衆，不殫其力，而庾廪充積。於糧税也，與諸弟協心會計，而歲徵常先足，莅事者益稱其能。

處士素志雅好賙急，倉箱之積，鄉人資其假貸，貧不能償，折券已責，視爲常事。田園租稅，佃者十常負其二三，率置不問。永樂甲辰，歲大侵，飢者填門塞路，咸仰食焉。日設糜粥，善食之，若黔敖然，而無嗟食之聲。鄉有突不舉火，而恥於告急，或老稚之不能來者，則饋之以粥米。藉其全活者，皆稽首祝之，如晋人之報束長生者也。又嘗倣漏澤園故事，獻義塚地三所歸于官，由是貧者之喪，不至於暴露，惠及枯骨，厚莫大焉。

自經回禄之變，旁屋僅存居止。迨及晚年，内外經理稍定，以其餘力重構堂宇，以安厥居。家事屏斥，諉之於子，徭役雜務，群從子弟咸能致力。處士怡然自樂，葛巾杖履，逍遥乎林泉之下。良晨美景，會嘉賓勝友，酣觴盡歡，以佚餘齡。間求中書舍人胡公宗藴篆書『怡壽堂』揭于楣間，故人稱之爲怡壽處士云。

前郡守侍郎何侯作郡日，尊賢禮士，咨諏民隱，遴選高年有德者爲耆老，以教導鄉民。處士與沙城王怡静首膺是選，二人言貌儀矩冠于諸老，侯遇之盡禮。事有利害涉于民者，悉陳之，侯每加嘆賞。宣德癸丑，侯以二人不黷於私，命督造漕運海艘。二人者交相致勉，夙夜弗寧，居城東門外旅舍者半載，心勞力瘁。怡静宿恙時作，處士遂成羸疾，明年疾革而卒，是爲甲寅十一月十八日也，壽七十。侯聞訃，嗟悼不已，遣郡掾徐暹致香燭吊慰，其見重如此。

處士仲弟怡老徵士，諱士斌，字汝質〔三六〕。資禀淳確，神氣冲融，端然而凝重，朴然而踐實。蒼顔碩膚，豐頤大耳，片言可復，動無矯情。孝友慈愛，延賓待士，輕財重義，一如厥兄。

洪武丁丑，以富户人材舉赴天官，進止言論，超出倫輩。試書數精捷，俾從事地官，奉使徵四川諸郡逋負糧税，以石計，無慮百餘萬。使節所指，綽有廉能聲，不踰期而告完，郎署官僚稱其才。丁内艱，服闋，家居待次，遂終老焉。

伯兄以徵士敏於應酬，且曾歷户曹任使，以故督糧重務一以諉之，而輔以叔弟汝玉。徵士莅事不疾不徐，垂楚不施而事集，里胥或有怠於事而貽累見及者，略不介意。不尚侈靡，恒以謙卑自持，五尺童子遇之，亦以禮容也〔三七〕。熙然春温，未嘗見其有含怒態，以故皆樂與之接而不敢侮。徵士景迫桑榆，圖欲脱去塵累，以息勞暢倦，遂名其宴處之堂曰『怡老』以見志，鄉人以其嘗被召命也，故以『怡老徵士』稱之。或者又謂徵士膺薦而起，亦既向用矣，昔與同事者多被顯擢，以徵士之才能，弗沾一命，殊爲可惜。而徵士之志，則在此而不在彼也。然而久長糧税而無債事，郡邑守令、藩憲行部大臣、巡撫侍郎王公聞其善譽，多見褒奬，或不名而呼爲老糧長，亦可謂榮矣哉。

徵士後兄四年卒，是爲正統己未五月初一日，壽七十有三。兄弟相繼淪謝，里社來吊者皆哭之慟，蓋不忍忘其德惠也。處士娶郡城張氏，宋忠簡公之裔孫也。子男二：長惟潛，早世；次惟淳。女二，長適同里徐祺，次夭。繼娶天塘周氏，攜孤女以歸。處士鍾愛若己出，擇佳士以嫁之，沙城王平，其婿也。孫男六：□□〔三八〕、良侃、良儔、良傅、良侣、良佳。女孫五，長適同里徐敷。徵士元〔三九〕配雙橋虞氏，生男惟演，早卒；次惟濂。女一，適瞿嶼吴瞳，夫早喪而守志。虞氏先夫三十六年卒，繼以潘埭孫氏，淑德懿行，相成厥家。生男惟溶。女一，適安固唐琪生。側室林氏生男惟灝，彭氏生男惟滋。孫男四：良僳〔四〇〕、良侹、良仁、良佾〔四一〕。孫女五，俱幼。孫氏卒於正統丁巳九月十二日，壽六十有九。

先是，處士規營樂丘於大羅山祖塋之側，既卜吉，慨然謂徵士曰：『吾聞之漢之姜肱兄弟，夜寢必同衾，至今稱頌之。吾與若同經理内外庶務，未嘗有違言，今偕老矣，没後可不同窆乎？若然，則吾瞑目無憾。』徵士聞之喜，於是營壽藏，聯窆而同兆。至是惟濂、惟淳等卜以歲辛酉十月廿二日奉柩合葬，徵士繼室孫氏之柩亦以序而祔葬焉。諸孤泣拜請銘，余與二昆仲契義深篤，不可辭。重惟兄弟天倫之懿，同氣同胞，謂之手足，以其體同而肢分也。周室既衰，鬩牆紾臂，見於經傳，况末世乎？項氏兄弟能敦大義於死生之際，其賢於人遠矣，聞其風者，得不興起乎哉？余故舉陳寔二子爲喻，銘以昭之。銘曰：

元方季方，難兄難弟。譽重當時，名垂後裔。項之二難，媲美聯輝。生既同德，歿亦同歸。羅山之岡，祖隴之側。雙玉韞藏，復同兆域。手足之義，死生不渝。善積慶流，子孫是宜。

北山樵隱趙處士墓誌銘

正統己未冬十二月某日，處士趙公以疾卒。其孫將奉柩襄事，先期奉狀詣余，拜泣請銘。余弱冠辱交公之兄彦瑜，惟時公出繼叔父友剛，居瑞安邑，聞名而未識也。迨余謝事歸田，因環菴虞先生始得通好，會雖疏而情甚洽。今其已矣，銘可辭乎？

按狀，公諱季瑊，字彦瑒，北山樵隱其别號也。裔出宋宗室，世居汴。太宗幾世孫諱必恭，徙居温之瑞安，公之曾祖也。祖諱良佑，元延平儒學教諭，贈儒林郎、松江府判官。父諱友禮，遷居郡城之南，以才辟，歷應天、瓊州兩府知事。

公自幼穎悟，與兄同受學於蒼巖蔣先生、伯庸林先生〔四二〕，業日茂長。及出繼，所事後父暨母某氏，致孝不違乎禮。伯氏受薦除刑部照磨，諸公〔四三〕尚幼，公念祖母暨所生母徐氏無所託，迎歸就養。徐母善恚，少不如意，公即長跪引慝。母謂曰：『過非由汝，何懼也？』如是者終養不少衰。所後母殁，塋壙歲久失故處，公乃焚香泣禱，一舉钁而得，人以爲孝感所致。

公立心秉節，侃侃然不少屈，而接人遇物，温和謙謹，不以貴賤戚疏而有所變。中年門户多事，惟安其素分，趨便就利，義不忍爲，以故家業日益落。晚年壯志既衰，設帳授徒以自適，里中子弟從者，咸有所啓發。非公事未嘗入公門，有所質問，條陳縷析，皆適於用，邑人默受其惠者多矣。脩纂郡志，采摭實録，邑以公爲總裁。鄉飲常居賓席，言動悉中儀度，郡邑官僚及守將咸加禮遇。鄉之碩德重望，若大參楊公諸君子，俱有麗澤之好。

正擬徜徉泉石以樂餘年，詎意倏爾遘疾，遺命治喪不用浮屠，喪祭率循《文公家禮》，稱家有無而損益之。先是，兄彦瑜卒于官，其子某函骨歸寓於永嘉李田僧舍。既而某死，弗克葬。至是命子年翼、婿高育，畢其素志。言訖，涕泣嗚咽，奄忽告〔四四〕終。官僚朋舊詣喪次吊哭盡哀。配陳氏，大畧望族，賢於内助。子男四：年恕、年焕、年顗，皆側室出，恕、焕早亡；年翼，嫡出。女二，婿潘嗣宗，其一即高育。生於元至正壬寅，壽七十有八。葬之兆，邑清泉鄉馬奥第一山。窆之期，卒之明年三月某日。年翼、育遵治命，抵僧舍求伯氏遺骸，物色得於衆函中，無題識，舉函將剖而驗之，函應手自解，中得片紙署姓字，遂迎歸窆，與公同兆，人又以公至誠孚契也。銘曰：

孝友之行，通神明兮。衆善具翕，信有徵兮。士論輿歸，垂令名兮。勒銘山岡，子孫其承兮。

翰林編脩林庭翊墓誌銘〔四五〕

庭翊，吾〔四六〕鄉之英俊才也。少聰慧，讀書過目成誦。長充郡學生，日益加進，若川增泉湧，師友皆驚異之。宣德丙午中鄉舉，藩憲喜得佳士，掇其策，刻寘小録中。會試廷對，登進士第。用永樂故事，選進内閣讀書，爲庶吉士，充二十八宿之列。月試季考，俾益精其業。淮入覲，每見閣下榜揭高下等第，庭翊多在前列。宣宗皇帝又時御文華殿，親灑宸翰，命題考試，亦如之。今上皇帝即位，賚以白金，勸勵益至。尋蒙恩旨，取其拔萃者擢職翰林，庭翊除編脩。先已嬰疾請告，命下而疾革，越二旬而卒，是爲宣德乙卯九月十五日也，春秋纔三十有八。

嗚呼，庭翊不獨有其才，而復優於德，襟度寬裕和平，言温而行確，容貌怡然，未嘗有愠怒意。同列喜與之交，如飲醇醪，不覺心醉。愚子采供事内廷，余嘗命其及門請益，多所沾溉。閣老大臣暨學士皆優禮遇之。聞其喪，傷悼至於隕涕。嗚呼，斯人而止於斯，天道之不可必，有若是夫？

庭翊諱補，其先系出莆田林氏，遷居永嘉，爲望族，登仕籍者居多。高祖諱元仁，曾祖諱以安，祖諱悦，數世隱居毓德。父諱誨，諄謹簡朴，淡泊自守，不事奔競。母劉氏，内行嚴飭。人咸謂庭翊之才之德，皆先世積累所致。娶金氏，紀善原祺女，生男嗣，方在襁褓。庭翊卒時，囊橐〔四七〕磬懸，賴衆賻舉喪。從子毅扶櫬南還，兄庭恭迎至中途而與之遇。以正統某年某月某日葬于邑之吹臺鄉雲霞嶼，袝先塋也。嗚呼，庭翊今其已矣，使老親不得以爲子，幼子不得以爲父，斯文失此良友，茫茫九原，悲痛何極！抆淚濡毫，爲之銘曰：

玉成器兮就毁，錦方張兮斷織。吁嗟乎庭翊，孰不拊膺而嘆惜？親老而不得終禄養之榮，子幼而不得復顧呱呱之泣。天實爲之，雖痛何益也！雲霞之原，祖塋之側。體魄湍歸，安此窀穸。

校勘記

〔一〕『介』，底本作『分』，據敬鄉樓本改。

〔二〕『委』，底本作『本』，據敬鄉樓本改。

〔三〕『芥』，底本作『芬』，據敬鄉樓本改。
〔四〕底本『林』字下衍『曰某』。
〔五〕『舍』，敬鄉樓本作『含』。
〔六〕『政』，敬鄉樓本作『仁』。
〔七〕敬鄉樓本下小字注：『按，《永嘉縣志·孝友》有傳。』
〔八〕『祖』，底本作『子』，據敬鄉樓本改。
〔九〕『役』，底本作『投』，據敬鄉樓本改。
〔一〇〕『嘆』，底本作『欲』，據敬鄉樓本改。
〔一一〕『摭』，底本作『撫』，據敬鄉樓本改。
〔一二〕『大』，底本作『天』，據敬鄉樓本改。
〔一三〕『勇』，底本作『曾』，據敬鄉樓本改。
〔一四〕『又』，底本作『人』，據敬鄉樓本改。
〔一五〕『迹』，底本作『亦』，據敬鄉樓本改。
〔一六〕『之』，下疑脱字，敬鄉樓本作『□』補脱。
〔一七〕敬鄉樓本下小字注：『按，武達，大同人。』
〔一八〕『羸』，底本作『嬴』，據敬鄉樓本改。
〔一九〕『頞』，底本作『頗』，據敬鄉樓本改。
〔二〇〕『八』，底本作『人』，據敬鄉樓本改。

〔二一〕「紀」，底本作「記」，據敬鄉樓本改。
〔二二〕「畫」，底本作「盡」，據敬鄉樓本改。
〔二三〕「彧」，底本、敬鄉樓本作「或」，據《赤城後集》改。
〔二四〕敬鄉樓本下小字注：「按，《明史·夏原吉傳》謂帝殺蕭儀，據此乃瘐死獄中也。」
〔二五〕敬鄉樓本下小字注：「按，《永嘉縣志·介節》有傳。」
〔二六〕「瑄」，敬鄉樓本作「定」。
〔二七〕「定」，敬鄉樓本作「瑄」。
〔二八〕「木」，敬鄉樓本作「朱」。
〔二九〕「木」，敬鄉樓本作「朱」。
〔三〇〕敬鄉樓本下小字注：「按，先生名允汶，一名文質，青田人，居永嘉。」
〔三一〕敬鄉樓本下小字注：「按，《永嘉縣志·義行》有傳。」
〔三二〕敬鄉樓本下小字注：「按，張公時彦無攷，《東嘉先哲録》明初有張謙，潛心《易》學，疑即其人。」
〔三三〕敬鄉樓本下小字注：「按，耕雲名畝，字伯芸，見《清潁一源集》。」
〔三四〕「儼」，敬鄉樓本作「儷」。
〔三五〕敬鄉樓本下小字注：「按，《永嘉縣志·義行》有傳。」
〔三六〕「質」，敬鄉樓本作「賢」。
〔三七〕「也」，底本作「色」，據敬鄉樓本改。
〔三八〕「□□」，底本脱，敬鄉樓本作「□□」補脱。

〔三九〕「元」，敬鄉樓本作「之」。

〔四〇〕「儦」，敬鄉樓本作「儷」。

〔四一〕「佾」，敬鄉樓本作「侑」。

〔四二〕敬鄉樓本下小字注：「按，伯庸名常，永嘉人。」

〔四三〕「公」，底本作「子」，據敬鄉樓本改。

〔四四〕「告」，底本作「吉」，據敬鄉樓本改。

〔四五〕敬鄉樓本下小字注：「按，《永嘉縣志·儒林》有傳。」

〔四六〕「吾」，底本作「吴」，據敬鄉樓本改。

〔四七〕「橐」，底本作「囊」，據敬鄉樓本改。

黄文簡公介菴集卷之十二　歸田稿

兼山山人應君墓誌銘

余謝病歸田未久也，鄰邑逢掖之士應君尚履、蔡君玄丌介樂成曾敬〔一〕來謁。余喜有得朋之樂，促席劇談。應君答問如建瓴，蔡君亦彬彬雅飭，款留數日别去。正統戊午春，應君攜從子律、門人盧爵復來惠訪。適余屏處山菴，泛舟徑造，挾譜牒徵余序。留三宿而夙疾作，蹙爾言歸。疾稍間，馳書抵余，論作記之法。余擬答未發也，而君之訃至矣。嗚呼痛哉，夫何奪吾良友若是之速也？玄丌之子軿，亦君之門人，偕盧爵奉君從兄教授謨所述行狀，來請銘其墓。義不可辭，於是反袂拭涕，次第其事，序而銘諸。

君諱宗祥，尚履其字也。天資穎異，幼即屹然有巨志。其讀書積學也，卷涉目輒成誦，以故學博而强記。未及紀，鼓吻學吟，時出驚人語。鄉老長如伯真徐公、大昌余公，皆優禮獎掖，稱爲小友。長從明師，辨質淬礪，恒以古道自期。夜誦率至四鼓，疑有未釋，遂達旦不寐。或苦於睡魔，則懸髻牀屏以示警。父母憂其夙抱羸〔二〕疾，禁止之，稍輟而復讀。自壯至老，益肆力窮搜，發爲文章，抑揚開闔，隨意所至，要其歸，一本於理。詩尤勁嚴古雅，不自貶以趨世好。

其處己應務也，宅心夷曠，制行峻潔，紛華貨利，澹無所營，麤衣糲飯，裕如也。家貧親老，設帳授徒，以供滫髓。父老耄，服食卧起，身任其勞。遇宗族篤於義，先世田廬，讓而弗較。與人交，傾心吐膽，不設町畦，亦不阿意苟容。善則稱揚，過則規諷，即有所拂逆，未嘗有變色。識覽尤精確，人之臧否得喪，舉不能遁其情。

其出處大節也，永樂間，嘗從邑庠諸生游，而厭爲科場文，至有南轅北轍之相戾。於是拂袖而歸，構溪南書屋于澧川之上，號兼山山人以見志。遠近負笈而至者日益衆，隨其所業，剖析精微，弗明弗措。暇則危坐一室，左圖右史，薰鑪茗椀，悠然自得。客至，款語終日，率關乎世教，而和氣充溢可挹。名門大族設行窩延致，亦忻然赴之。貴流雅士過其里，多往就見。邑之賢大夫嘗遇以賓師之禮，屬脩郡邑志，延就筆削，懇懇致力。禮部郎中孫原貞親臨程督，尤加敬羨。朋舊在顯位者，交章薦之，俱以疾辭。語人曰：『吾非薄功名而不爲也，顧吾命分〔三〕所安，寧舍己以徇人耶？』

好遊覽名山勝境，追話古人遺蹟。間嘗一抵金陵，後再遊錢唐而歸，皆有紀〔四〕行之集。生平數困於疾，然未嘗以疾而廢業。己未冬，疾作，呼諸子謂曰：『吾病殆不能支，然未可以戚吾父。吾瞑目後，若等當竭力致養，庶可少紓終天之憾。』詰旦，族婣故舊咸來候安否，起擁衾坐，口占一律以謝，音節意趣不異平昔。諸弟子嗚咽出涕，諭曰：『生寄死歸，兹理之常，幸自勉以圖樹立，哀傷無益也。』反席未安而卒。若翁臨視，哭之慟，聞者莫不悲愴。是月之望也，計其歷年僅五十有六。群弟子痛念其師學弗究其施，相與稽諸輿論，士有易名，著于《禮經》，略倣貞曜故事，私謚曰「文貞」，昭厥志也。

君之系序，出自晋觀陽列侯詹。宋初曰宗翰者，由永康徙居黄巖。三傳至輔，仕至大諫，侍講緝熙殿，卒贈少師。又五傳至諱泰亨者，君之高祖也。曾祖諱肖〔五〕翁，元黄巖州學正。祖諱虞，紹興路蘭亭書院山長，知元將亡，謝事還家。父濟賓，隱居自佚，年八十有五，尚無恙。母王氏，早卒。配同邑潘氏，善理内政，亦先卒。子男三：闡、闍，嫡出；周，庶出。卒之明年某月某日，葬于某山。銘曰：

玉藴于璞兮，其光煒如。匪雕匪琢兮，完質以歸。養弗克終兮，數不可違。令名永垂兮，人孰與俱？溪南之山兮龍虎趨，安此吉壤兮慶有餘。大書深刻兮，慰我遐思。靈或感舊兮，寧不一瞬而嗟咨？

愚菴處士陳公墓誌銘〔六〕

處士諱銓，字叔權，行洪八，姓陳氏，愚菴其别號也。先世居福之長沙赤岸。唐末有曰鐔者，仕至汀州刺史，生子六人。五季間避亂，徙居温之横陽北山。第五府君自北山析居永嘉雁池。九傳至泉州判官錞，再遷清政里。曾祖諱文焕，尚宋宗室女，任贛州會昌縣尹。祖諱言，父諱必慶〔七〕。母盧氏、秦氏。處士，秦出也，生而秀穎不凡。蚤失怙恃，世父竹菴訓育之。稍長，遺從時鳴張先生學，涉獵經史，尤精算數法。持身端謹，孝友慈祥，人無間言。甫成童，世父殁，治喪無違制。

平居必正衣巾，不狎閭閻，不尚華靡，善談論而無矜遽色，鄉之大夫士咸器重之。尤致謹於祀先，構祠堂于居室之東，儀度一遵《家禮》。脩宗譜以聚族，歲正月八日，會族人，辨昭穆，叙長幼，列拜祠下，以篤親親之義。治家惟勤儉是尚，教子以耕讀爲本。交朋友以信實，處鄉里以謙和，五尺童子，撫之必以誠。資賄不甚豐，而樂於賙卹，人或告急，探囊與之不靳。鄉族有喪葬事，輸情竭力以經營之。嘗抵錢唐，疾風暴作，怒潮洶湧震蕩，見有溺水將没者，亟命舟人捩舵拯救。不從，則又速之曰：『若能致力，我當捐衣爲報。』舟人躍然赴援，處士即解衣酬所諾。溺者得脱於難，拜謝問姓名，頷〔八〕而不答，盖不圖其報也。

處士識見敏達，料事適中肯綮，而不膠於私，以故郡邑有疑政，每咨决焉。其言率便於官，而不厲於民，里社中蒙惠居多。莫年，業欲脱略塵累，築别墅於泰清鄉，葛巾藜杖，布襪青鞋，放情泉石間。遇有所得，形諸歌咏，名其集曰《自怡》。嘗言：『不悖天理，不罹國法，不獲罪於親戚鄉黨，適我願也。』

正統辛酉正月末旬，忽遘疾，未浹旬而疾病，呼長子澂謂曰：『死生大數，人所不免。我死後，葬祭一於禮，毋過〔九〕期，毋徇俗，毋用釋道。汝等宜自勵，毋忝先訓，以全我素志，瞑目無憾矣。』又嘗筆之爲編，以示諸子。二月五日，溘然告終，享年六十有八。配安人何氏，貞静柔嘉，善於内助。子男三：長即溦，次瀰，次滜。女一，適黄韶。孫男三：榺、楧、榛。女三。溦等卜以四月乙酉，奉柩葬于吹臺鄉慈湖南山祖隴之傍，遵遺命也。先期奉事狀求銘，溍與處士有葭莩之親，義分甚篤，何敢辭？銘曰：

吁嗟處士，克慎厥德。德非徒善，踐履弗忒。惠利所施，莫甚拯溺。彼得生全，我心則獲。不以名聞，尤見卓識。仁者宜壽，天道之常。弗克永年，聞者嘆傷。孰知冥冥，報施有方。嗇之於躬，慶遠流長。南山之麓，宰木蒼蒼。勒銘焯行，永世不忘。

贈太常博士張公墓碑銘

皇上嗣登大寶，祇率舊章，推恩錫命，寵賚廷臣。太常寺博士臣張淑，以資品當受，敕贈其父節官階如其子，母胡氏贈孺人，繼母李氏封孺人。既而淑以廉慎受薦，拜監察御史，出鎮江浙。按部至温，過溍，泣拜請曰：『淑不幸蚤失怙〔一〇〕恃，叨蒙寵光，下賁泉壤，例得立碑墓隧，敢乞銘于下執事，以侈上賜，昭潛德，先人没而不朽，爲惠大矣。』溍辱命，不敢固辭，按狀序其顛末，而繫之以銘。

公姓張氏，字以堅，節其諱也。先世居雲中大同，從元世祖征雲南，遂家焉。子孫定居于郡之桂城村，俗重門地，稱之曰桂城張氏。自其父諱賢以上，官達魯花赤者數人，母某氏，公與昆季多在仕籍。元季擾攘，祖孫俱殁於兵，惟公以世襲村僰千户獲守先業。聖朝混一區宇，總兵西平侯以公舊官送上京師，恩授直隸徐州知州。公辭以土官憨愚，不能任民社之寄，改青州南龍王海口巡檢。兩經考績，初調睢州唐縣鎮，再調黄州團風鎮。秩滿三考，改除重慶百節驛丞。逾紀，引年陳請，詔許致仕還鄉，是爲永樂辛卯也。

公生於南荒，鄉俗崇尚佛乘。公自幼喜讀儒書，粗知大義，兼通外典，禮僧敬老，一出至誠，資稟剛介，内不欺心，外不侮人。居官以清白自持，賴先世遺資以供日費。尤好施與，解衣推食，率視爲常事。死無以歛送，或爲之鬻棺，或賻贈，咸適其用。人來稱貸，即應其急，不規規於求息，力不能償，焚其券，蒙其惠者居多。晚年得三子，喜宗祊有託，教育謹甚。儒先耆艾、善人君子至門，或尊之爲師，或禮之爲友，款留累日，亦未嘗有懈怠意。杯酌談論，則命厥子從旁侍聽。里社多稱公爲官伯，即中州稱仕族長者也。

永樂丁酉秋八月廿三日，得疾而卒，享壽若干。城市之人來送殯者相繼于途，莫不悲哀隕淚。以某年某月某日葬于某山，執紼引車者尤多。淑爲嫡長，公没後六載，以明經中鄉舉。宣德庚戌，登進士第。甲寅，除太常博士。正統己未，遂拜貤恩之命。淑今任監察御史，藉藉有能聲，寵榮所被未艾也。次子潤，嫡出；智，繼室出也。孫女三，長妙靈，適同里趙繼。嗚呼，積善餘慶，著在《易經》，觀於公可驗矣。善不力者，諉天爲不可必，豈理也哉？爲之銘曰：

惟公世胄有源委，自北而南家業起。欻逢更化同文軌，振迅趨朝見天子。二紀歷官膺任使，寸心湛若冰壺水。暮年上疏乞致仕，解組翩然歸故里。生平重義好施與，儲祥積慶日云侈。報施有恒天道邇，晚年得子端可喜。保愛諄勤爲宗祀，冢嗣英姿鍾粹美。地位清高安素履，顯休之命進未已，我述銘詩昭厥始。

存齋處士蔡君玄丌墓誌銘

宣德丁未冬，余移疾退伏田里，鄰郡逢掖之士蔡君玄丌偕館賓應君尚履不遠十舍許，杖屨來謁。二君儀度言論，皆温然雅飭，余甚敬愛，留數日別去。既而應君一再往返，而訃音至矣。余哭之盡哀，而又爲之銘。正統庚申夏四月，蔡君復來惠訪，余設席于賜歸堂上，投壺侑觴，雜以笑謔，子姪輩佐之以絃歌，坐客皆傾倒盡歡，再留信宿而別。既還第，六月十有四日奄至大故，而亦以訃聞。詎意轉盼之間，二友相繼淪謝，老夫衰颯之懷，何以堪處？嗚呼悲夫！既而君之冢嗣慶評奉憲僉陳公璲所述行狀，泣拜請銘其墓。義不可辭，次第其事，序而銘之。

君諱智槐，姓蔡氏，玄丌其字也。先世自閩徙台之黄岩，宦業行誼，代有聞人，已具大父蓮峰府君墓志。族屬始合而中分，蓮峰規欲聚居，囑其子公初、公養以成厥志。公初，君之父也。君自幼習聞家庭懿範，屹如成人，天資英敏，讀書一二過輒成〔一一〕誦。孝友之行，不待矯拂。母馮氏，早喪。君年方及紀，哀毁無違禮。事父恭謹益至，父嘗有疾，躬治藥湯，衣不解帶。父殁，而祖母盧氏垂白在堂，服食卧起，身任其勞。遇諸弟友愛惟均，旦暮〔一二〕聚處，必開陳大義，諸弟皆相率聽順，弗逆弗怠。君尤嚴於自治，平居必整肅衣冠，不苟笑，無惰容，正色以率下。歲時宴會，立子姓於庭階，誨之曰：『先府君暨叔父同心協德，復啓同居之義，浚源培本，深有望於後之人。即有不遵吾言，家法具在。』以故内外千餘指，斬斬焉不敢有驕慢之氣，是皆敦本之要務也。

君志定而行確，才敏而慮周，經理家政，纚纚有條，著爲常式，續書于家範，夜寐未嘗弛然以自縱，思有所得，坐以待旦，人莫能沮。嘗曰：『古人有云，惟勤有繼。吾優爲之，不以爲勞。』以故充拓産業，日益殷盛，亦未嘗事掊尅以取盈。舊廬創于有宋，日就湓圮，且湫隘不足以容衆，葺而廣之，以處族人。别築室于其左，崇堂華館，以延接賓客。建祠堂于正寢之東，置祭田以奉祀事，奠享〔三〕參謁，一遵文公成憲，求余作記以示來裔。西建家塾，貯書萬餘卷，延名師以訓迪子弟，姻戚願學者咸萃焉。倍價購復先世墓田，各置祠宇，爲守視祭掃之所。重脩宗譜，叙族系，俾各知所本，是皆家政之大者也。

君於歲入，積而能散，惟義是務，不較戚疏。遠族處他鄉不能自存者，爲築室招徠安集之。死不能葬、長不能婚嫁者，量輕重捐貲相之。且歲出穀二百斛，以賑其匱乏。族弟玄脩客死殊方，君跋涉水陸，歸其櫬葬之。舅氏子俊長賦于鄉，當徵税而物故，有司督責峻急，弱息藐焉無所措。君奮爲之計，徵不足者助以代庚。又有子壽者，年老無子，衣食無所仰。君月給穀四斛，歲帛二縑，喪葬一爲己責。姊婿潘從心卒金陵旅邸，君爲返葬甚厚。其孤洒甫三歲，鞠育猶己子。比長，授室以相成厥家。里人素未識面，或以急告，亦極力拯援。居常稱貸者，視鄉例損息之一，久不能償而折券〔一四〕已責者。捐粟率數千石。爲區里長甚久，徵斂常賦，旁應雜差，不疾不徐，事集而民不擾。里有官田，歲賦甚重，額存而實虧，民多困之。歲積穀代其輸，以故無質妻鬻子之苦。是皆惠之大者，君率視爲常事也。

然而剛介不屈，嫉惡尤勝。有惡少揆不見容，誣之以罪，冀以立威。君毅然奮白其事，由是憸人畏服，無復異辭。有不平事，輒來求質，折以片言，率皆剖析。邑有劇務及事有所疑，亦多倚任而咨詢焉。君軀幹不踰中人，度量寬廣，而風致洒然。與人交，重信義，無始終炎涼之態。遇高朋雅士，款留旬月，未嘗厭倦。海内名士嘗接見者，書札存問無虚歲，裝潢成卷，時復披閲，以致景仰之意。中年後，益務脩省，嘗取持心之義，扁其燕處曰『存齋』。暇則焚香危坐，凝斂心神，玩繹經史，資益聞見。或有所得，多發於賦咏，有集藏于家。良晨美景，輒與騷人墨客登山臨水，探奇攬秀。庭宇多植佳花名木，時當敷豔，延賓賞玩，把酒賦詩，窮歡娱而後已。倡和之集，人多傳誦焉。

君生於洪武乙丑八月廿日，歷年五十有六。配同邑烏山盧氏，端静淑慎，内助允協。子男五：慶評、慶陛、慶堅，嫡出，俱有文行，慶堅爲邑庠生；慶培、慶垕，庶出。女一，亦嫡出，金聚，其婿也。孫男一，守謙。孫女二。葬期某月某日，其兆在居邑靖化鄉横溪之原。爲之銘曰：

善積厥躬，家政聿崇，表式鄉閭兮。群情仰德，視聽不惑，信義所孚兮。稍出鋒鍔，正氣莫奪，範我馳驅兮。惠慈旁施，盎若春熙，無間戚疏兮。翕張隨時，令譽攸歸，自視若虚兮。賢嗣克家，斥彼紛拏，泉石與俱兮。日未云昃，鼓缶何迫，竟隕淵珠兮。我思若人，賦斷停雲，空展篋書兮。墓門有石，我銘斯刻，終古不渝兮。遺澤尚存，貽爾後昆，惟善是圖兮。

耕雨處士葉本源甫墓誌銘

黄巖於余家爲鄰壤，邑有淳謹好古之士曰應君尚履，與余交甚洽。間嘗與余言，婣戚曰葉氏本源者，行確而志勤，葉〔一五〕欲進見而未敢瀆也。余竊識之。應君既捐館，本源之嫡嗣公獻介君之從子律，通刺進拜于階戺間，扣其父之起居，涕泣言曰：『不幸先君子棄諸孤五載矣。先師兼山公未卒之數月，叙述行狀具在，敢藉此以邀銘于大人。先生能不以微末見拒，則先人雖殁猶生也。』余因悲本源欲見而不克遂，烏可無以慰靈爽於九原乎？

按狀，本源諱宗祭，姓葉氏，本源其字也。蚤失怙，極力致養，以悦其母。兄弟義不忍分析，花朝月夕，同聚一堂之上，奉觴上壽，綵服相輝，塤篪協韻，喜動慈顔。本源狀貌瑰傑，天資朴茂。伊府紀善原弘鮑先生家食時，本源執經受學，不事章句，致力於躬行，故其終身操履篤實，和易任真，鉤距之態，絶之不忍聞。經理家政，勤儉力本，克振先業。歲時奠享，躬率子弟莅祭事，薦獻登降，悉遵禮度，罔敢弗恭。嘗曰：『吾爲葉氏宗子，不幸少孤，而先人命名之意良有在也。』處宗族和而有制，卹貧扶弱，視爲分内事。待親舊，接鄰里，一以忠信爲本，無所衒媢而人自推服。與人論議，言簡而善斷，鄉曲事有可否，請决而後安。

平居自奉甚薄，見義勇爲，未嘗繫吝。歉歲，捐所有以賙人之急，而不責其報。士大夫過從無虚日，款接盡禮，而治具豐潔。或相與登山臨水，以極觴詠之樂，至有留連下榻，累日浹旬而不忍舍去。鄉有仕而憩于家，行將赴任而裝橐不能治者，捐資以助之。舅氏二喪，浮殯淺土，爲築壙安厝，仍割田以給其子。優禮延師，設塾以教子弟。間嘗陪席接談，娓娓忘倦，有疑義輒與辨析。一日，閲書之次，呼諸子謂曰：『吾平生所以少獲戾於士大夫，以不敢自放於大閑之外也。苟有一毫自放之心，則日用之間，身之所接，皆不由乎主本矣。雖欲不至於放辟邪侈，不可得矣。』由是一門之内，皆服膺斯語，一以謙謹自持。出應公務，退處鄉閭，靡有凌傲怠忽之心，公論咸歸美於庭訓之所致。諸子漸長，卒能幹蠱，於是别構耕雨亭，以爲休息之所，課僮耕稼以自逸，好事者多載酒從之遊。贊善好古徐公、太僕次進趙公、御史冀成曹公，素有斯文之契，嘗自京師寄詩以發其趣，邑人歆羡焉。

本源生於洪武辛亥八月三日，卒於正統丙辰六月六日，享壽六十有六。其世胄本出閩中，唐末有諱振者，兄弟三人避寇同來台州，散處各邑，長居寧海，仲居仙居，季遷黄巖靖化鄉，遂爲黄巖人。八傳至耿，贅于邑南方巖鄉王氏，遂家焉。生應輔，登嘉定吴潛榜進士第，歷仕至敷文閣待制。再傳生士充，潛心《易》學，制行峻潔，是爲本源之高祖也。曾祖居暹，平陽州學正。祖龍，父克權。母徐氏，宋秘書少監似道九世孫女，苦節懿行，事具編脩鄭好義所爲傳。本配同里王氏，慈慧恭順，逮事老姑，雖嚴而得其歡心。閫内諸務，綜理精密，諸婦恪遵靡違。本源之力於爲善及充拓舊業，相助之力居多，後本源七月卒，享壽六十有五。丈夫子五人：長公翰，先五年卒；次公獻、公佾，俱王氏出；公述、公著，庶出。女一，亦王氏出，同里邵胤其婿也。孫男九人：泰、陽、溥、永、浤、澍、沈、澈、洌。孫女三。葬於卒之年某月，兆在所居曹山之原。厥配葬在某年月日，與夫合窆請銘，則在庚申冬十一月也。銘曰：

古昔觀人，諗諸取友。應雖云亡，言猶未久。本源之行，歷歷可究。爰自家庭，達于鄉邦。生有令聞，没有餘芳。徵其歷年，壽不掩德。天道昭明，報匪終嗇。儲祥集慶，施及後人。嗣續綿延，雖没而存。延州掛劍，協彼心許。我銘斯刻，亦復爾耳。曹山獻秀，辛木聯陰。雙璧合藏，過者必欽。

黄巖儒學生葛天正甫墓誌銘

黄巖葛天正甫之爲儒學生也，同門皆推許之，不幸未克用而卒。葬後十有五年，其孤源永奉舅氏上海儒學訓導徐研所述行狀，不遠十舍許，造余階庭，泣拜請銘其墓道之石。余重其誠孝，遂不復辭。

按狀，天正諱永年，葛其姓，天正其字也。先世居丹陽，九世祖祐〔一六〕，宋建炎間黄巖令，民懷其惠，子孫不忍舍，遂家于邑之東山。高祖諱元芝，又徙〔一七〕居仁風鄉。少從伯兄元成、元直二先生學，二先生則永嘉葉水心入室弟子也。曾祖諱彬，元從仕郎、廣東宣慰司都事。祖諱復中，父諱道璋。母楊氏。天正資禀莊重而穎敏，方齔喪父，哀毁如成人。洪武庚午，年方十二，伯兄以徵税愆期繫獄，母歎曰：『吾家内外諸事，悉倚此兒，今被繫，爲之奈何？』天正告母毋憂，毅然赴官請代，伯兄遂得脱，鄉里皆知其大志。

乙亥，伯兄以姻親累，逮繫赴京，天正未冠，與之偕行，列詞訴冤，理刑官壯其言。兄得釋歸，抵杭而卒，行橐無遺資。同行者力勸焚尸函骨以歸，天正哀痛而他無所計，訴於逆旅主人陳氏，貸錢治喪。陳氏初未之識也，重其義，慨然諾之。由是棺殮畢具，舁櫬歸葬。天正感佩陳之大惠，倍息償其貸，歲遣人饋贈，候問起居，久而弗替。嫂陳氏，歸伯兄七日，而夫遠行，竟成死别，守節三十年。天正事之盡禮，而嫂氏安之，殊不覺嫠居之苦也。姊適〔一八〕王氏，夫亦早亡，遺息方晬，貧無所依，天正迎歸，育其孤。及長，畢婚娶，置田宅，俾王氏之祀不爲若敖氏之餒。從曾叔祖母馮氏，一子從戎，惸然孑立，天正養生送死，始終不違。再從兄光顯殁，無以爲殮，亦任爲己責。里嘗困於歲歉，道殣相望，倣黔敖故事，設糜粥以食餓者，全活甚衆。鄰有楊姓者獲戾，當械繫赴秋官，室如懸磬，欲自經。天正煦嘔之，捐白金〔一九〕以充其路費。楊藉所資，貰罪輸役以歸，踵門拜謝曰：『微命，公所賜也。』

先是，天正世業殷盛。洪武初，厥祖以閭右長督賦於鄉，多至萬餘石。乃父承其役，歲久，民漸凋瘵，賦税額存而實耗率多，代庚横費尤夥，家業日益落。天正賴母氏勤儉維持於内，而又能竭力以經營於外，不亟不徐，適中肯綮，於是薦復舊規，故得輟其贏以廣利濟。族里懷其惠者居多，所書特其大者而已。平居處己，剛介而不阿。端人正士與之游，久而益親；譎詐佻薄者，面折無隱情，以故善者懷而惡者忌，天正侃然一不以芥於胸中。奉親應務之暇，雅好讀書，里社推薦，補邑庠弟子員。教授沈公貞授以疏通知遠之學，深有造詣。群書涉獵大義，書翰甚得張即之筆法。年甫强，其同列請偕往就試，愀然曰：『吾母子遭家不造，艱苦百罹，爰及今兹，方圖色養，以致區區，尚忍一日暫離膝下乎？令伯所謂報國之日長，不敢忘也。』奈何天不假年，洪熙改元正月四日以疾卒。纊息垂絶，呼諸子謂曰：『修短定數，夫復何憾？吾母年幾八十，而弗克終養，終天之痛，曷其有極？汝等竭力承順，使吾母忘其悲戚，以慰我於九原，斯爲孝矣。』語畢而逝。母眎之，拊膺號慟，仰天歎曰：『老身失此佳子，生復何爲？』聞者莫不隕涕。

天正生於洪武己未，歷年四十有七。配徐氏，邑庠司訓茂之女，兵部侍郎静齋公之猶子研之姊也。子男五：長源汞，次源瀠，爲世父永寧後；次源沆、源滉、源湛。孫男九：楔、模、樛、楫、桷〔二〇〕、榧、桁、榱、椅。孫女四。葬以卒之又明年十月二十五日，兆在永寧鄉仙岩山。

嗚呼，天正惠之及人者，非僂指可既，年未及中壽，舍老親而長往，陰德之報何在乎？幼學壯行，士之素志蘊蓄，至於强仕而不沾一命以大其所施，抑又可悲也夫。雖然，有子以承厥志，殁猶不死也。爲之銘曰：

謂天無意於若人耶，夫既與之以温恭惠順之美質；謂天有意於若人耶，曷不俟其成而隕其實？吁嗟彼蒼，理也何窒？仙岩之山，生氣勃鬱。奕世有輝，永保貞吉。

息耕處士應尚惠甫墓誌銘

應，姬姓，武之穆也。子孫以國爲氏，散處四方，代有宦業。自晋觀陽烈侯詹來永康，延及於宋，有曰宗翰者，徙居黄岩。三傳至輔，仕至諫官、侍講、緝熙殿，贈少師。又五傳至諱泰亨者，處士尚惠之高祖也。曾祖諱肖翁，元判温州路瑞安州事。祖諱馬，父諱彝賓，二世隱居毓德。母柳氏。

尚惠諱渭，别號息耕，尚惠其字也。風采俊邁，度量軒豁，少有大志，爲鄉老所推許。讀書篤於踐履，不以諷誦剽竊爲工。壯年英氣雲蒸川涌，嘗以古豪傑自期，開口論古今理亂得失，恨不親身可否於其間，同列皆驚異之。事親孝，父寢疾，躬治湯藥，衣不解帶。父没，居喪哀毁踰禮。母嫠居有年，事之謹甚，先意承顔，務得其歡心。揭『思養』二字于堂，識其慕亡事存兼盡之意。季父貧不能自存，迎養于家。比終，殮葬，禮無不備。仲氏請析居，田廬讓而後取，所得率皆磽薄蕪廢。然而徭役之需，急於辦集，不較彼此。禮遇厥弟如賓友，終其身未嘗有秋毫拂戾意。待族屬惠而不褻，子姓嗜學者，獎勵以成其美，匱乏者賙之，懦弱者扶植之，塚舍兆域見侵於强宗者，復而經理之，以故宗族皆倚賴焉。

生平慎交接，敦信義。親舊告急，必扶掖左右，以紓其所苦。有意氣相感而未經半面之識者，一旦扣門求貸，捐金倒篋弗吝也。其德之及人者，大率類此，而未嘗有驕矜之色，故人之親之，如飲醇醪，不覺心醉也。尤篤於教子，嘗誨之曰：『族祖艮齋受業於晦菴文公之門，得道學正傳。嗣世子孫，每以閭右長賦于鄉，日困於徵歛，詩書之脉，不絶如綫，汝等可不思所以振起之乎？』諸子少失矩度，懲戒不貸，祖謝自新乃已。家法嚴正，人無間言。

永樂癸巳，嘗遊京師，鄉先達有任内職者，多勸之仕。力以母老辭，拂袖而歸。居亡何，知安寧州事邑人孫貞剡其名薦于朝，有司敦遣，不得已將上道，丁内艱而止，遂絶意仕進。去邑南五十里許鏡川之上，築息耕亭，以爲佚老計。賓客過從之者，款留觴咏，盡歡而罷。勉飲過量，凝然不亂，或嘯歌以自快。趣尚閒曠，不屑屑於生産，而施與不倦。中年後，家業日益落，衣麄食糲，泊如也。惟酷嗜史學，終始靡懈，盖亦多所資益焉。

永樂辛丑七月初四日，以疾卒于正寢，距生之年洪武丁巳十二月廿九日，歷歲四十有五。配同邑謝氏，貞順有識量，通習書史大義，婦儀母道，族姻以爲表式。先夫五月卒，歷歲四十有八。男子二：長挺，次律。女子一，卲能其婿也。孫男五：續世、熙世、紹世、奉世、經世。孫女一。挺等以卒之年十月甲申，奉匛合窆于邑之方巖鄉新城山之原。先是，尚惠之從弟尚履與余篤斯文之義，律嘗從行拜余於山菴。尚履既即世，律奉其存日所述行狀來乞銘，義不可辭，爲之銘曰：

德之積，行之力。膺薦書，進復息。志彌堅，壽何嗇？孰尸之，杳莫測。勒銘章，奠玄宅，昭令聞，播無極。

翰林庶吉士張士銓墓誌銘〔三二〕

余執業於邑庠，生銓方垂髫爲童子，往來經其門，時與之遇，作禮甚謹。見其丰神秀朗，目光照人，意其必能敏學，心甚愛之。弱冠，選充郡庠生，果以聰慧聞。未幾，余賓興，薦入仕途，而士銓學日茂長。訓導宗起徐先生〔三三〕長於《易》，士銓居講下受教，心領默契，肆筆爲文，發揮陰陽之妙賾，不踰軌轍。先生喜得佳弟子，同門相親者，多資麗澤之益。平居尤恂恂守禮法，雖盛暑，衣冠未嘗去體。嘗自謂：『讀書不躬行，雖讀何爲？』孝友之行，藹然於家庭，待族姻，接鄰里，謙而不流，人皆樂與之交。

永樂乙酉，應鄉舉，占經魁，試禮闈，進對大廷，登名第二甲，賜進士出身，選入翰林，充庶吉士，進文淵閣，預脩《太祖實録》《永樂大典》。時余承乏兩制，間嘗程督勤怠，總裁而下，咸稱其能。尋以服勤致疾且劇，余趨赴寓館候問，士銓據榻謂余曰：『君親恩未及報，而一旦至此，其命也夫。』就案取韓、柳文一帙，遺余永訣，仍以墓銘見屬。余曰：『子少安，他事不遑慮也。』反席未久而卒。余因經紀其歛殯之事，時從弟中城兵馬文振亦在側，多致力焉。是爲永樂丁亥十月二十日也，距生之年洪武壬子九月二十日，春秋三十有六。子幼不能涉遠，同門友朱良念其平昔契愛，便道護其柩返葬。卒之明年十月十一日，窆于吹臺鄉桐嶺金山之原。余養疾家居，追念宿諾，爰取事狀，序而爲之銘。

士銓諱文選，姓張氏，士銓其字也。先世自閩遷温之瑞安，八世祖諱〔二三〕某仕宋架閣，再遷永嘉。曾祖諱宗〔二四〕振，祖諱子成，父諱勝初，母陳氏。配楊氏，有淑德，孀居十七年卒。子男二：長慶餘，克紹父業，充郡學生；次慶存，早喪。嗚呼，士銓以英俊之才，有志於事功，假之以年，必能振迅發越，以光大其門閭，奈何方及展步而殞於夭閼，誠可悲也！銘曰：

孰豐其才，而遏於成？孰厚其德，而嗇於壽？茲其爲未定之天者歟？胡爲乎冥寞而罔究？桐嶺之陽，山明水秀。魂兮歸來，用昌爾後。

裕菴曹處士墓誌銘

温郡稱世家大族，安固許峰曹氏其一也。曹之先居閩之長溪，五季間有曰靄者，始遷許峰，文獻相承，世有宦業。至宋曰逢時，福州教授，贈太中大夫。太中生器遠，禮部侍郎，特進少傅，謚文肅。少傅生豳，國子祭酒兼刑部侍郎。祭酒生豳〔二五〕，禮部侍郎，贈開府儀同三司、少師，謚文恭。少師生履善，贈朝議大夫。朝議生良朋，大理寺卿兼禮部侍郎。自許峰徙居仁濟之西潊，是爲永嘉之始祖也。大理生清孫，南雄州司户，處士之高祖也。曾祖宏祖，祖希曾，父思正，三世暫輟仕籍，恬静守業。母陳氏，宋郡馬復禮五世孫；生母葉氏。

處士諱安，字〔二六〕德安，别號裕菴。蚤喪父，鞠於母氏。自少志氣不凡，恥狎群童。稍長，儀宇龐厚，資識朴茂。從艮菴王先生授業，學日進而行益確。孝養二母，各盡其道。事兄撫弟，敬愛兼至。睦族婣，待鄉黨，咸得其歡心。與朋友交，懇懇有誠，談論辨析，裨益滋多。居常不嗜酒，客過其家，治其款洽，竟日忘倦。伯兄遠仕，獨經理家事，繇役繁劇，而處之裕如，上無忤而下無擾，裕菴之稱自此始。

先是，大理公築居西漵，堂宇宏敞，元時爲權勢占據，歷百餘年不能復。處士毅然曰：『先人之廬，古人所重，大理公手澤，豈可委於他人而弗之顧乎？』於是訴於臬司，悉復舊業，撤朽脩廢，煥然一新，即今之所居也。扁其堂曰『脩齊』，冀以自勉。堂之前後，雜植名花佳果、茂樹脩竹，周垣迴護，優游其間，翛然有塵外之趣，常曰：『此可以終吾〔二七〕年矣。』

正統初元，有司簡拔耆老，協相民事，以處士敦實可託，强起之。不得已應命，持論公正，致勤不懈。或求直其不平者，開諭以理義，悉皆俛首聽受。由是問望益隆，閭里加敬。嘗誨諸子曰：『我曹世膺簪組，吾今老矣，不能振祖抗宗，汝等宜脩身謹行，毋替先緒。』因遣次子聰入郡庠而受學焉。

正統辛酉二月十三日，感微疾，卒于正寢，距生之年洪武壬戌五月二十四日，享壽六旬。配余氏，側室吴氏。子男五：欽、恕、聰、敏、謙。恕、謙，側室出也。女二，王纘、邢鑑，其婿也。孫男旦。女某。欽等卜以卒之明年十一月某日，奉匛葬于祖隴之次。先期衰絰奉婚媾之親司訓婁君孟寅所述《世出行實》乞銘。嗚呼，處士遠承文獻之胄，而能謹於自治，不墜先緒，考終全歸，可謂無愧者矣。是宜銘，銘曰：

吹臺之鄉，東耕之原，是爲吉人之墓。依厥祖父，既安且固。慶源弗斁，以永延夫胤祚。

善菴徐處士墓誌銘

處士諱義，字宗禮，姓徐氏，西安咸寧陸海人。高祖諱希孟。曾祖諱文興，宋校書。祖諱敏忠公景喦。母高氏。處士本伯父景玉、伯母楊氏子，生七歲而父母卒，出繼景喦爲嗣。憐其幼孤，鞠育甚謹。處士亦孜孜敬順，屹如成人。語及所生，輒嗚咽涕洟，移時乃止。景喦偕其配相謂曰：『此子孝情深切，雖不在喪側，而心未嘗頃刻忘也。移以事我，何患其不至？』撫愛尤篤。

處士天資朴茂，不事表襮，長益脩飭，儉以守約，勤以幹蠱，以故産業日滋。善事父母，先意承顔，以悦其心。徭役庶事，身任勞勩，不使毫末撓其念慮。遵命於邑之濛溪，背山面流，築善菴，迎二親居之，而父樂於静便，優游以延壽齡。里人因以『善菴』爲處士之號云。尤篤於教子，冢嗣恕既成童，遣入郡庠充弟子員，戒之曰：『吾家先世嘗占仕籍，近代仕宋儒官，宦業中輟。汝宜篤志黽勉，期底于成，以振家聲。』恕敬承無怠。

處士待人，一以和敬爲本，自族姻以及鄰里，罔不懷其厚德。尤好施予，里有張覺道喪不能舉，處士若疾疢在躬，憂形于色，亟營壙以窆之。鄰女楊奴貧不能嫁，捐貲給其妝奩。凡喪葬所資助及賑人匱乏頗多，不能具述也。永樂十五年二月廿一日，感微疾卒。上溯其生之歲月元至正庚子十一月十五日，歲五十有八。里人相與嘆嗟，以爲善人不得其壽爲可惜也。卒後逾月，葬于沙岡祖隴之側。配張氏，有淑德，先二年卒，至是合葬焉。子男六：恕、惠、懋、慤、懃、聰，惠、懃早亡。女一，適同里高氏子。孫男七，女八。恕在郡庠時，學行優於同列，且善書，秦府永興王殿下嘗召寫《長安志》。由國子生歷任懷慶、保寧、廣西三府同知，考最，陞食四品禄，遷温郡。嚴以律己，寬以撫民，敏以集事，深爲藩憲所倚注。余以夙恙退伏田里，每辱過敝舍，慰安情甚至。間奉處士事狀請銘，誼不可辭。銘曰：

幼失怙恃，繼承是託。克孝克敬，無愧無怍。善推其贏，惠及鄉閭。壽不掩德，慶則有餘。冢嗣承休，屢易宦轍。會見貤恩，光昭綸綍。勒銘于石，告爾後昆。永隆祚胤，永世弗諼。

夷山處士郭公墓誌銘

處士諱彦通，字以名，姓郭氏。高祖諱某，曾祖諱某，祖諱某，父諱某，俱不仕。母某氏。世居薊之三河。洪武初，處士擇地南徙，遷居河南祥符邑，里人因其所居，稱曰夷山處士。其爲人也，介直而俶儻，讀書通大義，不屑屑於章句。治家以勤儉嚴慎爲本。與人交，務敦〔二八〕禮讓，有過則相規，恥爲諂媚態。遇之者，初若不可親，浹洽既久，情意懇至，率皆感激而不忍棄背也。里人紛争不決，輒來求直，斷以片言，兩造皆釋然而去。家不甚殷，而雅好施與。姻族里社有婚姻不能備禮，喪不能舉者，處士捐財以資其費。食不充者，餽米以給之。東郭買田數頃，歲蓄其半，農耕時貸人爲種，有不能償者，折券已責，無吝色。

一日浴於市中浴室，得遺物一囊，重甚，意必金銀也，密護視之，託疾作遲留以待索者。俄而一商號泣而來，處士詰之，商曰：『數年奔走道途，備嘗艱苦，積金五十三片、金環一對，囊盛之，浴於此而遽去，遺囊不審何人所得，吾家妻子何以贍餘生？』言畢，頓足大慟。處士曰：『若毋苦，我頃得囊物，未嘗啓緘。』發囊驗之，與言合，竟納還。商喜過望，舉數片酬之。處士曰：『我利爾物，持去矣。既歸於爾，何以謝爲？』商再拜而去。處士重義輕財多類此。

處士娶葛氏，久不孕。一夕，夢神人告之曰：『汝平生好善樂施，惠及人者深，將有良嗣以光大門閭。』覺而異之。及期，果生一子，質美異常兒，因名之曰良，徵夢兆也。繼生二子，曰恭，曰敬。良既成童，器宇不凡，遣入學，充廪膳生，學日茂長。賓興入太學，選入文淵閣，預纂脩。竣事，擢工科給事中，迎處士就養。居無何，宗祀在念，返棹而歸。良陞都給事中，超職江西憲副，方欲遣人奉迎，而訃音至矣。

處士生於元至正辛卯，卒於今永樂庚子八月，享壽七十。厥配先處士三十八年卒，繼室張氏亦先卒。再娶張氏，後處士十七年卒。先是，良丁父喪，起復，陞順天府尹，階嘉議大夫，未終考，復陞山東左參政。雖由良之才能，簡在宸衷，疊承寵眷，蓋亦處士積德垂慶之所致也。處士葬有年，而墓石未立，良具事狀，介温郡太守劉公自牧請銘。爲之銘曰：

善積自躬，慶貽後嗣。報施之理，孰曰無據？吉壤在原，既固既安。昭德揭辭，過者式焉。

澄菴章處士墓〔二九〕誌銘

正統丁巳七月六日，澄菴章處士卒于郡城正平里之甥館。又明年七月十九日，配劉氏亦卒。其孤文舉將奉匛合葬，先期奉事狀乞銘。

處士諱宸浩，字彦清，姓章氏，其先閩之浦城人。後唐有曰子〔三〇〕鈞者，仕至太傅，生得象，相宋仁宗，封郇國公。再傳生固，歷仕祕書，遷職外補温郡，卒于官。子某幼，弗克返葬，卜吉永嘉清通鄉雲嶺，至今世居之。祕書三傳生文闈，狀貌瑰傑，膽略雄鋭，部領鄉之驍勇，屢却睦寇〔三一〕方臘，卒于軍，以功贈驃騎上將軍忠惠侯。國朝褒其死節，封章忠惠侯之神，立廟城南，著爲常祀，是爲雲嶺之最顯者也。曾祖諱善士，祖諱斗龍，父諱得協，俱弗仕。母表山鄭氏。

處士蚤喪父，克自樹立，剛介質直，不事表襮。比壯，從鄉先生學，求知大義，孝友之行，人無間言。處士於次爲仲子，以母命出贅劉氏。劉之子尚幼，家務悉諉之，處士勤慎儉約，經理咸〔三二〕適其宜。外姑項氏心悦其能，時還家庭，覲省其母，候視其兄若弟，未嘗廢禮。既而妻之兄弟日漸成長，秉誠〔三三〕由鄉貢歷任閩縣教諭，秉彝〔三四〕舉進士，授廣東道監察御史，弗克内顧。處士奉外姑，莅家政，益謹弗懈。構堂宇以廣其居，增産業以資其食。歲時攝祭，必躬必誠。兩家間歲充里社之長，率倚處士爲重。

處士小心敬慎，其持己也固，其待人也恕以敬，上無廢事而下不擾，人多歸心焉。故里雲嶺徑路傾圮，處士捐資平治，以便徒旅往來。貧乏求貸，輟己所有與之。力不能償者，折券已責，無吝色。樂善好施多類此。平居頗嗜飲，客至必具酒肴，舉觴勸酬。醉則雅歌以相歡，襟抱灑然，不滯於物。晚年，子能幹蠱，於是屏斥塵累，往來故鄉，徜徉泉石，爲佚老計。奄忽遘疾而卒，距生之年洪武己酉四月三日，享壽六十有九。厥媲淑慧柔嘉，女紅中饋，各稱其能，相夫起家，内外允協。生於吴元年丁未十月十九日，壽七十有三。子男一，即文舉。女三，婿陳瑀、湯聰、王廣。孫男御，女幼。合葬以正統辛酉十二月初四日，其兆在建牙鄉溪西之原。余與處士居聯桑梓，徵其行實，與狀述相符，遂不辭而爲之銘曰：

猗嗟處士，紹美華宗。出贅于劉，母命是從。德均兩族，譽藹鄉邦。年幾中壽，委順考終。溪西之山，巋焉堂封。婉彼令淑，託體攸同。慶善之吉，子孫其逢。

陳母汪氏安人墓誌銘

安人諱珮，行彬四，産于永嘉沙城望族之汪氏。父諱思永，母侯氏。幼有淑質，習女工，不煩姆訓。父母鍾愛之，擇所宜歸，適同里陳庚，時年二十有九。陳世以貲雄于鄉，庚之父諱麟，承世業，隸役鹺場，長百夫，端慎自持，而役重費殷，貲産日耗。安人爲介婦，事上待下，相助家事，克謹禮度。庚二兄童、慶，父卒，慶執役坐累，法司遣人追逮，慶先遠出，逮者追〔三五〕及童。庚以兄承宗祀，奮然引咎，就執議罪輸作，竟卒役所。安人時年三十有二，聞訃，拊膺大慟，幾至殞絶。顧念孤子辰，方三歲，不可不育，忍死抱遺孤，指天誓曰：『夫往矣，存者此一息耳，賴天覆庇，俾有成立，他日瞑目，無愧於地下，足矣。志或中更，冥冥殛之。』聞者莫不酸心。

既而童、慶相繼坐役事淪役遠方，安人母子煢煢孑立。諸兄弟行時，盡質産業充路費，安人日用無所須，躬事織紝以自給。而鹽筴具有常賦，業耗而役存，豪右惡少乘隙陵侮，抑配以流亡逋負，俾代庚。多方摇撼，以奪其志。姻戚佐令訴于當道，安人泣曰：『未亡人何面目與人較曲直？』於是竭囊橐遺飾以輸官。數殷，輸莫能繼，逼抑苦楚，志愈堅而防慎愈至。凌侮者感悔，相謂曰：『烈哉，女丈夫也！吾儕徒稔惡耳。』自是事漸平釋。不幸復值歲歉，安人左支右吾，不爽其宜。

子稍長，遣就學，諄諄教戒，子亦自知砥礪，遵承罔怠。既克家，漸次圖復，業日充裕，安人始獲寧居。年彌高而聰明不衰，綱維家政，纚纚有條，蓋由勤苦素習，不暇安逸也。辰念母氏劬勞，創北堂以佚其居。禮部郎中黄養正大書『節義』，揭諸楣間，并著其夫引咎之厚德也。歲時令節，升堂上壽，安人鶴髮童顔，笑語從容。子婦率諸孫次第奉觴，安人亦怡然自慶，和氣充溢，被及里閭。有識者嘖嘖稱道，以爲天道佑善之應。

正統己未二月，得疾且革，謂子婦曰：『吾家既破而復完，將輟而復振，昔日期無媿于而父，今其庶幾矣乎？』俄頃而逝。距生之年元至正乙未十一月二十日，享壽八十有五。辰之婦朱氏。孫男七：穎〔三六〕、潭、柔、晏、旦、厚、延。女二，長適王度，次在室。曾孫男四：樣、相、植、札。女一。卜以癸亥十〔三七〕月丁酉，奉匜葬于所居里之井町山。辰與余誼甚洽，嘗奉母行實求爲著傳，今又以葬銘懇請至再，盖不待徵諸事狀，而其事已詳。爲之銘曰：

婦德攸先，曰順與節。順以承家，節以致潔。婉彼令淑，懿行昭晰。艱險備嘗，志定莫奪。傾否就亨，孫曾在列。茂享遐齡，崇躋耄耋。天報德善，不爽豪髮。玉閟鄉山，佳氣鬱㪍。兆閾有嚴，過者勿越。

雲菴處士墓誌銘

永嘉柟溪著姓潘氏，其先括蒼木溪人。宋有曰肇者，遊覽至温，愛楠溪山水之勝，遂卜居水南金倉山之陽。肇生習，事宋評事，生二子，長泰，次暘。泰涉獵經史，旁通堪輿家術。鄰壤有地曰梧岡，連雪不積，意爲和氣所鍾，復徙居焉。泰生敬，再傳震，分教郡庠，是爲處士之高祖也。曾祖諱望，祖諱聞，父諱讓，三世相承，不樂仕進，務積善以樹本。母邵氏，韶川望族。

處士以元至正癸巳二月廿〔三八〕八日生，諱龍，字起潛，行陞十四，資禀穎悟。蚤喪父，養母唯謹。母亦喜其善繼，恬然自適。稍長，從梅南元善陳先生學，業日茂長，質厚而持益固。屏斥華靡，致力儉勤，善治生産，而不以朘削爲能。寅奉祭祀，而必致豐潔。待族姻和而不流，接賓客敬而有恒。公私酬應，上下交際，各適其宜。嘗以閭右充糧里之長，慮子姓恃勢作威也，則朝夕戒勖〔三九〕之；慮居民困乏逋竄也，則寬貸撫循之。至或賦税有不能庚者，率代輸以濟其急，以故人多歸心焉。

從子二，幼失怙，撫之如己出。厥既成立，乃中分財産，無所低昂。年向暮，常自嘆曰：『茂松清泉，消揺山谷，吾家故事，深竊慕之，勢未可爲也。今焉老倦于勤，諸子頗克家，幹蠱之勞有託矣。逝將息肩散地，以逸吾志，不亦可乎？』於是構别墅於旁近，扁曰『雲菴』，盖取『雲出岫知還』之意。旦日焚香危坐，披閲經典，以清心静慮。天宇澄霽，時與賓朋徜徉談笑，瞻望雲物卷舒，悠然有所契。勢利是非，一毫不芥于胸中，人皆稱其爲達識也。

一夕，忽遘微疾，召諸子姪告語之，大要勉其敦行古道，勿墜先緒，既而溘然委順。是爲正統丁巳九月廿一日，享壽八十有六。娶蓮川徐氏，温柔貞静，先處士卒。子男三：寬、紹、普。女一，適同邑邵仲長。孫男七：禾、勳、偶、毓、品、某、□。曾孫男四。以卒之又明年，奉處士匛安厝于祖隴之次，先期來求銘。烏乎，處士承詩禮之胄，惇仁廣惠，被于鄉閭，身躋上壽，優游考終，可謂五福具全者矣，是宜銘。銘曰：

潘爲望族，世簪纓兮。仕籍中輟，樂幽貞兮。猗歟處士，善繼承兮。仁孚義浹，衆所憑兮。謙撝内固，靡驕盈兮。輿論同歸，重鄉詳〔四〇〕兮。壽富康寧，信有徵兮。先隴之側，鬱彼佳城兮。慶祐遐敷，子孫繩繩兮。

義民施永〔四一〕鉉甫墓誌銘

皇上重念民食之艱，制詔天下，思患預防，富室願出穀粟以佐儲蓄者聽。於是台郡黄岩著姓施永鉉仰聆德音，心懷感奮，出穀三千斛輸于官。有司上其事，朝廷遣某官某賜璽書，旌爲義民，勞以羊酒，復其家。命下之日，永鉉寢疾，且以又明年正月甲寅，葬于仁風鄉方山之原。先期介余故友翰林脩撰楊公文遇之子鞏，奉禮部主事章畋所述事狀，不遠十舍許來乞銘。溱稽顙再拜，涕泣而言曰：『先府君將屬纊，謂溱曰：「吾幸生逢太平之世，猥以布衣受褒加之命，龍光下燭，被及里閭，榮幸莫大焉。然而薄德寡祐，死生旦夕，不能圖報萬一。殮殯後，汝即馳謝闕下，他日獲沾一命，慎當竭忠效職，仰答聖明庇覆之大德，庶幾少伸吾志。吾聞永嘉〔四二〕有大人先生少保黄公，文足傳信，蘄得片言刻諸墓石，無遺憾矣。」溱痛識不敢忘。歲月云邁，葬且有日，謹奉治命，俯伏固請。』余哀永鉉賫志以没，又嘉溱孝而有禮，遂按狀序而爲之銘。

永鉉諱應鏗，先世居汴。宋儒諱慤者，景定間由舍選授將仕郎、錢塘尉，陞台之臨海縣簿兼丞。娶承信郎黄岩西橋趙公希慇女，後值兵亂，不可歸，遂依外家而定居焉。縣簿生希傳，希傳生伯彰，伯彰生居仁，三世不仕，務積善以裕後，是爲永鉉高、曾、祖、禰也。母陶氏。

永鉉自幼爽朗不凡，蚤喪父，克自樹立。母誡以讀書慎行，不墜先緒，益奮勵向學〔四三〕。

稍長，母亦没，喪葬無違禮。弟妹俱幼弱，撫育以長，俾有室家。操持家政，以經以理，肯構肯堂，光裕先業。聿建祠堂，以奉四世神主。歲時薦獻，登降進退，一遵禮度。滌器具饌，必親莅之。篤於教子，遣溱充邑庠生。同門故友蔡君璘，學術爲縉紳所推獎，延主家塾，朝夕講授，冀厥子成其德器，其貽謀遠矣。

永鉉資禀剛介〔四四〕，負才尚氣，不苟合。所與交果益友，相得如飲醇，久而益洽。遇事是非，處理辨析，不肯脂韋婞婀以取容悦。嘗以閭右爲編户長，本之以〔四五〕公，行之以恐，濟之以勤，事集人而不擾，□□□託足跡不敢涉其庭，名其宴處之室曰『介軒』，以見其志，識者咸謂其名實之相須也。居常雅好施予，妹適應尚寧者，夫婦俱早世，賙恤其孤傳，有成立。進士趙公鼎遺胤貧而好學，割田以贍其費。囹圄囚繫，無所仰給者餽之以食。喪不能舉者，給槥致賻。各（後闕）

校勘記

〔一〕『敬』，敬鄉樓本作『誠』。

〔二〕『羸』，底本作『嬴』，據敬鄉樓本改。

〔三〕『分』，底本作『介』，據敬鄉樓本改。

〔四〕『紀』，底本作『絶』，據敬鄉樓本改。

〔五〕『肖』，敬鄉樓本作『宵』。

〔六〕敬鄉樓本下小字注：『按，《永嘉縣志・義行》有傳。』

〔七〕『慶』，敬鄉樓本作『之』。

〔八〕『頜』，底本作『領』，據敬鄉樓本改。

〔九〕『過』，底本作『遇』，據敬鄉樓本改。

〔一〇〕『怙』，底本作『恬』，據敬鄉樓本改。

〔一一〕『成』，底本作『咸』，據敬鄉樓本改。

〔一二〕『暮』，底本作『墓』，據敬鄉樓本改。

〔一三〕『享』，底本作『亨』，據敬鄉樓本改。

〔一四〕『券』，底本作『養』，據敬鄉樓本改。

〔一五〕『葉』，底本作『業』，據敬鄉樓本改。

〔一六〕『祐』，敬鄉樓本作『祜』。

〔一七〕『徙』，底本作『從』，據敬鄉樓本改。

〔一八〕『適』，底本作『嫡』，據敬鄉樓本改。

〔一九〕『白金』，底本作『金白』，據敬鄉樓本乙正。

〔二〇〕『桷』，底本作『桶』，據敬鄉樓本改。

〔二一〕敬鄉樓本下小字注：『按，《永嘉縣志・儒林》有傳。』

〔二二〕敬鄉樓本下小字注：『按，名興祖，平陽人，洪武中爲温州府學教授。』

〔二三〕『諱』，底本脱，據敬鄉樓本補。

〔二四〕『宗』，敬鄉樓本作『守』。

〔二五〕敬鄉樓本下小字注：『孫仲容先生云：「據《宋史》，豳爲叔遠從子，非其孫也，此誤。」』

〔二六〕『字』，底本作『子』，據敬鄉樓本改。

〔二七〕『吾』，底本作『五』，據敬鄉樓本改。

〔二八〕『敦』，底本作『郭』，據敬鄉樓本改。

〔二九〕『墓』，底本作『暮』，據敬鄉樓本改。

〔三〇〕『子』，敬鄉樓本作『仔』。

〔三一〕『寇』，底本作『冠』，據敬鄉樓本改。

〔三二〕『咸』，底本作『感』，據敬鄉樓本改。

〔三三〕敬鄉樓本下小字注：『按，名安真，建文己卯舉人。』

〔三四〕敬鄉樓本下小字注：『按，名安定，永樂戊戌進士。』

〔三五〕『追』，底本作『迫』，據敬鄉樓本改。

〔三六〕『潁』，敬鄉樓本作『頍』。

〔三七〕『十』，敬鄉樓本作『六』。

〔三八〕『廿』，敬鄉樓本作『十』。

〔三九〕『勖』，底本作『助』，據敬鄉樓本改。

〔四〇〕『詳』，敬鄉樓本作『評』。

〔四一〕『永』，底本作『宋』，據敬鄉樓本改。

〔四二〕「嘉」，底本作「加」，據敬鄉樓本改。
〔四三〕「學」，底本作「子」，據意改。
〔四四〕「介」，底本作「分」，據意改。
〔四五〕「之以」，底本作「以之」，據意乙正。

黄文簡公介菴集卷之十三　歸田稿

碑　誌

贈指揮僉事李公墓碑銘

公諱良，字公讓，姓李氏，其先河間人。曾祖諱原慶，祖諱啓佑，父諱泰，母高氏。公自幼岐嶷不凡，平居凝然無戲色。稍長就學，粗通大義，投篋作色而言曰：『大丈夫苟能立志，抵掌可以取功名，安能俛首事鉛槧乎哉？』比壯，徙居滑。洪武初，選備侍衛，練武事，以果毅聞，擢爲伍長。逮奉天靖難，公在行間，踊躍奮厲，圖以自效，所向克捷，蒙恩授典仗。未幾，得疾營壘中，枕戈而卧。疾且革，譟而起，揚眉作勢，若將赴鬥狀，拊髀長嘯者三，既而歎曰：『命矣夫，吾憊矣，不復能圖報矣！幸有子以成吾志，瞑目何憾？』反席而卒。是爲庚辰十二月甲辰也，距生之年元至正戊子正月辛酉，享壽五十有三。

訃聞，其子得匍匐扶櫬，歸葬魏村，遂纂其故業，益著勞勩。事平論功，陞錦衣副千户。公以推恩之命，贈武略將軍、管軍副千户，配張氏贈宜人。子男一，即得，謙和勤敏，綽有能聲，官長倚任之。女一，適百户楊政。孫男二，弘、弼。女四人。得追念公葬時事嚴，弗克備禮，墓地且湫隘，恐不足以安體魄，言及即流涕。卜以永樂己亥正月甲寅，遷葬于施義鄉之原。甲辰冬，得陞旗手衛指揮僉事，復調錦衣衛。公加贈明威將軍，職如其子，配贈淑人。制當立碑墓道，狀其行，請銘。嗚呼，公奮自齊民，際風雲之會，身榮名遂，克昌厥後。史稱『有志事竟成』，斯之謂矣。是宜書銘曰：

孰不勵志，克濟艮難。孰不有子，克紹孔艱。公兩全之，雖没而安。瞻彼新阡，松柏丸丸。勒銘于石，昭兹慶源。慶源伊何，維國之恩。既庶既蕃，永矢弗諼。

處士黎公墓誌銘

贛之寧都，有篤行之君子曰東皋處士，卒葬若干年。仲[一]子諒任處州府推官，以事至温，奉執友左副都御史、大理寺卿陳公所述世出事狀，謁余請銘，將勒諸墓道。狀論次甚詳，摭其大者，序而銘曰：

公諱敏，字大成，姓黎氏，世爲寧都望族。唐慶曆中，有諱度者，爲虔化縣令。傳六世曰球，梁推忠定難翊聖功臣、檢校太傅、守虔州刺史、百勝軍節度觀察使。子雋，奉敕差充受納上供場庫官。又四世曰思義，宋大理評事。簪紱科第，先後相承。公之祖諱逢[二]吉，父諱明初，隱居毓德，教諭鄉里。母某氏。

公生於前丙午十月廿三日，資稟純孝，幼有大志，不狎群童。八歲喪母，葷肉不入口。父憐其弱，强之食，悲泣哽塞，食不下咽也。免喪受學，庭訓嚴而善，承書數過，背誦不忘。稍長，慨然興念家之食指衆而産業薄，貽父兄憂，亟請客於近壤閩浙間，冀得什一之贏，以奉甘旨，以助經費。取予一依於義，不事鉤距以較低昂。仍挾書以行，遇名公碩士，求與講明理道及古人臧否，以廣才識。其心休休然，忘其身在客旅也。然而見義勇爲，不避艱險。

洪武中，邑有恌薄誣告僞鈔者四十餘家，公之父兄弟姪咸絓罪籍。時在寓邸，一夕心忽震恐，馳歸，諗知所陷狀。趨闕陳訴，事覈辭直，上達聖聽，爲之改容。敕臬司追逮兩造覆按，誣構者伏罪，衆皆釋免，人賜鈔伍錠，充道里費。入謝畢，稱公爲再生父母，歛賜鈔歸之。公斥之曰：『兹賴皇上聖明，若得免於刑戮，我何力焉？賜鈔殊恩，持歸以爲榮，我何敢受？』衆皆歡呼拜謝而去。

永樂己亥，兄復爲邑人誣陷，械繫赴京，迫速上道，子幼，家無傔次，公析居二十餘年，即棄家事，備資費，追往護視，後亦得白而歸。同事有謝氏子者，病危篤，一僕且幾死，見公喜甚，託以後事。藥之罔效，竟卒。公爲棺殮，啓其囊甚充，仍加封識，舉其櫬，携羸僕以歸，并囊橐皆歸於其母。母且慟且拜，欲析遺資爲謝，辭別，備白金加幣，率族姻登門致禮，固卻之。凡若此者，皆非常之變，處之各盡其道，而不有其功，不利其私，非惟今人所難，古人殆不多見。公之處常也，居家惇行孝弟，未嘗有惰容。痛母早没，弗克盡菽水之歡，恒以所欲養其母者，致養於繼母，繼母喜過望。父喪，哀毀骨立，忌日慟哭如初喪。葬祭身任其勞，而必誠必敬。推而至於睦姻族，交朋友，接鄰里，各得其歡心。尤好施予，賙窮恤匱，率以爲常。娣梅適温氏者，夫婦早亡，撫養其遺女，備資裝，擇配而嫁之。

歲甲申，大歉，富室乘厄徼利，穀價騰踴，民遑遑無措。公盡發其蓄積，貸而不取息，困乏不責償。全活者感其德，稽顙籲天，致束長生之祝。公襟懷爽闓，而善於辭令，清談偉論，娓娓忘倦，聽者不厭其煩。里巷紛争，决以片言，質者咸服其斷。邑令器其才，嘗以耆德舉，辭不就。中年後，頗厭城市喧囂、人事叢脞，築别墅于邑東二里許，號曰『東皋清隱』，日與故舊徜徉林泉以取適焉。

宣德癸丑夏，得疾劇，長子諄侍左右。時諒爲國子生，公自意不及見，既而諒歸，若有神明啓之者。遂與兄同奉湯藥，退而嗚咽涕洟。公謂曰：『生寄死歸，固有定數，何傷之有？慨念從伯祖賢良先生舊有祠，草廬文正公爲記，久毀于火而碑刻尚存。規欲重建，割田若干畝供祀事，未克如願。汝曹能繼吾志，瞑目無憾矣。』二子應諾，奄忽告終。是年九月三十日也，歷年六十有八。

遠近赴吊者哭之盡哀。配管氏，内助静嘉，閨閫嚴肅，先公七年卒，葬邑東山之原。丈夫子二：諄，邑庠生。諒，癸卯鄉貢，用薦司法于括蒼。郡號難治，諒每權掌郡政，威惠兼行，民皆信服，蓋由義方迪導之所致也。孫男六：隮、純、緝、綱、緒、□[三]。女四。曾孫男十五：瓚、配同兆。

瓊、琚、璋、瑀〔四〕、瑛、璉、璹、玟〔五〕、珉、琛、琮、璽、珂、瑞。正統丙辰十二月八日，奉柩合葬，與

嗚呼，公負俊偉之才，浮沉鄉里，中更坎壈，致命遂志，以保其身。然而惠澤覃被，使人没齒不忘，視彼操可致之權，碌碌與草木同腐者，孰優孰劣？迨將優遊莫景，奈何天不假年，遽止於斯，良可慨也。《傳》曰『嗇於躬者昌厥後』，豈其然乎？銘曰：

猗嗟若人兮，哀兹衆美。自身而家兮，施及州里。處常固難兮，處變尤不易。誠動天聽兮，孰敢余侮？天有顯道兮，德厚報侈。胡不耄期兮，中壽云止。二子承家兮，慶源所委。舒翹振華兮，劬經嗜史。仲先顯達兮，進猶未已。贈卹覃恩兮，不遠伊邇。天之定兮，權輿於此。雲仍濟美兮，永光世祀。

雲松居士陳君墓誌銘

君諱祖昂，字仲軒，姓陳氏，世爲閩之長溪〔六〕人。五季時，有曰似忠者，博學多才，學徒尊之曰東里先生，宦游温之樂成，遂定居于玉環之東墍，是爲始遷之祖。若干傳之仲軒。仲軒之曾祖諱善暘，祖諱公壽，父諱思泰，俱韜晦務本，善行聞于鄉。母瑶川朱氏。

仲軒生於洪武己酉十一月十九日，資禀篤實而闓敏。稍長即有大志，名與字稱其爲人。父母愛之，嘗撫其頂曰：『是兒必能振起吾家。』洪武丁卯，倭寇數警，詔徙跨海居民於内地。

仲軒舉家還居郡城，隸戍籍。其父久困煩囂，鬱鬱不樂，追慕外舅所居山明水秀，壤地沃饒，謀欲託迹而未遂也。仲軒仰承父志，奮力往瑶川經營締構，築室隔嶼，以據其勝，名其堂曰『順親』，迎父母就養，以怡老焉。二親先後没，既葬，歲時上塚，嗚咽涕泣，猶未足以展其情，遂於居室之西創樓若干楹，扁曰『追遠』。朝夕登樓，焚香瞻拜，如見親之顏色然，至老不衰。里人稱其孝，無間言。處昆季愛敬兼至，撫育子姪，均平如一，遠客見之，不知孰爲子、孰爲姪也。馭僮僕一以慈憫爲本，群下感化，凡有驅策，不令而從。尤善治生，産業日益殷盛，薄於自奉而厚於恤人。

中年後，雅喜皈依外教，施及貧窶，踵門求憐者以數百計。發廩賑濟，人飽之以飲食，率皆歡忻贊嘆。里人見其慈祥懇惻，又即其别號而稱之曰『雲松居士』云。廩有贏餘，假貸于人取息，比鄉例殺其五分之一。積逋貧無一償，折券已債者甚衆。朝廷募民出穀，預備凶荒，仲軒輸穀納官而不務取名。其於興廢舉墜，猶渴之甘飲。郡邑文廟聖賢肖像，捐資繪飾。邑之東嶽行宫歲久傾圮，出己帑一新之。他如能仁、白鶴、巽吉諸名刹、仙宫〔七〕及橋梁、道路，悉皆協力脩治。凡百義舉，大率類此，而於毫髮鉤距之事不涉於胸臆，仲軒其可謂狷介之善人者非歟？

暮年後，諸子姪克家，撥置塵務，逍遥泉石間，與友朋觴咏以取樂。正統壬戌十月十六日，忽嬰微恙，倐〔八〕然而逝，享壽七十有四。配安人周氏，端静令淑，内政克諧。仲軒之勤敏起家，樂善不倦，相助之力居多。子男六〔九〕：文穆、文佑、文倬、文侃、文儆、文傑。女三，婿連𤗪、劉傑、趙應。孫男六：統、綽、露、紺、霽、雷。孫女七。曾孫男一。以卒之又明年十二月庚申，奉柩葬于瑶川之原，去先隴不遠而近，盖其在日所營壽藏也。

先期，文穆謁余乞銘。余自屏處田里，與仲軒聞名而未嘗識面。宣德末年秋，余偕三四士友東遊雁宕，過其門，見仲軒蒼然華髮，率子姪序立道左，迎余至其家。既成禮，問候笑談，從容和易。是夕，觴余於順親堂上，余謂其能順乎親，則素行可知，深竊敬羡。回轅，復憇於其家。後因其婚媾邑宰致仕林君文定爲求堂記，知其行爲尤詳。既有夙好，銘不可辭，爲之銘曰：

人之百行，莫先於孝。卓哉陳君，躬行允蹈。推以澤物，惠利孔周。天道報施，無善弗酬。優遊林泉，享有多福。顧〔一〇〕視庭階，森然蘭玉。大耋届期，委順全歸。里有遺思，令名永垂。我述銘章，勒諸墓石。百世而下，於焉考德。

處士史公墓誌銘

河東處士以正統辛酉九月廿七日卒于正寢。厥既襄事，其仲子監察御史頤奉敕按部至温，謁敝廬，具事狀，泣拜請銘，將持歸刻諸墓石。

按狀，處士諱泰，字元亨，姓史氏，世居河東。元季兵戈擾攘，不寧厥居，譜諜散逸，莫究端緒。内附還故里，屋室鞠爲瓦礫之墟，惟郡城北石古山下，先隴巋然獨存。爰自高祖以下，皆居郡城外。處士以族屬日益殷盛，析居郡城之内。父諱某，母某氏。

處士天資聰悟，不幸早失怙恃，居喪如成人。音容雖遠，言及輒烏咽涕洟。胸襟坦蕩，不設町畦。嗜善如啖炙，遠惡如避蠆。遇人厄難，極力拯救；賙人困乏，不吝倒囊。平居語不及勢利事，然而識時達變，鑒是非，審逆順，定禍福，明若蓍龜，識者皆服其斷。常與鄉人會飲，談及刑獄，處士怡然笑曰：『以吾爲人，囹圄徒設也。』永樂中，鄰家斥産業求售，處士捐資與之貿易成券。歲餘，里有睨鼎垂涎者，嗾業主構辭覆取之，有司弗能直，處士舍之不與較。旁人譏誚，以爲懦弱。處士曰：『訟之終凶，《易・彖》垂戒，吾豈以區區薄産俯僂訟庭，辨曲直以取辱哉？』遂聽售者歸元價，折券以釋。争誚者服其雅量，謂人曰：『史公長者，非吾儕〔一一〕所及也。』

尤篤於教子，每遇明師，即以禮延致之。河南曹士正先生嚴重慎許可，見頣狀貌瑰異，勸令入頖庠，充弟子員，復登鄉貢，分教井陘。處士馳書致勉，大率以忠勤和敬爲要。頣歲積餘俸，易白金奉親，處士不自私，分濟族姻〔一二〕之貧者，弗克周，乃嘆曰：『他日兒得寸進，繼吾志可也。』子既成名，處士益務韜晦。人或以公事請託，却之曰：『吾兒忝爲人師，嚴義利之辨，奈何老誖無檢而致誚，可乎？』凂者慚而退。

處士生於甲辰二月廿六日，壽七十有六。娶鄉先生陳公汝器之女，貞順静嘉，相夫以禮。

子男二：長頤〔一三〕，資素淳厚，間嘗爲商，不妄規利；次即頤，居官端謹有守。是皆義方之教也。頤服闋赴銓曹，察其教成行莊，送栢府，試之以政，考居上上，於是有御史之命，不惟可以繼先志，而恩光下賁泉壤，亦可待也。爲之銘曰：

猗嗟處士，惟善是履。教行于家，惠浹州里。錫祐自天，壽亦云侈。慶澤敷遺，施及賢子。繡斧廌冠，譽望日起。贈卹有典，不遠伊邇。琢石勒辭，用兆厥始。

何君妻吴氏墓誌銘

給事中何君本清以宣德甲寅二月十九日，喪其配吴孺人。又明年正統丙辰十二月廿三日，葬所居邑新城潭家源。其子瀇教授温郡，以父命奉主事丁芹所述事狀，謁余請銘。余與給事君夙有同朝之好，誼不可辭。

孺人諱應弟，字少卿。吴之先世居四川重慶，有諱宣者仕蜀之某官，以孟昶外戚入宋，居建昌南豐清魚潭。末孫某徙居新城之梅源，幾傳至某，復還下村，是爲孺人之父也。母某氏。孺人天資敏慧，容儀謹飭，不易言笑，事親篤於孝敬。年十四五，製剪紝紉，應手輒成，且蚤達内治之要。父母鍾愛之，慎選鉅族爲之婿。何門閥與吴相埒，給事君蚤有才名，遂歸之。何之族屬殷盛，家規整肅。孺人爲之婦，恪守矩度，内外酬應，各適其宜。每以不及逮事舅姑爲憾，祭享之次，時復灑淚。君方正明敏，莅下以嚴重。奴或有觸〔一四〕忤，孺人委曲揜護，已而遣人戒飭，使之改悔。女婢有過，依太夫人舊規，笞不過四五。群下皆感其德化，無犯非理。

君起家鄉貢，教諭福寧，孺人經理家政，益謹弗懈。再至官，遂與孺人偕往。凡學政有所振舉，必極力從臾。尋陞海康縣丞，孺人復與俱。海康劇邑，黎蜑雜居，令久缺，歲歉且多盜，獄訟繁興，禁重囚累盈百。閱案牘至夜分，喟然長歎，孺人從旁諗曰：『君所閱得非死獄乎？宜悉心求之，毋厭淹晷之勞，傷及非辜。』答曰：『吾求其生而不得，故形於嗟慨，豈以煩勞爲恤哉？』由是感激其言，益加致力，蒙全活者甚衆。

前令又嘗撤塘爲田，增税額以邀功。歲久，新田隄决潮没，不可耕作，舊田乏水而失收逋負，抑配代庚，民力既竭，而鹽筴積欠又十餘年。部檄遣官督辦，民無所措。君方規具奏牘，而致詳於籌慮，心懷隱憂。孺人揣知其情，謂曰：『人子事有不便，告於親；人臣政有不利，訴于上。徒憂不益也。』即日亟奏以聞，蒙恩悉從蠲免。命下，歡聲旁及四境。

滿考書最，預脩《永樂大典》，久居京師，由是有給事之命。孺人縈於家事，不獲侍左右，擇良家女，命男瀨送至官舍，以奉服食。宣德初元，得請歸省丘隴，祭祀三十餘墓，嘉賓貴客無虚日。孺人主饋奠，治供具，豐潔兼備，而秩然有序，族里咸稱其能。君在京時，嘗夢先都督盧汀舊址，匠傭輩輸運材甓，甚喜。旁有一人儀容儼雅，謂曰：『遲子歸，可就也。』祭掃畢，謀欲即事。孺人乃出其節縮餘資，庀材召匠，楹堂宇三百，以復舊規。家之食指數百，衣食給足，男婚女嫁，各得其所，皆由内助之力也。尤好賙貧卹患，時舂米若干，積蓄餘布，以應飢寒之求，蒙惠者衆。

君致政還家，正欲同享遐齡，甫二載，孺人忽感微疾，僅七日卒于新居，享壽六十有八，聞者莫不隕涕。子男七：湝、瀇、沐、澡、藻、湘、滌。女七，婿范福、張政、徐清、祁夢得、黄賜、張悦，皆仕族，一在室。孫男七：淡、燓、琰、瑩、談、煜、畱。孫女四。瀇登永樂庚子鄉貢，由馬平教諭歷任蘇、温兩郡學教授，聲譽赫奕，行將超居華要，推恩之命，光賁泉壤，翹企可待也。據狀叙述如右，而繫之以銘曰：

無成有終，地道則然。相夫允協，孰曰非賢。矧惟令淑，内政具美。母道兼隆，視其孫子。埋玉崇崗，既固且臧。襲慶承庥，胤祚永昌。

參政致仕楊公墓誌銘

福建左參政致仕楊公，以正統九年六月廿〔一五〕一日卒于里第。將葬，其孤瓛奉執友素菴徐公所述事狀來請銘。淮弱冠辱公訂交，涉歷仕途，離會靡常，而夙契彌篤。淮移疾屏處田里，公亦獲遂休致。頃者屢承書約，縱遊名山勝境，以豁老懷，以樂餘齡，詎意斯約未遂，而訃音及之矣。感今思昔，痛徹心膂，銘墓之託，其曷敢辭？援筆按狀而爲之序曰：

公諱南，字景衡，以字行，世居閩之長溪瀲村。五世祖龍桂，宋紹興請浙漕解，淳熙中，兄宗旦赴温之瑞安知縣事，與之偕行。因得執經於止齋陳先生之門，遂卜汀灣而定居焉。學業日富，博通群經，縉紳尊之曰『東灣先生』。二子：長東魯，習書經；次嚴，習賦。並中景定三舍，選入大學，升上舍。東魯生武烈，武烈生瑜，瑜生艮，是爲公之高曾祖禰也。祖暨父皆以公貴，封太中大夫、福建左參政。祖母某氏，贈淑人。母趙氏，封太淑人。趙實宋宗室永陽郡王仲瑰十一世孫，兩浙運使崇賀之曾孫也。

公資禀英秀而敏慧，少從伯父滄州先生學《春秋》。既而滄洲應博學薦，公卒業于前進士秦府長史栗齋林先生[一六]。刻志爲文，濡毫伸紙，滔滔不汩。先生器重之，謂諸生曰：『他日必勝重任。』太祖高皇帝下詔求賢，郡邑交薦，以親老辭。洪武庚午，邑令黄君通雅知公，力以明經薦，領浙江鄉貢，會試中副榜。時郎署缺官，擢任兵部司馬主事。丁外艱，起復，特陞吏部稽勳郎中。未終考，用大臣薦，超陞福建左參政。永樂壬辰，以微累謫居灤河。適際太宗文皇帝親征胡虜，亟於用人，户部尚書夏公原吉、兵部尚書方公賓薦公優於才，驛召還京，命總督糧餉。既班師，拜命復任。尋丁内艱，而奪情之命遽下。宣德戊申，以年登七袠，上疏乞骸骨。上憫其老，許之。公自筮仕以及于兹，殆四十載，善政居多，摭其大者言之。

其首郎署也，惟時高皇帝懲胡元縱弛之弊，嚴以勵下，公小心謹慎，罔有僨事，英聲奮發。其拜參也，閩爲雄藩，控制八大郡，經常庶務，素號繁劇，長貳推公才識超邁，悉倚重焉。況乎地瀕南海，路當要津，伏遇文皇帝入正大統，仁恩覆冒，萬國歸心，梯航貢獻，歲無虚日，朝廷遣中貴偕公卿大臣，率海艘賫敕往勞，供輸之費，動以億萬計，公從容贊畫，適中肯綮，事集而民不廢業。營建北京，國之大事，命下江右採木，俾福建協相其役。監臨者獨驅閩之邵武等府下民赴役，疲而顛仆，狼籍于道。公聞之，若疾疢在躬，合僚寀籌議，而親董其事。覈丁産，均道里，更迭接運，不日告完，而遠鄉不預，歡聲洋溢乎四境。

漳州盜發，逮捕株連，誣服者衆。公辯析奏聞，廷議斬其渠魁而流其黨與，下臺憲覆讞，衆莫能决。公乃〔一七〕閱舊牘，原情辯論，詿誤者咸得釋免。汀州千户之母爲姑所誣，獄成，公察其情有可矜，按問誣有左驗，遂獲免死。朝政重貪黷之罪以勵廉恥，公按行郡邑，廉知漳州知府李誠、候官知縣佗振等七十餘人汙濫無檢，列奏正其罪而黜之，由是部屬官僚肅然懲勸。福寧管屯百户何清縱戎伍侵奪民田，公至其境，民遮道訴，公乃究其實，請命于上，百户削奪，田歸其主，而民無復暴横之患。

公行部所至，遇學校及先儒祠宇傾圮，即命有司葺理。公暇，輒詣學宫，集師生爲之講經史，論心術治道，戒〔一八〕諸生毋事浮華，務敦實行，感慕而興起者衆。宋大儒龜山楊先生宗緒凋瘁，僅遺一息，流于浮屠。公深憫之，喻以大義，勉令畜髮，加以衣冠，聘良家女以配之，俾承祀事。逢掖之士，皆忻躍感歎，以爲龜山之幸遇也。

公臨事詳審周密，利有當興者，雖勞必爲；害有當除者，雖難必革。八郡無不感悦。故嘗督餽竣事之日，上臨軒慰諭，若曰：『福建民庶望汝之來，如飢渴之於飲食，汝亟往毋怠。』朝之公卿大夫悉皆歆羡。公仰荷知遇之隆，致身圖報，然而暮景侵尋，恐貽糜禄之誚，不得已而有乞骸之請。燕餞都門，相知各賦詩爲贈。少師東里楊公賦長歌，贊美甚至，其末章云：『武英學士清無恙，鶴氅雲巾日來往。太史行將望聚星，定在斗城華蓋上。』

公之碩德重望，固可與陳、荀比論，然亦波及〔一九〕區區，爲可媿也。公生平温和粹美，孝友之行，形于家庭，人無間言。父蚤亡，風木之悲，常見於詞色。太淑人在堂，道遠弗克就養，因名其廨宇曰『草心堂』，以寓瞻戀之私。既遂歸田，築一室避諠，別號曲江外史。時與二老弟燕閒和樂，以協手足之情。旦夕集子姪講論經史，從子昕得傳《春秋》家學，中浙江鄉薦，今爲國子上舍生。公平居寡言，遇知心友劇談雄辯，縷縷若貫珠。所作詩文有《在朝稿》及《紫薇清暇》《致事清歡》《歸田樂事》諸集若干卷。尤善行草，人得片楮，珍藏以爲佳玩。忽遘微疾，笑語如故，啓手足而告終。

遡其生之年，元至正己亥五月廿九日，享壽八十有六。配曹氏，封淑人，宋少傅禮部侍郎文肅公叔遠之八世孫。柔嘉端静，婦德母儀，各盡其道，妯娌取法焉。後公九年生，先公十四日卒。子男四：長煜，早亡；次瓛，次曇，次曙。女一，適鮑端曙，側室黄出也。孫男十有一：瓛奎、圻、垕、坦、培、[illegible]、塽、致、墀、增、坰。女三〔二〇〕，長適丁仂〔二一〕。曾孫男三：銓、鎮、鏡。瓛等卜以是年十一月某日，奉二柩合葬于集善鄉福全山之原。嗚呼，公以文學政事歷事四朝，秩居三品，年躋上壽，德澤著於當時，聲光垂於後裔，可謂五福全備，而哀榮始終者矣。銘曰：

偉矣楊公，才與時逢。鄉闈擢秀，郎署登庸。出佐大藩，式毗式倚。祗服有嚴，竭乃心膂。

沈幾默運，贊畫靡遺。扶綱振紀，恩威並施。按行郡邑，旬宣嫗煦。盎若春熙，沐如甘雨。孰爲奸貪，我其斥之。孰爲廉勤，我其植之。黜澆鎮浮，興滅繼絶。頌聲載途，群情胥悦。暫蹶霜蹄，受薦聿升。督饋塞〔二二〕垣，復命彤庭。天子曰嘻，爾民爾思。亟往就職，飫其渴飢。公拜稽首，欽承罔怠。嘉惠益深，頽齡莫制。得請于朝，解組南歸。蒼顔白髮，金帶朱衣。消摇林泉，十有八載。鼓缶興歌，倏焉遐逝。婉兮賢媲，懿行允臧。生則偕老，没則同藏。我銘匪諛，勒諸墓道。遺澤在人，子孫是保。

信宜知縣林君墓誌銘〔二三〕

君諱文定，字與諱同，累世居閩。高祖諱龍，仕元至江浙兩淮鹽運司副使，巡歷抵温，愛其地勝俗淳，遂遷居于郡之樂成東奥，並海而居。龍生華，華生謙，謙生振，是爲君之曾祖、祖、禰也，三世俱弗仕。母潘氏、張氏。厥考府君復遷郡城雙桂里，今之所居是也。

君資闓敏，自幼篤於孝友。稍長，志於學，鼓篋邑庠，從蓮塘王先生習《詩經》。賓興入太學，歷事天官。永樂己丑，授吉安永新知縣，階承事郎。重念親老，久曠定省，陳乞歸省，便道赴任，蒙恩矜允。越明年，之永新。邑在窮山中，舊爲强宗黠吏及守禦暴卒脅持有司，漁獵善良，株連根固，宰邑者莫能制，政疵民病，不和厥居。君視篆，廉知其弊，抵掌於案曰：『吾受任牧民，民凋瘵若此，厥咎誰執？』即日申明法令，榜于市中，擒首惡數十人，具獄械繫，送赴藩憲治其罪。黨與斂迹，居者安，遁者復，率皆舉手加額言曰：『向非吾父母除奸擿蠹，吾等無噍類矣。』

君之爲政也，持己慎而不矜，處事勤而不苛。期月而綱紀大振，聲譽溢于鄰境。名公大夫士儗之玉壺冰，賦詩作文以頌美之。僉憲唐公巡按至邑，聞其得是名也，審其實有徵，大書『玉壺冰』三字以遺之，且以爲牧民者之勸。君於是益加奮勵，跨通衢，建牌樓，扁曰『惠愛』，俾吏民咸知所向。常竊自念：『吾父命名曰「定」，盖取《大學》「知止有定」之旨。居職治民，使志有不定，則惑他岐而不得其所止，名實相戾，可乎〔二四〕？』因揭『定菴』二字于宴處之室，間因赴京求余記以自勗。邑之丞簿貪墨不律，諷戒傲然無耻。述職趨朝，數其罪而劾之，丞簿皆伏辜。向之餘黨幸免，心懷恐懼，媒蘖其短訴于官，君侃然不以爲意。至臬司白其事，誣者抵罪。辛卯夏，亢陽爲虐，苗將稿，齋沐禱于神，引咎自責，甘雨隨降，民以爲未足，翌日，率父老徒跣巡城内外，拜稽未竟，雨大霈三日，年用豐稔。學宫歲久，將就傾圮，於是鳩工聚材，易舊爲新。朔望率師生進謁廟庭，禮容肅然。退詣論堂，集諸生講説經史，奬勸諄懇〔二五〕，士風丕振。宋末，里有覃氏婦，避兵匿學宫，爲虜所執，誓不受辱，虜刃而死，遺迹不泯，舊有旌表門閭，弊壞滋甚，命匠重建，宏敞有加，以激勵民俗。及夫祀典、壇場、縣庭、驛傳，凡百廢墜，次第脩舉，焕然一新。使車往來，莫不稱嘆。屢以才能薦，督工京師。既而丁外艱，服闋，調廣東高州之信宜，陞文林郎，治效大略如永新。

宣德丁未，秩將初考，聞母喪，歸守制。起復，自顧涉歷有年，身老多病，上疏陳情，詔許致仕，歸榮故里。斂迹不事干謁，儉約自持，不屑屑於家政。時與故舊往來觴咏，以適餘年。遘疾，度不可治，乃具冠帶詣祠堂奉辭，次與族人永訣，命二子遷榻于堂中。又明日，召厥子訓戒，大要勗其毋墜先志，言訖，溘然而逝，是爲正統癸亥八月初六日也。生之年洪武癸丑八月初一日，壽七十有一。配孺人鄭氏、陳氏，俱有淑德。鄭氏先十九年卒，壽五十有五，葬吹臺鄉暘奥，祔姑之兆。生男鈍。女一，適同邑張某，蚤亡。陳氏生男三：銓、鍾，夭；季曰鑽。女二，樂邑高讚、瑶川陳佑，其婿也。孫男三：濬、清、瀚。女三，幼。君卒之又明年十二月某日，卜葬于邑之建牙鄉丁么横山之原。先期奉教諭葉宗與所述事狀來乞銘，余嘗與同門，誼不可辭，爲之銘曰：

學焉而仕，仕焉而止。進退孔時，去思曷已？横山之陽，卜吉允臧。既固既安，後人之慶。

朱母吴氏墓誌銘

恭人姓吴氏，諱思齊，行一，世居江右吉安府泰和縣。曾祖諱玉，祖諱卿，伏遇太祖高皇帝平定寰宇，從軍征伐，積功任錦衣衛百户。父諱經，贅居錦衣指揮龔銘甥館。外舅殁，妻之弟望襲職，調温州衛，遂挈家眷同至温。

恭人在室，聰慧淑静，習女工，克勤弗懈。父母鍾愛之，以笄擇所宜歸，配衛之指揮僉事朱君敬。恭人爲冢婦，操持家以〔二六〕纚纚有條。僉衛公無内顧之憂，得盡心於戎務。事老姑孝敬兼至，待側室和而有敬，馭群下恩而有制。子女皆出自側室，撫而教之，一以慈愛。不幸於宣德辛亥七月喪其夫，惟時恭人年才四十有二。居喪治葬，一循禮典，與側室交相致勉。閨閫内外，祗慎益嚴，撙節用度，家業不墜，而酬應慶吊之儀未嘗廢闕。

長子麟，年幾冠，親率赴京請襲。麟就任，克遵慈訓，莅事廉能有聲，滫𣿅之奉，竭力無違。正宜安享禄養，奈何攖疾，藥不能治，以正統癸亥九月廿七日卒于正寢，距生之年洪武庚午八月初十日，歷歲五十有四。子男二：長即麟，生母黄氏，娶張氏，衛鎮撫詳之女；次勝，生母陳氏。女二：長張氏出，適温州衛指揮使祁輔；次胡氏出，許適予之長孫珣。麟卜以正統乙丑十二月丙寅，奉柩葬于吹臺鄉慈湖之原，與夫合窆。先期請銘，余忝婚媾，誼不得辭，爲之銘曰：

爲婦爲母，曰順曰慈。懿此淑德，内政允宜。德則受祉，數兮何奇。良人蚤殁，十載孤嫠。益嚴内外，益慎容儀。子年既長，嗣職有輝。禄養豐潔，春藹慈闈。不少延〔二七〕，躋彼耄期。佳城鬱鬱，湖山之湄。久曠賓對，合窆是依。子子孫孫，無忝孝思。

閤門使郭公墓誌銘

公諱純，字文通，温之樂成人。先世裔出蔡氏，自其父後於郭，子孫因以郭爲氏。曾祖諱某，祖諱某，父諱中和，韜晦毓〔二八〕德，鄉稱善士。母張氏。

公生而秀朗，讀書過目成誦，通其大義。産業薄，不足以致養，遂學畫於外親澹然林先生，得其要領。又聞括蒼有善畫士，往來僑居于括十餘年，益充其所未至。尋以戍役起，隸興武衛。衛在輦轂〔二九〕下，四方賢士大夫咸萃焉。愛其謙和，喜與訂交，由是聞見日博，造詣益深。其於諸名家品格，隨所長而精究之，聲譽藉甚。衛之總戎謝某，偕其季駙馬都尉延公館于〔三〇〕其家，見其揮灑，輒加歎賞。太宗皇帝入正大統，海宇寧謐，朝廷穆清，機務之暇，游心詞翰。既選能文能書之士集文淵閣，發秘藏書帖，俾精其業，期在追蹤古人，又欲倣近代，設畫院于内廷，命臣淮選端厚而善畫者充其任。淮與文通同里，知其行業爲詳，首舉以應命。既召見，克稱所薦，命光禄賜酒饌嘉勞之。會車駕親征朔庭，院不果立，命暫居武樓下作畫。因得徧觀古人名蹟，其變化飛動，有契於心，而益臻其妙。

永樂十二年十月廿二日，上偶閲文通畫，大悦。晡時敕内侍召，而文通歸矣。明日早朝罷，進見於便殿，上指以語户部尚書夏原吉、方賓，工部尚書吴忠曰：『卿等識此人否？』對曰：『識而未究其能。』上曰：『此是江南秀才郭文通，善畫，事朕十餘年，謹厚純朴，無矯僞。朕今賜名「純」，以旌其德，授營繕所丞食禄，不莅政。』内出冠帶衣服賜之。文通既拜命，乃顧名思義，遂以『朴齋』自號，刻志檢身飭行，期不負恩旨。兩制暨名公卿相率賦詩歆豔之。復承命供奉御用監，凡十年，上時臨幸，文通侍左右，奏對詳慎，舉止恭肅，益以敦朴見稱。

仁宗皇帝在春宮，嘗垂眷顧。既嗣位，以文通舊臣，改除西華待詔，更欲優以清要，陞閤門使，秩正六品，階承直郎。授敕命，贈其父官階如子，贈其母張，封其妻葉，皆安人。宣宗皇帝繼統，眷遇益至，賜賚優渥。間以名存興武戍籍，疏奏，蒙敕兵部削其籍，加授正五品，食其禄，職如故。

今上皇帝新即位，勉圖報稱，居亡何，以春秋高，力漸衰，不能供事，上疏乞骸。憫其老而許之，給舟車道里費以華其行。自兹盤桓鄉里十餘載，卒于所居太平坊之里第，是爲正統甲子七月廿〔三二〕三日也，壽七十有五。吊者盈門，莫不歎羨，以布衣遭遇，竭誠奉職，而無愧於始終也。配安人，貞懿柔嘉，閫内之事，咸得其宜。宣德六年十月朔旦，卒于官舍，享年五十有四。嗣子縉，護柩歸葬于窑奥山之原。繼娶周氏，子男一，即縉，能詩善書畫，足以繼先志。女一，蚤卒。孫男二，某、某。女四：長適儀真縣學訓導永嘉許瑩之子晛，次適同里陳特，未行。縉卜以卒之又明年丙寅某月某日，奉柩葬窑奥，與其配同兆。先期以執友曾君緒言所撰事狀請銘。嗚呼！文通余故友也，忍弗銘諸，爲之銘曰：

猗歟吉人兮，逢世運之隆平。荷聖明之眷遇兮，匪直繪事之專精。緊質美而行確兮，爰肇錫以嘉名。歷四朝而一致兮，職業日躋乎顯榮。慨暮景之侵尋兮，懷伯陽之止足。皇仁俯徇于私情兮，歸田園而理松菊。安居殆將一紀兮，倏焉流電之過目。哀榮終始正而不頗兮，悦若晝夜之往復。人孰不嘆嗟兮，厥聲載路而相屬。墓門有石兮，如珪如玉。焯行著銘兮，以雕以琢。慶澤敷遺兮，綏以多福。

泰寧知縣王公墓碣銘

余昔備員詞林，會溧〔三二〕陽訓導王君可貞應薦入西掖預纂脩，與余情甚洽。間嘗侍其兄可宗公惠訪，挹其光儀，聆其言論，彬彬焉盛德君子也。既而受任知石樓縣事，遂成契闊。正統乙丑冬，監察御史王琳按部至温，以父執禮謁余敝廬。詢其族系，知爲公之賢子，而公卒葬十有六年矣。琳哭泣再拜，奉大理少卿吕公升所述行實，乞銘其墓道之石。誼不可辭，序而銘諸，序曰：

公諱頤，可宗其字也，世居汴之祥符。十一世祖曰師閔，仕宋，爲潁州司法參軍。再傳曰郛，爲諸王宫教，扈從南遷，家于溧陽樊莊。祖諱玉，父諱海，隱居毓德。母萬氏。公生而秀穎，幼知嗜學。稍長，與弟可貞受業金壇名儒翟元鼎、錢谷雲二先生之門。進受師資，入耳即悟解，退與兄弟交相論難。制行動循矩轍，搢紳咸器重之。

洪武辛酉，舉孝廉，主山西和順簿。和順居太行絶頂，地瘠不利稷黍，藝麻爲業，民艱食而賦重，窘於征輸。公剡奏于朝，遣使覈實，量減税額，民力稍紓。藩憲聞其能而識之。遼州榆社事尤繁劇，先後缺官，檄公往署，政舉而民不擾。得代復任，民徬徨不忍舍。後以和順坐詿誤謫滇南，處困十餘年，未嘗有愠色。每以禮法自檢，總戎而下咸加愛敬。聞父喪，痛恨不獲躬莅殮殯，晝夜拊膺長號，旬日水漿不入口，哀毁骨立，殊方罕見，爲之動容。

歲己卯，翰林學士董公倫以文學薦，於是有石樓之命，政聲復振。居亡何，調閩之泰寧。民俗父母歿，止服期，公開諭以禮，始遵國制，俱服斬衰三年。邑民半隸兵籍，奸黠誣同姓以嫁禍，或要取金帛充路費，貪官汚吏藉以納賂，良善噤不能備一語。公躬爲閲版籍，辨是非，奸不得逞。復疏其弊，奏請禁革之，民賴以安。善政之詳，具見邑誌。

永樂乙酉，秩滿赴〔三三〕考，民恐其去而不獲終惠也，耆老江均禄等百餘詣闕懇留。許之，加俸如六品，將遣復職。會營建北京，選官僚之才能者，分往各處督工而責其成。公董陶役于山東，往來衛河二十載，年雖老而志匪懈，以故績就而工良。洪熙改元，始獲致政而歸，時年八十四矣。退休之暇，他無所事，日以詩書訓飭子孫。琳善承父志，以《易經》領鄉薦，登邢寬榜進士第，賜歸積學，榮侍左右。公顧而謂曰：『吾老矣，不獲見長史弟之歸及汝拜何官，爲未足耳。』弟即可貞，時爲魯府長史，宣德戊申，亦年八十四，亦遂歸田之請。琳亦拜官。行人報聞，公喜，拊掌言曰：『今即死，瞑目矣。』日與可貞叙怡愉之情，夜或挑燈連榻，命諸子若孫行酒具茗，劇談古今事，至夜分忘倦。時和景明，冠裳杖屨，肩隨袂接，從以童冠二三輩，遨遊泉石間，耕夫樵子望之如神仙。里中士友託畫史繪《二老歸榮圖》，徵文賦詩以歆豔之。公亦怡然自慶。越三載，而公先卒，後若干年，可貞亦卒。

公生平襟抱軒豁，尚賢好禮，篤求麗澤之益。當朝名卿碩德，靡不樂與訂交。方外高僧若蒲菴、全室輩，亦與之款洽唱和，書翰往來不絶，軒館題咏，連編累牘，以故學日富，雅譽益隆。尤好周人之急，而謹義利之判。其在和順也，邑有士曰程端，不幸罹譴，論當死。時有納粟贖罪之令，和順艱得粟，且家貧無措，甘就戮。公捐俸，倡富室出麻易粟代贖，程得全生。後亦從仕，餽謝，而公辭焉。

其初至滇南也，家累蕭然，育他姓七歲女侍左右。稍長，公膺召命，女以恩撫義重，願與偕行。公曰：『若父母在，而挈汝往萬里外，寧無眷戀之懷？』於是擇婿嫁之。饒於貲者，競致財幣求婚，公悉拒之，曰：『但得子弟歸之，奚以幣〔三四〕爲？』聞有蘇叔安者，素謹於行，遂遣爲之配。既成伉儷，夫善生殖，婦善内助，遂成富室，時寓書遠致感戴之誠。凡百義舉居多，不能盡述也。

公生元至正壬午七月廿五日，没在宣德庚戌九月十七日，享壽八十有九。娶梁氏、裴氏，俱先卒。以公卒之明年十二月某日合葬某山先隴之西。子男七：琦、璘、瑄、珷，梁出也；琳、珪、瓘，裴出也；璘、瑄、瓘，早喪；琦、珷後亦繼卒。琳爲御史，善持憲度，謇諤有聲。珪爲里塾師。女二：尹宜、尹貞，虞溥〔三五〕、曾永宗，其婿也。孫男十六人，女六人。有某集若干卷，藏于家。

烏乎，以公之才之德，際遇明時，位不滿其所施，豈非命耶？雖然，天之於公也，嗇於先而裕於後，餘慶所及，豈有涯哉？觀其子孫可見矣。爲之銘曰：

才足以適用，器足以有容，而官資終老於縣令之職；仁足以澤物，義足以剸煩，而設施僅周於百里之内。公則安乎定分，而士林爲之嗟慨。然而施雖薄而效著，志愈老而弗衰。年既逾於中壽，迹方遂於懸車。樂消摇於林泉，協和鳴於塤箎。備箕疇〔三六〕之五福，倏委順而全歸。兹乃天之所畀，而人之不可幾者也。煒煒鳳雛，翱翔雲漢。貤恩之命，翹企可須。嗟哉貽謀之遠，久矣積慶之餘。咨爾嗣人，勿替引之。

處士章君墓誌銘〔三七〕

宣德庚戌十二月廿三日，温郡樂成西源處士卒于正寢。後十年，葬于邑之南閤發洪山，是爲正統己未十二月十六日也。其孤綸奉監察御史范君霖所撰事狀，乞銘勒諸墓石。范與處士居同邑，其言可徵，遂按狀序而銘諸：

處士諱文寶，字叔珎，西源其别號也。其先世閩之浦城人。唐末有曰仔鈞者，仕審知，爲太傅。第七子仁政，避五季之亂，徙樂成之南閤，子孫世居之。傳幾世，諱開宗，本吴氏子，出爲章氏後，仕元湖州德清典史，是爲處士之曾祖也。祖諱某，隱居樂善，與物無忤，里稱長者。父諱新民，貌豐而儀肅，業股而好義。時有司均賦歛以備軍儲，承縣委程督一鄉之所入，率之以至公，濟之以勤慎，事不後期，而民免漁獵。邑大夫嘉其能，凡有劇務，悉倚重焉。母夏氏，出自宦族，生三子，處士居長。天資秀朗，少失〔三八〕怙，奮志卓立，讀書過目成誦，智益明而事益習。

其施於家庭也，痛父不及致孝，篤於養母，左右承顔，順適其心志，使母忘其孀居之戚。撫二弟友愛無間，嘗語之曰：『先世以詩書相承，吾自蚤歲汩没塵務，弗克紹承先業，迨今不能無憾。吾弟當朝夕黽勉，勿墜家聲，是所望也。』於是遣季弟叔蒙充邑庠生，覬其專志力學。二弟俱有室，各求分析不能止。處士於田廬、僮僕、什器，約己而善讓，大率如漢之薛包。弟亦感兄之惠，而不敢忘焉。

其酬應庶務也，父初喪，家事擾攘，科徭坌集，處士左支右吾，不疾不徐，悉中肯綮。歲飢，小民相聚剽掠，所司檄處士捕之，艱險備嘗，久而未得，督責甚急。鄉人誘其破産賂當道，處士艴然曰：『豈以吾之恇怯避患，棄先人舊業，以貽笑於鄉黨宗族耶？』於是早作夜思，多設方略掩捕罪人。既得，境内靖安，衆服有識而善斷。産業雖分析，即有徵斂力役，身任其勞，而以逸遺其弟，其親愛之誠至矣。尤喜款接文人雅士，觴酌談笑，娓娓忘倦，俾諸子侍左右，聆其緒論，以資學識。待族姻，處鄉黨，情義兼至。賙窮恤匱，靡有闕遺。里有紛争，片言輒服。郡邑官僚聞其才，咸加禮遇。

卒之日，距生年洪武壬戌八月廿五日，春秋僅四十有九。吊者嗚咽涕泣，悼吉人之不得其壽也。元配邵氏，繼金氏、包氏，側室陳氏。丈夫子：長崶；次嵌〔三九〕；次崙，充郡庠弟子員，郡守何公易崙爲綸，由鄉貢中進士第，今任禮部主客主事，有能聲。女三，鮑愉、方爆、林緝，其婿也。孫男九人。葬之兆，邵氏、金氏祔焉。銘曰：

猗嗟處士，才與德俱。善繼善承，是順是宜。薄試于鄉，弗究厥施。天不假年，遽止於斯。賢嗣承休，致身科第。舒英振華，列職郎署。贈卹有典，貤恩可跂。南閤之山，龍昂虎踞。銘以昭之，用告來裔。

教諭陳君墓誌銘

莆之仙游陳君士奇，司教鐸於松江之上海。永樂九年辛卯九月初五日，嬰疾卒于廨舍，其孤侃扶柩歸葬。既而侃賓興入太學爲上舍生，試事稽勳有成績，擢宰温之永嘉。會余謝事家居，時來候起居，恭謹弗懈，諗知其家學有自。間奉先府君事狀，泣拜請銘，遂不復辭，序而銘諸：

君諱偉，士奇字也，别號式古。其先光州固始人。唐有曰忠者，仕至侍中。子大亨，遷福唐侯官，再遷仙游槐山里，子孫世居焉。高祖諱朝，曾祖諱政明，祖諱叔定，父諱榮觀，世承儒業，韜晦弗耀。母傅氏，有淑德。

君天資聰慧，志行端謹。稍長，知嗜學，以俊秀選爲邑庠生。課講辯難，孜孜忘倦，業益進，志益充，行益力。孝友著於家庭，愛敬洽於族姻，信義敷於州里。家譜散逸，手自編緝，尊祖敬宗之誠，具見自序。間與賓客談論，容色温然可挹，而胸中介然，無毫髮戲怠。遇童豎必以禮，至或稱名致辭，亦所不吝。聞人片善，既面譽之，復稱揚之，而交誼益親洽。聞一不善，規戒弗納，雖親亦疏。見義勇爲，不憚勞費，受惠居多。退息之次，課僮僕耕耨，或蒔蔬樹果，具有條理。僮僕素感撫字之恩，争先致力，以故業益殷盛，鄉之耆艾皆以善繼稱之。洪武丁丑，由鄉貢入胄監。又明年，選授雷州府學訓導，秩滿績最，遂有教諭之命。重念親闈久曠，得請歸省，而後赴上。儀範嚴正，訓迪有方，逢掖聚觀，翕然起敬。捐館時，莅職僅三載，諸生痛悼過哀，服喪如禮。

君生於元至正乙未十二月初五日，歷歲五十有七。娶〔四〇〕蘇氏，先卒，繼娶〔四一〕黄氏。子男二：長即侃，冢婦張氏；次倬，早亡。孫男夭。序葬之期，宣德壬子九月廿六日，兆在所居里黄山之原，合窆元配蘇氏也。爲之銘曰：

卓哉儒宗，制行允臧。兩居教席，咸仰輝光。易簀告終，士服心喪。丹旐啓途，言還故鄉。伉儷同穴，黄山之陽。墓木蒼蒼，春露秋霜。雲仍仰止，百世不忘。

傳

陳母汪氏傳

陳母汪氏者，永嘉沙城名家女也。幼習姆訓，貞順若夙成。年廿九，歸同里陳庾。陳望族，饒於資，隸役鹺場，長百夫。庚二兄，仲兄慶執役坐累，逮者至，慶他適，庚以伯兄童當承宗祀，力引咎就逮，法司議罪輸作，卒于役所。汪氏時年三十有二，聞〔四二〕訃殆欲無生，顧子辰方三歲，義不可不育，乃忍死自誓，以圖無愧於九原。居亡何，童、慶等皆先後遂行以死，所遺者汪氏母子耳。行時又盡質田產充路費，然汪氏竟莫知質之何人，以故賦税鹽莢弗聽蠲除，而豪右乘隙陵侮，抑配以流亡逋負，俾代庚，冀奪其志。汪氏仰天泣曰：『未亡人何面目與人較曲直！』於是舉所遺服飾以輸官。輸不足，加以榜掠。艱苦萬狀，而志操愈堅，陵侮者亦末如之何。

頻年繼以饑饉，汪氏左支右吾，暇則紡績紉紝，率至夜分方息。訓飭厥子，俾承父志。子亦知自砥礪，甫十歲，屹如成人。比長，漸次圖復，家日以裕。汪氏始寧居，不與外事。向者雖在顛沛中，而辨內外，接姻族，處鄰里，撫衆馭下，纚纚皆有禮法，至老弗懈益虔。今齒近八旬，童顏鶴髮，而辰須鬢亦頒白，諸孫森列後先，天之佑善，方盛未艾也。辰念母氏勞苦，創北堂以安其居。時率諸子女稱觴上壽，跪拜階下。母亦怡然自慶，諄諄以敬慎戒厥子。鄉里有識，莫不嘆羨曰：『是誠無愧爲母者矣。』遂稱爲陳母云。

史氏曰：『《易·序卦》：《渙》後受之以《節》。陳緒渙散極矣，匪藉汪氏節以振之，不幾於隕墜乎？』范《史》云『端操有蹤，幽閒有容』，汪之謂歟？國朝著令：女年未及三十，守節靡渝，旌復以爲世勸。惜乎汪氏年與令相左，弗獲光膺顯命，此私著之傳所以作也。庚年少，有室未久，挺然代兄就死地，尤人之所難。節義萃于一門，何其盛哉！

元樂清縣尹李光傳

李縣尹光者，字彦明，廣信貴溪人也。世以儒業躋顯仕。光襲承家學，益務刮劘辯博。弱冠遊金陵，館於平章涼國趙公家，儀度嚴肅，誘掖懇至。涼國喜謂客曰：『諸孫得良師，必有能繼吾志者。』居二載，課講之暇，披緝歷代臣善諫而主善聽者，分門别類爲二十篇，末申言致戒，名曰《治安政要》。御史梁彦表以爲祖述《大學衍義》，詞嚴義正，有關〔四三〕世教，上于朝，敕送奎章閣，授光弋陽縣藍山書院山長。丁父盤隱公憂，服闋，改處州石門書院。學宫臨大溪，圮於水，積俸脩治堅完。集經史傳記以資學徒考訂，造就居多。

考滿，借注温之莆門巡檢。時元政失馭，盜賊旁午，莆門東有海寇，西有福寧紅巾，民怖駭不寧厥居。光乃招集勇敢士，分鎮險隘。海寇登王孫岸，光率義士趙良等力戰，斬馘十餘級，賊斂跡不敢抗。紅巾陷福寧，將逼莆門，光操戈躍馬，率衆迎擊，指天誓曰：『今日之事，有進無退，義不與賊俱生，敢有恇〔四四〕怯者，斬以徇！』衆咸聽命。賊諜知有備，亟遁去。州上功于府，府嘉其緩急可託，移守外沙要地。

又滿考，陞慶元路儒學教授。路有義莊，以備賙卹，制令教授領其事，設提管、司計二人典出納。光廉知提管應姓者狼貪虎據，與司計交搆奸欺，聲其罪而斥逐之。應求救帥閫，光毅然不爲勢奪。復致賄爲賂，光正色叱之曰：『吾豈私爾輩而廢前賢好義之心哉？』乃更選前學録王仲山爲提管，趙均勉爲司計。於是職脩弊革，而惠及於困窮矣。

僞吴張士誠蔓延兩浙，參政丑的公來鎮浙東，城四明以備捍禦。春水漲溢，城輒崩陊〔四五〕，脩治頻數，工費浩穰，民不堪命。光進言：『規資買田，輸其入，供繕脩之費，庶可爲長久計。』參政嘉納之，買田數千畝，築廬於學宫之右，命光掌之，設司計二人主其籍。城壞，民惟出力佐工，而免於朘削之患。

陞授湖州路知事，未上，充浙江鄉試簾外官。丞相康里公以其才行兼優，留爲行樞密院掾史。時長鎗軍帥謝國璽、胡文友等失利建德，退屯龍游、蘭溪，縱士卒剽掠以自逞。三衢鎮使宋普顔不花，惡其方命阻兵，檄括蒼、金華併力剪除。釁隙既生，彼堅兵待敵，日肆猖獗。丞相欲圖萬全〔四六〕，乃差院判曹復亨〔四七〕與光同往諭之。衆咸爲光懼，光曰：『古語云，不遇盤根錯節，何以別利器？疆埸有驚，正志士自效之日，吾何患焉？』即同院判上道，宣使王佐從。院判諜知諸帥怨深難解，乃謁鎮禦治書侍御史木列思籌進止，猶豫莫能定。光繼至，咈然曰：『毛遂所謂「從之利害，兩言而決」，長鎗〔四八〕諸帥，身經百戰，爲國宣力，一時失利，退屯自保，所司不供粮餉，而以剽掠罪之，豈駕馭之道哉？有如緝之不靖，豈惟多殺士卒，驅使助敵？殆若返掌噬〔四九〕臍之悔，不可及矣。孰若開示國恩，誘使效力，以贖前愆，乃可爲萬全計，且不負丞相好生之心也。』治書曰：『善。』即日檄諸郡按兵，督龍游縣官治租賦，給其軍實。先遣王佐持書戒之，長鎗帥見書慚服，然猶未免有怨望語。光謂院判曰：『我等奉丞相命，若不親往，事終不釋。』二人者，同乘肩輿薄其境。彼遣長鎗軍數千遠迎，兵威甚盛，劍戟相劘戛。光與院判憑式據坐，神色怡然。衆皆下馬羅拜問起居，院判麾之上馬，還營。國璽、文友等郊迎，戎服櫜鞬立道左，肅迓以入。坐定，國璽與院判歷言三衢、金華諸軍侵侮狀，語多譎誕。光勃然超進曰：『閣下失守建德，死有餘罪，幸賴丞相海量涵容，貰汝不誅，不以此時改行易慮，立殊功自贖，顧乃縱暴虐民，以啓兵釁，吾恐公等無噍類矣。順逆兩耑，宜速圖之。』國璽赧顏發赤，稽首媿謝曰：『公幸見教，敢不恭承反命。』丞相大悦，遣使徵其軍以復建德，事定而人不擾。

論功，承制授光温州樂清縣尹。時海寇方明善據温，劉公寬聚衆南溪，居民竄匿，光漸次招撫。公寬雖敗衄，而方挾朝命以自雄，募兵征歛，暴横百出，醜類怙勢威，莫敢抗。光從容酬應，不疾不徐，咥人之凶，馴至帖服。盖其先聲夙著，故雖搶攘鹵莽，猶敬畏焉。邑之版籍，兵燹後漫漶無稽，豪民黠吏，乘時弄法，租税徭役，抑配小民，而富室安享其利。光上其狀，重加覈正，困憊獲甦，其他善政率多類此。

康里公眷念不已，徵爲浙江財賦府經歷。會康里退就閒居，遂不果行。復留縣二年，得代赴京，授承務郎，福建、江西等處行中書省都事。未任而天兵北上，遂遁跡不仕。尋以閒良遣至河南武安州，以疾卒。其子毅、轂占籍于樂清，盖以民心之向慕也。後七十餘載，介〔五〇〕孫懷川懼〔五一〕先德久而湮没，踳余門請傳其事，垂示來裔。余嘉懷川孝誠，爲之序述而論著如左。

論曰：余少時嘗抵樂邑，聞里老道李尹撫循有方，刺刺無間言，固知其爲仁人君子者矣。今觀其後履歷，俎豆軍旅，兼施並用，具有明效，君子不器，豈虚語哉？然而遭逢厄運，弗克大展才猷，徒使餘澤覃被於無窮，盖亦不幸之幸者歟？

劉節婦傳

劉節婦者，雲中劉公曇之妻，同郡望族馬彬之女也。少有淑質，不資姆訓，動循女則。及笄，擇所宜歸。公曇幼有善譽，長益振拔，遂歸之。既成禮，恪遵婦道，不湜華飾以取衒媚。事舅姑委曲承順，得其懽心。事夫專心正色，無輕脱陜輸之態，夫亦敬之如賓。相祀事必嚴潔，待妯娌一於和敬，視閨閫如城闉，非大故不輕自踰越，闔室皆崇重之。

年二十有四，不幸喪所天，哀痛摧毁，殆欲無生，葬祭一遵禮度。子男二：曰俊，曰傑，女一，皆在襁褓，而舅姑日就衰老。事上撫下，資用窘乏，紡績紉紝以取給，率至夜分方就枕席。目稍瞑，候晨鷄即起盥櫛，及舅姑所問起居，躬執厨爨，具飲食。舅姑喜謂人曰：『新婦事我甚勤，不覺吾子之早亡也。』既而舅姑亦相繼卒，喪祭尤謹於禮，辨内外，遠嫌疑，益致嚴密。無知少年慕其容德，圖欲奪志，賂所親，餂以言。節婦毅然指遺孤泣曰：『良人早見棄背，遺我者在此弱息，吾忍死撫育，則劉氏宗祀可續也。有如不一心，則犬彘之不若，何以見幽靈於地下乎？』所親慚媿而退，覬望者削迹不敢窺其門户。節婦年既邁，筋力困於勞苦，猶執勤不懈，如少壯時。勗子訓女，漸底成立。子能經營生殖，女適同里武達，由貢士任給事中，陞浙江右參議。鄉邦嘉節婦操履貞潔，聞諸郡縣，上于朝，詔旌表其門，復其家。

太史公曰：《易》稱『無攸遂，在中饋』，《詩》美『無非無儀』，然則女婦之職，不以赫赫爲能，而以恒德爲貴。若劉節婦者，可謂有恒者矣。其夫亡守志，養老慈幼，各遂其情，而貞固之操凜然不可犯，又何必截耳斷臂以驚世駭俗爲哉？雖然，彼截耳斷臂者，慘則慘矣，盖有出於不得已焉。劉節婦身遇聖朝，倫理明，法度著，其行義得以暴白於里閭，垂煇於汗簡，盖亦不幸之大幸者歟？

友松處士傳〔五二〕

友松處士者，名起，字士高，姓鮑氏，系出景城。宋元豐間，有曰絶者，仕爲右諫議，子孫避狄，南徙臨安。五傳至玄，復遷温之平陽。處士天資朴直孝謹，薄於自奉，而厚於恤人，以故人多敬愛之。正統己未秋，里中火，迫近廬舍，處士拜稽籲天，尋即返風滅火，衆皆以爲誠信所格。

居在治城之南，厭其喧囂，闢城東方山之麓爲别墅，課僮治圃，讀古人書以自娱。屋之旁有喬松七八株，風朝月夕，尚羊其間，世味澹如也，因名其堂曰『友松』。客有難之者曰：『古稱同類爲友，取其切磋以輔仁。松，植物也，子乃舍同類而與之友，何居？』處士曰：『竊嘗承學於儒先，豈於交友之道而有所昧乎？鄉之同類而有德者，亦未嘗見斥於余也。顧余屏處岑寂，同類盍簪接袂，歲復幾何？每旦下堂，階不數武，仰見群松參錯離立，若賓主之敬讓。赤日行空，流金爍石，是松也，清陰彌布，無間潔汙，而覆庇如一，有若惠之和；積雪被野，枯摧朽拉，是松也，柯葉無所浼，而挺然不屈，有若夷之清。至若觸於風而有聲，如錚金戛玉，有若騷人墨客嘯歌相答，而宫徵諧協也。於是忻然與之狎，不自知其松之爲松也。同類友善，取其德足以相資，松之德不既多矣乎？况余處世，惷愚殆甚，韓子謂「轉喉觸諱」者，蓋嘗有之。人雖我容，寧不愓然自恧者乎？吾之友松，不惟有益且無患，以此訂交，終吾身而不變，子何誚讓之過耶？』

撫松而歌曰：『長松落落兮山之幽，排雲聳壑兮枝相樛。叢陰下覆兮清華上浮，松不我違兮終餘生以夷猶。』又歌曰：『雪霜凝沍兮百卉具腓，睠此幽姿兮傲歲寒其靡渝。節操有似于〔五三〕君子兮，匪衆木之敢窺。我友其德兮，孰曰不宜？』歌竟，從容謝客，曳杖而歸。鄉人嘉其志之不可移也，稱之曰『友松處士』云。

贊曰：人有曠百世而相感者，以其心之偶同也。世之愛松，孰愈於淵明？解組而歸，則撫松而盤桓，形於賦咏則曰『嚴霜殄異類，卓然見高枝』，至欲提壺以撫寒柯，蓋其視松也，以德不以物。處士之友松，殆亦庶幾矣乎？迹之同否，未暇論也。處士之子輝，由進士給事黄門，進爲棟梁，翹企可待，是盖友松之餘慶者歟？

康節婦傳

節婦名端，吉之泰和陳氏女，康君仁安妻也。產于宦族，歸康氏三年而舅歿。又二年，仁安旅卒于虔。子方三歲，誓志事老姑，撫嬰孩，以延嗣續。同宗暴横者利其貲產，巧言逼奪。節婦剪髮出矢言，籲天以自明，計不能動。於是瞰節婦詣姑所饋膳，突入卧内，陰戕其子，覬以絶望。節婦忽驚，亟赴救，得不死。自後周坊愈密，邪謀遂熄。

事姑十有三年，而姑没，將屬纊，謂曰：『新婦辛勤茹苦以事我，備盡孝道，心甚安之，而不覺吾子之去我也。』又繼之以崔山南之祝，語畢而逝。居喪葬祭，一遵禮度。里人莫不稱嘆，舉以訓勵爲女爲婦者，亦多有之。

元季俶擾，寇盜蜂起，節婦先幾率其子剑竄伏巖谷間，猖攘之慘卒不能及。居室三燬而屢緝之，人又稱之有丈夫之志。孀居四十餘年，貞潔之操，堅如金石。篤其子就學，卒爲善士。洪武丙寅，朝廷以憲臺奏，詔下，旌表門閭，而復其家。又四年，節婦卒，壽七十有二。

史氏曰：『《易·序卦》：《涣》後受之以《節》。康緒涣散甚矣，不有節以振之，不幾於隕墜乎？國朝旌復之令，不獨爲節婦之榮，盖重爲世道勸也。』節婦既没，孫岳由教職爲王官。曾孫頖擢上第，任大理評事，赫赫有令名。顒登副榜，佐温之衛幕，清慎厚重，余親見之。庭階蘭玉，詵詵未艾，是皆節婦積德所致，而天之報施有徵矣。世之怠於善而隳名節者，過其門，登其墓隴，寧不靦顏有媿乎？吁嗟節婦，豈徒昭管彤而已哉？

祭文

祭叔舅艮菴先生文

猗歟吾舅，尚友古人。德崇行確，學富識真。振宏綱以啓迪乎後進，揚茂實以敷暢乎詩文。其縟麗也，爛若蜀機之錦；其變化也，澹兮春空之雲。謂宜薦郊廟而宣金石，闡皇猷而贊經綸。乃憂深而思遠，寧窘步而逡巡。姑少試于芹泮，遄退處於衡門。寬衣緩帶，泰然以自樂；疏食水飲〔五四〕，不知其爲貧。勢利輕兮鴻毛，氣誼重兮千鈞。

猥愚蒙之弱質，辱善誘之循循。致有寸進，獲厠朝紳。感徒銘于肺腑，恩莫報於涓塵。自擬仁者之必壽，載瞻晚節之松筠。詎意天不憖遺，遂使鄉邦儒彥咸慨嘆而悲辛。公喪未久，賢配繼絶；没踰一紀，二子沈淪。彼福善之理，茫乎不可測，愚亦莫究其所因。憶在詞林，公訃來聞。尋以非才，累歲邅屯。以常切於追慕，徒南望而傷神。幸蒙恩以昭雪，荷寵眷之維新。兹以疾而賜還，展宿好於宗姻。仰慈顔之莫覩兮，痛五内之崩裂；感渭陽之遼邈兮，灑涕淚而沾巾。依松楸兮奠斝，聊薄致兮殷勤。靈彷彿兮如在，願垂鑒兮斯文。

先父祖奠祭文

尊嚴棄背，歲序將周；恩德如天，慕戀何極。然而喪事即遠，著在禮經，循經守禮，罔敢違越。不孝忍死，卜以明旦吉辰，奉匛安厝于信奥先隴之壽藏。黎明啓行，午刻入室。先於今夕，恪陳祖奠，永訣終天。烏乎哀哉！烏乎痛哉！

昔也音容雖遠，有棺匛可以憑依，有繐帷可以瞻拜。兹焉玄堂永閉，再見無期。山月慘兮夜沈沈，繐帷空兮風淅淅。欲殞絶以下殉，展區區之孝私。顧宗祀之有託，徒苟活以增愧。烏乎哀哉！今其已矣！

瞻望遺像，猶彷彿其光儀，而詩禮之訓、謦欬之音，久不聞於耳矣。慘酷呼號，五内崩裂。言不成文，情莫能既。尚冀體魄雖往，靈爽長存，福我曾玄，永昌胤祚。烏乎哀哉！

祭温州衛後所副千户致仕陳公文

曰：嗚呼陳公！生長勳貴之家，而忘乎綺紈之習；職專戎武之事，而允矣君子之儒。德之見於行也，人多推之爲麟鳳；言之出諸口也，衆皆信之爲蓍龜。官長服其箴規，禮之如師，而不忍斥其名字；士卒懷其惠澤，戴之如父，而咸願爲之馳驅。嗚呼陳公！盛美既集夫厥躬，而命數宜享夫期頤。奈何僅止於中壽，遂使識與不識，咸憤懣而嗟吁。嗚呼陳公！今其已矣，音容不可得而見矣。所可慰心者，芳名善譽，堅金石而靡渝。

某也歸自遠道，聞病革而急趨。憑榻之言，猶琅琅其在耳。踰時未久，嗟生死之殊途。登繐帷兮薦斝，目眇眇兮愁予。寫情愫兮斯文，事有徵兮匪諛。靈其孔昭，聞歟？否歟？嗚呼哀哉！

祭外叔父寧七處士楊公文

曰：惟公天資篤實，不事浮華。行乎閭〔五五〕里，教成于家。中年既邁，屏斥紛拏。遠依先隴，抗志烟霞。課僕耕耘，樹藝桑麻。間入市廛，旋即回槎。樂此静便，擬就亨嘉。及乎莫齒，宿疾增劇。食不下咽，氣填胸臆。二豎乘危，膏肓遁跡。盧毉秦緩，徒費藥石。遷榻于堂，斂衽正席。溘然長逝，冥途是即。長子幾冠，失怙何亟。少子幼冲，幹蠱未力。擗踊呼號，哀痛罔極。

淮自畨歲，託婿名門。荷蒙眷撫，旦莫交親。筮仕既久，公亦隱淪。屢憑書問，兩地相聞。中途失墜，家事紛紜。深承周卹，如溺就援。後復故職，敢忘舊恩？邇因謝病，再挹春温。劇談促席，列饌開尊。自謂安居，長奉清歡。否泰遷革，生死遽分。攀戀莫從，五内如焚。睇彼樂丘，象浦之側。粤自昔年，躬自經畫。月吉辰良，啓殯往適。蒿里興歌，柳車駕軛。祖奠薄陳，先期之夕。臨文哽咽，莫知所擇。鑒我中情，庶乎來格。嗚呼哀哉！

祭翰林檢討温州府儒學教授潘先生文〔五六〕

嗚呼先生！鄉之先達，國之才賢。興學云初，早已舒翹于侯頖；宦途歇歷，終焉振步於詞垣。身不踰中人，而襟懷灑落若光風霽月；秩榮躋七品，而禮度謙恭如履薄臨淵。推六藝之緒餘，工致美乎詩篇。奮風霆之鼓舞，戛金石以相宣。擲遺稿而不收，邁往躅以孤騫。蓋其識見超卓，固不待言而傳之。

淮也既託契於葭莩，復聯班於祕殿。匪直私情之胥慶，是亦儒紳之共羨。奈人事兮參差，致艱危兮並見。公乃泰然以自安，予〔五七〕亦堅貞而不變。間有作以相示，互推敲而辯論。謂予辭壯而氣昌，未必泥塗之終困。旦暮相歡而相謔，常覬斯言之可踐。仰仁皇之御極兮，焕玉音之誕敷。沛甘澤之周被兮，啓苞枿於焦枯。復鑾〔五八〕坡之華耀兮，追曩日之歡娱。惟達人之知止兮，尋引年以獻書。荷宸眷之殊特兮，秉教鐸於鄉閭。嗟予疾之荐嬰兮，羌不利乎走趨。亦賜告以歸田兮，獲優游于弊廬。忻兩情之復合兮，心和平而志舒。託詩酒以遣興兮，或布奕而不較夫贏〔五九〕輸。訪朋舊於幽閒之境兮，或棹扁舟於湖山之區。紛嘲笑而莫逆兮，其樂何如？

慨長繩難繫西飛之日兮，公之暮景倏已薄乎桑榆。二豎交構于膏肓兮，即冥漠之長途。斯文赴吊之盈庭兮，咸灑淚而嗟吁。諸生彷徨號慟兮，如失怙恃而無依。嗚呼哀哉！人生在世，壽擬百年，七十者稀。公之年逾八袠，而享禄攸宜。庸夫俗子朝不謀夕，草木同腐。公之名揚朝著，而學爲人師，可謂無憾矣！然而予之深痛者，感今懷昔，豈容已於言辭？昔也予有片善，公即忻然若自己出。事有未安，公即蹙然爲我思惟。今其往矣，善孰吾與？過孰予規？厥疾未作，握手丁寧，託以銘志。今其已矣，言猶在耳，安敢弗遂。第以昏迷錯謬，拙於鋪張，執筆有愧。嗚呼哀哉！音容雖遠，英爽猶存。躬造靈筵，奠此一樽，神其來格，慰我辛酸。嗚呼哀哉！尚享。

祭前巴東知縣陸親家文〔六〇〕

追惟往昔，君方髫年，我已弱冠。我居邑庠，君在侯頖。我不挾長以驕盈，君亦謙和而謹愿。尤幸先世之舊友，俱承故族之文獻。既臭味之攸同，宜交情之莫間。是以數載之間，來往慇勤，或遊從以取樂，或顧訪以開尊。蓄疑而未釋也，必咨我以贊决。我見君之憂患也，則致力以解紛。分雖異於同胞，契有似於雷陳。

既而賓興之後，先遂致青雲之異路。我承乏于中朝，君鵬騫而遠翥。轉盻二十餘年，升沉榮辱，歷涉多故。當其艱危之際，妻子相依而相託，曾不改夫常度。兹幸承恩而錦旋，復得歡聚於遲暮。荷蒙友契之深厚，不忘宿諾之片言。俾吾子與若女，獲締〔六一〕好於姻婭。方期親誼之彌篤，杖屨接跡於林泉。君年甫踰六旬，而齒牙摇落者過半，紛白雪其盈顛。每覩容顏之憔悴，竊悲壽命之不延。詎意内患暴作，未及乎三朝，而營魂飄逝，遽隔夫九原。忽聞馳報兮，使我驚疑失措，痛徹乎肺肝。急趨追送兮，徒涕淚之漣漣。我子若女，遠隔數千里兮，生不及致甘美之養，逝不及視殯而憑棺。訃音忽其入耳兮，延頸頓足，恨不臂翰而飛翻。悲痛雖切而鬱結兮，又安能起死爲生全？

嗚呼哀哉！今其已矣，夫復何言？然其死生之常理，有若晝夜之相沿。君雖未躋乎上壽，亦異夫夭折于中年。冥漠庶或有知兮，必能安處夫自然。曷以宣吾之私情，薄陳菲奠于靈筵？神其歆格，有似生前，彷彿接見，慰我惓惓。嗚呼哀哉！尚享。

祭親家守約處士金君文

『作善降祥，仁者必壽』，斯爲聖哲之格言，盖嘗篤信而深究。何天道之玄微，致施報之乖繆？使予眩惑，而莫審其所因，徒嘻吁躑躅而嗟悼，嗚呼哀哉！君之資禀，重厚易良；君之制行，侃直端方。好善若自其己出，嫉惡或失之過剛。是以道義之相得者，親之而愛慕感悦；枘鑿之不相入者，忌之而恚怒譸張。終不以是而喪其所守，志愈厲而氣愈昌。尤喜賙窮而卹匱，允續樹德之遺芳。遇夫契好之孚合，不吝倒篋而傾箱。凡惠利之及人者，率是爲分内之當然，未嘗市恩誇大以自彰。

紛衆美之翕集，宜壽命之延長。奈何歲行纔逾乎半百，一旦末疾暴作而淪亡。彼常理之可恃者，若是其背馳，鄰里聞之，孰不駭愕而驚惶。嗚呼哀哉！淮於盛族，託交〔六二〕累世。尤幸婚媾之結盟，深冀重敦夙契。詎意入冬以來，甫隔四旬之内，俄興陸宰之悲，又灑哭君之淚。然而壽數短長，禀於有生之初。而君之通達洞然，必能自知而自慰。嗟老懷之索寞，慨同儕〔六三〕之彫瘁。使我肝腸寸結，矯首呼天而長喟。頑子託婿於名門，荷蒙提攜而教誨。邇因省兄而遠涉，弗克奔趨於喪事。想訃音之歘聞，雖隕越而莫濟。撫人事之錯違，增愚衷之多媿。嗚呼哀哉！繐帷敞兮風凄凄，音容遠兮見無期。列肴羞兮薦斝，陳蕪辭兮以寫我私。靈其來兮有儀，鑒此微忱兮，庶克享之。

祭副都綱日菴旭禪師文

惟師幼年，從吾舅氏。躭嗜儒書，英聲夙著。穎異不羈，翻然改途。雲江閫域，闊步直趨。心印全彰，慧燈朗照。重規疊矩，克承允蹈。歷涉湖海，出世名山。接引來學，大啓禪關。拂袖歸來，常雲駐錫。正席中川，益弘願力。扶顛舉墜，振紀提綱。功業所就，没世不忘。寂滅爲樂，何來何去。哭死而哀，朋游大義。薄脩素供，奉獻法筵。覺靈不昧〔六四〕，鑒我情專。尚享。

祭環菴虞先生文

曰〔六五〕：繄惟盛德，温厚和平。胸襟脱略而開朗，才華儁逸而老成。其致力於問學也，本之以聖經賢傳，旁及乎子史百家，靡不咀其華而獵其英。叩之若鴻鐘之應杵，其餘韻猶足以聳動乎沉冥。其肆筆爲詩文也，燦若張蜀錦之機，五采錯綜，烜耀乎雲日；沛若倒三峽之水，萬折迴旋，委順乎滄溟。體制嚴密而峻整，音調諧協而鏗鍧。其形於心畫也，遠守伯施之妙訣，近襲元達之遺馨。春蚓秋蛇，鸞騰鳳翥，更變迭出而不違乎準繩。睠兹詞翰之兼美，人莫不企望歆慕，而先生未嘗居然以自矜。至於論議政體，商榷〔六六〕謀爲，條分縷析，炳若蓍龜。信非雕蟲之末技，允爲適用之通儒。蹔一出而薄試，即韞櫝而藏諸。由是隨時俯仰，與道推遷，不滯於物，其樂陶然。或遇良朋勝友，設席張筵，飲雖不多而樂與周旋。雄談雅論，玉貫珠聯。藹〔六七〕然春風和氣之可挹，聽之者若啖炙而流涎。以故士林之英、名門之彦，皆願齊肩接袂，冀餘潤之沾沿也。

嗟予小子，愚蒙無似，忝辱訂交四十餘禩。年適與之同庚，迹無分於彼此。曩因憂患之迍邅，人或背馳而詆訾。荷眷顧之彌堅，雖骨肉其莫比。事已遠而不忘，感淪肌而浹髓。肆予疾之薦〔六八〕攖，獲懸車于桑梓。喜旦暮之相從，恒優游乎故里。或扣舷擊棹，挹蓮蕩之薰風；或剪燭傳杯，咏竹窗之夜雨。攬秀色於獅岩，聽潮音於孤嶼。笑謔相歡，味若飲醇。詩筒來往，數莫能紀。麗澤之益居多，陶瀉之情未已。

詎意疾遽撓乎腹心，力罔效夫藥餌。逮疾革之彌留，猶憑几而灑翰。咨籌量乎後事，語歷歷而不亂。觀夫《松棚》詩之述懷，《沁園春》之訣别，其樂天知命之誠，視死生猶夜旦。近古道學名儒絶筆以遺後者，公則同條而共貫。淮初得書，抱病未蘇。公乃忍死以延待，淮亦努力而奔趨。語不出聲，慨然游目以仰視；舉手作禮，答謝予之區區。歛泣辭歸而未遠，訃音追及于敝廬。

嗚呼哀哉！公其往矣，予將疇依？疑從誰決？過復誰規？垂頭喪氣，老淚漣洏。净慈之碑，遠付癡兒。想其展卷驚惶，惟應延頸南望，隕涕而欷歔。嗚呼痛哉！今其已矣，夫復何言？薄陳酒饌，奠于靈前。公當勉釂一觴，慰我孤衷之惓惓。嗚呼尚享！

祭贈太師默菴楊公文〔六九〕

天生英傑，維國之禎。生與時逢，乃克有成。公之盛德，亮直忠貞。善謀善斷，不隨不矜。歷事四朝，際遇聖明。股肱心膂，惟公是承。職聯兩制，位重孤卿。逾四十祀，始終一誠。經綸密勿，爕理和平。獻可替否，薦賢舉能。帝載用熙，庶績允寧。公之文章，遠有源委。含英咀華，川流山峙。黼黻皇猷，筆削信史。宣之金石，輝暎千古。公之勳業，簡在帝衷。賚予便蕃，寵眷日隆。近承恩命，賜還鄉邦。展省丘隴，享祀潔豐。晝錦煇煌，光被閩中。遐邇具瞻，罔不欽崇。祀事既成，宵裝上道。追惟玉音，恐煩促召。至于武林，俄聞疾報。病勢日臻，藥石罔療。天不憖〔七〇〕遺，孰不嗟悼。

淮忝同官，盖亦有年。叨辱眷愛，義重情堅。憫余困瘁，獲遂歸田。書問贈遺，相繼後先。感填胸臆，報乏塵涓。欻聞凶訃，痛徹肺肝。匍匐往吊，力不能前。緘辭致奠，有懷莫宣。臨風凝睇，雨淚漣漣。嗚呼哀哉！尚享。

祭外叔母楊安人文

曰：嗟惟淑德，貞静柔嘉。歸于名門，内助允協。克勤克儉，家業日隆。賓對相違，奄踰十載。撫育二子，娶婦成家。宜享遐齡，安受孝養。云胡攖疾，歲月纏綿。治療多方，藥力罔效。欻焉長逝，永訣終天。嗚呼哀哉！

淮室守恒，蚤失所怙。惟兄與弟，惟母是依。仰賴叔父，視之猶子。懿慈矜憫，鍾愛尤深。既笄許嫁，來歸于我。懷德未報，非罪見侵。家室之間，凌侮迫急。叔父叔母，顧念慇勤。護我諸兒，周我匱乏。俾不失墜，獲遂亨通。追念夙恩，銘刻肺腑。今〔七一〕皆已矣，欲報曷從？嗚呼痛哉！冥途遼隔，已閲一旬。敬詣靈帷〔七二〕，薄陳菲奠。靈其不昧，鑒我微忱。嗚呼哀哉！尚享。

祭亡姊王安人文

曰：嗟惟父母，子女三人，愛〔七三〕育無分於彼此，同胞尤切於至親。姊年既笄，出適名門。成婚伊始，家業富殷。合室眷序，和氣津津。奈賓對之早失，傷鸞鏡之掩塵。嫠居久閱於年歲，涉歷漸至於艱辛。

淮惟此時，忝厠朝紳。雖弗獲親侍於左右，每延頸南望而傷神。幸託家居之妻子，亦嘗薄效夫慇勤。邇因謝事而歸田，喜得承顔而再聚。屢曾迎歸於敝家，滿擬暮年之同處。庶使甘旨之易供，足慰老懷之愁苦。奈何席未暖而固辭，致使心雖切而莫遂。徒傷運數之迍邅，日迫沉痾之被體。恨無倉、扁之僊方，竟致淪殂而不起。嗚呼痛哉！隕淚如雨。

人生百年，七十者稀。吾姊齒近八旬，可謂壽矣。郡縣官僚登門奠祭，可謂榮矣。送終若此，夫亦何憾？造壙大事，宿諾有年，行當相地興工，決不食言。兹具菲儀，躬率妻子，奠于几筵。靈其昭格，鑒我拳拳。嗚呼哀哉！尚享。

友朋同祭林文定知縣文

嗟惟盛德，侃直易良。髫年擢秀，鼓篋泮庠。胄監賓興，譽望日彰。尋登舍選，振轡康莊。薦宰兩邑，施政允臧。民沾其惠，吏服其剛。考績書最，超秩可望。心懷止足，扣匭投章。荷蒙恩眷，懸車故鄉。優游暮景，泉石徜徉。胡爲二豎，潛伏膏肓。藥力罔效，奄忽云亡。士林凋謝，朋儕悼傷。敬詣靈筵，薄奠椒漿。鑒我衷曲，昭格洋洋。嗚呼哀哉！尚享。

道祭瑞安鍾知縣尚清文

惟靈早由鄉貢，典教泮庠。薦膺鶚薦，宰邑安陽。處己治人，有紀有綱。冰清玉潔，豈弟慈祥。民心仰戴，恩同父母。惠澤敷浹，沐如甘雨。令出惟行，罔或伊阻。聲聞旁邑，靡不傾慕。仁者必壽，理則有常。吉人云瘁，輿情痛傷。况吾與子，契誼難忘。舁櫬啓行，道出吾鄉。悲風慘日，丹旐載揚。暫駐輀車，薄奠椒漿〔七四〕。嗚呼哀哉！尚享。

祭太守葉公叔英文

曰：維公之德，端方亮直。維公之才，敏行卓識。發跡芹泮，登名桂籍。遂綰銅章，牧民是職。執法靡愆，秉操不惑。吏服嚴明，民懷惠澤。善政日新，鄰邑具式。薦剡騰輝，榮膺峻陟。分符專城，光華烜赫。太原名郡，事號繁劇。剖决如流，群情悦懌。娼嫉見凌，毅然自得。彼終懷慚，我無愧色。公論攸歸，持循愈力。

倏經三載，行當考績。困于勞勤，疾疢孔棘。函封入奏，賜告有敕。拜恩于朝，歸途是即。勿藥有喜，怡情泉石。期享壽齡，命也何嗇。淮等或親或朋，情誼莫逆。欻聞遐逝，悲痛曷極。

爰即繐帷，薄陳醴席。靈其不昧，鑒我衷臆。嗚呼哀哉！尚享。

祭少師東里楊公文〔七五〕

嗚呼，公之德業文章，簡在宸衷，播聞中外，焕若日星之昭晰，固不待區區贊美之蕪詞。然而公之於我也，道義友情，終始無違，苟不託之於觚翰，曷以致夫感仰之私？

淮自筮仕以來，五十年于兹升沉，榮辱與時推移。厥初承乏，職兼兩制，僚友之中，公尤我知。情之相孚，堅如膠漆；事之可否，信若蓍〔七六〕龜。逮夫鑾輿北狩，青宫監國，慎簡宫僚以勵翼，惟我與公而相依。異體同心，合轍並趨。獻可替否，一出于正。竭謀殫慮，靡憚勞劬。晋錫便蕃，光昭倫輩。百責所萃，曾莫敢支。

夫何人事之錯迕，豈料災禍之薦罹？公方入對明廷，旋復釋還故職；我則拘幽圜土，一滯十稔有奇。常承憫惻之念，屢餽藥食之資。詗我音耗，撫我癡兒。綢繆懇悃，久而不衰。忽沾湛恩之汪濊，聿起涸轍之枯魚。復聯裾而接佩，同振迅於亨衢。何予蘗之未殄，遽攖患而遄歸。莫致寸忱之報，空馳尺素之書。

俄聞凶問，欻然遠至，使予拊膺躑躅，北望而呼號，沾衣被面，灑涕淚之漣洏。嗚呼哀哉！公年八十，壽亦云多，奚必耄期。然而淮獨爲公痛惜者，不在壽之崇卑。嗟惟冢嗣，悖嚴訓而淪惑，致陷身於危機。由是積憂而成疾，徒懷憤懣而莫追。幾使垂成之偉績，止乎一簣之有虧。幸遇皇上恢宏天地之大德，眷念先朝之舊臣。其在告也，賜璽書以慰釋；其盖棺也，隆贈卹以加恩。公之哀榮始終，期亦可謂全矣，復何言焉？關河邈悠，緘辭致奠。矯首文江，豈勝瞻戀？嗚呼哀哉！尚享。

哀辭

故弘道徐君哀辭〔七七〕

前御史徐君弘道，仁厚詳雅，宜與吉會，而否泰災祥相爲糾纏，僅踰中壽，奄至不禄，人皆嗟悼之。僕也忝辱同門，知君尤深，情鬱于中，不能自已，勉效楚語，用致哀悰，靈其有知，庶或鑒焉。辭曰：

白楊兮蕭蕭，悲風起兮山之椒。思美人兮不可作，使予心兮煩勞。白楊兮翩翩，悲風起兮山之間。思美人兮不可還，使予心兮悁悁。緊美人兮好脩，霞爲珮兮雲爲裘。峨豸冠兮象簡，凛飛霜兮九秋。戒豐隆兮清塵，漱冰雪兮寒流。駕玉驄兮安行，何險巇兮摧輈。愧嫚溺兮不援，耿予心兮懷憂。朝陽兮熙熙，民物兮咸覩。起岐鳳兮梧桐，集阿閣兮翔舞。舒五采兮成文，揚雅音兮應律而合吕。困極就亨兮理則宜，坦周行兮復誰阻。玉何毁兮櫝中，珠何沈兮極浦。命之不辰兮，羌獨止乎中路。作善兮降祥，天道兮孔明。善信美而不淑兮，復何較夫短長。騁予馬兮江皋，久弭節兮蘭渚。聲容怳其不可接兮，徒臨風而延佇。泉臺扃兮長夜，杜鵑啼血兮鬼嘯。而痛予情兮未申，紛涕泗兮沾巾。訊巫陽使下招兮，遺澤尚存。魂乎歸來兮寧爾神，保爾家室兮福爾後昆。

校勘記

〔一〕『仲』，底本作『分』，據敬鄉樓本改。

〔二〕『逢』，敬鄉樓本作『迪』。

〔三〕按，疑有闕文。

〔四〕『瑀』，敬鄉樓本作『瑪』。

〔五〕『玟』，敬鄉樓本作『玫』。

〔六〕『溪』，底本作『沙』，據敬鄉樓本改。

〔七〕『宫』，底本作『客』，據敬鄉樓本改。

〔八〕『脩』，底本作『脩』，據敬鄉樓本改。

〔九〕『六』，底本作『五』，據敬鄉樓本改。

〔一〇〕『顧』，底本作『願』，據敬鄉樓本改。

〔一一〕『儕』，底本作『濟』，據敬鄉樓本改。

〔一二〕『姻』，底本作『淵』，據敬鄉樓本改。

〔一三〕敬鄉樓本下小字注：「按，此「頤」字有誤。」

〔一四〕「觸」，底本作「觴」，據敬鄉樓本改。

〔一五〕「廿」，底本作「世」，據敬鄉樓本改。

〔一六〕敬鄉樓本下小字注：「按，栗齋先生林温字伯恭，著有《栗齋集》。」

〔一七〕「乃」，底本作「及」，據敬鄉樓本改。

〔一八〕「戒」，底本作「或」，據敬鄉樓本改。

〔一九〕「及」，底本作「亦」，據敬鄉樓本改。

〔二〇〕「三」，敬鄉樓本作「二」。

〔二一〕「仂」，敬鄉樓本作「仞」。

〔二二〕「塞」，底本作「寒」，據敬鄉樓本改。

〔二三〕敬鄉樓本下小字注：「按，《永嘉縣志·宦績》有傳。」

〔二四〕「乎」，底本作「于」，據敬鄉樓本改。

〔二五〕「懇」，底本作「墾」，據敬鄉樓本改。

〔二六〕「以」，敬鄉樓本作「政」。

〔二七〕按，疑脱字。

〔二八〕「鯍」，底本作「緐」，據敬鄉樓本改。

〔二九〕「轂」，底本作「穀」，據敬鄉樓本改。

〔三〇〕「于」，底本作「子」，據敬鄉樓本改。

〔三一〕『廿』，敬鄉樓本作『十』。

〔三二〕『凓』，底本作『栗』，據敬鄉樓本改。

〔三三〕『赴』，底本作『是』，據敬鄉樓本改。

〔三四〕『幣』，底本作『弊』，據敬鄉樓本改。

〔三五〕『溥』，敬鄉樓本作『傅』。

〔三六〕『疇』，底本作『籌』，據敬鄉樓本改。

〔三七〕敬鄉樓本下小字注：『按，處士子綸字大經，謚恭毅。《明史》有傳。』

〔三八〕『失』，底本作『夫』，據敬鄉樓本改。

〔三九〕『嵌』，敬鄉樓本作『嵌』。

〔四〇〕『娶』，底本作『聚』，據敬鄉樓本改。

〔四一〕『娶』，底本作『聚』，據敬鄉樓本改。

〔四二〕『聞』，底本作『間』，據敬鄉樓本改。

〔四三〕『關』，底本作『闕』，據敬鄉樓本改。

〔四四〕『恒』，底本作『惟』，據敬鄉樓本改。

〔四五〕『陊』，底本作『侈』，據敬鄉樓本改。

〔四六〕『全』，底本作『金』，據敬鄉樓本改。

〔四七〕『亨』，敬鄉樓本作『亨』。

〔四八〕『鎗』，底本作『銘』，據敬鄉樓本改。

〔四九〕『噬』，底本作『嚌』，據敬鄉樓本改。

〔五〇〕『介』，底本作『分』，據敬鄉樓本改。

〔五一〕『懼』，底本作『衢』，據敬鄉樓本改。

〔五二〕敬鄉樓本下小字注：『按，友松子輝字叔大，殉於土木之難。』

〔五三〕『于』，底本作『子』，據敬鄉樓本改。

〔五四〕『飲』，底本作『飯』，據敬鄉樓本改。

〔五五〕『問』，底本作『問』，據敬鄉樓本改。

〔五六〕敬鄉樓本下小字注：『按，潘先生名畿，曾與文簡同坐繫者。』

〔五七〕『予』，底本作『子』，據敬鄉樓本改。

〔五八〕『鑾』，底本作『變』，據敬鄉樓本改。

〔五九〕『羸』，底本作『贏』，據敬鄉樓本改。

〔六〇〕敬鄉樓本下小字注：『按，陸名峴，字士見，前有送序。』

〔六一〕『締』，底本作『諦』，據敬鄉樓本改。

〔六二〕『交』，底本作『友』，據敬鄉樓本改。

〔六三〕『儕』，底本作『躋』，據敬鄉樓本改。

〔六四〕『昧』，底本作『脉』，據敬鄉樓本改。

〔六五〕『曰』前，《環庵先生遺稿》卷十有序：『維正統四年歲次己未，八月丙子朔，越三日戊寅，榮禄大夫少保户部尚書兼武英殿大學士侍生黄淮，謹以剛鬣柔毛、庶羞清酌之奠致祭於故友環庵先生虞公尊靈。』

〔六六〕『榷』，底本作『確』，據敬鄉樓本改。

〔六七〕『藹』，底本作『謁』，據敬鄉樓本改。

〔六八〕『薦』，底本作『存』，據敬鄉樓本改。

〔六九〕敬鄉樓本下小字注：『按，楊榮別號默菴，卒贈太師，謚文敏。』

〔七〇〕『愁』，底本作『愨』，據意改。

〔七一〕『今』，底本作『令』，據敬鄉樓本改。

〔七二〕『帷』，底本作『惟』，據敬鄉樓本改。

〔七三〕『愛』，底本作『受』，據敬鄉樓本改。

〔七四〕『漿』，底本作『奬』，據敬鄉樓本改。

〔七五〕敬鄉樓本下小字注：『按，東里即楊士奇別號。著有《東里集》。卒贈太師，謚文貞。』

〔七六〕『著』，底本作『耆』，據敬鄉樓本改。

〔七七〕敬鄉樓本下小字注：『按，弘道，永嘉人。洪武間貢士。』

黄文簡公介菴集卷之十四　入覲稿

四　言

承恩堂詩有序〔一〕

皇上纂紹鴻圖，緝熙帝載，寵任舊臣，置諸左右，用廣咨詢。少師吏部尚書蹇公歷事四朝，年逾七十，眷遇日隆，超於恒品。新創第宅，以華其居，落成宴集，庶僚稱慶。公益敬恭惕勵，圖惟報稱，恒若弗及。大書『承恩』二字，揭于堂中，出入觀省，存乎心目，且以訓飭嗣人，無忘仰戴之誠。淮忻〔二〕睹盛美，非辭曷彰？謹撰四言詩一篇咏歌之，以爲有位者之勸。詞曰：

維明天子，繼述重〔三〕光。眷維舊臣，曰篤不忘。思昔太祖，廷臣曰義。簡在淵衷〔四〕，久典外制。神聖繼興，敬畏益至。暨于今兹，職冠三孤。經綸燮理，翊贊聖謨。五十餘祀，一德靡渝。奮力致身，遑恤耄期。帝念純誠，嘉乃丕績。隆恩異數，光華赫〔五〕奕。緇衣褒賢，康侯晋錫。百僚具瞻，匪維古昔。乃召〔六〕司空，鳩工庀材。考圖定卜，甲第宏開。密邇天府，旁臨泰階。用安厥居，昭示眷懷。錫宴落成，公卿在列。善頌善禱，群情胥悦。期公壽康，優游晚節。鞠躬盡瘁，圖效微忱。大書深刻，揭扁于庭。訓迪厥後，庶其有徵。維昔小子，同集鳳池。公之與國同休，丕弘前烈。義拜稽首，維皇聖明。恩德如天，敢不祇承。内顧凉薄，夙夜靡寧。踐履，愚則素知。知匪予私，輿論攸歸。兹逢盛美，厥喜倍之。粤稽近代，仁厚維宋。富韓秉鈞，國鼎增重。至德格天，邊戎震悚。不寧于位，樞轄屢動。臣鄰興嗟，曷以示寵？洪維我朝，優崇元老。眷遇日隆，始終是保。度越百王，聿追古道。際此奇逢，泰然熙皥。播之聲詩，維忠是告。

河流詩題朱廷暉祖平反疑獄卷

《河流》，美朱自明甫也。自明有濟人之德，而子孫食其報焉。

湯湯河流，餘潤九里。君子之澤，施于孫子。
河流湯湯，源深流長。君子之澤，奕世有光。
彼陷非辜，我則直之。彼困于俠，我則斥之。其直其斥，惟義之適。
鶴鳴子和，厥應孔明。我有好爵，君子攸寧。
鳳凰于飛，翱翔天衢。蔚其有章，惟德之符。
德其符矣，有進無已。凡百在位，聞風斯起。

聞風斯起，視古猶今。天監匪遥，彼獨何心。

《河流》七章，六章章四句，一章章六句。

五言古詩

題毛谷英行人光風轉蕙圖

猗猗湘浦蘭，叢生在中谷。光風一披拂，倏〔七〕然播清馥。若人美無度，行己慎所欲。蘭佩光陸離，芳馨端可掬。願言矢勿〔八〕諼，永矣介多福。

題竹石圖送何太守之官宜陽

領郡赴宜陽，餞別河之陰。竹石寫新圖，持贈比南金。竹以勵清節，石以堅素心。攻錯器斯就，切磋〔九〕德所欽。行矣展令猷，側耳聆徽音。

賦少傅建安先生清白堂詩

澄澈玉壺冰，瑩潔荆山璧。清冰塵莫侵，白璧貴無敵。湛湛長空月，流輝照無極。亦以清白故，光華詎能匿。彼美閩西冑，操持謹遺則。素心期靡愆，英聲自昭晰。勗哉賢孫子，永矢慎無斁。

題范啓東葦齋

古稱儒者居，蓽門與圭竇。所志在古人，葦〔一〇〕齋未云陋。長安有通衢，四達當輻輳。飛甍連甲第，車馬日馳驟。通塞信有常，得失安足究。守約恒自持，孰云莫予覯？懷哉幽棲士，巖穴無結搆。彈我丘中琴，清風盈宇宙。

題湖海贈言卷爲沈成章賦

仁者贈以言，古道重箴規。末俗競浮靡，甘言逞脂韋。沈生古君子，操履慎其儀。旌陽有遺愛，棠陰日已滋。十年湖海間，斯文半相知。贈言滿筐篋，珠玉生光輝。卓哉回輿路，高風邈難期。

題顧暘承訓堂

璞玉藴奇質，琢磨器乃成。冶銅鑄干將，百錬光逾精。卓哉媢學子，被服荃與蘅。義方服嚴訓，詩禮聞過庭。磨礪謹朝夕，凝然若天成。圭璋貴待達，劍器發硎〔一一〕。英華駭流俗，清名滿上京。石奮漢名家，貂蟬列公卿。亦有燕山竇，五枝丹桂榮。終始慎厥與，允矣紹芳聲。

題三山毓秀圖贈黄布政〔一二〕

三山奠閩服，淑秀鍾扶輿。昭代育英賢，芳聲播寰區。維昔家居日，讀書山之隅。冥心屏紛雜，日與山爲徒。紉蘭以爲珮，緝雲以爲裾。腹笥飽經史，較藝争先驅。薄試經綸手，湖湘民晏如。名藩跨兩浙，奥壤連三吴。操持慎綱紀，撫字先嫠孤〔一三〕。比屋受嘉惠，藹若春陽敷。當寧憂黎元，眷此功績殊。賜以錦繡段，寵以紫泥書。光華既赫奕，輿論成同趨。儀廷竚鳴鳳，傾陽羨園葵。行將簉鵷班，接跡皋與夔。但恐諸父老，臥轍留軒車。三山渺何許？高高入雲霓。未遑念鄉土，慎保金石軀。玉瓚注黄流，盛福與山俱。

題序班吴興永感堂

川流去不返，風木無停枝。劬劬懷深恩，戚戚抱遥悲。憶昔升高堂，被服斑〔一四〕爛衣。柔色候安否，慇勤獻卮匜。親顔和且樂，淑氣含朝暉。庭椿忽改色，堂萱亦彫摧。芳塵凝素席，寒月照空帷。追攀力可及，恨不捐微軀〔一五〕。佳城别已久，雲樹何離離。得禄具蘋蘩，路遠莫致之。顯親良有道，黽勉安敢違。何當蒙國恩，雨露沾華滋。焚黄賁泉壤，慰此百歲思。

皆安堂詩有序〔一六〕

安成劉求矩，篤友愛以撫諸弟，而諸弟亦恭順以事其兄。妯娌及其諸子姪沾被德化，皆怡然相安於和氣之中。聚食者幾千指，靡有異志。遂名其宴處之堂曰『皆安』。叔弟求樂爲禮部主事，謁余微言。余喜其克敦古道，因賦古體詩八韻以美之，俾誦之者知所興起云。

手足本同氣，兄弟豈異情？恩浹義彌篤，體裕心乃寧。煒煒堦下蘭，鬱鬱庭前荆。雨露發華滋，葩葉自敷榮。鶺鴒在原隰，載飛亦載鳴。何如塤與篪，厥聲和且平。去古良已遠，頹風日驕盈。皆安有新詠，百世垂芳馨。

七言古詩

謝中書舍人朱仲昭畫竹〔一七〕

洋州胸中有全竹，兔起〔一八〕鶻落追所見。中書妙年得真訣，筆力直與風雨戰。柯葉紛披剪寒玉，蛟龍欻起驅奔電。彭城一派又南遷，蘘材賸有鵝溪絹。

長短句

龍馬歌有序

臣淮伏覩寧夏守臣奏：宣德甲寅孟夏，龍馬生於西夏池水之陽。初生之旦，雷電交作，風雨晦冥，百獸伏匿，不敢發聲。秋七月吉旦，貢于闕下。上命群臣聚觀，其馬昂首按足，安然不驚。色白而純，瑩若截肪[一九]之玉。頂耳尾鬣，皆與龍同。鬈毛蹙文，宛如鱗甲。真龍馬也。

臣淮謹按《瑞應圖》云：龍馬，仁獸，出爲太平之應，斯實上瑞之攸徵也。惟昔太祖高皇帝即位之四年，夏國主明昇貢天馬一，色亦正白，習而乘之，躡雲而馳。皇情悦豫，賜名爲『飛越峰』，繪圖贊頌，以示永久。今焉龍馬亦至自西夏，物色皆同，豈偶然哉？兹盖伏遇皇帝陛下纘承大統，丕闡鴻謨，政教旁達，仁恩廣被，由是皇天眷佑，誕錫嘉禎，式彰聖德，以衍億萬年太平之盛也。臣淮覩兹瑞應，慶忭曷勝！謹撰《龍馬歌》一篇，稽首頓首上進。歌曰：

龍馬生自天池，神龍降精孕厥軀。雷雨晦冥神護持，百獸不敢憑其威。龍馬呈，耀雲日，毳氎龍鱗玉爲質。隆額嶄然世無匹，尾若瓊枝灑晴雪。臣聞房宿實天駟，變質效祥良有自。

吾皇操執仁與義，天錫嘉徵薦奇瑞。惟昔太祖御寰宇，天馬曾從西夏至。于今瑞應適相符，丕顯重華能繼志。戎夷賓服華夏寧，海波帖息風塵清。龍馬馴，朝帝庭，玉勒垂繁纓，安行駕雲軿。萬歲千春奉聖明，秋省斂兮春省耕，四民樂業歌太平。

題少傅建安先生堂壁萬竹圖

王郎酷愛竹，行坐與竹俱。醉夢繞湘浦，烟霞生有無。翩然逸興不可極，灑向關西堂中之素壁。横斜交錯千萬竿，頓令六月陰風寒。丹山鳳毛翠光潤，漢家金錯苔花斑。迴洲複渚杳〔二〇〕莫測，遥聽鷓鴣聲嘖嘖。湘娥廟前春水深，屈子潭邊楚山碧。王郎畫法捷有神，真宰掉頭不敢嗔。蛟龍白日起毫末，雲霧晦冥雷電奔。尊前感激向知己，礌砢襟懷盡淘洗。何須更説文洋州，餘子紛紛安足擬。關西况是蓬瀛仙，雨露恩深自九天。文采光華相照燿，堂中萬竹尤清妍。林間錦綳新卸籜，便覺嶄然露頭角。陽和長養生意多，聳壑昂霄詎能却。嗟余好竹亦有素，見畫真如鶻追兔。請君醉我一斗酒，擊碎珊瑚爲君賦。

題畫竹送廷春貢士赴崑山訓導

託根愛向篔簹谷，森立亭亭聳寒玉。半點塵埃不敢侵，終日相看遠流俗。雨露滋培功更深，密葉蓊鬱如春雲。新筍嶄然露頭角，錦綳參錯羅兒孫。揭來移向崑山陰，要使清風播士林。明月滿庭秋思深，時時學作鸞鳳吟。他年截箭協律祛哇淫，虞廷進和簫韶音。

五言律詩

永康道中

窈窕穿山徑，逶迤過野田。紅酣楓葉老，黄綻菊花妍。堠吏時參謁，籃輿屢息肩。入朝天意悦，歸路柳飛綿。

贈崇德辛知縣

久不聞音耗，相逢喜復驚。艱危他日事，繾綣故人情。餽贐尤增感，分携又促程。來年二三月，傾瀉話平生。

挽襄府長史周孟簡二首

弟兄登第日，永樂改元初。文采聯雙璧，聲名並二蘇。升沈人世隔，零落雁行疏。揮淚開塵篋，空遺舊寄書。

翰苑曾操牘，親藩久曳裾。功名春夢斷，風月夜窗虚。片石辭無愧，高門慶有餘。賢郎俱秀發，玉樹立階除。

御史陳汭父默齋挽詩[二]

隱德驅流俗，清名藹縉紳。樞機崇聖訓，泉石樂天真。悽愴山陽笛，蕭條物外人。推恩由子貴，鳳錦焕綠綸。

題徐以道竹軒 軒在北京寓所，畫竹於其中，扁仍家居之舊

家居宜種竹，行坐每相親。間闊應多載，懷思似故人。子瞻工賦[三]咏，與可鮮傳神。遂使求羊輩，過從不厭頻。

梅窗有南歸之喜賦詩以賀之

青年登仕版，白髪解朝簪。湖海夢初覺，林泉跡已諳。來書歸舊隱，策杖恣幽探。我亦居閒者，時來共手談。

用韻約梅窗歸遊枏溪

聞説枏溪上，群峰植翠簪。脩程難徑涉，佳境未曾諳。此日應多感，何時試一探？謝家

好池館，假榻聽高談。

挽翰林待詔滕先生〔二三〕

待詔金門日，揮毫紫閣時。交情追管鮑，筆法契冰斯。宿草空山暮，啼猿夜月遲。曾書遠游賦，展卷即相思。

題貝祭酒李白月夜泛舟圖〔二四〕

白璧誰能汙，高才祇自尤。盡將牛渚興，翻作夜郎遊。萬憤詞空切，群疑事未休。金鷄啣赦日，飛雪已盈頭。

聞陳檢討嗣初訃音賦近體三首以悼之〔二五〕

立身崇古道，績學紹家傳。德行顔曾後，文章史漢前。彈冠陪法從，解組賦歸田。進退惟安命，全歸不愧〔二六〕天。

翰苑論交日，金門待詔時。清談多典則，素履見操持。義重投桃贈，情深《伐木》詩。文星光已隱，空負百年期。

春首才相見，秋初得訃音。追思如夢寐，轉首異浮沉。宿草寒猶緑，愁雲晚更深。聲容不可作，徒有淚霑襟。

北京發舟次和合示子采有序

十八日發舟，晚過和合半站止宿。衰老蒙恩，得遂南歸，誠〔二七〕爲至幸，然而憶子之情，未免縈懷。彼此兩途，各順其宜，亦勢之當然也。情溢于中，發而爲言，成近體一首，録以示采。子之憶父，諒亦如之。

别汝情難忍，含悽淚暗收。汀迴舟已隱，望斷步還留。倫理恩雖重，行藏事異謀。勿爲兒女態，努力繼前脩。

題徐永祥保寧堂〔二八〕

學究軒岐術，心存造化仁。懸壺近城市，潔已遠囂塵。火伏丹爐暖，泉香橘井春。貽謀多積慶，諸子總温淳。

五言排律

宣德壬子入覲賜留屢月扈從幸南海子閲海東青應制賦五言排律一首

至德超群聖，仁恩溥萬方。經綸仍密勿，雅頌重揄揚。乾德方開泰，坤祇迭獻祥。九重多暇豫，萬象媚春陽。行殿雲霞頻，郊原草木芳。鸞旂飄廣陌，虎落亘崇岡。海汎玻瓈滑，花明錦繡香。駕鵝飛帖帖，鷙鳥勢昂昂。金爪拳方跅，霜毛吻已傷。鳴笳誇得雋，傳敕戒無荒。農務時方急，皇心念不忘。土膏青露甲，麥秀翠翻行。豈但行時令，因之驗歲康。華筵羅綺席，仙醴進瓊觴。侍宴儒臣集，陳歌雅樂張。歡聲動遐邇，和氣藹穹蒼。蒐狩存周典，車攻協舊章。非熊思尚父，祝網鑒成湯。汾水元非遠，岐陽近在望。微臣何慶幸，盛事仰輝光。揣分恩難報，傾心喜莫量。嵩呼祈聖壽，地久與天長。

七言律詩

賜遊西苑詩有序〔二九〕

臣淮謹以謝恩詣闕，首蒙賜宴内閣，禮成奉辭，過承寵眷，賜留月餘，光禄時頒廩餼。四月二十六日，欽奉敕旨，命太監臣誠導臣遊覽西苑，仍命成國公臣勇等十有四人偕往。又蒙特恩，憫臣疲弱，許乘肩輿，勇等乘馬，徑至白玉橋。舍輿馬，徒步先詣南圓殿，是爲皇上祗奉皇太后之所。伏見聖誠純孝，亘古莫倫，臣等拜稽感悦，讙呼萬歲。次詣清暑殿，迤邐徧觀奇勝。抵萬歲山，臣誠宣奉聖旨，謂曰：『山巔下瞰宫庭，人迹所不敢到。諸大臣皆心腹股肱，登高眺遠，一無所禁。』臣勇等又皆拜稽稱謝。遂循翠嶺盤桓而上，歷仁智、介福、延和諸殿，金露、玉虹、方壺、瀛洲四亭，直造廣寒，置身於層霄之上，周覽圻甸，獲覩太平繁華之盛。於是下宴山趾緑陰之中，酒頒法醖，果饌皆出天厨之珍。竊〔三〇〕臣淮一介儒生，叨逢隆遇，兹者復蒙寵以非常之恩，天高地厚，莫罄名言。自愧才庸質懦，不能補報涓埃，輒效《康衢》之謡，撰述近體五章，祝聖壽於萬萬年。其詩曰：

輦路西迴第幾重，翠微環矗護房櫳。宸闈遊幸崇華構，孝養純誠仰聖衷。鸞馭每從花外度，虹橋近向柳邊通。兩宫福壽齊天地，萬國均沾雨露濃。

廣寒宫闕中天起，金露方壺遠近分。羅綺交疏和氣洽，沉檀塗壁異香聞。竹翻舞鳳青含雨，松偃蟠龍翠拂雲。下界塵寰遥在望，光華咸仰聖明君。

蓬壺高擁戴山鼇，臺殿巍峨近碧霄。寳樹排雲珠作網，金波漾日玉爲橋。香浮銀甕頒仙醴，味列珍羞出大庖。敕賜宴遊恩眷厚，願同嵩祝頌軒堯。

萬頃平鋪太液池，波紋微動漾玻璃。蘭芽泛緑光風轉，花氣烘晴淑景遲。在藻静看遊鰋鯉，臨流遥見集鳧鷖。仁恩涵育春無際，正及河清海晏時。

肩輿近抵鳳凰城，矜恤微軀荷聖情。覆育真同天廣大，照臨咸仰日高明。撫心兢惕難圖報，濡翰形容不可名。願祝皇圖盤石固，垂衣端拱樂昇平。

賜遊北京西湖觀荷花仍遊西山新寺進律詩三首

巍巍聖德與天同，敕賜遊觀寵更隆。西出鳳城通窈窕，前瞻瑞氣藹昭融。千重文綺花間日，百囀流鶯柳外風。景物無端看未了，移舟更到水晶宫。

平湖萬頃泝銀潢，畫舫初開曉色蒼。楊柳陰濃香霧濕，芙蕖花發錦雲張。拍堤翠浪添新漲，夾岸青山送晚凉。樽俎霑恩歌吹發，近人魚鳥亦相忘。

松陰夾徑入招提，金榜蟠龍寶翰題。紺宇凌虚侵象緯，玉毫示現擁獅猊。經翻貝葉時聞磬，步繞蓮花不染泥。陰翊王綱多慧力，仰祈聖壽與天齊。

賜遊太液池觀荷進律詩二首

日轉松陰水殿開，五雲繚繞護蓬萊。波摇翠浪玻瓈滑，香泛紅蓮錦繡堆。傍檻遊魚時往復，近人啼鳥絶驚猜。物情總荷生成德，慶澤均沾偏九垓。

芰荷香裏盛張筵，中貴傳宣自九天。銀甕浮香傾瑪瑙，雕盤行饌割肥鮮。詩歌《湛露》存周雅，愠解南薰入舜絃。願祝皇圖磐石固，嘉祥駢集屢豐年。

重遊青田石門訪道士仍不遇

康樂仙蹤竟渺然，空遺繢錦舊山川。雙扉鐵壁開千古，一派銀河落九天。廢址半隨荒草沒，危樓高與白雲連。道人未解忘塵俗，杖策多應向市廛。

括蒼道紀葉維朴居妙成觀室之前有石壁清池題其中崖曰蓬島

海上樓船倦往還，誰知蓬島在人間？神仙跨鶴應常到，石壁凌雲不可攀。愧我憧憧多病久，勞生擾擾一毛班。偶來福地陪清話，始信壺中日月閑。

登多景樓

滿目江山獨倚樓，乾坤俯仰思悠悠。榑桑日出千峰錦，天籟風來萬壑秋。縹緲祥雲瞻北極，渺茫烟樹辨揚州。何當跨鶴窮三島，挾取群仙來唱酬。

遊金山寺

浪花堆裏擁巑岏，鐵瓮巍峨指顧間。傑殿迴廊深窈窕，層巒疊巘倦躋攀。一塵不到莊嚴地，萬劫長存祕密關。聽法魚龍時出没，老禪心共白鷗閒。

題李給事崇恩堂卷

聖主臨朝闢四門，忠肝義膽盡敷陳。賈誼萬言先禮樂，仲舒三策貫天人。黄麻宣敕覃殊寵，青瑣登賢屬近臣。橋梓聯輝承雨露，願言守職慎持循。

賜老堂爲陵〔三一〕都御史乃翁賦

仕路升沈四十年，蕭蕭白髮賜歸田。函題寶翰頒新誥，袍染爐烟出御筵。舟入苕溪春雨足，堂開天目彩雲連。賢郎執法君恩重，每聽佳音下日邊。

挽夏少保〔三二〕

四朝元老地官卿，任重台衡被寵榮。甘雨和風人仰德，兒童走卒共知名。星躔箕尾方流彩，玉瘞湘陰已勒銘。三十餘年交誼盡，靈筵展拜淚如傾。

挽姑蘇徐子信

大隱由來在市廛，杖藜隨意訪林泉。還金舊説南州士，殄怪新傳徐孝先。雲壑夜深舟已失，客窗春静榻空懸。題銘賴有詞垣筆，賸把流風付後賢。

謝俞漢遠畫古木幽蘭山水見贈

久聞[三三]畫法重當時，贈我珍圖慰所思。徂徠老幹蛟龍起，楚畹幽芳雨露滋。思入混茫窮變化，毫翻雲霧灑淋漓。嗟余觀獵心猶動，却笑邯鄲步已非。

題陳宗淵家藏王孟端枯木竹石[三四]

九龍山人清更奇，醉翻墨汁灑淋漓。撑空老幹蒼龍起，拂石疏篁翠鳳儀。遠浦雲烟秋雨夕，深山冰雪歲寒時。凄涼化鶴歸何處，片紙猶能慰所思。

訪學士錢君偶從案上見伯穎張先生行狀賦一律以悼之[三五]

我方憂患頻年劇，子適顛危二豎侵。無復同朝聞[三六]剴論，空懷促席和清吟。揮金蚤見平生志，返璧何慚故舊心。偶過翰林觀行述，潸然涕淚滿衣襟。

題陳希碏山書屋卷[三七]

陳生家住柟溪上，萬頃晴雲護碏山。閉户讀書春晝永，搆燈覓句夜窗閒。岩花澗草生成際，魚躍鳶飛俯仰間。鼓篋橋門今十載，林泉應待錦衣還。

贈少傅子將楊先生挽章士奇少傅父也

身歷艱危道愈尊，宜陽避地竟沉淪。全歸何必耆頤壽，生子今爲社稷臣。屹立豐碑垂典則，榮封極品焕絲綸。墓門過者車應式，景仰高風迪後人。

題范時雨松月軒

長松百尺傍軒楹，月到松梢分外明。翠濤泠浸山河影，金鏡高懸罨畫屏。簾捲香風清不寐，鶴翻零露寂無聲。何當邀取嫦娥飲，醉攬雲裾采茯苓。

挽平江伯陳瑄〔三八〕

領鎮江淮歲月頻，清時柱石舊勳臣。經營國計推劉晏，瀟灑襟懷説祭遵。半世功名垂竹帛，九重卹典賁絲綸。朅來便道曾相訪，倚枕交談意更真。

遊洞陽觀和詩四首

和金脩撰韻

冠珮同遊閬苑仙，題詩即席更清妍。劇談喜有韓湘子，酬和誰誇謝惠連。瑶草吹香迎羽扇，瓊漿嗽冷勝冰泉。奕棋才罷琴聲動，世外從教日似年。逸思泠然便欲仙，幽閑應不羨華妍。市喧遼闃青雲隔，地位清高紫極連。子晉瑶笙招鳳侶，純陽寶劍閟龍泉。拂衣歸向蓬萊頂，回首塵凡不記年。

和沈庶子韻

纔入仙宫愜勝遊，花開屋角亂紅稠。心懸絶境頻看畫，興遂飛雲欲倚樓。燕蹴晴絲銜户入，鶴翻香霧撲簾浮。琴聲忽聽山居調，歸棹還思杜若洲。不學《離騷》賦遠遊，閒中樂事一何稠。機藏棋局三軍令，筆掃鑾箋五鳳樓。詩句頻哦髭雪動，酒杯纔入臉霞浮。何時更約尋真侶，跨鶴驂鸞徧十洲。

挽梁典籍用行〔三九〕

吴中士友擅才優，豪氣高於百尺樓。柳骨顔筋臻妙訣，郊寒島瘦愜冥搜。謾思竹影過棋局，無復花香拂酒甌。瓊署賡酬遺稿在，幾回開卷使人愁。

送秀才郭曜日華赴六合訓導

横經芹泮擁皋比，崇重無如士子師。喜見才華居上考，况聞門地重當時。潞河煙柳迷行旆，淮甸雲山入講帷。若會盱眙趙文學，爲言白髪已成絲。

挽南康知府陳亢宗〔四〇〕

永嘉山水舊門閭，侍宦番禺久不歸。三載同朝多款洽，一麾出守竟相違。吴門兒女淹朝夕，鄉曲比鄰半是非。先隴英靈如有覺，料應不忘故山薇。

挽中書舍人朱公季寧

憶昔金門應詔時，簪纓同集鳳凰池。心期不逐時流變，書法當爲後學師。按歷湖湘多惠政，沉淪泉壤〔四一〕有餘思。手臨猶見《曹娥〔四二〕帖》，三過令人淚暗垂。

挽陳儀仲先生

温然荆璞貴深藏，杖策優遊野趣長。月旦每聞〔四三〕推雅望，德星俄復墜寒芒。玄堂永夜雲爲幕，遺稿聯篇錦作囊。他日貤恩頒鳳誥，定應林壑倍輝光。

挽王允生

生平未遂荆州識，隱德曾聞君子鄉。勤儉治生無外慕，詩書教子有餘芳。山埋石槨生春草，水繞沙城帶夕陽。何日扁舟邀社友，炙鷄清酒奠霞觴。

題周氏先塋碑卷

兩世三喪存旅殯，間關歸葬向淮西。虛名進退藏蕉鹿，浪跡浮沉印雪泥。紫塞雲烟空窈窕，白楊風日轉凄迷。孝情罔極賢孫子，墓石重煩太史題。

挽蹇尚書〔四四〕

鼎湖雲黯遺弓劍，俄復台垣失老成。柱石豐功存社稷，丘山厚德想儀刑。簡編名重韓歐傳，箕尾光照傳説星。昔忝同官居鳳沼，題詩閣筆淚先零。

挽贈太醫〔四五〕院使静學蔣先生二首

蓬掖交游我最先，羨君清節老逾堅。醫名遠出劉張右，詩法宜過晋魏前。矯矯蒼松横絶壑，娟娟脩竹照寒泉。自從化鶴歸遼海，一度相思一惘然。

二十餘年涉宦途，受知仁廟寵恩殊。保和有效躋康豫，納善無慚翼聖謨。贈謚光華天語重，音容寥闃士林孤。鳳雛五采翔霄漢，家學應存舊範模。

挽禮部侍郎李嘉

聖主恩深重老成，龍章褒贈倍光榮。久司喉舌專敷奏，再踐台躔職亞卿。解組正期娱晚節，勒銘我復表新塋。臨風灑淚題哀挽，慰我生平故舊情。

用遊洞陽韻謝郭閤門使有序

宣德甲寅七月二日，鄉友閤門使郭君文通邀余同耻菴脩撰、簡庵庶子宴于樓上。酒酣，二公借《遊洞陽》韻賦詩叙謝，余亦效矉，以致區區之私，兼簡耻菴、簡菴同發一笑云。

吾鄉郭奕舊同遊，心醉何嫌笑語稠。邀客滿傾千斛酒，排雲更上一重樓。悠悠身世功名遂，浩浩乾坤日月浮。但得安居長款洽，何須遠覓鳳麟洲。

坐客風流即散仙，肯同兒女鬥嬌妍。雄談不斷洪河壯，險韻難摧華岳連。樂事關心如啖蔗，韶光過眼競飛泉。請君試看頭顱上，白髮應多似去年。

挽龐弱翁中書舍人

轅門獻策志匡時，出宰龍泉事已非。自信行藏元有分，豈期生死遽相違？萋萋宿草霜前緑，漠漠愁雲雨後飛。千載遺安家訓在，至今孫子有餘輝。

題焦山寺

巍峨臺殿冠鼇簪，雲浪浮空萬象含。蛟女獻綃騰紫霧，驪龍聽法起深潭。華嚴會上今方到，栢子庭前試一參。千古焦公名尚在，追尋碑碣到巖龕。

題熊都御史送行卷有序

淮卧病甌臾，聞原節熊公以大理卿承制按行吴越，抑强扶弱，賙窮擿蠹，各適其宜。脩葺廟學及先賢祠宇，崇重儒雅以獎掖善類，而富家巨室益知遵守禮度，罔敢驕縱。英聲茂實，播揚浙左。閭閻困乏，阽於危急者，日夕矯首企足，仰望車騎之來，望而不及見，則嘻吁扼腕，恨弗克以遂其願。嗚呼，公之所以致此者，豈聲音笑貌使之然哉？蓋由感之以誠，而人亦以誠應之，此《大學》『誠意正心』之明效也。竣事入朝，皇上嘉乃丕績，超秩右都御史，莅事南京，内外兩制暨公卿大夫賦詩盈軸，以餞送之。既而行在左都御史顧公賜告家居，復召還，俾總院事。適淮以慶賀入覲，會于寓館，因得徧閲送行詩卷，喜其頌美與向之所聞益加詳悉。然而浙左之人企望深切，此則余之目擊者也。於是忘其蕪陋，賦近體一首，附于珠玉之次。既述其所已然，復以遠大勳業期之於將然，以致區區交誼之私云耳。雖然，此盖公之素志，余特表而出之。

進士由來號得人，雄才今見動朝紳。撫巡薄試經綸手，臺憲端爲耳目臣。挺特蒼松撑巨幹，巍峨喬岳聳秋旻。更須協力調元氣，大霈甘霖潤八垠。

六言絶句

題梅竹聚禽圖

竹葉晴翻翡翠，梅梢草褪瓊瑶。十月江南天氣，融和好似花朝。照日霜翎散彩，迎風繡羽披雲。花竹叢中富貴，何妨異族同群。

七言絶句

啓東寫花鳥爲惠賦絶句以酬之

山花野鳥鬥嬋娟，筆底能專造化權。頓使春風生意足，從今不復數黄荃。

題陳叔起畫爲陳憲章賦〔四六〕

少小曾陪老畫師，慣看墨汁灑淋漓。客邊展卷心如醉，落月山窗起夢思。

畫菖蒲石爲羅昇賦

一拳寒玉浸玻璃，九節香蒲出較遲。服食倘能延壽算，人生俱有百年期。

次子采蒙恩留内閣進學臨别賦十絶以勉之

年逾弱冠頗温淳，舐犢情深忍遽分。愧我沈痾猶未愈，致身期爾報明君。

喜逢昭代〔四七〕重儒臣，何幸瞻依近紫宸。進止有常書漢史，卑微尤必慎持循。

蘭臺閣老盡鴻儒，言動誠爲世範模。懷舊料應憐念汝，切宜端謹事摳趨。

士之所尚志爲先，志尚高明德乃全。若學輕浮無檢制，便如駭浪逐奔川。

興戎出好本樞機，不謹樞機勢甚危。古有銅人在周廟，三緘其口是良規。

讀書寫字兩相資，浹洽工夫不可虧。白日嬉遊容易過，後來悔恨豈能追。

交朋損益認須真，損者情疏益者親。豪俠矜誇心叵測，敬而能遠莫生嗔。

依棲得所我無憂，日用如常莫浪求。平仲久交惟在敬，平居處事必咨諏。

汝身薄弱須調護，服食隨宜慎起居。父母老年多眷戀，平安頻望寄來書。

我言鄙拙易推詳，朝夕觀瞻置坐旁。他日趨庭無愧怍，絶勝晝錦有輝光。

題鄭僉事畫二首

碧梧斜倚石嶙峋，鳳尾脩脩雨露春。退食從容對清絶，却疑倚棹楚江濱。
隔岸遥岑送夕曛，鷗波過雨緑生紋。階前書帶縈吟思，閑却溪亭一片雲。

題仙景畫

石峒巖扉盡日開，醉騎黄鶴下蓬萊。慇懃借問瑶池上，曾見蟠桃熟幾回？
蟠桃積核已如山，聞説仙翁鬢未斑。静裏乾坤方一息，人間日月自循環。

題梅贈江副使

獨立冰霜歲暮時，霏瓊屑玉綴芳枝。莫教半點塵埃染，一白要爲天下奇。

題竹贈御史許勝弟

勁節虚心謹自持，蕭蕭不受俗塵欺。故家曾沐君恩重，歲久猶含雨露姿。

題蘇州况太守梅花〔四八〕

移根遠自鳳凰城，香沁冰花透骨清。佳實結成滋味足，他年鼎鼐要調羹。

題張思淵家藏二畫

禹門一躍圖

三月桃花浪拍天，巨鱗一躍起深淵。雷霆威令資神化，大沛甘霖潤〔四九〕八埏。

枯木喬松

叢叢古木自蕭森，矯矯喬松迥出林。安得此君相倚託，百年同結歲寒心。

題金文鼎畫二首〔五〇〕

長松落落護幽軒，脩竹娟娟蔭後園。兀坐吟哦方有味，不知琴客已登門。

涼風吹雨過芳隄，雲滿前山水滿溪。林密不聞鍾鼓響，瀑流飛處有招提。

題鶴贈蔣侍郎乃父

胎禽本是列仙儔，曾向蓬瀛汗漫遊。歸傍松陰閑止息，縞衣丹頂壽千秋。

題趙駙馬荔枝圖

荔子枝頭懸火齊，榕陰深處雨晴初。生平不識南閩路，坐挹薰風看畫圖。

題　畫

商山四皓

采采仙芝足可飡，陰陰松竹護柴關。誰知羽翼當年事，只在從容片語間。

三顧草廬

漢室雲雷適邅屯，隆中枉顧一何頻。將星忽向原頭落，無復英雄繼後塵。

竹溪六逸

竹溪風月浩無邊，瀟灑衣冠擅昔賢。何以伊周耕釣者，光華事業姓名傳。

虎溪三笑

相〔五一〕忘何必限同袍，獨羨淵明節更高。陳迹不隨流水去，千峰明月虎溪橋。

詞

東里少傅遺詞爲壽次韻奉謝宣德乙卯歲也元倡有序

去歲五月四日，曾作《水龍吟》詞爲壽，適是日館中卻客，不及獻。念此别重會未期，輒寫奉呈，就當折柳也。

好花開到紅榴，帝城明日端陽届。先生壽旦，官厨細酒，士林嘉會。内閣當年，七人同事，四人今在。一人千里外，還留鼎足，歡相對，須拚醉。不減平生剛介，更華髮、朱顔無改。聲名事業，安榮憂患，從前無愧。紺雪晨飡，黄庭晝詠，出塵瀟灑。碧雲冠來往，天台雁蕩，作人間瑞。

次韻有序

淮啓行之日，適逢初度，荷蒙少傅公相東里尊先生舉去歲所成《水龍吟》一闋録示，就當折柳，感佩之情，重於山岳。依韻綴緝，聊伸鄙懷，語不成章，伏祈改教。

雪花漸覺盈頭，自慚荏苒稀年届。椿萱日遠，情深悲痛，何心歡會？去歲兹辰，曾孤台眷，新詞還在。朵雲來望外，温然恍與，芝眉對，心先醉。堪羨英姿清介，看一片、丹心無改。受知列聖，持鈞秉軸，何慚何媿[五二]？社稷匡扶，陰陽燮理，甘霖沾灑。願先生壽過，彭籛八百，作皇家瑞。

頌[五三]

瑞芝頌

禮部尚書兼户部尚[五四]書事毗陵胡公，純誠一德，佐輔聖天子，事神致理，丕隆富有之大業，感召和氣，著于禎祥。乃宣德八年秋九月，爰有玉芝産于禮部廳事左偏退思之室，素質騰輝，蜿蜒交暘，觀者莫不歎異稱奇。考之傳記，芝類不一，既曰金芝、玉芝，而《抱朴子》所載，則又有參成、木渠、建實等名，《酉陽雜俎》又有夜光、隱辰、鳳腦、白符、威德等名。玉芝質白而瑩，非夜光、白符之謂乎？然而皆非世之常有，合而名之曰『瑞芝』。淮兹盖伏遇皇上仁德親賢，天心悦鑒，昭錫靈貺，旌顯茂功，以彰此[五五]明良際遇之盛。淮忝聯班末，式會奇逢，慶抃之情，非辭曷著？謹撰《瑞芝頌》四章[五六]，陳諸詠歌，祝衍遐齡，垂耀無極。頌曰：

燁燁瑞芝，至和所鍾。曷以召之？盛德在躬。厥德伊何，清龢靖恭。昭宣敷暘，盎若春融。

式際昌辰，作帝股肱。秩宗秉禮，邦教弼成。有猷有爲，不伐不矜。廉慎交至，進止有恒〔五七〕。

帝用寵嘉，信任彌篤。和氣薰蒸，綏以百福。芝生庭軒，紛敷燁郁。不根而榮，匪培而育。玉液流滋，瑶光孕馥。

發祥兆慶，維君子是貽。君子之貽，讓而弗居。歸德聖明，兢惕自持。至誠昭假，百神具依。壽考康寧，式躋耄期。子孫承休，奕世有輝。

贊

靈瑞贊有序

臣淮欽承皇上特恩，命太監臣誠導臣觀麒麟、福鹿于東苑。臣淮伏以皇天眷佑聖明，誕啓億萬年太平之盛，必出奇祥異瑞以表著之，是即所謂有開必先者也。洪惟皇帝陛下統承三聖，恩浹萬方，華夏乂寧，戎夷賓服，由是穹祇悦鑒，海嶽效靈，和氣薰蒸，禎祥疊至，益久益彰。而麒麟、福鹿允爲仁獸，世不恒有，隨感效靈，應期而出，用兆開先之慶。臣淮謹以慶賀萬壽聖節詣闕，荷蒙眷撫，錫宴賜留。兹復特承恩旨，拜觀非常之瑞，揣分省躬，曷勝榮幸。謹撰《靈瑞贊》一通，稽首頓首上進，伏惟聖慈俯垂睿覽。贊曰：

惟皇嗣統，德協重華。仁恩義澤，覃被邇遐。至和薰蒸，充溢寰宇。著爲嘉徵，疇克備舉。惟兹騶獸，厥爲祥麟。黄質白文，牛尾麕身。含仁抱義，音中律吕。周還折還，動合規矩。按圖考實，徵諸傳記。君有至仁，麟兮斯至。復有福鹿，爲麟之侣。質纁而澤，文素而理。昂伏有容，行慎所履。出應昌期，實兆繁祉。兹惟上瑞，世匪恒有。隨感效祥，集于靈囿。愚臣何幸，蒙恩賜覩。嵩呼三祝，抃舞騰歡。天佑聖皇，益隆益固。福壽齊天，永延國祚。國祚永延，子孫千億。宜君宜王，世世享德。

御製恩賜詩贊有序

宣德壬子冬，臣淮謹以謝恩詣闕，錫宴内閣，俯留累月。賜遊西苑，憫臣疲弱，許乘肩輿，循太液池，徧覽勝麗，宴于萬歲山麓，至榮至幸，誠出非常。陛辭之次，重蒙親灑宸翰，製爲詩歌，奬諭隆厚。焕乎若杲日之照臨，郁乎若卿雲之垂蔭。副以織金紗衣，俾之被服，以爲鄉邦之光。寵錫便蕃，敷宣罔既。

竊惟臣淮質本凡庸，才乏世用，過承列聖之知遇，叨膺顯秩之光榮。兹者伏遇皇帝陛下德協重華，仁浹庶類，下逮顓蒙之無似，上廑聖眷之有加。雨露霑濡，頓使春回於枯枿；奎躔炳耀，普令光被於儒紳。仰荷鴻私，圖懷報稱。俯愧駑駘之伏櫪，有負驅馳；重惟葵藿之朝陽，誠深仰戴。切惟古者人臣侈君之命，勒諸彝鼎，以傳永久。臣竊援斯義，摹勒貞石，垂示來裔，永爲家寶。謹撰《御製恩賜詩贊》一通，并奉刻本上進，伏惟聖明俯垂睿覽。贊曰：

於穆聖皇，尊臨大寶。稽古右文，崇儒重道。顧惟微臣，藐爾無庸。淵衷天豁，曲賜優容。虎拜闕庭，龍光下燭。錫以宴遊，恩眷彌篤。親御翰墨，敷繹雲章。褒獎過厚，訓諭孔彰。拜手稽首，載忻載喜。省躬揣分，兢惕曷已？仰惟聖制，妙斡玄機。圖書啓祕，奎壁騰輝。捧以南還，祥飈載塗。光昭衡宇，歡溢里閭。齋袚緘縢，襲藏惟謹。摹勒貞珉，覃福祚胤。稽諸往牒，寵異常倫。感填胸臆，報乏涓塵。願效封人，嵩呼三祝。惟皇仁聖，天心攸屬。皇契天心，澤被萬方。鴻圖鞏固，地久天長。臣述〔五八〕贊辭，藏之石室。百千萬年，永保貞吉。

署刑部事魏布政畫像贊〔五九〕

色温貌肅，氣之充也；蹈禮和義，德之崇也。忠以事上，莊以莅下，動適厥中也；出守方岳，入贊皇猷，各迪有功也。玉瓚黄流，朝陽鳴鳳，宜盛福之在躬也。

右都御史元節熊公畫像贊

讀聖賢之書，而致力於躬行；食天朝之禄，而攄誠於奉職。峻節凛乎秋霜，德容温如白璧。出入臺憲，不翕翕以近名；振舉綱維，務孜孜以求益。是爲昭代之鳳麟，而膺夫康侯之晋錫者耶？

楚公雪樓程先生退休小像贊〔六〇〕

翹翹楚公，間氣所鍾。雄才碩學，後進是宗。元之初政，求材如渴。薦賢爲國，志定莫奪。詞垣黼黻，栢府風霜。懸車衡門，葛巾布裳。瞻仰遺像，肅焉起敬。蔚乎孫子，承此嘉慶。

沼山先生程世京行樂小像贊

生於文獻之家，而沾漑有自也；長受師資之益，而問學日至也。筮仕云初，棲遲末職，未遂厥志也。及乎入則操觚翰苑，出則領袖儒紳，方期展布才猷，奈何元綱之隕墜也。懷哉沼山，命與時違，徒興識者之長喟也。冠裳杖屨，消摇林壑，人謂其有傍花隨柳之趣，而壽考以盡夫天年，斯其爲始終無媿也。

長春劉真人淵然贊

太乙兆靈，鬱孤降精，夙禀師承兮。黜智守愚，控寂冲虚，純陽内舒兮。淵然至真，浩乎長春，感化孔神兮。叱咤風霆，魔厲翦形，赫赫厥聲兮。有命自天，束帛戔戔，光賁林泉兮。趨簉仙班，喜動龍顔，寵錫駢蕃兮。侍祠竹宫，默契淵衷〔六一〕，肸〔六二〕蠁豐融兮。道運中微，薄遊滇池，志定靡隳兮。載沐恩榮，欻焉上征，列職太清兮。學徒振振，遺訓是遵，雖亡而存兮。爰述贊辭，式昭令儀，慰此遐思兮。

顧盛中書父小像贊

身處京華，而翛〔六三〕然山林瀟灑之態；壽踰七袠，而藹然春風和氣之容。蓋由其養之有素，故致夫德之所充。教子成名，秩拜鳳池之顯職；推恩有典，榮膺綸誥之褒封。其處己也，不于于以自泰；其接物也，恒翼翼以致恭。是宜輿論之同歸，而聲譽之日隆者耶？

謝庭循小像贊

彼美若人，裔出名門。其少也，評已高於月旦；其壯也，譽益播於儒紳。其清而潔也，湛兮冰壺之寒露；其温而和也，煦兮麗日之陽春。或怡情乎繪事，或涵咏乎道真。既渾侖而無迹，亦瀟灑而出塵。是乃蓬瀛之仙侣，人間之鳳麟也耶？

肇慶知府王公伯貞畫像贊〔六四〕

其學也，粹於古而宜於今；其德也，閎於中而暢於外。擴太極之淵微，際明時之亨泰。厥既有猷而有爲，匪直清脩而節介。致三日之霖，唐真卿之在五原；活萬人之命，漢龔遂之治渤海。儒紳服其教條，庶氓懷其遺愛。瞻儀像之儼然，凛高風其如在。是宜媲美乎《甘棠》，而垂休於永世者也。

蔣侍郎小像贊

圭璋琥璜，德之良也；碧梧翠竹，神之清也。温淳典雅，發爲文章也。有猷有守，燁其有光也。壽不滿其德，吁嗟乎彼蒼也。敷遺乎後嗣，久而其昌也。

銘

朴齋銘有序

閤門使郭純文通，有志於務本之學，名其藏脩之室曰『朴齋』，少傅廬陵楊公、少保臨江金公記之。其説已備，復徵余言。余與文通鄉友也，不可忘愛助之私，著銘以朂之。銘曰：

玄黄肇分，渾淪旁礴。民之初生，凝然太朴。朴爲之質，彪之以文。文質彬彬，仲尼有云。末學滋僞，巧變日生。鑿我真原，紊我常經。文勝滅質，太朴日漓。如馬斯逸，决嚙奔蹄。疇能縶之，寘彼康衢。返朴還淳，迺復厥初。甘之受和，白之受采。本末有倫，聖道斯在。嗟爾君子，名齋以朴。操之有要，視彼先覺。先覺垂訓，誠之於斯。誠存實勝，其殆庶幾。

説

日省齋説

駙馬都尉趙公，篤志進脩之學，名其齋曰『日省』，徵言以廣其義。嗚呼至哉，日省之謂乎！其爲進脩之要乎！蓋省者，精而察之也。夫人之生也，不能無耳目口鼻之欲，欲動情勝，巧變日滋，是非邪正，利害得失，紛擾膠轕，以役乎外。省之不以其道，孰從察識而決擇之哉？

省之之道奈何？在吾心方寸之間云耳。《語》曰：『内省不疚。』又曰：『見不賢而内自省。』省而謂之内，非心而何？吾心苟有所蔽，則孰爲是？孰爲非？孰爲邪？孰爲正？孰爲利害？孰爲得失？茫然無所辨。惡日以長，善日以消，天命幾乎熄矣。必也如鑑之空，如衡之平，而後爲無蔽也。鑑空則妍媸不能遁，衡平則輕重不能欺。吾心無所蔽，由是於日用之間，而致其省焉。是其是，非其非，拂其邪，持其正，審其利害，究其得失，善惡瞭然如較黑白。惡則克而治之，善則存而養之，使本心之德復全於我。

推之以應事接物，自然不畔於道矣。操舍之頃，存亡之幾也；敬怠之萌，吉凶之辨也。省之而工夫少有間焉，則物欲之私乘隙而動，如馬之脱衡，馳騖横逸，制之不易矣。其在於《易》，《乾》以夕惕而無咎，《震》以恐懼而致福；其在於《禮》，『君子莊敬日强，安肆日偷，不以一日使其躬儳焉，如不終日』，是皆『日省』之謂也。

若夫曾子所謂『吾日三省』，蓋以謀而忠、交而信、傳而習爲切身之要，故特舉以自勉耳。朱子謂其『隨事精察』，又豈但三省而已乎？曾子傳之子思，子思作《中庸》，首言道不可離，而以存養、省察、對舉以示人。静而存養，所以存天理之本然；動而省察，所以遏人欲於將萌。蓋誠然其所謂省察者，致力於幾微之初，又不待隨事精察而後然也，要其極功而歸之於誠焉。蓋誠者存心之本，心存而自無不省者矣。

都尉公天資超邁，篤實而謙慎，胸次灑然，不凝滯於物。存誠之功，養之有素，『日省』名齋，謹之至也。不斐之文，何足以發所藴？雖然，公命也，奚敢辭，爰摭〔六五〕舊聞，書以復之。

策問

會試策問二首

問：經以載道，删述由於聖人，而垂教於萬世者也。孔子論經，以温柔敦厚爲《詩》之教，疏通知遠爲《書》之教，廣博易良爲《樂》之教，潔静精微爲《易》之教，恭儉莊敬爲《禮》之教，屬辭比事爲《春秋》之教。夫道一而已，其教何以不同歟？抑立教雖異，而同歸於一揆歟？樂正崇四術，立四教，順先王《詩》《書》《禮》《樂》以造士，而不及於《易》《春秋》，抑别有其説歟？揚雄謂：『説天者莫辨乎《易》，説事者莫辨乎《書》，説體者莫辨乎《禮》，説志者莫辨乎《詩》，説理者莫辨乎《春秋》。』雄學孔子者也，無乃自異其説歟？舉五經而不及於《樂》，又何歟？三代以降，業擅專門，六經薄蝕，日益滋甚。故文中子以爲九師作而《易》道微，三傳作而《春秋》散；齊、韓、毛、鄭，《詩》之末，大戴、小戴，《禮》之衰；《書》殘於古、今，《樂》缺於齊、魯。譏之果當於理歟？迨夫濂、洛諸儒出，而繼之以子朱子，闡明道學，而六經復明於世。我朝以經術取士，而經學一歸於正，斯文顯晦亦各有其時歟？諸君子以窮經爲職業，幸詳陳之以祛所惑。

問：爲國在於足用，足用在於轉輸。任得其人，則法守有常，而國用恒舒矣。自古及今，賦税之廣，莫如東南。禹既敷土，王畿在冀，賦由荆揚而來者但言浮江沱，潛漢逾洛，至河而已；沿江海，達淮泗而已，它無所聞也。漢耿壽昌常平之法，雖非東南之賦，亦可得而言歟？唐都關中，費用日廣，多取給於江淮，而立法漸精，若李傑、韓滉、裴耀卿、劉晏，當時號爲得人，其漕運之法可得而講歟？抑亦有未盡善歟？今國家駐蹕北京，尤以東南爲重，廷議自江達淮，自淮入河，各於要地立倉貯粟，量地轉輸，可謂善矣。方之漢、唐，立法孰同而孰異歟？伊欲人力不困而國用常足，何法以維持之歟？幼學壯行，士之素志，悉心以陳，毋泛毋略。

校勘記

〔一〕敬鄉樓本下小字注：「按，蹇義字宜之，巴人。成祖即位，爲吏部尚書，仁宗初晋少師。」

〔二〕「忻」，底本作「沂」，據敬鄉樓本改。

〔三〕「重」，底本作「用」，據敬鄉樓本改。

〔四〕「衷」，底本作「裏」，據敬鄉樓本改。

〔五〕「赫」，底本作「赤」，據敬鄉樓本改。

〔六〕「召」，底本作「名」，據敬鄉樓本改。

〔七〕「翛」，底本作「脩」，據敬鄉樓本改。

〔八〕「勿」，底本作「物」，據敬鄉樓本改。

〔九〕「磋」，底本作「嗟」，據敬鄉樓本改。

〔一〇〕「葦」，底本作「韋」，據敬鄉樓本改。

〔一一〕「劍器發硎」，底本脱一字，敬鄉樓本作「劍器□發硎」。

〔一二〕敬鄉樓本下小字注：「按，黄布政名澤，見後《旃山壽藏序》。」

〔一三〕「嫠孤」，底本作「孤嫠」，據敬鄉樓本改。

〔一四〕「斑」，底本脱，據敬鄉樓本補。

〔一五〕「軀」，底本作「驅」，據敬鄉樓本改。

〔一六〕敬鄉樓本下小字注：「按，劉球字求樂，安福人，永樂進士，授禮部主事。《明史》本傳云字廷振，蓋有兩字也。」

〔一七〕敬鄉樓本下小字注：『按，仲昭姓夏，名昶。詳見《湘江雨意圖記》注。』

〔一八〕『起』，底本作『赴』，據敬鄉樓本改。

〔一九〕『肪』，底本作『昉』，據敬鄉樓本改。

〔二〇〕『杳』，底本作『査』，據敬鄉樓本改。

〔二一〕敬鄉樓本下小字注：『按，陳汭，平陽人，以歲貢擢監察御史。《平陽縣志》有傳。』

〔二二〕『賦』，底本作『賤』，據敬鄉樓本改。

〔二三〕敬鄉樓本下小字注：『按，滕用亨，初名權，字用衡，吴縣人。精篆隷，善畫。永樂時，薦授翰林院待詔。』

〔二四〕敬鄉樓本下小字注：『按，貝祭酒名泰。』

〔二五〕敬鄉樓本下小字注：『按，陳繼字嗣初，吴人。以薦授五經博士，領弘文館事進檢討。』

〔二六〕『愧』，底本作『魏』，據敬鄉樓本改。

〔二七〕『誠』，底本作『城』，據敬鄉樓本改。

〔二八〕敬鄉樓本下小字注：『按，徐，永嘉人，後有記。』

〔二九〕敬鄉樓本下小字注：『按《翰林記》宣德八年事，少傅楊士奇、楊榮，少詹事王英、王直，成國公朱勇等皆與。』

〔三〇〕『竊』，底本作『切』，據敬鄉樓本改。

〔三一〕『陵』，敬鄉樓本作『陸』。

〔三二〕敬鄉樓本下小字注：『按，少保夏原吉，字維喆，湘陰人。』

〔三三〕「聞」，底本作「間」，據敬鄉樓本改。
〔三四〕敬鄉樓本下小字注：「按，孟端名紱，無錫人。善畫，永樂初授中書舍人。」
〔三五〕敬鄉樓本下小字注：「按，張伯穎官翰林檢討，晋修撰五經博士。永樂十八年南京掌院，題名俱見黄佐《翰林記》。」
〔三六〕「聞」，底本作「間」，據敬鄉樓本改。
〔三七〕敬鄉樓本下小字注：「按，陳希，永嘉人。洪熙年歲貢。」
〔三八〕敬鄉樓本下小字注：「按，瑄字彦純，合肥人。成祖即位，以功封伯。」
〔三九〕敬鄉樓本下小字注：「按，用行名時，長洲人。洪武中以善書選授岷府紀善，遷翰林典籍。」
〔四〇〕敬鄉樓本下小字注：「按，亢宗名宗，永嘉人。以薦歷兵部員外郎、南康知府。」
〔四一〕「壤」，底本作「壞」，據敬鄉樓本改。
〔四二〕「娥」，底本作「我」，據敬鄉樓本改。
〔四三〕「聞」，底本作「間」，據敬鄉樓本改。
〔四四〕敬鄉樓本下小字注：「按，尚書卒，謚忠定。」
〔四五〕「醫」，底本作「衣」，據敬鄉樓本改。
〔四六〕敬鄉樓本下小字注：「按，陳叔起，瑞安人。元時畫家，見《瑞安縣志》。」
〔四七〕「代」，底本作「伐」，據敬鄉樓本改。
〔四八〕敬鄉樓本下小字注：「按，况太守名鍾，字伯律，靖安人。宣德五年，擢知蘇州。」
〔四九〕「潤」，底本作「閏」，據敬鄉樓本改。

〔五〇〕敬鄉樓本下小字注：『按，文鼎名鉉，松江華亭人。工書畫。』

〔五一〕『相』，底本作『想』，據敬鄉樓本改。

〔五二〕『媿』，底本作『魏』，據敬鄉樓本改。

〔五三〕敬鄉樓本下小字注：『按，胡潔字源潔，武進人。』

〔五四〕『尚』，底本作『同』，據敬鄉樓本改。

〔五五〕『此』，底本作『豈』，據敬鄉樓本改。

〔五六〕『章』，底本作『車』，據敬鄉樓本改。

〔五七〕『恒』，底本作『恒恒』，衍一字。

〔五八〕『述』，底本作『迷』，據敬鄉樓本改。

〔五九〕敬鄉樓本下小字注：『按，魏源字文淵，建昌縣人。宣德三年署刑部右侍郎，五年爲河南左布政使。』

〔六〇〕敬鄉樓本下小字注：『按，程鉅夫名文海，以字行，京山人，後家建昌。元世祖時屢遷集賢直學士。泰定初，追封楚國公。有《雪樓集》。』

〔六一〕『衷』，底本作『裏』，據敬鄉樓本改。

〔六二〕『肸』，底本作『盻』，據敬鄉樓本改。

〔六三〕『翛』，底本作『脩』，據敬鄉樓本改。

〔六四〕敬鄉樓本下小字注：『按，伯貞名瑩，鄞人。宣德五年，擇廷臣二十五人爲郡守，瑩以給事中授肇慶。』

〔六五〕『摭』，底本作『撫』，據敬鄉樓本改。

黄文簡公介菴集卷之十五　入覲稿

序

番陽雙溪陶氏族譜序

族之有譜，其來尚矣。九兩之法著於《周禮》，下逮隋唐，其法寖備。官有簿狀，家有譜系，簿狀所以嚴選，譜系所以謹婚姻。有圖譜局以掌之。若私書有濫，糾以官籍；官籍不及，稽以私書。此近古之制，以繩上下，使貴有常尊，賤有等威者也。自五季以來，取士不問家世，婚姻不問閥閱，故其書散失，而其學不傳。是故士大夫之學古知禮者，其於私譜尤不可不致謹也。番陽陶圭有見乎此，拳拳以編緝家譜爲先務。書成，徵予文以弁其端。

陶出陶唐氏之後，周虞思爲陶正，亦以陶爲氏。自時厥後，子孫傳序，顯晦不一，遷徙靡常，難以悉據。圭之先，則本於晋八州都督侃，四傳至元亮，居彭澤，退居柴桑栗里。而圭之譜謂之番陽雙溪陶氏者，盖自元亮後若干世曰興義，避黄巢之亂，由江州徙居番陽之寒山；又若干世曰清之，自寒山徙居雙溪，是爲圭之高祖也，故定自爲雙溪一世，以倣繼别不遷之宗，寧略其所不可知，而不敢遠引以誣其先也。嗚呼，末俗之流競相誇詡，力攀附，以旁搜摘以駭衆，故不免有遥遥華胄之譏。圭也既能追復古道，又能拔於流俗，得不謂之賢矣乎？

觀其序，述其凡有四：一曰叙譜派，别支分，宗法井然不亂；二曰叙徵援，事摭實，世德昭然可稽；三曰叙文以考考；四曰〔二〕叙葬以慎終。展卷之間如指諸掌，蓋不待糾以官籍，而自無濫失之弊，其可謂善於著述者矣。雖然，此特著其目以啓端云耳。若夫嗣而書之，自一世至於十世、百世，後之子孫當推廣其意，而不可妄有所紛更，庶爲無愧也。圭由名進士拜監察御史，廉慎有聲。今以經學掌教毗陵，士子沾其餘潤，皆有所造就。苟能益敦素履以展布才猷，殆見八翼之兆，蓋不待專美於前者矣。譜爲尊祖敬宗作也，尊祖敬宗莫大於善繼述，圭其勉乎哉。

滁陽吴氏族譜序〔一〕

鎮守淮安右副總兵吴公亮總督江淮等處漕運，至通津，與余會于驛舍，出示家譜，謂曰：『亮之先世家滁陽，代〔三〕有顯宦。大父府君元任滁陽路總管，恭遇太祖高皇帝膺期啓運，遂率先考府君委身麾下，戮力建功，享有禄位，施及後人。家之譜諜毁于兵燹，曾祖〔四〕以上名諱亡逸，莫克推究。及今所知者，苟不著之簡帙，將使後之人忘所自出，其可乎哉？於是自先祖爲一世，以及亮之子孫爲四世、五世，次第叙列以爲張本，繼此以往，嗣而書之至於無窮。敢乞一言冠于篇端，庶有光也。』余與公託知有素，不敢固辭。

按歐陽文忠公譜例，斷自可見之世即爲高祖，下至玄孫而别自爲世。吴本姬姓，受氏昉自泰伯。其後若魏之吴起、漢之河南吴公，著于信史者甚衆，支派蓋亦不少。公之爲是譜也，寧闕其不可知，不事旁搜遠引以紊其族系，深得歐公作譜之遺意，其尊祖敬宗之心至矣。《傳》曰：『莫爲之先，雖美弗彰；莫爲之後，雖盛弗傳。』公之乃祖乃父，灼知天命，識真主於群雄逐鹿之秋，故乘集風雲，光昭祚胤。追惟所自，莫匪先德，名諱雖亡，遺澤可想。而公也不惟善繼善述，又能克廣前烈，深蒙眷遇，寵任益隆，將見褒嘉之命，自天而下，恩賁九原，斯譜益有光矣。

雖然，圖譜之作，敦睦爲要。自今日論之，父子也，同氣之兄弟也，孝慈愛敬，不教而能，不勉而至，何也？親親之道至近而不相遠也。雖不假圖譜，而敦睦之道而行也。嗣兹以及於曾玄，又遠而及之十世數十世，兄弟子姓有再從焉，有三從焉，以及於袒〔五〕免，又及於無服，日遠而月疏。伊欲敦睦之，使親親之恩，彌久而彌篤，此則有甚難者，蓋以勢殊而志異也。然則如之何而後可？曰誠而已。《傳》曰：『未有誠而不動者。』後嗣子孫綴名於斯譜也，當思厥初，本同一原，此以誠感，彼以誠應，鶴鳴而子和，塤倡而篪答，和氣充溢於一族，如張公藝、李自倫之流。是則總兵公作譜之深意，余故於終篇發之。

讀杜愚得後序

《詩》以温柔敦厚爲教，其發於言也，本乎性情，而被之絃歌，于以格神祇，和上下，淑人心，與天地功用相爲流通，觀於《三百篇》可見矣。漢魏以降，屢變屢下，至唐稍懲末弊而振起之，既而律絶之體復興焉。當時擅名，無慮千餘家，李杜爲首稱，而杜爲尤盛。蓋其體制悉備，譬[六]若工師之創巨室，其跂立翬飛之勢，巍峨壯麗，干雲霄，焜日月。而牆高數仞，不得其門而入。析而觀之，軒廡堂寢，各中程度；又析而觀之，大而棟梁，小而節棁榱桷，皆梗楠杞梓，黝堊丹漆也。其鋪叙時政，發人之所難言，使當時風俗世故，瞭然如指諸掌，忠君愛國之意，常拳拳於聲嗟氣嘆之中，而所以得夫性情之正者，蓋有合乎《三百篇》之遺意也。

傳註本繁而寡要，少傅廬陵楊[七]先生往歲在湖湘，得會稽單復陽元註釋，名曰『讀杜愚得』，大意取法朱子《詩傳》，近因訓導嚴頤，請以授江陰士族朱善繼、善慶，鏤板以傳，未幾而告成，少傅公畀之序矣。善繼昆季嘗求余記《竹泉》及題《吟室卷》，知其好學有自，今又喜其成人之美，重以陽元所得足以惠後進，故復序于末簡。

嗚呼，詩關治道，協氣運。洪惟我朝，紹百王之大統，振萬世之洪規，復古之機正在今日。《詩》云：『執何伐柯，其則不遠。』士君子操觚秉翰，以求風雅之音，必於是編始焉。

送徐中行還永嘉分教郡學詩序

余故友之子徐參中行力學績文，謹言慎行，芳聲茂著，人無間言。郡學教授前檢討潘先生以訓導席久虚，薦中行謁選。天官近制，試訓導於奉天門丹墀，内敕大臣及翰林、風憲、給事[八]中莅之，期得真才以淑後進。中行試在優等，既銓授，鄉之縉紳張席爲賀，有執爵而言曰：『中行以逢掖之士奉朝命，峨冠束帶，歸鄉邦，分皋比，侍郡文學，坐明倫堂，横經講道，亦榮矣哉！』或曰：『中行起自鄉之齊民，一旦處師席之崇，諸生有年相若、分相等平者，亦有與訂交者，使之俯心磬折以就班列，執弟子之職，容或有鮠𩓝而不率者乎？又有年少而分卑，率多親故子弟，狎恩恃愛以自逞者，庸材之所不免也。中行新任之初，縱之則廢法，急之則召[九]怨，不其難乎？』

余曰：『不然。前之説近於驕，後之説近於隘。驕固不可，隘尤不可也。夫天下之人，高下大小，萬有不同，然各有分存焉，故曰「禮達而分定」。《易》於「上天下澤，履」則曰：「君子以辨上下，定民志。」况師者，尤禮之所重，師嚴然後道尊，道尊然後民知敬學。中行所受之職，朝廷之所授也。中行以尊嚴自處，先王之教也。燕朋逆其師，燕辟廢其學，名教之所深斥。吾郡諸生，長乎文獻之邦，習聞道德之訓，豈肯以燕朋、燕辟自居，而不安夫上下之分者乎？况夫舉中行以補久虚之席，教授潘先生也。潘非私於中行者也，請[一〇]之太守何公，協諸輿論而舉之也。太守公賢而且明，政教兼舉而不遺，其於學規綱紀，必有以振之也。孔子不逆詐，不億不信，又豈可以區區隘量預料於意外者乎？雖然，中行亦當善於自處以立其本焉。本者何？誠而已。至誠可以貫金石，可以孚豚魚，故曰「至誠而不動者，未之有也」。』

中行爵酒跪而進曰：『先生至教，參也敢不夙夜祗承。』在席者亦皆以吾言爲然，遂卒酌盡歡。於其行也，謁秘閣諸名公賦詩以張之，鄉之善賦者序列於後云。

送范時暘北京省兄南還詩序

樂成，温之屬邑，瀕海負山，巖巒峭拔，川壑紆徐東注，清淑之氣鍾之於人也。近代碩德重望，若王梅溪、李五峰者，流風遺韻，存而未泯。邑之東有曰范先生以光，居〔一二〕文峰之下，龐厚端謹，博學多識，而長於賦詠，風韻不減於前人。先生有六子。長曰霖，字時雨；次曰霽，字時暘。沾漑昔賢之芳華，習聞過庭之嚴訓，雅飭好脩。而伯氏學業尤豐贍，少者亦淳篤不凡。先生捐館，諸弟事兄受教益謹。

時雨由進士任行人，居北京數載，諸弟旦夕延頸瞻望，欷嘘傷懷。去年冬，時暘諏日戒行李，告其母，屬家事於弟，具舟車北上，冒風雪，涉河關以省其兄。初見之頃，悲歡交集，問母安否，既而具酒肴相慰勞，藹然塤篪迭奏之和鳴也。憩留四月餘，友愛之情有加無替。日或酬酢三五行，酒微酣，詢及鄉曲事，劇談亹亹，夜分忘倦。天倫至情，何可量也。時暘慨念母氏垂白在堂，雖有厥弟以供滫髓，久曠定省，心不自安，遂辭兄南歸。兄亦念母道遠，莫就禄養，促時暘即行。出餞潞河之上，賦詩以識別，縉紳追送者皆有作，屬予〔一二〕。

古稱兄弟爲手足，盖以肢分而體同，手持足行，疾痛痾癢，靡不相顧。時雨兄弟於手足之情，可謂切矣。雖本於秉彝之懿，亦由生長文獻之邦、詩禮之胄，於孝弟之大端，耳濡目染，厥有自來。氣習之於人，豈可忽哉？昔蘇子瞻與子由多逢於逆旅，此唱彼酬，膾炙人口。時雨先君子以詩名家，兄弟旅次唱酬之作凡幾，吾則不知也。時暘歸拜家慶，誦《皇華》之詩，致而兄『不遑將母』之誡。賢母喜溢慈顔，氣和體充，康寧壽豈。對北堂之萱草，舞斑斕之綵衣，少長翕集，奉觴稱壽，至和流暢，盎若春陽。斯時也，又或有佳什遠寄，以慰瞻雲之思，幸毋忘吾儕之故舊云。

遊洞陽宫倡和詩序

宣德九年春，淮以慶賀天壽聖節詣闕，荷蒙恩眷，賜留累月，館于翰林朝房。日入侍朝，退處一室，佔畢之餘，他無所事，亦無所往。鄉之同姓禮部祠祭郎中養正過而謂曰：『城東北隅有觀曰洞陽，地遠而深僻，雖與闤闠連壤，而市囂不接于耳。主觀事至靈邵以正，文而有禮，盍往遊焉？』余聞之躍然而喜，若弩之發機、水之決防，興不可遏。

於是以端陽前一日，拉取翰林脩撰金公恥菴，桂坊庶子沈君簡菴，秀才張助、郭縉携琴而往，愚子采亦從行。約行六七里許，抵洞陽之三門。以正率羽士出迎，肅客而入。詣三清殿，儀像儼然，中臨殿壁廊廡繪畫，群真法從，奕乎有輝。以正舉揚法音，行祝聖禮畢，延入方丈。堂中圖畫皆名筆，堂前水陸草木之花參錯布列，一舉目之間，而塵氛頓釋。焚香瀹茗畢，詢以正履歷，乃知家居滇池，受學于淵然法師，信乎源委有自也。

既而復延入一室，僅容七八席，而清思倍勝。張生援琴鼓《猗蘭》《白雲》，間以《水雲》《楚歌》諸外調，郭生繼之。琴罷，張生與庶子對弈數局。余冥心静察，而雅趣悠然自足，在坐者所得亦必與余同也。日當午，以正設酒饌勸客。觴酌數行，酒酣，恥菴、簡菴即席賦詩，余和之，養正亦和，而恥菴、簡菴復交和焉。未及寫，日西夕矣，遂乘輿策馬以歸。又明日，以正率其徒姚可弘謁余及在席諸友，求録所作，以爲後會張本。

古者名勝之士，必假遊觀之樂，以豁其煩滯，以攄其素藴，故王逸少會蘭亭，暢叙幽情，葩藻遞發，李白遊紫極，孟郊遊雲臺，蘇軾遊仙都，但涉足於幽閒者，率皆有作，一時從遊之士，盖亦有屬和者焉。吾儕雖未敢以古人自匹，然而豁煩滯，暢幽情，其致一也。方今朝廷穆清，庶僚和協，民庶乂寧，淮也得與二三同志優遊於春風和氣之中，盍亦知所自哉！因其請書以爲引，詩若干篇，先倡而和繼之。

清華集序

詩原夫本心之正，而充之以氣，資之以學，濟之以才，斯可謂之能賦者矣。蓋氣昌則辭達而不萎薾，學贍則事覈而不虚浮，才敏則措辭命意無所留礙，奮迅激昂，開闔變化，舉不出乎規矩之外，庶足以發吾心之所藴，播之當時，垂諸後世，而爲輿論之同歸也。

番陽劉潤芳號雲樵，隱於醫，尤好吟詠，賦詩凡若干篇，裒寫成帙。翰林主敬陶先生誦而悦之，名之曰『清華集』。謂之清，則潔而不汙；謂之華，則文而不俚。清而潔，則瑩若冰玉，可以澄思而静慮；華而文，則葩藻遞發，可以適意而怡情。若然，殆亦可謂氣昌、學贍、才敏，而足以發夫本心之正者歟？陶公以詩名世者也，命名之義，豈溢美哉？

夫人之才智有限量，用力有專精，長於此者遺於彼。古稱善醫若和、緩、倉、扁，以至劉、張、王、李之徒，未聞以詩名。晋宋以下，能詩莫若陶、謝、李、杜，亦未聞兼擅乎醫。近時丹溪朱彦脩，醫術與文學兩相高，君子多稱道之。潤芳於醫，多收奇效，而又優於詩，其亦丹溪之流亞者乎？彼若忝竊虚名以自衒者，豈勝道哉？余又聞，潤芳曾大父季安，嘗捐貲濟人於阨窮，潤芳承其慶澤，穎敏秀發以亢其宗，又豈但能賦而已？今其曾孫名烈字尹吉者，舉鄉貢試禮部，占名乙科，佐教武林郡庠，是亦餘庥之所及也。尹吉於訓徒之暇，取《清華集》繕寫爲若干卷，將鏤梓以傳，徵余序其端。余嘉其善承先志，故不辭而爲之序。

杜律虞註後序

律詩始於唐而盛於杜少陵，盖其志之所發也，振迅激昂，不狃於流俗；開闔變化，不滯於一隅，如孫吳用兵，因敵制勝，奇正迭出，行列整然而不亂。其即景詠物，寫情叙事，言人之所不能言。誦之者心醉神怡，擊節蹈抃之不暇，誠一代之傑作也。

元奎章學士虞文靖公，掇其尤精者百篇，註釋以惠後人。文靖以雄才碩學爲當代儒宗，其註釋引援證據，不汎不略，因辭演義，深得少陵之旨趣。然而未有刻本，而所傳不廣也。江陰朱熊於京都録而得之，持歸將鋟諸梓，求二楊少傅先生序以冠其端。熊之伯父善繼暨乃父善慶，嘗承廬陵楊公之命，刊刻單復《讀杜愚得》。熊今於此復能致力，踰月而告成。嗚呼，文靖之註釋實有功於少陵，而朱氏一門亦可謂有功於詩學者矣！

或謂：『詩自風雅頌變而爲騷些，騷些變而爲古選歌行，又變而後及於唐律。文靖註詩，舍本而逐末，何居？』夫詩與樂相通，樂有五聲、八音，九變而大成，或舉其一聲一音而獨奏之，得不謂之樂乎？詩至於律，其變已極，初唐、盛唐猶存古意，馴至中唐、晚唐，日趨於靡麗，甚至排比聲音、摩切對偶以相誇尚，詩道幾乎熄矣！文靖深爲此慮，故因變例之中，特取少陵之渾厚雅純者表章之，以爲世範，是亦狂瀾砥柱之意也。學者由此而求之，則思過半矣。

仙居潘氏族譜後序[一三]

宣德甲寅春，余自家居赴闕，道經姑蘇，郡之通判潘叔正氏訪于驛邸。既而叔正督饋運淮陽，與余舟楫相後先，凡數日，間嘗同舟，款語甚狎。因出家譜見示，且知叔正祖居永嘉，與余同郡，不知其自何時徙仙居也。其居在邑東南，里人以其族屬之盛，名其地曰『東潘』。譜諜散逸，斷其所知者，以陽九處士爲初祖，迄今已十五世。其或傳聞而莫能考據者，不敢傅會以求合也。嗚呼，叔正可謂致謹於尊祖敬宗者。

世之脩譜諜者，皆稱取法歐、蘇，而歐、蘇則遠法《史》《漢》『年表』。歐譜推而上之僅得十七代，自高祖而上，又曠隔七代，闕而弗録。蘇譜僅得五代而止。歐、蘇二公博物洽聞，爲世儒宗，豈不能旁搜遠引，自流而徂源？蓋恐或有差繆，則冒紊以誣其祖，慎之至也。叔正之譜，叙其所可知，盖得歐、蘇之遺意者乎？

雖然，譜諜者所以聯族系，辨親疏，使族人各知本源之所自，不至相視如塗人焉耳。若夫培其本使[一四]之益固，浚其源使之益深，在乎積善行義，上有以承嗣乎先業，下有以啓迪乎後嗣，俾傳序久而愈盛，庶乎其可也。叔正同知濟寧時，上言開浚會通河。皇上深嘉奬諭，賜賚甚厚。往來饋運利涉，人皆感惠。今在姑蘇，善政及人尤多。則所以培本浚源者，積之非一日矣。其族人世業詩書，豈無叔正者奮然而起，以迓續於無窮者乎？苟能積善行義，以亢其宗，仕可也，處亦可也，又何間焉？

盱江鄭氏族譜序

尊祖敬宗，所以報本而反始，孝子慈孫之大節也。苟無簡册以登載之，及夫時異事變，人易世疏，子孫遂忘其所自出。雖欲致夫尊敬之誠，其可得乎？是故先王之爲治也，必以親親爲先務。九兩著於《周禮》，以聯比其族屬宗法，以嚴嫡庶昭穆，以辨序列，立法可謂厚且備矣。厥後九兩輟而不講，圖譜局設而復廢，宗法昭穆紊亂而無統，至使同宗相視如塗人。士大夫之知禮者惻然，思所以綱維之，此私著之譜所由作也。

盱江守中鄭公，系出新鄭，子孫散處南北，世代遼邈，失其統紀。其先在宋多至顯達，扈從南渡，有官建昌者，愛其俗厚土沃，遂定家焉。譜諜亡逸，漫不可考，至仁齋教授而下，名諱具存，事有證據。乃祖南陵縣幕府君，懼其久而并失之也，手自詮次，以仁齋爲始祖，列爲五世。今守中公嗣而輯之，下至九世，列爲二圖：其一枝分派接，聯絡相因，取其易見；其一略倣漢《年表》例，生卒、婚娶、出處、行業皆得以附註焉。此蓋私著之譜，使子孫不忘其先者也。昔歐、蘇二公著譜，準《年表》爲法，歐譜得十七世，自琮以下又間缺七世不書，蘇譜僅得五世，録其可知而闕其所不可知，慎之至也。今鄭氏之譜，斷自可見之世，始于仁齋，九世之中又有闕而不詳者，盖亦歐、蘇慎重之遺意，尊祖敬宗之心至矣。視夫攀附衒世以自誣者，豈可同日而語哉？

余觀譜之所載，宦業中微，仕僅二人。天非嗇之也，將使之儲休積慶，以詒夫嗣續者也。譬若有源之水，滙以爲澤，引而導之，沛然莫之能禦。守中公仲子誠，紹先世之積累，際文明之嘉會，自郎署歷職至天官亞卿。勤敏周慎，赫〔一五〕有聲譽，深爲上所知遇，推恩封厥父如其職。譜諜焕乎有輝，方自誠始，川澤委輸，其進未易量也。若夫睦族之道，序引已詳，故略。

送李布政致事還真定後序

論人之志行，既審其常，尤必察其變。處常固難，處變爲尤難。處變而不失其素守，則仕止進退，舉不失其道，而志行可以預定矣。湖廣左布政使李公文瑛，謝事而歸。朝之大夫士送之以詩而序之以文，於其歷仕中朝，出使外國，政事行業，言之已詳。至於公之處變，鮮能言之，或僅舉其端而未及道其實。僕於公同處憂患者十餘年，知其處變之實者，莫余若也。知而不言，則於成人之美義有所昧也。

公之居幽囹也，懲過省咎，無毫髮怨懟意。旦夕相聚論，氣壯辭達，率皆聖賢之大道。語及貪黷事，即蹙頞〔一六〕張眉，若將浼己。稱人之善，若己有之，徵其可驗，娓娓不輟。其於義利之制，如較黑白。及夫從容款洽，怡愉恬熙，則汪乎其襟度也。日所奉蔬食一盂、故衣一襲，若啖肥甘、服華美，怡然以自足也。僕之惷愚，素號執癖，仰其高誼，不覺心醉神凝，若有所契焉者。

聖人著《易象》，於《困》則曰：『君子以致命遂志。』公蹉蹶迨踰一紀，其志始終不渝，豈非善於致命者歟？而其仕止進退，不失其道，從可知也。況其老病日侵，宜乎懇辭求去，一出至誠。皇上寬宏閔惻，不强其力所不及，故志可遂，而優遊以樂其餘年，豈僥倖於一時者所可同日而語哉？老聃以知止知足爲貴，公其庶幾已乎？彼若秉鈞持衡，以社稷爲己任者，則必致身盡瘁以圖惟厥終，又不可以此而例論也。僕於文瑛交契而知深，於其別不能忘言，因述鄙見繫於群玉之左。

旂山壽藏八景詩序〔一七〕

禮有歲制、時制之節，蓋以君子達夫原始要終之理，故於身後之計先期豫定，不以早爲諱，而又視其事之難易以爲先後之次。其所謂歲制者，即今豫爲壽藏之類是也。浙江左布政使黄公敷仲，家居閩郡，年逾五十，得吉地于郡西鄙之旂山，豫建歸藏之兆，復構屋于其前，名之曰『止菴』。不但於原始要終洞達而不惑，其知止知足之義，亦了然于胸臆，度越於人遠矣。

落成之日，士友咸集，縱觀山川之明秀，俯察草木之津華，喜溢于中不能自已。爰即所見，析爲八景：背負七峰如步障，朝旭輝映，五采成文，曰『錦屏瑞日』；山之半有真仙窟宅，霽景澄妍，空翠綿羃，曰『石峒晴嵐』；前臨培塿，方正如印，環之以水，曰『印嶼波光』；右瞰崱屴，銳如卓筆，高出雲表，曰『筆峰雲影』；而又有『梅溪春意』『栢嶺秋容』『碧海銀濤』『黄岡緑樹』，或近或遠，交相煇映。於是因題命意，金石鏗鏘，葩藻遞發，奉以爲公賀。公謂雅貺不可虚辱，彙次成什，徵余序。

吁，公之達識遠慮，亦何事於山川草木之觀美哉？堪輿家謂窀穴必乘夫生氣，生氣暢達，則天光發新，眼界軒豁，氣象爽麗，神怡意悦，自有不期然而然者矣。昔公叔文子樂瑕丘之勝，盖必領會於心目之間；程伯子論擇地之法，亦必外徵於物色。公於地理之説精窮藴奥，註釋多所發明，其卜吉定穴，外内不遺，固宜乎契乎前人。諸君子發於歌詠者，得不在於兹乎？

雖然，仁者必有壽，公之遐齡，未易量也。五十而爵，七十致政，公當康裕之盛年，久領名藩之重寄，方將躋秩崇階，都俞廊廟，以仰答聖天子寵眷之隆，未可遽止也。姑俟他日功成名就，引年以歸故鄉，復與諸君子徜徉于斾山，宴樂于止菴。倡和之什，日新月盛，盖不止於八景而已也。余也惜無長房之術，趨厠賔從之末，姑書此爲序，以爲繫念之張本云。

遯世遺音序

《詩》關乎世教，其來尚矣。孔子删定《三百篇》，以及太師所采，上自宗廟朝廷之雅頌，下至里巷之歌謡，所以扶植綱常，淑正人心，裨益理道，其致一也。去古既遠，風俗日漓，《詩》之爲教，愈趨愈下，甚至以之爲談笑諧謔、流連光景之具。間有傑然而出，力以追復古道爲事，雖音節時有不同，其於世教無所戾者，篇什所傳，歷歷可考也。

豐城子貞黄先生，嘗以詩鳴當時，遺稿曰『遯世遺音』，其亦士君子之所推重者乎？先生生於元季，隱居邑之株溪，端莊簡重，不事表襮，出言操行，必以仁義爲準的，凝然有古君子之風。凡觸于耳目而感于心者，一發於詩詞。取達〔一八〕意，不規規於藻績。音節冲和雅淡，不爲哇淫。所載之事，率皆日用之常、倫理之正，鑿鑿然如菽粟之充飢，如布帛之致暖。諷之者皆道以感發興起，豈非關於世教而有得於古昔詩人之遺意者乎？

謂之『遯世遺音』者，非遠引自潔以爲高，盖亦安於義命，以求無所愧怍云耳。後於屬纊之際，没而復甦。或問：『有所見否？』撼首端視，答以：『氣絶目瞑，有何所見？』夷然而逝。其浩然正大之氣，至死不餒，宜其發于歌詠，不爲萎薾之談，過於流連光景者遠矣。

先生嗣子宗載，由名進士歷官至吏部侍郎，廉潔勤敏，朝著所共知。嘗於接談之次，獲覩先生所與手札，亡慮數千言，率皆勉其忠君效職，敦仁履義，與詩所訓大旨皆同。宗載克自樹立者，詩禮之訓，厥有所自。余不佞，忝辱同年之契，間以詩集徵爲序。嗚呼，先生遠矣，儀矩謦欬不可得而接矣！撫遺集之僅存，興懷賢之深慨，故不辭而僭書于首簡，以致區區之私，且以見夫温柔敦厚之教，不可得而泯也。

姑孰葛氏族譜序

淮預典内外制，詔敕既具，咨白尚寶司，奏請寶璽，識而後行。故自卿以下，日相聚處，若寮友焉。姑孰葛文幹爲尚寶丞，契好尤篤。爲人英偉特達，莅事詳密，與人接，和而不流。余意其慶祐所積，厥有源委。未幾，辱以家譜徵爲序。

稽其族系，自葛天之後，以封國爲氏，析居瑯琊。漢下邳侯曰盧者，讓爵于弟文托，南遊江左，樂丹陽地勝民淳，遂居焉，是爲丹陽始遷之祖也。六傳至洪，字稚川，又自句容徙居姑孰之慈湖，得從祖仙翁丹法，脩煉葛陽山，是爲姑孰之祖也。姑孰即今之太平府，漢隸丹陽郡。又傳若干世至百户公，丁宋季俶擾〔一九〕，避兵城中，是後遂爲城中人。前數世斷續歷常〔二〇〕，事實不能悉，故推百户公爲始祖。百户四子，長曰正一，實文幹高祖，定爲一世，以至于五世，支分派别，列而爲圖。五世而後，倣而書之，至于數十百世，肇自此始。其生卒歲月、娶某氏、葬某〔二一〕處，詳本支而略旁支者，盖亦蘇文公所謂詳所自出之意也。次正二、正三，析居散處，勢不可詳。正四離俗爲僧，後無所繼，姑提其綱以俟參考。然而俗好誇詡者，力攀附以爲高，文幹寧闕其所不可知，而不敢附麗以誣其祖，其志定識明，賢於人遠矣。

嗟夫，人之族屬，歷世既久，顯晦迭更，斯亦常理。譬猶水之有源，其流必長，沮遏不行，滙而爲澤。渟蓄既盛，引而導之，沛然莫之能禦。葛氏自下邳而後，或仕或仙，源源不絶。中更變故，數世以來，韜輝弗衒。而積善行義，日新月盛，如澤之渟。蓋文幹承休襲慶，顯揚光大，江海委輸，寧有既乎？余之所計，信可徵矣。

雖然，圖譜者，合族之具也。若夫睦族之道，必本之以忠厚，行之以寬恕，禮義相先，有無相濟，不至相視如塗人，庶爲無愧也。文幹由進士入官，爲族人之望，宜如何，其勉之。是爲序。

安分齋集序〔二二〕

余昔承乏外制，時四明鄭先生本忠教授秦邸，僑居京都，與余家相去僅數十武，以故往來甚數，而知其操履尤深。先生敦謹雅澹，不妄言笑，言必從容中節。禄入不贏日用，儉約怡然，不以介意。與人爲禮，敬恭不少懈，然亦未嘗有諂屈之態〔二三〕。蓋其德之誠於中，而著之於力行，故其表裏相符，終始無間，而爲輿論之所推許者也。詎意相與甫六載，而先生捐館矣。其嗣復言、雍言，皆能世其家學。復言由胄監釋褐，歷任禮部祠祭郎中。雍言由進士任行人司副，復與余同朝。間因休沐之次，奉其先君子詩文凡十卷，題曰『安分齋集』，求序弁其端。

夫文爲載道之器，道即誠而已，文而不誠，則與道相戾，奚取哉？先生之誠，形于德行者，無所愧怍。由是敷之爲文章，播之爲聲詩，皆此誠之流通，非若剽掇門靡者之可比也。吁，誠之所感，越境異世，彼此同心，斯集之傳久而不泯，信可必矣！況其子際遇聖明，寵眷日隆，貤恩之命，光賁泉壤，流芳委祉，豈有涯哉？ 余也每會復言、雍言，慨然嘗興懷賢之念。 幸得斯集而徧閲之，怳若晤語之爲快也。 故於其請，喜而爲之序。

記

勤有堂記

余初筮仕時，數往來金華山中。 聞其鄉有隱君子曰杜君子吉，脩身勵行，孜孜不倦，而尤長於鍼灸之術，業欲求見而未遑也。 永樂中，承乏内制，待詔西清，會醫士杜彦達氏，問其族望，乃子吉甫之嫡孫也。 既而彦達以其術受知太宗文皇帝，擢授御醫，日侍左右，因得叩其源委。 頃因謝疾家居，闊别既久。 今年春，以事詣闕，彦達謁余寓館。 袖出一卷，請曰：『先祖世承醫業，嘗揭「勤有」二字以自勵，且訓及子孫，願求一言以張之。』余思向聞子吉甫力學不倦，今觀名堂之義，信有徵矣，記何可辭。

夫天有四時，運行不息，然後成歲功；國有四民，致勤弗懈，然後成德業。 况醫之爲術，民命所繫。 粤〔一四〕自神農别草木之氣味，軒岐發天地之祕賾，是後若長桑、和緩、倉公、扁鵲以至于孫思邈、劉河間、仲景、東垣輩先後相繼，更互演繹。 伊欲闖其門庭，窺其閫奥，非勤曷以致其力？ 原夫病之所因，皆起於七情六淫。 審證則有標本勝伏，胗脉則有七表八裏。 榮衛主乎血氣，十二經配乎陰陽。又有孫絡三百六十有五、隧穴六百五十有七。伊欲審系脉之真，原虚實之變，向非勤以候之，精以辨之，則處方品劑，灼艾行鍼，鮮有不戾乎法、治而衡决致失者矣！

今觀杜氏之於是術也，子吉甫既以勤而有得於前，彦達復以勤而克承於後，然皆一本於忠信篤敬，宜其聲譽日彰，而叩之者日益衆。朝廷寵任之隆，盖有由然者矣。《傳》曰『惟勤有繼』，又曰『勤則不匱』，是之謂也。於戲，積之久者業必盛，施之博者報必弘。彦達承藉先德，駸駸向用，進而未已，他日推恩之命，榮及祖考而垂裕後昆，是則勤有之大者也，彦達勉乎哉。

崇孝堂記〔二五〕

余昔退處鄉邦，邑宰何叔雲間嘗談及故族，首稱暨陽朱善繼、善慶，守禮秉義，好學不倦，子姓亦皆循循雅飭。竊識之，未之識也。今年夏，兵部郎中徐孟晞訪余翰林，謂曰：『里人善慶之子熊，字惟吉，奉親至孝。頃因母疾殆甚，遍求善醫藥之，而病益危。群醫縮手退却，遂默禱于神，封股和藥以進，凡再，疾良愈。邑之縉紳以惟吉孝誠所感，請諸吴門檢討陳公，表其堂曰「崇孝」，願蘄一言以張之。』

余方展卷濡毫，坐客有難之者曰：『保遺體而不敢毀傷，先王之教也。樂正子下堂傷足，憂數月不釋。惟吉加刃遺體，不亦可乎？』余曰：『不然，禮有常有變。樂正處常而偶失致謹於起居，傷足，憂延數月，悔不可追也。惟吉當母危急之際，倉惶瞀眩，計無所出，苟有人導之以甚難之事，亦將圖而爲之，而況刲股之片肉乎？《經》言「不敢毁傷」，重父母之遺體也。惟吉刲股和藥，存厥母於垂亡也。重父母之遺體，扶持世教之正論，韓子之所以斥鄠人也。刲股存母於垂亡，處變而不暇擇，其心實有可閔者也。然而股肉豈必能愈疾者乎？蓋惟吉之心出於迫切之至誠，無纖縷疑懼以惑於内。誠孝感孚，格神明，動天地，轉禍爲福，易危就安，在俄頃之間，夫豈偶然之故哉？』

方今朝廷，每賜旌表，盖亦原其心而不没其善也。郡縣或於惟吉剡而上之，將見命書自天而下，高大其門閭，而父而母益有光矣。雖然，孝爲百行之原，天之經、地之義，行之一家，推之一鄉而凖，放諸天下四海而凖，夫然後謂之崇孝。惟吉以純雅謹厚之質，習聞家庭之訓，盖嘗以古人自期，必能致力夫遠者大者，垂芳聲於永久，又豈一行之善而已乎？姑書此爲記，以釋或人之疑，且以復孟晞之請云。

三樂軒記〔二六〕

情愜乎中而暢於外之謂樂。然其樂也，有繫於天者，有繫於人者，有存諸己者。繫於天，其數恒不齊；繫於人，不可强而得；存諸己，力可勉而至。昔孟軻氏論『三樂』，首言『父母俱存，兄弟無故』，此則繫於天而數不齊者也；次言『仰不愧，俯不怍』，此則存諸己，力之可勉者也；終言『得天下英材而教育』，此則繫於人，不可强其必得者也。苟能兼備而無遺，其爲樂不既盛矣乎？

横陽項佑取以名其軒，蓋必有以愜乎情，而不自知其樂之暢於外者矣。佑爲邑之著姓，父母二親聰明强健，眉壽未艾；兄弟五人雍穆端謹，力於孝友，平居安然順適，皆無意外之撓。佑自邑庠弟子員登名乙科，分教丹徒，佩仁服義，動循軌轍，諸生仰承化導，多有所造就。其樂之在天、在人、在己者，庶幾兼而有之，以之名軒，不亦可乎？究其所樂，皆本乎倫理之懿、日用之常，其視榮啓期所謂『三樂』，徒以幸得於己者夸詡而自快，大有逕庭矣。

余奉命趨朝，道由京口，邀余觴酌軒上。坐客有議之者曰：『父母俱存，兄弟無故，其數雖出乎天，亦由其積德累慶，以和召和之所致，吾無間然矣。然其所謂俯仰無媿怍者，必其表裏洞徹、終始不二，如顔、曾、思、閔以上，斯足以當之。項君自信，果何如哉？若夫盡得一世明睿之才，而以樂乎己者教而養之，俾道有所傳，而澤被者遠，聖人所願欲，莫大於此，然猶未可以必得。項君豈以一教職儗之以自况乎？館下諸生亦或有明睿之材者乎？』

余曰：『善儗人者于其心，不于其迹。《傳》不云乎，「士希賢，賢希聖，聖希天」。佑也服逢掖之衣，爲聖賢之徒，修諸己者，豈可不以俯仰無媿怍自期？余所謂力可勉而至者，此也。孔子嘗云，朋自遠來爲樂，况其據臯比之席，處師道之尊，菁莪樂育，良足自慰，與孟子所云，雖有大小之殊，其爲樂一而已矣。苟徒泥其迹而不究其心，是猶膠柱鼓瑟、刻舟求劍，未足以盡觀人之道也。』客唯唯而退。余遂援筆書爲《三樂軒記》。

閩之浦城邑宰周永新氏，栝之麗水人。家居旁近多名山，山多古松，天寒歲晏，積雪彌布，玩而悦之，因名其讀書之所曰『松雪』。其出而仕也，浦城山邑，松雪之趣尤勝，故軒扁亦仍其舊。間以職事赴京，謁余候朝之館，徵文爲記。

松雪軒記〔二七〕

余詰之曰：『天壤之間，卉木不一，風晴雨露，各有其態。子惟松雪是好，何居？』永新曰：『群木當春生夏長之時，森然並立，孰爲堅貞，孰爲柔脆，曷從而辯之哉？及夫歲聿云暮，百卉具腓，而松也挺然於摇落之中，堅貞之操於斯可見。物之清且白者無逾於雪。群陰凝沍，雨雪霏霏。頑枝怪木，被之而色渝；朽甲枯株，蒙之而披靡。而松之勁氣稜然愈厲。既而積雪凝綴於柯葉之上，貞白合德而並美，清華發越，交輝迭映。締觀審視，有契于心，此軒之所以名也，願先生惠教之。』

余曰：『人之嗜好不同，由其人品高下之不一。永新之所嗜，不物其物而以德視其物，則物爲我之資而無喪志之惑矣。昔陶元亮詠東園古松有曰：「嚴霜殄異類，卓然見高枝。」至欲提壺以撫寒柯，豈非德視夫物者乎？永新與元亮所處之時雖殊，所存之心則同。其於操履，蓋必求致其實，庶爲無媿也。操履之道奈何？貞、白二者而已。貞則正固而不遷，白則純潔而不汙。正固不遷，則終始如一；純潔不汙，則表裏洞徹。由是而施于有政，則令行事集，而民無不服矣。古者盤盂、几杖〔二八〕皆有銘，俾之常存乎目而有警于中也。「松雪」名軒，是即盤盂、几杖〔二九〕著銘之義。《詩》曰：「維其有之，是以似之。」永新其勉乎哉。

夢椿堂記

栝之武衛指揮使牛公愛弟庭器，淳篤雅飭，事親〔三〇〕以孝聞。其先翁浙江都指揮，没已久，庭器思慕之誠無間頃刻，精神感通，常形諸夢寐。竊恐此心或怠也，爰揭『夢椿』二字于燕處之室以自省焉。因余泊舟好溪，徵言以記之。

《周禮》占夢有六，曰正夢、噩夢、思夢、寤夢、喜夢、懼夢。庭器思親不忘，至形諸夜寐之間，是即所謂『思夢』者也。思而得其正，豈不謂之『正夢』者歟？夢厥父而曰『夢椿』者，莊周謂『古有大椿，八千歲爲春，八千歲爲秋』，木之有壽，莫椿若也，故孝子祝父之壽，必以椿爲期，庭器揭扁于堂，不敢斥言其父，故謂之『夢椿』云耳。

吾想其夢之所感，承顔接辭，婉容愉色，無異趨庭之日；設席張筵，奉觴進爵，宛如獻壽之時。和氣同流，上下胥慶，斑斕五采，光昭左右。雖夢遊鈞天華胥，不足以喻其樂。及其覺而求之於怳惚杳冥之中，儀容雖存乎目，其聲音笑語不可得而接也。其承事之勤，無所寓而展其所施也。其彷徨痛苦，怳若初終之迫切也。此情此境，蓋有不可勝言者，宜其不能自已，而復揭扁於居室也。庭器之孝，可謂至矣乎！雖然，夢之所形，思之所著也，盍亦反諸身而求之。反身之道奈何？《傳》曰：『將爲善，思貽父母令名，必果；將爲不善，思貽父母羞辱，必不果。』庭器讀書明理，謹身礪行，其於二者常致其思焉，將見德日以崇，業日以廣，他日進用於朝，以展布其才猷，顯親揚名，足以遂生平之願。是則孝之大者，又豈特形諸夢兆之間而已哉？

庭〔三一〕器之伯兄掌戎事於名郡，莊以持己，嚴以莅下，和以處衆，不獨惠及於行伍，而餘澤均被於民庶，盖其於思貽之道，可謂善矣。塤唱篪應，共濟厥美，是宜都衛公之休光遺烈久而愈盛。一門之間，父父子子，兄兄弟弟，無媿於倫理之懿，良可羨也。遂書以爲記。

保寧堂記

永嘉徐永祥氏，余鄉友也。永樂初年，以名醫徵至京，從事太醫院。闢室於市，居善藥以應人之求，揭其扁曰『保寧』，用以自勵也。間謁余請記。

余惟《洪範》五福，康寧居三。盖以人雖壽而且富，非身安不能保而享之，是則康寧尤爲福之要者也。上古聖神，繼天立極，開物成務，慮民之札瘥、夭遏以傷其生，於是品嘗藥味，辨其凉温，參究陰陽，設爲論難，原其勝伏，以節宣之。養其中和之氣，全其本然之天，所以保民之生而躋夫康寧之域，功用所被大矣哉！自時厥後，賢達繼作，推明是理，更互衍繹，伊欲業醫者，知夫保寧之爲難，而不敢冒昧衒世以誤人也。永祥之爲醫也，而以「保寧」揭于堂之楣，其可謂有志之士矣。蓋必遠法乎聖賢，以究其立言之秘要，明夫七情六淫之所因，審夫七表八裏之脉證，察時審候，應病而施，勿昵於己，毋惑於人，求全夫保寧之實效，庶乎其可也。

其在《周禮》，醫師掌醫之政令，歲終則稽其醫事，十全爲上，十失一次之，十失四爲下品，第亦以保寧爲驗。永祥執業趨事，不可與常醫等，其治療必以十全爲期。苟或十而失四，斯爲下矣。余知永祥有素，爲人坦率和易，立心處事恒而不變。人以病告，無間貧富戚疏，亦無間蚤夜，僕僕往視，或投劑，或鍼，或灸，多致效，其庶幾十全者乎？病良已，報不報未嘗介意，其爲宋清之流亞者乎？人之壽夭雖繫乎天，而永祥保寧之心靡有勤怠，以戾夫聖賢利濟之常經。視夫冒昧衒世以要賄者，豈可同日而語哉？

余又聞記《禮》者謂醫必三世爲良，永祥承藉先業，厥有源委，又有二子，曰孟欽、孟鎬，善承父志，他日保寧之堂益有光矣。是爲記。

天竺大普福講寺重建四天王殿記

杭之勝麗在西湖之上，重岡疊巘、風氣蟠結者，皆爲浮屠氏所據。寺之次，天竺爲甲刹，而普福與天竺並演天台教觀，居湖之滑，門臨九里松徑。經其門者，必入寺致禮而後他往，以故檀信皈依爲尤衆。

寺創始於咸淳，燬于元季。永樂庚寅，古盤銘以興復爲己任，佛殿、門廡、法堂、丈室以至庫庾、庖湢，焕乎一新。古盤謝事退處，正謨訓中來補其處。圖完未備，而先其所急，遂勞力殫慮，捐衣資，募衆緣，構四天王殿若干楹。埏土肖像，威儀有嚴；瓴甓圬墁，縝壯礱密。經始於洪熙乙巳，越九載而訖工。佐其役者座下比丘宗纘，幹緣，居士錢覺明慶贊。禮成，乞文刻石，用示將來。

嘗觀佛書有云，須彌山半，四萬二千由旬，有四天王所居宮殿，即六欲界之初天，其號曰多聞、持國、增長、廣目，王乎四方，以净天眼常觀擁護此閻浮提，流通佛法，令無留難，亦護國王及其人民，除其患難，悉令安隱。即此而觀，則佛刹建殿以奉天王，信不可後也。况夫像教之傳，假像以表法。如來中居，表衆生大覺之心；曼殊乘獅子，表大智而降嗔；普賢騎象王，表大行以制貪；他如劍斧兩神，則表觀空、擇法二智，取義深遠，使人目擊而道存。四天王殿處乎佛刹中門，像設莊嚴，各執其物，盖亦有所表，于以伏魔而鎮邪，于以决癡而破暗。履其閾而瞻仰之者，必起敬畏之心而消其我慢之惑，其功豈少哉？《禮》以『捍災、禦患則祀之』，天王既能衛助法輪，而又能護國除患，是亦典禮所當祀者。佛乘真諦、俗諦並舉而不廢，宜乎訓中切切以是爲先務也。

訓中族出檇李蔣氏，契心印于左善世存翁，爲叢林上首，嘗被召至海印寺校讎藏典。正席普福，堅持禁戒，表率徒衆，既創天王殿，又視規〔三二〕制所宜有者，將次第成之，必使湖山增焕而後已。余嘉其勤，既書以爲記，復舉天王之威神而爲之偈，俾承事之者不忘信向云。偈曰：

惟王居四天，具足神通力。降伏諸魔魅，護持正法輪。惟佛運慈悲，偏覆三千界。王亦隨所住，訶衛靡不周。護國兼庇民，悉令遂安隱。應感無違者，一念之所形。寶構奠湖山，金碧照林谷。莊嚴妙覺地，慧力亘長存。利益諸有情，咸得如所欲。此則何以故，法海本圓融。弘誓如海深，功德不思議。見前承事者，勿退爍迦心。

竹雪書房記〔三三〕

宣德丁未，余謝病南歸，憩武林驛。邑之士者戴文進氏來謁，其貌温如，其言恂如，進退威儀，動循矩度，知其爲有守之君子也。舟楫既具，惜無一語以張之。明年冬，余友翰林侍講蔣君良夫馳書山中，謂余曰：『文進家居時，植竹甚茂，冬雪彌布柯葉，玩而悦之，因扁其讀書之室曰「竹雪」。今以繪事徵至北京，僑居闤闠，扁仍其舊。或疑其過實，願假一言以釋之。』

余惟四時代謝，景物各異。人之好樂，每視其志尚何如耳。當夫青陽肇序，草木敷榮，穠李芳桃，牡丹芍藥，争妍競麗於和風煦日之中，時流少年，沈酣宴賞，雕鞍繡轂，交相馳逐，以快一時之志，比比然也。而文進獨於玄冬疑沍之時，惟竹與雪是好，厥故何哉？蓋其志尚在於清潔，而竹雪適有契焉者。故狎而玩之，不忘於心目，而又以之名諸書室也。然而是竹也，虚心勁節，貫四時而不改，何獨於冬而後見其清？涓涓流泉，非不潔也，何獨取於雪？殊不知竹於摇落之中，翹然特立，不受挫抑，而清氣愈肅。馮夷鼓怒，急雪交集，上下一色，光瑩無瑕，天下之潔，莫能加之，又豈泉流之可並哉？若夫二物之交輝迭映也，竹得雪而益清，雪得竹而益潔，彼此相資，猶人之清者必潔，而潔者必清，又不可岐而二也。

由是觀之，則文進不徒言動之可尚，其襟懷抱負概可想見，過於時流少年遠矣。余屏處山菴，嘗於雪夜宴坐竹窗之内，澄慮凝神，冥〔三四〕觀反視，竹之所以爲竹，雪之所以爲雪，渾然具於吾心，更不知何者爲清，何者爲潔。先正所謂『萬物體統一太極者』，融會流通，至微至妙，莫能形諸言説，然亦不可言也。文進所見，抑亦與余有同然否乎？至若僑寓，雪雖甚盛，竹非所宜，而齋扁如故，識不忘也。昔周元公倅南康，即匡廬之水加以濂溪之名；蘇文忠客陽羡，改獨山爲蜀山，事不忘乎舊，厚之道也，何嫌之有？此皆余之臆説，因復書蔣君以訊之，苟以爲然，請識諸壁。

承志堂記

宣德初元，時維仲春，休沐之暇，有儒一生，脩容振衣，介余鄉人鄭士新，望拜階戺〔三五〕間，進而言曰：『鯫生張琦，鼓篋胄監有年矣。竊聞大人先生德厚氣和，雅好奬掖後進，敢冒昧奉謁。家有祀先之堂曰「承志」，願祈一言以啓發愚蒙。謹叙述世系及堂之廢興以請，惟惠教之，不勝至幸。』余觀其詞婉而貌莊，進退動循矩度，知爲好學君子也，寧靳一言以沮抑其志乎？

遂摭所述，序而記之。

琦之先曰天民者，家青齊間，仕宋武功大夫團練使，扈蹕南渡，卒贈鎮東將軍節度使副統兵。其子孫占籍會稽，卜居新昌縣西磕山，居峰下。歷幾世，至琦之高祖，行振一，以《禮經》中丁卯科解魁。元季俶擾，合宇燬于兵燹，祀先之具及鎮東誥敕悉爲煨燼。曾祖初十府君，力不能興復，又不忍分析，遺命後嗣子孫勉力以圖之。琦之從兄定仁，國朝禮部主事，有志未就而卒。母弟浦，力勤務本，家業頗振。顧瞻廢址，慨然興懷，致書質諸兄，厥謀允協，是壟是闢，鳩工庀材〔三六〕，肇建祠〔三七〕堂若干楹，中爲四龕，以供祀事。鄉之先生長者嘉其不忘祖命，揭其楣曰『承志』云。

予惟孝道之大，莫先於繼述，然而能盡其道者蓋鮮矣。昔者趙簡子書訓戒以授二子，三年問之，長子伯魯辭不能舉，而簡已失。浦於高祖歷年既久，而能遵其治命，興復舊業，可謂善繼善述，而賢於伯魯遠矣。世之恒情，營居室者，必先規創華堂廣廈、燠室凉館，以爲宴遊之所。而浦則汲汲焉以祠堂爲先務，可謂知所本矣。苟以是存心，神其有不享者乎？琦乃不隱難弟之善，謁余求文，以彰厥美，以垂訓後人，俾守〔三八〕而勿失，是皆可書也。若夫脩身慎行，思貽令名，斯則承志之尤大者。琦也，浦也，尚其勉乎哉。『孝子不匱，永錫爾類』，蓋將驗之於後焉。是爲記。

湘江雨意圖記〔三九〕

墨竹不知何所始。昔壽亭侯關羽嘗畫竹，柯葉分布成字，刻石陝右，墨本人争取之，以供清玩。至宋，畫者日盛，而以文洋州爲稱首。蘇長公記其篔簹偃竹，謂與可嘗云：『必先得成竹於胸中，振筆直逐，以追所見，如兔起〔四〇〕鶻落。』吁，洋州殆亦超入神品者矣。厥後一派近在彭城，則蘇之與文，豈相遠哉？

武林戴文進酷好竹，且善繪事，多從儒者遊。僑居金臺，竹非所宜，文進思之不置，如與君子之闊別也。間求禮部郎中黄養正、中書舍人朱昶仲昭曁相知士友，畫雨竹數幅，合而名之曰『湘江雨意』，聊以慰所〔四一〕思。

觀其潑墨運思，各極其趣，不踰尋丈，而湘水浩渺，烟雲微茫，宛在目睫間，品格造詣，優入奇妙，但不知曾得壽亭、洋州之法否歟？然植物之清者，莫竹若也，宜風宜晴，宜雨宜雪，各有其態。文進取於雨竹者，盖適然耳，非厭彼而悦此也。他日鼓枻湘流，聽雨聲於篷底，發逸思於奇懷，尚當與文進賦之。姑書此以爲記〔四二〕。

題跋

題楊少傅曾祖待制公墓碑刻本後

宣德甲寅八月朔，少傅廬陵楊公士奇與淮同齋宿翰林朝房，語次，出示其先曾祖待制公墓碑銘，元翰林承旨歐陽楚公製文並書。展卷莊誦，肅然起敬。越數日，公以重刻墨本命題其後。觀公自識數語，知楚公親書者。失而復得，世之至寶，神物呵護，理固宜然。豐城之劍深埋草莽，而紅光紫氣上射斗牛，雷焕發而得之。況夫待制公之忠誠大義，貫金石，達幽明，甘棠惠政，去思不泯。楚公雄文華染，妙絶後先，輝映日月，夫豈淪没所能韜晦者哉？

淮又聞德之厚者報必隆，待制公位不滿其素藴，天非嗇之也，將使之儲休毓慶，以啓迪夫胤祚也。厥今少傅際遇重熙累洽之運，侍聖天子，訏謨廟堂，一德靡懈〔四三〕，推恩贈及三代，秩皆一品。嗚呼，天之報施亦云至矣！然其銘志失之既久，少傅求而得之，抑亦祖宗之靈預發其兆，式彰今日〔四四〕克昌之應也歟？

書宣聖七十二子像贊刻本卷後

宋高宗南度時，以李公麟所畫宣聖及七十二賢像贊而書之，刻石于臨安學宫。今禮部尚書潔菴胡公愛弟克恭，近得墨本，裝緝成帙，徵言于溍。

竊惟聖人之道，與天地相爲終始；聖人之儀容，與天地合德而同體。群弟子受學于洙泗之間，炳若日星之森列，千百世之下，仰而思之，其當時氣象概可想見。然必圖像贊頌，而又刻之於石，蓋以求之天道之玄遠，孰若徵諸人事之昭著，使夫人即圖與贊誦而覽之，不啻親炙左右，肅然起敬，以興起其好德尚友之心，其垂惠後學者至矣。昔蘇洵於張方平畫像，猶曰：『存之於目，故其思之於心也固。』而況於宣聖之師弟子者乎？舊有秦檜跋，先儒嘗斥其惡，而未有決去之者。今都御史海虞吴公奮義理之勇，命石工磨滅以削其穢跡，仍著其所以去之之意。嗚呼，吴公之傑然卓識，允合至公，其立朝大節，表表偉偉，即此可見。克恭之尊崇向慕，好學不倦，亦可嘉也。故不敢以蕪陋辭，僭書于末簡以答其請云〔四五〕。

題西湖景手卷

杭之西湖佳麗、民俗華靡，莫盛於宋。集天下之善於繪事者，置諸畫院，俾各效其所長，亦莫盛於宋。是圖畫西湖景物，委曲周至，濡毫灑墨，繁而不亂，樸而有章，蓋亦院人之遺跡者歟？古稱畫爲無聲之詩，詩爲有聲之畫。當時名公若梅、蘇輩遊宦是郡，公暇則泛舟湖山之間，形容贊美，至以西子之『淡妝濃抹』爲喻，其華麗爲何如哉？時異事殊，固由乎人，而湖山清淑之氣不減於舊。晴窗净几，展卷披閲，則昔人之賦詠宛在目睫間，歷歷可徵，是亦不可謂無助也。故侍郎蔣公之後子珪持以求題，驛舟告具，姑言其略。

題少保東萊黄公訓儀後〔四六〕

昔在洪武中，淮承乏外制，今少保東萊黄公自衛幕上言時政，太祖高皇帝嘉其言之切直，超拜工部侍郎。公益加敬慎，略無矜遽之色。淮挹其高誼而限於職事，迹雖未甚狎，而情則相傾。是後數載間，離合不一。公之名益彰而位益崇，蓋由其積行之所致也。洪熙之秋，車駕率師討逆，公承制侍親王留守，淮亦叨備班列，旦夕供事内庭，必與公俱，向之傾企者，孚契而莫逆。公之處心秉節，侃侃然有韓、富諸大臣之風。退與士友談論，温如春風之披拂，潤如甘雨之沾濡。淮竊自媿，以爲莫能及，而公則不予鄙也。公之再鎮交阯也，命其少子琮肄業于應天府學，仍手書《教儀七條》以訓諭之，其言皆日用之常，推之以應事接物，其本不外是矣。公之教子，可謂言簡而旨遠者乎。

昔竇禹鈞善行裕于躬，儉素行于家，而又能以義方教其子，厥後五子八孫，皆致位通顯，名垂後裔。公之德望過於禹鈞遠甚，而義方之教又章章若是，琮其可不知所務乎？余雖未嘗與琮接見，觀詹事王君叙其處己大略，信吾宗之佳子弟也。兹以訓儀裝成卷帙，謁言執友，是善於求益者，其與趙之無恤能佩服父訓無以異矣，尚何患其不與禹鈞子孫方駕於後先者乎？淮聞公多胤嗣，崑岡之璞皆美質，鄧林之木無棄材，豈獨琮爲然？第以拙疾侵尋，退伏田里，未獲中叙舊好，姑識末簡，以致忻慶之私云耳。

跋趙駙馬家藏三帖

趙松雪行書千文

趙文敏公《行書千文》最多，僕往來浙東西，閲於士人家，何翅廿餘本，而此本尤爲精妙。過庭《書譜》謂『温之以妍潤』『和之以閒雅』。今觀此帖之妍潤也，如良玉之新琢；其閒雅也，如端人正士，垂紳秉笏，從容於禮法之場，周還折還，動中規矩，使人敬而愛之。世稱《禊帖》爲古今真行之祖，文敏用筆精妙處，亦多自《禊帖》中來也。拜觀之次，豈勝歆羡。

趙松雪書杭州翔鸞寺記墨蹟

杭多大刹，若天竺、靈隱、净慈，人皆知之，而翔鸞不次於甲乙，託是《記》而名始顯，《記》之傳，則又託文敏公之書而尤重，文字之有益於人也，其可少哉？文敏書此記時，歲行已迫桑榆，筆法尤爲蒼老，而勁氣稜然横發，向非神完守固，不與時移易者，其能然乎？寺在北〔四七〕關，僕往來津度處，南還之日，尚當追訪故址，而究石刻之存否也。

趙松雪少年書杜甫秋興四首

右杜甫《秋興》四首，評者謂是趙松雪少年所書，正猶渥洼出水之駒，逸態未形，而骨格已具，須假九方皋之目觀之，庶或可得也。篇中有一二字與刻本不同，亥豕之辨，姑置勿論。後重題數字，蒼然之氣，老而愈勁，精妙入神，風采自著，斯爲可寶。想當落筆時，寧不爲之一慨耶？

跋柴侍郎家藏三帖〔四八〕

黄太史墨蹟

僕之遠祖文節公，運聿行墨圓渾如琢玉，而精神風采自溢於筆鋒之外，此其所以爲難也。家藏有《秋江賦》，雄偉傑出，惜其首尾不全。此帖字雖差小，而文完無缺，翩然有飛動之態，尤爲可愛。各宜慎寶，以供清玩也。或欲互易傳觀，未審雅意何如？

定武蘭亭

右《定武蘭亭》，宋俞松壽翁家舊物，手裝于景歐堂，以遺其友劉后村者也。賈秋壑題識云家藏《定武》最妙者乃清閟堂本，亦壽翁珍秘，與后村無異。嘗手摹，命善工刊刻，而不言其姓名。盖所謂善工者，實婺人王用和，帖成後特補勇爵，以酬其勞。賈之好事若此。今后村本歸之侍郎柴君，而清閟本又不知存没何如也。物之遇不遇，盖亦有數乎哉？

虞文靖公與姚師德詩文

余退直之暇，過柴君叔輿官舍，出示元奎章學士虞公《贈姚師德詩并引》，文章老成，無庸贊美，其字則目眚後所書者也。或謂嘗以界尺爲準，依據以行筆，豈其然耶？今觀點畫[四九]雖若糢糊，其蒼然清逸之氣，浮動於目睫[五〇]間，使人斂衽起敬。向非造詣精熟，其能然乎？叔輿寶之。

跋范啓東家藏范忠宣麥[五一]舟圖

古之爲人子者，不敢私假，不敢私與，著之經傳。宋范忠宣麥[五二]舟事，或以是疑之。殊不知士君子撫世酬物，見義勇爲，斯爲當理。况夫子之事父，養志爲先，志之所安，奉以周旋。范氏父慈子孝，上下同心，靡有間言。觀其反命之際，一語吻契，若合符節，所以悦親之心者爲何如哉？苟或執經忘權，是猶膠柱鼓瑟，刻舟求劍，失愈遠矣。然此事大率與汲黯發粟賑饑相類，盖君臣、父子本同一體，移孝[五三]爲忠，必來取法，孰曰不然？

書宋贈太師惠國何公家訓及自撰墓銘後

《易·家人卦》：『初九：閑有家，悔亡。上九：有孚威如，終吉。』蓋家道主恩，易至於縱弛〔五四〕，初九以剛明之才，閑之於始，則免於悔吝。然要其所本，必反求諸己，故終以誠信威嚴，則獲吉也。若東陽惠國何公，可謂剛明而得保家之道矣。觀其所著《家訓》凡十四則，首言讀書力學，而本於孝弟忠信，庶務末節，各舉其要，豈非所謂『閑有家』者乎？及觀其自製墓銘，實而不夸，正而不褻，簡夷曠達，超出人表，則其誠信威嚴又何如哉？

《訓》二千餘字，前六行意公手〔五五〕筆，點畫〔五六〕雖若糊塗，其蒼然勁氣，溢乎筆鋒之外。是後必其手〔五七〕困力疲，口授代染，亦皆纚纚有條。歛衽莊誦，肅然起敬。但首尾不著年月，其書在目眚之後，或於屬纊之際，皆不可知。苟迫於屬纊，則尤爲甚難。昔陶靖節臨没著《祭》《挽》二篇，先儒謂孔子《曳杖》之歌、曾子『易簀』之語，踵之者惟靖節一人而已。愚亦謂自靖節後，若惠公者殆不多見。嗚呼，賢乎矣！公之嗣續，世世相承，守而弗失。今七世孫曰士英者，仕至兩淮鹽運使，益加裝緝，博求公卿大夫題識，以廣其傳。士〔五八〕英温厚雅飭，達於政體，爲輿論所推，流芳委祉，蓋未艾也。

謹書仁廟御書賜主事馮敏名後

聖天子握符御曆，以爲億兆之君師，君以治之，師以教之，俾夫人率由乎大中至正之道，而同躋仁壽之域，况夫六卿庶僚，奔走供事於殿庭之間者哉！禮部儀制主事馮敏，江右人，發迹進士，資禀温淳，其名則欽承仁宗皇帝御書所賜者也。臣淮捧誦再三，不勝感愴。伏思仁皇昔在春宫監國，盖常日侍左右，仰聆德音。聽政之暇，與廷臣參議機務，引古援〔五九〕今，提撕訓戒，必本於道德仁義。及夫尊臨大統，益隆治化，以荅天眷，以淑人心。詔令手敕多親御翰墨，片文隻字皆爲後世法。敏所被宸翰，雖止於一語，終身用之，有不可窮者。敏之榮幸，何其至哉！

古之聖王嘗以天球、琬琰爲至寶〔六〇〕，國有大禮，則陳於東、西序。伏覩奎文炳焕，煇燿穹壤，盖與龜書、馬圖同一天機之呈露，天球、琬琰豈可並論哉？嗚呼，鼎湖日遠，弓劍空存，攀戀莫從，懷恩罔極。抆淚濡毫，識于末簡，俾歸而藏之，以垂示永久。若夫敏之爲義，具載經傳，兹不復贅。

跋金脩撰家藏悦生堂禊帖

宋賈秋壑得俞松清閟堂所藏《禊帖》，實定武佳本，復加參校，摹勒于揚州所致美石，命浙工日刻一字，踰年乃成，寘于悦生堂中，拓以北簾紙、廷圭墨，衆美兼至。秋壑自謂書駔，或得一二鬻于士者，不辨真贗，率得重價，豈其然耶？此本乃悦生舊物，經諸名公鑒定，誠可寶也。

跋蔣廷暉郎中家藏元李黼詩墨蹟〔六一〕

詩〔六二〕者，志之所形，故觀於詩，可以知其人。元贈隴西郡公李黼，秉節死義，著于國史，彰彰然不可尚矣。今觀其所遺《送友》近體詩，僅止五十六字，而其侃然正大之氣，溢于言表。字畫蒼古，如端人雅士，觀之斂衽起敬。世人多尚夸辭麗語、珍圖寶玩，争先競取，而錢塘蔣〔六三〕子澂氏間於人家弊楮得公遺詩，如獲拱璧，且裝潢以示子孫，其志可見矣。厥子廷暉仕爲郎中侍書，持己甚嚴，良有以哉！

書桃林羅氏族譜後〔六四〕

永樂甲申，大比天下貢士，余忝校文，吉水羅汝敬氏翹然在選。既而獲與二十八宿之列，讀書内閣，歷任翰林侍講，朝夕獲與聚處，聆其論議，侃然一出於正。又得瞻拜尊翁蒙泉先生於官舍，偉貌脩髯，襟抱曠達，清談縷縷，不以新知而有所沮抑。觀其父子之德之量，固知其傳序信有源委矣。

未幾，汝敬以家譜見示。自南康軍判官而下，凡若干世，皆以儒業相承，世澤覃被，益久益隆，是宜胤祚之賢，襲慶揚休，橋梓輝映，使人一見而即加敬愛也。先儒有曰：『莫爲之先，雖美弗彰；莫爲之後，雖盛弗傳。』羅氏既有以開之於先，而汝敬又能昌大其後矣，嗣兹以往，子孫孫子皆能以汝敬之亢其宗者，更相致勉，以求無愧於斯譜，庶乎其可也。不然，則譜爲虚器，而敦族厚本之道果安在焉？慎之哉！

跋衛以嘉〔六五〕中書家藏趙文敏公墨蹟〔六六〕

趙文敏公作字多用正鋒，間出側鋒以取妍，故其圓勁遒逸，如良玉就琢，温潤而栗。然觀此卷《歸去來辭》，尤爲精詣，盖其中年所書者乎？夫以松雪之書法妙絶當世，柴桑之清節照映古今，而《歸去來》爲兩晋文章之冠，誠可謂三絶者矣！今爲中書舍人衛以嘉文房珍玩，尚當什襲秘藏，慎毋爲染指垂涎者之所奪也。

書黄侍郎尊翁子貞先生遺子書札後〔六七〕

僕試進士，忝與宗兄宗載爲同年友。僕授中書舍人，而宗載爲行人。朝夕相聚處，見其言有典則，動循矩度，節峻而氣和，意其家學源委，厥有自來，非躐等驟進者之可及也。既而宗載以先君子子貞先生所與手簡裝緝成什，示僕于官舍。斂衽莊誦，至再至三，不覺惕然有警于中也。父之教子，人孰無之？然而先生之所以教其子者，仁義忠信，藹然形於筆札，率本於聖賢之緒餘，讀之皆足以感發而興起，况其爲子者乎？宗載敬恭奉持，不敢怠忽，歷官至吏部侍郎，英聲茂著，人無間言，皆由於家學之有自也。

嗚呼，照乘之珠、截肪之玉，世以爲寶。穴深縋險，取之不憚其危；萬金連城，鬻之不計其直。先生往矣，而手澤僅存，穴深縋險不可得，萬金連城不可致，豈不誠爲黄氏家藏之至寶乎？況夫寶珠玉者，足以蠱惑其心志；以先訓爲寶，足以啓迪其善行。損益相去，固懸絶矣。後嗣子孫當世守勿失，必求如侍郎公之無所愧怍，庶於兹訓久而愈光焉。

題孟益黄先生詩卷後

余休沐之暇，中書舍人黄振宗來謁，出示其先君子孟益先生所作詩一卷。其古體遠追漢魏，近體取法盛唐，遣辭命意，綽有古作者之風致。且聞先生在洪武中用薦丞會同、臨海兩邑，壽僅至三十三而卒。少年賦咏及宦途歷涉，著詩甚多，所存殆什一耳，何其用心之勤也！昔李長吉七歲賦《高軒過》，語即驚人，自後窮思隱索，必求其工，母恐其致疾，嘗戒止之，卒時纔二十有七。先生刻志於詩而壽不延，豈非苦思之爲害，而與長吉無異，抑其命之脩短有不可易者乎？況其仕也，歷兩劇縣，治效著聞，其持心致慮，又有甚於作詩者焉。雖然，先生既遠，而善政在人，與其詩之存於篇什，歷世不泯，視彼逐逐與草木同腐者，大相懸絶矣。振宗請識于卷末，遂書之。

跋羅御史玉堂翰墨卷〔六八〕

右《玉堂翰墨》一卷，監察御史羅用實〔六九〕氏謁求翰林諸名公暨其生友詩詞書畫，以爲文房秘玩。展卷審觀，珠玉璀燦，炫然奪目，可謂盛矣。淮伏惟我朝稽古右文，登用儒雅，布列館閣，以黼黻治平。粤自永樂以來，復簡拔名進士及四方以書法著聲者，萃于館下，厚其廪餼，給以書籍筆札，俾益習其所已能，以故斯文日益隆盛。《詩》曰『周王壽考，遐不作人』，此之謂也。用實〔七〇〕何幸，身逢聖明在上，朝廷清寧，臣僚熙洽，得與諸儒相聚處，日以文字爲樂，一何幸歟！是則兹卷不徒爲當時之美觀，百世之下覽之者亦將有所興起云。

書夢吟堂卷後

右夢吟堂詩文若干篇，翰苑名公暨諸士友爲永嘉謝君庭循作也。庭循與余居同里，少小相與聚處遊樂，見其温和簡重，迥出流輩，意其他日必〔七一〕。比壯，以藝事徵至京，歷事三朝。今上皇帝寵眷益隆，爵以美官，賚予蕃庶。余之所料，庶乎有徵矣。

所謂『夢吟』者，蓋由其曾祖提舉公追念遠祖康樂夢草之事，號曰『夢堂』。乃祖推明其義，更曰『吟堂』。其先君子又合而爲一曰『夢吟』。庭循僑居寓館，仍其舊扁，以致景仰不忘之意。夫人之脩德行己，莫重於天倫，而致樂以自適，亦無踰於天倫。康樂公篤愛從弟惠連，至形諸夢寐，天倫之樂，藹然可見。庭循乃祖乃父，紹美先德，歷世相承，其於天倫，可謂知所重矣。視夫鬩牆紾〔七二〕臂及伯魯之簡亡之於旦夕者，大相懸絶。宜乎諸君子喜談樂道，形諸著述，玉振金春，詞嚴義正，誠有關於世教者矣。

向在南京時，庭循多暇日，數相過談詩，間出奇語，清新婉麗，每爲之擊節。昔評詩者謂康樂如出水芙蓉，庭循殆亦守其家法者歟？春草池塘，燈窗夜雨，篇什之富，日新月盛，尚期有以惠教乎哉！

銘誌

故封承德郎工部屯田主事李公墓碣銘

公諱文輝，字孟輝，姓李氏，其先鎮江人。曾祖號春谷居士。祖諱華甫，元至正間，以律學辟爲海道從事，徙居蘇之長洲。妣張氏。父彦傑，有隱德。妣曹氏。公生而聰敏，當元季擾攘，志于學而弗克終其業。兵燹相仍，資産日益落。内附後，公年甫弱冠，奮志殫力，經營締構，以樹立門户。然於非義之財，一毫不妄取，其玩好無益之具不涉于目。積贏歛餘，克底殷裕，而澹泊謙慎，不戾於初志。見善如嗜膾炙，鄉有不平事，折之以理，或敦諭以釋其忿，故人多稱其直而懷其惠。常自謂平生不敢爲惡，嗣世子孫必有以承吾志者，遂遣次子義入邑庠，從明師力學。義果能自勉，登永樂乙未進士，授工部屯田主事。

洪熙初元，朝廷嘉惠廷臣。凡歷任年久、才稱其官者，錫以誥敕榮其身以及其親。公拜推恩之命，峨冠博帶，優遊里閈，人皆謂積善之報。越七年，喪其長子，公哀痛成疾而卒，是爲宣德癸丑十二月十六日也，距生之年元至正己亥八月三十日，享壽七十有五。配周氏，封安人，有淑德，内助起家。子男二：長仁，即先卒者；次即義，以考最陞刑部郎中。女一，淑寧，同郡朱宗茂其婿也。孫男六：勉、勣、旊、勤、劭、勳。女一，蕙英，適同郡張銘。曾孫男一，德昌。女二，素真、素寧，俱幼。卜以卒之明年九月某日，葬于吴縣胥臺鄉黃山之原。義先期奉事狀來請銘，辭不獲，爲之銘曰：

行乎州里德所積，譬彼農功種斯獲。紫鳳銜書昭寵錫，六品官封視子職。孫曾繩繩引以翼，慶澤覃被曷有極。黃山之原崇兆域，我作銘詩勒貞石，墓門過者車必式。

故彭城衛指揮僉事張公墓志銘

彭城衛指揮僉事張公，以永樂元年五月二十四日卒。後幾年，葬于徐州卧龍岡。宣德幾年，其次子真任浙江都指揮僉事。會予自家居赴京，道徑武林，謁于驛舍，泣拜請曰：『先君宰木已拱，而墓道之石未有刻辭，幸矜而畀之銘，庶足以垂示永久。』辭弗獲，遂按狀序而銘之。

公諱得〔七三〕，字某，世爲鳳陽五河縣人。父六五公，妣季氏。祖以上名號行次，莫能記憶。

公自少有勇力，雄偉尚氣。生當元季俶擾，民弗寧居。伏遇太祖高皇帝起兵，剗削暴亂，公知天命有歸，遂奮身從戎，隸趙丞相某麾下。尋充元帥，守備徐州，後隸徐丞相達。歲丙午，從取淮安，調守吕梁，開通道路，仍守徐州。丁未，從指揮傅友德征討，抵陵子寨，獲僞官李臣等，以功陞徐州衛副千户。

洪武戊申，從征臨清、河西務、通州，克保安州，取紫荆關、中山、真定、三門寨，獲僞官同僉張成等及生口、輜重。己酉，從韋國公攻上都、全寧、錦川等處，殺獲甚衆，復回徐州。庚戌，從李平章攻察罕腦兒、上都、應昌、嵩子站、大石崖、鐵山、老鴉寨、王家營、四方平頂寨，哈剌、忽泄兒、峒山等寨，所至奮身血戰，總兵稱其驍勇。還師，上其功，賜誥命以褒異之，階武略將軍，仍賚以綺帛。辛亥，調北平，授世襲誥命。復調彭城衛，從淮安侯征迤北，略道溝峪，拔大崖等處。壬子，從總兵魏國徐公征沙漠，進至阿魯河等處。復從征永平、山後，追萬兒不花，進略灰山，往全寧、孤山等處，傳檄招降餘寇。丁卯，從宋國公征大寧，進逼哈剌哈、黑松林等處。總兵嘉其能，奏諸朝，賜白金、文綺。己巳，從趙都督征迤北。庚午，隨侍親王及總兵潁國公北征上都，直抵擒胡，追捕乃兒不花，旋師征寧夏。辛未，復從潁國公征沙漠，追遼王軍馬，略黑山，至元都河等處。師還而年已老，屢從征討，被傷成疾，請于朝，以冢子祥代領其任。

未幾，朝廷以其年雖老，而才略未耗，復起赴京，調征山西太原府叛寇，統領新集部伍，往宣城屯田。歲餘，致事回北平。後以奉天靖難守城有功，陞指揮僉事。得微疾，卒于官，距生之年元□□庚午□月□□日，享壽七十有四。配姚氏，内助起家，後公十七年卒，是爲永樂庚子十二月二十四也，享壽八十有四。子男若干：長即祥，積勞陞指揮同知。次真，即求銘者。初在北平時，以舍人選調從征，奉寳扈駕先驅，屢建奇功。事定，擢任世襲指揮使，調臨山衛，才能茂著，故復有都指揮之命。孫男若干。葬祔祖塋之次，禮也。

嗚呼，公以鄉之齊民，際會真主興王之運，東征西討，克樹勳業，享有爵禄，爰及子孫，可謂偉丈夫者矣！是宜銘，銘曰：

有偉張公，果毅驍雄。際會風雲，仗劍從戎。既協我旅，惟將所使。左剪右屠，前披後距。轉戰幕北，直擣陰山。鐵騎長驅，血刃流丹。將曰爾能，士服其勇。金帛煌煌，榮膺天寵。事定論功，禄位日隆。鳳誥褒嘉，傳序無窮。年邁力衰，求致厥事。我職我禄，承之冢嗣。息肩弛勞，優游家庭。酌彼兕觥，濯我塵纓。遴選才賢，休致復起。募兵屯田，于晋之鄙。尋即東歸，憩于北平。靖難興師，居守效誠。國事既安，再超顯秩。胡不少留，溘爾淪没。悠悠楚甸，鬱鬱佳城。生氣凛然，祔于先塋。仲子瑰傑，積功寔蕃。發迹臨山，扞禦大藩。俯念慶源，先德莫報。瑑石刻銘，樹于墓道。樵牧有禁，勿踐荆榛。以妥以安，以福後昆。

靈隱正菴禪師塔銘

師諱智闇，字正菴，别號休牧叟。族姓聞，世居武林鎮海樓之通衢。祖諱某，家居脩梵行，持齋甚嚴。僧過其門，即設齋供延食之，未嘗有厭倦色。父諱〔七四〕某。母朱氏，夢異僧僦居而娠。生而秀朗，在襁褓中坐必跏趺，見佛像合掌頂禮，皆不教而能。試授以佛經，過目成誦。十歲力求出家，父母以夢之所徵，許之。往依鳳山古巖洞瑞曇祥公習禪學，歷二載，無所得，奮然高舉，遍參善知識。至嘉禾語溪，遇璞翁圭公，心有所契，禮以爲師。祝髮受具戒，侍左右十餘年。辭去，聽天台止觀諸部於集慶方舟會中。

洪武初，大啓無遮法會於蔣山，師在班列，道譽日隆。衆舉任艮渚仁壽，依竹菴渭公於真寂，尋即結菴習静於包山之陽。久之，復起參幻隱公於靈隱，分坐説法，莅衆有儀，一時大尊宿在父師行輩者，悉加讚歎。洪武丁卯，出世南湖慧雲禪寺，遂爲幻隱嫡嗣，妙喜六世孫也。越三寒暑，退居舊隱鍾山。遜中謙公延師赴京，爲叢林儀矩。僧録司以金華雙林法席久虛，欲得人以振起之，左講經圓菴頂公集衆議，以師名上奏。召〔七五〕見，承顧問，對揚稱旨，奉敕爲雙林住持。僅逾四載，退處江浙萬壽，足不蹈闤外之塵者，殆將一紀。

永樂丙戌，幻居戒公以杭之僧司缺副綱，强起之，趣赴銓曹受任。未幾，朝廷以天下度僧濫溢，剃度師例發五臺輸役，師用是亦在遣中。既而復徙保定，跋涉道途，艱辛備至，師處之恬然無戚容。人或唁之，師俛首答曰：『業緣自有定數。』尋蒙恩宥，復故業，衆皆歎服。師之慧力明固，不爲利害所撓也。

靈隱爲五山之望，非才行兼備者，不足以厭服之。秉教者僉謂師爲宗門宿德，力挽補其處。時年已向耄，勉留六載，退處幻隱之東院。自是益屏世緣，杜絶外交，本源一念，凝然湛寂，以待化期之至也。師生平濟人利物，温厚慈愍，常行方便。聞人過惡，委曲掩蔽，不忍宣露。法門偈頌，多所啓發，遊戲如幻，著於外學，亦皆可觀。至於策鈍警頑，顯示密規，機鋒峭厲，一經鑪鞴，皆成法器。入室得法弟子見住徑山菴净、手度弟子杭之副綱净慈住持覺菴妙，皆爲上首，宗派流通，盖未艾也。

師生於元□□辛巳二月二十日，示寂於某年某月某日，世壽若干，僧臘若干。越□日，依梵法闍維，收餘燼舍利瘞于某山。覺菴述其顛末，不遠千里，馳書求銘。余嘉其不忘酬恩之念，遂序而銘之。銘曰：

佛氏之學，多假夙緣。直趨法海，如水有源。繄母方娠，神僧協夢。生而悟解，徵諸言動。從師參扣，弗憚勞勤。圓明獨露，心即斯存。屢建法幢，開示來學。方便攝調，慧燈相續。浮雲聚散，何去何留？白塔告成，屹然兹丘。我述銘詩，弘昭應迹。滅而不滅，非言可得。

故驃騎將軍僉後軍都督府事吴公神道碑銘

宣德乙卯夏，淮歸自京師，道經武林，浙江僉都指揮事吴凱訪于驛邸，泣拜請曰：『先將軍棄諸孤廿餘年，墓木已拱，而神道之石未立，敢乞銘於下執事，使其功烈不遂湮没，幸莫大焉。』淮嘉其誠篤而有禮，不敢固辭。

按狀，公諱庸，姓吴氏，世家太平之采石鎮。祖行尚四，亡其諱。父諱進，當元季俶擾，擇所宜歸。伏遇我太祖高皇帝龍飛淮甸，被甲仗劍，詣軍門請自效，充帳前先鋒，從大將攻城克敵，屢建奇功。事定，論功授職，命長百夫于蘇州。尋調鳳陽興武衛，擢其子讀書于國學。

時公方垂髫，凝重穎〔七六〕敏，流輩多事遊惰，公獨奮然自勵，經史過目成誦，且通曉大義。祭酒、司業咸加器重，謂他日必能致遠，以光先業。既而襲父職，調燕山左護衛，事太宗文皇帝於潛邸，從征沙漠，賈勇先驅，威聲漸振。尋遇靖難興師，首被拔擢。從征懷來，進攻盧兒嶺，克雄縣、漠州，攻圍真定，陞副千户。從攻大寧，剗鄭村埧，陞指揮僉事。復從師破廣昌，擣蔚州，大戰白溝，進逼濟南城，陞指揮同知。大戰夾河、藁城，尋破西水寨，復將命往黄頭等寨，諭降指揮劉子謙等七千人，陞指揮使。從征東阿、東平、汶上等處，陞都指揮僉事。大戰小河、齊眉山、靈璧，全勝。

公之應敵也，衝冒矢石，先登陷陣，奮不顧身，或揚戈躍馬，出陣挑戰，勇氣愈厲，以故多獲奇功。從師渡淮，承命提兵取揚州，鼓譟將登陴，衆懼，全城歸附。既而協取高郵，亦如之。遂招集戰艦一千五百艘，濟師渡大江，厥功尤偉。陞都指揮同知，屯兵守高郵。居無何，徵至京，陞驃騎將軍、山東都指揮使。復以其忠勇有謀略，可託重寄，仍命領所陞之職，掌金吾左衛事，以備宿衛。永樂戊子，陞僉後軍都督府事，往北京總督諸軍。授以誥命，祖暨父俱贈驃騎將軍、後軍都督府僉事，祖母楊氏、母鄧氏俱贈夫人，配何氏封夫人。

公莅政纚纚有條，僚寀服其明斷，部伍懷其惠利，人無間言。庚寅，奉璽書往德州等處統兵漕運，竣事回至淮安，以疾卒，時十一月二十日也，享壽若干。子男五：長即凱，襲除金吾左衛指揮使，以才能聞，於是有都指揮之命；次麟，次禎，次鈺，次讓。女三，金吾指揮同知蕭旺，羽林驍騎二指揮使王剛、王玉，其婿也。孫男九，長曰忠。女四。曾孫男三，女三。公之卒也，上嗟悼久之，命禮部遣官賜祭給賻，工部遣官造墳，以某年某月某日葬于南京聚寶門外鳳臺南岡。

嗚呼，公以將家世胄，當英妙之年，際風雲之會，雄姿〔七七〕卓識，所向克捷，故能上膺隆眷，躋秩崇階，振耀先業，慶垂後裔，可謂偉丈夫者矣。公暇之餘，又能潛心載籍，摭取古今忠義可法者，疏爲直言，以爲世訓，其自處灼可見矣。《傳》稱『有文字者，必有武備』，公既優於武事，而又不忘乎文學，蓋本於少年教養之有素也歟？銘曰：

惟吴〔七八〕啓封，始自泰伯。季札聘魯，光昭令德。起也事魏，將業肇開。以繼以承，代有雄才。公之厥考，生當元季。克事真主，功績斯著。享禄未久，奄忽沈淪。録其前勞，施及後人。公方垂髫，齒于國子。長襲父職，夙侍潛邸。興師靖難，簡在淵衷。左攘右攫，惟命是從。轉戰而南，所向克捷。如雷如霆，罔不震懾。大戰六七，公皆在行。或扼其背，或斧其吭。制勝出奇，厥功實侈。招徠降附，千百維旅。淮南既平，孰遏其衝。集舟濟師，底于成功。洊躋顯榮，超秩樞府。贊决戎機，惠政斯溥。通津漕運，經費是資。今之劉晏，非公孰宜。歲終上計，中道淪逝。訃音倏聞，當宁興慨。生榮死哀，克慎始終。餘慶覃被，傳序無窮。我述銘詩，丕昭盛美。贈謚有典，著于國史。

祭文

祭禮部侍郎良夫蔣公文

嗚呼！公之才德，著爲辭章，發爲事業，輿論之所推許，而非余之敢私。余之於公，升沉榮辱，終始無違，而感今思昔，豈容已於言辭？

公初釋褐，轉職詞垣。余方侍書，官資接連。謂余鄉邦，同處浙堧。方之倫輩，契誼尤敦。笑語相悦，道義相先。或趨朝而並轡，或招飲而張筵。心同志合，其樂陶然。自謂榮名之可保，豈意相繼而迍邅？居幽處困，十有餘年。起居食息，相與温存。或潛心乎□□，或遣興乎詩篇。議論商榷，罔有頗偏。雖窮愁之交集，謹素履而彌堅。否極則傾，《易》有名言。

忽陽春之布暖，俄冰谷之生暄。霈澤溥兮無際，綸音降兮自天。涸鮒〔七九〕揚波而鼓鬣，鯤鵬展翅而騰騫。何予孽之未殄，抱宿恙而纏綿。叩北闕以陳辭，解組綬以歸田。聞佳音之沓至，喜華要之屢遷。側耳遠聽兮，望其有爲；遘患未久兮，藥而弗痊。胡災祥之倚伏，致慶吊之相沿。玉毁兮櫝中，珠沉兮九淵。徒欷噓而太息，痛何地而攀援〔八〇〕。致使垂白之父母，撫歸櫬而隕仆，呼號之聲，上聞於蒼天，下徹於九泉。嗚呼哀哉！今其已矣，復何言焉？淮也朝京北上，返棹南旋。道經墓下，興懷賢之深慨；薄陳菲奠，灑涕淚之漣漣。靈其不昧，鑒我誠專。庶其來格，如在目前。嗚呼哀哉！

哀　辭

贈祠祭員外郎子謙易君哀辭有序

宜陽易君子謙，蚤歲脱身險艱。際遇明時，二兄繼終，獨任養母。厥母壽踰九旬，孫子振振，拱侍左右，奉觴進食，喜溢慈顔。天倫之樂，孰加于此？不幸母喪，甫及月餘，未克襄事，而子謙竟以哀毁奄忽長逝。樂極而悲，殆非人力之所能爲也。没後十有一年，子節登進士第，授行人，陞禮部祠祭員外郎。朝廷推恩錫誥，贈子謙官如其子，光華赫〔八二〕奕，下賁泉壤。人皆謂君積慶之報，余故綴文以釋其哀云。

世有至樂而弗克終者，天實爲之，而人莫能與知也。人莫能知，則亦末如之何，其又奚悲也？嗚呼，易君資禀温淳，執禮有嚴，好古而文。生也不辰，早歷邅屯。誓秉堅貞之節，脱身狼虎之群。迨夫天日之開明，宜乎志行之益伸。痛二兄之蚤逝，獨致力於奉親。歲行奄踰乎耳順，慈壽喜溢乎九旬。奉潘輿兮暇豫，薦筍鯉兮芳春。燦北堂兮萱草，繞庭砌兮蘭蓀。世間何樂足以過此？君其得之怡然以篤其天倫。奈何災祥倚伏，憂喜相仍。母染疾於俄頃，藥罔效於參苓。夜焚香以致禱，冀天監之有徵。痛頹齡之莫制，哀踰禮以忘生。曾踰月之幾何，忽二豎之侵凌。規宅兆而未就，竟賫志以入于杳冥。嗚呼，天乎！祐善懲惡，斯道之常。吁嗟易君，孝義聿彰。胡爲乎弗充其所欲，而使壽命之不長？幸諸郎之秀拔兮，梧竹並秀而齊芳。抱經術以用兮，輿論咸推夫季方。典祀事兮南宮，沐聖澤兮汪洋。贈衈覃恩兮，榮膺夫紫誥；九原雖遠兮，燁乎其有光。嗚呼，易君没而有後，雖哀勿傷。

誄

苦節先生沈君誄有序

維洪武二十六年八月十五日，雲間逢掖之士沈君翼之卒。後十二年，始克襄事。其友錢慶餘輩咸謂君秉忠孝之誠，敦清苦之行，援古貞曜、恭甫例，私謚苦節，而尊稱曰先生。於法有誄，缺而弗作。間因乃子翰林學士度、春坊庶子粲示余墓表，爰摭茂實，以補其遺。辭曰：

制行攸先，惟忠惟孝。大節靡渝，厥德允蹈。我思若人，系出姬周。食采于沈，聃季始侯。

派别支分，殊方異處。雲間啓祚，莫究端緒。迨于宋元，隱德用光。含英斂華，樹我宗祊。爰有竹庭，薄發試吏。犴獄是司，弗求弗忮。酌情麗法，雪冤疏滯。報施聿彰，用生賢嗣。賢嗣伊何，穎敏尚志。厥名爲昜，翼之其字。蚤聞師訓，忠孝兼致。爲之在我，非由外至。拳拳服膺，罔敢或貳。出遊淮右，爲親而仕。元政日蹙，群雄鼎沸。憂心孔痗，食不甘味。自淮涉河，至于宋衛。進謁元戎，投策獻計。鼓瑟齊門，取捨則異。斂裳宵征，嘅然長喟。南望庭闈，道梗莫通。羝羊觸藩，進退曷從。

仲尼有云，君子困窮。亶迴淇水，求我良朋。講道授徒，冀與時逢。大明麗天，群陰銷蝕。迺戒車徒，桑梓是即。升堂奉觴，親顔悦懌。囊篋雖虚，致養則力。譬辨旨甘，以爲酒食。而妻而子，藜莧罔給。蔬食野人，著號自飭。若將終身，内固不惑。英華炳焕，州司交辟。辭以鄙臣，共爲子職。親既終養，世情益疏。杜門謝客，修辭著書。根柢六經，涵咏道腴。斯文羽翼，後學範模。仁者必壽，天道不誣。云胡耳順，奄忽淪殂。嗚呼哀哉！易名壹惠，禮典具在。生無顯爵，朝議弗逮。清修之行，罔俾終昧。謚曰苦節，士論咸萃。我作誄辭，告于神明。昭兹懿美，用薦余誠。神其聽之，丕根厥聲。福及子孫，奕世其承。嗚呼休哉！

校勘記

〔一〕『曰』，底本脱，據敬鄉樓本補。

〔二〕敬鄉樓本下小字注：「按，吴亮，滁州來安人。」
〔三〕「代」，底本作「伐」，據敬鄉樓本改。
〔四〕「祖」，底本作「高」，據敬鄉樓本改。
〔五〕「祖」，底本作「祖」，據敬鄉樓本改。
〔六〕「譬」，底本作「壁」，據敬鄉樓本改。
〔七〕「楊」，底本作「王」，據敬鄉樓本改。
〔八〕「事」，底本作「士」，據敬鄉樓本改。
〔九〕「召」，底本作「名」，據敬鄉樓本改。
〔一〇〕「請」，底本作「清」，據敬鄉樓本改。
〔一一〕「居」，底本作「君」，據敬鄉樓本改。
〔一二〕「予」，敬鄉樓本作「序」，下有小字注：「按，文内「屬序」二字，當作「屬余序」。」
〔一三〕敬鄉樓本下小字注：「按，潘叔正同知濟寧州，在永樂九年以治河功賜衣鈔。見《明史・宋禮傳》。」
〔一四〕「使」，底本作「所」，據敬鄉樓本改。
〔一五〕「赫」，底本作「赤」，據敬鄉樓本改。
〔一六〕「頒」，敬鄉樓本作「額」。
〔一七〕敬鄉樓本下小字注：「按，黄澤字敷仲，閩縣人。以進士擢河南左參政。宣德三年，擢浙江布政。」
〔一八〕「達」，底本作「建」，據敬鄉樓本改。

〔一九〕「擾」，底本作「優」，據敬鄉樓本改。

〔二〇〕敬鄉樓本下小字注：「按，此句有誤。」

〔二一〕「某」，底本作「基」，據敬鄉樓本改。

〔二二〕敬鄉樓本下小字注：「按，鄭本忠字本忠，鄞人。」

〔二三〕「態」，底本作「熊」，據敬鄉樓本改。

〔二四〕「粤」，底本作「奥」，據敬鄉樓本改。

〔二五〕敬鄉樓本下小字注：「按，朱善繼名紹，見前。」

〔二六〕敬鄉樓本下小字注：「按，項佑，平陽人。永樂癸卯舉人，爲永興教諭。」

〔二七〕敬鄉樓本下小字注：「按《麗水縣志・人物》，周原慶，永樂間由人材授程鄉知縣。歷浦城、江寧二縣，蓋即此。」

〔二八〕「杖」，底本作「枝」，據敬鄉樓本改。

〔二九〕「杖」，底本作「枝」，據敬鄉樓本改。

〔三〇〕「親」，底本作「新」，據敬鄉樓本改。

〔三一〕「庭」，底本作「進」，據敬鄉樓本改。

〔三二〕「視規」，底本作「規視」，據敬鄉樓本改。

〔三三〕敬鄉樓本下小字注：「按，戴進字文進，錢塘人。善畫。楊文敏榮有《題竹雪書房》詩。」

〔三四〕「冥」，底本作「宴」，據敬鄉樓本改。

〔三五〕「戺」，底本作「所」，據敬鄉樓本改。

〔三六〕「材」，底本作「林」，據敬鄉樓本改。
〔三七〕「祠」，底本作「詞」，據敬鄉樓本改。
〔三八〕「守」，底本作「字」，據敬鄉樓本改。
〔三九〕敬鄉樓本下小字注：「按，夏昶字仲昭，崑山人。起家中書舍人，累進太常寺卿。善書畫，尤工竹石。《明史·文苑》有傳。吴升《大觀録》尚存此《湘江風雨竹圖》。而此集兩作『朱仲昭』，不知何故。」
〔四〇〕「起」，底本作「之」，據敬鄉樓本改。
〔四一〕「所」以下至《書宣聖七十二子像贊刻本卷後》「近得墨本」錯簡，今據意正。
〔四二〕敬鄉樓本下小字注：「按《大觀録》，夏昶《湘江風雨竹》題識係正統元年事。」
〔四三〕「懈」，底本作「澥」，據敬鄉樓本改。
〔四四〕「日」，底本作「且」，據敬鄉樓本改。
〔四五〕敬鄉樓本下小字注：「按，都御史海虞吴公名訥，字敏德。」
〔四六〕敬鄉樓本下小字注：「按，黄福字如錫，昌邑人。英宗即位加少保。」
〔四七〕「北」，底本作「此」，據敬鄉樓本改。
〔四八〕敬鄉樓本下小字注：「按，柴車字叔輿，錢塘人。宣德五年，擢兵部侍郎。」
〔四九〕「畫」，底本作「書」，據敬鄉樓本改。
〔五〇〕「睫」，底本作「捷」，據敬鄉樓本改。
〔五一〕「麥」，底本作「麦」，據敬鄉樓本改。

〔五二〕「麥」，底本作「麦」，據敬鄉樓本改。
〔五三〕「孝」，底本作「考」，據敬鄉樓本改。
〔五四〕「弛」，底本作「施」，據敬鄉樓本改。
〔五五〕「手」，底本作「乎」，據敬鄉樓本改。
〔五六〕「晝」，底本作「書」，據敬鄉樓本改。
〔五七〕「手」，底本作「乎」，據敬鄉樓本改。
〔五八〕「士」，底本作「仕」，據敬鄉樓本改。
〔五九〕「援」，底本作「授」，據敬鄉樓本改。
〔六〇〕「賓」，底本作「實」，據敬鄉樓本改。
〔六一〕敬鄉樓本下小字注：「按，蔣暉字廷暉，錢唐人。精楷法，永樂中以薦入翰林，授中書舍人，歷禮部郎中兼侍書。」
〔六二〕「詩」，底本作「諸」，據敬鄉樓本改。
〔六三〕「蔣」，底本作「朱」，據敬鄉樓本改。敬鄉樓本下小字注：「按，原本作『朱』，誤。據下文『厥子廷暉』句改。」
〔六四〕敬鄉樓本下小字注：「按，羅汝敬名肅，以字行，吉水人。」
〔六五〕「嘉」，底本脱，據敬鄉樓本補。
〔六六〕敬鄉樓本下小字注：「按，衛靖字以嘉，崑山人。洪熙中以能書授中書舍人。」
〔六七〕敬鄉樓本下小字注：「按，黄侍郎宗載，一名垕，字厚夫，豐城人。」

〔六八〕敬鄉樓本下小字注：『按，羅亨信字用實，東莞人，給侍中，謫爲吏。仁宗嗣位，召入爲御史。』

〔六九〕『實』，底本作『賓』，據敬鄉樓本改。敬鄉樓本下小字注：『按，原作「賓」，據《明史》本傳改。』

〔七〇〕『實』，底本作『賓』，據敬鄉樓本改。

〔七一〕敬鄉樓本下小字注：『按，有缺文。』黄永陵《黄淮文集》據《鶴陽謝氏家集》補『爲遠大之器，在其自勉如何耳』一句。

〔七二〕『紾』，底本作『胗』，據敬鄉樓本改。

〔七三〕『得』，敬鄉樓本作『德』。

〔七四〕『諱』，底本作『偉』，據敬鄉樓本改。

〔七五〕『召』，底本作『名』，據敬鄉樓本改。

〔七六〕『穎』，底本作『隸』，據敬鄉樓本改。

〔七七〕『姿』，底本作『婆』，據敬鄉樓本改。

〔七八〕『吴』，底本作『吾』，據敬鄉樓本改。

〔七九〕『鮒』，底本作『鱄』，據敬鄉樓本改。

〔八〇〕『援』，底本作『授』，據敬鄉樓本改。

〔八一〕『赫』，底本作『共』，據敬鄉樓本改。

補遺

首夏述懷四首

抱瘵謝朝謁，歸休卧田園。未畢一身累，暫息兩耳喧。盥櫛肅衿佩，褰帷坐高軒。清和雨初霽，緑陰日已繁。文鱗泳方池，好鳥鳴樹間。俯仰悟玄理，庶足開心顔。此樂恒自得，欲寫已忘言。

老聃貴知足，羲文賤包羞。驅車弗量力，道遠摧雙輈。輈摧既改圖，道遠邈已悠。拙疾復相仍，歲月不我留。内顧徒自愧，恬退匪身謀。區區復何心，耿耿懷百憂。

晨興課童僕，秉耒理新畬。務農志所願，敢憚筋力劬？谷風布新陽，微雨滋膏腴。良苗忻有托，生意日已舒。歲功難預料，私心敢求餘。杖策田塍間，歌咏聊自娱。回首望西鄰，佇立空嗟吁。

旭日射林薄，流暉照庭宇。體力忽輕便，臨風肆延佇。幽篁卸新籜，朱華茂芳渚。感物興我懷，胡寧守環堵？縱步信杖藜，止托無定所。或和漁人歌，或與樵夫伍。意愜絶嫌猜，機忘總儔侣。興盡即歸來，松聲滿庭户。

《東甌詩存》卷十六　清乾隆五十五年刻本

三檜堂

三檜羅堂階，蒼然太古色。樛枝走潛蛟，密葉沁香液。眷此歲寒枝，幸與君子即。庭槐接清陰，蘭玉蔭嘉植。百世紹芳華，滋培在樹德。

《東甌詩存》卷十六　清乾隆五十五年刻本

竹石

珊瑚凝霧濕，翠袖倚雲寒。一段瀟湘意，扁舟帶雨看。

《東甌續集》卷六　明正德二年刻本

題味菜軒

射雉資調笑，煸熊起禍機。何如茹蔬者，義勝瘠能肥。

《東甌續集》卷六　明正德二年刻本

梅雨潭

石磴捫蘿上，穿雲陟翠崗。兩崖開劍閣，一水瀉天潢。噴灑黄梅雨，分流白玉漿。三姑渺何許，遺跡尚微茫。

《仙岩山志》卷七　民國二十二年鉛印本

遊雁蕩

端居困沉鬱，薄遊暢幽懷。雁蕩夙所慕，素志今始諧。陟境思已清，歷覽萬象該。屹如錦屏列，粲若青蓮開。一柱擎天起，日月相往回。群峰走其下，聯絡如嬰孩。誰提并州剪，越羅不可裁。誰立趙壁幟，勁氣那能摧。玉女跨雙鸞，昂身紫霞堆。邀我綰卓筆，灑墨題蒼崖。石梁險莫測，飛虹駕回溪。側足難徑度，佇立空徘徊。或云神斧運，鑱削搜坤倪。或云洪濤湧，衝激遺筋骸。詭狀欲窮詰，妄執成疑猜。龍湫洩嵌竇，跳珠散瓊玫。飄然隨長風，雲霧排空來。詎那清净觀，跏趺據崇臺。佛刹十有八，廢址滋蒿萊。存者僅六七，甲乙推次排。能仁據其會，金碧耀璇題。鐘梵遠相答，緇流互提攜。追尋謝公跡，陟嶺登崔嵬。摩挲舊碑碣，殘缺湮莓苔。懷賢發清嘯，驚起狷聲哀。更欲尋雁湖，肩輿倦攀躋。從游諸君子，秀拔皆英才。主席二老禪，法相真獅猊。款留動洽旬，展席傾尊罍。賡和鏗金石，談笑驅風雷。懸車絶塵想，此樂信休哉！采芝與斲苓，聖訓近可稽。宣宗皇帝《御製賜淮致仕詩》末云：『雁蕩峰高清不極，中有謝公舊遊跡。采芝斲苓可長年，應在天南憶天北。』維昔李謫仙，名與廬山齊。覽勝發豪句，曠達真吾儕。人生百年内，弱草棲纖埃。題詩紀歲月，重遊能幾回。

《東甌詩存》卷十六　清乾隆五十五年刻本

挽環庵詩

閒居甘淡泊，厭逐市道交。舊游二三友，契誼最久要。眷維楊與徐，川陸跡頗遥。契闊曠歲月，何以慰寂寥？幸托環庵翁，住近林塘坳。相思即相覓，晴波泛輕橈。留連每下榻，曾不論昏朝。劇談霏玉屑，沃我煩渴焦。雅趣不嗜酒，歡迫過三焦。興來驅兔穎，佶屈起潛蛟。冥搜鬼神驚，高吟動韺韶。蒼然出險語，賡和費推敲。春和秋氣清，景物競紛殽。共載書畫船，浩蕩隨所遭。有時曳枯藤，健步不憚勞。追慕陶靖節，笑度廬山橋。排雲扣禪關，呼鶴傍林皋。僧房對床卧，笑謔燈屢挑。此意有真樂，俗口徒見嘲。自謂百年内，如同漆與膠。焉知轉盼間，物理互盈消。翁年我同庚，我弱翁力饒。蒲柳分先零，松柏宜後凋。胡爲舍我去，凌風邈雲霄。空遺一抔土，突兀起山椒。老淚泣易枯，躑躅但號咷。載拜訊巫陽，英魂安可招。

《黄淮文集》録自《虞氏大宗譜》

虹見感而有作

連日陰晴戰未降，曉看虹復射西窗。農人憂旱仍憂雨，安得均調溥萬邦？

《東甌續集》卷六 明正德二年刻本

閔 雨

淫雨連朝未肯休，早禾狼籍未全收。憑誰借我黄金彈，彈殺林間逐婦鳩。

《東甌續集》卷六 明正德二年刻本

送虞環庵辭職歸養

曉起聞君東去裝，老夫顛倒著衣裳。一樽醉別秋風好，想到羅山梅正香。

《東甌詩存》卷十六　清乾隆五十五年刻本

大龍湫

兩崖拔地勢争雄，中有銀河一道通。聲撼天風摇素練，光涵海日炫晴虹。奔騰忽作縱横態，開闢難窮造化功。願得餘波覃遠邇，閭閻處處樂年豐。

《東甌詩存》卷十六　清乾隆五十五年刻本

遊五美園

清曉肩輿入翠微，溪流曲折護岩扉。布金僦地徒成幻，卓錫爲庵信不非。翠竹黄花俱净供，風聲鳥語總禪機。碧潭龍語知人意，收卻陰雲送客歸。

《東甌詩存》卷十六　清乾隆五十五年刻本

挽樠庵禪師

山門長日護蒼苔，静對蓮峰世外開。泡影常教從變幻，虚空何處著輪回？鉢盛定水龍歸化，榻鎖寒雲虎自來。我亦托交尋社事，夢中還憶度浮杯。

《東甌詩存》卷十六　清乾隆五十五年刻本

江心寺

中川古刹壓金鼇，百尺危樓倚碧霄。畫棟雲飛象浦雨，綺窗月湧蜃江潮。老僧愛客能分榻，遊子忘機欲棄瓢。遠望金焦何處是，萬家煙靄路迢迢。

《孤嶼志》卷三　民國二十三年刻本

江心寺

雕甍畫棟護璇題，百尺觚棱北斗齊。勢壓滄波鼇背穩，影侵霄漢日輪低。祇園只此甌江上，净土誰云鷲嶺西。俯視塵寰名利客，勞生擾擾隔雲泥。

《温州府志》卷二二　明弘治刻本

訪樠庵東堂

間攜朋舊訪仙巖，松竹團團護石龕。潭入神姑尋異跡，坐同支許共清談。齋厨引水源頭活，茶乳浮香齒頰甘。但願抱餐禪悦味，相忘何必問三三？

《仙岩山志》卷七　民國二十二年鉛印本

明黄文簡詩册紙本，八幅。幅高七寸七分，闊五寸餘。行草書廿二行

余乘驛舟過杭之鳳凰山，偶會報國寺住持妙禪師，要余乘肩輿入蘭若，焚香煮茗之次，出示此卷。余因援筆次韻，以寫一時會遇之意，而獨庵登高之事，則不能旁及也。

偶爾相逢一笑間，病中猶得半時閒。驛舟舍棹還登岸，籃筍扶衰强過山。且從庭樹詢僧臘，休指恒河問昔顔。相送相期無限思，不知此去幾時還。宣德二年孟冬十一日，介庵居士書於萬松深處。

《辛丑銷夏記》卷五　清道光間刻本

奏詞

少保户部尚書兼武英殿大學士臣黄淮謹奏，爲陳情事。伏惟事恩致身，固人臣之當勉；縻禄廢職，豈士子之所安？謹敷布其愚誠，冀上幹於天聽。

竊臣淮自歷任以來，荷國厚恩，如天如地，勉竭駑鈍，莫報涓埃。比者數載之間，形神羸弱，衆疾交攻，手足痿痹，動若拘攣，心膂氣冲，痛如刀刺，食下噎而嘔逆，言過耳而莫聞。凡若此類，不能殫述。竊自記犬馬之齒，奄逾六旬，所患病症，息則蘇，勞即旋覆。頃今年疾勢大作，荷蒙聖恩，發醫調治。緣臣疾已沉痼，難遂痊癒，雖欲黽勉供職，奈何力不能支。謹疏中悃，令男采齎本進奏。

伏望聖明俯垂矜憫，賜臣扶疾還鄉，得終餘年，不勝至幸矣。

《明宣宗實録》卷三十　臺灣影印紅格鈔本

㒳山草堂記

永嘉號佳山水，其崇大雄傑者，率多淪於幽邃，城居不能專其勝。環城内外，可名列而指數者，其山有九。術者以其上應北斗，故名其城曰斗城云。

九山之清秀穠麗，莫若華蓋，孤奇峭拔，莫若積穀。華蓋據城之東，積穀繇華蓋少折而南，拱揖回顧，斷而復續，曲盡情態。郡學司訓劉朝縉甫居於兩山之間。北牖洞啓，則華蓋之秀色森然郁然，近可攬結；宴坐堂上，則積穀之清氣鬱鬱紛紛，排户而入。華蓋之頂有古松數十株，偃蹇盤錯，宛類虬龍。天風間作，則松聲怒吼，若轟雷，若奔濤，若萬馬馳突，振撼林谷，聞者毛骨颯竦。積穀之麓有龜湖，泓渟瑩澈，可舟可釣，可湘可濯。沿龜湖東行數十步，有仙人之窟宅曰飛霞洞，嘗見丹光起於其隙，煥若霞彩，焜耀人目。景物可愛，大略若此。若夫朝雲暮靄、春雨秋露、雪霜之凝積、陰晴之蔽舒，變化倏忽，莫窮其狀。朝縉之居，適據其會，不出户庭，而華蓋、積穀之勝概，皆在目睫間。因名其堂曰『兩山草堂』，樂得其所也。屬考績來京，間過余請記。

夫人之恒情，處城市者厭喧囂，處山林者厭岑寂，常患不能相有也。今朝縉處城市而有山林之樂，其所得可謂厚矣。然而兩山之左右前後，室廬比櫛，居者不知所以爲樂，而獨朝縉得之，何哉？蓋天下之事，有所重則有所輕。彼逐逐於利欲，營營於紛垢者，雖有山，不暇顧也。朝縉心地夷坦，神氣爽達，不爲形役，不爲物累，静觀天壤間，紛紛總總，無非自得之妙。故於兩山也，仰而視，俯而思，豁焉有契於中。蓋將與淵明籬菊、濂溪庭草同一天機之流動，豈獨景物云乎哉？是則名堂之義信有其實，而無愧乎古人矣。雖然，朝縉一士人也，自非際遇明時，優遊教職，藉禄入以仰事俯育，殆不知能遂其樂於兩山之間否乎？是爲記。

《慎江文徵》卷二六　清抄本

蹇忠定退思齋記

少保吏部尚書蹇公名其燕休之所曰『退思』，以予舊嘗同在外制，相知爲深，而以記見屬。今之爲軒閣齋室者，往往託趣於雲山泉石、華竹禽魚，公獨以『退思』爲名，其度越於人遠矣。夫天下事物之理，至著之中而有至微者存，况夫是非得失、屈伸取舍，千變萬化，所以困心而衡慮者，非思莫能究其極而適於中。思而謂之退者，進非不思也，特退而紬繹省審，加致其詳云耳。譬諸水鑑，演漾蕩激，則鑑多失其真，待其波静水止而鑑焉，則妍媸具見。故進而思，不若退思之爲得也。

且世之人，品類不同，而所思不能無異。農之思易田疇，工之思利器用，賈之思較贏縮，趣便巧以求逞其欲而已。士君子立身行道，其所思宜何如哉？然仕有大小，而所思不出其位，猶農工商之不相爲謀。宰執大臣以身任天下之重，其所思則志其大而謀其細，緩其末而急其本。是故禹思天下有溺，猶己溺之；稷思天下有饑，猶己饑之；伊尹思致君爲堯舜之君，致民爲堯舜之民；周公思兼三王以施四事，其有不合者，仰而思之，坐以待旦。見於傳記者，章章如是。少保公之退而思者，同乎？否乎？

公爲人寬厚和平，沉静寡欲，言動有常度。歷事太祖、太宗垂四十年，人無間言。今上皇帝倚任益隆，决大議，臨大政，不動聲色而人服信，能以禹、稷、伊、周爲心者矣。或曰：『公之退思云者，取退思補過之義，子言博而不切，何居？』曰：『然予所論，皆公職分當爲之事。方今朝廷清明，海宇寧謐，聖天子既以二帝三王爲己任，而爲大臣者又以禹、稷、伊、周自期，由是禮樂彰而法度振，道德仁義之澤，洋溢乎四表。不惟無過之可補，以求底於無思無爲而後已，顧不偉歟？拳拳愚忠，蓋有望焉。』是爲記。

《四川通志》卷四二　清刻本

環菴先生墓誌銘

榮禄大夫少保户部尚書兼武英殿大學士知制誥國史館總裁郡人黄淮撰

徵士郎中書舍人兼修國史致事胡宗韞書

大中大夫福建布政司左參政致事楊景衡篆

吾友環菴先生以正統四年六月二十六日壬寅，卒於正寢。前期手書與淮訣别，委之商確後事，仍屬以潛銘，曰：『惟叙平昔交情，不敢求溢美之辭。』適淮亦遘疾，而未能往也，先答之以書。逮疾稍甦，扶憊往候，先生已徹床褥，卧於地以待盡。見淮至，喜形於色，人事瞭然不亂，但語不出聲，宗姪偃附耳以傳。先生數舉手趣淮歸，恐其勞瘁，飲泣告辭。舟行未遠，而訃音追及之矣。蓋先生忍死待余，余何以爲報？於呼，痛哉！既浹旬，長孫魯奉偃所述事狀，同門人陳旦來速銘。兹惟吾友之命也，何敢辭。反袂拭淚，叙而銘之。叙曰：

先生諱原璩，字叔圓，姓虞氏，别號環菴。世爲會稽宦族，宋南渡時，始遷於温州，居瑞安崇泰鄉之雙橋。曾祖諱旺，祖興順，父諱性宗，韜晦毓德，爲一鄉之望。嫡母陸氏，生母潘氏。先生兄弟四人，皆庶出，三蚤亡，嫡母愛護先生如掌珠。天資警敏，少知自重，嶷然如成人。髫齔時，善屬對，甫成童，賦詩語輒驚人。父奇之，多積書，延師以教，益篤志於學。既冠，父暨嫡母相繼淪謝，煢然與生母俱。家居並海，承役輸鹽，號曰亭户，課重而期迫。先生繼厥事，酬應無少暇，夜則讀書忘寢。會典鹺司者迭起横逆，同役多至夷滅，先生獨能委曲周旋，保全宗祀，鄉邦稱其才智不可及。

先生處困凡五六載，賴生母安人堅苦守節，撫幼孫，操持家政，舊業殷盛。貪暴者乘時吞併，先生質以公誼，侵疆僅復其半，釋而不校也。於是習隱教子，課童僕，力農事，應務之暇，益肆力於學。博覽旁資，終身不忘，叩之聲隨響應，靡有凝滯。爲文嚴密峻整，而新意迭出，詩思雲蒸泉湧，援筆立就。書法真草行楷兼工，本之羲、獻、歐、虞，尤得近代巙、陳二公筆意。時遊戲飛帛，特擅厥美。

永樂乙酉，薦入朝，尋以鹺役辭歸。己丑，又預薦纂脩《大典》於文淵閣，筆削悉中程度，總裁官優加禮遇。竣事，例皆授官，力以母老，懇求歸養。至中途聞訃，哭踊幾絶，匍匐還家，喪葬盡禮。自以得返初服，端居養素，非公事未嘗入城府。然而部使者及郡邑官僚聞先生方正多識，每致咨訪，先生亦靡有靳，條析要理，必便于民而不戾於法。以故都御史虞公、前郡守刑部侍郎何公、巡撫户部侍郎王公、僉憲花公、前貳守尹公、通守王公、今郡守劉公、邑宰鍾公尤加敬信。永樂甲午，敕遣行人趙景，特徵先生赴史館，同淮纂修高皇帝玉牒。先生病足艱行，堅辭不赴。

石岡陡門爲瑞邑河鄉水利之喉襟，歲久淤塞，旱潦農皆告病。侍郎何公爲郡之日，嘗命造廬，從容籌議，先生力勸之濬理，具陳方略。何公用其言，不旬日而工告成。由是蓄洩有節，歲獲屢登。他如脩砌塘石梁，築治石馬道路，民不病涉而往來通達，皆由先生倡率，而遺澤不可泯也。

先生平居處鄉里，不激不隨，正而公，直而信，人不敢干以私。好善惡惡之心皦如也。素不善飲，遇良朋勝友設席，招之輒往，笑謔終日，亹亹忘倦。尤善誘掖後進，登其門者，皆有所沾溉。求詞翰者，卷軸填委，咸遂所願，人多傾心焉。

今年春，忽病噎。季夏之初，疾轉劇，僅以湯飲代食。日具衣冠杖履，徜徉雙橋之上，談笑自若。饋之藥，或嘗或否。謂家人曰：『修短繫乎天，豈醫禱所能免乎？』甲午晨，盥櫛詣祠堂拜跪辭，反席賦《沁園春》詞，告别親友，其言婉而麗。乙未，書遺囑數十言付子孫，喪事隨家儉約，不用緇黄，卒哭而葬。丙申，即寢處松棚，賦詩以寓日昃鼓缶之意。是爲丁酉日也，臨終，呼諸幼輩集，正襟恬然逝，享年七十有三。於呼，修身俟命，儒者之大節，然非樂天知命不能也。世之大儒，誠明而神定，于屬纊時，多有遺言以垂後。觀先生所著詩詞，一出乎正，安然委逝，了無怖惑，可以驗其造詣精深，視前輩爲無愧矣。

先生娶金氏，子男二：長森，先卒；次垚。女三，長適參政楊公次子瓛，次適潘璉，次適金珽。孫男六：魯、習、皆、智、楷、壽。孫女四，長許適蔡峴，次適胡延生，餘幼在室。所著詩文集凡十卷，藏於家。垚等遵遺命，以十月十日奉柩葬于邑之魚潭先隴之側，其窆則先生預營壽藏也。銘曰：

吁嗟先生，德厚數奇。蚤歷艱危，馴止乎坦夷。抱瑾握瑜，匪尼其施，而有所不爲。以安厥宜，以昌厥辭。委順而歸，則又何悲？魚潭之湄，先兆是依。文冢在兹，奕世有輝。

《環庵先生遺稿》附録　清刻本

蘭坡先生墓誌銘

榮禄大夫少保户部尚書兼武英殿大學士黄淮撰

温之安固有隱君子曰蘭坡先生，予久處京師，未之識也。風紀及部使者抵温，聞先生雅望，多就見焉。而都御史虞公知之尤深，還朝歷歷爲予言，予竊識之。及謝事南歸，先生葛巾杖履，訪予里第。聆其言議，挹其光儀，温然盛德君子也，而虞之知人，信可徵矣。是後，時命舟往來，談笑以爲歡。宣德壬子三月六日，以微疾卒。既哭弔，孤廷珪奉事狀泣拜請銘其墓。予與先生交未久而情甚親，銘奚可辭？

先生諱德幾，字武抑，姓季氏，蘭坡其號也。八世祖儼，登宋淳熙進士第，仕至衢之龍遊令，因家焉。高祖諱寶。曾祖諱復初，號月泉，避元兵，遷温之瑞安鳴珂里，遂占籍爲瑞安人。妣蔡氏。祖諱晋孫，字叔名，號雲谷。善醫，多奇驗。妣項氏。父諱祈，字君壽，號恥庵。從進士高公則誠遊，博覽群經，尤長于《春秋》，累薦不起。妣亦項氏。繼馮氏，涉書史。先生馮出也，夜夢羽士至其家，詰旦而産。

先生自幼穎悟，厚重如老成人。嘗嬉市肆中，得遺錢數百，立待失者至，還之。捐其半爲謝，固辭，市人大異之。未成童，父授以《春秋》經，踰月畢誦甚習。先輩若林公彬祖、孔公正夫、蔣公文質、陳公叔振、金公長民，數與恥庵爲文會，先生侍側，聞其論議唱酬，有會心處，默識不忘。幾冠，放筆爲詩文，沛然成篇。洪武初，遴選善書士，特授承直郎，郡守任公敬以先生應召，辭疾不起。十八年，用薦赴京，翰林試早朝詩及策以時事，在優等，將授皇門官，以侍親懇辭。歸田里，專務力學，不事表暴，而沉静有謀，持己謙抑退讓，而見義勇于有爲。邑令丞政有不通，事屬可疑，每造先生咨訪焉。先生爲之商事確理，剖條辨要，務通時便宜而不戾于法，民多陰受其福。編纂志書，春官主事孫公原禎董其事，命先生總裁，衆服其當。處鄉里，和易而不同於流俗，疏曠而不遠于人情；與人交，任真無鉤距，即之盎若春陽，或有牾，未嘗形之辭色。嘗慕郭泰、陸遜之爲人，每自誦曰：『人情有不及，當以情恕；非意相干，當以理遣。』又曰：『勿爲一身之計，勿爲一時之謀，當以永遠自期。』人皆服其雅量。輕儇驁黠者聆其謦欬，亦皆氣奪意消不敢逞。

事親至孝，家業不甚殷，致養必竭力營辦。父病熱鬱甚劇，劑用淡竹葉，鬻之近肆不可得，急趨郡城，涉嶺而天已暝，恐弗及，乃瞻拜北斗訴之。行數步，蒼茫中見有叢莽塞道，迫視，乃淡竹葉也。亟採歸，飲之，疾良愈。母没時，先生纔十二，比壯，偶于篋中得手抄遺書，涕泣嗚咽，襲藏惟謹。

晚年構室篔簹山中，額曰清寧，時棲息避喧以娱老焉。晨興常誦道家内典，曰：『味此，亦可以清心凝神。』屬纊前一夕，對賓客飲酒，談謔如常時。翌日午疾作，肅衣冠，卒于正寢，距生元至正乙未六月二十五日，壽七十有八。又明年甲寅十月己酉，窆于篔簹，從先兆也。

娶雙橋虞氏，先二十四年卒；繼室李氏，先三年卒。皆有淑德。李生男一，即廷珪，邑庠生。女二，長適同邑胡文壉，次適潘瑫。側室潘出也。孫男六，朝鏞、朝錫、朝錞、朝鋹、朝鈍、朝鐶。女二。

先生究觀經史，涉獵群書，惟不信星命地理家言。善法書，常戲作飛帛。寫蘭竹木石，清氣逼人，得片楮爲佳玩。文章贍蔚俊偉，而更善詩，尤喜作排律五六十韻，操觚立就。有《蘭坡初稿》三卷、《續稿》五卷、《擬進時務策》一卷，藏于家。

於乎，先生紹繼詩書之胄，篤守踐履之學，雖應薦一起，旋即歸隱，絶口不言仕，而名動朝署，惠及鄉邦，安然委順，人無間言，可謂志定識明，而不爲勢利之所摇奪者矣。是宜銘，銘之曰：

玉韞珠藏，山輝川媚。鄉邦之光，君子之瑞。曷以瑞之，蹈禮和義。匪曰誇奇，駭俗衒世。亦既出矣，曾不少試。衡門棲遲，安我素志。含英振華，一發乎詩。鏗鍧炳焕，厥聲四馳。處之恬然，不激不隨。優遊晚節，克全以歸。篔簹之谷，兆域是宜。慶澤所覃，奕世有輝。

《月泉詩派》不分卷　明弘治抄本

明傳三七思甯朱公墓誌銘

公諱謐，字思寧。公世居永嘉之珍川。曾祖諱汝楫，祖諱安，父諱源，母王氏。公天資聰慧，而制行淳謹。甫成童，選充郡庠弟子員，孜孜力學，旦夕忘倦。講明理道，必精求藴奥，師友咸器重之。

洪武中賓興，入國子監爲上舍生，除授淮安府海州學正。丁外艱，起復，調邳州。復丁内艱，服闋，調光州。是後歷永春、通州、南昌、大冶，凡四遷，皆教職。公居之，操履一致，不以彼此而易慮，不以升沉而改節。教學相半，至老不懈，得其造就者，多膺顯教。嘗以《四書集注》詞嚴而旨遠，初學未易曉，衍繹其説爲《四書述義》。又注疏《太極圖》及編緝己之所得《而庸言集》，月俸積其羸，鏤板以傳。余雖未暇遍閲，求其志可謂勤矣。

宣德六年，大冶教諭考滿書最，以老疾固辭，蒙恩賜致仕還家。公歷涉宦途，與鄉人間闊已久。及歸，益篤親舊之誼，里中貧乏不能存者，輒賙給之。平居與人議論，質直任真，未嘗有抗厲之色，亦未嘗訐人之過，絶口不言公家事。晴天美景，扶杖曳履，與同志者徜徉泉石間，悠然自得。前太守刑部侍郎何公、今太守劉公，咸加敬禮。

正統丙辰六月十九日，自城中回，在途中暑，輿歸卒。距生元至正辛丑二月初七日，享年七十有六。配戴氏，菰田望族，善經理家政，裨益良多。妾二。俱無子，立兄思章少子良先爲嗣。孫男五，宗岩、宗巒、宗嵞、宗嶼、宗岳。女一。良先子也，卜以卒之明年十一月庚午，葬于所居里杜管山之原。初終，侍郎公聞訃，捐俸資遣人致祭。及葬，郡邑亦遣祭，鄉人榮之。爲之銘曰：

篤厚之資，淵源之學。卓爾獨立，不滯流俗。抽其素藴，形諸述作。推衍前聞，覺彼後覺。歷仕三紀，弘宣教鐸。引年謝事，俯仰無怍。既壽考終，如水赴壑。子孫不育，繼嗣有托。襲慶承休，百世如昨。

正統二年丁巳，榮禄大夫少保户部尚書兼武英殿大學士國史總裁永嘉黄淮撰。

送族弟同明同樂歸浦口序

余老于仕籍，蒙恩放回，户外少交遊，宗族星散，未及快叙。兹者族弟同明、同樂造門請謁，詢其所自，則曰楠溪浦口。因思系出南京，一本同源，猶憶曾大父、王父暨先嚴曾相繼往來，敦睦族風。余徒奔走宦途，不暇通問，抱憾滋甚。幸吾弟明、樂二人念切同宗，相率偕來，恭喜晝錦。余感其禮意之盛，爰囑棐、槃兩子謁見，信宿連日。二弟辭别，緣僚友洊至，應接無間，不復懇留。愧無以贈，謹抄《御製恩賜詩》並淮自誌《詩贊》，連序通録，作一手卷，送以捧回，以爲傳家之寶，庶幾知遇之奇，且表淮睦族之意也云耳。

龍飛宣德八年八月吉，族兄淮撰贈。

《黄淮文集》録自《珍川朱氏宗譜·藝文》

應氏族譜序

天台、黄岩多世家大族，而應氏居其一焉。揆厥本始，周武王第四子封於應，子孫以國爲

《黄淮文集》録自《黄氏宗譜》

氏，支分派衍，或斷或續，莫究其詳。至晋有曰詹者，扈蹕渡江，以討王敦有功，封觀陽侯，謚曰烈，族屬再顯。自是凡四遷：一遷永康，元爲之祖；再遷括蒼，休裕爲之祖；又再遷仙居，道爲之祖；又再遷黄岩，宗翰爲之祖。支派寖廣，不可無譜牒以維持之。於是艮齋作之以啓其端，希雍繼之以致其詳，遠近親疏，粲然有別。而黄岩之上，推及於休裕，又推殿使爲一世，紀其所自出，深得作譜之遺意也。歷元至十一世祖泰亨，又復重修，至於今又越二世矣，漸就殘缺。十五世孫謂及其季祥，相與訂其脱略，增其未備，重加修輯。先譜圖支派聯接，若禮圖然，今改依歐、蘇譜法，歐、蘇則仿《史》《漢》年譜，於界畫少異，使大宗、小宗統序易於辨識。厥既告成，遠來求序。

余惟氏族世系，古昔所重。九兩之法，著於《周禮》。圖譜置局，昉自隋唐。宗法由是而明，昭穆因之而定。厥後九兩與圖譜局先後淪廢，所以維持之者，漸無統紀，此私家之譜不可不謹也。今觀斯譜，先承後繼，歷五人之手，然後大備。兹五人者，皆博洽之士，其述作可謂無遺憾矣。繼此以往，嗣而書之，至於無窮，水木本源之義，昭然不昧也。雖然，應氏之所以爲一邑之望者，蓋以祖宗積累之有自焉。然所謂積累者，豈非孝弟忠信，修於身而行於家；仁厚慈愛，本乎親而及乎鄉者乎？著名斯譜者，皆當敬守祖宗之所遺，俾世族益久而益盛，庶爲無愧也。謂字尚節，任藩府教授；祥字尚履，隱居不仕，與余有斯文之契，俱篤實而淳雅，故以敦本之論告之。

重修樂清陳氏宗譜序

《黄岩志》卷二六　清光緒三年刻本

三代以上，族可無譜，三代而下，有族者不可以不譜也。蓋先王盛時，法度森嚴，本支百世，昭穆燦然，族何藉於譜哉？迨至其後，世風不古，若或賜姓以混厥宗，或冒氏以亂本真，昭穆失倫，親疏倒置，遷徙贅寓，不能紀其世數，族安可以無譜哉？然世之人唯知食悦口、衣文身，上棟下宇，以安厥居而已。而至於譜牒之事，更無一人倡首爲之修輯。至於世遠年湮，無從考其本真，則又妄宗古之貴顯者以自耀，劉必宗漢，趙必宗宋，諸葛、歐陽必宗武侯、文忠，舉世皆然，不可勝道。

陳氏自台城山郊，故宣政大夫樵窓先生暨鈍公之分派也。鈍父月軒公遷樂清，愛山水清秀，遂家焉。其孫猷公富而好禮，效眉山蘇氏式，製爲宗譜，盤谷楊先生嘗爲之修纂。水源木本之義，昭然不紊，既非有族無譜之比，且無扳援自耀之失，此固仁之至、義之盡也。

癸丑，公之裔孫樂耕、欽圭、思梅、順梅諸君，薦修加葺，芟其繁蕪，增其未備。既成，徵文于余，以發其義。余曰：『舊譜雖毁於兵燹，新譜猶有可證。祖宗既能創而修之，子孫又能寶而藏之，如漢鼎之復出，趙璧之復還。』雖然，陳氏所以爲樂之望族者，豈非積累有日使然？所謂積累者，非累積世財之謂。孝悌忠信，修於身而行於家；仁愛忠厚，周乎親而及乎人，以是而遺後嗣，即龐德公遺安之意。著明斯譜者，皆推嘗蕃衍大宗祖之所遺，俾世族益久而益盛，庶爲無愧矣。即復遣侄煥請序。煥讀書能文，篤實而純雅，故以敦族之諭告耳。

大明宣德八年十一月望後三日，賜進士第榮禄大夫少保户部尚書兼武英殿大學士知制誥國史總裁永嘉黄淮撰。

《黄淮文集》録自《南郭陳氏宗譜》

項氏舊譜序

余觀故家大族傳序蕃盛而不衰者，雖由祖宗積累深厚，蓋亦子孫繼承之克盡其道也。譬諸本焉，本固枝茂，理則然也。苟非培植之功，則固者有時而或摇，茂者有時而或蔫，求其久而益盛者，蓋亦鮮矣。

昆陽項氏在五季時有曰昭者，仕晋大理寺評事，因閩王曦僭辭，遂自福建赤岸，徙横江之南金舟鄉瀛橋里，即家焉。世以仁厚稱於鄉，子孫日益茂盛，散居各處，旁及鄰邑。登顯仕，據要津，青紫蟬聯，輝映前後，視昔有加，豈非積累而深厚，而承繼克盡其道者乎？自昭傳十餘世至佑，字孟賢，由鄉薦登乙科，仕鎮江府學教授，與余交甚篤。時余奉命趨朝，道過京江，留余黌宫官舍間，以其重輯家乘見示，請余序之，余不能辭。

竊謂古者類族辨姓，莫嚴于宗法。宗法雖廢，猶賴族譜以維持之。然後慶喜吊哀，情切而義□，不至相視如途人。今觀孟賢之譜，支派分别，秩然不紊，大宗小宗，溯流窮源，悉可推究。孟賢之於族系，可謂不忘所自矣。嗣是而往，誠能以孟賢之心爲心，勉而承之，則項氏流芳受祉，蓋未有艾也。《詩》曰『子子孫孫，勿替引之』，其是之謂歟？

大明宣德九年歲在甲寅春王月望後吉旦，賜進士第榮禄大夫少保户部尚書兼武英殿大學士知制誥國史總裁同郡黄淮頓首拜撰。

《黄淮文集》録自《遼西郡項氏宗譜》

重修渝石葉氏宗譜序

鴻蒙既啓，載清濁以浮凝；造化輪旋，運周流而終始。物既生，有終而有始；人固靈，有性而有情。是以人禀二伍而生，獨以人靈於物物，則可以參天地之化育者也。天道人倫，聖人能行之君臣父子、長幼尊卑矣。古者作譜以别其序，大哉斯譜也！

再觀夫葉氏，誠故先之望族，簪纓亹亹，代不乏人。且子孫知其脉絡來由原始，分别叙類，尊卑彝倫有則，毋使以富欺貧，以少凌長，以貴妨賤。有年高而分卑者，有年幼而分長者，深欲究其敬上待下之禮，不犯名分，繼續相承。況葉氏累世冠蓋，相繼不失，致祖遭被謗，遷居各州異縣，若失其譜，何由分別？誠哉斯言，曷敢勿著？葉氏子孫，不分遠近古今，所念創業之艱難，垂統之不易，光耀祖先，名揚後世，固所匪輕。譜之傳不易得也，可書可敬，復爲之銘曰：

翰墨書香，派遠流長。遺像萬古，攸久無疆。

時皇明正統歲舍戊午臘月，賜少保榮禄大夫户部尚書兼武英殿大學士同邑郡人黄淮撰。

《黄淮文集》録自《葉氏宗譜》

重修周氏族譜序

譜所以示一本也。荀卿謂先祖人類之本，人欲崇其本，則譜不可以不作。譜既作，則吾身之所本可知也。等而上之，則吾祖父也、曾高祖也、始遷祖也、授氏之祖也，皆有其本矣。其所以示一本者，孰可外乎譜哉？淮嘗思自有姓以來，其初蓋一本也。奈何歷年既遠，喪亂相仍，生於前者既無所著，承於後者又弗可省，於是昧其本者衆。于周氏伯辰持譜告余，備閱前後，始知譜系本源高深，枝流茂遠，故敬以序。

授氏之祖宣，卜居汝南平烏鄉山水形勝之埊，始爲一代之祖也。迨後有諱行逄者，授開封府祥符縣，遷太子太師，謚瑞肅。生子保權，授宋羽林統軍；斌，授侍郎，生敏，授節度推官。遭奪璽之亂，斌更諱曰墀，敏更名曰鈍，父子避居山谷。宋太祖登位，廣招天下賢才，斌墀復蒙薦，授直典大夫，官至尚書。鈍兄弟七人，授封都虞候、殿前左劄子。周氏殿師，抗賊被謗，遭誅滅。行衡陽東角、西關、錦屏，兵追難容，避東嘉雙門下，不服水土，繼亡伯衆，又遭畫影追制，星遷樂城曹田、義嶺、里山、周嶴、嶺門、華超、周家嶴、合嶴。

東嘉祖遠，更名曰材，卜遷府底謝池。生侁，爲水部尚書。生子維翰，仕宋殿中丞、屯田員外郎。再六世行己恭叔者，仕太學博士，從游二程，以道學倡鳴，帶職温學。因念族義，遷居樂城柳市，文集行世。劉鎮、劉銓從其學，兄弟相繼登科。劉鎮傳教於東宮，歷辰州司法。教子狀元，吉水主簿，歷登仕版，朱紫蟬聯，不可枚舉。其遭乾道丙戌水災，得籤脱命者，遷居松台、招賢、東山、桐嶼、常州、壽春，皆其子姓，與濂溪系出一本。

嗚呼，不特此耳。周人阻漆而窯灶，其國甚小，至文王始遷歧周而遂大。周公追述其先，而比諸瓜瓞之綿綿焉。誠以瓜之始生，原本常小，其蔓不絶，至末而後大。厥後至文王，子孫千億，可謂大矣。武王封國，七子同姓，居五十六焉。由周之命氏，猶派之近者也。傳至後世，以國爲姓，歷有幾千載，使不有譜，抑孰知其益遠而益盛哉？周之諸孫，詳其世次，藏之於家，以示子姓，既不昧本，又不誣本，可謂崇其本矣，謂非仁者之用心也乎？

大明正統三年歲舍戊午臘月吉日，賜少保榮禄大夫户部尚書兼武英殿大學士黄淮謹書。

少師東里楊公文集序

《黄淮文集》録自《重修周氏宗譜》

天生間世之才，必予之以清明粹温之資，際夫重熙累洽之運，發爲事業，參贊經綸，輔成國家之盛，著爲文章，宣金石，垂汗簡，以彰文明之治，夫豈偶然哉？觀於今少師東里楊公士奇可見矣。

公江右西昌宦族，蚤失怙，奮志卓立，讀書數行俱下。既冠，涉跡湖、湘、漢、沔，所交鴻儒碩士，所談道德仁義，而所受清明粹温者，養之直而資之深，芳潤内融，彪炳燁乎外見。濡毫引紙，力追古作，於是聲名洋溢，受薦而起。際遇太宗文皇帝正位宸極，建内閣以嚴禁密，公與淮等七人首膺拔擢之命，典中秘兼知外制，歷事四聖熙洽之朝。凡大論議、大製作，出公居多。肆其餘力，旁及應世之文，率皆關乎世教。吐辭賦咏，冲澹和平，渢渢乎大雅之音，其可謂雄傑俊偉者矣。

公之立心制行，本之以忠貞亮直，持之以和厚謙慎，以故清議咸歸重之。洪惟我朝自太祖高皇帝肇開文運，儒雅彬彬輩出，以公述作，徵諸前烈，頡頏下上，能幾人焉？方之當時，齊驅並駕，復幾人焉？謂之間世之才，其信然哉！淮也孱弱無似，旦夕相聚處，聆笑語，接矩範，裨益良多。屬以抱疾怠事，上疏乞骸，蒙恩賜歸調息。旋軫之後，雲泥迥隔，離群索居，荒落殆甚。公不遐棄，貽書以文集序見屬，輒以平昔之所知、公論之共推者，序述如右。昔昌黎之文，李漢序之；歐陽之文，蘇軾序之。交煇迭映於千百世之遠。淮豈知言者哉？公命也，其奚敢辭？

正統五年歲次庚申，秋八月既望，榮禄大夫少保户部尚書兼武英殿大學士永嘉黄淮序。

《東里文集》卷首　明正統刻本

豫章胡氏宗譜序

家史與國史同也。國有史，所以紀世代之統緒，明政治之得失；家有史，所以紀支派之蕃衍，訂族屬之親疏。是以故家右族之家乘，則長長而幼幼，尊尊而親親，其義尤嚴而不可紊也。今豫章胡氏，先世出自江西，有好古子，孝行純備，素與莫逆。不佞薦爲中翰，且同修國史。既而退老林泉，復纂家史，以遺後嗣。史成，請序爲首。

因閱其圖系，法歐、蘇式範。以大宗統五世，五世宗之；小宗統五世，五世宗之。是胡氏之宗者，雖貧賤不遺；非胡氏之宗者，雖富貴不附。可見好古作史之意而不紊焉。愈遠愈久，愈久愈詳，欲知世系，展讀了然，誠以史之有賴也。爲其後者，尚當繼繼繩繩，心其心而志其志，不失安定之裔，有賢子孫能揚其先德者。

時大明正統十二年桂月谷旦，賜進士第榮禄大夫户部尚書國史總裁武英殿大學士少保侍生黄淮撰。

《黄淮文集》録自《豫章胡氏宗譜》

盱江程氏譜序

世之序譜者，率以源深流長、本固末茂爲言。所謂源深本固者，非謂侈貴富、擅功利之謂也，蓋其詩書禮樂之懿、忠厚仁義之澤，養之充，積之厚，如水之江河、木之鄧林，發越盛大，沛然喬然，莫之能禦。求之近世，能幾人哉？源誠深也，本誠固也，後嗣子孫力能浚導培植，使流必長，末必茂，尤不多見，余竊於此致憾焉。

今觀盱江程氏世譜，信斯言之有徵矣。程，姬姓，或曰風姓，重黎之後。自受氏以來，代有顯宦。遠祖曰元譚，仕晋廣平太守，持節新安，卒號忠佑公，子孫以官爲家，是爲南宗之始祖也。傳十有三世曰靈洗，仕陳有佐命澤民之功，卒謚忠壯，廟祀鄉郡。子孫散處南北，新安之系三徙及郢，又再徙至建昌。積善樹德，家聲益振，至楚國文憲公而大顯。文憲字鉅夫，元之初年從季父飛卿入覲，遂以正學宏才兼職兩制，薦登政府臺諫，敭歷中外，垂四十年。力以綱維正論、扶植士類爲己任，國家倚信如柱石蓍龜，斯文尊仰如泰山北斗，雪樓之號烜赫乎宇宙。由此觀之，盱江之程自忠佑、忠壯肇跡於前，繼以文憲丕顯於後，詩書禮樂之懿、忠厚仁義之澤，所以垂休衍裕，養充而積厚，兹其爲源深本固者非歟？

淮居京師頗久，慎于交際，文憲諸孫僅識其二。琛任長史，官舍聯比。接其言論，恂恂信實；挹其光儀，蒼然老成。未幾，南雲受薦任中書舍人，供事内閣，旦夕聚處。南雲儀宇俊逸，襟度樂易而詳雅，與人交懇懇有誠，敏於職業，娓娓忘倦。因知名家世族，子孫多賢，其能浚源培本者，固有其人，何患流之不長、末之不茂也哉？

淮以宿恙久卧丘園，次子采叨厠内廷筆札之末，承南雲指教良多。今年冬拜命歸省，南雲寓書以增修譜序見屬。重惟館閣元老言足示信，南雲未之請叩，顧乃猥及病夫，意必追念夙契，冀得片言以申盟好，義難固辭。爰舉世之常談，徵諸耳目見聞，序以復之。南雲今陞太常少卿兼侍書，日操觚牘，服勤經筵，寵眷隆厚，進未易量，楚國晋錫之堂益有光也。若夫敦睦之道，在於躬行實踐，著名斯譜，交相致勉焉。

榮禄大夫少保户部尚書兼武英殿大學士知制誥國史總裁永嘉黄淮書。

《閔川十萬程氏本宗譜》卷一　清順治十六年刻本

環庵公像贊

雙橋之里，地發其秀歟？抑天之挺英斐然？奚公特立崧峥，操則玉潤冰潔，學亦外肆中閎，不慕禄，不貪榮，貴遊忌分，詩酒陶情，而上有光乎國典，下復有利於民生。嘻，公爲河嶽之精，公之神爽，長在雙橋之里，與夫花徑兮松棚。通家弟黄淮題。

《黄淮文集》録自《虞氏大宗譜》

孫夢得公像贊

公質穎敏，德性精明。□□二酉，博古通今。世家眉山，官居臺諫。除□薦賢，智辨真贋。急流勇退，笑傲園林。吟詩酌酒，對弈調琴。嗚呼如公，能有幾人？武英殿大學士少保黄淮撰。

《黄淮文集》録自《東嘉埭川孫氏宗譜》

祭耕雲陳先生文

維正統三年歲次戊午，四月甲寅朔，越十日癸亥，榮禄大夫少保户部尚書兼武英殿大學士知制誥國史總裁同郡黄淮、諸生方以正等，謹以羊一豕一、清酌庶羞之奠，致祭于耕雲陳老先生尊靈。

於戲，瑰偉精瑩，先生之質也；疏通宏達，先生之才也；廣識洽聞，先生之學也。質之美兮，碧梧翠竹，丹鳳元鶴；才之良兮，鄧林之木，和氏之璞；學之博兮，文海翻瀾，詞源倒壑。擴而充之，德之修而行之卓；推而行之，啓絳帳而師後學。顧濂洛之精微，發明於永嘉者，固有前代之名儒，而尋源導流，毫分縷析，而先生實有以繼乎芳躅。是雖韜光晦跡，逃名避俗，譬之珠輝玉潤，光彩自有以燁然動乎寥廓。

於戲，生無愧，死無怍，身雖没而有不没者存。蓋有不隨物化，而耿耿在天壤間，雖千百年，其聲光如昨。我托公知之久，雖有愛之篤，不能起公九泉之作。所以頌公行實之美，而爲之告者，一以寫吾之私，一以代諸生之所欲言，而慟乎失其先覺也。薄具菲儀，遠臨柩側，恪陳一奠，以慰芩寞。尚享。

《黄淮文集》録自《閣巷陳氏宗譜·藝文》

復庵公號説

吾讀《易》，至『剥』之後，繼之以『復』，歎天道消長之數爲不爽也。夫天道固然，而人事每有不然者，非天道之無常也，人自壞之，天特因材而篤焉。觀於前街辰公少孤，母汪氏撫育成人，形影相弔，子母相依，無異於『剥』之『上九，碩果不食』也。公克自振拔，艱苦備嘗，復先業，光大門楣。宣德五年，請城南劉容直先生教子訓孫。且一人子八，孫廿八，濟濟門庭，所謂『休復』之吉也，當時閭里中靡不稱公能復舊業。余故贈其號曰復庵，申其説以跋於後云。

榮禄大夫少保户部尚書兼武英殿大學士知制誥國史總裁同邑眷弟黄淮頓首拜撰。

《黄淮文集》録自《永嘉二都前街陳氏宗譜》

書衛生易簡方後

《衛生易簡方》凡十二卷附録一卷，禮部尚書胡公源潔纂集之書也。公初以都給事中，後改禮部侍郎，將使命于四方者幾廿年，名山勝境，靡不遊歷，足跡所至，過於司馬子長遠矣。咨詢之次，間得醫方便於愈疾者，類次爲書，名之曰『易簡』。蓋簡則措語不煩，易則藥無隱僻。

語不煩則人皆可曉，藥無隱則急或可求，視他方之博而寡要者，大有徑庭。既成編，表進于朝，上悦之，什襲緘縢，藏之祕府。公退以其副鏤梓，傳諸遠邇。

嗚呼，公之用心可謂勤矣，其惠利及人可謂厚矣。余又聞公之近世以醫業相承，嘗居善藥以應人之求，貧困者不責其直，賴以全活，不啻千百，故公食其報於明盛之時。今公是書之行，所賴全活者日益衆，子孫食報於後，蓋可必也。雖然，公以弘博雅重之量爲聖天子心膂股肱，出謀慮，贊可否，以成無爲之治，俾億兆黎元咸躋仁壽之域，要皆以《易簡》爲本。其德澤所被，又豈是書而已哉？此公素志，余故表而出之。

宣德二年春二月朔日，榮禄大夫少保户部尚書兼武英殿大學士永嘉黄淮書。

《衛生易簡方》卷末　明嘉靖四十一年刻本

書學箴後

《元史》取學術足以輔教傳後者，著《儒學傳》，而金華許謙居其一焉。謙字益之，世稱白雲先生，受學於同郡金履祥，履祥學於何基，基學於黄幹，幹則朱子入室弟子也。傳授之正，厥有源委，故當時登門者以爲榮幸。

東平王君麟踰齊魯，涉江淮，遠來從先生遊。及期，謁告歸省，先生懼其荒而業也，手書所著《學箴》以勉之，而大要以存心爲本。吁，先生之教人者如此，史之所稱，信不誣矣。既而王君以鄉貢進士典教昌平，其所以淑諸人者，又豈出乎先生規矩之外哉？惜余不及見之。嗣子延齡與余同官翰林，出此卷求題，輒疏其授受所自，識諸左方，以致景仰之私云耳。

永樂辛卯三月望日，右春坊大學士兼翰林侍讀永嘉黄淮書。

按，此文載在《許白雲集》，《永嘉縣志·藝文》亦採之。辛卯爲永樂九年，文簡方在朝，而《退直稿》顧未之載。《宋元學案》八十二《王麟傳》似即據此。集内有《送檢討王延齡》詩，可藉此得其家世里居矣。

《黄文簡公介庵集》補遺　民國間永嘉黄氏排印《敬鄉樓叢書》本

故四十二代清虚冲素妙善玄君包氏墓誌銘

奉政大夫右春坊大學士兼翰林院侍讀黄淮撰

翰林院學士兼左春坊大學士奉政大夫胡廣書丹

資善大夫吏部尚書兼詹事府左詹事蹇義篆蓋

予昄艸禁林時，無爲真人張公亦蒙詔入閣，慕脩道典，日遂探論輦轂之下。間泣以告曰：

『宇初禍不自殞，不幸違養，願銘諸幽以慰。』翌日，蒙其徒以狀贄焉。予於公雅故，不獲辭。

按，玄君姓包氏，諱澍貞。其先以偶顯於五季，迨宋文肅公恢以資政殿大學士知樞密院事，贈南城縣侯，族蕃且振。元初，簪組蟬嫣，門第相毘，居盱之首。大父觀，詹事院左右司郎中，夫人童氏。父若芳，建昌路同知，夫人躭氏。玄君生有異徵，夫人夢紫雲覆室，若有神姥降於庭，異香浹日，覺而玄君生。年五六，警敏異庸兒，凡女紅、婦則，不習而能，猶嗜談詩書。及笄，歸四十二代天師護國闡祖通誠崇道弘德大真人冲虛張公正常，閨範雍肅，姻族皆賢伏之。

元季兵興，玄君披艱歷危，衆賴以安。洪武初，我朝一海宇。戊申，上登大寶。公入朝，旌膺爵命。玄君克相於內，府凡燬而新之。聘名師篤教諸子，旦夕嚴勵不少怠。辛亥，姑三十九代恭順慈惠淑静玄君卒，玄君哀禮盡孝。丁巳，公薨，莅喪事盡禮，朝廷遣使予祭。長子宇初襲教，咸擇儷以室諸子，戒諸婦以勤儉，躬事紡績，老且不倦。辛酉，推恩封『清虛冲素妙善玄君』。乙丑，葬公於里之南山。丁卯，剏弘德真館於墓側，翼以軒亭、庖庾。玄君間味黄老言，怡神燕景於斯。戊辰告成，建黄籙大齋以薦先度，幽人咸戴焉。四方遊者，亦盡款遇。翰林編脩蘇公伯衡實記之。

己巳，上清谿決，命工禦以陂，水復故。辛未，舟毁病□，□僉爲渡。癸酉，三十八代妙明慧應常静真人易氏祠傾圮，役工新之。凡道家經像，輒刊梓以施，歲時猶謹於祀事。鄉里老疾，周急若不及，遠邇德之。永樂四年丙戌正月廿有一日，示微疾，起坐告子孫曰：『吾年亦至稀矣，吾殆逝，若等勉之。』趺坐而卒。生前戊寅十二月初二日，享年六十有九。子四人：長宇初，嗣四十三傳，素蒙眷渥；次宇清、宇瑆，宇瑆先八年卒；幼宇銓。女二人：長徽柔，適王氏，先十八年卒；次徽善，適梅氏，先十五年卒。孫男五人：長懋哲，後一年卒；次懋承、懋孚、嘉進、宇裕。孫女十三人。茲以戊子十二月乙酉厝南山，從治命也。

嗚呼，玄君生衣冠家，早勤嬪則，及歸僊胄，事姑相夫，下字子姓，靡不賢之。而冲虛公適際天朝維新，恩數累加，方以禱祠致崇顯，而玄君綜理閑家，以右其始終，可謂能婦矣。矧晚節旌拜徽號，迺屏斥奢靡，遊心虛玄，而卒終遐齡。其視沈溺紛華而於福祉有弗逮者，不曁遠矣哉！敢不銘以發其幽光潛德者乎？是宜銘。銘曰：

於惟玄君，文肅令裔。克相仙宗，曰昌曰裕。揹危益安，蘭玉森熾。皇朝聿新，累膺光賁。穹厦廣畲，祠葺烝饎。皇眷益熙，姑養耆顯。機訓彌篤，傳授良師。真人天遊，紹業苏曦。紫泥薦頒，尊榮孰躋。玉訣瓊函，適資燕怡。養真遐齡，九五宜壽。孫曾駢蕃，甘旨組綉。黃封緋綬，獻彩輝晝。懿德汧儀，垂裕欣後。銘辭孔昭，百世斯祐。

永樂六年歲在戊子十二月乙酉，孤哀子宇初、宇清、宇銓泣血拜立。

録自江西龍虎山嗣漢天師府管理委員會藏碑

明邵厚暨妻葉懿墓誌銘

故退庵邵君墓誌銘（篆額）

退庵邵君墓誌銘（題）

榮禄大夫少保户部尚書兼武英殿大學士知制誥國史總裁郡人黄淮撰

賜進士及第翰林院國史修撰儒林郎同邑周旋書

賜進士及第翰林院國史編修文林郎盧陵陳文篆

退庵邵君卒葬十有六年，歲在壬戌正月八日，厥配安人卒，孤菑卜以正統甲子十月辛酉，奉柩合窆於君之墓。君葬時，菑幼未克求銘於□□□姻親翰林修撰周君中規，狀述二親行實，踵余門乞文識諸墓石。余與菑亦有葭莩之好，誼不得辭，遂按狀序而銘之。序曰：

君諱厚，字得用，□□□世居永嘉珂川里。曾祖諱庚，祖諱寶，父諱福，皆不仕。母楊氏，生二子，君居次。父蚤歿，君才七齡，智識不凡，居喪如成人。宗黨見之盡然傷懷□□□有美質，鍾愛而撫教之甚至，君亦自知飭勵，事母事兄各盡其當然。稍長，奮志卓立，與兄交相致勉，以圖繼述。從師力學，君尤聰敏强記，不□□□卒躬操家政，具有條理，日以力本爲務。課僮種蓺，靡憚勞瘁，以故家益殷裕。痛父不及養，每懷風木之悲。立母氏壽康，而愛日之誠，惓惓於□□□丁川山水勝地，築室構堂迎母以怡老，母遽殁，慟哭幾絶，葬祭一遵禮典。

君尤慷慨仗義，剛毅而善斷。既遷居，而田廬在珂川者悉歸兄之□□□貧無衣食，婚無資，喪無棺斂，隨所欲賙給之。橋道傾圮者，出貲力新之。里中有争，率來求直，折以片言，無不悦服。家之群從衆盛，産業頗多□□□浩繁，君以次居長，身任其勞，而以逸遺其□人，凡百供輸事率先集，官長時加禮遇，亦未嘗掊克以資容悦。遇有論議，每以有識見稱，且善□□□大夫趙公彦文聞其才，辟爲兵曹掾，黽勉從事，鬱鬱不樂，投筆嘆曰：『丈夫不能濟時益物，居畎畝爲太平民足矣！』故乃汩没案牘，以蠱惑心□□□力引疾懇辭，郡大夫矜而許之。遂斂蹟還家，號『退庵』以見志。由是屏處閒静，日與高朋□友壺觴，笑謔以相歡。不意息肩既久，有司復强起□□□京，菑年未壯，攜從子以成及家僮以行。暨至，欲上疏白諫，冀遂初志，疾作卒於寓舍，時宣德丁未六月九日，距生之年洪武乙卯八月廿七日□□五十有三。以成等護喪歸，菑卜地里南珪山以葬，是爲卒之年十二月壬申也。

配安人英橋葉氏，諱懿，行裕一。處士仲銘之女，母孫氏。生於洪武癸丑閏十一月十二日，既笄，歸於君。子男二，長疇，夭；次即菑，娶泉川徐氏。女一，適郡城周蒙。孫男三，和、穆、穗。女二。安人端莊貞順，克盡婦道。逮事□□，□敬誠篤。相夫起家，恭慎弗懈。君殁後，綜理家事，益務儉勤，奉祭祀必豐潔，撫幼孤愛而知教。至於别内外，待撫姻，睦鄰里，動循矩度。菑漸長□□□講授，勉令親益友以輔成德器。菑聽順無違，故能善繼善承，克振先業，鄉邦稱譽之。安人卒之年，壽彌七旬，得見孫枝敷榮，盛福所集，其在□□□庵君雖嗇於躬，其亦可謂克昌厥後者矣。爲之銘曰：

天之祐善有恒理，其或未定端可擬。嗟君行誼裕諸己，陰隲敷遺亦云侈。胡嗇而年喪逆旅，未定之天無乃爾。閨閫柔儀孟光比，擔志婺居□□□。勤儉持家慎終始，慈訓諄諄詔厥子。子亦克家隆世美，蘭玉聯芳列庭戺。天之定也其在此，南山如珪矗雲起。堂封近在山之趾，雙璧騰輝（下闕）

録自《永嘉場墓誌集録》

附録一　傳記

明故榮禄大夫少保户部尚書兼武英殿大學士謚文簡黄公墓誌銘

陳敬宗

榮禄大夫少保户部尚書兼武英殿大學士黄公既致政，壽八十有三，以正統十四年六月三日終于正寢。其仲子中書舍人采奉翰林修撰周公旋所述事狀致書於予，而以墓銘相屬。敬宗門生也，安敢以不敏辭？

按狀，公諱淮，字宗豫，别號介菴，温之永嘉人。其先世諱衮者，仕宋御史檢法，歷世皆有文學之官。至諱通者，公之祖也。通生性，字思恭，公之父也。元季方國珍據于温，思恭懼玷僞官，遂遁跡不出，退號静菴。妣王氏。

公自幼即有經世之志，年十二，鄉學師命賦荷花。十四，充邑庠弟子員，臬司官命賦挑燈杖詩，語皆出奇驚人。於凡經史性理之學，儕輩罕能及者。遂中洪武丁丑進士二甲，除中書舍人。勤慎周密，於職務無所不舉。歲壬午，太宗文皇帝入正大統，首蒙召見，訪以大政，深稱意旨，即命入翰林。凡侍朝，特命解公縉與公立于御榻之左，以備顧問。上以萬機叢脞，日御奉天門左室，每夕召公語至夜分。上或就寢，則賜坐榻前，論議機密，雖同列不得與聞。已而命居内閣，專掌制勑，又選胡公廣、楊公士奇、楊公榮、金公幼孜、胡公儼與之同事。是年秋，陞公編修，繼陞侍讀。永樂改元之明年甲申二月，會試天下士，上命解公與公爲主考，得曾棨等四百七十二人。徹棘入覲，上以得才之多，爲之甚喜。

上欲立東宫，密預問公。公曰：『立嫡以長，萬世王法。』上意遂決。三月，册立皇太子，命公爲左春坊左庶子兼侍讀，賜袍笏，寵眷日隆。丁亥，陞右春坊大學士，仍兼侍讀，進講東宫，啓沃良多，復勑兼輔導皇太孫。戊子，上巡狩，命公及尚書兼詹事蹇義、金忠，諭德楊士奇留守，諭之曰：『朕留汝四人居守，猶唐太宗簡輔弼監國必付房玄齡，卿等其識朕意。』己丑春，車駕啓行。明年庚寅，車駕親征胡虜。適長沙妖人李法良作亂，皇太子命豐城侯李彬率兵勦捕，而漢王設疑沮之。皇太子以問公，公曰：『豐城老將，必能成功，兵貴神速，宜亟遣以掩其不備。』既而法良就擒，一如公言。公以疾在告，皇太子命内臣問安，復遣院判蔣用文視醫，手書略曰：『卿其勉進藥食，早獲康安，以慰予懷。』是年秋，聖駕還京，皇太子遣公迎駕，下滁州謁見，上喜，與語良久。壬辰，誥封公父奉政大夫、右春坊大學士，母、妻皆封宜人。癸巳，車駕再巡狩，公留守如故。

時漢王潛蓄奪嫡之志，忌公獨深，日夜窺伺間隙，流言監國之過，公遂不免。一滯十年，處困中，惟日賦詩以自遣。形於詩者，無非引咎責躬之言，名曰『省愆集』。又即人情變態之機，寓之於言，名曰『自省録』。甲辰，仁宗皇帝嗣位，遷公通政使兼武英殿大學士，仍領内閣事。辭，不允。丁太夫人憂，乞守制，不許，特命乘傳奔喪。洪熙改元，陞少保、户部尚書兼武英殿大學士，階榮禄大夫。復辭，不允。命三俸兼支，力辭尚書俸，許之。賜勅褒嘉，上手增誥文二語曰：『勿謂崇高而難入，勿謂有所從違而或怠。』蓋切於求助也。曾祖、祖贈皆如其官，妣贈皆夫人，父封如其官，母封太夫人，妻夫人。

是夏，上不豫。時皇太子往南京省謁孝陵，遣使召還。既而宫車晏駕，群情洶洶，公及少傅二楊公佐鄭、襄二王監國，憂勞至於嘔血。及皇太子還京即位，大事始定。宣德改元八月，漢庶人反，上率師親征，以公多病，留佐鄭、襄二王監國。公夙夜在公，至班師，方歸私第，疾益甚，命太醫院使徐叔拱胗視。病少瘥，即上疏乞骸骨，不許。固請，始令歸田養疾，賜楮鏹萬貫。陛辭，加賜萬貫。于時，公之尊府静菴先生壽八十有九，公年餘六旬，恪供子職，彌謹弗懈。先生没，上遣禮官賜祭，命有司以一品禮葬。既襄事，公拜恩闕下，上寵留累月，賜遊西苑，命公侯伯、師傅、尚書、學士十一人陪焉，仍召公之子采從行。公乘肩輿登萬歲山，賜宴山之麓。翌日，獻詩以謝，上大悦。比辭，宴餞于太液池，親灑宸翰，製詩送之，給路費，賜金織紗衣一襲，且諭之曰：『明年朕生日，卿其復來。』明年，如期入覲，上寵眷宴錫之禮，有加於初。

九月辭還。又明年，上崩，今太上皇嗣位。公入朝進香，上嘉念舊臣，寵賚優厚。留月餘，辭歸。

公在永樂初，知無不言，言無不聽。嘗有告黨逆者，公言於上曰：『洪武末年，已有勑禁革，不宜復舉。』從之，而大獄遂息。靖難師後，吏部例以南人官北土不效順者奏編行伍。公曰：『近有勑旨，征討官與舊官事同一體，若復追罪南人，與勑旨相背。』上即罷之。虜酋阿魯台既納款，欲收女真吐番諸部，聽其約束，請朝廷刻誓詞于金錠，集諸部長磨酒飲之以盟。公曰：『胡人狼子野心，使各自爲心，則力易制。若併爲一，則力大難制矣。此舉實其奸謀也。』上顧左右曰：『黄淮如立高岡，無遠不見，爾等如立平地，所見惟目前耳。』西域大寶法王初至京，上欲刻玉印賜之，以璞示公。公曰：『朝廷賜諸番制勑，所用不過勑命、廣運二寶。今此璞大於二寶，夷人將謂法王尊於朝廷也。』上甚嘉之。至於命讞疑獄，而疑獄無冤；命議鈔法，而鈔法無弊。其識見尤爲人所不及。嘗讀廷試卷於上前，同列有不直者，公必正色直之，不少隨順。於是人有目公爲太認真者，公亦不少變也。及謝病歸田里，杜門却物，不接世故者二十餘年。所著文有《介菴集》《歸田稿》，藏于家。

配夫人楊氏，淑德懿行，儀于閨閫。側室李氏。子男三：長棐；次采，即中書舍人；次槃。女一，在室。孫男五：珣、瑜、瑞、珪、璨。孫女五。曾孫男一。訃聞，賜謚文簡，命禮官祭者九，有司賻葬如制。以年月日窆于邑之德政鄉大羅山之原，從先兆也。爲之銘：

惟周三公，視古百揆。公不獨立，三孤以貳。爰副燮調，益弘化理。維寅維亮，公寔職此。皇躬是保，百辟攸式。寵顧雖隆，小心翼翼。視草玉堂，高文大册。六經黄麻，有典有則。獻替密勿，日于帝側。定策安邦，宣慶布德。廟堂柱石，薦紳蓍龜。維鹽維梅，鼎鼐是資。列聖眷倚，心膂股肱。功在社稷，福及蒼生。掛冠廿年，乘化奄忽。生榮死哀，無間存没。大羅之山，鬱乎佳城。勒銘閉幽，百世其寧。

《明文衡》卷八九　明嘉靖刻本

故榮禄大夫少保户部尚書兼武英殿大學士黄公神道碑記

光禄大夫少傅兼太子太師吏部尚書泰和王直撰

大中大夫太僕寺卿直文淵閣雲間夏衡書

光禄大夫少傅兼太子太師禮部尚書毘陵胡濙篆

正統己巳六月初三日，榮禄大夫少保户部尚書兼武英殿大學士致仕永嘉黄公以疾卒於家，年八十三。上聞震悼，命禮部致祭，工部爲治墳塋、給葬事，所以賻贈之甚厚，賜謚曰文簡。明年十月初三日，葬于邑之德政鄉大羅山之原。葬三年，子采以翰林修撰周旋所述行狀，屬直爲文，刻於墓道碑。憶直初取進士，入翰林，嘗受教於公，其德行之嚴正、文章之醇雅、政事之疏達，與其論辯之宏富，蓋人有不能及者。直之知公舊矣，奚可辭？乃按狀序而銘之。

黄氏世儒家，以宦學顯。公高祖南一，元明正書院山長；曾祖應發，松陽縣教諭；祖通；父思恭，元季不仕，號静庵先生，娶王氏，生公。公自幼喜學，有大志，嫉有司黷貨而形于言，士大夫奇之。年十二，能賦詩，通《書經》，取丁丑進士第，爲中書舍人。太宗皇帝入正大統，知其才，召入翰林，與解公縉等備顧問，辟内閣以處之。時機務最繁，上敕於聽覽，日御奉天門，率至夜分。公等在側，小大之事皆與議。尋除編修，又升侍讀。及將建儲，而仁宗初爲世子，守北京，漢庶人在兵間，元從諸臣挾議異。公曰：『立子以嫡長，正也。』於是上意決，仁宗遂正位東宫，而命公爲左庶子兼侍讀。丁亥，升右春坊大學士，仍兼侍讀。仁宗嘉其啓沃之功，賜詩美之。未幾，又命兼輔皇太孫，而賜以敕，公受命益謹。己丑，上巡狩北京，皇太子監國，以尚書蹇義、金忠及公與諭德楊士奇職輔導，眷倚甚重。公知無不言，言無不聽，未一日離左右。有疾，即命内臣挾醫往視，賜藥食，期速愈。長沙妖人李法良作亂，皇太子召公等議，遣豐城侯李彬往剿之。漢庶人欲勿遣，公謂：『谷王在長沙，恐有所假託，若遲疑，則連結難制，宜亟遣彬行。』彬老將，賊聞之遂潰，法良就擒。癸巳，車駕再巡狩，公留守如故。

時漢庶人謀奪嫡，凡宫僚俱被誣，公尤爲所忌，坐閑退者十年。賦詩自娱，責躬引咎，無毫髮怨懟意。甲辰，仁宗皇帝即位，遷通政使兼武英殿大學士，仍領内閣事。丁太夫人憂，乞守制，不許，詔乘傳奔喪。洪熙元年正月，升少保、户部尚書兼武英殿大學士，階榮禄大夫，賜誥褒美。上視誥文，親灑宸翰，增二語曰：『勿謂崇高而難入，勿謂有所從違而或怠。』蓋切於求助也。曾大父贈封如其官，妣皆贈夫人，妻封夫人。又命三俸兼支，公力辭尚書俸，許之。上在東宮，久知軍民利病，屢下寬大之詔，贊襄將順，公有力焉。是夏，上賓天，宣宗皇帝嗣大統，考典禮，適物情，公之論居多。秋，漢庶人反。車駕親征，命鄭、襄二王監國，公佐之，憂勞成疾。師還，疾益甚，乞歸養疾，賜鈔二萬貫。時公年六十餘，公之尊府年八十有九，公奉侍甚謹，徜徉湖山間，人皆以爲盛德之應。及卒，詔遣官賜祭，葬以一品禮。公詣闕謝恩，上惜公老，不可煩以事，宴勞甚至。及歸，御製詩寵餞焉。於戲，朝廷待大臣之禮厚矣！然非公不足以至此，可謂君臣兩得也。

永樂初，朝臣有奇險者，欲起大獄以中傷善類，援洪武中黨惡爲言，以窺上意。公曰：『洪武末年，已有敕禁革，今不宜復舉。』靖難之初，南人有官於北者，多避去官，有司以爲不效順，欲編置戎伍。公謂：『近奉敕新舊一體，今豈宜有異？』皆從之。虜酋阿魯台既納款，請朝廷刻誓金錠，集諸番部長爲盟，磨酒飲之。公曰：『此其奸謀也，彼各自爲心，則力小易制；若一心，則大而難制，不可從。』上顧左右曰：『黃淮如居高崗，所見者遠。』又曰：『政事莫如黃淮。』衆傳誦至今。西域大寶法王來朝，車駕將臨幸，公曰：『彼夷人，不知君臣之禮，臣請諭之。』於是不敢越禮。户部尚書郁新患鈔輕物重，請更造二貫至五貫以便民。公曰：『鈔之輕重，在慎出納，則鈔自貴，何必更改？苟無以制之，安知新法不爲弊乎？』議遂寢。

性尤介特，不曲如苟止。雖與同列議事上前，有所不可，亦毅然不回。人或謂公板執，且議公太認真者，公曰：『吾道當如是也，但恐執不固、認不真耳。』薦引賢才，無間疏戚。其爲上爲德，爲下爲民，多造月來之言。公未嘗言於人，人亦罕得而知者，天下蓋陰受其賜。及謝病歸，厭城市，居山庵中，蕭然自得，外物不以累心。郡縣官及師生請易公所居孝廉坊爲榮禄坊，且請位於先賢祠，公謝曰：『某邑庠諸生，忝竊至此，無益于時，欲寡過未能，此非所敢聞也。』事乃已。公之將終，有星大如椀，墜其所居之後，光焰燭人，而公尚無恙。人或謂公逝之祥，公處之怡然如常。未幾，公卒。跡公前後所立，非樂天知命之君子歟？有子棐、采、槩。棐以舉義錫冠帶榮其鄉。采爲吏部郎中，即來屬文者。公之美蓋多，不可以遍書，書其大者如此，足以不朽矣，其細可略也。銘曰：

黄氏之先，世有顯人。維公承之，煒矣其文。事我太宗，式隆至治。黼黻經綸，掌帝之制。朝夕左右，出入敬恭。謀行計施，克盡其忠。翼翼青宫，以貞百度。龍翥時巡，公乃碩輔。浮言營營，惟公是傾。弗傾弗危，天子之明。昭宣嗣位，以聖繼聖。孤卿之榮，公孰與競？以老乞歸，上弗忍留。詔公來朝，恩典復優。公之匆來，當宁興慨。老成云亡，國則奚賴？大羅之山，公墓在焉。始終哀榮，寵命自天。昭德有銘，刻之貞石。後百千年，過者必式。

《黄淮文集》録自《霞渡潭黄氏族譜·藝文卷》

武英殿大學士黃淮傳

廖道南

黄淮，字宗豫，浙江永嘉人。曾祖應發，爲松陽教諭，生子通，通生性，性生淮。淮幼抱鉅人志，年十二，賦詩奇絶，充邑庠弟子員。洪武丁丑舉進士，授中書舍人。太宗一日御奉天門左室，裁決庶務，召見訪以大政，淮對稱旨，簡入文淵閣，擢編修，轉侍讀。一日，吏部以南人官北土，凡建文中不效順者例編伍。淮曰：『近勑旨，凡征討官與舊官同一體。若復追罪南人，是示人以不廣也。』永樂二年，命同解縉考試天下士，得曾棨等四百七十二人。

四年三月，上問建儲事，對曰：『立嫡以長，萬世法也。』皇太子既立，進左春坊左庶子兼侍讀，賜以袍笏。五年，遷右春坊大學士，兼輔導皇太孫。六年，上巡狩北京，命蹇義、金忠、楊士奇及淮留守南京，諭曰：『朕留汝四人居守，猶唐太宗之任房玄齡也，卿等其識朕意。』七月，上諭曰：『東宫天性仁厚，識見甚正。朕嘗問：「今日説何書？」對曰：「《論語》君子小人和同章。」朕問：「君子難進易退，小人易進難退，何如？」對曰：「君子守道而無欲，小人逞才而無耻。」朕又問：「小人何以常勝君子？」對曰：「視君上好惡何如爾。如明主在上，君子必勝矣。」朕又問：「明主果不盡用小人乎？」對曰：「小人有才不可棄者，須駕馭之有方、警飭之不使有過，可也。」朕聞之甚喜，爾等其用心輔翼之。』

八年，長沙妖寇李法良亂，淮薦豐城侯李彬討之。高煦譖彬不可用。淮曰：『豐城老將，必能成功。』後果如淮算。九年，虜酋阿魯台來降，請併女直、吐蕃諸部，屬其約束。淮曰：『此虜狼子野心，離其黨，使各爲心，則易制，若併爲一，則難圖矣。』上曰：『黄淮如立高岡，無遠不見；諸人如處平地，所見惟目前爾。』十一年，西域烏思藏大寶法王來朝，上命玉工以全璞製印畀之。淮曰：『朝廷賜諸番制勑所用廣運二寶，亦有限制。今此璞大於璽書，恐非所以示諸夷也。』上嘉納之。十二年，高煦隨侍北征，潛蓄異志，譖淮尤力。值進表行在稍滯，上怒，逮繫詔獄，凡十年。

淮在狴犴，惟賦詩引咎，名曰『省愆集』。又即人情物變寓之於情，名曰『自省録』。仁宗嗣位，遷通政使，兼武英殿大學士，仍典機要。洪熙元年，加少保、户部尚書，仍兼大學士，職階榮禄大夫。宫車晏駕，淮佐鄭府、襄府二王監國。宣宗嗣統，親征高煦，淮留守盡勞，夙夜匪懈。師旋，請告終制。陛辭，賜遊西苑，命乘肩輿登萬歲山。淮撰詩以進，上悦，仍命宴餞于太液池，且諭之曰：『明年朕誕辰，卿其復來。』越明年，如期至，寵錫有加。卒年八十三，謚文簡，官其子采爲中書舍人。所著有《介菴集》《歸田稿》。

祭酒陳敬宗銘其墓曰：『惟周三公，視古百揆。公不獨立，三孤以貳。爰副調燮，益弘化理。惟寅惟亮，公寔職此。王躬是保，百辟攸式。寵顧雖隆，小心翼翼。視草玉堂，高文大册。六經黄麻，有典有則。獻替密勿，日于帝側。定策安邦，宣慶布德。廟堂柱石，薦紳著龜。惟鹽惟梅，鼎鼐是資。列聖眷倚，心膂股肱。功在社稷，福及蒼生。』廖道南曰：『予觀文貞所載《日録》，謂淮忌胡廣、解縉。及觀《國史》，亦謂縉之死，淮有力焉。再觀《省愆録》，乃知淮之不容于時。下獄十年，家食二十餘年，杜門掃軌，不問國事。而同事七人，縉既雉罹，廣亦蚰夭，惟文貞秉鈞，文敏謀幄。淮之蒙詬，亦未可知也。』贊曰：『渤海浩瀚，匯流仙壇。羅山崒嵂，俯瞰神湍。篤生哲人，持危以安。貝錦青蠅，讒夫鼓瀾。省愆有集，炳炳如丹。』

《殿閣詞林記》卷一 明嘉靖刻本

黄淮傳

項篤壽

黄淮，字宗豫，永嘉人。洪武三十年進士，爲中書舍人。靖難初，召見，訪政務稱旨。每朝，解縉及淮立御榻左，備顧問論議密務，令入内閣，專掌制敕。既又選五人與共事，名直文淵閣。上征胡，長沙妖人李法良反，遣豐城侯彬，及淮侍太子，擒法良。十二年，坐奉表迎上不敬，逮詔獄，凡十三年。獄中有《省愆集》《自省録》。

獻陵即位，出獄中，陞通政使兼武英殿大學士，仍入内閣。獻陵大漸，太子在南京未至，中外洶洶。西楊及淮佐鄭、襄二王監國，候太子至，憂危嘔血。宣德二年請老，上賜葬父。來謝，賜遊西苑，與公侯伯、師傅、尚書十一人俱肩輿登萬歲山，宴山麓。比辭，又宴太液池。諭淮曰：『明年朕生日，卿其復來。』至期，淮至，上喜。八年，適禮部會試，命與學士王直充考試官。正統十四年卒，年八十三，謚文簡。

永樂初，黨獄大起，南人避北官者，又有編戍法，淮言不可。阿魯台歸款，欲并女真、吐蕃東西諸部落，聽其約束，請朝廷出誓詞，鐫金定，集諸酋磨酒中飲爲盟。衆議且從之，公言：『夷虜勢分易制，併力一心，後患滋大，此奸謀，不可許。』文皇善公言，顧左右曰：『淮如立高岡遠覽，爾輩直平地見目前耳。』初，同入閣者七人，胡儼早休，胡廣先卒，解縉没詔獄，惟西楊秉政最久，東楊謀幄最密，並總脩累朝《實録》，而淮圜土十年，家食餘二十年。

《今獻備遺》卷七　明萬曆刻本

明史本傳

黄淮，字宗豫，永嘉人。父性，方國珍據温州，遁跡避僞命。淮舉洪武末進士，授中書舍人。成祖即位，召對稱旨，命與解縉常立御榻左，備顧問。或至夜分，帝就寢，猶賜坐榻前語，機密重務悉預聞。既而與縉等六人並直文淵閣，改翰林編修，進侍讀。議立太子，淮請立嫡以長。太子立，遷左庶子兼侍讀。永樂五年，解縉黜，淮進右春坊大學士。明年與胡廣、金幼孜、楊榮、楊士奇同輔導太孫。七年，帝北巡，命淮及蹇義、金忠、楊士奇輔皇太子監國。十一年再北巡，仍留守。明年，帝征瓦剌還，太子遣使迎稍緩，帝重入高煦譖，悉徵東宫官屬下詔獄，淮及楊溥、金問皆坐繫十年。

仁宗即位，復官。尋擢爲通政使兼武英殿大學士，與楊榮、金幼孜、楊士奇同掌内制。丁母憂，乞終制，不許。明年進少保、户部尚書，兼大學士如故。仁宗崩，太子在南京。漢王久蓄異志，中外疑懼，淮憂危嘔血。宣德元年，帝親征樂安，命淮居守。明年以疾乞休，許之。父性年九十，奉養甚歡。及性卒，賜葬祭，淮詣闕謝。值燈時，賜遊西苑，詔乘肩輿登萬歲山。命主會試。比辭歸，餞之太液池，帝爲長歌送之，且曰：『朕生日，卿其復來。』明年入賀。英宗立，再入朝。正統十四年六月卒，年八十三，謚文簡。

淮性明果，達於治體。永樂中，長沙妖人李法良反，仁宗方監國，命豐城侯李彬討之。漢王忌太子有功，詭言彬不可用。淮曰：『彬老將，必能滅賊，願急遣。』彬卒擒法良。又時有告黨逆者，淮言於帝曰：『洪武末年已有敕禁，不宜復理。』吏部追論靖難兵起時南人官北地不即歸附者，當編戍。淮曰：『如是，恐示人不廣。』帝皆從之。阿魯台歸款，請得役屬吐蕃諸部，求朝廷刻金作誓詞，磨其金酒中，飲諸酋長以盟。衆議欲許之。淮曰：『彼勢分則易制，一則難圖矣。』帝顧左右曰：『黄淮論事，如立高岡，無遠不見。』西域僧大寶法王來朝，帝將刻玉印賜之，以璞示淮。淮曰：『朝廷賜諸番制敕，用「敕命」「廣運」二寶。今此玉較大，非所以示遠人、尊朝廷。』帝嘉納。其獻替類如此。然量頗隘，同列有小過，輒以聞。或謂解縉之謫，淮有力焉。其見疎於宣宗也，亦謂楊榮言淮病瘵，能染人云。

《明史》卷一四七　清武英殿刻本

附録二　序跋

省愆集序

黄淮

惟我太宗文皇帝涖阼之初，誕興文治，規致太平，慎簡儒臣，設内閣以處之，俾職論思，典内外制，參預機要，而臣淮猥以末學，忝與列焉。永樂己丑，車駕巡狩北京，今上皇帝居春宫監國，臣淮偕二三輔臣承朝命，俾侍左右。癸巳再巡狩，亦如之。受命兢惕，不遑夙夜，誓竭駑鈍，圖惟報稱。然而質素愚戇，以故處事乖方，有不副上意旨者。明年秋，逮詣北京，自分當被顯辟，乃復蒙恩矜恤，但寘之獄，俾自省過，一何幸也！在獄踰十年，懲艾之餘，他無所事，凡觸于目而感于心者，一皆形於詩。甲辰秋，伏遇今上皇帝即位，覃恩肆赦，臣淮獲全喘息，復從諸大夫後。退食之暇，紬繹腹稿，得詩賦詞曲合若干篇，彙次成帙，名之曰『省愆集』，志不忘也。

嗚呼，先儒論詩，以爲窮而後工。近古以來，若李白、杜甫、柳子厚、劉禹錫諸名公，其述作皆盛於困頓鬱抑之餘，至今膾炙人口。淮也才不逮古人，處困日久，而囹圄禁且嚴，目不覩編簡，手不親筆札，口不接賓客之談，舊學日益耗落，氣愈昏而趣愈卑，志愈窮而辭愈拙，深可愧也。然而篇什所載，或追想平昔見聞，以鋪張朝廷盛美；或懷恩戀闕，以致願報之私；或顧望咨嗟，以興庭闈之念。至於逢時遇景，遣興怡神，一皆出於至情，蓋亦不可廢也。是用藏之巾笥，以貽子孫，俾覽者知予處困之大略工拙云乎哉！

是年九月朔日，介菴居士黄淮序。

《省愆集》卷首　明宣德刻本

省愆集序

楊溥

世自太師之職廢，而閭里歌謡訖無所采，所謂詩者，則皆出於一時能言之士，去風雅亦以遠矣。然其有關於名教者，恒見重於世。今少保、户部尚書兼武英殿大學士永嘉黄公，洪武中由進士官禁近。太宗皇帝入正大統，擢居翰林，日侍左右。公以宏達有爲之才，盡心殫慮，以奉其職，大見信用，復俾兼宫僚。及車駕幸北京，皇太子監國，公以春坊大學士輔導。久之，以職務被繫者若干年。時其尊府封少保公及母夫人皆在堂，公深自克責，念君親之恩，惟圖存庶報稱於萬一，乃託之詩歌，以舒其抑鬱憔悴之懷。故凡風景之接乎目而感乎情者，皆發之於詩，久而成卷，名之曰『省愆集』。

仁宗皇帝即位，首釋公，復其官。未幾，進位師保。人皆謂公忠孝之心無間於夷險，而卒獲其報也。間嘗屬予序其集。嗚呼，觀公名集之義，豈徒詩云乎哉？古之人孝莫如舜，忠莫如周公，世未嘗以舜之孝、周公之忠爲有餘，則凡臣子之所以自處者，當何如哉？公蓋有見於是也。夫人心之天，不爲事變所移易，則足以昭世教。士君子取重於世者，以其信道也，豈徒詩云乎哉？是爲序。

宣德七年龍集壬子春正月哉生明，嘉議大夫太常卿兼翰林學士南郡楊溥序。

《省愆集》卷首　明宣德刻本

省愆集序

楊　榮

君子之於詩，貴適性情之正而〔一〕已。蓋人生穹壤間，喜愉憂鬱，安佚困窮，其事非一也。凡有感於其中，往往於詩焉發之。苟非出於性情之正，其得謂之善於詩者哉？觀予友少保、户部尚書兼武英殿大學士黄公宗豫《省愆集》之作，其殆所謂吟咏性情而得其正者歟？公洪武間登進士，擢中書舍人。太宗皇帝入正大統，首選入翰林院爲編脩，累拜春坊大學士。以職事被譴，居幽十餘年。仁宗皇帝嗣位，即釋復任，又累升今官。公居幽時，感時觸事，形於賦咏，積累成編，名之曰『省愆』，其志可尚也。惟國家戡除暴亂，而開大一統文明之運，人才彙興，大音復完。自洪武迄今，鴻儒碩彦，彬彬濟濟，相與咏歌太平之盛者，後先相望。公以高才懿學，夙膺遭遇，黼黻皇猷，鋪張至化，與世之君子頡頏振奮於詞翰之場者多矣。此蓋特其一時幽寓之作，而愛親忠君之念、咎己自悼之懷，藹然溢于言表，真和而平，温而厚，怨而不傷，而得夫性情之正者也。於乎韙哉！公間出是集，屬題其端，誼不可辭，遂序之如此，以俟觀者。

宣德八年春二月既望，榮禄大夫少傅工部尚書兼謹身殿大學士知制誥國史總裁建安楊榮序。

《省愆集》卷首　明正統刻本

省愆集序

金幼孜

予嘗讀歐陽永叔序梅聖俞詩，謂『詩必窮而後工』，蓋嘗疑焉。及讀今少保、户部尚書兼武英殿大學士黄公宗豫《省愆集》，而後知永叔之言爲然。夫詩者，所以宣人言、咏情性，豈待窮而後工乎？然其所以工者，必窮居索處，羈愁感憤之情鬱於中而不能暢，故其發也，憂深思遠，慷慨激切，有非平時得意者之可比也。

公在洪武間，以名進士授中書舍人。太宗皇帝入正大統，首膺拔擢，由翰林編修歷遷右春坊大學士。嘗被命輔皇太子監國，朝夕左右，付託隆重。久之，以事去職，遂居幽十餘載。仁宗皇帝自東宮嗣登宸極，思惟舊人，再拔用公，又累轉今官。

公在館閣時，予寔與同事。凡四方萬國，制命之下，日不下數十，固未暇於詩。雖間有所作，不過黽勉酬應，亦不暇於求工也。是集蓋公居幽時之作，凡愛君念親、感時書事、憂鬱自適之懷，悉於是發之。其言正而無邪，哀而不傷，咏歎而自懲，紆徐委備，卒本於忠厚惻怛，其情藹如也，殆窮而後工者歟？雖然，聖俞在當時低徊小官，志不得奮見於事業，徒於詩有稱耳。若公以宏才碩學，遭遇聖明，垂三十年，聲光著於海内，其見於此者，特以一時寓於羈蹇岑寂之中而發之，視聖俞之終身屈抑以窮而老者，可同日語耶？

公方以疾得告南歸，間出其集示予，屬爲之序。予閲之再三，見公之於此，畏天衹命，志愈堅而操愈篤，藹然忠臣孝子之思，備見於情詞之間者，予無以議爲矣。然去此而休也，吾知公怡愉恬適，氣益和，體益夷。奉親之暇，與賓客故人時時作爲詩歌，更倡迭和，以頌聖天子太平熙洽之盛，則其和平盛大之音，又非前日幽鬱之時之可比矣。予日望公尚有以賜教哉！是爲序。

資善大夫太子少保禮部尚書兼武英殿大學士臨江金幼孜書。

《省愆集》卷首　明宣德刻本

題黄少保省愆集後

楊士奇

讀吾友少保黄公永樂中所作《省愆詩集》至于一再，盖幾於痛定思痛，不能不太息流涕於往事焉。初，太宗皇帝將巡北京，召吏部尚書兼詹事蹇義、兵部尚書兼詹事金忠、右春坊大學士兼翰林侍讀黄淮、左春坊左諭德兼翰林侍講楊士奇，諭之曰：『居守事重，今文臣中簡留汝四人，輔導監國。昔唐太宗簡輔監國，必付房玄齡。汝等宜識朕此意，敬共無怠。』四臣皆拜稽受命。其後，凡下璽書諭幾務，必四臣與聞。

時仁宗皇帝在東宫，所以禮遇四臣甚厚，而支庶有留京邸潛志奪嫡者，日夜窺伺間隙，從而張虚駕妄，以爲監國之過，又結嬖近助於内。賴上聖明，終不爲惑。然爲宫臣者，胥懔懔廳駹，數見頌繫，雖四臣不免，或浹旬，或累月，惟淮一滯十年，盖鄒孟氏所謂『莫之致而至』者也。夫莫之致而至，君子何容心哉？亦反求諸己耳。此《省愆》之所以著志也。嗟乎，四臣者，今蹇、黄二公及予幸尚在，去險即夷，皆二聖之賜，而古人安不忘危之戒、君子反躬脩省之誠，在吾徒不可一日而忽之也。故謹書於集後，以歸黄公，亦以自儆云耳。

宣德癸丑四月庚子，榮禄大夫少傅兵部尚書兼華盖殿大學士廬陵楊士奇題。

《省愆集》卷末　明宣德刻本

省愆集後序

王　豫

廬陵歐陽文忠公序薛簡肅之文，謂君子之學，施之事業，見於文章，常患其難兼。盖嘆其窮達所志不同，而兼之者之罕遇也。若夫少保、户部尚書兼武英殿大學士永嘉黄先生，負光明俊偉之資，際重熙累洽之世，事業顯於朝廷，文章播於寰宇，受知聖主，輔導春宫，雄才碩學，足以掌宣帝制，潤色鴻業者，海内之士類能傳誦之。至若居幽處獨，發之於心，形之於言，聯篇累牘，珠光玉潔，無憂愁鬱抑之氣，有反躬自咎之心，而忠君愛親之念，未嘗有斯須而替，可謂得乎性情之正。自非忠孝兩全、文章事業兼備者，疇克爾耶？

邇者行部是郡，先生出示兹集，捧誦數四，何其精純而浩博也。因請於先生曰：『是集不可以不傳。』先生固辭，力請乃許。遂捐俸鍥諸文梓，以惠後學。賦、詩、詞總四百有奇，而以『省愆』名之。

噫！荆山之玉、豐城之劍，豈窮山枯壤所能久於沉埋哉！將必有卞、張者出，而知其〔三〕爲希世之珍也。知言之士，幸共寶之。

正統八年二月朔旦，中憲大夫浙江等處提〔三〕刑按察司副使京口王豫謹書〔四〕。

《省愆集》卷末　明正統刻本

省愆集提要

《省愆集》二卷，明黄淮撰。淮字宗豫，永嘉人。洪武丁丑進士，除中書舍人。燕王篡位，命入直文淵閣，陞翰林院編修，累進右春坊大學士，輔皇太子監國。爲漢王高煦所譖，坐繫詔獄十年。洪熙初復官，授武英殿大學士，累加少保，卒謚文簡。事跡具《明史》本傳。淮當革除之際，身事兩朝，不免爲白圭之玷。史又言淮性頗隘，同列有小過，輒以聞。解縉之死〔五〕，淮有力焉。人品亦不甚醇。然通達治體，多所獻替。其輔導仁宗，從容調護，尤爲有功。雖以是被謗獲罪，而賜環以後，復躋禁近。迨至引年歸里，受三朝寵遇者又數十年。遭際之隆，幾與三楊相埒。其文章春容安雅，亦與三楊體格略同。此集乃其繫獄時所作，故以『省愆』爲名。當患難幽憂之日，而和平温厚，無所怨尤，可謂不失風人之旨。故特存之，以見其著作之梗概。至其《退直》《入覲》《歸田》三稿，同編爲《介庵集》者，門徑與三楊不異。《東里》諸集既已著録，則是可姑置焉。

《黄介菴集》提要

明黄淮撰。淮有《省愆集》，已著録。案，《千頃堂書目》載淮所著有《介菴集》《歸田稿》，均不著卷數。此本總名『介菴集』，而分《退直》《入覲》《歸田》三稿，疑黄虞稷未見此本，但據傳聞載入也。據《目録》本十二卷，今第七卷已佚，故以十一卷著録焉。

《四庫全書總目》卷一七〇　清乾隆武英殿刻本

《四庫全書總目》卷一七五　清乾隆武英殿刻本

丁丙跋

《省愆集》二卷，明正統刊本，馬半查舊藏。明黄淮撰。淮字宗豫，永嘉人。洪武三十年進士，除中書舍人。靖難後命直内閣，授編修。長陵北狩，以春坊大學士輔東宫監國，爲漢王高煦所譖，繫詔獄者十年。洪熙初復官，仍入内閣，兼武英殿大學士，累加少保、户部尚書。宣德二年請老，後再朝京，賜遊西苑，命主會試。正統十四年卒，年八十三，謚文簡。《明史》有傳。著有《退直》《入覲》《歸田》諸稿。《省愆集》乃繫獄時所作，中有『寶劍蘊豐城，斕斑土花碧』，又『十年頓足圜扉間，時向牆頭看柳色』，可謂不失風人之旨矣。有自序以志處困之大略。宣德八年建安楊榮、臨江金幼孜爲序，廬陵楊士奇爲跋。正統八年京口王豫以按察副使行部至郡，請以梓付，並跋於後。有翰林院印、『馬氏半查珍藏書籍』印，蓋馬氏書繳至江西，始進之四庫，而發還者也。

《省愆集》卷首手跋　南京圖書館藏明正統刻本

黄群記

文簡《省愆集自序》作於永樂甲辰九月，其三楊諸序作於宣德七、八年，而《介庵集》序跋則佚無可考。竊疑『介庵』應爲全集之總名，而『省愆』應與『退直』『歸田』『入覲』諸稿並列爲目。後人編《介庵全集》中缺四卷，以篇幅量之似已將《省愆》編入集中。蓋文簡在永樂朝十二年詩文僅三卷，在獄十年僅二卷，歸田二十年僅六卷，入覲三次兩卷，何庸復官以至致仕三年之中，機務繁重而得有詩文四卷乎？是其缺卷應有《省愆》在内，可想見矣。但原集既有闕佚，無從考覈，且明代著録家並止《省愆》一集而無《介庵》，則其單行已久，不能輒爲併入。今依《温州經籍志》，仍别出《省愆》於《介庵》之後，而附著所見如此。

《黄文簡公介菴集》卷末　民國間排印敬鄉樓叢書本

校勘記

〔一〕『適性情之正而』，明正統刻本闕。

〔二〕『居幽十餘年』以上内容，明宣德刻本闕，據明正統刻本補。

〔三〕『知其』，底本殘泐，據敬鄉樓本補。

〔四〕『浙江等處提』，底本殘泐，據敬鄉樓本補。

〔五〕『書』，底本殘泐，據敬鄉樓本補。

〔六〕敬鄉樓本下小字注：『按本傳「死」作「謫」。』